Rudolf Lorenzen
Alles andere als ein Held

Roman

Schöffling & Co.

Zweite Auflage 2002

Die Erstausgabe erschien 1959 im Ullstein Verlag, Berlin
Satz: Reinhard Amann, Aichstetten
Druck & Bindung: Pustet, Regensburg
ISBN 3-89561-145-X

Alles andere
als ein Held

Um halb acht Uhr war Robert Mohwinkel von einem Jungen bestellt worden, mit dem er befreundet war. Er sollte drei Häuser entfernt von dem Haus warten, in dem sein Freund, Friedrich Maaß, wohnte. Friedrichs Vater besaß das Baugeschäft in der Hemelinger Straße, und Friedrich hatte jetzt zu Ostern das neue Rad bekommen, mit Halbballon und englischem Lenker zum Verstellen. Robert empfand deshalb keinen Neid, obgleich er den Eindruck hatte, daß sein Freund etwas Neid bei ihm gern gesehen hätte.

Wegen dieses neuen Rades hatte Friedrich Maaß bestimmt, daß Robert und er gleich nach Ostern vom ersten Tage an mit dem Rad zur Schule fahren würden. Roberts Eltern waren dagegen, denn die beiden Jungen waren erst zehn Jahre alt, und der neue Schulweg führte über die Kreuzung Sielwall/Ostertorsteinweg, die sehr belebt war. Ostern lag auch in diesem Jahr sehr früh, und an dem ersten Schultag war es morgens um sieben noch kalt. Sie hatten Robert verboten, mit dem Rad zu fahren.

Es war nicht das erstemal, daß Robert Mohwinkel zwischen zwei Befehlen stand, aber es war das erstemal, daß er sich entschieden hatte, den seiner Eltern nicht zu befolgen. Er hatte heimlich das Rad aus dem Keller getragen, und als seine Mutter vor die Tür trat, um ihm nachzuwinken, war es schon zu spät.

Am Osterdeich besaß die Familie Maaß ein Haus, das Friedrich Maaß »die Villa« nannte. »Du wartest aber«, hatte Friedrich gesagt, »nicht vor dem Haus, sondern drei Häuser weiter. Ich komme dann schon.« Bereits acht Minuten vor der Zeit hatte Robert vor dem verabredeten Haus gewartet. Er hätte niemals gewagt, nur pünktlich zu sein. Dennoch hatte er das sichere Gefühl, daß die Unterordnung unter seinen Freund, die ihm sowohl von seinen Lehrern als auch von seinen Eltern vorgeworfen wurde, in einigen Fällen zu weit ging. Darum beschloß Robert an diesem Morgen, mit dem neuen Schuljahr ein neues Leben zu beginnen, in dem sein Freund Friedrich Maaß keine Macht mehr über ihn besäße. »Pünktlich um halb fahre ich«, sagte er laut zu sich, »auf diesen Idioten warte ich keine Minute.« Das Wort »Idiot« wiederholte er noch viele Male, und er versetzte sich dabei in einen Rausch.

Leider fand Robert Mohwinkel keine Gelegenheit, an diesem Morgen sein neues Leben zu beginnen, denn sein Freund war pünktlich um halb acht mit dem neuen Rad da. Friedrich trug Hosen, die bis über das Knie reichten. Sein Hinterkopf war geschoren und das restliche Büschel schwarzer Haare vorn zu einem winzigen Scheitel auseinandergekämmt. »Du hast ja noch lange Strümpfe an«, sagte er zu Robert, »du bist verpimpelt.« Robert hätte gern geantwortet, daß Friedrichs Hose, die unterhalb der Knie fast mit den Kniestrümpfen zusammenstieß, auch verpimpelt aussah. Aber er sagte nichts, denn diese Antwort fiel ihm zu spät ein.

Friedrich Maaß bestieg sein Rad. »Fährst du voraus?« fragte Robert ihn, obgleich er wußte, daß es eine andere Möglichkeit gar nicht gab. Sein Freund antwortete darauf nicht, sondern fuhr los. Robert, hinter ihm, hatte Mühe mitzukommen, denn Friedrichs neues Rad hatte eine größere Übersetzung, die er ausnutzte, um Robert zu beweisen, daß er der Schnellere war. »Ein Scheißrad«, sagte Robert halblaut, »ein Scheißrad!«

Die beiden Jungen waren viel zu früh vor der Schule. Die Portale waren noch verschlossen, und sie stellten sich mit ihren Rädern vor das mittlere Portal, das in den Fahrradkeller führte. Sie trugen beide die Schülermützen der Sexta aus schwarzem Samt. Die Mützen waren noch steif und neu, sie hatten sie heute zum erstenmal auf, denn dies war der erste Schultag in dem Gymnasium, in dem Robert und Friedrich von ihren Eltern angemeldet worden waren, weil sie in der Volksschule zu den besten Schülern gehört hatten. Robert hatte auf dem fünften Klassenplatz, Friedrich Maaß auf dem neunten gesessen.

Der Platz vor der Schule füllte sich. Die Jungen trugen Schülermützen in allen Klassenfarben. »Guck mal, da sind die Neuen«, sagten sie, und alle lachten über Friedrich und Robert und über ihre steifen, schwarzen Sextanermützen.

»Wir stecken unsere Mützen in die Mappe«, sagte Friedrich.

Dem stimmte Robert zu, aber er behielt trotzdem seine Mütze auf, denn in diesem Augenblick dachte er wieder einmal daran, daß er nicht alles tun müsse, was sein Freund ihm befahl.

»Seht euch den blöden Heini an«, rief ein Quartaner, und in diesem Augenblick fand Friedrich Maaß, daß es nun wohl besser wäre, von Robert abzurücken und sich auf die andere Seite zu schlagen. Durch eine Heldentat wollte er sich die Anerkennung der anderen Jungen erringen. Friedrich war von Natur ängstlich. Er fürchtete sich vor den anderen, und um seine Furcht zu überwinden, suchte er sich in ihren Augen hervorzutun. Er riß Robert die Mütze vom Kopf und warf sie dem Quartaner zu. Leider hatte seine Tat nicht den gewünschten Erfolg, denn der Quartaner gab Robert die Mütze zurück. Robert steckte sie in die Mappe, und obgleich er seinen Freund in diesem Augenblick haßte, mußte er zugeben, daß Friedrichs Anordnung, die Mützen gleich zu verstecken, doch richtig gewesen war.

Zehn Minuten vor acht schloß der Hausmeister die Türen auf. Die Jungen, die mit Rädern vor dem mittleren Portal standen, drängten, und Robert und Friedrich hatten nun nichts davon, daß sie so früh gekommen waren. Im Keller stellte sich außerdem heraus, daß die neuen Sextaner noch keine Plätze für ihre Räder hatten. Es war verboten, Räder außerhalb der Fahrradständer abzustellen, und Robert zählte drei Schilder, auf denen dies Verbot geschrieben stand. So mußten sie warten, bis der Hausmeister ihnen Plätze zuwies. Friedrich und Robert waren die letzten; sie bekamen ihre Plätze erst, als es schon klingelte. Da Friedrich der Schnellere war, sein Fahrrad auch vor Robert einstellte und ihn dann verließ, kam Robert als letzter oben in die Halle, wo die neuen Sextaner schon angetreten waren. »Na, auch endlich ausgeschlafen?« sagte der Lehrer zu ihm, der die Namen verlas, und die ganze Klasse lachte. Aus diesem Tadel schloß Robert Mohwinkel, daß die Gewissenhaftigkeit, mit der er sich den ganzen Morgen auf den Besuch der neuen Schule vorbereitet hatte, noch keinesfalls genügte, um hier zu bestehen. Trotz seiner großen Beflissenheit war er sofort in Konflikte geraten. Er ärgerte sich nicht wegen des unberechtigten Tadels, sondern beschloß, seine Gewissenhaftigkeit in Zukunft noch zu erhöhen.

Er saß steif auf seinem Platz, die Augen starr auf den Lehrer gerichtet. Sein schmales Gesicht mit dem welligen blonden Haar wäre sehr hübsch gewesen, wenn seine blauen Augen nicht beinahe ständig den Ausdruck eines leichten, wässerigen Überlaufens gehabt hätten und wenn er sich hätte angewöhnen können, seine dicken, rosafarbenen Lippen zu schließen. Seine Mutter bemühte sich vergebens, ihn zum Heben seiner dicken Unterlippe zu erziehen. Außerdem hielt er sich schief, und das unablässige Ermahnen seiner Mutter, sich geradezuhalten, hatte seine Haltung noch immer nicht verbessert. Er, der ein so schönes Baby, ein so bezaubernder, lockenköpfiger kleiner Junge gewesen war, er hatte so sehr verloren, fand sie, daß überhaupt kein Staat mehr mit ihm zu machen war. Robert selbst war aber noch nie darauf gekommen, sich über sein Aussehen Gedanken zu machen. Gehorsam, artiges Verhalten und Ordnung hatten sein bisheriges Leben bestimmt. Seine Widerstände, seine Auflehnung gegen Artigkeit und Ordnung stieß er nur abends unter der Bettdecke in halblauten Worten aus sich heraus, Worten, die seinen rechtschaffenen Eltern äußerstes Entsetzen bereitet hätten.

Das Klassenzimmer, in das die neue Sexta eingewiesen wurde, hatte einen Ausblick auf den Schulhof. Zwar konnten die Schüler während des Unterrichts nicht hinaussehen, denn die Fenster waren hoch genug angebracht. Aber wenn die Kinder aufstanden oder ans Fenster traten, sahen sie auf den Schulhof. Er war an drei Seiten von dem Schulgebäude eingefaßt und an der vierten mit einem hohen, oben zugespitzten Zaun wie mit Palisaden abgeschlossen. An der Seite, wo die Turnhalle war, stand etwas Gras mit ein paar Hundeblumen, und gegenüber, wo sich das Wohnhaus des Direktors an die Schule anschloß, hatte der Biologielehrer einen kleinen Garten mit exotischen Pflanzen angelegt, die aber nicht gediehen, sondern sich nur braun und blattlos auf dem Boden schlängelten.

Das bißchen Grün auf der einen und das bißchen Braun auf der anderen Seite wurden jedoch von der riesigen grauen Kiesfläche des Schulhofes verdrängt. Robert kannte diesen groben grauen Kies. Es war der gleiche, den seine Eltern in dem Geviert hinter ihrem Einfamilienhaus in der Bornholmer Straße hatten.

Sie nannten dieses Geviert von sechs mal sechs Metern den Garten, und Robert konnte sich noch genau erinnern, wie dieser Kies dort hingekommen war. Nachdem sein Vater einige Jahre hintereinander vergeblich versucht hatte, in diesem Geviert Stachelbeersträucher anzupflanzen, worin er aber über die Planung und das Abstecken nicht hinausgelangt war, hatten eines Tages drei Männer einen Lastwagen angefahren und so viel Körbe in den Garten geschleppt, bis die Fläche mit grobem grauem Kies völlig bedeckt war. Roberts Mutter hatte ihn mit einer Harke verteilt und dabei gesagt: »Immer der Lehm an den Schuhen und immer der Dreck in meiner Wohnung, das ist nun vorbei.«

Robert hatte geglaubt, daß sein Vater, als er abends nach Hause kam, sehr enttäuscht über die Veränderung sein müßte, denn er wußte, wie sein Vater an dem Geviert und an seinen Plänen vom Stachelbeerbau gehangen hatte. Herr Mohwinkel hatte aber nur still aus dem Fenster geblickt und nach geraumer Zeit gesagt: »Kies ist sehr praktisch.«

Daran mußte Robert denken, als er die riesige Kiesfläche des Schulhofes sah. Alles war praktisch in dieser Schule. Der Kies, die zu hohen Fenster, die leicht zu übersehenden Gänge, ja sogar die drei Bilder an der Wand des Klassenzimmers. Sie dienten dem Geschichtsunterricht, und das erste Bild zeigte Napoleon, der, umgeben von seinen Soldaten, nach Moskau ritt. Auf dem zweiten Bild sah man das geschlagene französische Heer, das die Beresina überquerte, und auf dem dritten Blücher, umringt von deutschen Soldaten, in der Völkerschlacht bei Leipzig. Unter dem Beresinabild stand: »Mit Mann und Roß und Wagen hat sie der Herr geschlagen.«

Zu Hause erzählte Robert seinen Eltern, daß es in dieser Schule sehr schön sei, aber auch sehr ordentlich und sehr praktisch.

»Du wirst dich noch umgucken«, sagte seine Mutter, »mit der Spielschule ist es nun vorbei. Jetzt beginnt der Ernst des Lebens.«

Trotz seiner guten Arbeiten, trotz seiner Gewissenhaftigkeit und seiner Bescheidenheit errang Robert nicht die Zuneigung seiner Lehrer. Denn Robert Mohwinkel war ängstlich, und es war im Jahre 1933 nicht modern, ängstlich zu sein. Besonders die Schüler des Gymnasiums fühlten sich als Wegbereiter eines neuen Jugendlebens. Für die Knaben handelte es sich nur um eine neue, gerade in Mode stehende Form, Jungen zu sein. Mit Politik hatte sie nichts zu tun. So wußten die Schüler der Unterstufe auch nicht recht, worum es ging, als bei einer Schulfeier Ostern 1933, bei welcher der Direktor der Schule wegen Erreichung der Altersgrenze den Abschied nahm, auch der Musiklehrer, der die Altersgrenze noch keineswegs erreicht hatte, vom Schulrat mit einer, wenn auch kürzeren, Lobrede entlassen wurde.

Diese Feierstunde verlief wie alle anderen Feierstunden des Gymnasiums in einer genau festgelegten Abfolge. Die Klassen traten nach dem ersten Klingelzeichen auf dem Gang in Zweierreihen an. Der Obmann zählte die Schüler und meldete dem beim zweiten Klingelzeichen erscheinenden Klassenlehrer, daß die Klasse vollständig zur Stelle sei. Hintereinander marschierten dann die Schüler unter Führung ihres Klassenlehrers in den obersten Stock, wo sich die Aula befand. Alles ging ohne Kommando vor sich. Und doch schien es Robert eine so festgefügte Ordnung zu sein, daß ein einziger Schritt aus der Reihe die schwerste Strafe nach sich ziehen konnte. Während dieser Gänge in die Aula, aber auch während der Märsche vom Hof in die Klasse und der von der Klasse in die Turnhalle liebte Robert es, sein Spiel zu spielen, das er »Deportation« nannte. Er hielt die Arme vor sich, die Handgelenke übereinandergelegt, heftete seinen Blick starr auf den Nacken des Vordermannes und schlurfte in dessen Fußtapfen. Dabei bildete er sich ein, eine einzige unbedachte Bewegung, wie etwa das Heben des Kopfes oder das Wechseln des Schrittes, würde seine sofortige Erschießung zur Folge haben.

Im obersten Stock mußten alle Klassen warten, denn jede Klasse wurde nun einzeln in die Aula gelassen, während der jeweilige Klassenlehrer am Eingang stand und seine Schüler noch einmal zählte. Dieses Zählen war eine Vorschrift, die seit zwölf Jahren bestand. Damals war es einigen Schülern gelungen, auf dem Wege zur Aula in die Toilette zu entweichen, von wo sie nach einigen Minuten des Wartens ins Freie gelangten. Jetzt, nach zwölf Jahren, bestand diese doppelte Zählordnung noch immer, und sie machte Robert bei seinem Spiel besondere Freude.

In der Aula hatte jede Klasse ihre eigenen Bänke. Es war verboten, andere Bänke zu benutzen, auch wenn die Plätze für die Schüler einiger Klassen nicht ausreichten, während die Schüler der Oberstufen auf halbleeren Bänken saßen. Die Schüler, wenn sie ihre Plätze eingenommen hatten, blickten alle auf das große Ehrenfenster am Kopf der Aula, das den Toten des ersten Weltkrieges geweiht war. Um einen drachentötenden Ritter standen Engel, und dieses Bild wurde umrahmt von den Namen aller gefallenen Lehrer und Schüler mit dem Ort ihres Todes auf kleinen Glastäfelchen. Die Wirrheit des Bildes und die Vielzahl der Namen dienten den Schülern zur Unterhaltung während der langweiligen Feststunden.

Den Schülern gegenüber saßen auf einem Podium die Lehrer in zwei Reihen hintereinander, vorn die Studienräte, hinten die Assessoren und Oberlehrer. Nur die Lehrer, die den Aufsichtsdienst hatten, saßen nicht dort, sondern verteilten sich auf die beiden Seitengänge und blieben dort bis zum Ende der Feier stehen, besonders die Schüler der unteren Klassen beobachtend, damit von dort keine Störung der Feierstunde käme.

Die Lehrer, die auf dem Podium saßen, übten gleichermaßen die Aufsicht über die Schüler aus, wenn auch nicht in so dienstlicher und strenger Form. Die Älteren saßen leicht zurückgelehnt in ihren Ledersesseln und blickten verträumt auf die Orgel am unteren Ende der Aula, auf den Schülerchor davor und das Schülerorchester, das heute zum erstenmal von einem anderen Musiklehrer dirigiert wurde, während der zu entlassende Musiklehrer oben auf dem Podium neben dem Direktor saß und noch nicht wußte, ob der Schulrat in seiner Rede nur Lobendes von ihm erwähnen würde. Der Gedanke, daß man den wahren Grund seiner Entlassung vor den Kindern nennen könnte, war ihm peinlich. Er tröstete sich aber mit dem Gedanken, daß er in jedem Falle nun einer ruhigen Zeit entgegengehe, in der er sich um schmetternde politische Lieder nicht zu kümmern brauchte.

Der neue Musiklehrer war Herr Nückel. Er gefiel den Schülern besser als der alte, denn er war jung und hatte eine muntere Art zu unterrichten. Es wurde fröhlich musiziert und fröhlich gesungen, und das war schöner als der trockene musikgeschichtliche Unterricht von früher. Herr Nückel trug zu einem kleinkarierten grauen Jackett Breecheshosen, die in langschäftigen Stiefeln steckten. Trotzdem fiel das Wort »Nazi« nicht im Zusammenhang mit Herrn Nückel, weil die Schüler, besonders diejenigen der Unterstufe, sich unter einem »Nazi« nichts vorstellen konnten, es sei denn, es handelte sich um einen Mann in brauner Uniform.

Um Friedrichs Befehlen zu entgehen und nicht an mehreren Nachmittagen in der Woche für ihn bereit sein zu müssen, hatte Robert es verstanden, seine Mutter mit seinem Freund zusammenzubringen, damit sie direkt verhandeln konnten. Frau Mohwinkel sagte: »Am Donnerstag kann er zu dir, da habe ich Kränzchen, aber an den anderen Tagen, das wird zuviel, er muß ja auch an seine Schule denken.«

An seine Schule mußte Robert gar nicht in dem Maße denken, wie seine Mutter es hinstellte. Sie verlangte es auch nicht von ihm, denn Robert blieb in den unteren Klassen ein guter Schüler. Sie verlangte nur, daß Robert jeden Tag um halb vier Uhr mit den Schularbeiten fertig war, danach hatte er sich für ihre Pläne bereit zu halten. Unter dem Vorwand, ihr Sohn sei etwas blaß und brauche viel frische Luft, machte sie jeden Tag einen längeren Spaziergang mit ihm, im Sommer in den Bürgerpark, zur Munte oder zum Kuhhirten, im Herbst und im Winter aber in die Stadt. Jeder dieser Spaziergänge endete in einem Café. Frau Mohwinkel war nämlich sehr allein, und sie hatte nur eine einzige Freundin, die aber nicht in dieser Stadt wohnte.

So lernte Robert Mohwinkel schon in frühen Jahren die Langeweile kennen, die andere unter dem Wort Vergnügungen zusammenfassen. Besonders langweilig waren ihm zwei Konditoreien in der Sögestraße, von denen sie die eine seltener besuchten, weil es dort nur koffeinfreien Kaffee gab, der für Robert wohl sehr gesund, für Frau Mohwinkels Nerven hingegen kein hinreichendes Narkotikum war. Frau Mohwinkel entschloß sich deshalb eher für die alte, aber teure Konditorei Jacobs, wo Robert zwar reichlich Kuchen und eine Tasse Schokolade bekam, aber keine Unterhaltung hatte. Da in den Konditoreien keine Kapelle spielte, Frau Mohwinkels Aufmerksamkeit also keine Beschäftigung fand, benötigte sie ihren Sohn als Gesprächspartner. Daher verbot sie ihm auch, die ausliegenden Hefte des Lesezirkels zu durchblättern. »Das kannst du zu

Hause haben«, sagte sie, »deswegen gehe ich nicht mit dir in diese teure Konditorei.«

Da war das Atlantic in der Knochenhauerstraße schon interessanter. Hier gastierten im monatlichen Wechsel größere Kapellen, die aus Berlin oder auch aus dem Ausland kamen. So verband sich bei Robert seit frühester Zeit mit dem Begriff Musik jene Unterhaltung, wie sie beispielsweise Bernhard Etté oder Juan Llossas in den dreißiger Jahren im Atlantic produzierten. Andere musikalische Eindrücke hatte Robert nicht, und auch die Lieder der Schulmusikstunde, vornehmlich aus der Landsknechtszeit, traten hinter diese Art musikalischer Erbauung weit zurück.

Trotzdem langweilte sich Robert auch beim Besuch dieses Kaffeehauses. Einzig die Tatsache, daß seine Mutter im »Atlantic« hinreichend mit der Musik und mit dem Betrachten der anderen Gäste beschäftigt war, verdankte er ihre Erlaubnis, in diesem Lokal Kreuzworträtsel lösen zu dürfen. Er bekam zehn Pfennig und kaufte sich dafür am Zeitungsstand ein Rätselheft. In acht Jahren fortgesetzten Kaffeehausbesuches zwischen seinem achten und sechzehnten Lebensjahr konnte Robert sich einen großen Schatz von allgemein gebräuchlichen, aber auch schwierigen und sogar fremdsprachigen Wörtern aneignen, von denen er sicherer als ihre Bedeutung die Buchstabenzahl kannte. Manchmal sagte seine Mutter aber auch: »Nun hör aber doch mal die schöne Musik. Du könntest ruhig mehr hinhören, wo es doch den teuren Eintritt kostet.«

Nach den Kaffeehausbesuchen holten sie Herrn Mohwinkel vom Büro ab. Herr Mohwinkel war Prokurist in der Exportfirma Krume und Sohn, die nach Südamerika exportierte. Jeden Abend pünktlich um halb sieben Uhr verließ er das Büro am Schüsselkorb. Frau Mohwinkel und Robert waren schon fünf Minuten vorher da, damit sie ihn nicht verpaßten. Von ihren Kaffeehausgenüssen erzählte Frau Mohwinkel ihrem Mann nur einmal in jeder Woche. An den anderen Tagen verschwieg sie ihm ihre Besuche und die Höhe des Verzehrs, und auch Robert war angehalten, seinem Vater zu erzählen, daß man nur einen schönen, ausgiebigen Spaziergang gemacht habe. Diese Spaziergänge ohne Einkehr und ohne Verzehr glaubte Herr Mohwinkel seiner Frau nie. Da sie aber mit dem Wirtschaftsgeld auskam und auch ein Taschengeld nie verlangte, vermied er weitere Fragen.

Dagegen stand nicht fest, ob Herr Mohwinkel auch vom monatlichen Besuch seiner Frau und seines Sohnes im Astoria wußte. Das Astoria war ein Kabarett und ein teures Nachtlokal mit mehreren Barräumen. Um aus der Gewohnheit der Hausfrauen, die am Mittwoch und am Donnerstag ihre Kränzchentage hatten, ein Geschäft zu machen, hielt der Inhaber des Astoria auch an diesen beiden Nachmittagen einen Raum seines Lokals offen und zeigte dort ein verkürztes Kabarettprogramm zu ermäßigten Preisen. Diese Besuche im Astoria waren für Robert ein Zeitvertreib, der zu den weniger langweiligen gehörte. Selbst die Pausen zwischen den Kabarettdarbietungen, die nur musikalisch ausgefüllt waren, hatten für ihn einen bestimmten Reiz, da zu diesen Musikstücken getanzt werden durfte. An diesen Mittwochnachmittagen nämlich waren auch immer einige Herren Besucher des Lokals, Beamte vielleicht, die ihren freien Nachmittag hatten, oder Vertreter, die mit ihren Wegen fertig waren. Sie saßen an kleinen Tischen, meist im Hintergrund, und forderten während der musikalischen Einlagen Damen auf, die nicht im größeren Kreise eines Kränzchens da waren, solche, die nicht ganz unzugänglich schienen.

Zwei- oder dreimal wurde auch Frau Mohwinkel, durch die Gegenwart ihres Sohnes nicht hinreichend geschützt, von einem dieser Herren zum Tanzen aufgefordert. Robert beobachtete vom Rande der Tanzfläche bei seiner Mutter, während sie mit dem fremden Herrn tanzte und sich mit ihm unterhielt, eine Heiterkeit, die er sonst kaum an ihr kannte. Ihre große Gestalt im hellen Kleid gewann einen Glanz, den er sonst an ihr nicht wahrnahm. Ihr dunkles Haar, voll und weich in einem Bubikopfschnitt ihr Gesicht umrahmend, stimmte angenehm zusammen mit ihren grauen Augen und dem vollen großen Mund, über dem ein leichter Flaum lag. Dabei hatte ihr Körper etwas Träges, ihre Brust war schlapp, ihre Füße schlurften groß und müde über das Parkett, und Robert wunderte sich, daß dies dieselben Füße waren, die zu Hause stets hurtig umherliefen, auf der Verfolgung von Schmutz und Unordnung.

Mit einem verlegenen Lächeln kehrte sie nach dem Tanz an den Tisch und zu Robert zurück und beeilte sich, das Gespräch schnell auf die nun kommende kabarettistische Darbietung zu lenken.

Solche Lustbarkeiten fehlten im Sommer und an den warmen Tagen des Frühjahrs und des Herbstes ganz, aber dafür hatte diese Zeit für Robert den Vorzug, daß die Besuche langweiliger Konditoreien in der Stadt mit Besuchen von Kaffeegärten im Bürgerpark oder in der sonstigen Umgebung der Stadt vertauscht wurden. Frau Mohwinkel kannte neun Gartenlokale, die sie jedes Jahr in den Sommermonaten regelmäßig und abwechselnd mit ihrem Sohn besuchte. Deshalb wußte Robert seit Jahren genau, welche Zerstreuungen ihn in der jeweiligen Gaststätte erwarteten. Bei Schorf war es die große Schaukel, die für zwanzig Kinder eingerichtet war, in der Munte das Spielen am Wasser, das Füttern der Schwäne im Parkhaus oder die Militärkapelle im Garten des Tivoli. Leider nur waren im Sommer die Kaffeehäuser weiter entfernt und die Spazierwege länger. Robert liebte diese Spaziergänge mit seiner Mutter nicht sehr, besonders weil Frau Mohwinkel die Unterhaltung mit ihrem Sohn auf nur wenige Themen beschränkte. Neben den allgemeinen Betrachtungen über die täglichen Einkäufe, die Neuigkeiten aus der Nachbarschaft, die nächste große Wäsche oder die Bekleidungssorgen war es vor allem eine krankhafte Angst, die Frau Mohwinkel stundenlang Gesprächsstoff lieferte. Sie hatte andauernd Furcht vor der Justiz. Da sie aber nie bewußt etwas Unrechtes tat und auch bis an ihr Lebensende nie bewußt etwas Unrechtes tun würde, beschränkte sich ihre Angst auf die Möglichkeit eines fahrlässigen Vergehens. Alle ihre Handlungen hatte Frau Mohwinkel stets unter Kontrolle, nur ihre Rede nicht, und so verging kein Tag, an dem sie nicht glaubte, irgend jemandem über einen Dritten etwas gesagt zu haben, was sie als Angeklagte in einem Beleidigungs- oder einem Verleumdungsprozeß vor den Richter bringen würde.

Als die Möglichkeiten einer Strafverfolgung sich allmählich erschöpften, kam im Jahre 1933 die Furcht hinzu, daß auch abträgliche Bemerkungen über das neue Regime unter Strafe gestellt wurden. Nicht etwa Aufsässigkeit oder revolutionäre Gedanken hegte die Familie Mohwinkel, sondern es waren viele kleine unliebsame Berührungspunkte, die es zwischen den Mohwinkels und dem neuen Regime gab. Hiervon waren es wiederum die unwichtigsten, die Frau Mohwinkel in die Angst vor Strafverfolgung versetzten. Sie hatte Handschuhe in einem Geschäft gekauft und sich schon gewundert, wie leer es in dem Laden war. Zu spät hatte sie den Inhaber als Juden erkannt. Tagelang noch sagte sie: »Wenn mich nun jemand gesehen hat, was dann?« Die Handschuhe zog sie nie an, sie versteckte sie in der Kommode.

Ein anderes Mal wurde sie in der Dämmerung von einem Betrunkenen auf der Straße angerempelt. »Sie besoffener Kerl!« hatte sie gesagt, dann aber plötzlich bemerkt, daß es ein NSKK-Mann, ja sogar ein Nachbar war, der sie womöglich erkannt haben konnte, so daß selbst die Flucht in diesem Falle nichts mehr genutzt hätte. Aber noch Geringeres versetzte Frau Mohwinkel in wochenlange Furcht. Wenn sie nur sagte: »Die Butter ist ja schon wieder teurer«, oder »Ob es wohl Krieg gibt?«, dann wußte sie später nicht, ob in diesen Worten nicht eine unerlaubte Kritik an dem nationalsozialistischen Staat enthalten war.

Herr Mohwinkel verbrachte Abende damit, seiner Frau diese Ängste auszureden. An den Nachmittagen, an denen er im Büro war, mußte Robert seinen Vater bei dieser Aufgabe vertreten. Er tat es, indem er die pausenlose Selbstanklage seiner Mutter nur hin und wieder unterbrach, etwa mit den Worten: »Das hast du ja gar nicht gesagt«, oder »Das haben die anderen ja gar nicht gehört«.

Obgleich diese Gespräche für Robert, der selbst Sorgen hatte, eine Belastung darstellten, waren sie ihm weit angenehmer als die stunden-, ja tagelangen Vorhaltungen seiner Mutter wegen etwaiger schlechter Schulleistungen. Ein Deutschaufsatz, der nur mit einer Drei zensiert war, obgleich Frau Mohwinkel von ihrem Sohn Deutschaufsätze erwarten konnte, die nicht schlechter als »Zwei« waren, bildete einen unerschöpflichen Gesprächsstoff. »Was willst du im Leben einmal werden«, sagte sie, »noch nicht einmal Deutsch kannst du richtig schreiben. Nur noch Schuster können wir dich lernen lassen.«

Am erfreulichsten waren immer noch die Ausflüge am Sonnabendnachmittag oder am Sonntag, die die Eltern gemeinsam mit Robert unternahmen. Da blieben diese Gespräche innerhalb des Elternpaares, und Robert wurde nicht mit hineingezogen. »Troll dich ein bißchen«, sagte der Vater zu ihm, und Robert war froh, allein mit sich zu sein. Zwar gab es an den Sonntagen weniger Kuchen als während der Wochentagsspaziergänge mit seiner Mutter, denn Herr Mohwinkel war weit sparsamer als seine Frau, aber eine Stunde Freiheit war Robert ein größerer Gewinn als Mohrenkopf mit Schlagsahne.

So von seinen Eltern, insbesondere von seiner Mutter, aber auch von seinem Freund Friedrich Maaß in Anspruch genommen, hatte Robert keine Zeit übrig, sich weitere Freunde zu suchen. Da Friedrich Maaß ihm die Freundschaft mit einem anderen Jungen auch wohl kaum erlaubt hätte, empfand Robert es nicht als Mangel, daß ihm das Spielen auf der Straße verboten war. Auch kannte er die Jungen seiner Nachbarschaft und wußte, daß er unter ihnen niemals eine besondere Rolle spielen würde. Er fürchtete, daß er immer nur eine klägliche Figur machen könnte, die gleiche, die er in der Schule schon war.

Nicht nur die mangelnde freie Zeit, sondern vor allem die Fülle eigener Gedanken hinderten Robert daran, Bücher zu lesen. Die Bücher, die man ihm im Laufe der Jahre schenkte oder lieh, schienen ihm weit weniger Spannung zu enthalten als das, was er selbst an Abenteuern und Spielen erfand. Er las nur, was er für die Schule lesen mußte, aber diese Lektüre langweilte ihn auch. Er behielt nicht, was er gelesen hatte. Trotzdem versuchten nicht nur seine Eltern, sondern auch seine Lehrer immer wieder, in ihm die Freude am Lesen zu wecken. Für den Klassenlehrer, den Robert in der Obertertia hatte, Herrn Studienrat Haase, war die private Lektüre seiner Schüler ein Mittel der Psychodiagnose. Deshalb war er auch anwesend, wenn der Klassenobmann zweimal in der Woche Bücher der Schulbibliothek an die Schüler verteilte. Die Anwesenheit von Herrn Studienrat Haase bewirkte, daß sehr viele gute Bücher, die vielleicht sonst nicht so begehrt waren, gelesen wuren, denn die meisten Schüler wollten dem Lehrer mit ihren hohen Interessen imponieren.

Nur Robert meldete sich beim Verleih von Büchern nie, und so blieb er auch für Herrn Studienrat Haase, der ihn an Hand seiner Lektüre gern psychologisch eingeordnet hätte, ein Rätsel. In einer Pause nahm er sich Robert einmal vor und versuchte mit sanfter Stimme, ihn zu überzeugen, wie sehr doch das Lesen bilde und wie wichtig es für einen jungen Menschen sei, auf diese Weise seinem Wissen etwas hinzuzufügen. »Es muß ja nicht gerade ein schwieriges Werk sein«, sagte er, »so manches gute Jugendbuch bildet und ist noch spannend dazu.«

Diesen gütigen Forderungen konnte Robert sich nicht verschließen, und er begann, sich schon bei der nächsten Buchverleihung bei einigen Titeln zu melden. Er hob immer bei solchen Büchern die Hand, die als besonders spannend bekannt und somit bei den Jungen besonders begehrt waren, da hier kaum Aussicht bestand, daß er das Buch wirklich bekäme. So kam Robert diesmal noch davon, er brauchte kein Buch zu lesen, hatte sich aber viele Male gemeldet und seinen Lehrer somit zufriedengestellt.

Beim nächsten Mal war er noch mutiger. Er meldete sich bei fast jedem Titel in der Hoffnung, daß Mitschüler, die nach dem Alphabet vor ihm Anspruch auf das Buch hatten, ihm zuvorkämen. Plötzlich aber merkte er, als es schon zu spät war, daß er sich bei einem Titel ganz allein gemeldet hatte, und er mußte zum erstenmal unter den Augen des Lehrers und unter den Augen aller Mitschüler den leihweisen Erhalt eines Buches quittieren. »Das wird nun auch gelesen!« sagte Herr Studienrat Haase, und Robert nahm sich vor, es ganz bestimmt zu lesen, allein schon aus Angst, irgend jemand könnte ihn später nach dem Inhalt fragen.

Zu Hause nahm er am Abend das Buch gleich vor. Es hieß »Entdeckungen in den Allgäuer Alpen«. Es war von einem bayrischen Bergsteiger geschrieben und so langweilig, daß Robert sich an diesem Abend ganz krank fühlte und sich vorzeitig mit Kopfschmerzen zu Bett legte. Trotzdem war er fest entschlossen, das Buch bis zu Ende zu lesen, weil er es für eine Pflicht seinem Lehrer gegenüber hielt. Aber das Unwohlsein beim Lesen steigerte sich von Abend zu Abend, und noch nicht einmal die Stelle, bei welcher der Freund und Begleiter des Helden bei der Besteigung einer schwierigen Nordwand tödlich verunglückte, konnte Begeisterung oder Mitgefühl in ihm erwecken. Als er nach einer Woche das Buch ausgelesen hatte, fühlte er sich so ermattet und übel, daß er beschloß, nie im Leben wieder freiwillig ein Buch zu lesen. Für Herrn Studienrat Haase blieb Robert, der in Zukunft beim Bücherverleihen wieder schwieg, ein eigenbrötlerischer Junge, den er deshalb nicht mochte, weil er ihn nirgends einordnen konnte.

Zu den drei Mächten, die Robert bedrängten, der Schule, dem Elternhaus und seinem Freunde Friedrich Maaß, kam jetzt eine vierte hinzu: das Deutsche Jungvolk, in das er auf Betreiben seines Klassenobmanns Heinz Klevenhusen im Dezember 1933 eintrat. Diese Organisation verlangte von Robert, der gewissenhaft bestrebt war, allen Mächten gleich ergeben zu dienen, nicht weniger Gehorsam als die Schule. Sie verursachte ihm die gleichen Qualen wie sein Freund Friedrich Maaß, und in ihr fühlte er sich ebenso als Fremder wie in seinem Elternhaus.

Die Quintaner des Gymnasiums waren der neuen Ordnung sehr zugetan, und es war eine Freude zu sehen, wie bei der Schulfeier am 9. November 1933 die ganze Klasse bis auf wenige Ausnahmen in der Uniform des Deutschen Jungvolks erschien. Zu den Ausnahmen gehörten Herbert Löwenstein, ein Jude, und Karl Ratjen, der Sohn eines ehemaligen Kommunisten, Friedrich Maaß, Robert Mohwinkel und einige andere. Robert hielt es nicht für gut, bei der Minderheit zu bleiben, und er erhoffte sich, wenn er dieser Organisation beitreten würde, die Protektion der Klassenstärksten, die zum Teil schon die rotweiße Schnur des Jungenschaftsführers oder die grüne des Jungzugführers trugen. Sonst versprach er sich von seiner Mitgliedschaft im Deutschen Jungvolk nichts; er wußte auch, daß eine besondere Position ihn dort nicht erwartete und daß die Begeisterung dieser Jungen, die er nie verstanden hatte, ihn niemals anstecken würde.

Einzig Friedrich Maaß hatte bisher zu verhindern gewußt, daß Robert sich dem Deutschen Jungvolk anschloß. Friedrich hatte sich zuvor erkundigt und erfahren, daß bei einem Eintritt in das Jungvolk jeder von ihnen in ein anderes Fähnlein käme; dann würde Friedrich also isoliert und somit selbst die Rolle spielen müssen, die er jetzt Robert zuweisen konnte. Die Autorität Heinz Klevenhusens und die Kameradschaftlichkeit, mit der er eines Tages, kurz nach dem 9. November, um Robert warb, waren jedoch stärker als der Einfluß Friedrichs. Roberts anfängliche Ausflüchte, daß auch eine Menge anderer Jungen nicht im Jungvolk seien, entkräftete Heinz Klevenhusen. Er sagte: »Die anderen brauchen wir nicht, das sind Feiglinge, auch der Maaß. Wir brauchen nur richtige Jungen.«

Roberts Eltern standen seinem Schritt unentschlossen gegenüber. Einerseits sahen sie Robert in dieser neuen Umgebung und bei einem Treiben, das sich vornehmlich auf der Straße abspielte, nicht gern. Andererseits glaubten sie aber an die lange Dauer dieses Regimes, und wenn sie auch selbst nichts mit der Partei und den nationalsozialistischen Organisationen zu tun haben wollten, so sahen sie doch für ihren Sohn darin einen Vorteil, der ihm später vielleicht ein leichtes Vorankommen im Beruf ermöglichen könnte.

Trotz seiner Bereitschaft, in diesem neuen Kreis von Jungen alles richtig zu machen und mit größter Gewissenhaftigkeit jedem Befehl zu gehorchen, blieb Robert nur ein Pimpf, den man ins mittlere Glied einordnete, dorthin, wo er am wenigsten auffiel. Zwar gehörte Robert Mohwinkel zu den Diensteifrigsten des Fähnleins und zu den Pünktlichsten, die immer zehn Minuten vor dem Antreten zur Stelle waren. Seine Uniform war immer makellos, Schuhe und auch Koppel auf Glanz geputzt und das Braunhemd von seiner Mutter gebügelt, aber die Führer liebten ihn trotzdem nicht. Er sah immer ängstlich und zag aus, er war in ihren Augen ein Duckmäuser. So kam es vor, daß Robert, der beim Marschieren leise den Schritt zählte, um keinen Fehler zu machen und nicht aufzufallen, von seinem Hintermann auf die Hacken getreten wurde und sich nun von seinem Führer sagen lassen mußte, daß das ganze Fähnlein den richtigen Schritt halte, nur er, Robert, nicht, und daß er der einzige blöde Heini sei, der immer wieder auffalle.

Der Dienst im Deutschen Jungvolk war vielseitig, und jeder Junge, der es liebte, sich hervorzutun, fand hier ein reiches Feld. Gute Turner konnten sich auf den Sportveranstaltungen eine Anerkennung holen, kräftige Jungen konnten die Ehre des Fähnleins beim Geländespiel und im Kampf gegen ein anderes Fähnlein retten, Schreihälse waren bei Sprechchören beliebt. Aber Robert fand alles eintönig. Am wohlsten fühlte er sich in der kleinsten Einheit, der Jungenschaft, in der man sich mit Basteln beschäftigte, mit der Ausschmückung des Heims oder dem Vorlesen von Kriegsbüchern aus dem ersten Weltkrieg. Manchmal war auch der Vater eines Jungen anwesend, der als ehemaliger Offizier eine besonders rühmliche Vergangenheit besaß, wenigstens seiner Erzählung nach, und der zum Schmuck des Heims der Jungenschaft einen Degen lieh oder vielleicht ein Seitengewehr, in einem Falle sogar den Helm der Kaiserlichen Schutztruppe für Deutsch-Ostafrika. Die Jungenschaft wurde mehr von der Kameradschaft zusammengehalten und weniger vom Kommandoton eines Führers, der in dieser unteren Charge nicht zu den Großschnäuzigen gehörte.

An den Feiertagen der Nation oder an den Sonnabenden und Sonntagen, an denen die Oberbannführung glaubte, irgend etwas feiern zu müssen, wie etwa den Geburtstag Lettow-Vorbecks oder den Jahrestag der Schlacht von Tannenberg, wurde der Dienst im Rahmen des Banns angesetzt. Das Marschieren in so großer Formation, aber auch die Aufmärsche des Gaus, zu denen man nach Oldenburg fuhr, hatten für Robert den Reiz des anonymen Untergehens in der Menge. Die Pimpfe waren stammweise angetreten, und hinter, neben und vor ihm marschierten oder standen Jungen, die ihn nicht kannten. Die Eintönigkeit dieser Aufmärsche und Feierstunden gaben Robert Gelegenheit, ein weiteres geheimes Spiel zu spielen, das er »Revolutionär« nannte. Er sagte sich: Ich bin ein Fremder, Abgesandter einer feindlichen Macht und ein gefährlicher Bursche, der vor nichts zurückschreckt. Robert bildete sich ein, in diese Organisation habe er sich vor Jahren schon eingeschlichen, um ihre Gewohnheiten zu studieren, damit er alles eines Tages zu Fall bringen könnte. Er merkte sich die Namen gefährlicher Nationalsozialisten, und er trug sie abends nach Dienstschluß in ein Heft ein. Gefährliche Nationalsozialisten aber waren für Robert nicht etwa politische Persönlichkeiten oder höhere Hitlerjugendführer, sondern lediglich Jungen, die ihn ärgerten, beleidigten, ihm beim Marschieren auf die Hacken traten oder ihn gar knufften.

Wenn Robert dieses Spiel spielte, ertrug er jede Demütigung und jeden Angriff, ja selbst den, der von den Pimpfen »Rolle«

genannt wurde. Die »Rolle« war ein Spaß, den sich zwei stärkere Jungen mit einem schwächeren leisteten. Einer von ihnen trat auf das Opfer zu und verwickelte es in eine zwanglose Unterhaltung, während der Komplice hinter das Opfer kroch und dicht an seinen Fersen niederkniete. In dem Augenblick, da der Komplice ganz heruntergegangen war und den Kopf eingezogen hatte, gab der erste Junge dem Opfer unvermutet einen Stoß, so daß es kopfüber nach hinten stürzte und in den meisten Fällen unglücklich hinfiel. Da es genügend schwächere und wehrlose Pimpfe gab und die stärkeren Pimpfe auf den stundenlangen Aufmärschen ohne Beschäftigung waren und sich langweilten, verbreitete sich dieses Spiel schnell, und die »Rolle« gewann viele Freunde, aber auch eine Menge Feinde. Robert hatte vor der »Rolle« eine ständige Angst, nicht zuletzt, weil das unglückliche und unvermutete Fallen manchmal Verstauchungen zur Folge hatte. Wenn er aber in sein Spiel vertieft war und sich für den geheimen Revolutionär hielt, machte es Robert nichts aus, das Opfer zu sein. Ja, er sehnte eine solche unglückliche Situation geradezu herbei, da er nun wieder zwei gefährliche Nationalsozialisten mehr notieren und nach dem geglückten Putsch ihrer gerechten Strafe zuführen konnte.

Aber nicht nur Feinde hatte Robert Mohwinkel im Deutschen Jungvolk, einige Beschützer hatte er auch, besonders Führer, die mit steigendem Dienstgrad zusehends gerechter wurden und bei denen sich schon im jugendlichen Alter das gehobene Amt mit der Pflicht verband, den Schwächeren zu schützen. Für diese hielt Robert Mohwinkel nach der Revolution allerhöchste Posten bereit.

Roberts Eltern hielten ihn nie vom Dienst im Deutschen Jungvolk ab. Ja, auch bei schlechtem Wetter, bei dem Frau Mohwinkel ihrem Sohn früher streng verboten hätte, hinauszugehen, verlangte sie jetzt seine Teilnahme am Dienst. Das Fernbleiben setzte sie einer Desertion gleich, und sie hatte Angst vor Unannehmlichkeiten, von denen auch die Eltern des Deserteurs betroffen werden könnten.

Zwischen Elternhaus und Jungvolk gab es nur einen Konfliktstoff, das war die Frage der Bekleidung. Frau Mohwinkels

Ansichten über die gesunde und zugleich zweckmäßige Bekleidung eines Pimpfes standen im Gegensatz zu denen der Jungvolkführer. Sie sagte: »Im Winter trägt man lange Strümpfe, oder willst du dir Rheuma holen?« Robert hätte sich lieber Rheuma geholt als das Gelächter des Fähnleins ertragen, wenn er als erster im Herbst mit langen Strümpfen bekleidet zum Dienst erschienen wäre. Die Mohwinkels waren jedoch nicht die einzigen, die den Bekleidungswünschen der Pimpfe so verständnislos gegenüberstanden; auch andere Eltern trachteten danach, ihre Söhne im Winter warm zu kleiden. In diesen Familien wurde aber nicht lange darüber diskutiert; die Jungen zogen im Hause an, was die Eltern wünschten, auf der Straße änderten sie ihre Kleidung selbständig. Sie krempelten die Strümpfe herunter und kürzten auch die Jungvolkhose aus schwarzem Manchester auf die vorgeschriebene Höchstlänge von zwei Handbreit oberhalb der Knie. Robert bewunderte diese Jungen, die so selbständig handelten; er selbst blieb Vater und Mutter gegenüber gehorsam. Aber die Entfremdung zwischen ihm und seinen Eltern, die in diesen Jahren ständig wuchs, fand vor allem in diesen Kleinigkeiten ihre Nahrung.

Die anderen Jungen lebten zwei Leben, eins im Hause als Kind ihrer Eltern, das andere als Pimpf und Held in der Gemeinschaft der Jungen. Robert lebte nur ein Leben, das Leben unter der Autorität von Eltern, Jungvolk, Freund und Schule zugleich. Zu ihm gesellte sich höchstens noch das zweite Leben seiner geheimen Spiele.

Ein einziges Mal nur war Robert auch Held in der wirklichen Gemeinschaft der Jungen. Es war auf einer Fahrt, auf der die Jungenschaft mit Rädern in den Hasbruch, einen Wald im Oldenburgischen, gefahren war. Man hatte Vorräte mitgenommen, und als die Jungen im Hasbruch eine Lichtung fanden, die zum Lagern geeignet erschien, wurde abgekocht. Obgleich das Anlegen von Feuerstellen in vorangegangenen Dienststunden häufig theoretisch behandelt und auch praktisch geübt worden war und obgleich der Führer der Jungenschaft, ein Gymnasiast, der Werner Kulenkampf hieß, sonst äußerst überlegt handelte, achtete niemand auf das grundsätzliche Verbot, im Walde Feuer zu machen. Bevor noch das Wasser, das eine Maggisuppe ergeben sollte, kochte, fielen Funken auf benachbarte Grasbüschel, die in diesem Sommermonat besonders trocken waren. Das Feuer verbreitete sich rasch, und erst als die ganze Lichtung brannte und das Feuer auch auf die umstehenden Bäume überzugreifen drohte, entdeckte Werner Kulenkampf in unmittelbarer Nähe einen Stapel gefällter Baumstämme, die die Jungen nun in größter Geschwindigkeit herbeitrugen und als Dämme um die Brandstelle legten. Es gelang ihnen, das Feuer einzudämmen, aber die Grasfläche der Lichtung war verbrannt, und Werner Kulenkampf hatte große Angst vor der Entdeckung dieser Tat. Denn die Fahrten aller Einheiten waren im voraus mit genauen Zielen und Verrichtungen der Jungbannführung gemeldet, und es wäre dem Forstamt später ein leichtes, über eine Anfrage beim Hitlerjugend-Gebietsführer den Jugendführer festzustellen, der für den Brand verantwortlich war.

Während die Jungen beisammensaßen und lange darüber berieten, wie man das Geschehene vertuschen könnte, hatte Robert Mohwinkel, der beim Löschen und Eindämmen des Feuers nur am Rande mitgewirkt hatte, eine eigene Initiative ergriffen. Mit einem Feldspaten stach er in der Nachbarschaft der Lichtung Grassoden aus, trug sie zur Schadenstelle und begann, die schwarze, verkohlte Fläche damit zu verdecken. Die anderen Jungen bemerkten ihn erst, als er einen großen Teil seines Werks bereits allein vollbracht hatte. Auf Anordnung des Jungenschaftsführers halfen sie ihm, und zwei Stunden später war vom Brand nichts mehr zu sehen. Nach Vollendung dieser Arbeit trat bei den Jungen, insbesondere bei Werner Kulenkampf, die mutige Löschaktion weit zurück hinter dieses Werk der Wiedergutmachung. Für seinen pedantischen Ordnungssinn und für seinen Fleiß erhielt Robert Worte des Lobes, die er vor der Front der angetretenen Jungenschaft von seinem Führer Werner Kulenkampf unter Händedruck entgegennehmen mußte. Diese Szene blieb ihm noch lange im Gedächtnis. Wie schnell sie in der Erinnerung seiner Kameraden verblaßte, wußte er nicht.

In den Jahren, in denen Robert zur Schule ging, bestanden seine Eltern jeden Sommer auf der gemeinsamen Ferienreise, die für Robert zwar als kleine Abwechslung, nie aber als Sensation den Jahresablauf unterbrach. Die Mohwinkels glaubten indessen, ihrem Sohn mit der Ferienreise und der mit ihr verbundenen Geldausgabe ein besonderes Geschenk zu machen. Sie verlangten dementsprechende Dankbarkeit und im Urlaub von Robert ein Verhalten, das jeden Tag diese Dankbarkeit ausdrückte.

Robert benahm sich auch, wie es von ihm gefordert wurde. Er hatte Angst, bei undankbarem Verhalten im nächsten Jahr nicht mitgenommen zu werden. Zwar wäre es ihm lieb gewesen, zu Hause bleiben zu können, doch wäre diese Folge nicht eingetreten. Vielmehr wäre er in ein Heim oder in das Sommerlager des Deutschen Jungvolks geschickt worden. In ein solches Lager ihren Sohn zu schicken hatten aber auch die Mohwinkels Furcht, weil man nie wußte, was passieren konnte, wenn Kinder unter sich waren. Deshalb blieb das Jungvolk-Sommerlager jedes Jahr nur eine Drohung und für die Mohwinkels ein Mittel, von ihrem Sohne Dankbarkeit zu erlangen.

Früher, als Herr Mohwinkel noch nicht Prokurist, sondern nur Sachbearbeiter in der Exportfirma war, und seine finanziellen Mittel eine Reise der Familie an die See oder ins Gebirge nicht gestatteten, fuhren die Mohwinkels mit ihrem Sohn abwechselnd zu den Eltern Herrn und Frau Mohwinkels. Die Erinnerungen, die Robert an diese Reisen bewahrte, beschränkten sich auf die großen Batterien von Braunbierflaschen, die die Großeltern mütterlicherseits in Lüneburg für Robert bereithielten, und auf die Verständnislosigkeit, mit der die Großeltern väterlicherseits in Kiel ihm begegneten. Die Großeltern in Kiel schrieben während des ganzen Jahres klagende Briefe und beschwerten sich, daß sie ihren Enkel viel zuwenig sähen. »Es ist doch unser einziger«, schrieben sie, aber wenn Robert alle zwei

Jahre mit seinen Eltern nach Kiel kam, begrüßten sie ihn nur: »Hab Oma und Opa lieb, gib Oma und Opa einen Kuß. So, und nun troll dich!« Robert war angewiesen, nach dieser Begrüßung sich für den Rest des Urlaubs nur in angemessener Entfernung von den Großeltern aufzuhalten, weil sie Kinder grundsätzlich nicht liebten.

Anders war es bei den Großeltern in Lüneburg. Hier wurde er als Enkel natürlicher behandelt, bekam auch viel Wohlschmekkendes zu essen, das er zu Hause nicht kannte, zum Beispiel Kunsthonig statt Bienenhonig, Margarine statt Butter, Braunbier statt Milchkaffee. Leider war Robert bei diesen Großeltern nicht der einzige Enkel. Es gab da noch seinen Vetter Paul, der ihm jedesmal diese Ferien, die sonst so schön gewesen wären, gründlich verdarb. Vetter Paul war drei Jahre älter als Robert, ein rüpelhafter Großtuer, der an seinem jüngeren Vetter neue Kniffe übte, einen Jungen zu Boden zu zwingen. Es ging ihm dabei weniger um die Übung als um die Kniffe selbst, denn Vetter Paul war ein Sadist. Schon als Vierjähriger hatte er dem einjährigen Robert, der im Kinderwagen lag, den Arm umgedreht, und er steigerte seine Maßnahmen bis zur »Erschießung«, wie er es nannte. Zu seiner »Erschießung« wurde der neunjährige Robert vom Vetter gefesselt auf den Dachboden gebracht und dort an die hölzerne Tür gestellt. Dann nahm Paul das Luftgewehr und schoß, indem er auf eine Stelle in der Tür dicht über Roberts Kopf zielte, drei Bolzen ab, die auch an der beabsichtigten Stelle einschlugen und Robert nicht verletzten. Robert ertrug alles ohne Gejammer. Er zuckte auch bei keinem Schuß zusammen, nicht etwa, weil er besonders mutig war, sondern aus Angst vor seinem Vetter, der ihm das Zusammenzucken ausdrücklich verboten hatte. Paul legte aber Roberts Verhalten als Mut aus, und von dem Tage an betrachtete er ihn als gleichberechtigten Freund. Diese Wandlung befriedigte Robert jedoch nicht, denn nun war er nicht mehr das Objekt seines Vetters, sondern mußte an seiner Seite eine aktive Rolle spielen, was ihm schwerfiel.

Robert war froh, als diese Reisen zu den Großeltern aufhörten und seine Eltern mit ihm in den Sommerferien in einen einfachen Kurort fuhren und dort in einer Fremdenpension wohnten. Die Mohwinkels liebten es nicht, einen Erholungsort ein zweites Mal zu sehen, und so war das Reiseprogramm zwischen Roberts elftem und vierzehntem Lebensjahr sehr abwechslungsreich. Robert lernte Achterberg in der Lüneburger Heide, Lautenthal im Harz, Dangast an der Nordsee und Plön in Holstein kennen. Alle Orte fand Robert gleich eintönig, zumal seine Eltern überall darauf achteten, daß man nur das tat, was einzig der Erholung diente. Dazu gehörten lange Spaziergänge mit der Mutter, Ruhen im Liegestuhl, ein Stündchen Schlaf nach dem Essen, frühes Zubettgehen. Nicht dazu gehörten: Toben mit anderen Kindern, Spielen im Zimmer, Entfernen von den Eltern, lautes Sprechen. Es war für Robert immer leicht zu wissen, was er durfte und was er nicht durfte. Nur selten irrte er sich, denn er hatte eine einfache Formel, die er in Zweifelsfällen zu Rate zog: Alles, was seine Kleidung schonte, war gut und erlaubt; alles, was seine Kleidung strapazierte, war verwerflich und verboten.

Als Robert mit zwölf Jahren in Lautenthal war, hatte er eines Tages vor dem Abendessen eine Stunde Zeit, und er war angewiesen, die Stunde allein zu verbringen. Als er spazierenging, wie es ihm seine Mutter gesagt hatte, kam ihm das Bedürfnis, jetzt irgend etwas zu sammeln, zu ordnen und zu zählen. So begann er, am Wegesrand Steine aufzuheben, kleinere zunächst, dann auch mittelgroße. Er hielt sie in der Hand, weit von sich gestreckt, damit sie seine Kleidung nicht verdarben, denn sie waren ja schmutzig. Sie in die Hosentasche zu stecken, hätte er nie gewagt, auch nicht, sie mit in die Pension zu nehmen. Er wußte nicht, wohin mit den Steinen. Er ging zum nahe gelegenen Bahndamm der sehr belebten Eisenbahnstrecke und legte die Steine, damit sein Sammeln wenigstens einen Sinn gehabt hatte, auf die Schienen. Er wußte, daß er etwas streng Verbotenes tat, indem er sich einmal durch das Betreten des Bahnkörpers in Lebensgefahr begab und zum anderen Gegenstände auf die Schienen legte, die bei größerem Umfang geeignet gewesen wären, einen Zug zum Entgleisen zu bringen. Er tat es auch ungern, aber er sah keinen anderen Verwendungszweck für die Steine, die er nicht behalten durfte.

Als er in die Pension zurückkam, sah es seine Mutter gleich.

Sie sagte: »Du hast ja ganz schmutzige Hände. Wo hast du dich wieder gesuhlt? Komm bloß nicht mit den Händen an deinen sauberen Anzug. Na warte, in den nächsten Ferien geben wir dich in ein Heim.«

Robert war jedesmal froh, wenn die Familie wieder zu Hause war.

Als Robert fünfzehn Jahre alt war und als er die Untersekunda besuchte, entschlossen sich seine Eltern, ihn diesmal doch in das Sommerlager der Hitlerjugend zu schicken. Robert war vor kurzem vom Deutschen Jungvolk in die Hitlerjugend überwiesen worden, und Frau Mohwinkel glaubte, daß bei dieser Organisation, in der die Führer ja bedeutend älter wären, in den Lagern nicht mehr so viel passieren könnte wie in denen des Jungvolks. Sie sagte zu Robert: »Du mußt ja endlich einmal lernen, dich unter anderen jungen Leuten durchzusetzen.« Sie selbst und Herr Mohwinkel waren in diesem Sommer von einem Geschäftsfreund Herrn Mohwinkels nach Antwerpen eingeladen, um dort vierzehn Tage auf dessen Kosten zu verleben. Ihren Sohn konnten sie nicht mitnehmen; da kam ihnen die Gelegenheit, Robert anderswo unterzubringen, ganz recht.

So stand Robert an einem Morgen im Juli 1937 mit vorschriftsmäßig gepacktem Tornister, wie es schon Wochen vorher geübt worden war, mit einer Wolldecke, Brotbeutel, Kochgeschirr und Feldflasche, mit blankgeputztem Lederzeug, im Braunhemd und kurzer schwarzer Hose auf dem Messegelände hinter dem Bahnhof. Bereits Stunden vor Abfahrt des Zuges mußten die Jungen antreten, und viele Eltern säumten den Aufmarschplatz, um ihrem Jungen noch nachzuwinken oder ihm im letzten Augenblick noch eine Süßigkeit zuzustecken. Es war ein heißer, trockener Tag, und der rote Sand, mit dem das Messegelände aufgeschüttet war, wirbelte unter den Füßen der tausend Jungen in roten Wolken auf, die sich in dicker Schicht auf Kochgeschirre und Lederzeug legten. Überall liefen höhere Hitlerjugendführer umher. Sie kontrollierten die Uniformen der Jungen, prüften das Gepäck. Hier und da schnauzte einer, weil bei jemandem etwas nicht stimmte, obgleich jeder Gefolgschaftsführer einen gründlichen Appell seiner Jungen schon vorgenommen hatte. Roberts Gepäck war ohne Tadel. Mit größter Gewissenhaftigkeit hatte er sich, da seine Eltern schon einige Tage früher abgefahren waren, seine Sachen lange vorher zurechtgelegt und immer wieder gezählt. Auch die kurze schwarze Hose hatte er selbständig umgenäht und so gekürzt, daß sie die vorgeschriebene Höchstlänge noch um etliches unterbot. Robert wollte zackig sein wie die anderen Jungen, er wollte nicht auffallen, und er hatte sich vorgenommen, diese Reise ohne jede Angst anzutreten und durchzustehen. Was kann mir schon passieren, sagte er sich, es dauert ja nur drei Wochen.

So fuhr Robert nicht mit ängstlichen, sondern nur mit gemischten Gefühlen in dieses Zeltlager, das ein Vorkommando der Hitlerjugend in der Nähe von Wernigerode im Harz aufgebaut hatte. Er hatte sich vorgenommen, sich zu ändern, sich durchzusetzen und sich von niemandem etwas gefallen zu lassen. So überwand er gleich beim Einsteigen in den Zug seine Scheu und drängte sich vor, was ihm zwar einige Stöße von hinten, aber auch einen Fensterplatz einbrachte. Die anderen Jungen in seinem Abteil waren ihm fremd, und so gelang es ihm, diesen Platz zu behaupten und ungestört zu bleiben, bis einige Jungen aus seiner Schar auf dem Gang vorbeilärmten, Robert erkannten und, indem sie auf seinen Fensterplatz und seine gekürzten Hosen anspielten, losbrüllten: »Seht doch bloß den Mohwinkel in der Badehose an, der will sich vielleicht verkleiden!« Da wußte Robert, daß es ihm nie gelingen würde, seine Hülle abzuwerfen. Er konnte sich eine Kommandostimme zulegen wie Knox, der Fähnleinführer; er konnte über Nacht zu Bärenkräften kommen wie sein Klassenobmann Heinz Klevenhusen, und er konnte sich die zackigste Kleidung anziehen mit den kürzesten Hosen, etwa wie die des Jungenschaftsführers Werner Kulenkampf – immer blieb er Robert Mohwinkel, der Duckmäuser mit den pumpligen Hosen, den man ins mittlere Glied stellte, weil er stets auffiel.

Robert empfand, daß alle Versuche, sich zu ändern, vergebliche Mühe wären. Zwar war er von gutem Knochenbau, aber seine Haut war weiß, und seine Oberschenkel in den gekürzten Hosen waren weiß und rosa gescheckt. Er bekam keinen modernen Körper, und so konnte auch niemand erkennen, wenn er sich innerlich änderte.

Als sein Scharführer kam, der noch keinen Platz gefunden hatte, sah er Robert auf seinem Fensterplatz und sagte: »Schön, daß du mir den Platz freigehalten hast. Dann rück mal ein bißchen.« Er fand bei Robert keinen Widerstand. Robert rückte vom Fenster ab, machte auch Platz für das Gepäck seines Scharführers, drängte sich eng mit den anderen Jungen zusammen, und im traurigen Bewußtsein, in diesem Augenblick rückfällig zu werden, nahm er seine Arme nach vorn, legte die Handgelenke übereinander, senkte den Kopf und begann, sein Spiel »Deportation« zu spielen, das er bis Hannover durchhielt.

Am Spätnachmittag trafen die Jungen in Wernigerode ein. Beim Aussteigen gab es ein großes Durcheinander, und Robert war froh, als er, ohne ein Gepäckstück im Zuge zu vergessen, auf dem Platz vor dem Bahnhof unter den vielen ihre Einheiten zusammenpfeifenden Führern seinen Gefolgschaftsführer erkannte. Der Abmarsch in die vier Lager mußte in größter Eile geschehen, wenn die Jungen noch vor Einbruch der Dunkelheit in ihren Zelten sein wollten. Der Gefolgschaft, der Robert angehörte, wurde ein Lager auf einer Anhöhe zugewiesen, die sechs Kilometer entfernt von Wernigerode lag. Die Zeltstadt war auf drei Seiten von Nadelwald begrenzt, die vierte Seite war zu einer Wiese hin offen. Hier hatte das Vorkommando einen niedrigen Zaun gezogen, der in der Mitte von einem Portal unterbrochen war. »Wir sind die Garanten der Zukunft« stand über dem Portal unter einem holzgeschnitzten Hakenkreuz. Ein Junge der Hitlerjugend-Stabswache hatte am Portal Posten bezogen; er grüßte mit dem Deutschen Gruß, als die Einheiten mit ihren Fahnen unter Gesang in das Lager zogen. Es wurde schon dunkel, als die Jungen auf die dreißig Zelte des Lagers verteilt wurden. Robert wurde von seiner Kameradschaft getrennt, als die Jungen zu vierzehn abzählen mußten. Als überzähliger Rest wurde er zu fremden Jungen in ein Zelt eingewiesen und, als der Unterbannführer fort war, von diesen Jungen sofort wieder hinausgeworfen mit der Begründung, Robert gehöre nicht zu ihnen. Es half nichts, daß Robert sich auf die Anordnung des Unterbannführers berief. Die Jungen sagten: »Geh doch hin zu ihm und beschwer dich!«, denn sie waren lieber unter sich. Als Robert mit seinem Gepäck draußen vor dem Zelt stand, in dem man ihn nicht haben wollte, kam ihm der Gedanke, daß er ja nun, da man nichts von ihm wissen wollte, das Recht hätte, das Lager sogleich zu verlassen, nach Wernigerode zurückzugehen und von dort auf Kosten der Hitlerjugend mit dem ersten Zuge heimzufahren. In diesem Vorhaben sah er nichts Unrechtmäßiges, keine Fahnenflucht oder Befehlsverweigerung, sondern er glaubte, allen Kameraden und allen Führern, überhaupt der ganzen Hitlerjugend, einen Gefallen zu tun, wenn er diesen Ort, wo man ihn nicht gern sah, freiwillig verließe, ohne auf sein Recht zu pochen, wonach ihm ein Platz in einem Zelt zustand.

Robert ging zum Führerzelt und sagte: »Bitte eintreten zu dürfen«, betrat das Zelt und brachte vor dem Unterbannführer und einigen Gefolgschaftsführern seine Beschwerde vor. Bevor er aber seinen Entschluß fortzugehen der Lagerleitung vorbringen konnte, wurde er vom Unterbannführer unterbrochen: »Wie kommst du dazu, das Zelt bei uns zu verpetzen? Wohl noch nichts von Kameradschaft gehört, was?« Aber sein Gefolgschaftsführer Willy Abeling, der auch zur Lagerleitung gehörte, sagte zum Unterbannführer: »Laß man, das ist nur der Mohwinkel, den kenn' ich schon«, was eine Bitte an den Unterbannführer sein sollte, Robert straffrei ausgehen zu lassen. Aber der Unterbannführer hatte schon gehandelt; er hatte nach der Wache gerufen und sagte dem wachhabenden Scharführer beim Eintreten: »Nimm den da mal mit ins Wachzelt, da kann er die drei Wochen Lagerdienst machen und ein bißchen Posten stehen. Das wird ihm gut bekommen.«

Die Sonderstellung, die Robert daraufhin im Zeltlager einnahm, bekam ihm wirklich gut. Die Isolierung von den anderen empfand er als Auszeichnung, auch wenn die Arbeiten, die er machen mußte, oft niederer Art waren. Erstmalig empfand er die Freude an einer Tätigkeit, die einen bestimmten Zweck hatte und die er als Einzelgänger vollverantwortlich leisten mußte. Zu seinen Aufgaben gehörte es, vor jedem Essenempfang die Kochgeschirre der Lagerleitung zu holen und den Führern das Essen zu bringen sowie nach dem Essen die Kochgeschirre zu säubern und völlig gereinigt den Besitzern wieder abzuliefern. Zum erstenmal hörte er ein »Dankeschön« seiner Vorgesetzten, was er früher nie zu hören bekommen hatte, wenn er nur mitgesungen, nur mitgeturnt hatte oder nur mitmarschiert war. Selbst die unangenehmste Aufgabe, die es im Lager gab, verrichtete Robert gern. Es war das Säubern der näheren Umgebung der Latrine von Papierresten. Er begriff nicht, daß sich alle Jungen um diese leichte Arbeit drückten, die nur darin bestand, mit einem zugespitzten Stock Zeitungspapierfetzen aufzuspießen und in die Latrinenmulde zu werfen; denn man war bei dieser Beschäftigung doch völlig unabhängig, konnte sich viel Zeit lassen und bekam zuweilen noch ein Lob. Er begriff nicht, daß andere Jungen sich lieber in Reihe und Glied aufstellten, sich lieber im gemeinschaftlichen, oft anstrengenden Dienst erschöpfen ließen, sich in jeder Bewegung von Befehlen abhängig machten, wo sie doch mit Lob niemals rechnen konnten. Jede zweite Nacht mußte Robert zwei Stunden lang an der hinteren Waldseite des Lagers als Posten patrouillieren. An das Portal stellte man ihn nicht, aber Robert fand nichts dabei, denn er sah ein, daß es auch Jungen geben mußte, die an der Rückseite aufpaßten. Alle Pflichten versah Robert gern, solange er sie nur außerhalb der Gemeinschaft verrichten mußte. Dabei erhöhte er sich auch in seinem geheimen Spielen. Er war nicht mehr der Strafgefangene, auch nicht der Revolutionär, sondern bei nächtlichem Postenstehen der General, der in der Nacht vor der großen Entscheidung draußen vor dem Lager noch einmal mit sich allein sein will, verantwortungsbewußt und voller Sorgen, während drinnen in den Zelten die Männer nichtsahnend schlafen. Am anderen Morgen stand Robert am Lagereingang, in der einen Hand einen Stock mit aufgespießtem Zeitungspapier, in der anderen drei fettige Führerkochgeschirre, während die Gefolgschaften zum Geländedienst hinausmarschierten, und er hielt sich für einen hohen Führer, der seine Einheit noch einmal vorbeimarschieren läßt, um sie dann in die Schlacht zu schicken. Viele von ihnen werden sterben müssen, sagte er sich, und dabei empfand er als hoher Führer wohl den Schmerz, seine Einheit so reduziert zu sehen, aber als Hitlerjunge Robert Mohwinkel freute er sich bei dem Gedanken, daß eine Reihe seiner Kameraden, die er nicht mochte, abends tot wären. Besonders die Jungen, die ihn aus dem Zelt geworfen hatten, schickte er stets an die vorderste Front. Um sie ist es nicht schade, sagte er sich. Dann ging er ins Führerzelt, um Stiefel zu putzen oder Uniformen zu reinigen.

Eines Mittags wurde Robert von Gerd Mebes angesprochen, der in seiner Schar war und in seiner Nachbarschaft wohnte. Er sagte: »Mensch, du hast es gut, wir haben jeden Tag diesen blöden Dienst. Gegen die Geländeübungen und die vormilitärische Ausbildung will ich ja nichts sagen, die sind wichtig. Aber als Erholung hiervon zwingen die uns jeden Tag zwei Stunden Sport auf, dabei immer dieses doofe Fußballspielen. Nach den paar Idioten, die gern Fußball spielen, muß sich das ganze Lager richten.« Robert freute sich, einen gleichgesinnten Jungen näher kennenzulernen. Er stimmte Gerd Mebes zu: »Ich könnte mir«, sagte er, »als Erholung jeden Tag zwei Stunden Briefmarkensammeln viel besser vorstellen. Und bestimmt gibt es in diesem Lager ebenso viele Briefmarkensammler wie Fußballspieler. Das müßte man organisieren. Warum sagst du das dem Unterbannführer nicht einmal?« Robert sah die Lösung klar vor sich: In den Erholungsstunden saßen in jedem Zelt Gruppen von Jungen zusammen. Die einen lasen, die anderen tauschten Briefmarken, wieder andere machten Klebearbeiten, bauten mit technischen Baukästen, preßten Pflanzen, während ein kleiner Teil draußen auf der Wiese Fußball spielte. So hatte aber Gerd Mebes seine Bemerkung gar nicht gemeint. »Du bist ja verrückt«, sagte er und ließ Robert stehen.

Robert versah weiter seine Arbeit im Zeltlager und blieb auch für den Rest der Lagerzeit ein unbeteiligter Zuschauer. Erst am letzten Tage beim Abmarsch mußte er sich wieder in die Formation einfügen. Einmal an die Freiheit gewöhnt, fiel ihm das nicht leicht; er merkte auch, daß seine Kameraden etwas gegen ihn hatten. Als er sie ansprach, sagten sie: »Du kannst ja gar nicht mitreden, du mit deinem Druckposten warst ja eigentlich gar nicht im Sommerlager.« Diesen Vorwurf konnte Robert nicht verstehen, aber ebensowenig begriff er, daß sein Gefolgschaftsführer ihn beim Einsteigen in den Zug bevorzugte, indem er sagte: »Laßt mal den Mohwinkel auf den Fensterplatz, er hat ja nichts vom Sommerlager gehabt. Die ganzen drei Wochen hat er gearbeitet, während ihr euch erholen konntet.« So kam Robert auf der Rückfahrt zu einem Fensterplatz.

Seine Mutter holte ihn vom Bahnhof ab. Nachdem die Einheiten sich aufgelöst hatten und die Jungen weggetreten waren, schloß sie ihn in die Arme – eine Zärtlichkeit, die er sonst nicht an ihr kannte und die ihn nach dieser ersten längeren Trennung überraschte. »Wie siehst du erholt aus«, sagte sie, so ein strammer Dienst hat dir bestimmt einmal gutgetan«, und nach einer Weile: »So eine Zeitlang als Junge mal richtig unter Jungen, das muß dir doch Spaß gemacht haben, nicht wahr?« Mit diesen Worten wollte Frau Mohwinkel das Aufkeimen eines Schuldgefühls unterdrücken, denn sie hatte es in Antwerpen sehr gut gehabt. Robert stimmte seiner Mutter in allem zu. Er genoß ihr Schuldgefühl, von dem er wußte, daß es ihm in den nächsten Wochen eine Reihe von Vorteilen bringen würde.

Als Robert dreizehn Jahre alt war, ließen seine Leistungen in der Schule nach. In der Untertertia hatte er nicht mehr einen der ersten, sondern nur einen der mittleren Plätze, obgleich seine schriftlichen Arbeiten gut blieben. Lediglich sein Auftreten, wenn er im Mündlichen aufgerufen wurde, war seinen Lehrern zu leise und zu unentschlossen. Sie hielten Roberts Wesen für nicht zeitentsprechend und zensierten danach seine Leistungen. Besonders im neu hinzugekommenen Lateinunterricht wurde von Robert mehr verlangt, als er leisten konnte. Er beherrschte zwar alle gelernten Vokabeln und die durchgenommene Grammatik, aber der Studienrat, der in Latein unterrichtete, ein ehemaliger Kavallerie-Rittmeister der Reserve, verlangte nicht nur die Beherrschung des Lehrstoffes, sondern auch eine besonders gerade Haltung beim Sprechen und eine laute Stimme. Damit konnte Robert nicht dienen, und so waren seine Eltern bei Erhalten des Zeugnisses sehr enttäuscht.

Gelobt hatten die Mohwinkels ihren Sohn nie, auch früher nicht, als er stets gute Zensuren nach Hause brachte. Besonders Frau Mohwinkel sagte immer: »Was, in diesem Fach hast du nur eine Zwei? Warum konnte es keine Eins sein?« Oder sie meinte: »Wie kommst du nur auf den fünften Klassenplatz? Warum können die vier, die vor dir sind, alles besser?« Darum konnte jetzt der Empfang, als Robert das Untertertiazeugnis heimbrachte, kaum noch unfreundlicher sein. Einen besonderen Ärger hatte Herr Mohwinkel jedoch dadurch, daß er jetzt für seinen Sohn das volle Schulgeld zahlen mußte, nämlich zwanzig Mark im Monat, während er früher, als Robert zum ersten Klassendrittel gehörte, eine dreißigprozentige Ermäßigung erhalten hatte. Von diesem Zeugnis sprach man im Hause der Mohwinkels ein halbes Jahr, so lange, bis es durch das nächste, das um keinen Punkt besser war, abgelöst wurde.

Trotz seines Fleißes und trotz der Ermahnungen seiner Eltern gelang es Robert im Winterhalbjahr nicht, seine Schulleistungen, die seit über zwei Jahren ständig im Absinken waren, zu verbessern. Er bemühte sich zwar sehr, wieder ein guter Schüler zu werden, aber seine Aufmerksamkeit ließ ihn während des Unterrichts im Stich. Vor allem machte es ihm Schwierigkeiten, den gelernten Stoff für längere Zeit zu behalten. So nahmen seine Sprachkenntnisse, besonders in Latein, nicht zu, sondern sein Wortschatz reduzierte sich, da er die Vokabeln, die er vor ein oder zwei Jahren gelernt hatte, allmählich wieder vergaß. Zu diesen Vokabeln gehörten besonders die lateinischen Präpositionen, so daß der lateinische Text, den die Untersekundaner zu übersetzen hatten, Robert von Stunde zu Stunde wirrer erschien. Es stand so gut wie fest, daß Robert im Osterzeugnis in Latein die Zensur »Mangelhaft« bekommen würde.

Hinzu kamen Roberts schlechte Leistungen im Turnunterricht, und eines Tages wurde es ihm bewußt, daß er das Klassenziel der Untersekunda nicht erreichen und wohl kaum ein weiteres Jahr auf dieser Schule verbringen würde. In gedrückter Stimmung ging er nach Hause, aber seine Eltern merkten ihm nichts an; ein mißmutiges Gesicht waren sie an ihrem Sohn gewöhnt, und sie dachten sich nichts dabei. Wäre Robert jemals freudig aus der Schule gekommen, wäre es Frau Mohwinkel auch höchstens als Anlaß erschienen, eine ärgerliche Bemerkung zu machen. »Du hast gerade Grund«, so hätte sie gesagt, »jetzt schon albern zu sein, wo du deine Schularbeiten noch gar nicht gemacht hast.«

Dieser Tag war ein Donnerstag, und um drei ging Frau Mohwinkel zum Kränzchen fort. Robert beschloß, an diesem Tage seinen Freund Friedrich Maaß sitzenzulassen und allein zu Hause zu bleiben. Er machte seine Schularbeiten bis halb vier Uhr, lernte dann noch die vier letzten Strophen von Archibald Douglas und ging um vier Uhr hinauf in das Schlafzimmer seiner Eltern, wo im Nachttisch seines Vaters ein Trommelrevolver und eine Blechschachtel mit fünfzig Bleigeschossen ohne Stahlmantel lagen. Diesen Revolver und die Patronen hatte sich Herr Mohwinkel, der sich als Infanterie-Oberfeldwebel des Weltkrieges auf den Umgang mit Schußwaffen gut verstand, in der unsicheren Zeit um 1919 angeschafft, um seine Familie im Notfall gegen Aufrührer und Plünderer zu schützen.

Seit seinem neunten Lebensjahr kannte Robert diese Waffe und wußte sie zu finden, wenn er allein in der Wohnung war. Das Interesse an dem Mechanismus der sich beim Abdrücken selbständig drehenden Magazinwalze dehnte sich bald auch auf den Verwendungszweck der Waffe aus. Trotzdem dauerte es einige Jahre, bis Robert es als Zwölfjähriger wagte, auch den Blechkasten mit der Munition zu öffnen und die Patronen in das Magazin einzuführen, wobei er das Spannen des Hahnes ängstlich vermied. Bei dem Spiel mit der Waffe wandte Robert die größte Vorsicht an, und er kam auch nie auf den Gedanken, mit diesem Revolver zu schießen. Denn er glaubte, sein Vater zähle die Patronen hin und wieder nach; außerdem hatte er von seinem Großvater in Lüneburg mehrmals gehört, daß Trommelrevolver beim Abfeuern eine besonders unheimliche Rückschlagkraft besäßen. Aber auch von der Haager Landkriegsordnung hatte Robert erfahren, in welcher sich Anfang des Jahrhunderts die Staaten für den Fall einer Kriegführung geeinigt hatten, keine Geschosse zu verwenden, die nicht mit einem Stahlmantel geschützt waren. Ungeschützte Bleigeschosse, die Robert unter dem Namen Dumdumgeschosse kannte, entsprachen nicht der humanen Kriegführung, weil das weiche Blei beim Einschlag in den menschlichen Körper platt gedrückt wurde und Wunden riß, die keine Heilung mehr erhoffen ließen. Diese Geschosse hier waren solche Dumdumgeschosse, und Robert sagte sich, wenn eine internationale Konferenz die Verwendung solcher Munition verbot, dürfte wohl auch er nicht mit ihr schießen. Obgleich Robert sich seit seinem sechsten Lebensjahr unglücklich fühlte, insbesondere seit seinem Eintritt in das Gymnasium von Jahr zu Jahr unglücklicher wurde, kam er bis zu seinem vierzehnten Lebensjahr nicht auf den Gedanken, sich mit der Waffe seines Vaters selbst zu töten. Zwar verließ ihn hin und wieder die Lust weiterzuleben, und er sagte dies dann auch viele Male unter Schluchzen vor sich hin, aber ein Selbstmord, zumal mit einer Waffe, die solche fürchterlichen Wunden reißen konnte, kam ihm nicht in den Sinn.

Erst als Robert vierzehn Jahre alt war, spielte er eines Tages mit diesem Gedanken. Es war ein geringer Anlaß, der ihn dazu brachte. Seine Mutter sagte zu ihm am Mittagstisch, als sie sah, daß sein Hemd am Ellbogen zentimeterlang zerrissen war: »Daß du dich nicht vorsehen kannst! Du weißt ja gar nicht, was du uns kostest. Wenn wir dich nicht hätten, könnten wir viel Geld sparen!« Gewiß waren diese Worte von Frau Mohwinkel nicht so ernst gemeint, wie Robert sie auffaßte; gewiß waren sie nur ein Ausdruck ihres augenblicklichen Ärgers über die nun wieder neu entstehenden Kosten für die Anschaffung eines Hemdes, doch Robert hörte aus diesen Worten nur heraus, daß seine Mutter meinte, es ginge ihr und ihrem Mann besser, wenn er nicht da wäre. Er dachte den ganzen Tag darüber nach, und abends, als seine Eltern im Kino waren, ging Robert in ihr Schlafzimmer und lud von den sechs Patronenlagern des Trommelrevolvers fünf; das sechste ließ er frei. Dann drehte er die Walze so weit herum, bis sich beim Spannen des Hahns das sechste leere Patronenlager im Lauf befand. Robert entspannte die Waffe, nahm sie auf den Rücken, damit er sie nicht sehen konnte, und drehte langsam die Walze mit der Hand so lange herum, bis er ein fünfmaliges Einklicken von geladenen Patronenlagern zählen konnte. Danach spannte er den Hahn abermals und setzte die Waffe, ohne sie noch einmal anzusehen, an die Schläfe. Wenn alle seine Handhabungen richtig gewesen waren, mußte jetzt wieder das sechste, leere Patronenlager im Lauf sein, und das Abdrücken des Hahnes bliebe ohne Folge. Robert, der eine feste Selbstmordabsicht nicht durchaus hatte, wollte sich einer solchen orakelartigen Verurteilung stellen. Er sagte sich: Wenn ich mich beim Drehen der Walze hinter dem Rücken auch nur um einen Punkt verzähle oder wenn die Waffe einen Materialfehler hat und vielleicht einmal nicht hörbar einklickt, ist ein Weiterleben zwecklos. Dann hat meine Mutter ihre Worte wirklich so lieblos gemeint. Dann werden sich meine Schulleistungen nicht verbessern. Dann wird niemals etwas aus mir werden. Dann ist alles sinnlos. Robert hatte dieses Orakel, das er befragte, raffiniert durchdacht. Denn mit Sicherheit stand ja fest, daß er nur eine positive Antwort hören konnte. Fiele das Orakel negativ aus, hätte er es nicht mehr erfahren, denn er wäre ja tot gewesen.

Robert verzählte sich nicht bei seinem Experiment. Das Klikken der Walze setzte nicht aus, und Robert drückte wie vorgesehen in dem Augenblick den Revolver an seiner Schläfe ab, als sich das leere Patronenlager im Lauf befand. Daraufhin entlud er die Waffe, legte die Patronen in die Blechschachtel zurück und ging ins Bett. Er war fest überzeugt, daß nun sein Leben eine Wendung nehmen und alles gut werden müßte. »Du siehst etwas blaß aus«, sagte seine Mutter am nächsten Morgen, »ist dir nicht gut?« – »Doch«, antwortete Robert, »es ist nichts«, und er ging fort, um mit Friedrich Maaß zusammen wie üblich in die Schule zu fahren.

Ein Jahr war seit diesem Vorfall vergangen, als Robert nun, am Donnerstagnachmittag, als er die Gewißheit seines endgültigen Versagens in der Schule gewonnen hatte, die Waffe seines Vaters in die Hand nahm. Es war ein Tag im Januar. Das Licht im Zimmer war trübe. Robert fröstelte und hatte kalte Hände. Er lud den Revolver vollständig mit sechs Patronen. Dann spannte er den Hahn, sicherte die Waffe mit einem Druck des rechten Daumens, steckte sie in die Hosentasche und ging in den Keller, wo er sie sorgsam mit der Laufrichtung zur Wand auf ein Bord legte. Aus dem Garten hinterm Haus holte er Erde in zwei Pappschachteln. Es war nicht leicht, Erde aus dem Garten zu schaufeln, da er ja mit Kies bedeckt war. Er schaufelte den Kies an einer Ecke fort und machte nach dem Füllen der Pappschachtel den Boden wieder glatt. Es war ein milder Winter, die Arbeit mit dem Spaten machte keine Schwierigkeit. Im Keller setzte Robert die vollen Kartons nebeneinander auf einem Bock ab und stellte sich mit der geladenen Waffe so vor ihnen auf, daß das Geschoß, sollte es den ersten Karton durchschlagen, im zweiten aufgefangen würde. Er entsicherte die Waffe, und in der vorschriftsmäßigen Haltung eines Pistolenschützen auf dem Stand, wie Robert sie in vielen Abbildungen gesehen hatte, schoß er hintereinander alle sechs Patronen auf die Kartons ab. Nachdem er die Einschußstellen kontrolliert und gezählt und festgestellt hatte, daß die Kugeln durch den ersten Karton hindurch in den zweiten gedrungen waren, ohne jedoch in dem Sand auffindbar zu sein, beseitigte er die Spuren dieser Schießübung. Die Waffe reinigte er mit einem alten Lappen und mit Dochten, die zur Pfeifenreinigung dienten. Zum Schluß ölte er sie mit Fahrradöl leicht ein. Die Blechschachtel mit den Patronen packte er um, so daß das Fehlen von sechs Stück beim ersten Blick nicht auffiel. Danach nahm er sein Fahrrad und fuhr eine Stunde ohne Ziel spazieren, obgleich seine Eltern ihm verboten hatten, im Winter mit dem Fahrrad zu fahren. Als er in den Stadtwald kam, nahm er zum erstenmal in seinem Leben wahr, wie dicht die Fichten standen und daß die Wege, auf denen er fuhr, aus harter brauner Erde waren. Es hatte in diesem Jahr noch nicht geschneit. Auf einem Spielplatz wuchs graues Gras. Da fühlte Robert, wie allein er war, und eine kalte Bitterkeit stieg ihm bis in den Hals. Er fror, aber er blieb noch eine halbe Stunde mit seinen trostlosen Gedanken allein im Stadtwald. Am Abend fuhr er nach Hause, und seinen Eltern, die von seinen Unternehmungen an diesem Nachmittag nichts ahnten, erklärte er beim Abendbrot, wie es zur Zeit um ihn in der Schule stand.

»Das ist ja furchtbar«, sagte seine Mutter, und noch einmal: »Das ist ja furchtbar! Was für eine Schande!« Dann aß sie weiter, vergaß aber nicht, mit vollem Munde immer wieder zu sagen: »Was soll nun aus dir werden« oder: »Kein Mensch wird dich nehmen«, oder: »Was soll ich bloß im Kränzchen sagen«. Herr Mohwinkel sagte nichts, aber er aß auch nicht weiter. Den Teller mit dem soeben bestrichenen Brot schob er von sich, und erst nach dem Abendbrot sagte er leise, als Frau Mohwinkel eine Pause machte: »Ich will morgen einmal mit Herrn Hartwig sprechen. Vielleicht kann er dich als Lehrling gebrauchen. Herr Hartwig ist Direktor der Jason-Linie. Er hat die Westküste Süd, und ich habe viel mit ihm zu tun.« Herr Mohwinkel wollte fortfahren, von der Jason-Linie zu erzählen, wurde aber von seiner Frau unterbrochen. »Das hat doch keinen Zweck«, sagte sie, »mit zwei Vieren im Zeugnis. Wir blamieren uns ja. Laß ihn doch gleich Schuster lernen!« Darauf antwortete Herr Mohwinkel nichts, nur nach einer Zeit sagte er: »Auf alle Fälle melde ich dich morgen von der Schule ab.«

In der Klasse sprach sich sehr schnell herum, daß Herr Mohwinkel seinen Sohn Ostern von der Schule zu nehmen gedenke. In einer Pause bestellte Herr Studienrat Haase Robert zu sich. Er war überaus freundlich. Er sagte: »Ihr Herr Vater hat mir geschrieben. Bestellen Sie ihm bitte, daß auch ich diese Lösung für die beste halte«, womit er ausdrückte, daß eine direkte Aussprache zwischen Herrn Mohwinkel und ihm überflüssig sei. »Na, was wollen Sie denn nun werden«, fragte er noch, und nachdem er erfahren hatte, daß Robert den Wunsch habe, als kaufmännischer Lehrling in die Jason-Linie einzutreten, antwortete er: »Ja, das ist auch ein sehr schöner Beruf.«

Eine Woche später war Herr Mohwinkel beim Mittagessen sehr traurig. Auf die Frage seiner Frau, was er habe, antwortete er nicht. Erst später, als Frau Mohwinkel in der Küche war, sagte er zu Robert: »Herr Hartwig wird dich wohl nicht nehmen. Er sagt, eine glatte Versetzung in die Obersekunda müsse er von seinen Lehrlingen verlangen. Aber damit ist bei dir mit den beiden Vieren wohl nicht zu rechnen.« Vater und Sohn vermieden dabei, sich anzusehen. Beiden war dieses Gespräch peinlich. Schließlich sagte Herr Mohwinkel: »Mach dir man keine Sorgen. Ich werde schon etwas für dich finden. Sage nur Mutter nichts.«

Abends im Bett weinte Robert lange und heftig. Er weinte, weil er zum erstenmal merkte, daß sein Vater ihn liebte, und er schämte sich, daß er seinem guten Vater nun dies antun mußte. Trotzdem konnte er die Schuld an dem ganzen Verhängnis nur zu einem geringen Teil bei sich selbst finden. Er gab die Schuld den anderen, den Lehrern, denen es an Verständnis für einen Jungen wie ihn mangelte; er klagte die Unterdrücker unter seinen Klassenkameraden und in der Hitlerjugend an; er klagte Friedrich Maaß, seinen großtuerischen Freund, an. Er bekam eine große Wut auf den neuen Staat, in dem Turnen so viel galt, daß ein schlechter Turner, wenn er nur noch eine einzige weitere Vier auf dem Zeugnis hatte, das Ziel seiner Klasse nicht erreichte. Zum Abgang von der Schule hatte ihn diese neue Verherrlichung der Stärke und des forschen Auftretens gezwungen, ja ihm sogar die berufliche Laufbahn bei der Jason-Linie verpatzt. Heute abend rechnete Robert mit allen ab. Er wünschte einer ganzen Reihe von Jungen seiner Klasse, wie dem langen Johannes Thiemann, Jochen Brummer und vielen anderen, den Tod. Den Klassenobmann Heinz Klevenhusen verschonte er, dagegen schloß er auch eine Menge Hitlerjungen und Hitlerjugendführer sowie auch Pimpfe und Führer aus dem Jungvolk in seinen Wunsch ein, und er vergaß dabei auch nicht seinen Vetter Paul. Allen diesen Jungen wünschte er einen raschen, einfachen und schmerzlosen Tod, denn er wollte nur gerecht, aber nicht rachsüchtig sein. Friedrich Maaß dagegen wünschte er den Tod nach einer längeren, qualvollen Krankheit, bei der ihm bewußt werden sollte, was für ein schlechter Mensch er immer gewesen sei. Danach schlief er ein.

Als Robert am nächsten Morgen in der Klasse saß, war ein Teil seiner Klassenkameraden für ihn schon tot. Auch Friedrich Maaß lebte nicht mehr, deshalb war es leicht für Robert, ihm einstweilen noch zu gehorchen. Friedrich Maaß wußte von seinem Tod nichts. Er bedauerte es, daß er von Ostern ab mit Robert weniger zusammensein werde, aber gleichzeitig spielte er den Überlegenen. »Wenn ich Obersekundaner bin, bist du Stift im ersten, und wenn ich Oberprimaner bin, bist du Stift im dritten Lehrjahr«, sagte er, und auch von einigen anderen Jungen seiner Klasse hörte Robert, als bekannt war, daß er Kaufmannsstift werden sollte, geringschätzige Bemerkungen.

Im März sprach Karl Ratjen ihn in einer Pause an. »Ich höre auch auf«, sagte er, »aber das weiß noch niemand«, und auf eine Frage Roberts fügte er hinzu: »Es ist meines Vaters wegen. Ich gehe zu Davidson ins Büro als Lehrling. Davidson hat Holzimport, weißt du? Aber sprich bitte mit niemandem darüber!«

Vor Beginn der Osterferien stellte Robert fest, daß nicht nur Karl Ratjen und er die Schule vorzeitig verließen, sondern noch acht andere Schüler. Von deren Abgang war vorher nichts bekanntgeworden. Nur von Robert wußte man alles, dafür hatte Friedrich Maaß gesorgt, der sich vor seinen Klassenkameraden, mit denen er weiter zusammenbleiben mußte, von Robert, dem Kaufmannsstift, distanzieren wollte, indem er versuchte, ihn lächerlich zu machen. Diese Handlungsweise seines Freundes war Robert durchaus verständlich, und er tadelte sie nicht. Unangenehm waren ihm dagegen die Worte von Frau Maaß, die an einem der letzten Donnerstage bemerkte: »Schade, daß dein Vater zu diesem Entschluß gekommen ist. So dumm bist du doch gar nicht. Ein paar Nachhilfestunden hätten doch alles wieder in Ordnung gebracht. Soll ich einmal mit deinen Eltern reden?« Da Robert dies für zwecklos hielt, schloß sie: »Schade, daß Friedrich und du nun auseinanderkommen, aber Friedrich soll ja mal studieren.«

Bei der Abschlußfeier saßen Robert und die anderen Sekundaner, die abgingen, auf den Bänken zwischen ihren Kameraden, die nun in die Oberstufe kamen und das Abitur machen sollten. Die Oberprimaner, die ihr Abitur bestanden hatten, saßen vorn in der ersten Reihe auf Stühlen. Nach einer Ansprache erhielten sie aus der Hand des Direktors ihre Urkunden. Sie hatten dunkle Anzüge an, und der Direktor schüttelte jedem einzelnen freundlich lächelnd die Hand. Um die acht Schüler, die aus der Untersekunda, und um die vielen anderen Schüler, die aus anderen Klassen vorzeitig abgingen, kümmerte sich niemand. Sie wurden auch in der Rede des Direktors, der nur von dem ferneren und hoffentlich glücklichen Lebensweg der Abiturienten sprach, nicht erwähnt. Es war, als schämte sich das Lehrerkollegium ihrer. Darum ließ man sie ungenannt verschellen, in der Hoffnung, daß diese Halbgeschulten sich im späteren Leben möglichst wenig auf ihre Ausbildung in dieser Anstalt berufen würden.

Nach der Ansprache dirigierte Herr Nückel, der auch die Feierstunde mit seinem Schülerorchester eingeleitet hatte, den Schülerchor. Herr Nückel trug keine Schaftstiefel mehr und keine Breecheshosen, er trug nur noch das Parteiabzeichen, wie viele andere Lehrer auch. Robert sah auf das Ehrenfenster, den Drachentöter, den Drachen mit dem Schwert im Maul, die beiden Engel und die vielen Namen der im Krieg gefallenen Lehrer und Schüler. Gewiß sind hier nur die Namen der toten Schüler verzeichnet, die damals das Abitur gemacht hatten, dachte Robert, die anderen zählen ja nicht.

Als der Schülerchor geendet hatte und Herr Nückel nun zum Abschluß mit dem Orchester den ersten Satz aus der Sinfonie mit dem Paukenschlag von Haydn spielte, versuchte Robert krampfhaft, in sich eine wehmütige Stimmung zu erzeugen. Es gelang ihm aber nicht, obgleich er sich einredete, daß dies nun der Abschied von seiner Jugendzeit sei; denn in Wahrheit war er glücklich, von seiner schweren Jugendzeit Abschied zu nehmen. Der letzte Tag im Gymnasium glich ihm der Entlassung aus einer Strafanstalt.

Nach der Feierstunde erhielten die Schüler in der Klasse ihre Zeugnisse. Robert hatte zwei Vieren, in Latein und in Turnen, was er schon wußte. In den anderen Fächern war er genügend. Das ist nun die Plattform, von der aus ich ins Leben trete, dachte er, ein wenig mangelhaft, aber im großen und ganzen doch gerade noch genügend.

Die acht Schüler, die abgingen, mußten nach der Zeugnisverteilung noch dableiben. Sie erhielten von Herrn Studienrat Haase ein Abgangszeugnis. »Robert Mohwinkels mittelmäßiger Begabung stehen weder Regsamkeit noch Aufmerksamkeit zur Seite«, stand dort und weiter unten: »Er verläßt die Schule auf eigenen Wunsch, ohne das Klassenziel der Untersekunda erreicht zu haben.« Danach gab Herr Studienrat Haase allen die Hand und wünschte ihnen einen trotz allem erfolgreichen Lebensweg. Untereinander verabschiedeten sich die acht Schüler nicht; sie richteten es auch so ein, daß sie einzeln das Schulgebäude verließen.

Das Essen zu Hause verlief schweigend. Roberts Zeugnis wollten seine Eltern nicht sehen. Sie brauchten es ja auch nicht zu unterschreiben. Nach dem Essen legte Robert es in eine Mappe, in der sein Konfirmationsschein, seine Geburtsurkunde, sein alter Ausweis vom Deutschen Jungvolk und das Freischwimmerzeugnis lagen. Dann zog er seinen dunklen Anzug an und ging zu Herrn Ehlers, einem Oberlehrer der Realschule, der als Nachbar mit den Mohwinkels befreundet war und der Herrn Mohwinkel vorgeschlagen hatte, seinen Sohn einmal zu ihm zu schicken. »Na, das ist ja nicht erfreulich«, sagte Herr Ehlers, als Robert eintrat, »aber lasse dir deshalb keine grauen Haare wachsen.« Er bat Robert Platz zu nehmen und fuhr fort: »Der junge Christiansen war einmal in meiner Klasse. Vor drei Jahren hat er die Schule verlassen, natürlich ohne Abitur, denn das haben wir an der Realschule ja nicht. Inzwischen hat er bei Hartwig & Meuser gelernt und geht nun zu seinem Vater ins Büro als junger Mann. Der alte Christiansen ist Schiffsmakler, er hat die größte Firma dieser Branche hier am Ort. Ich glaube, er hat fünfzig Angestellte. Nun, gestern traf ich Vater und Sohn im Ratskeller, und da erfuhr ich, daß Herr Christiansen noch für diese Ostern einen Lehrling sucht. Reiche doch einmal eine Bewerbung ein.«

Zu Hause schrieb Robert seine Bewerbung. Er schrieb, daß er sich freuen würde, in der Firma Herrn Christiansens lernen zu dürfen, und daß er sich bemühen wolle, mit größter Gewissenhaftigkeit stets seine Pflicht zu erfüllen. Auch einen Lebenslauf fügte Robert dem Zeugnis bei, worin Herr Christiansen lesen konnte, daß Robert im Jahre 1922 als Sohn des Prokuristen Wilhelm Mohwinkel geboren war und nach vierjähriger Grundschulzeit sechs Jahre lang, von 1932 bis 1938, das Gymnasium besucht hatte. Der Lebenslauf schloß: »Im April 1938 verließ ich das Gymnasium auf eigenen Wunsch, um einen kaufmännischen Beruf zu erlernen.« Sein Abgangszeugnis sandte Robert mit der Bewerbung nicht ein.

Bereits nach wenigen Tagen kam die Antwort von der Firma Felix Christiansen & Co., Schiffsmakler. Sie besagte, daß man gewillt sei, Robert ab 2. Mai als Lehrling einzustellen, und sie war unterzeichnet von einem Prokuristen, dessen Namen man nicht entziffern konnte. Der Prokurist hatte sich telefonisch bei Herrn Ehlers über Robert erkundigt, wie man später erfuhr, und Herr Ehlers hatte eine gute Auskunft gegeben. Deshalb verzichtete die Firma Christiansen & Co. auf eine Vorstellung des neuen Lehrlings und auch auf die Vorlage des Schulabgangszeugnisses. Herr Christiansen gab auch nichts auf Schulzeugnisse. Er selbst und sein Sohn waren keine guten Schüler gewesen, obgleich sie beide nur die einfache sechsklassige Realschule besucht hatten. Trotzdem hatte Herr Christiansen senior das kleine Schiffsmaklerbüro, das sein Vater ihm vererbte, zu einem großen Unternehmen mit siebenundvierzig Angestellten erweitert. Sein Sohn, der jetzt neunzehn Jahre alt war, hatte von Hartwig & Meuser ein glänzendes Lehrzeugnis erhalten, und jetzt sollte er als junger Mann die einzelnen Abteilungen seines väterlichen Geschäfts durchlaufen, um sich zu vervollkommnen, wenigstens so lange, bis er zum Wehrdienst einberufen würde.

Auch die persönliche Vorstellung von Lehrlingen ersparte Herr Christiansen sich gern. Er wußte, daß die jungen Leute mit sechzehn Jahren alle gleich aussahen, wenn sie in ihrem dunklen Anzug vor ihm standen und alle Fragen nur mit ja oder nein beantworteten und sonst nichts aus ihnen herauszubringen war. »Was soll man da schon erkennen, ob sie etwas taugen oder nicht«, sagte er. Schließlich hielt er das auch für gleichgültig, denn er wußte, daß in der Ordnung seines Betriebes aus allen jungen Leuten allemal etwas geworden war. Er rühmte sich, daß er selbst den dümmsten und den faulsten Lehrling zu einem immerhin brauchbaren jungen Mann gemacht habe.

Als Frau Mohwinkel die Antwort der Firma Felix Christiansen & Co. las, sagte sie zu Robert: »Na, du wirst dich noch umgucken. Mit der schönen Zeit ist es nun vorbei. Lehrjahre sind keine Herrenjahre.« In diesen letzten Tagen des März vergaß sie nicht, täglich zu wiederholen, daß jetzt für Robert der Ernst des Lebens beginne und daß man Robert dort nicht zart anfassen werde. Immer wieder schloß sie: »Lehrjahre, das merke dir, sind keine Herrenjahre!«

Am Sonnabend kauften Herr und Frau Mohwinkel ihrem Sohn einen neuen Anzug, dunkelbraun in Fischgrätenmuster. »Der ist am praktischsten«, sagte Frau Mohwinkel. Einen Mantel brauchte Robert noch nicht, der alte war noch gut genug. Dafür bekam er, der bisher die Schülermütze getragen hatte, einen Hut. Auch hier wählte Frau Mohwinkel einen dunkelbraunen, damit er zum Anzug paßte.

Am Abend des ersten Mai legte Frau Mohwinkel ihrem Sohn alles zurecht: den neuen Anzug, ein sauberes Hemd, die Krawatte, Strümpfe und warme Unterwäsche mit einer langen Unterhose. Den Hut bürstete sie nochmals ab, in die Schuhe zog sie neue Schnürsenkel. Sie sagte: »Hast du auch alles zusammen, was du brauchst? Taschentuch, Reservetaschentuch, vierzig Pfennig Fahrgeld?« Zu ihrem Mann gewendet fragte sie: »Braucht er auch einen Bleistift und einen Radiergummi?« Aber Herr Mohwinkel antwortete: »Nein, das bekommt er alles da.« Robert steckte aber trotzdem einen Bleistift ein, auch seinen Füllfederhalter und einen Radiergummi, denn er wollte auf keinen Fall am ersten Tage etwas vergessen haben.

Als Robert und seine Mutter die Sachen, die er morgen brauchen würde, noch einmal durchgesehen und gezählt und auch nicht vergessen hatten, die Manschettenknöpfe in das neue Hemd einzuknöpfen, das Butterbrotpapier bereitzulegen, den Wecker aufzuziehen und ihn um eine halbe Stunde vorzustellen, schickten die Mohwinkels ihren Sohn an diesem Abend vorzeitig ins Bett, damit er morgen früh einen frischen Eindruck auf seine Vorgesetzten mache.

Die Geschäftszeit der Firma Felix Christiansen & Co. begann um acht Uhr. Die Mohwinkels hatten ihren Sohn so rechtzeitig von zu Hause fortgeschickt, daß er eine halbe Stunde vorher im Büro war. »Lehrlinge«, sagte Frau Mohwinkel, »sind morgens die ersten und abends die letzten.« Robert hatte den neuen Anzug mit dem braunen Fischgrätenmuster an, und seine Mutter hatte ihm, weil der Tag doch recht warm war, erlaubt, »per Taille« zu gehen. »Aber den Hut mußt du aufsetzen«, sagte sie.

So stand Robert in dem neuen Anzug und mit dem Hut, der etwas zu groß war und eine zu breite Krempe hatte, auf der Plattform der Straßenbahn. Er war zu aufgeregt, um sich hinzusetzen; er blieb lieber stehen. In der Hand hielt er sein Butterbrot. Frau Mohwinkel hatte ihm vier Scheiben eingepackt, zwei mit Wurst, zwei mit Ei. Käse hatte sie absichtlich vermieden, wenigstens heute am ersten Tag. Robert kam es sonderbar vor, zum erstenmal ohne Mappe zu sein. Auch die Tatsache, daß zu dieser frühen Stunde noch keine Schüler unterwegs waren, bewirkte, daß er sich wie am Beginn eines ganz neuen Lebens fühlte. Er war durchaus zufrieden, und die ständigen Hinweise seiner Mutter, daß nun ernste, mit schweren Pflichten beladene Jahre begännen, hatten keine Furcht in ihm erzeugen können. In der Faulenstraße stieg Robert aus, denn die Firma Christiansen & Co. hatte ihr Büro am Geeren. Es war ein großes Bürohaus, und Herr Christiansen hatte vor Jahren, nach Erweiterung seines Geschäftshauses, die unteren Räume gemietet, wo vordem eine Bank gewesen war. Zu dieser ersten Etage gehörte vor allem eine riesige Halle, in der, übersichtlich angeordnet, eine Reihe Stehpulte mit Drehschemeln stand. Die Stehpulte waren zu einem großen freien Platz in der Mitte unter dem Oberlicht mit einem breiten Kontortresen abgegrenzt. Der Tresen umschloß den freien Raum in der Mitte, der für das Publikum gedacht war, an drei Seiten. An der vierten Seite war der Eingang mit der

Drehtür. Als Robert durch die Drehtür in die Halle trat, nahm er seinen Hut ab. Außer ein paar Reinmachefrauen, die auf den Stehpulten Staub wischten, konnte er niemanden im Kontor entdecken. Er durchschritt die Vorhalle, legte seinen Hut auf den Tresen und auch sein Butterbrot, und während er die eine Hand auf den Tresen stützte, versenkte er die andere in die Hosentasche. Er versuchte, sich gleichgültig zu geben, denn er erinnerte sich noch gut an seinen ersten Schultag im Gymnasium, wo ihm allzu große Eilfertigkeit und Gewissenhaftigkeit zu einem Tadel verholfen hatten. Ich tue so, als wäre ich hier nur Gast, dachte Robert, und er lehnte sich noch stärker an den Tresen an.

Bei näherer Betrachtung der riesigen Halle sah er, daß drei Nebenräume von ihr abgingen. Die sind für die Chefs, dachte er und: Dort sitzen die Prokuristen, als er bemerkte, daß an einer Seite der Halle Abteile mit Holzlatten wie Vogelkäfige abgeteilt waren. Robert kannte solche Lattenkäfige aus dem Büro seines Vaters, in das er manchmal am Sonntagmorgen mitgenommen worden war. Sein Vater saß selbst in einem derartigen Käfig, und es schien Robert die höchste Stufe dieser Laufbahn zu sein, eines Tages in einem solchen Lattenverschlag sitzen zu dürfen.

Plötzlich wurde er aufgeschreckt, und er zog schnell die Hand aus der Hosentasche, nahm den Hut und das Butterbrot an sich und stellte sich aufrecht hin. Er drehte sich um. »He, Kleiner, was willst du denn schon«, hatte jemand gerufen, und nun sah Robert, wie in einem Winkel der Halle hinter dem Tresen, wohin er zunächst nicht hatte sehen können, drei Herren an einem riesigen Schreibtisch mit vielen Briefen hantierten. Robert schritt langsam auf die Gruppe zu, nahm Butterbrot und Hut in die linke Hand, um die rechte für eine vielleicht notwendig werdende Begrüßung frei zu haben, und er sagte, als er bei den Herren vor dem Tresen stand: »Mohwinkel«. Die drei sahen ihn an und schwiegen. Zwei von ihnen, und zwar die beiden Herren, die standen, hatten dunkle Anzüge an; zwei schwarze Melonen, die man jetzt immer seltener sah, hatten sie auf den Schreibtisch gelegt. Der dritte der Herren war einfacher gekleidet, er trug eine alte Jacke, die an den Ärmeln geflickt war, und während er die Briefe auf dem Schreibtisch weitersortierte, fragte er noch einmal: »Na und? Was willst du schon hier?« Da sagte Robert: »Ich bin der neue Lehrling ... Sie haben mir geschrieben ... Mohwinkel heiße ich ... Ich soll heute anfangen ... Heute um acht ...« Obgleich Robert dies nur unzusammenhängend hervorgebracht hatte, glaubte er doch, daß nach dieser Erklärung die Haltung der drei Herren sich ändern müsse, daß man sich erinnern und jetzt etwas Konkretes veranlassen würde. Vor allem glaubte er, daß man ihn jetzt auch mit »Sie« anreden würde, wie er es seit langem gewohnt war. Der Sitzende mit den Flicken am Ärmel sagte aber nur: »Noch ein bißchen früh, was? Aber komm man ruhig schon 'rum«, und er wies auf die kleine Lücke im Tresen drüben auf der anderen Seite der Halle.

Hinter dem Tresen bekam Robert in der äußersten Ecke, wo er nicht störte, von dem einen Herrn im dunklen Anzug einen Stuhl hingeschoben. Danach kümmerte sich anderthalb Stunden, bis neun Uhr, niemand mehr um ihn. Robert konnte beobachten, wie zehn Minuten vor acht Uhr einige junge Leute das Büro betraten, vermutlich Lehrlinge. Sie schlurften geräuschvoll durch die Halle, nahmen Hüllen von Schreibmaschinen ab, öffneten Rollschränke und stellten Pappschilder auf den Tresen. »D. ›Aldebaran‹ ausgehend Mittwoch 20.00 Uhr Nordfinnland«, stand da, oder »D. ›Carcassonne‹ ausgehend heute 18.00 Uhr Le Havre/Bordeaux«. Dabei unterhielten sie sich in der sonst noch leeren Halle mit lauten Zurufen: »So früh schon auf den Beinen, Graf? Nicht schwofen gewesen die Nacht?« Worauf ein anderer antwortete: »Nein, war mit dem Fürsten einen heben.« Ein dritter, den die anderen nur den Prinzen nannten, rief zur Gruppe der drei Herren hinüber. »Morgen, Chef«, aber der Herr in der geflickten Jacke, der offensichtlich gemeint war, sagte darauf nur: »Affe!« Dieser Herr, das sah Robert nun, war der Botenmeister. Er sammelte die Post der ganzen Firma, kuvertierte sie und klebte Briefmarken auf die Umschläge. Die Stadtpost verteilte er an die beiden Herren mit den dunklen Anzügen und den schwarzen Melonen, die als Boten die Firma nach außen repräsentierten.

Wenige Minuten vor acht Uhr füllte sich die Halle überraschend schnell. Die Angestellten kamen, drehten ihre Drehschemel auf die erforderliche Höhe, öffneten laut die Rollzüge der Stehpulte und unterhielten sich ebenso ungeniert und geräuschvoll wie die Lehrlinge. Nacheinander verließen dann alle wieder die Halle durch eine kleine Tür an der Breitwand und kamen wenige Augenblicke darauf wieder, ohne Mantel und ohne Hut, dafür aber nun mit einer schwarzen Bürojacke bekleidet oder mit einer alten, an den Ärmeln geflickten Jacke, wie sie der Botenmeister trug. Nach und nach wurden auch die einzelnen zwischen den Stehpultreihen aufgestellten niedrigen Schreibtische besetzt. Die Herren, die auf diese Schreibtische ihre Butterbrote legten, gingen nicht durch die kleine Tür an der Breitwand der Halle, sondern sie gaben ihren Hut und Mantel einem Lehrling und warteten, bis dieser ihnen die Bürojacke brachte. Langsam legte sich der Lärm der Unterhaltungen, und ein neuer Lärm stieg auf, ein Gemisch von Rechen- und Schreibmaschinengeklapper und von eiligen Zurufen, auf die eilige Antworten kamen, wie etwa: »Tallyscheine Pinguin« mit der Antwort »Nicht vor neun«. Auch Telefone klingelten dazwischen; die Angestellten telefonierten laut und unterhielten sich auch während des Telefonierens noch untereinander, indem sie die Muschel zuhielten. Ein Lehrling stempelte im Stehen mit mehreren Stempeln einen Berg von Papier. Einen besonders großen Stempel handhabte er absichtlich laut, die kleineren etwas leiser, so daß es Robert schien, als trommle der Lehrling sich mit seinen Stempeln langsam in Trance, während er starr vor sich hinblickte und gar nicht mehr hinsah, was er stempelte.

Am anderen Ende der Halle gab ein junger Mann telefonisch ein Telegramm durch, langsam, Wort für Wort: Sunderland – arrived – Bremen – null – sechs – null – null – today – removal – tausend – tons – wool – zwo – zwo – null ...« Er wiederholte die letzten Zahlen noch zweimal, dann rief er durch die Halle dem stempelnden Lehrling zu: »Sei doch mal 'n Moment still«, worauf augenblicklich alle Schreibmaschinen, Rechenmaschinen, Telefongespräche und Unterhaltungen verstummten, nur der Lehrling mit den Stempeln trommelte noch eine Zeitlang weiter, bis er sich aus der Trance löste. Dann schwieg auch er, die Arme hingen ihm nutzlos herunter, er blickte starr geradeaus, während der junge Mann telefonisch weiter durchgab, welche Waren an diesem Tage noch aus Dampfer »Sunderland« gelöscht und abgenommen werden sollten.

Mehr und mehr schien Robert dies anfängliche Gewirr von einer streng disziplinierten Ordnung getragen zu sein. Kein Schritt, kein Griff, so glaubte er, würde hier ohne Zweck getan, und er glaubte, daß er sich in dieser Ordnung wohlfühlen könnte. Robert, der sich nirgends durchsetzen konnte und noch vor einer halben Stunde fürchtete, daß er sich unter diesen vielen Menschen nicht werde behaupten können, merkte nun, daß er sich in der neuen Gemeinschaft nicht durchsetzen oder behaupten mußte. Hier wurde einem ein Platz zugewiesen, den mußte man ausfüllen, mehr gab es nicht. »In diesem Hause herrscht eine große Gerechtigkeit«, dachte Robert, »darum waren auch alle heute früh so fröhlich.«

Plötzlich kam Robert ein schrecklicher Gedanke. Es war mittlerweile neun Uhr geworden, längst waren die Plätze in den Lattenkäfigen besetzt, auch die Chefs waren bestimmt schon lange im Kontor, aber niemand hatte sich um ihn gekümmert. Was wäre, dachte er, wenn niemand etwas von seiner Einstellung wußte, wenn der Brief an ihn vielleicht ein Versehen gewesen oder aber anders gemeint gewesen war und wenn Robert ihn irrtümlicherweise als Zusage aufgefaßt hatte? Er wurde unruhig, stand von seinem Platz auf und meldete sich nochmals beim Botenmeister. »Ach richtig, dich habe ich ja ganz vergessen«, sagte der, »wie heißt du eigentlich?« Nachdem Robert nochmals seinen Namen gesagt hatte, beeilte der Botenmeister sich nun, mit ihm an den Pultreihen entlangzugehen und mehrmals zu rufen: »Wer kriegt den jungen Mohwinkel?«, bis der Lehrling, den man heute früh den Grafen genannt hatte und der gesagt hatte, er sei mit dem Fürsten einen heben gewesen, Robert dem Botenmeister abnahm. Als erstes sagte er zu Robert: »Du, nur unter uns gesagt: Wir fangen hier schon um acht Uhr an.« Noch bevor Robert sich entschuldigen konnte, hatte der Lehrling ihn zu dem Herrn am Schreibtisch gebracht. »Das ist der Neue«, sagte er, und zu Robert: »Herr Vogelsang, der Abteilungsleiter der Finnlandfahrt, zu der du jetzt gehörst.« Robert sagte: »Mohwinkel«, und weil er sich schämte, erst um neun Uhr seinem Vorgesetzten vorgestellt zu werden, setzte er schnell hinzu: »Ich bin schon seit halb acht Uhr da.« Darauf erwiderte Herr Vogelsang: »Das macht nichts. Der Übereifer wird sich hoffentlich noch geben.«

Dann wurde Robert den anderen Herren der Abteilung vorgestellt. Immer wieder verbeugte er sich und sagte: »Mohwinkel«. Da war Herr Hinrichs, der stellvertretende Abteilungsleiter, der aber keinen Schreibtisch hatte, sondern auf einem Drehschemel am Stehpult sitzen mußte. Neben ihm saß Herr Conrad, ein dreißigjähriger Mann mit wirrem, schwarzem Haar und flatternden, nervösen Bewegungen, der dritte in der Rangfolge der Abteilungsangestellten, und beiden gegenüber an den gleichen Pulten hockten zwei junge Leute, zwanzig- und neunzehnjährig, auf ihren Schemeln. Außer ihnen war noch der Lehrling da, der ihn empfangen hatte und der jetzt ins zweite Lehrjahr ging. Die anderen Lehrlinge nannten ihn den Grafen, nicht etwa, weil irgend etwas Gräfliches an ihm wahrzunehmen war, sondern weil alle Lehrlinge dieser Firma sich untereinander mit Adelstiteln belegten. In Wirklichkeit hieß er Heinz Hofer, er war siebzehn Jahre alt und bekam heute in Robert einen jüngeren Lehrling als Untergebenen. Er sagte zu Robert: »Du brauchst keine Angst zu bekommen vor der Arbeit. Ich führe dich langsam nach und nach an alles heran. Wenn du etwas nicht weißt, darfst du mich ruhig fragen.«

Danach hielten Herr Vogelsang und Herr Hinrichs es für richtiger, Robert zunächst Herrn Christiansen zu zeigen. Herr Vogelsang sagte zum Grafen: »Heinerich, geh mit Mohwinkel mal zum Chef rein!«, und Heinz Hofer trat mit ihm in eins der von der Halle abgehenden Nebengelasse ein, nicht ohne vorher anzuklopfen. Drinnen standen zwei Schreibtische, an einem saß ein kleiner rundlicher Herr, der eine Apfelsine aß. Robert wollte auf ihn zutreten, aber Heinz Hofer konnte ihn noch rechtzeitig zurückhalten. »Den lernst du später kennen«, sagte er. Draußen in der Halle fanden sie Herrn Christiansen; er sprach mit einem Abteilungsleiter, und er winkte die beiden Lehrlinge, die in respektvoller Entfernung warten wollten, zu sich heran. Während er sich Robert vorstellen ließ, sprach er aber ohne Unterbrechung mit dem Abteilungsleiter weiter, sah Robert nicht an, und auch, als er das Wort an ihn richtete, geschah es nur, um hin und wieder eine Pause im Gespräch mit dem Abteilungsleiter auszufüllen. »Mohwinkel?« sagte er, »Woher kenne ich den Namen?«, und Robert erklärte, daß sein Vater Prokurist bei Krume & Sohn sei. Herr Christiansen entsann sich. »Ach, mit dem haben wir uns mal so gestritten um die Scheißfässer nach Buenaventura, wissen Sie noch?« sagte er, zum Abteilungsleiter gewandt. Um das Gespräch schnell von diesem unangenehmen Punkt wegzubringen, fügte Robert schnell hinzu: »Herr Ehlers hat mich vermittelt.« – »Ach, der olle Ehlers«, sagte Herr Christiansen, »säuft der immer noch so?« – »Ich sehe ihn immer im Ratskeller«, antwortete der Abteilungsleiter. – »Richtig, jetzt weiß ich wieder! Im Ratskeller hat er mir ja auch den jungen Mohwinkel angedreht!« Herr Christiansen lachte dabei und wandte sich plötzlich um. Jetzt nahm er die Anwesenheit Roberts überhaupt erst mit Bewußtsein wahr, er blickte ihn an, und während er mit dem rechten Zeigefinger langsam auf ihn zustach, bis er Roberts Brust berührte, fragte er: »Wie alt?« – »Sechzehn Jahre, Herr Christiansen«, antwortete Robert, worauf der Chef langsam den Zeigefinger von Roberts Brust zurückzog, bis er ihn in eigener Brusthöhe hatte, wo er die Richtung des Zeigefingers änderte, der nun senkrecht nach oben zeigte. Dazu sprach er: »Augen auf! Ohren auf! Das ist alles.« Dann wandte er sich um, und mit langen, schlurfenden Schritten, die Robert in der Frühe schon bei den Lehrlingen gesehen hatte, ging er durch die Halle davon. Da nicht anzunehmen war, daß der Chef den Gang seiner Lehrlinge hiermit nachahmen wollte, glaubte Robert, daß alle Lehrlinge dieses Büros in Angleichung an den Chef nach einer gewissen Zeit in diese langen, schlurfenden Schritte verfielen. Während Heinz Hofer mit ihm weiterging, um ihn auch in den anderen Abteilungen vorzustellen, übte Robert heimlich schon diesen Gang.

»Der geht ja wie ein Großfürst«, sagte ein Lehrling in der Abteilung Westküste Süd, der Robert beobachtet hatte. Es sprach sich schnell herum unter den Lehrlingen: Robert Mohwinkel, der jüngste und der letzte unter den Lehrlingen, war der Großfürst. Robert konnte mit diesem Titel vorerst nichts anfangen.

Er war vor allem darauf aus, Anweisungen zur Arbeit zu erhalten, und in seiner Bemühung, sich korrekt zu betragen, störte ihn dieses Spiel der Lehrlinge. Robert wollte ernst genommen werden. Ich werde es ihnen schon zeigen, dachte er, die sollen mir erst einmal Arbeit geben.

Zu arbeiten bekam Robert an diesem Vormittag aber nichts mehr. Die Vorstellung bei den siebenundvierzig Angestellten dauerte bis zur Mittagspause. Die meisten fragten Robert nach seinem Alter, darauf hoben sie den Zeigefinger und sagten: »Augen auf! Ohren auf! Das ist alles.« Bis auf die Lehrlinge, die sich untereinander duzten, redeten alle Angestellten Robert mit »Sie« an, von seinem Platz erhob sich jedoch niemand. Nur Herr Roewer, der als Prokurist und oberster Buchhalter an einem bevorzugten Platz der Halle, von dem aus er alle Angestellten sehen konnte, saß, erhob sich aus seinem Ledersessel, trat ein paar Schritte auf Robert zu und sagte: »Wir alle freuen uns, Sie als neuen, jungen Mitarbeiter zu haben. Wir hoffen, daß Sie sich bei uns wohlfühlen werden.« Später, als Heinz Hofer Robert die Garderobe zeigte, ihm einen Haken zuwies und auch die Lage der Toiletten nicht vergaß, sagte er: »Roewer mußt du nicht ernst nehmen. Stellvertretender Ortsgruppenleiter, verstehst du? Die ganze Buchhaltung ist unsere Hochburg, bißchen Vorsicht also.«

Punkt ein Uhr flammten überall Streichhölzer auf, Zigarettenrauch stieg in der Halle empor, ein Zeichen, daß nun Mittagspause war. Die Angestellten gingen durch die kleine Tür in die Garderobe, nach wenigen Minuten kamen sie wieder heraus, diesmal mit Hut und Mantel. »Du lieber Gott, jetzt haben wir Herrn Mehlhase vergessen«, fiel es plötzlich Heinz Hofer ein, als er schon zu Tisch gehen wollte, und er erklärte Robert: »Mehlhase ist der Teilhaber, das Co. der Firma, weißt du? Der Mann mit der Apfelsine, dem ich dich vor Herrn Christiansen nicht vorstellen durfte. Mal sehen, ob er noch da ist«, und die beiden Lehrlinge gingen zurück in das Chefzimmer, wo es nach Apfelsinen roch und wo die Apfelsinenschalen auf dem Schreibtisch lagen; aber Herr Mehlhase war nicht mehr da. In der Halle sahen sie ihn noch, wie er gerade durch die Drehtür schritt, ein kleiner, rundlicher Mann mit einer schweren Aktentasche in der Hand.

In der zweistündigen Mittagszeit ging Robert zum Essen nach Hause. Er erzählte seinen Eltern, daß es ihm in dieser Firma gut gefalle, daß er allen Angestellten vorgestellt worden sei und daß alle sich sehr nett zu ihm gezeigt hätten. Auch von den Lehrlingen erzählte er und daß alles in diesem Büro sehr lustig sei. »Da bist du wohl der einzige, der so etwas lustig findet«, sagte seine Mutter, und zu ihrem Mann gewendet: »Ich sehe schon, den schicken sie uns bald wieder zurück. Der weiß ja nicht, was der Ernst des Lebens ist.«

Robert lebte sich in den darauffolgenden Tagen schnell ein, besser noch, als einige der Angestellten am ersten Tage vermutet hatten. Besonders Herr Hinrichs, der stellvertretende Abteilungsleiter, hatte zu Herrn Conrad gesagt: »Na, ich weiß nicht, wenn das man was für uns ist«, als er Robert sah, mit dem schmalen Kinn und der hängenden Unterlippe, die dem Gesicht etwas Hilfloses gab. Herr Conrad aber, dem Roberts große blaue Augen aufgefallen waren, hatte erwidert: »Warten Sie ab, der wird schon werden.«

Robert hatte einen Platz in der Nähe des Tresens bekommen, denn es gehörte zu den Aufgaben der Lehrlinge, wenn Kunden am Tresen standen, vom Drehschemel hinunterzusteigen und die Kunden nach ihren Wünschen zu fragen. Robert gegenüber saß Heinz Hofer, der Graf. Wenn Robert geglaubt hatte, daß die beiden Lehrlinge abwechselnd die Kunden der Finnlandfahrt am Tresen bedienen müßten, hatte er sich getäuscht.

»Das habe ich ein halbes Jahr gemacht«, sagte Heinz Hofer, »da saß hier auf meinem Platz der Prinz. Der hat keinen Finger krumm gemacht, ich mußte sogar noch seine Arbeiten mitmachen. Freu dich bloß, daß du mich jetzt hast, ich mache wenigstens meine eigenen Arbeiten selbst.«

Robert fühlte sich keineswegs erniedrigt, als jüngster Lehrling die niedrigsten Arbeiten zu machen. Jeden Morgen kochte er Kaffee für die Finnlandfahrt, und er paßte genau auf, daß immer Kaffee vorhanden war und, wenn er zur Neige ging, rechtzeitig Geld eingesammelt und neuer Kaffee gekauft wurde. Noch bevor die letzte Portion verbraucht war, schrieb er sich in seinen Terminkalender unter den nächsten Tag: »Heute Kaffee kaufen«. Er hielt die Arbeit des Kaffeekochens für sehr wichtig, weil er sah, wie der Morgenkaffee die Arbeit der Abteilung vorantrieb. Mit großer Gewissenhaftigkeit wog Robert täglich die erforderliche Menge Kaffee ab, achtete auf die Reinhaltung des Geschirrs und goß sich stets die erste Tasse mit dem Kaffeedick selbst ein. Trotzdem hörte Robert fast täglich Kritik an seiner Arbeit. »Das Zeug wird immer dünner«, sagte Herr Hinrichs, und Herr Conrad wurde noch deutlicher: »Sag mal, Mohrchen, aus welcher Pfütze hast du heute das Wasser zu diesem köstlichen Getränk geschöpft?« Während Herr Vogelsang, der Abteilungsleiter, meinte: »Mohrchen, hast du noch etwas von diesem Tee für mich?« Für Herrn Hauschild, einen jungen Mann von der Finnlandfahrt, mußte Robert statt des Kaffees täglich morgens eine Bouillon kochen, und er achtete streng darauf, niemals die Bouillontasse Herrn Hauschilds mit den Kaffeetassen der anderen zu verwechseln. Trotzdem verging kein Tag, an dem Herr Hauschild nicht sagte, die Bouillon schmecke nach Kaffee, worauf jedesmal einer der anderen Herren behauptete, er habe dafür die Bouillontasse erwischt. Es war nicht leicht für Robert, dahinterzukommen, daß alles dies Spaß war, denn er hatte bisher immer nur ernstgemeinte Tadel kennengelernt.

Eine weitere Aufgabe des jüngsten Lehrlings war es, täglich noch vor Geschäftsbeginn die Bleistifte seines Abteilungsleiters und aller Angestellten der Abteilung anzuspitzen. Auch die beiden Chefs, Herr Christiansen und Herr Mehlhase, mußten auf diese Weise von Robert bedient werden. Täglich suchte Robert um fünf Minuten vor acht Uhr die Bleistifte Herrn Christiansens, die überall verstreut waren, zusammen, während ihm für Herrn Mehlhase kaum etwas zu tun übrigblieb. Der Bleistift Herrn Mehlhases, des Teilhabers, war nie stumpf. Robert stellte im Laufe der Zeit fest, daß er auch nicht kürzer wurde, woraus er schloß, daß Herr Mehlhase nie mit einem Bleistift schrieb. Da aber auch der Füllhalter Herrn Mehlhases an keinem Morgen nachgefüllt zu werden brauchte, wunderte sich Robert, womit Herr Mehlhase überhaupt schrieb. Robert war ihm immer noch nicht vorgestellt worden. Man vergaß es immer; manchmal aber, wenn man gerade daran dachte, war Herr Mehlhase nicht anwesend, oder es war gleichzeitig Herr Christiansen im Chefzimmer, so daß man nicht stören wollte. Schließlich unterblieb der Vorsatz, Robert vorzustellen, ganz, und er kannte also Herrn Mehlhase nur als den kleinen, rundlichen Herrn, der morgens und abends je einmal und mittags zweimal quer durch die Halle und durch die Drehtür schritt, eine schwere Aktentasche in der Hand, und draußen in einen großen »Horch« stieg, an dem das Zeichen des NSKK befestigt war.

Eines Morgens aber kam Herr Mehlhase etwas zeitiger, als Robert noch die Bleistifte Herrn Christiansens im Chefzimmer zusammensuchte. »Guten Morgen, Herr Mehlhase«, sagte Robert mit einer kleinen Verbeugung, und da er annahm, daß der Chef ihn noch nicht kannte, setzte er hinzu: »Ich heiße Mohwinkel, ich bin der neue Lehrling.« Darauf antwortete Herr Mehlhase: »Ich weiß«, und Robert hörte zum erstenmal die Stimme seines Chefs, der die Halle während der Bürostunden nie betrat. Es war eine ganz dünne, leise Stimme, und Robert mußte sich bemühen, Herrn Mehlhase zu verstehen, als er fortfuhr: »Schönes Wetter heute.« Dabei stellte er seine schwere Aktentasche auf den Tisch und hängte seinen Hut in den Kleiderschrank. »Ja«, sagte Robert, und Herr Mehlhase fügte hinzu: »Die Sonne scheint so schön«, während er die schwere Aktentasche öffnete und ihr acht große Apfelsinen entnahm, die er nebeneinander in einer Reihe ausgerichtet auf den Schreibtisch legte. Die leere Aktentasche stellte er auf den Boden. »Ja«, sagte Robert, und darauf wieder der Chef: »Ich freue mich immer, wenn die Sonne scheint«, aber bevor Robert noch erwidern konnte, daß auch er sich über schönes Wetter freue, deutete Herr Mehlhase durch das Öffnen seines Taschenmessers und mit dem Angriff auf die erste Apfelsine an, daß die Unterredung nun beendet sei und er in seiner Arbeit bis Mittag nicht mehr gestört werden wollte.

Später in Unterhaltungen mit den Lehrlingen äußerte Robert Zweifel, daß Herr Mehlhase einen nützlichen Bestandteil der Firma bilde. »Wenn du wüßtest, wie nützlich der ist«, sagte der Prinz, »der spricht an jedem 1. Mai.« – »Und sonst nichts?« fragte Robert. Darauf lachten alle, und ein Lehrling im dritten Lehrjahr, der schon neunzehn Jahre alt war und den man den Lord nannte, sagte: »Bitte, nichts Schlechtes über unseren Sonnyboy.«

Roberts Tätigkeit in der Finnlandfahrt beschränkte sich aber nicht auf diese allgemeinen Dienstleistungen. Auch feste Büroarbeiten, die er Woche für Woche selbständig ausführen mußte, wurden ihm zugeteilt. Heinz Hofer wies ihn langsam in alles ein. Er sagte: »Zweimal in der Woche fertigen wir Dampfer ab, am Mittwoch nach Finnland Nord, am Sonnabend nach Finnland Süd. Das sind die Expeditionstage. Wie es an diesen Tagen hier aussieht, wirst du noch kennenlernen. An den anderen Wochentagen erholen wir uns von den Expeditionstagen oder bereiten uns auf die nächsten vor. Da fällt für uns beide eine Menge Arbeit ab. Während ich mich beispielsweise damit befasse, einige Kontrollen auszuüben – was du auch später können mußt, wenn du Lehrling im zweiten bist, wie Rechnungen nachrechnen, die Herr Langhans vorgerechnet hat, oder Manifeste addieren, die Herr Conrad geschrieben hat –, mußt du Kohlepapier zwischen die Seiten der Manifeste einlegen, die bei der nächsten Expedition beschrieben werden.« Diese unter dem Namen »Schwarzbogeneinlegen« von den Lehrlingen gehaßte Beschäftigung war eine umfangreiche, sture und schmutzige Arbeit. Robert, der im Büro längst eine alte, an den Ärmeln geflickte Jacke trug, sah nach dieser Arbeit aus wie ein Kohlentrimmer. Die Manifeste, deren Bedeutung er später kennenlernen sollte, waren zunächst für ihn riesige Bogen im Format von neunzig mal sechzig Zentimetern, die auf einer Schreibmaschine mit einem extra breiten Spezialwagen in elf Ausfertigungen beschrieben wurden. Daher mußten in jeden Manifestsatz zehn Kohlebogen im gleichen Format gelegt werden. Da immer mehrere solcher Manifestsätze auf einer Expedition benötigt wurden und da die Kohlebogen sehr unhandlich und schwierig einzulegen waren, dauerte diese Arbeit manchmal fast einen ganzen Vormittag. Robert war der erste Lehrling, der diese Tätigkeit nicht unangenehm fand. Er wußte, wie wichtig sie war und daß irgend jemand sie ja tun müsse. Er bemühte sich, die Kohlebogen äußerst sorgfältig einzulegen; keiner durfte bei ihm seitlich oder unten hervorsehen, und er dachte bereits daran, wie am nächsten Tag Herr Conrad, wenn er an der Maschine säße und die Manifeste schriebe, sagen würde: »Ei, wie sauber sind die Manifeste heute.« Darum nahm Robert sich viel Zeit für diese Arbeit.

An ihm vorbei schlurfte mit langen Schritten der Prinz, der

Lehrling im dritten Lehrjahr war und jetzt zur Abteilung Westküste Süd gehörte. »Na, Großfürst, ganz schön stur hier in dem Laden, was?« sagte er, und auf die Entgegnung Roberts, daß man im ersten Lehrjahr ja so etwas machen müsse, erwiderte er: »Ich habe das nie gemacht. Das hat der Abteilungsleiter immer für mich gemacht. Schließlich ist ja Herr Vogelsang für den Kram verantwortlich.« Damit schlurfte der Prinz davon, und Robert, der das Gerede des Lehrlings für irre hielt, wurde plötzlich stutzig, als der Prinz sich umdrehte, nochmals zurückkam und sagte: »Großfürst, ich will nicht lügen. Einmal habe ich das auch gemacht, da war Herr Vogelsang auf Urlaub und Herr Christiansen auch, und Herrn Mehlhase wollte ich das nicht zumuten. Aber ich habe es nicht so langsam wie du gemacht, sondern zack-rein, zack-rein, zack-rein. In zehn Minuten war ich fertig.« Während der Prinz seine Belehrungen mit ausladenden Armbewegungen unterstrich, rief Herr Hinrichs, der die beiden Lehrlinge beobachtet hatte, von seinem Platz aus Robert zu: »Nun halte dich mal nicht lange mit Quatschen auf, sonst kannst du gleich ein Telegramm nach Åbo schicken, daß Dampfer ›Aldebaran‹ einen Tag später kommt, weil Mohrchen mit Schwarzbogeneinlegen nicht fertig geworden ist.« Daraufhin schlurfte der Prinz davon, rief aber Robert im Fortgehen noch einmal zu, so daß Herr Hinrichs es hören konnte: »Also, wie ich es dir gezeigt habe, immer zack-rein, zack-rein!«

Am nächsten Tag, einem Mittwoch, erlebte Robert zum erstenmal eine Dampferexpedition. Dampfer »Aldebaran«, der der Dampfschiffahrtsgesellschaft »Merkur« GmbH gehörte und der seit Jahren im Ostsee-Linienverkehr eingesetzt war, sollte bis abends abgefertigt sein und um zwanzig Uhr nach Åbo, Wasa, Uleåborg, Kemi abgehen. Schon am Abend vorher hatte Robert bei den Angestellten der Abteilung eine nervöse Stimmung bemerken können. Herr Vogelsang hatte gesagt: »Jungs, das wird morgen ein dicker Dampfer! Conrad, fangen Sie man gleich um acht mit dem Manifest an. Die ersten dreißig Positionen sind ja schon fertig.« Darauf hatte Herr Hinrichs zu Heinz Hofer gesagt: »Daß mir um zehn vor acht die Tallyscheine auf dem Platz liegen«, und Herr Vogelsang hatte noch hinzugefügt: »Heinerich, nimm mir morgen ja das Mohrchen tüchtig ran!« Als Robert am Dienstagabend nach Hause ging, fand er auf seinem Pult zwei Berge grüner Frachtbriefe liegen. »Das sind Konnossemente«, sagte Heinz Hofer, »für dich zum Stempeln«, dann ging er fort, mit langen, schlurfenden Schritten durch die Halle, drehte sich noch einmal um und rief dem jüngeren Lehrling der Westküste Süd hinüber: »Baron! Heute abend im Café Mohr?« Aber der Baron hatte keine Lust, er antwortete: »Heute nicht, muß zur Tanzstunde.«

Am Mittwoch früh war Robert besonders zeitig im Büro, und er sah, daß Heinz Hofer, ja auch Herr Hinrichs und Herr Conrad vor der Zeit da waren. Nur der junge Herr Langhans kam wie immer zu spät. Das war peinlich, weil sich an jedem Morgen Punkt acht Uhr der alte Prokurist Hannemann von seinem Lattenkäfig aus in Bewegung setzte, langsam durch die Halle an den Pultreihen entlangging und die Plätze kontrollierte, ob sie alle besetzt waren. Fand er einen freien Platz, sagte er später, wenn Herr Christiansen mit den Prokuristen die eingegangene Post las, zum Chef: »Ich glaube, es kommt wieder eine Grippewelle; in der Westküste Süd sind zwei Mann krank.« Aber Herr Christiansen meinte: »Ach was, Grippe! Das sind bestimmt Pannewitz und Müller, die haben wieder verpennt.« – »Das darf aber nicht sein«, entgegnete Herr Hannemann, und er bestellte später die beiden jungen Leute Pannewitz und Müller zu sich, um ihnen klarzumachen, daß sie pünktlich zu erscheinen hätten und daß Herr Christiansen nicht die Absicht habe, sein Geld zu verschenken.

Herr Langhans wurde aber niemals von Herrn Hannemann erwischt, weil Herr Hauschild, der neben ihm saß und die Gewohnheit seines Kollegen schon kannte, Punkt acht Uhr das Pult von Herrn Langhans mit einem Berg alter Manifeste und Konnossemente füllte, seine Schreibtischlampe anknipste und, wenn Herr Hannemann vorbeikam, ganz beiläufig zu Herrn Conrad hinüberrief: »Sie suchen Herrn Langhans? Der ist gerade mal Händewaschen, kommt gleich zurück!«

An diesem Morgen wurde Robert mit dem Haufen grüner Konnossemente an ein abseits stehendes Stempelpult gestellt, um für Stunden hintereinander die Arbeit zu verrichten, die er am Tage seines Antritts beim Fürsten gesehen hatte. Als um ein Uhr das Aufflammen der Streichhölzer die Mittagszeit anzeigte, erfuhr Robert, daß heute, wie auch an den sonstigen Expeditionstagen, die Tischzeit für die Abteilung ausfiel. Jeder Angestellte und Lehrling der Finnlandfahrt erhielt von Herrn Vogelsang eine Mark und fünfzig ausbezahlt, wovon die Mehrkosten für das Mittagessen außer Hause bestritten werden sollten. Robert, dem die Aufgabe zufiel, das Mittagessen für die Angestellten einzukaufen, merkte bald, daß der größte Teil dieses Betrages von allen gespart und als zusätzliche Einnahme zu dem meist geringen Gehalt betrachtet wurde. Die Einkaufsliste, die er anlegte, enthielt somit nur Brötchen, Hackepeter und Zigaretten. Trotzdem waren bei der Zusammenstellung dieser einfachen Speisen auch viele Feinheiten zu beachten: Herr Hauschild wünschte sich den Hackepeter stark gesalzen, aber mit nur wenig Pfeffer, während Herr Conrad den Hackepeter nur ungesalzen vertrug, dafür aber für ihn an das Mitbringen einer Zwiebel gedacht werden mußte. Heinz Hofer wünschte anstatt des Hackepeters Schabefleisch vom Schwein und vom Ochsen im Verhältnis von zwei zu eins. »Achte darauf, daß das Fleisch gut vermengt wird«, sagte er zu Robert, und als Herr Hinrichs noch hinzufügte: »Die Brötchen, die du mir bringst, müssen kross gebacken sein. Wenn du mir zu weiche Brötchen bringst, muß ich dich leider wieder zum Umtauschen schicken«, kamen Robert Zweifel, ob es ihm gelingen würde, derart differenzierte Speisezusammenstellungen richtig zu beschaffen. Gleichzeitig war er aber voller Bewunderung für die feinen Gaumen, die selbst bei einfachsten Speisen noch bestimmte Forderungen stellten. Dies, so glaubte er, war höhere Lebensart. Bei seiner Mutter waren Brötchen Brötchen und Mett Mett. Hätte sein Vater ein einziges Mal gewagt, Speisezusammenstellungen in bestimmten Verhältnissen oder einen besonderen Backgrad der Brötchen zu verlangen, hätte seine Frau ihn für verrückt gehalten.

An diesem Tage um sechs Uhr bekam Robert von seinem Abteilungsleiter, Herrn Vogelsang, einen Zettel mit dem Auftrag, ihn in der Buchhaltung einzulösen. Auf dem Zettel stand: »Siebenmal Abendbrot D. ›Aldebaran‹ = RM 7,- erhalten, Vogelsang«, und Robert schloß daraus, daß die heutige Dampferexpedition bis zum Geschäftsschluß nicht beendet sein würde. Er war stolz darauf, sich in den »Siebenmal Abendbrot Dampfer ›Aldebaran‹« eingeschlossen zu finden und sah sich als gleichwertige Kraft in seiner Abteilung, unentbehrlich und nicht zu ersetzen. Zum erstenmal in seinem Leben wußte er, daß er nützlich war. Mit diesen Gefühlen ging er zur Buchhaltung. Dort wollte er sagen: »Herr Vogelsang schickt mich mit der Bitte, den Zettel einzulösen«; aber der Weg zur Buchhaltung war lang, er führte durch die ganze Halle von einer Seite bis zur anderen, und auf diesem Wege änderten sich Roberts Absichten. Seine Schritte wurden länger und schlurfender; seine Schultern, deren schiefe Haltung seine Eltern und Lehrer, insbesondere der Turnlehrer, seit Jahren bemängelt hatten, wurden gerade; den Oberkörper, früher krumm, hielt er jetzt auf lässige Weise gebeugt, so als sei er kerzengerade, habe es aber nicht nötig, sich geradezuhalten; eine Hand versenkte er in der Hosentasche, die andere spielte mit dem Zettel, den er auf dem langen Tresen entlangschob. Als er auf diese Weise in der Buchhaltung eintraf, nahm er lediglich die Hand aus der Tasche und war nun selbst erstaunt, als er zu Herrn Roewer, dem Prokuristen, sagte: »Dampfer ›Aldebaran‹ ist noch nicht fertig heute. Wir müssen noch länger bleiben. Hier ist der Zettel, Herr Vogelsang hat schon unterschrieben.«

Herr Roewer war über Haltung und Ausdruck des jungen Mohwinkel nicht erstaunt. Seit Jahrzehnten erlebte er es, wie in wenigen Tagen aus linkischen Konfirmanden eingebildete Kaufmannslehrlinge wurden. Er hielt auch Roberts plötzliche Erkenntnis, zu etwas nütze zu sein, für Hochmut. Allerdings hatte Herr Roewer nichts gegen den Hochmut junger Leute. Er bedauerte nur, den Eifer der jugendlichen Menschen auf solchen falschen Gebieten zu sehen. Er schätzte den Eifer der Lehrlinge im Geschäft gar nicht so sehr. Deshalb sagte er zu Robert: »Es freut mich zu sehen, daß Sie sich so gut eingearbeitet haben, Herr Mohwinkel. Aber erlauben Sie mir den Hinweis, daß Sie als Jugendlicher nach dem Gesetz nicht verpflichtet sind, Überstunden zu machen. Wenn Sie es freiwillig tun, ist es Ihre Sache, aber Sie dürfen nicht vergessen, daß, wenn die Expeditionen auf den Mittwoch fallen, die Hitlerjugend Sie auf den Heimabenden vermissen wird. Das wiederum ist Ihre Sache nicht allein. Sie sind nicht nur Lehrling bei der Firma Christiansen, Sie sind auch Deutscher.« Während dieser Worte versah er den Zettel Herrn Vogelsangs mit einem Zeichen, schickte Robert damit zur Kasse und schloß, indem er ihm die Hand auf die Schulter legte: »Nun, Sie werden schon zurechtkommen. Wenn Sie Schwierigkeiten haben, bin ich immer für Sie da.«

Nach dem Abendessen legte sich auf die Abteilung langsam eine gewisse Müdigkeit. Längst waren alle anderen Angestellten der Firma fortgegangen. Um acht Uhr ging auch der Botenmeister und mit ihm der Lehrling, der bei der Post geholfen hatte. Der Botenmeister schaltete die Lampen aus, und die Finnlandfahrt blieb mit sieben Schreibtischlampen und einer Deckenlampe, die über dem Tresen hing, ein einziger kleiner Lichtfleck in der großen, toten Halle. Robert glaubte, daß die Arbeit nun langsam auslaufen werde. Als aber um neun Uhr der Außenexpedient durch die Drehtür in die dunkle Halle kam, legte die Müdigkeit der Abteilung sich plötzlich. »Die letzten?« fragte Herr Hinrichs schon von weitem, und der Außenexpedient erklärte, daß er die letzten Tallyscheine vom Dampfer »Aldebaran« bringe. »Der ist wieder mal bumsvoll«, sagte er, »hier sind die Scheine für die Güter, die wir nicht mehr reingekriegt haben.« Herr Vogelsang und Herr Hinrichs sahen die Scheine durch, um festzustellen, welche Waren nun im Schuppen liegengeblieben waren und erst mit dem nächsten Dampfer nach Finnland verladen werden konnten. Mehrmals sagten sie »Schietkram« oder »Idioten, die kleine Kiste hättet ihr dem Kapitän in die Kajüte packen können«, oder »Warum haben die Affen die Bleche nicht als Decksladung genommen?« Der Außenexpedient stand dabei, mit hängenden Schultern, und sagte nichts. Schließlich wurde es ihm zu dumm, und er sagte: »Da hätte auch mal einer von euch rauskommen können. Aber wenn ihr euch hier die Hintern wärmt, könnt ihr nicht wissen, wie es draußen aussieht.« Darauf sagte Herr Vogelsang: »Das nächste Mal schicke ich Mohrchen raus. Der packt euch den ganzen Dampfer allein besser als ihr alle zusammen.« Damit war für ihn das Thema erledigt, und er gab Herrn Conrad und Herrn Hauschild das Zeichen, daß der Dampfer nun abgeschlossen werden konnte.

Dieser Abschluß dauerte aber nun noch Stunden. Auf den Konnossementen mußten die Waren, die zurückblieben, gestrichen werden; erst dann konnte man das Manifest zu Ende schreiben. Herr Conrad saß an der Schreibmaschine mit dem langen Wagen, nervös, eine selbstgedrehte Zigarette im Mundwinkel. Herr Langhans saß neben ihm und sagte ihm von den Konnossementen ablesend die Positionen an. Dieses stundenlange gleichmäßige Ansagen schien die beiden in eine ähnliche Trance zu versetzen wie morgens das Stempeln den Lehrling. Mehr und mehr verfiel Herr Langhans in ein nöliges Singen, weshalb man seit Jahren diese Beschäftigung des Ansagens auch das »Ansingen« nannte. Herrn Conrads Hände waren in ständig zuckendem Zustand oberhalb der Maschine, eine Methode, die es ihm ermöglichte, mit einer unwahrscheinlichen Geschwindigkeit den angesagten Text auf die Maschine zu übernehmen. Allerdings erlaubte es sein Zustand nicht, mit Schreiben aufzuhören. Wenn Herr Langhans im Ansingen eine Pause machte, schrieb Herr Conrad so lange in der Luft weiter, bis das erste Wort Herrn Langhans' seine Hände wieder mit der Tastatur verband.

Abends um zehn Uhr fiel Herrn Hinrichs ein, daß man jetzt eigentlich ein Glas Bier trinken könnte. Er sagte: »Mohrchen, hole mir mal einen Halben hell, aber frage erst, wer auch noch Bier haben will.« Alle bestellten Bier, auch Herr Langhans nach kurzer Überlegung und mit der Bemerkung, er wolle sich nicht gern ausschließen und ein einfaches Bier hin und wieder könne ja auch nicht schaden. Auch Heinz Hofer, der Graf, bestellte sich ein Bier, aber er bemerkte ausdrücklich zu Robert: »Es macht einen besseren Eindruck, wenn du für dich selbst kein Bier mitbringst, wenigstens noch nicht heute.« Diese Absicht hatte Robert auch nicht gehabt. Er trank noch kein Bier, und deshalb sah er den Grafen überrascht an. Heinz Hofer deutete die Überraschung aber falsch, und so fügte er hinzu: »Na, wenn du solchen Durst hast, kannst du dir ja an der Theke schnell einen hinter die

Binde gießen, dann merkt man es hier nicht.« Robert nahm das Geld, das ihm die Angestellten gegeben hatten, und das Tablett, das er morgens beim Herumreichen der Kaffeetassen brauchte, und ging durch die Halle zur Drehtür. Da rief Herr Vogelsang ihn zurück: »Mohrchen, wo holst du das Bier?« fragte er, und als er von Heinz Hofer die Antwort erhielt: »Ich habe ihn ins Café Mohr geschickt«, sagte Herr Vogelsang zu seiner Abteilung: »Ihr seid wohl alle verrückt geworden, Mohrchen um zehn Uhr abends zu dieser alten Fose zu schicken«, und zu Heinz Hofer gewendet: »Heinerich, geh du man lieber. Mohrchen landet in dem Puff noch früh genug.« Von diesem Augenblick an wurde für Robert, obgleich er die Worte seines Abteilungsleiters nicht voll begriffen hatte, das Café Mohr eine Verlockung; auch verstärkte sich sein Wunsch, Bier zu trinken, das er bisher nur als Braunbier bei seinen Großeltern in Lüneburg kennengelernt hatte. Er beschloß, am nächsten Expeditionstag, am Sonnabend, Herrn Vogelsang zu sagen, daß es ihm nichts ausmache, abends für die Abteilung Bier zu holen. Er nahm sich auch vor, dabei an der Theke schnell ein kleines Helles zu trinken und davon niemandem etwas zu erzählen.

Um halb elf Uhr trieb Herr Hinrichs zur Eile. Die Konnossemente waren an die Spediteure ausgegeben, am Tresen standen keine Lehrlinge mehr, die Halle war wieder leer. Einige Angestellte hatten schon ihre Hüte und Mäntel geholt. Sie standen angezogen da und warteten auf Herrn Hauschild, der noch als einziger am Pult saß und die Additionen auf dem Manifest kontrollierte. Schließlich wurden vier große Umschläge als Einschreibebriefe und mit Luftpostporto frankiert und an die Schiffsmakler in Åbo, Wasa, Uleåborg und Kemi adressiert, die als Vertreter der Reederei den Dampfer »Aldebaran« bei seiner Ankunft zu entladen hatten. »Komm, mach schon«, rief der Graf Robert zu, »wir müssen zur Bahnhofspost.« Unterwegs, als die beiden Lehrlinge in der Nacht die Sögestraße hinuntereilten, klärte Heinz Hofer Robert über den Grund dieser Eile auf. Er sagte: »Wenn wir bis elf Uhr an dem Schalter der Bahnhofspost sind, brauchen wir für die Einschreibbriefe keine Nachtgebühr zu bezahlen. Nach elf kostet es dreißig Pfennig je Brief. Theoretisch kommen wir erst nach elf zur Post, weil wir ja erst Viertel vor elf fertig waren. Praktisch aber werden wir eine Minute vor elf da sein, das bedeutet bei vier Briefen eine Mark zwanzig Verdienst.« Nach einer Weile fuhr er fort: »Eine Mark zwanzig sind vier halbe Liter Bier oder sechsunddreißig Zigaretten. Oder schon die Hälfte Eintrittsgeld zum Tanztee am Sonntag im Parkhaus inklusive Gedeck.«

Einige Minuten vor elf Uhr gaben die beiden Lehrlinge die Briefe am Schalter ab. Den Verdienst teilten sie sich, jeder bekam sechzig Pfennig. »Mit der Zeit wirst du noch sehen, wie du zu Nebeneinnahmen kommst«, sagte der Graf, »aber eins sage ich dir: Schnauze halten!«

Am dritten Tage seiner Lehrzeit hatte Robert drei Mark und zehn Pfennig verdient. Da sein Vater, der den Betrieb eines Schiffsmaklers kannte und auch wußte, daß Dampfer »Aldebaran« heute abgefertigt werden sollte, schon vermutete, daß sein Sohn Überstunden werde machen müssen, hatte Robert von seiner Mutter ausreichende Verpflegung für den ganzen Tag mitbekommen, so daß er von seinem Essensgeld nichts ausgeben mußte. Er sagte seinen Eltern nichts von seinem Verdienst, denn er wußte, daß er das Geld bald brauchen würde, zu einem Zweck, den er dann seinen Eltern auch nicht erzählen könnte.

Als Robert drei Monate in der Firma Felix Christiansen & Co. als Lehrling beschäftigt war, suchte sein Vater eine Gelegenheit, die Firma einmal zu besuchen, um Auskunft über die Leistungen seines Sohnes zu erhalten. Unter dem Vorwand, eine besonders günstige Frachtrate für eine Partie Bandeisen nach Callao, die die Firma Krume & Sohn exportierte, herauszuholen, meldete er sich zur persönlichen Besprechung bei dem Leiter der Abteilung Westküste Süd, Herrn Schilling, an. Herr Schilling telefonierte nach der Verhandlung über die Hausleitung mit Herrn Christiansen und sagte ihm: »Herr Mohwinkel von Krume ist da. Er hat zwölf tons Bandeisen für Callao. Da müssen wir wohl einen Sonderpreis machen, oder wollen Sie erst mit der Jason-Linie sprechen?« Herr Christiansen wollte aber nicht mit der Jason-Linie sprechen, sondern er wollte gern ein paar Worte mit Herrn Mohwinkel wechseln, da er sich erinnerte, daß in seinem Betrieb seit einigen Monaten der junge Mohwinkel Lehrling war. Darum begrüßte Herr Christiansen Roberts Vater freundlich. Sie gingen in das Chefzimmer, und Herr Christiansen holte die Schnapsflasche aus dem Schreibtisch. Es wurde eine sehr günstige Frachtrate für die Partie Bandeisen ausgehandelt, und erst beim Abschied fragte Herr Mohwinkel wie beiläufig: »Übrigens, wie macht sich mein Sohn in der Finnlandfahrt?« – »Mohwinkel junior?« fragte Herr Christiansen zurück, und er gab gleich Auskunft: »Ein ganz flotter Kerl, wie ich so sehe«, und er rief noch Herrn Vogelsang herein, der Herrn Mohwinkel ebenfalls bestätigte, daß sein Sohn fleißig, stets pünktlich und immer arbeitsfreudig sei. »Er ist beinahe übertrieben gewissenhaft«, sagte Herr Vogelsang.

An diesem Tage begrüßten die Mohwinkels ihren Sohn, als er heimkam, mit besonderer Freundlichkeit. Herr Mohwinkel hatte eine Kiste Sprotten mitgebracht, und er holte nach dem Abendbrot aus dem Keller eine Flasche Moselwein. »Was sagt Herr Christiansen über mich?« fragte Robert als erstes. Aber sein Vater antwortete nur: »Er konnte sich im Augenblick auf keinen Anlaß zu einer Beschwerde besinnen. Seinen Worten war zu entnehmen, daß er dich unter Umständen vielleicht behalten wird.«

Frau Mohwinkel stand den Auskünften, die ihr Mann über Robert heimbrachte, jedoch kritisch gegenüber. Sie meinte: »Das haben sie nur gesagt, um dich nicht zu kränken. Sie behalten den Jungen höchstens, weil sie dich so schätzen.« Trotzdem sagte sie an diesem Abend, als man den Wein trank, zu Robert: »Nimm dir von Vater einmal eine Zigarette. Ein junger Mann muß rauchen können. Ein Mann, der nicht raucht, ist kein Mann«, und nach einer kurzen Weile setzte sie noch hinzu: »Vielleicht behalten sie dich ja doch. Das kann man nicht wissen.«

Beide Mohwinkels waren froh, an diesem Abend zu sehen, daß ihr Sohn, dessen Zukunft nach den Schulleistungen der letzten Jahre hoffnungslos erschienen war, vielleicht doch zu irgend etwas taugen könnte. Große Hoffnungen hatten sie nie in ihn gesetzt, auch jetzt glaubten sie nicht an eine bedeutende Zukunft ihres Sohnes. Der Gedanke, er könnte einmal Prokurist werden wie sein Vater, kam ihnen nicht. Es genügte ihnen zu wissen, daß Herr Christiansen ihn behielt, und wer von Herrn Christiansen behalten wurde, hatte sein Leben lang ein Auskommen.

Dem Drängen seiner Frau, an diesem Abend eine zweite Flasche Wein zu öffnen, gab Herr Mohwinkel nicht nach. Auch nicht der Forderung seines Sohnes nach einer zweiten Zigarette. »Man muß zwar alle Genüsse kennen«, sagte er, »aber man muß nicht alles ins Maßlose steigern.« Die Einwürfe seiner Familie, daß eine zweite Flasche Wein und eine zweite Zigarette nichts Maßloses darstellten, entkräftete er: »Zwei Zigaretten hintereinander, das ist maßlos und auch ungesund.« Robert hatte nur aus Freude an der Geselligkeit dieses Abends eine zweite Zigarette rauchen wollen; ein wirkliches Verlangen danach hatte er nicht. Es war auch wirklich die erste Zigarette, die er rauchte. Niemals vorher hatte er heimlich geraucht, er hätte es auch niemals gewagt. So war seine erste Zigarette eine legale, ja sogar eine von seiner Mutter angeordnete Zigarette. Er sagte aber seinen Eltern nicht, daß er nie zuvor geraucht hatte, denn er wußte, daß sie es ihm nicht glauben würden.

Als Robert am nächsten Morgen das Haus verließ, steckte er sich einen Zwanzigmarkschein ein. Dreimal schon hatte er sein monatliches Lehrlingsgehalt von zwanzig Reichsmark bekommen und diese Einnahmen durch gesparte Überstundengelder und durch einige sogenannte Portogewinne, die zu erlangen er am ersten Expeditionstag gelernt hatte, erhöhen können. Er hatte auch für eine Reihe geschäftlicher Stadtfahrten, vornehmlich zum Hafen, die Auslagen für die Straßenbahnfahrkarte ersetzt bekommen, obgleich er, wie es bei den Lehrlingen üblich war, heimlich das Fahrrad benutzt hatte. Der Botenmeister, der die Kasse für diese kleinen Auslagen verwaltete, wußte von diesen Nebeneinnahmen der Lehrlinge. Auch Herr Christiansen wußte davon, und alle billigten es stillschweigend, denn die Lehrlinge in dieser Firma leisteten mehr, als ihrer Bezahlung entsprach. Ein Schiffsmakler, der im Linienverkehr arbeitete, war mit festen Verträgen an die Reedereien gebunden und fertigte die Schiffe gegen Kommission ab. Von diesen nicht hohen Sätzen lebten in Roberts Lehrfirma drei Generationen der Familie Christiansen und drei Generationen der Familie Mehlhase. Da blieb nicht viel übrig, und so mußten sich die siebenundvierzig Angestellten von Christiansen & Co. mit niedrigen Gehältern begnügen. Viele Lehrlinge wurden eingestellt, die schon im zweiten und dritten Lehrjahr die Arbeit von Angestellten übernahmen, so daß man auch auf diese Weise Geld sparte. Daher verübelte man den Lehrlingen die falschen Straßenbahnkosten und Porto-Nachtgebühren nicht, zumal diese Beträge ja nicht zu Lasten der Firma gingen, sondern bei den Schiffsabrechnungen den Reedereien in Rechnung gestellt wurden.

So kam es, daß Robert nach drei Monaten vierundsiebzig Mark gespart hatte, denn er hatte bisher wenig ausgegeben. Seine Eltern sorgten für ihn, und was er verdiente, durfte er als sein Taschengeld behalten. An diesem Morgen betrat er mit seinem Zwanzigmarkschein den Zigarrenladen an der Straßenbahnhaltestelle und verlangte sechs Gold-Dollar. Während der Zigarrenhändler noch das Geld wechselte, zündete sich Robert schon die erste Zigarette an. Die Zigarette im Mundwinkel, die linke Hand in der Hosentasche, den Sommermantel lässig über die Schulter geworfen, lehnte er sich an den Ladentisch und wartete auf die Rückgabe des Wechselgeldes. Er steckte es lose in die Rocktasche, ohne es nachzuzählen. In der Straßenbahn stellte er sich auf den Vorderperron, wo das Rauchen erlaubt war, setzte den Hut mit der zu breiten Krempe leicht in den Nacken und blickte ein Mädchen an, vermutlich eine Stenotypistin, die ins Büro fuhr. Zwar beachtete ihn niemand besonders, aber er erwartete auch nicht, daß man die Beachtung seiner Person äußerlich zu erkennen gab. Die Einbildung, daß niemand ihn als Lehrling im ersten Lehrjahr, sondern jeder als einen jungen Schiffsmakler, als den unersetzlichen Teil einer bekannten Firma sofort erkennen müsse, genügte ihm.

Am Domshof überlegte er, ob er sich noch eine zweite Zigarette anzünden sollte, gerade jetzt auf dieser Strecke zwischen Marktplatz und Faulenstraße, wo so viele ihn sahen, aber dann unterließ er es, weil er einsah, daß es sich nicht mehr lohnte. Die Schachtel mit den übrigen fünf Gold-Dollar, die er schon in der Hand hielt, steckte er in die Rocktasche zurück, und dabei merkte er, daß sich das Wechselgeld noch lose darin befand. Er ärgerte sich, daß er, nur um dem Zigarrenhändler zu imponieren, das Geld, für das er einen ganzen Monat arbeiten mußte, so lässig und ohne Nachzählen in die Jackentasche gesteckt hatte. Er nahm es heraus und verwahrte es sorgsam in Brieftasche und Portemonnaie, nachdem er es genau nachgezählt hatte.

Im Büro war er nicht mehr so zeitig wie in den ersten Tagen seiner Lehrzeit, aber immer noch pünktlich genug, um sich keine Vorwürfe zuzuziehen. An diesem Mittwoch nun erhofften sich die Angestellten der Finnlandfahrt einen baldigen Arbeitsschluß. Um zehn Uhr kochte Robert Kaffee, für Herrn Hauschild eine Bouillon, dann suchte er alle Order-Konnossemente, die von einem Zeichnungsberechtigten der Firma handschriftlich unterschrieben werden mußten, zusammen, um sie dem Prokuristen, Herrn Hannemann, vorzulegen. Er zog die Konnossemente fächerartig auseinander, damit der Unterschreibende, besonders bei den Konnossementen mit vielen Exemplaren, nicht nach jeder Unterschrift umblättern mußte. Dieses fächerartige Auseinanderziehen der Konnossements-Exemplare wurde seit undenkbarer Zeit von Herrn Hannemann verlangt. Auch die älteren Angestellten der Firma, die vor zwanzig Jahren hier Lehrlinge gewesen waren und Herrn Hannemann noch aus der Zeit kannten, als er nur Handlungsbevollmächtigter war, wußten sich zu erinnern, daß es auch damals schon üblich war, Order-Konnossemente auf diese Weise vorzulegen. Ebenso war es seit zwanzig Jahren üblich, daß der Lehrling, der sie dem Zeichnungsbevollmächtigten vorlegte, den frischen Unterschriften mit dem Löscher folgte. Bei dieser Arbeit nun hatte Herr Hannemann die kaufmännischen Fähigkeiten und die echte Begabung des jungen Mohwinkel erkannt. Er entsann sich nämlich nicht, in den sechsundzwanzig Jahren, in denen er für die Firma zeichnen durfte, einen Lehrling beobachtet zu haben, der immer und so unfehlbar den richtigen Augenblick abpaßte, an dem er mit dem Ablöschen der sechs, acht oder zehn Unterschriften eines Konnossements beginnen mußte. Trotzdem richtete Herr Hannemann nicht etwa das Wort an Robert. Außer mit den Angestellten, mit denen er ständig zusammenarbeitete, sprach er fast mit niemandem in der Firma. Immerhin, heute wurde von mehreren Seiten beobachtet, wie Herr Hannemann, als der junge Mohwinkel die Konnossemente vom Schreibtisch nahm und für die Unterzeichnung dankte, von seiner Arbeit aufsah und dem jungen Mohwinkel zunickte. Dergleichen hatte man noch nie gesehen, und wer es jetzt wahrgenommen hatte, schloß daraus, daß der junge Mohwinkel, da offensichtlich wirklich begabt, in dieser Firma seinen Weg machen werde.

Sehr zufrieden aß Robert heute also sein Mittagbrot und ging danach durch die kleine Tür an der Breitwand der Halle, die außer zu den Garderoben und den Toiletten auch zu den Ablageräumen für alte Frachtpapiere führte. Viele staubige Regale standen dort ineinander verschachtelt; die Lehrlinge hatten sich diese Verstecke absichtlich geschaffen, um ungestört hier zu rauchen und zu plaudern, wenn sie Mittagszeit hatten. In einem dieser Verstecke traf Robert den Grafen und den Prinzen. Sie rauchten und unterhielten sich über die neue Kapelle, die seit Anfang des Monats im Tanzlokal Munte spielte. Robert setzte sich zu ihnen und zündete sich eine Gold-Dollar an. Keinem der beiden anderen fiel es auf, daß der Großfürst heute zum ersten Male rauchte. »Den Tango spielen sie mit drei Akkordeons«, sagte der Graf, »nicht etwa langgezogen, sondern ganz kurz dáda – dadá – da, dáda – dadá – da«, wozu er mit dem Fuß im Takt wippte. Den Prinzen ließen die Takte aber kalt. Er fragte: »Gibt's wenigstens anständige Weiber in der Munte?« Aber der Graf antwortete darauf nicht. Er erzählte weiter: »Getanzt wird im Freien, die Tanzfläche ist aus Glas, abends wird sie von unten beleuchtet, tolle Sache! Die Kapelle trägt weißen Smoking.« Den Prinzen langweilte die Aufzählung, er sagte: »Muß mal nach meinem Dampfer gucken«, drückte seine Zigarette aus und kehrte in seine Abteilung Westküste Süd zurück.

Mit Robert allein geblieben, sagte der Graf zu ihm: »Du kannst ja noch nicht tanzen, aber wenn du soweit bist, gehen wir mal zusammen zur Munte.« Robert zog an seiner Zigarette, nach einer Weile sagte er: »Perseus wird ja heute schon früh fertig. Wenn ich die Post weggebracht habe, gehe ich noch ein Stündchen ins Café Mohr. Wenn du magst, gebe ich einen aus. Muß ja noch meinen Einstand bezahlen.« Der Graf erwiderte, daß er noch nicht wisse, ob er abends da sei. »Wenn ich komme, bin ich da«, sagte er. Später, als Robert sah, daß auch die Frankreichfahrt noch eine Expedition und Dampfer »Carcassonne« bis zum Spätnachmittag abzufertigen hatte, lud er auch den Fürsten ein, abends ins Café Mohr als sein Gast zu kommen. Der Fürst, der Albert Warncken hieß, war im zweiten Lehrjahr in die Abteilung »Frankreich« gekommen, nachdem er das erste Lehrjahr in der Buchhaltung verbracht hatte. Er war siebzehn Jahre alt, ein Jahr älter also als Robert, und Robert konnte den Fürsten gut leiden, weil an ihm nichts von der Großspurigkeit des Prinzen zu merken war; diese Großspurigkeit, die auch der Graf, wenn auch nicht in so starkem Maße, angenommen hatte, machte Robert immer noch ängstlich und mißtrauisch. Albert Warncken, der Fürst, nahm auch Roberts Einladung ernster als der Graf. Er fragte seinen Abteilungsleiter, wie lange es heute mit Dampfer »Carcassonne« noch dauern könnte, und als er erfuhr, daß die Abteilung um acht Uhr fertig sein würde, sagte er zu, kurz nach Schluß im Café Mohr zu sein.

Das Gebäude, in dem die Firma Christiansen & Co. ihre Büroräume gemietet hatte, lag in einem der ältesten Teile der Stadt. Die Gegend, die hauptsächlich von kleinen, verwinkelten Gassen durchzogen wurde und in ihrer Anlage fast unverändert seit Jahrhunderten bestand, wurde nach Westen von den alten Wallanlagen, nach Norden und Osten von zwei belebten Geschäftsstraßen und nach Süden von der Weser begrenzt. Die Gassen, die an die Weser grenzten, gehörten zu den finstersten dieses Stadtteils. Hier standen engbrüstige, einstöckige Wohnhäuser, bei denen man die Ziegel vom Dach nehmen konnte, zwischen mehrgeschossigen Lagerhäusern und alten Kontoren. Die Firmen, die hier ihre Büros hatten, führten ihr Gründungsjahr auf das 18., ja sogar auf das 17. Jahrhundert zurück. Es waren Großhändler, Weinhandlungen, Spediteure sowie Kaufleute, die mit dem Ausland handelten. Zur Weser hin wurden die Wohnhäuser und Kontore seltener, Lagerhäuser und Speicher aber häufiger, bis dann am Ufer des Flusses nur noch die vier- bis sechsstöckigen Lagerhäuser standen, deren Winden unter dem Spitzgiebel direkt über dem Wasserspiegel hingen und die Waren aus den Weserkähnen in die Stockwerke der Speicher beförderten. Früher löschten hier die Seeschiffe, aber nachdem draußen im Westen die großen Hafenanlagen entstanden waren, benutzte man die Speicher in diesem Stadtteil nur für langfristige Einlagerungen. Die Waren wurden dann in den Freihäfen von Schuten aus den Dampfern außenbords übernommen und hier angeliefert.

In den schmalbrüstigen, niedrigen Häusern wohnten einfache Leute, meist Rentner, die früher, als in dieser Gegend noch Leben war, in den Kontoren oder den Lagerhäusern gearbeitet hatten. Die Kaufleute, Großhändler und Spediteure wohnten nicht in diesem Stadtteil. Sie hatten sich Häuser in Schwachhausen gebaut oder in Horn. Viele von ihnen besaßen außerdem ein Landhaus in Lesum, das man die Bremische Schweiz nannte. Im Sommer saßen nun alte Frauen auf Klappstühlen in den Gassen,

Kinder spielten auf den steilen Steintreppen, die zur Weser hinunterführten, hin und wieder schoben Packer auf Sackkarren Kisten vor sich her, die Einlagerungspapiere unter das Tragband der Schürze geklemmt, Boten mit schwarzen, steifen Hüten kamen vorbei oder Lehrlinge auf Fahrrädern, einhändig fahrend, in der freien Hand Frachtbriefe oder Tallyscheine. Abends standen an manchen Ecken die Huren, nachts pfiffen die Ratten in den Gassen.

Robert hatte die Straßenmädchen, die in unmittelbarer Nachbarschaft des Bürohauses wohnten, bald kennengelernt. Manchmal rief ihm eine etwas zu, wenn er mittags Brötchen holen ging oder mit dem Fahrrad wegfuhr, um Schiffspapiere an Bord eines Dampfers zu bringen. Sie sagten: »Na, seit Ostern neu hier?« Oder »Man nicht so eilig, Kleiner, du kommst noch früh genug zu deinem Dampfer.« Sie hießen nicht, wie im Westen am Hafen, Lola oder Jenny; die Huren am Geeren hießen Lisa, Erna oder Dora. Mit Lisa hatte Robert sich schon häufig unterhalten. Sie hatte ein breites Gesicht mit rissigen Lippen, das Haar war stark gefärbt, ohne daß man jedoch eine bestimmte Farbe erkennen konnte. Robert hielt Lisa für blond, während der Graf behauptete, Lisa sei rothaarig. Herr Conrad dagegen hatte einmal gesagt, als man sich über sie unterhielt: »Ach, ihr meint die schwarze Lisa«, und es stand außer Zweifel, daß alle drei dieselbe meinten. Lisa war vielleicht fünfzig Jahre alt, vielleicht auch jünger. Tagsüber saß sie auf einem winzigen Klappstühlchen, von dem an beiden Seiten ihre Gesäßbacken herabhingen, vor der Tür ihres Hauses gegenüber dem Café Mohr, gleich um die Ecke des Bürohauses Christiansen. Sie las in einem Buch. Keiner der Angestellten und Lehrlinge hatte sie tagsüber jemals anders angetroffen als lesend. Sie strickte nicht wie die anderen Huren; sie las. Die Bücher entlieh sie bei Matthias Schnoor, einem Kolonialwarenhändler, der auch eine Leihbücherei unterhielt. Sie verfolgte beim Lesen keine bestimmte Richtung; sie las alles, was Matthias Schnoor hatte. Von Lisa hatte Robert auch einige Tips zu günstigem Einkaufen erhalten. Sie sagte zu ihm: »Wenn du den Hackepeter immer in der Faulenstraße kaufst, bescheißt du ja deine Kollegen reineweg«, und sie nannte Robert einen

Schlächter, der »Hinter der Mauer« wohnte und seine Ware, die ebenso frisch war, billiger abgab. Lisa hatte Robert auch den Vorschlag gemacht, sich beim Einkauf von Bouillonwürfeln für Herrn Hauschild ein gemischtes Sortiment anzulegen, bis man herausgefunden hätte, welche Sorte die schmackhafteste war. Robert war Lisa für ihre Hinweise dankbar. Er grüßte sie immer freundlich, auch wenn er sie abends beim Bierholen im Café Mohr traf.

Als Robert an diesem Mittwoch das Café Mohr betrat, war er dort schon ein guter Bekannter. Frau Meta Mohr stand hinter der Theke und sagte: »Na, mein Junge, kommst ja endlich mal richtig zu Besuch bei uns.« Dabei wies sie ihren Mann, Herrn Maximilian Mohr, an, Robert an einen Tisch in einer der Nischen zu setzen. Herr Maximilian Mohr begleitete Robert dorthin, wechselte den vollen Aschenbecher gegen einen leeren aus und drehte das blaukarierte Tischtuch um. Dann rief er seiner Frau zu: »Einen Halben hell und einen Korn.« Robert hatte zwar nicht die Absicht gehabt, einen Schnaps zu trinken, doch er widersetzte sich nicht, da nun Herr Maximilian Mohr, zu ihm gewandt, fortfuhr: »Immer schön einen Korn vorweg, hörst du? Kaltes Bier so auf den Magen, das bekommt nicht.« Robert trank wie angewiesen erst den Korn, dann das Bier und wartete auf den Grafen und den Fürsten.

Eine Weile lang mußte er sich noch gedulden. Das Lokal war nur halbvoll. An einem Tisch in der Mitte saßen drei Angestellte eines benachbarten Bürohauses und spielten Skat. In einigen Nischen saßen Liebespaare. An der Theke stand der Lagermeister eines Speichers und unterhielt sich mit einem Büroboten. Der Bote hatte seinen schwarzen steifen Hut auf die Theke gelegt. Er hatte lange gesucht, bis er einen trockenen Platz für seinen Hut gefunden hatte. Lisa kam herein, sie stellte sich grußlos an die Theke und trank einen klaren Schnaps, den Frau Meta Mohr ihr hinschob. Dann verließ sie das Lokal wieder. Robert dachte darüber nach, warum eine Gaststätte dieser Art sich mit »Café« bezeichnete. Sie hatte mit den Kaffeehäusern der Stadt nichts gemein, und es war fraglich, ob man überhaupt einen Kaffee bei Frau Meta Mohr bekam, wenn es einmal jemandem einfallen sollte, einen zu bestellen. Vielleicht ist es nur eine Tarnung, dachte Robert, mit der die untersten und verrufensten Kneipenbesitzer ihrem Unternehmen einen soliden Anstrich geben, und er war froh, daß diese Tarnung auch ihm zustatten kam, denn nun konnte er mit gutem Gewissen seinen Eltern erzählen, daß er nach der Expedition mit zwei Lehrlingen noch im »Café« Mohr war. Seine Mutter würde dabei nichts Verderbtes finden, sie würde höchstens sagen: »Gib doch nicht dein ganzes Geld für Kuchen und Kaffee aus.«

Robert bestellte noch ein zweites Bier, dann kam Albert Warncken, der Fürst. Frau Meta Mohr sagte: »Tag, Albertchen« zu ihm, und sie gab ihm die Hand. Auch Herr Maximilian Mohr gab dem Fürsten die Hand, der flüchtig auch den Boten an der Theke, der bei der Speditionsfirma Nagel & Opfermann angestellt war, begrüßte. Dann entdeckte der Fürst Robert in der Nische. Die beiden Lehrlinge begrüßten sich, sie nannten sich »Albert« und »Robert«, sie sagten nicht »Großfürst« und »Fürst« zueinander. Dies waren Scherze, die vornehmlich von Horst Hillmann, dem Prinzen, gepflogen wurden.

Das Bier für Albert Warncken brachte Frau Meta Mohr persönlich. Das war eine Auszeichnung, denn sie verließ ihren Platz hinter der Theke nur selten und überließ das Bedienen ihrem Mann. Sie brachte mit dem Bier auch noch drei Schnäpse, stellte sie auf den Tisch, setzte sich in die Nische auf das Sofa neben Albert und sagte: »Den spendiere ich. Ich muß euch Jungens ja mal was Gutes antun. Ich vertrete ja hier eure Mutter.« Dann trank sie den Schnaps in einem Zuge aus. Den Arm mit dem leeren Schnapsglas streckte sie aus der Nische hinaus, ohne ihren Blick danach zu wenden. Herr Maximilian Mohr, der am anderen Ende des Lokals bediente, sah, wie der nackte Arm seiner Frau mit einem leeren Schnapsglas aus der Nische herausragte, und er beeilte sich, mit der Schnapsflasche zu ihr zu gehen und, ohne sich in der Nische zu zeigen, von draußen das Glas zu füllen. Frau Meta Mohr, die immer noch nicht hinsah, mußte wohl am Gewicht des Glases gemerkt haben, daß es jetzt wieder voll war. Sie zog den Arm ein und trank auch das zweite Glas in einem Zuge aus. Dazu sagte sie: »Warum seid ihr Jungens denn immer so allein? Das muß euch ja langsam ins Gehirn steigen.« Dann wiederholte sie das Manöver mit dem aus der Nische gestreckten Arm und dem leeren Schnapsglas, das da draußen wiederum von ihrem Mann prompt gefüllt wurde. Nachdem Frau Meta Mohr den dritten Schnaps getrunken hatte, erhob sie sich und sagte: »Ich muß mich wohl mal ein bißchen um euch kümmern. Ihr seid ja schließlich meine Jungens.« Darauf nahm sie ihren Platz an der Theke wieder ein.

Die beiden Lehrlinge hatten während dieser Unterhaltung nur einen einzigen Schnaps getrunken. Ihnen hatte Herr Mohr nicht nachgeschenkt. Jetzt bestellten sie sich ein neues Bier. Robert versuchte den Trick von Frau Meta Mohr; er streckte den Arm aus der Nische, das leere Bierglas in der Hand. Eine Weile wartete er, aber nichts geschah. Als ihm der Arm erlahmte, gab er den Versuch auf, stellte das Bierglas zurück auf den Tisch und rief nach Herrn Mohr, der nun auf das Rufen erschien. Offenbar war das wortlose Ausstrecken des Armes mit einem leeren Glas nur ein Vorrecht von Frau Meta Mohr. Den Gästen gegenüber demütigte Herr Mohr sich nicht so weit.

Robert und Albert unterhielten sich über das Geschäft. Sie waren beide schüchtern und fanden vorerst keine anderen Themen. Nach einigem Büroklatsch kamen sie aber auch auf die Hitlerjugend zu sprechen, und Robert erfuhr, daß Albert Warncken vor kurzem aus dieser Organisation ausgetreten war. Er hatte keine Lust mehr zu diesem Kinderkram, wie er es nannte, gehabt. Er hatte es seinem Gefolgschaftsführer gesagt, und die Trennung war ohne Schwierigkeit durchgeführt worden. Robert, der schon lange den Dienst nicht mehr besucht hatte, dachte nun auch an seinen Austritt. Während er noch die Worte überlegte, mit denen er seine Unlust dem Gefolgschaftsführer bekanntgeben könnte, sah er, daß eine etwa fünfundvierzigjährige, sehr dicke Frau vor der Nische stand. Sie war strohblond, und sie füllte den ganzen Eingang der Nische aus, so dick war sie. Es war Erna, die Robert schon manchmal am Geeren hatte stehen sehen. Sie sagte: »Na, meine Jungs, bißchen langweilig, was?« Dabei setzte sie sich zu ihnen aufs Sofa und bestellte bei Herrn Mohr einen Mampe Halb und Halb. Zu den Lehrlingen sagte sie: »Wißt ihr, Jungens, ich brauche was Süßes.« Robert war diese Bekanntschaft zunächst nicht recht. Er ahnte, daß die spärliche Unterhaltung, die Erna ihnen zu bieten hätte, in keinem Verhältnis stünde zu den Kosten, die sie verursachen würde. Er hatte auch Angst vor gewissen Forderungen, die zu Ernas Beruf gehörten und die sie vielleicht später stellen würde. Andererseits sagte er sich aber: Das ist das Leben, so ist es nun einmal. Man muß es mitmachen, wobei er allerdings nur das Trinken meinte und hoffte, sich eventuellen späteren Ansinnen Ernas noch entziehen zu können. Sie war für Robert die erste Hure, die ihm in ihrem Beruf nähertrat. Das ist das Leben, sagte er sich noch einmal, und zu ihr sagte er: »Erna, das ist fein, daß du einmal zu uns kommst. Willst du noch einen Halb und Halb?«

Erna trank an diesem Abend noch viele Liköre, obgleich die Unterhaltung spärlich blieb. Wenn niemand mehr etwas zu sagen wußte, ging Erna an einen Nebentisch, trank dort einen Likör und kehrte nach einer Weile zu den beiden Lehrlingen zurück. Einmal kam Frau Mohr und brachte an Stelle ihres Mannes das Bier und den Halb und Halb. »Na, amüsiert ihr euch gut?« fragte sie, und Albert und Robert beeilten sich zu bestätigen, daß sie sich vortrefflich amüsierten. Erna fügte hinzu: »Feine Jungens, die beiden«, dann stand sie wieder auf und ging an einen Nebentisch, ohne aber von dort zurückzukehren. Robert sah, wie sie einen Mann umarmte, ihn küßte und dann mit ihm fortging. Von den beiden Lehrlingen verabschiedete sie sich nicht. »Toll, das dicke Schwein, nicht?« sagte Robert, und Albert bestätigte ihm, daß dies heute wirklich ein toller Abend gewesen sei. Er sagte: »Wird bestimmt nicht billig sein, aber es hat sich doch gelohnt.« Als Herr Maximilian Mohr ihnen jedoch erzählte, wieviel Liköre Erna bestellt hatte, kamen Albert Bedenken, diesen Abend als wirklich gelungen anzusehen. Auch Robert empfand betroffen, wie diese dicke, alte Hure sie beide gründlich ausgenommen hatte, ohne sie dabei doch als Männer anzusehen. Denn sie war ja dann mit einem anderen weggegangen, ohne sich von ihnen zu verabschieden. Trotzdem verdrängte er aber seinen Mißmut wieder. Er sagte sich noch einmal: Das ist das Leben, und ich stehe nun mitten darin. Als er mit der Straßenbahn nach

Hause fuhr, blieb er auf dem hinteren Perron des Anhängers stehen, eine Zigarette im Mundwinkel. Den Hut hatte er in den Nacken geschoben. Er hielt sich an der eisernen Stange fest und torkelte rhythmisch mit den Bewegungen der Straßenbahn hin und her. Er ließ sich beim Torkeln gehen, ja, er übertrieb es noch, um den Anschein zu erwecken, daß er nicht nur mittelmäßig betrunken, sondern stinkbesoffen sei. Glasig sah er den Schaffner an. Die Worte, daß dies das Leben sei und er nun mitten darin stehe, wiederholte er noch viele Male.

Zu Hause waren seine Eltern schon ins Bett gegangen. Robert nahm sich zusammen, als er die Wohnung betrat. Er rief seinen Eltern durch die angelehnte Schlafzimmertür zu: »Dampfer ›Perseus‹ ist mal wieder bumsvoll geworden. Habe noch ein Bier im Café Mohr getrunken.« Dann ging er ins Bett.

Am nächsten Morgen im Büro versäumte er nicht, möglichst vielen zu erzählen, daß er gestern abend mit der dicken Erna weg war. »Mensch, waren wir besoffen«, sagte er, aber er hatte auch ein Gefühl dafür, seine Erlebnisse niemandem direkt zu erzählen, sondern sie im Zuge irgendeiner Unterhaltung nur beiläufig zu erwähnen, so, als sei es kaum der Rede wert, sich dieses durchschnittlichen Abends noch zu erinnern.

Neben Erlebnissen dieser Art war Robert nun aber auch darauf bedacht, schnell zu außerplanmäßigen Einnahmen zu kommen, um Ausgaben wie an dem Abend mit Albert Warncken und Erna wieder auszugleichen. Er tat, was alle anderen Lehrlinge in ähnlichen Fällen taten: Er ging zum Außenexpedienten und fragte, ob draußen im Hafen irgend etwas zu tun sei. Der Außenexpedient, Herr Overbeck, war schon Jahrzehnte bei der Firma Christiansen beschäftigt. Seit Jahrzehnten kannte er auch die Geldsorgen der Lehrlinge, und er hatte immer einige Arbeiten an der Hand, die zwar körperlich schwer waren, aber gut bezahlt wurden. Meist waren es Umlagerungen von Gütern von einem Schuppen in den anderen. Dem Schuppenvorsteher war es einerlei, ob man hierfür Arbeiter anforderte oder ob man es dem Außenexpedienten überließ, die Arbeit an Lehrlinge zu vermitteln, die sich etwas verdienen wollten. Herr Overbeck war es gewöhnt, daß die Lehrlinge ihn immer als letzte Rettung betrachteten. Noch nie hatte es einen Lehrling gegeben, der ohne ihn ausgekommen wäre. So hatte Herr Overbeck auch auf den jungen Mohwinkel schon gewartet. Er fragte nichts, er gab Robert wortlos einen Umlagerungsantrag, auf dem stand: »Von Schuppen 4 in Schuppen 6 = F H, 1–56 = 56 Kisten hölzerne Spielwaren = 2300 kg«. Für diese Arbeit wurden vierzig Pfennig je hundert Kilo bezahlt, und Robert war froh, als er sich die zusätzliche Einnahme von neun Mark zwanzig errechnen konnte.

Alle Angestellten und Lehrlinge der Firma Christiansen, die an den Expeditionstagen länger arbeiten mußten, hatten einmal in der Woche einen freien Nachmittag. Robert war als sein freier Nachmittag der arbeitsarme Montagnachmittag zugeteilt worden. Bisher hatte er an diesen Montagen seine Mutter wie früher auf ihren Spaziergängen und Kaffeehausbesuchen begleitet. An diesem Montag konnte er seiner Mutter sagen, es täte ihm leid, am Nachmittag nicht mit ihr fortgehen zu können. »Herr Overbeck, der Außenexpedient, ist krank. Jeder Lehrling muß ihn einen Tag in der Woche vertreten. Ich bin heute dran«, erzählte er. Von seinem großen Geldverbrauch und der Notwendigkeit ausgleichender Einnahmen sprach er nicht. Seine Mutter sagte: »Es ist schön, daß sie dich für solche Arbeit schon heranziehen. Gewiß ist das nicht leicht«, und sie packte ihm, weil sie glaubte, im Hafen sei es immer schmutzig, eine Küchenschürze ein.

Der Schuppenvorsteher von Schuppen 4 wußte schon Bescheid. Er zeigte Robert die sechsundfünfzig Kisten, die umgefahren werden sollten, und Robert erschrak, als er diese riesige Menge von Kisten auf einem Haufen zusammen sah. Auch dem Schuppen-Vorsteher war es unverständlich, wie dieser sechzehnjährige schmächtige Junge, der bestimmt noch nie einen Sackkarren in der Hand gehabt hatte, fast zwei und eine halbe Tonne bewegen wollte. Er hatte Mitleid mit Robert. Dieser Lehrling mußte sehr in Not sein. Darum sagte er: »Wissen Sie, wie Sie sich die Arbeit leichtmachen können?« Und er zeigte Robert, wie man die Kisten oben nur ganz leicht anstieß, um dann schnell den Sackkarren darunter zu schieben. »Dann kurz angezogen, sehen Sie, und schon schwebt die Kiste auf dem Karren«, fuhr er fort, »und dann immer schön im Gleichgewicht bleiben, dann ist eine Tonne nicht schwerer als ein Pfund.« Damit übergab er Robert den Sackkarren und überließ es ihm, mit den sechsundfünfzig Kisten fertig zu werden, die einen Weg über hundert Meter zu befördern waren.

Als Robert fünfzig Kisten umgelagert hatte, konnte er sich nur noch dadurch aufrecht halten, daß er ständig vor sich hin sprach: »Nur noch sechs, nur noch sechs ...«, dann: »Nur noch drei, nur noch drei ...« und zum Schluß »die letzte Scheißkiste, die letzte Scheißkiste!« Sein Körper war wie gemartert. Zerschlagen fuhr er mit dem Fahrrad heim, Schwielen an den Händen, Schmerzen in den Armen, mit wunden Füßen. Er fuhr am Geeren vorbei und ging ins Café Mohr, um ein Bier zu trinken. An der Theke standen die beiden Angestellten Pannewitz und Müller mit Horst Hillmann, dem Prinzen. »Hallo, Großfürst«, rief der Prinz ihm zu, »woher so schwach in den Knien? Von Weibern verwüstet?« Robert wurde eingeladen, einen Schnaps zu trinken. Der Spender war Herr Pannewitz, der heute seinen Einberufungsbefehl zum Oktober bekommen hatte. Robert fragte ihn: »Zu welchem Truppenteil kommen Sie denn, Herr Pannewitz?« Aber Herr Pannewitz ging offensichtlich nicht gern zum Militär. Er antwortete: »Leckt mich doch am Arsch mit euren Truppenteilen. Misthaufen ist Misthaufen, ganz gleich, mit welchem Kaliber man bei dem Haufen schießt!« Herr Pannewitz war angetrunken, alle drei waren schon ziemlich angetrunken, und auch Robert bekam noch etliche Schnäpse von Herrn Pannewitz spendiert, bis die drei weiterzogen und Robert nach Hause fuhr.

Roberts Mutter sah gleich, wie erschöpft er war. Sie sagte: »Nun, Lehrjahre sind keine Herrenjahre! Aber das bißchen frische Luft draußen im Hafen war gewiß ganz gesund für dich.« Einerseits freute sie sich, daß man ihren Sohn so hart anpackte, andererseits hatte sie Mitleid. Mit einem Blick, der beides ausdrückte, stellte sie ihm das Abendessen hin.

Für den nächsten Tag hatte Herr Mohwinkel Karten für das Staatstheater besorgt. Für Robert war dies der dritte Theaterbesuch in seinem Leben. Er kannte bereits »Peterchens Mondfahrt« und »Wilhelm Tell«. Das heutige Stück »Madame Butterfly« sollte seine Bildung wesentlich bereichern. Das Stück langweilte ihn wie die Kaffeehausmusik, wenn er mit seiner Mutter ausging. Zu Anfang des Aktes hatte ihm die Bühnendekoration noch etwas Abwechslung geboten, bald langweilte ihn aber auch sie. Der quellende Gesang dieser einschmeichelnden Melodie, die er von den Schallplatten seiner Eltern, aus dem Radio und von Kaffeehausmusikern bis zum Überdruß kannte, reizte ihn zum Gähnen. Er nahm sich aber zusammen. Seine Eltern hatten ihn zwischen sich gesetzt, und während des Stückes beobachteten sie ihn, ob er sich auch genügend freute, damit das viele Geld für die teuren Plätze nicht hinausgeworfen wäre. Robert erinnerte sich, daß er in früherer Zeit für solche Situationen Spiele erfunden hatte. General war er dann gewesen oder Strafgefangener. Vorbei, vorbei, dachte er, und in diesem Augenblick schien seine Schulzeit, die noch kein halbes Jahr zurücklag, das abgeschlossene Leben eines anderen Robert Mohwinkel zu sein, der jetzt tot war.

Während des zweiten Aktes dachte Robert, wie schön er jetzt bei Frau Meta Mohr sitzen könnte, bei Bier und Zigaretten, und plötzlich erfand er ein neues Spiel: Er bildete sich ein, er sei ein reicher und verkommener Lebemann, ein guter Bekannter in allen Lasterhöhlen der Stadt. Aber die obere Gesellschaft wußte nichts von seinem Treiben. Sie betrachtete ihn als ein untadeliges Mitglied ihrer bevorzugten Schicht. Heute saß er zwischen dem Senator und seiner Frau, um einer Festaufführung beizuwohnen. Er durfte es sich nicht anmerken lassen, daß ihn das bürgerliche Leben langweilte, denn der Senator und seine Frau ahnten nichts von seinem Doppelleben. Nach der Vorstellung würde er sich verabschieden und in ein Taxi steigen, das ihn auf Umwegen ins Nachtleben brächte, wo er schon erwartet würde.

Mit diesem Spiel ertrug Robert alle Akte der Oper. Nachdem der Vorhang gefallen war, erhob er sich und klatschte. Freundlich nickte er nach links zu seinem Vater und nach rechts zu seiner Mutter, ohne im Klatschen aufzuhören. Er sagte: »Eine herrliche Aufführung«, dann holte er die Garderobe.

Um ihrem Sohn zu zeigen, daß Fleiß und gute Leistungen auch Belohnungen brächten, hatte Frau Mohwinkel ihren Mann überredet, nach der Vorstellung noch ins Theaterrestaurant zu gehen, um ein Glas Bier zu trinken. Herr Mohwinkel, der eigentlich müde war und gern nach Hause gefahren wäre, gab nach. Er hatte noch nie seiner Frau einen Wunsch abgeschlagen. Der Kellner brachte drei kleine Tulpengläser voll Bier. Robert, der gewöhnt war, Bier nur in Mengen von halben Litern zu sich zu nehmen, trank das Glas in einem Zuge aus. Sein Vater entsetzte sich und sagte: »Bier trinkt man nach und nach, schluckweise«, aber seine Mutter meinte: »Laß ihn doch, wenn ihm das Bier schmeckt. Schließlich muß er als junger Mann lernen, mal ein Glas Bier zu trinken.« Traurig dachte Robert an das Café Mohr, wo es ihm gestattet war, Bier in Schlucken zu sich zu nehmen, die in seinem eigenen Ermessen lagen.

Nachdem alle drei ihr Bier ausgetrunken hatten, fuhr die Familie Mohwinkel nach Hause. Herr Mohwinkel war müde, er ging gleich ins Bett. Frau Mohwinkel folgte ihm aber nicht. Sie ging mit Robert ins Wohnzimmer und bot ihm eine Zigarette an. »Nach dem Theater kann ich noch nicht gleich schlafen«, sagte sie, »aber Vater versteht das nicht.«

An diesem Abend hatte Frau Mohwinkel zum erstenmal das Bedürfnis, sich mit ihrem Sohn, dem sie bisher nur Ermahnungen zu Fleiß, Aufmerksamkeit und Ordnung erteilt hatte, etwas vertrauter zu unterhalten. Robert, ihr nun erwachsener Sohn, mußte sie besser verstehen als Wilhelm, ihr Mann, der ihr oft fremd war. Frau Mohwinkel öffnete einen Schrank, sie kramte in alten Fotografien. Ein Bild fand sie, das sie neben ihrer Mutter zeigte, wie sie beide in der Hauptstraße von Lüneburg von einem Schnellfotografen geknipst wurden. Frau Mohwinkel trippelte mit kleinen Schritten, die Handtasche vor sich auf den Bauch gepreßt, kokett guckte sie nach der Seite. Ein anderes Bild zeigte Frau Mohwinkel in Kiel. Sie hatte einen Fuchs um den Hals und hielt den Kopf leicht geneigt, damit sich ihre Wange an den Pelz schmiege. Ihr Blick war schräg nach oben gerichtet. Auch eine frühe Fotografie ihres Mannes fand Frau Mohwinkel. Er stand da, in der Uniform der Bückeburger Jäger mit dem Rangabzeichen eines Oberjägers, in gerader Haltung, die linke Hand auf ein Tischchen gestützt. Die Mundwinkel waren leicht nach unten gezogen, so als sei er ärgerlich über das lange Verharren in dieser Pose und als fürchte er, das Foto könnte mit jeder Sekunde, die er vor der Kamera stünde, teurer werden. Lange betrachtete Frau Mohwinkel das Bild. Robert war überrascht, daß sein Vater in jungen Jahren ein so schöner Mensch gewesen war. »Ich habe ihn in Uniform kennengelernt«, sagte seine Mutter, »in Hamburg. Er fuhr auf Urlaub nach Kiel, und er hatte in Hamburg Aufenthalt. Wir tranken Kaffee im Alsterpavillon.« Frau Mohwinkel machte eine lange Pause, sie betrachtete das Bild noch viele Male, dann sagte sie: »Er war ein schöner Mensch, aber immer langweilig.« Dann erhob sie sich entschlossen, packte schnell die Bilder zusammen und sagte: »Morgen ist Mittwoch, da hast du wieder einen anstrengenden Tag vor dir«, und sie empfahl Robert, schnell schlafen zu gehen.

Eines Morgens im September ging, was sonst nie geschah, Mehlhase durch das Büro. Er sprach mit jedem Abteilungsleiter ein paar Worte, und anschließend gaben die Abteilungsleiter diese Worte an die Angestellten und Lehrlinge weiter. Die Geschäftsleitung forderte ihre Gefolgschaft auf, am heutigen Abend nach Geschäftsschluß das Büro nicht zu verlassen, sondern an einer nationalen Feierstunde mit anschließendem Gemeinschaftsempfang einer Führerrede teilzunehmen. Herr Mehlhase hatte zwar ausdrücklich betont, daß die Teilnahme an dieser Feierstunde freiwillig sei, aber gleichzeitig erwähnt, daß es an diesem denkwürdigen Tage wohl niemanden in seiner Gefolgschaft gebe, der nicht mit ganzem Herzen an der Seite des Führers stehe. In der Finnlandfahrt wurde diese Anordnung kritiklos entgegengenommen. Nur Heinz Hofer, der Graf, sagte leise zu Herrn Langhans: »Ausgerechnet heute, wo ich abends zum Tanzen in die Munte will.« Herr Langhans sagte daraufhin laut: »Sie werden doch wohl Ihrem Führer folgen, Herr Hofer, bekämpfen Sie Ihren inneren Schweinehund!« Leise setzte er hinzu: »Ich haue natürlich nach einer halben Stunde ab. Wenn Sie mitwollen?« Herr Hinrichs, der stellvertretende Abteilungsleiter, ärgerte sich über diese Worte, die er sehr wohl vernommen hatte. Aus dem leisen Zusatz hatte er vor allem das Wort »abhauen« herausgehört. Trotzdem wagte er es nicht, Herrn Langhans zur Rechenschaft zu ziehen, obgleich dies seine Pflicht als Parteigenosse gewesen wäre. Herr Hinrichs fürchtete, sich lächerlich zu machen. Wohl hätte er jederzeit den Nationalsozialismus, die Partei und den Führer gegen Volksfeinde verteidigt; aber einzelne äußere Erscheinungsformen des Parteibetriebes, wie etwa eine »nationale Feierstunde« oder eine »Führerrede im Gemeinschaftsempfang«, zu verteidigen wagte er nicht. Er wußte, daß sein Wortschatz nicht ausreichte, um den Spitzfindigkeiten Herrn Langhans' wirksam zu begegnen. Er fürchtete eine Blamage. Um aber Herrn Langhans zu zeigen, daß er seine verräterischen Gedanken wohl erkannt habe, rief er laut zu Robert hinüber: »Mohrchen, daß du mir heute abend nicht etwa abhaust!«

Nach der Mittagszeit erschien eine Reihe Angestellter in Uniform der Partei und der SA. Einige Lehrlinge hatten die Uniform der Hitlerjugend an. Zwar waren die Uniformierten weit in der Minderzahl, doch von den Zivilisten trugen viele das Parteiabzeichen. Zu seiner Verwunderung sah Robert, daß die meisten Angestellten der Firma Mitglied der NSDAP waren. Sonst hatten sie das Parteiabzeichen nicht getragen. Offenbar steckten sie es sich nur zu besonderen Gelegenheiten an. Auch die Nichtparteigenossen hatten aber an diesem Tage ihren Rockaufschlag in irgendeiner Weise geschmückt. Sie trugen eine kleine Abbildung des Eisernen Kreuzes, einfach für die zweite Klasse, doppelt für die erste Klasse, oder farbige Kriegsverdienstkreuze deutscher Länder oder, wenn auch solche nicht vorhanden waren, das Abzeichen der Deutschen Arbeitsfront. Robert war nicht auf den Gedanken gekommen, sich in der Mittagszeit zu Hause umzuziehen oder das Hitlerjugend-Abzeichen anzustecken. Nun, da er sich im Gegensatz zu den anderen so ganz ohne nationales Emblem befand, kam er sich fast ausgestoßen vor. Er war schließlich froh, als er im Auszug seines Schreibpultes noch ein altes Winterhilfsabzeichen aus dem vergangenen Jahr fand.

Herr Hinrichs, das erfuhr Robert erst heute, war Betriebsobmann der Firma und somit verantwortlich für die ordentliche Abwicklung der Feierstunde. Er bat alle Angestellten, in den Vorraum zu treten, auch die Abteilungsleiter und den alten Prokuristen Hannemann, der in diesem Augenblick kein Vorgesetzter mehr für ihn war. Mit den jüngeren Angestellten und mit den Lehrlingen schnauzte Herr Hinrichs in schneidigen Worten. Am Ende zählte er alle Angestellten, es waren neununddreißig. Schließlich erschien Herr Mehlhase. Er trug die NSKK-Uniform mit den Abzeichen eines Obertruppführers. Seine Breecheshose, die in Schaftstiefeln steckte, war für seinen enormen Körperumfang viel zu eng, so daß Herr Mehlhase sich nur mit kleinen, trippelnden Schritten vorwärts bewegen konnte. Als Herr Hinrichs seinen Chef sah, rief er »Achtung!«, worauf die Uniformierten Haltung annahmen und die Zivilisten lediglich in ihren Unterhaltungen aufhörten. Herr Hinrichs hob die Hand zum »deutschen Gruß« und meldete: »Belegschaft mit Ausnahme der Frankreichfahrt mit eins zu neununddreißig zur Feierstunde angetreten.« In diesem Augenblick hörte Robert, wie neben ihm Herr Langhans leise sagte: »Er irrt. Es sind nur achtunddreißig«, und mit diesen Worten verschwand Herr Langhans schnell und unbemerkt in der rückwärtigen kleinen Tür, die in die Garderobe führte, von wo er über den Fahrradkeller ins Freie gelangen konnte. Herr Mehlhase dankte für die Meldung. Er hob gleichfalls die rechte Hand, die linke hielt er ans Koppel, das, obgleich in Sonderanfertigung hergestellt, nur mit Mühe seinen Bauch umschloß. Dann begann er mit leiser, dünner Stimme seine Ansprache.

Herr Mehlhase sprach sehr lange. Seine Stimme blieb dabei gleichmäßig leise, obgleich er sich bei seiner Rede um einen kämpferischen Gesichtsausdruck bemühte. Er sprach von dem Verrat Chamberlains und Daladiers und von dem »Schwein Benesch«, der die deutschen Volksgenossen jenseits der Grenzen im Sudetengau unterdrückte und knechtete. Er sprach mit der gleichen weinerlichen Stimme, mit der er gelegentlich von dem schönen Wetter sprach und von seiner Freude darüber, daß die Sonne schien. Er endete mit einem dreifachen »Sieg Heil« auf den Führer. Danach stellte Herr Hinrichs das Radio an, damit die Angestellten im Gemeinschaftsempfang die Rede Hitlers aus dem Berliner Sportpalast hören konnten.

Mit der Hitlerrede begann für Robert eine große Qual. Er kannte die Länge dieser Reden und ihre Eintönigkeit. Ihren Inhalt begriff er niemals ganz. Heute merkte er nur, daß es um den Anschluß des Sudetengaues an das Großdeutsche Reich ging und daß Hitler diese Forderung stellte. Zunächst war Robert von den Tumulten im Sportpalast beeindruckt, später langweilte ihn die Rede, und schließlich tat ihm der Kopf weh, denn Herr Hinrichs hatte den Radioapparat viel zu laut angestellt. Er war froh, als plötzlich der Graf ihn von hinten anstieß und ihm mit einem Wink bedeutete, ihm durch die hintere kleine Tür in die Garderobe zu folgen. Niemand kümmerte sich um den Abgang der beiden Lehrlinge. »Jetzt weiß ich genug«, sagte der Graf, »jetzt gehe ich in die Munte zum Tanzen. Willst du mit?« Robert wollte gern mitgehen, aber er äußerte Zweifel, ob denn heute Tanz wäre. »An diesem Tag ist immer Tanz«, sagte der Graf, »und bis wir draußen sind, ist der da mit seiner Rede auch zu Ende. Was meinst du, was da heute los sein wird!«

Die Straßenbahnen, die zum Bürgerpark fuhren, waren nur schwach besetzt. In den Stunden, in denen der Führer sprach, zeigte man sich nicht gern auf der Straße. Man wagte es nicht, so offen seine Gleichgültigkeit gegenüber den politischen Geschehnissen zur Schau zu tragen. Gerade heute handelte es sich ja nicht um eine Feier der Partei, wie am Jahrestag der Machtübernahme oder am Geburtstag des Führers, wie man sie in bürgerlichen Kreisen immer noch ohne Anstoß ignorieren durfte, sondern es ging um die Zukunft des Deutschen Reiches, um eine nationale Frage, um eine berechtigte Forderung Deutschlands an ein slawisches Volk. Darum saßen auch die beiden Väter der Lehrlinge, Herr Mohwinkel und Herr Hofer, zu Hause an den Lautsprechern, und sie hätten es ihren Söhnen nicht verziehen, wenn sie gewußt hätten, daß sie in dieser bedeutsamen Stunde auf dem Wege zu einem Tanzvergnügen waren.

Am Schwachhauser Ring stiegen Heinz Hofer und Robert aus. Sie stiegen nicht in den Omnibus um, sondern liefen den restlichen Weg zu Fuß, um nicht zu früh vor Beginn des Tanzabends dort zu sein. Der Weg führte an vereinzelten Villen und später an Schrebergärten vorbei. Die Villen lagen wie ausgestorben da. Von der Führerrede hörte man nichts, trotzdem waren einige Häuser beflaggt. In den Schrebergärten war mehr Betrieb. Einige Parzellenbewohner hatten den Rundfunkempfänger auf größte Lautstärke gestellt. Dabei lagen sie in Liegestühlen und lasen die Zeitung. In einigen Gärten spielte man zur Führerrede Skat. Ein Parzellenanlieger, der aus seiner Holzbude und seinem Stückchen Erde ein Gartenrestaurant gemacht hatte, hatte ringsum seinen Besitz mit kleinen Hakenkreuzwimpeln aus Papier geschmückt. Auch an den Drähten, die kreuz und quer gespannt waren und an denen sonst an warmen Sommerabenden bei Schrebergärtenfesten die Lampions baumelten, hingen heute dicht an dicht die Hakenkreuzwimpel. Sie zeigten an, daß der Wirt ein guter Deutscher war, und darum saßen an seinen Gartentischen auch einige Männer des NSKK. Sie tranken Bier, und sie ließen sich von der Führerrede aus dem Lautsprecher nicht in ihrer Unterhaltung stören. Einige von ihnen hatten das Koppel geöffnet, die Motorräder hatten sie draußen auf dem Parzellenweg abgestellt. Der Ranghöchste, ein Oberscharführer mit einem Stern und einer Litze auf den Spiegeln des Braunhemdes, trug einen kleinen schwarzen Bart zwischen Oberlippe und Nase. Er war schon ziemlich angetrunken. Immer wenn im Radio Beifallsstürme brausten, stemmte er sich schwerfällig auf den Gartentisch auf und schrie: »Sieg Heil! Sieg Heil!« Danach bestellte er sich ein neues Bier.

In der Munte war es noch verhältnismäßig leer, und sie bekamen einen guten Platz in der Nähe der Tanzfläche. In diesem Lokal war kein Radio angestellt. Hier tönten keine Märsche aus dem Lautsprecher, sondern Schlager von Schallplatten, die die Garderobenfrau auswählte und auflegte. Die Garderobenfrau spielte pausenlos, aber nur leise, zum Zeichen, daß diese Musik nur als Nebenunterhaltung für die wartenden Gäste dienen sollte und nicht als eigentliche Tanzmusik gelten durfte.

Bald kamen die Musiker und packten auf dem Podium ihre Instrumente aus Koffern und Lederhüllen. Heinz Hofer und Robert hatten sich ein Bier bestellt. Robert, der von dem langen Weg Durst bekommen hatte, trank sein Glas in einem Zuge aus und wollte sich ein neues bestellen, aber Heinz Hofer warnte ihn: »Du bist hier nicht im Café Mohr. Was meinst du, was das Bier hier kostet? Die Kapelle ist doch mit im Preis drin.«

Mittlerweile hatte sich der Saal gefüllt. Manche Tische waren überbesetzt. Die Jünglinge tranken alle Bier und sprachen nur gedämpft. An vielen Tischen saßen nur Mädchen beisammen.

Als die Kapelle mit einem Paso doble begann, nahm anscheinend keiner der Gäste Kenntnis davon, daß sie jetzt tanzen konnten. Die Jünglinge unterhielten sich weiter, die Mädchen sahen vor sich hin. Hin und wieder führten sie ihre Kaffeetasse zum Mund. Hin und wieder nahmen sie ein Stückchen Kuchen auf den Löffel. Sie tranken und aßen mit großen Abständen, denn die eine Tasse Kaffee und das eine Stück Kuchen mußten für viele Stunden reichen. Die Kapelle spielte noch einen Marschfox, dann machte sie eine kurze Pause. Danach begann sie mit einem langsamen Walzer, und plötzlich, als sei es eine geheime Verabredung gewesen, erst beim dritten Musikstück mit dem Tanz zu beginnen, erhoben sich an allen Tischen die Jünglinge, um an andere Tische zu eilen und sich dort ruckartig vor einem Mädchen zu verbeugen. Das aufgeforderte Mädchen blickte dann den Jüngling gelangweilt an, ließ sich einige Sekunden Zeit, so als überlege sie sich noch, ob sie annehmen solle, und erhob sich dann, um gleichgültig vor dem Jüngling auf die Tanzfläche zu gehen.

Heinz Hofer tanzte nicht. Er blieb bei Robert und erklärte ihm, daß die Gleichgültigkeit bei den ersten beiden Tänzen nur gespielt sei. »Erst sieht man sich einmal um, was so da ist«, sagte er, »unauffällig natürlich, daß die Weiber es nicht merken, verstehst du? Wenn dann die beiden Märsche am Anfang vorüber sind, mußt du dich entschieden haben, und wenn jetzt die Musik wieder einsetzt, heißt es handeln!« Auf Roberts Frage, warum er selbst denn nicht gehandelt habe, erwiderte er: »Ich hatte mich für eine entschieden, aber die saß zu weit weg. Da waren andere schneller dran. Aber beim nächsten Tanz wirst du sehen, wie man so ein Problem meistert.«

Die Tanzfläche war ziemlich voll. Die Tänzer hatten nicht viel Platz. Viele von ihnen brauchten auch nicht viel Platz, sie führten ihre Damen in nachlässiger Tanzhaltung, machten kleine Schritte und blickten über die rechte Schulter der Dame gelangweilt irgendwohin. Einige versuchten, mit ihren Damen ein Gespräch zu beginnen, aber den verlegenen Gesichtern der Damen konnte man entnehmen, daß die Unterhaltung nicht recht in Gang kommen wollte. Hin und wieder beobachtete man Paare, deren Haltung nicht so lässig war. Zwar blickten auch sie gelangweilt einander über die Schulter, aber sie tanzten mit größeren Schritten und mehr aus der Hüfte heraus. Manchmal, wenn sie etwas Raum hatten, versuchten sie, eine Figur zu tanzen. »Das sind Paare aus den Tanzschulen«, sagte Heinz Hofer, »du siehst gleich, die sind eingetanzt.« Darauf erklärte er Robert den Tanz, der gerade gespielt wurde. »Das ist ein langsamer Walzer«, sagte er, »English Waltz. Der ist ganz einfach, siehst du?« Er fuhr fort und erzählte von seiner Tanzstunde. Er beteiligte sich bereits an einem Fortschrittskurs der Tanzschule von Frau Käthe Lahusen, deren Institut er Robert mit Wärme empfahl.

Der Tanz war beendet. Die Paare klatschten, aber während sie noch klatschten, begann die Kapelle den zweiten langsamen Walzer: »Ich tanze mit dir in den Himmel hinein ...« Und die Paare setzten sich wieder in Bewegung. Kurz vor Ende des Tanzes stand Heinz Hofer auf, entschuldigte sich und suchte die Toilette auf. Robert beobachtete, wie die Jünglinge ihre Damen wieder an die Tische zurückbrachten, dort eine kurze, steife Verbeugung machten und dann an ihren eigenen Tischen die Unterhaltung mit den anderen Jünglingen wiederaufnahmen, leise und gelangweilt, als habe man soeben gar nicht getanzt. Der nächste Tanz war ein Foxtrott, er hieß »Wenn der weiße Flieder wieder blüht«, wieder eilten die Jünglinge zu den Tischen der Mädchen, um die Partnerin von eben wieder zu erwischen, sofern sie ihnen gefallen hatte, oder um an eine andere heranzukommen, wenn die vorige ihnen nicht zugesagt hatte. Wer ein erwähltes Mädchen nicht mehr bekam, verbeugte sich, nur um nicht wieder an seinen Platz zurück zu müssen, vor der häßlicheren Freundin dieses Mädchens. Mit dieser sprach er während des Tanzens kein Wort, obgleich er sich vielleicht gern mit seiner Tänzerin unterhalten hätte. Er schämte sich aber, blickte zur Seite und hoffte, daß möglichst wenige von seinen Freunden ihn mit dieser Partnerin sähen, denn es war schimpflich, mit einem Mädchen zu tanzen, das nicht hübsch war.

Plötzlich sah Robert auf der Tanzfläche auch Heinz Hofer. Er tanzte mit einem blonden Mädchen, das ein schwarzes Samtkleid trug. Das Mädchen gefiel Robert. Es gehörte zu denen, die auf eine modische Weise hübsch waren und von den Jünglingen seiner Zeit als begehrenswert angesehen wurden. Das Haar, das zu einer Olympiarolle frisiert war, leuchtete in einem auffallenden Blond. Es war das Mädchen, das Heinz Hofer schon beim vorigen Tanz auffordern wollte, das aber zu weit weg saß. Jetzt hatte er sich, von der Toilette kommend, nahe genug aufgestellt, um beim Einsetzen der Musik der erste zu sein. Diesen Trick erklärte er Robert später. »So etwas muß natürlich gekonnt sein«, sagte er, »aber mit etwas Übung schaffst du das später auch.«

Auch die nächsten beiden Tänze, zwei Tangos, tanzte Heinz Hofer wieder mit der Blonden im Samtkleid. Nach den Tänzen erzählte er Robert: »Die Kleine war bei Maria Sass in der Tanzstunde; das ist keine bedeutende Tanzschule, trotzdem tanzt sie ganz anständig. Aber der Tango war schaurig, nicht wahr? Geige und dann noch Akkordeon, das ist zuviel. Und dann die Töne so langgezogen. Aber ich habe mich mit der Kleinen verabredet, den nächsten Tanz wollen wir auch zusammen tanzen.« Als sich Heinz Hofer zum Beginn des nächsten Tanzes – es war wieder ein Foxtrott – erhob, kam er jedoch nicht mehr zur Zeit, sein Mädchen aufzufordern. Ein anderer war ihm zuvorgekommen. Die Blonde im Samtkleid hatte sich an die Abmachung nicht gehalten, sie hatte nicht auf ihn gewartet. Heinz Hofer tat, als habe auch er nicht die Absicht gehabt, sich an die Abmachung zu halten; er ging in die entgegengesetzte Richtung, um dort ein Mädchen mit dicken Waden aufzufordern, das sein rotblondes Haar zu einem Knoten im Nacken zusammengebunden hatte. Zu diesem rotblonden Haar trug es ein rosafarbenes Organdykleid. Robert sah, daß Heinz Hofer während des Tanzes kein Wort mit seiner Partnerin sprach. Verlegen blickte er zur Seite. Als er nach den beiden Tänzen wieder an seinen Platz zurückkam, verlor er kein einziges Wort über diese Affäre. Nach seiner Niederlage forderte Heinz Hofer kein Mädchen mehr auf. Er blieb bei Robert am Tisch sitzen. »Ich kann dich ja nicht immer allein lassen«, sagte er, »schließlich habe ich dich ja hierhergelotst.« Den ganzen Abend blieben die beiden Lehrlinge an ihrem Tisch sitzen, ohne zu tanzen. Sie sprachen über die Tänzer, über die Mädchen und über die Musik. Heinz Hofer erklärte Robert, wie man eine Rumba tanze oder einen Tango. Er sagte: »Das, was du hier hörst, ist ja alles keine richtige Musik. Das ist reine Unterhaltung zum Tanz. Du mußt mal Kurt Hohenberger hören, wenn er in der Glocke gastiert, oder die Lecuona Cuban Boys im Atlantic. Du mußt wissen, eine gute Kapelle spielt überhaupt nicht zum Tanz.«

Um elf Uhr gingen die beiden Lehrlinge fort. Sie nahmen jetzt den Vorortomnibus, und als Robert um zwölf Uhr nach Hause kam, waren seine Eltern noch auf. »Was sagst du zu der Hitlerrede?« fragte als erstes sein Vater. Robert, der die Rede nur bruchstückweise kannte, nämlich nur die Sätze, die er auf dem Weg zur Munte aus fremden Lautsprechern zufällig gehört hatte, wußte nichts zu der Hitlerrede zu sagen. »Das gibt Krieg«, sagte Herr Mohwinkel ernst. Er sagte noch ein paarmal: »Das gibt Krieg«, jeweils durch die Zwischenfrage seiner Frau »Glaubst du das wirklich?« zur Wiederholung seines sorgenvollen Satzes aufgefordert. Roberts Kopf war noch voll von den vielen neuen Erlebnissen des heutigen Abends. An Krieg zu denken hatte er jetzt keine Zeit. Das bloße Wort schien ihm auch ein wenig abgenutzt zu sein, denn seitdem Hitler das Rheinland besetzt hatte, sprach Roberts Vater dauernd von Krieg. Insbesondere beim Einmarsch in Österreich hatte Herr Mohwinkel seiner Familie tagelang die Schrecken eines künftigen Krieges ausgemalt. Robert war gegen diesen Kriegsgedanken schon abgestumpft. In einer Pause, die sein Vater machte, äußerte er den Wunsch, im nächsten Monat, im Oktober, die Tanzstunde zu besuchen. Die Begeisterung, mit der Roberts Eltern sofort auf seinen Wunsch eingingen, zeigte ihm, wie wenig sein Vater selbst an seine Befürchtungen glaubte, denn sein Gespräch über den Krieg beendete er nun sofort. Herr und Frau Mohwinkel willigten ein, daß ihr Sohn einen Anfängerkursus in der Tanzschule Käthe Lahusen belegte. Sie versprachen, ihm das Geld gleich am anderen Morgen auf den Frühstückstisch zu legen, damit er sich mittags schon anmelden konnte.

Als Robert am nächsten Tag zum Mittagessen nach Hause kam, saßen seine Eltern sehr niedergeschlagen am Tisch. Schweigend gaben sie ihm einen Brief, den Frau Mohwinkel morgens schon geöffnet hatte. Es war eine Ladung von der Hitlerjugend-Bannführung – Abteilung HJ-Gericht –, worin Robert aufgefordert wurde, sich noch am selben Tage nachmittags um vier Uhr vor dem HJ-Richter zu melden. »Was soll nun aus dir werden?« sagte Roberts Mutter. »Warum hast du bloß immer den Dienst versäumt! Nun schmeißen sie dich sicher raus, mit

Schimpf und Schande, und dann sind wir alle geächtet, hier in der ganzen Straße.« Roberts Vater sagte zunächst nichts. Schweigend aß er, und erst in der Pause zwischen Hauptgericht und Nachtisch sagte er: »Ich war ja nie dafür, daß du in den Verein eingetreten bist. Nie eingetreten wäre besser gewesen als jetzt rausgeschmissen. Aber mache dir man keine Sorge.« Als Frau Mohwinkel mit dem Nachtisch kam, weinte sie: »Alles haben wir nun in dich reingesteckt. Dein armer Vater hat sein Leben lang gearbeitet, und für wen? Nur für dich! Jetzt ist alles, alles vorbei!« Auf die Beruhigungsversuche ihres Mannes reagierte sie nicht. Sie fuhr fort: »Nie ist dein Vater irgendwo rausgeschmissen worden. Nur dir muß das jetzt passieren. In deinem ganzen Leben wirst du niemals eine Stellung bekommen. Wir wollen froh sein, wenn sie dich noch die Lehre zu Ende machen lassen.« Frau Mohwinkel jammerte noch eine ganze Zeit. Alle Bemühungen ihres Mannes und ihres Sohnes, ihre Worte zu entkräften, fielen auf unfruchtbaren Boden. »Ihr werdet noch an mich denken«, rief sie wiederholt und immer wieder. »Ihr werdet noch an mich denken!«

Von Herrn Vogelsang ließ sich Robert um halb vier Uhr beurlauben, dann fuhr er zur Dienststelle, in der das HJ-Gericht untergebracht war. Zu Hause hatte er sich zwar gleichgültig gegeben, aber in Wirklichkeit war er sehr ängstlich. Er fürchtete sich vor vielen unangenehmen Fragen, und er war bereit, sich voll und ganz zur Partei und zum Führer zu bekennen, für den Fall, daß eine Nichtbegeisterung ihm Schaden bringen sollte. Er wollte bemüht sein, seiner Mutter jegliche Schrecknisse durch die Partei zu ersparen. Um so erstaunter war er, als er vom Hitlerjugend-Gericht nicht nach seiner politischen Meinung gefragt wurde. Die drei Hitlerjugendführer, die seinen Fall zu entscheiden hatten, sahen gleich, daß Robert ein Junge war, der nicht zu ihnen paßte, den Geist der Hitlerjugend niemals begreifen würde. Der vorsitzende Führer sagte: »Du bist in den letzten fünf Monaten trotz wiederholter Verwarnung nur zweimal zum Dienst erschienen«, und auf die Antwort Roberts, daß ihm die lange Arbeitszeit in seiner Lehrfirma den Besuch des Dienstes nicht erlaubt habe, fuhr der HJ-Führer fort: »Kamerad Freese, der Lehrling in der Buchhaltung der Firma Christiansen ist, hat uns hier eine Aufstellung überreicht, aus der hervorgeht, daß du an den meisten Tagen, an denen du beim HJ-Dienst fehltest, keine Überstunden im Büro hattest. Im übrigen wird jeder an den Tagen, wo er HJ-Dienst hat, von Büroüberstunden befreit. Das weißt du, und du bist auch wiederholt darauf hingewiesen worden.« Als Robert daraufhin schwieg, sagte der HJ-Führer: »Gib schon zu, daß du keine Lust mehr hast!« Robert, der zum HJ-Dienst niemals Lust gehabt hatte, war zu ängstlich, dies jetzt zuzugeben. Nach einer Pause sagte er: »Die Arbeit ist für mich sehr anstrengend, und wenn ich einmal einen freien Abend habe, bin ich ganz kaputt.« – »Aber wenn du zur Tanzstunde gehst, bist du nicht kaputt«, erwiderte der HJ-Führer, der diese Art von Jünglingen schon kannte. Über Hitlerjungen, die siebzehn Jahre alt wurden und nun lieber zum Tanzen gingen als zum Hitlerjugend-Dienst, hatte er laufend zu entscheiden. »Wir entlassen dich aus der Hitlerjugend«, sagte er, »aber du kannst, wenn du willst, gegen diese Entlassung Beschwerde einlegen.«

Hiermit war die Verhandlung beendet. Robert mußte seinen Mitgliedsausweis abgeben und konnte wegtreten. Er legte keine Beschwerde ein, und als er ins Büro zurückkam, erzählte er Heinz Hofer, daß er sich heute in der Tanzschule Käthe Lahusen angemeldet und daß man ihn aus der Hitlerjugend hinausgeworfen hatte. Er erzählte, daß Kurt Freese aus der Buchhaltung ihn verpfiffen hatte. »So ein Schwein«, sagte der Graf, »ich habe dich aber vor ihm gewarnt«, und dann beeilte er sich, diese Neuigkeit in der Firma überall zu erzählen. Robert selbst sprach über seine Entlassung aus der Hitlerjugend nicht mehr; er interessierte sich nur noch für die in zehn Tagen beginnende Tanzstunde.

Trotzdem ließ sein Pflichteifer im Büro nicht nach; alle ihm übertragenen Arbeiten erledigte er so gewissenhaft wie immer. Dabei blieb ihm genügend Zeit, mindestens einmal am Tage den Ablagekeller aufzusuchen, um dort eine Zigarette zu rauchen und sich mit Heinz Hofer zu treffen, der ihm schon den einen oder anderen Tanzschritt zeigte. Der Graf war dazu sehr gern bereit, und so kannte Robert, bevor er überhaupt die erste Tanzstunde hatte, schon die Grundschritte im langsamen Walzer und im Foxtrott, die Rechtsdrehungen im langsamen und im Wiener Walzer sowie im Foxtrott die Vierteldrehung. Vom Tango kannte er die besondere Tanzhaltung und neben dem Grundschritt die einfache Promenade.

Es blieb nicht aus, daß manchmal auch andere Lehrlinge zuschauten. Der Lord, der einem Tanzclub angehörte, versäumte es niemals, dem Grafen ganz neue, eben aus England importierte schwierige Figuren zu zeigen. Er führte diese Figuren mit einem lässigen und selbstverständlichen Ernst vor, dem Robert entnahm, daß es für einen kaufmännischen Lehrling im dritten Lehrjahr wichtig war, solche schwierigen Tanzschritte sicher zu beherrschen. Er nahm sich vor, die in Kürze beginnende Tanzstunde als einen Teil seiner Lehrzeit zu betrachten und das gleiche Pflichtgefühl auch bei Frau Käthe Lahusen aufzubringen.

Albert Warncken, der Fürst, wurde von der Begeisterung seines Freundes Robert mit ergriffen und entschloß sich gleichfalls, am Dienstag von halb neun bis zehn Uhr an dem Anfängerkursus der Tanzschule Käthe Lahusen teilzunehmen.

Die Entlassung aus der Hitlerjugend hatte Robert in der Firma viel Sympathie eingebracht. Obgleich der größere Teil der Angestellten die Ideale der nationalsozialistischen Partei teilte, galt doch die Denunziation eines Kollegen als eine schlimme Tat. Kurt Freese, der Denunziant, ärgerte sich über seinen Mißerfolg und nahm sich vor, sich gleich nach Beendigung seiner Lehrzeit freiwillig zur Wehrmacht zu melden, um den Reibereien mit seinem Abteilungsleiter, Herrn Roewer, zu entgehen, der in seinen Augen als Nationalsozialist und als Deutscher viel zu weich war.

An einem Sonntag beschloß Robert, seinen Freund Friedrich Maaß einmal wieder zu besuchen. Es waren noch zwei Stunden Zeit bis zum Essen, und es paßte heute gut, weil Robert seinen dunklen Anzug anhatte, zum erstenmal nach dem Theaterbesuch mit seinen Eltern, und also ein äußeres Zeichen trug, das ihn vor Friedrich Maaß als Angehörigen einer anderen Welt und als einen nunmehr Fremden auswies.

Robert hatte heute keine Hemmungen mehr, Friedrich gegenüberzutreten. Im Vollgefühl seiner guten Kleidung wollte er sich bei Friedrich erkundigen, wie es jetzt in der Schule aussehe, und nach seinen einstigen Lehrern und Kameraden fragen.

Als er dann seinem früheren Freunde gegenübersaß, dachte er jedoch nicht mehr an seine Fragen. Er konnte weder sorglos plaudern noch den Überlegenen spielen, wie er vorgehabt hatte. Zehn Jahre der Unterdrückung waren nach einem halben Jahr noch nicht einfach abzuwerfen.

Friedrich Maaß erkannte aber gut, wie sehr Robert sich verändert hatte. Er blickte, sein Erstaunen allerdings verbergend, auf den fremden jungen Mann, der da im dunklen Anzug und in lässiger Haltung bei ihm im Kinderzimmer saß, wo sie früher mit Bleisoldaten gespielt hatten. Er erzählte Robert Anekdoten aus der Schule, die dem so veränderten Freunde aber als läppisch erschienen. Robert empfand keinen Neid auf Friedrich Maaß, der jetzt statt der kurzen Hosen Knickerbocker trug, Latein im vierten Jahr lernte und als neue Fremdsprache Französisch dazubekommen hatte. Da war nichts mehr, was Robert imponieren konnte. Mit Stolz dachte er an seine eigene Wandlung im Laufe des letzten halben Jahres.

Das Erstaunen Friedrichs über Robert legte sich wieder, und er kam zu dem Schluß, daß er es nicht nötig hatte, irgendwelche Bewunderung für seinen einstigen Freund zu empfinden. Wenn Robert auch den dunklen Anzug trug und immer Geld in der Tasche hatte, so war er doch ein Kaufmannsstift. Was konnte aus ihm schon werden? Ein Kommis, wie der alte Harjes, der im Baugeschäft seines Vaters die Buchhaltung machte.

Nach dem kurzen Besuch hatten beide den Eindruck, daß es verfehlt wäre, ihre alte Freundschaft wiederaufzunehmen. Nach der halbjährigen Trennung hatte jeder in den Augen des anderen so viel verloren, daß jeder es für sich unter seiner Würde empfand, mit dem anderen noch zu verkehren. Ein weltfremder Schüler, der vom wirklichen Leben nichts ahnt, dachte Robert, und er beeilte sich, beim Abschied in der Tür mehrmals darauf hinzuweisen, daß sein Beruf ihm keine freie Zeit mehr lasse. Friedrich dachte jedoch nicht daran, Robert zu einem neuerlichen Besuch aufzufordern, dagegen fürchtete er, Robert könnte ein Wiedertreffen wünschen, und er sagte schnell: »Wir haben jetzt kolossal viel auf, jeden Tag, und sonntags arbeite ich Chemie. Schließlich will ich ja mal Chemie studieren.«

Zu Hause sagte Robert nach dem Essen: »Heute nachmittag gehe ich vielleicht ins Kino. Wann ich nach Hause komme, weiß ich noch nicht, vielleicht treffe ich noch jemanden.« Dem Wunsch seiner Mutter, nicht allzu spät heimzukommen, versprach er zu folgen.

Er ging zur Vier-Uhr-Vorstellung ins Metropol, wo »Tanz auf dem Vulkan« mit Gründgens gegeben wurde, danach besuchte er das Café Mohr, um Albert Warncken zu treffen. Als er um sieben Uhr eintraf, wartete der Fürst schon auf ihn. Die beiden Lehrlinge tranken jeder zwei Halbe hell, dann gingen sie wieder. Frau Meta Mohr gelang es nicht, sie zu längerem Bleiben zu bewegen, denn die Ungewißheit, welche finanziellen Verpflichtungen die am Dienstag beginnende Tanzstunde noch von ihnen fordern würde, veranlaßte beide Lehrlinge, ihre Ausgaben jetzt etwas einzuschränken. Sie blieben aber zusammen und schlenderten die Sögestraße hinunter, und nach den Wallanlagen auch noch die Bahnhofstraße bis zum Trocadero. Diesen Weg legten sie noch dreimal zurück, indem sie langsam schlenderten und andere Jünglinge und Mädchen beobachteten, die gleichfalls zu zweien oder in größeren Gruppen auf und ab gingen. Hin und wieder sprach ein Jüngling ein Mädchen aus der Gruppe der Freundinnen an. Vielleicht kannte er es aus der Tanzstunde oder aus dem Büro, aber die Freundinnen des Mädchens ließen es nicht zu, daß man eine aus ihrer Mitte persönlich ansprach. Sie zogen ihre Freundin weiter und konnten sich dabei vor Kichern kaum aufrecht halten. Sie krümmten sich und kicherten unaufhaltsam, und sie mußten, um nicht zu sehr aufzufallen, in einen Hauseingang treten, wo es noch lange dauerte, bis sie sich beruhigten. Währenddessen kehrte der zurückgebliebene Jüngling zu seinen Kameraden zurück, die einige Schritte entfernt auf ihn warteten, und sagte zu ihnen: »Habt ihr die gesehen? Die blöden Gänse?« Und man ging weiter, um anderen Mädchen nachzuschauen.

Albert Warncken und Robert gefiel dieses Treiben in der Sögestraße nicht. Dies hier war ein ganz anderer Schlag von jungen

Männern, zu dem man nicht gehörte. Sie trugen helle Anzüge und grellbunte Schlipse. Sie sprachen laut und benahmen sich prahlerisch, aber sie waren wohl gerade das Richtige für diese Mädchen, die sie blöde Gänse nannten.

Die beiden Lehrlinge hofften, in der Tanzstunde andere Mädchen zu finden, nicht solche, die kicherten und nur in Gruppen auftraten. Sie gestanden sich ihre Hoffnung, denn beide hatten den Wunsch, in der Tanzstunde nicht nur nette Damen zum Tanzen, sondern vielleicht sogar eine Freundin zu finden, mit der sie sich auch außerhalb der Tanzstunde verabreden und treffen konnten.

Roberts Mutter sagte, als ihr Sohn um zehn Uhr nach Hause kam: »Was, so spät kommst du erst!« Aber dieselben Worte hätte sie auch gebraucht, wenn Robert um sieben Uhr abends oder um zwei Uhr nachts heimgekommen wäre. Ihn störten ihre Vorwürfe deshalb schon lange nicht mehr. Er aß das bereitgestellte Abendbrot. Dann ging er ins Bett.

1

Jeden Dienstagabend um halb neun Uhr gingen Robert und Albert in die Tanzschule Käthe Lahusen. Sie lernten in einem Anfängerkursus die wichtigsten Regeln gesellschaftlichen Benehmens, die Tanzhaltung und die Grundschritte und Anfangsfiguren der Gesellschaftstänze. Der Kursus setzte sich aus fünfundzwanzig Paaren zusammen, alles junge Herren und Damen zwischen fünfzehn und neunzehn Jahren, wobei die Herren um ein weniges in der Überzahl waren, denn Frau Käthe Lahusen achtete streng darauf, daß in keinem ihrer Kurse eine Dame zuviel war. Seit der Gründung ihrer Tanzschule vor zwanzig Jahren, so sagte man ihr nach, war es niemals vorgekommen, daß auch nur ein einziges Mädchen in ihrem Hause unaufgefordert als Mauerblümchen sitzengeblieben war. Sie hatte immer ein Dutzend Herren an der Hand, aus Fortschrittskursen oder aus dem Tanzkreis, die jederzeit bereit waren, in fremden Kursen einzuspringen, wenn die Teilnehmerzahl in der gewünschten Form einmal nicht aufging. Wichtiger als der Unterricht im Gesellschaftstanz war ihr das Lehren der gesellschaftlichen Formen. Darum war sie auch in allen Anfängerkursen vom Beginn bis zum Ende anwesend, obgleich zum Unterricht ihre Tochter und zwei Assistentinnen in führenden Rollen hinzugezogen wurden. Frau Käthe Lahusen saß auf einem Podium, dreißig Zentimeter über der Tanzfläche, vor einem winzigen Barocktischchen, auf dem die Anwesenheitsliste des Kurses lag. Sie trug ein langes, schwarzes, hochgeschlossenes Kleid, darüber eine schwere bis in den Schoß hinabfallende Perlenkette. Sie war annähernd sechzig Jahre alt. Obgleich sie viele Kleider besaß, hatte niemand, auch keiner der ältesten Schüler, sie jemals in einem anderen Aufzug gesehen, denn alle Kleider, die sie besaß, waren lang, schwarz und hochgeschlossen, und über allen trug sie die lange Kette.

Die Schüler betrachteten Frau Käthe Lahusen mit großem Respekt, aber auch mit einiger Furcht, denn sie bemerkte jede Nachlässigkeit und tadelte sie mit freundlich scharfen Worten.

Dabei war sie nicht etwa rückständig in ihrer Einstellung zur gesellschaftlichen Form, nein, ihr Unterricht war elastisch und trug jeder Zeitströmung Rechnung. Bereits vor zwanzig Jahren hatte sie diese Elastizität gebraucht, um ihre Tanzschule aufzubauen, denn sie, die aus Süddeutschland kam, hatte gleich bemerken müssen, daß es nicht gut war, in dieser Hansestadt auf der unbedingten Einhaltung des Handkusses und auf der Anrede »gnädige Frau« zu bestehen. In dieser Stadt war eine »Frau Reidemeister« oder eine »Frau Geffken« mehr als eine »gnädige Frau«, und der Handkuß war eine fremde höfische Sitte, die zu verwenden der hanseatische Kaufmann zu stolz war. Mittlerweile hatte sich Frau Käthe Lahusen aber noch mehrmals umstellen müssen. Aus einer revolutionären Jugend, die sie zu Beginn unterrichtete, war wieder eine bürgerliche Jugend und aus der bürgerlichen wieder eine revolutionäre geworden. Der Typ der augenblicklichen modernen Jugend behagte ihr nicht, und sie konnte es sich leisten, dies offen auszusprechen, denn sie hatte sich mit einem Vorstandssitz im Reichsbund der deutschen Tanzlehrer genügend Rückendeckung verschafft. Sie tadelte nicht, daß die Jugend, die ihre eigene militante Organisation geschaffen hatte, selbstbewußter auftrat als die Jugend früherer Jahre und auch auf dem Tanzparkett ihre »zackige« Haltung nicht ablegen wollte, zumal die besonders schneidigen Hitlerjungen, die oft auch nur aus Versehen in ihre Schule gerieten, nie mehr als einen Kursus mitmachten und dann verschwanden, um nicht mehr wiederzukommen. Sie verstand, daß die Jugend lauter geworden und das Verhältnis zwischen den Geschlechtern ungezwungener war. Nur eins duldete sie nicht in ihrer Schule, nämlich, daß jemand einen Partner oder eine Partnerin beleidigend behandelte. Eine Beleidigung wäre es schon bei ihr gewesen, ein Mädchen zu übersehen und nicht zum Tanz aufzufordern. Ebensowenig aber durfte es vorkommen, daß eine Dame der Aufforderung eines Herrn zum Tanzen nicht folgte. In der Tanzschule Lahusen gab es keine »Körbe«, denn der Mensch, so sagte Frau Lahusen, habe ein Recht auf würdevolle Behandlung.

Ihrer Tochter Rita Lahusen, die seit ihrer Verheiratung eigentlich Frau Czerny hieß, waren diese Probleme fremd. Sie hielt nichts von tadellosem Benehmen, denn sie hatte es selbst nicht. Zwar merkte man ihr dies nicht an, denn ihr äußeres Auftreten war glatt und makellos, aber die alten Schüler und die Mitglieder des Tanzkreises und des Klubs wußten, daß niemand von ihr eine würdevolle Behandlung, wie ihre Mutter sie lehrte, zu erwarten hatte. Mit heimlicher Bewunderung nannten die Schüler sie ein »gemeines Aas«. Sie war achtundzwanzig Jahre alt. Erst vor zwei Jahren hatte sie Herrn Josef Czerny geheiratet, einen Musiker, den sie auf einem Tanzturnier in Wien kennengelernt hatte und der sein dortiges Leben sowie seine Stellung aufgegeben hatte, um mit ihr in dieser Stadt zu leben. Frau Rita Lahusen trug hellblond gefärbtes Haar, das ihr lang und glatt mit nur einer leichten Welle auf die Schulter fiel, wo es in einer schweren Rolle nach innen eingeschlagen war. Ihr Mann, Herr Czerny, war dunkel; er trug einen fast schwarzen Schnurrbart und war einen halben Kopf kleiner als sie. Deshalb tanzte Rita niemals mit ihm. Zum Tanzen hatte sie Herrn Swoboda, einen um viele Jahre jüngern Kollegen. Mit ihm zog sie auf die Tanzturniere, auf denen sich das Paar Swoboda-Lahusen schon viele Preise geholt hatte. Überall in den Räumen der Schule hingen gerahmt und hinter Glas die Urkunden, auf denen noch »Fräulein Lahusen« stand, und Rita bestand darauf, daß auch nach ihrer Eheschließung mit Herrn Czerny ihr alter Name weiter in Gebrauch blieb. Demonstrativ benutzte sie nur den Namen Lahusen, und alle Schüler der Tanzschule merkten bereits in der ersten Unterrichtsstunde, daß hier Spannungen bestanden.

Bei den sonntäglichen Tanztees, die zur gesellschaftlichen Fortbildung der Schüler in den Räumen der Tanzschule veranstaltet wurden, hatte Herr Swoboda seinen festen Platz zur rechten Seite von Rita, während auf der linken Seite ihr Mann, Herr Czerny, saß. Beide Herren hatten dunkles Haar. Zwar war Herr Swoboda eigentlich mittelblond, aber in sein langes Haar schmierte er so viel Pomade, bis es vor Fett dunkel glänzte. Dieses sonntägliche Bild, Frau Rita Lahusen, blond und kalt, zwischen ihren beiden dunklen Herren an dem großen ovalen Ehrentisch in der Vorhalle, war mit den Jahren zu einem festen Element im Leben der Tanzschule geworden.

Die jungen Schüler der Anfängerkurse merkten erst auf den Tanztees, in welchem umfangreichen Verband sie sich befanden. Denn hier sahen sie die Turnierpaare des »Blau-Orange«, eines internationalen Klubs, sie sahen auch jetzt erst die Damen und Herren vom Tanzkreis, die festen Paare der Turniergruppe, die Schüler der ersten und zweiten Fortschrittskurse sowie die vielen ehemaligen Schüler, die sich immer noch mit der Tanzschule Lahusen verbunden fühlten. Auf dem Tanztee also merkten die jungen Schüler der Anfängerkurse, in welche bisher noch unerreichbaren Kreise man aufsteigen konnte. Noch saßen sie an langen Tischen im kleinen Saal, beobachtet von Frau Käthe Lahusen, die an diesen Nachmittagen keinen festen Platz hatte. Man konnte aber bald an einen kleinen Tisch am Rand des großen Saales aufrücken, wo die Fortschrittskurse saßen. Nach ein oder zwei Jahren vielleicht, wenn man sich inzwischen zu den internen Schulturnieren gemeldet und sich Preise geholt hatte, konnte man Mitglied des Tanzkreises werden und sonntags an den kleinen Teetischen im Sekretariat sitzen und sich unabhängig von dem Treiben der anderen amüsieren. Die Tische in der Vorhalle indessen blieben einer ausgesuchten Prominenz vorbehalten.

Die Rangordnung in der Tanzschule Lahusen wurde aber nicht allein von Turnierleistungen und Lehrjahren bestimmt, sondern richtete sich außerdem nach der wechselvollen Gunst von Frau Rita Lahusen. Sie war das glanzvolle Vorbild für alle, und das Mittel, mit dem sie ihre Macht hielt, war die Bevorzugung und die Zurücksetzung ihrer Schüler. Ihre Manöver bei der Platzverteilung auf den Tanztees waren staunenswert. Es konnte vorkommen, daß ein Schüler, der sich durch keine besondere Leistung ausgezeichnet hatte, von Frau Rita Lahusen in die Vorhalle gesetzt und somit in den Augen der ganzen Schule um einen Rang erhöht wurde. Damen, die ihn vorher nicht beachtet hatten, wären jetzt stolz gewesen, von ihm aufgefordert zu werden, aber er forderte die Mädchen seines Kurses jetzt nicht mehr auf, sondern wandte sich den Damen des Tanzkreises zu. Ebenso geschah es, daß ein alter Schüler, der seit langer Zeit seinen Platz in der Vorhalle hatte, von der Tanzlehrerin in einen anderen Saal verwiesen wurde, wo die unteren Kurse saßen. Vielleicht hatte er Rita bei irgendeinem Anlaß nicht genügend bewundert, ja sie vielleicht sogar beleidigt und sie etwa mit »Frau Czerny« angeredet, und war daher in Ungnade gefallen.

Robert, der für jede Form von Ordnung anfällig war, durchschaute dieses System bereits nach einigen Tanzteebesuchen. Er merkte gleich, daß es ihm, der sich an die militanten Systeme der Hitlerjugend und der Schule nicht hatte gewöhnen können, hier leichtfallen würde, sich einzuordnen. Es wäre angebracht gewesen, so fand Robert, Rangabzeichen zu tragen. Er, der nicht nur Sinn für Hierarchie hatte, sondern die Ordnung immer gern auch durch äußerliche Dekorationen sichtbar gemacht sehen wollte, beschäftigte sich auf den Tanztees gern damit, die anwesenden Schüler mit Schulterklappen und Schulterstücken zu dekorieren, die den Rangabzeichen des Heeres glichen. Über dieses Spiel hätte er nicht einmal mit seinem Freund Albert Warncken sprechen können. Niemand hätte ihn verstanden. Aber sein Bedürfnis, seine Umwelt in Ränge zu gliedern, war mehr als ein Spiel. Es war für ihn eine Notwendigkeit, die es ihm ermöglichte, sich überall richtig einzufügen, und ein bequemes System, sich im Umgang mit jedem Menschen richtig zu verhalten und Komplikationen zu vermeiden. Frau Käthe Lahusen war für ihn ein alter Oberst, und Robert begegnete ihr mit dem Respekt, der einem Oberst zukam. So kam es auch, daß er Schülern des Fortschrittskurses, die er als Unteroffiziere einstufte, oder einem Mitglied des Tanzkreises, das etwa einem Leutnant gleichkam, mit dem genau passenden Respekt begegnete. Mit dem Hausmeister, der als Oberfeldwebel anzusehen war, durfte man erst freundschaftlich verkehren, wenn man als Schüler des zweiten Fortschrittskurses, kurz FF-Kurs genannt, annähernd auf der gleichen Rangstufe stand. Robert ging sogar so weit, den Hund von Frau Rita Lahusen, einen schwarzen Scotchterrier, in dieses System mit einzubeziehen und ihm den Rang eines Unterfeldwebels zu verleihen, denn es war keinem Schüler der unteren beiden Kurse erlaubt, den Hund zu streicheln oder gar mit ihm zu spielen. Dies war allein ein Vorrecht der Damen und Herren des Tanzkreises, der Turniergruppe und des Klubs.

Robert fühlte sich in diesen neuen Kreisen wohl, auch wenn er selbst hier nur als Gemeiner galt. Niemals in seinem Leben war er mehr gewesen als ein Gemeiner, und er verlangte auch nicht, mehr zu sein. Es genügte ihm, eine Möglichkeit zu sehen, die es ihm später einmal nach Mühen und Erfolgen erlaubte, ein wenig aufzurücken.

Zu den Unterrichtsstunden am Dienstag kam er, ebenso wie zu den Tanztees am Sonntag, eine Viertelstunde zu früh. Er legte die Garderobe ab, entschuldigte sich, wenn der Hausmeister seinetwegen die Garderobe erst aufschließen mußte, und wartete dann in der Vorhalle, zunächst stehend, bis man ihn aufforderte, sich zu setzen. Dann setzte er sich nicht in einen Sessel, sondern auf einen der Stühle, nicht aus Schüchternheit, sondern aus der natürlichen Empfindung heraus, daß ihm ein Sessel erst ein halbes Jahr später zustehen würde, wenn er in dieser Gemeinschaft ein altes Mitglied wäre. Dagegen kannte er keine Zurückhaltung gegen die Schüler seines eigenen Kurses, die ja mit ihm gleichrangig waren, und wirklich unterschied sich Robert nicht von ihnen. Wie bei den anderen waren seine Jackettärmel zu lang und seine Hosenbeine zu kurz, die Haare waren im Nacken ausrasiert, und sie waren noch zu kurz, um größere Mengen von Pomade aufzunehmen. Hinzu kam seine schlechte Haltung mit den schiefen Schultern und sein ratloser Gesichtsausdruck mit der hängenden Unterlippe, was ihm besondere Chancen bei den Damen seines Kurses nicht verschaffte. Dabei gab er sich niemals mit Mauerblümchen zufrieden, auch als er merkte, daß unter diesen vielleicht manches Mädchen gern mit ihm getanzt hätte, während sich die hübscheren Damen nur widerwillig von ihm auffordern ließen. Fräulein Elfriede Geisler gehörte zu diesen gutaussehenden Mädchen des Kurses, und Robert hatte es sich in den Kopf gesetzt, jede Möglichkeit zu suchen, um mit ihr zu tanzen. Er wußte, daß sie nicht gern mit ihm tanzte, aber er gab nicht nach. Er zwang sich ihr auf, und er sagte sich, daß Fräulein Elfriede Geisler eines Tages diesem Zwang erliegen müsse. Diese strenge Willensanspannung von beiden Seiten verursachte, daß die beiden als Paar beim Tanzen schlecht waren. Sie gaben Frau Käthe Lahusen und auch Rita Anlaß zu Beanstandungen, und häufig wurden sie getrennt, um die Tanzschritte gesondert mit den Assistentinnen zu üben.

So geschah es auch an einem Dienstagabend im November, daß Robert wieder einmal mit Elfriede Geisler tanzte und daß das Paar die eben gelernten Schritte nicht beherrschte. Frau Rita Lahusen hatte gerade die Rechtsdrehung im Foxtrott gezeigt, sie hatte diese Figur mehrmals mit einer Assistentin vorgetanzt, und sie hatte auch die Schüler einzeln, Damen und Herrn getrennt, so lange üben lassen, bis es sicher schien, daß die Schritte von allen beherrscht würden. Als Robert mit Fräulein Geisler tanzte, passierte es ihm jedoch jedesmal, daß er nach der Rechtsdrehung, wenn er mit dem linken Fuß, den er eben herangezogen hatte, weitertanzen wollte – worin die besondere Eleganz dieser Figur bestand –, seiner Partnerin auf den rechten Fuß trat, weil Elfriede die Figur noch nicht begriffen hatte. Da Robert nicht die Geduld aufbrachte, sie auf ihren Fehler hinzuweisen, sondern jedesmal mit Gewalt seinen linken Fuß vorschob, wobei er jedesmal heftig auf den rechten Fuß seiner Dame stieß, fiel diese Unstimmigkeit bald den beiden Tanzlehrerinnen und auch den Assistentinnen auf. Rita Lahusen sorgte dafür, daß Fräulein Geisler der Assistentin Lore Fehling zugeteilt wurde, während Robert mit Fräulein Ruth Eichholz, die erst siebzehn Jahre alt war und in der Tanzschule Lahusen zur Tanzlehrerin ausgebildet wurde, üben mußte.

Fräulein Eichholz nahm also mit dem Schüler Robert die Tanzhaltung ein. Sie stand leicht zurückgelehnt mit dem Bestreben, sich ein wenig rechts vor ihrem Partner zu halten. Die Leichtigkeit, mit der dieses Mädchen ihren Körper hielt, die Leichtigkeit, mit der sie ihre rechte Hand mit geschlossenen Fingern in die Linke Roberts und ihren linken Arm auf Roberts rechten Arm kurz unterhalb der Schulter legte, verschaffte Robert schon das Gefühl des Tanzes, bevor sie noch den ersten Schritt taten. Wie von selbst straffte sich auch seine Körperhaltung, die Schultern wurden gerade, und der Oberkörper streckte sich aus der Taille heraus. So zu stehen, die Leichtigkeit des Mädchens spürend und seine eigene gestraffte Haltung, zu der nun einsetzenden Foxtrottmelodie »Some of these days«, die er schon seit langem kannte, erweckte eine Freude in ihm, die er noch nie erlebt hatte.

Früher hatte er nur dann Freude empfunden, wenn etwas Unangenehmes nicht passierte; wenn man ihn nicht belästigte oder wenn etwas Unangenehmes aufhörte, etwa der Hitlerjugenddienst, die Schule oder das Schelten seiner Mutter. Jetzt zum erstenmal erlebte er ein Gefühl der Freude als zusätzliches Geschenk. Noch minutenlang hätte er so stehen können, die leichte Partnerin im Arm, zu dieser Musik. Fräulein Eichholz sagte: »An – fann – gänn!« Und vom ersten Schritt an tanzte er so leicht, daß es ihm schien, als führten seine Füße jetzt die Schritte von selbst aus, jetzt wo keine Füße einer ungeschickten Partnerin ihn hinderten. Zum ersten Male erlebte er, daß eine Partnerin ihn am Tanzen nicht hinderte, sondern ihn zum Tanzen hinriß. Robert und Fräulein Eichholz tanzten weiter, den ganzen Tanz zu Ende.

Sie tanzten auch die anderen Figuren, die Robert schon gelernt hatte: die einfache Linksdrehung und die Viertelwendung, und es fiel Robert ganz leicht, zu den Figuren die empfohlenen Körpergegenbewegungen auszuführen sowie die Fersen an den richtigen Stellen zu heben oder zu senken. Der Zusammenklang von Rhythmus, Melodie, Tanzschritt und die Leichtigkeit seiner Partnerin ließen Robert mit einer Hingabe tanzen, die auch den Tanzlehrerinnen auffiel, und als das Paar am erhöhten Podium vorbeikam, sagte Frau Käthe Lahusen über ihr Barocktischchen und die Anwesenheitsliste hinweg: »Ganz nett schon, Herr Mohwinkel«, und Robert sah sich in diesem Augenblick vom Gemeinen zum Gefreiten befördert. Aber das einmalige Erlebnis, der Rausch des leichten und gleitenden Tanzens, in den ihn Fräulein Eichholz versetzt hatte, wiederholte sich nicht, und wenn er tanzte, war seine Haltung wieder schlecht, seine Schritte waren unsauber geführt, weil seine Füße bei den Fehlern der Partnerinnen keinen Platz fanden. Zwar tanzte er mit Elfriede Geisler nicht mehr, aber er zwang sich anderen Damen auf, die im Kursus als hübsch galten, einem schwarzhaarigen Fräulein, dessen Eltern einen Hutsalon hatten, einer blonden jungen Dame, die ein Kleid mit rotem Schottenmuster und Bolerojäckchen trug, doch bei allen diesen Damen stieß er auf Ablehnung. Als Anfang Dezember, drei Wochen vor dem Abtanzball, Frau Käthe Lahusen die Paare auswählte, die auf dem Ball am Turnier des Anfängerkurses teilnehmen durften, stellte sich heraus, daß sich für Robert keine Dame fand. Wenn er die Damen fragte, sagten sie, daß sie am Turnier nicht interessiert seien, aber in Wirklichkeit wollten sie nur nicht einen ganzen Abend lang während des Balles neben Robert sitzen.

Der Abtanzball fand im großen Saal des Parkhauses statt, und Robert fand an diesem Abend seinen Platz in der Ecke des Saales an einem kleinen runden Tisch, wo nur Herren saßen. Albert Warncken, der denselben Kurs wie Robert besucht hatte und nun auch zum Ball gekommen war, setzte sich zu ihm. Obwohl er bei den Damen beliebter war, hatte auch er keine Partnerin gefunden. Allerdings hatte er sich auch nicht um die Teilnahme am Turnier bemüht. Die Mädchen in der Tanzschule waren nicht nach seinem Geschmack, wobei unklar blieb, was überhaupt nach seinem Geschmack war, denn er sprach selten über Mädchen. Für Tanz und Musik empfand Albert auch keine große Begeisterung, und Roberts Streben, in der Tanzschule aufzusteigen, blieb ihm fremd. Er hatte sich nicht, wie Robert, zum Januar für einen Fortschrittskursus angemeldet, und dieser Abtanzball war für ihn nun die letzte Veranstaltung in der Tanzschule Lahusen.

Die beiden Freunde bestellten für sich zusammen eine Flasche Wein. Es war ein sehr billiger Wein, den die Direktion des Parkhauses eigens für die Abtanzbälle der Anfängerkurse einkaufte, und die Säure dieses Weines trug noch dazu bei, Robert den Abend zu verderben. An den Nebentischen saßen die Mädchen in langen Kleidern aus Organdy oder Satin, in Weiß, Blau und Rosa, und zwischen ihnen saßen ihre Partner, die nicht besser waren als er, aber dem Typ entsprachen, den sich junge Mädchen zwischen fünfzehn und achtzehn Jahren zu dieser Zeit wünschten. Einige Paare tanzten Turnier, und Robert sah, daß sie ihre Schritte und Figuren zwar beherrschten, aber kein Gefühl für die Tänze hatten. Aber sie sahen gut aus, und Robert empfand einen Schmerz darüber, daß die Ordnung dieser Kreise, an die er so sehr glaubte, wohl doch noch nicht stark genug war, um ganz gerecht zu sein. Auch in ihr mußte man lernen, zu gefallen.

Robert war froh, als Albert vorschlug, bald aufzubrechen. Es käme ja doch nichts Aufregendes heute abend mehr vor, meinte er, und die beiden Freunde, von denen keiner während des Balles auch nur ein einziges Mal getanzt hatte, verließen das Parkhaus, um ins Café Mohr zu gehen, wo sie den angebrochenen Abend beenden wollten.

Es war Sonnabend, und im Café Mohr waren alle Nischen besetzt. Matrosen saßen dort mit ihren Mädchen oder mit Huren vom Geeren. Auf einem Sofa hatte ein Matrose sein Mädchen beim Küssen weit hinuntergebogen, daß sie mit dem Rücken über seinen Knien lag, und während er sie mit der linken Hand festhielt, faßte er ihr mit der rechten Hand unter den Rock. Die beiden Freunde bekamen keinen Platz mehr und blieben an der Theke stehen. Obgleich sie ihre dunklen Anzüge anhatten, dazu weiße Hemden mit dunklen Krawatten, sah ihnen niemand an, daß sie von einem Tanzstundenball kamen. Herr Overbeck, der Außenexpedient, stand auch an der Theke. »Na, Jungens, versauft ihr wieder alles?« rief er ihnen zu und bot ihnen für Anfang der nächsten Woche das Umkarren einer Partie kleiner Armaturen, in Verschlägen verpackt, von Schuppen 11 nach Schuppen 15 an. Es gab siebzig Pfennig je hundert Kilo. Und da es sich um eine Partie von vier Tonnen handelte, gaben die beiden Lehrlinge eine Lage für Herrn Overbeck aus. Es wurden noch viele Lagen an diesem Abend getrunken. Später wurde eine Nische frei, und die Freunde setzten sich. Zum ersten Male tranken sie zu jedem Bier einen Schnaps, denn heute war Ball, und das war ein Grund, sich zu betrinken.

Jedes Jahr in den ersten Januartagen wechselten die Abteilungen der Firma Christiansen ihre Lehrlinge aus, damit jeder umfassende Kenntnisse in allen Abteilungen der Firma und allen vorkommenden Arbeiten im Beruf des Schiffsmaklers erhielt. Robert fürchtete den Wechsel sehr. Zwar war er in der Finnlandfahrt nur zweiter Lehrling und letzter Mitarbeiter, aber er war hier der junge Mohwinkel, auf den man sich verlassen konnte, er war das »Mohrchen«, dessen Zuverlässigkeit man schätzte. Niemals war es vorgekommen, daß er beim mittäglichen Einkauf falsche Zigarettenmarken brachte oder daß der Hackepeter für Herrn Hauschild nicht genug gesalzen war. Seine Ablage war ohne Fehler, und das Manifestexemplar, das, vom jüngsten Lehrling wöchentlich mit deutschen Übersetzungen versehen, zu statistischen Zwecken beim Hauptzollamt einzureichen war, hatte er jedesmal eher zum Versand fertig, als Herr Vogelsang es von früheren Lehrlingen gewöhnt war. Robert wußte, daß er bereits im ersten Lehrjahr ein ordentlicher Kaufmann war, zuverlässig und genau, und daß er, ähnlich wie ein Wirtschaftsführer seinen Betrieb, schon den kleinen Kreis seiner Pflichten so organisiert hatte, daß Fehler oder Terminversäumnisse nicht vorkommen konnten.

Im Bewußtsein seiner Beliebtheit hielt sich Robert in der Finnlandfahrt für unentbehrlich. Darum traf es ihn schwer, als er überraschend an einem Freitag hörte, daß er sich am kommenden Montag schon in der Abteilung Westküste Süd zu melden habe. Herr Vogelsang sagte es ihm, und um jede Bitte Roberts um Verlängerung seines Aufenthalts in der Finnlandfahrt abzuschneiden, setzte er hinzu: »Das wird ja dann auch höchste Zeit, daß du woanders hinkommst, denn hier kennst du ja schon alles.« Robert entnahm daraus, daß er ein Lehrling war wie jeder andere, dem man etwas beibringen mußte, ohne sonderlich auf seine Arbeitskraft zu zählen. Er war enttäuscht von der Kälte, mit der man ihn nach so langer Zusammenarbeit so kurzfristig von Freitag auf Montag entließ, ohne ein Wort des Bedauerns zu äußern. Er ging in den Keller, um eine Zigarette zu rauchen. Er wollte weinen, aber er brachte nur ein Schimpfen zustande, das ihn nicht erleichterte.

Am Montag mußte Robert sich sehr zusammennehmen, um recht gleichgültig an der Finnlandfahrt und seinem alten Platz vorbei in die Abteilung Westküste Süd zu gehen, wo er sich bei Herrn Schilling, dem Abteilungsleiter, meldete.

Herr Schilling hatte keine Zeit für Robert und verwies ihn an Herrn Scharnweber, den stellvertretenden Abteilungsleiter. Herr Scharnweber inszenierte eine muntere Begrüßung, und er sagte alles, was Robert schon wußte und was zu sagen bei der Begrüßung eines neuen Lehrlings üblich war. Er vergaß auch nicht die Erwähnung »Augen auf, Ohren auf, das ist alles!« und die Hoffnung, daß man sich immer gut verstehen werde. Konkrete Anweisungen gab ihm Herr Scharnweber nicht. Auch von den anderen Angestellten erhielt er keine besonderen Anleitungen zu seiner Arbeit, und so war es ihm vom ersten Tag an klar, daß es ihm in dieser Abteilung unmöglich sein würde, sich einen festen Pflichtenkreis aufzubauen, in dessen Ordnung es ihm vergönnt wäre, bequem zu verharren.

So sehr verschlechtert, wie er glaubte, hatte er sich indessen keineswegs. Doch der erste Eindruck in dieser Abteilung machte ihn nun einmal unglücklich, und er steigerte sich in dieses Gefühl noch besonders hinein. In seinem Unglück nahm Robert zum erstenmal wahr, daß auch viele andere, die in diesem ihm bisher unübertrefflich schön erschienenen Beruf arbeiteten, nicht glücklich waren. Der Botenmeister, der immer schlecht gelaunt durch das Büro ging, war bestimmt nicht glücklich, und auch nicht Herr Overbeck, der Außenexpedient, der fast jeden Abend im Café Mohr saß und trank. Die Mienen, die diese Unglücklichen zur Schau trugen, hatte Robert früher für ernst oder für nachdenklich gehalten. Heute sah er: Diese Mienen waren der Ausdruck unbefriedigender Arbeit, geringer Stellung, schlechten Verdienstes, verfehlten Lebens. Robert machte es sich zum Spiel, alle Angestellten der Firma Christiansen nach gründlicher Beobachtung in Glückliche und Unglückliche einzuteilen. Dabei war er klug genug, nicht etwa auf primitive Weise ernste Gesichter den unglücklichen und heitere den glücklichen Menschen zuzuweisen; seine Unterscheidungsmerkmale waren feiner: Er achtete auf die Häufigkeit der Zigarettenpausen und auf die plötzliche Zufriedenheit in den Gesichtern beim Verlassen des Arbeitsraumes; auf die genußsüchtige Heiterkeit vor jedem Wochenende, die bei ganz Unglücklichen schon am Donnerstagnachmittag begann; auf den Zeitpunkt, zu dem man schon lange vor Büroschluß seinen Platz aufzuräumen begann; auf die Zähigkeit, mit der eine Freizeitbeschäftigung die einen oder Parteiarbeit und SA-Dienst die anderen auch während der Bürostunden beschäftigte; oder auf die Dankbarkeit, mit der einige sogar eine nationale Feierstunde aufnahmen, wenn sie innerhalb der Dienstzeit lag.

Nach einigen Wochen merkte Robert aber, daß es sich in diesem Chaos genauso bequem lebte wie früher in der strengen Ordnung. Sein Kummer ließ nach, seine Gedanken wandten sich mehr und mehr dem Tanzen zu, er beschäftigte sich mit neuen Schrittfolgen, mit Tanzmusik und Turniertraining. Sein Ruf als gewissenhafter Lehrling und ordentlicher Kaufmann litt darunter nicht, denn in dieser Abteilung sah niemand, daß er in seinem Fleiß und seiner Pedanterie nachgelassen hatte. Nun merkte Robert auch, daß die Angestellten, die er vor Wochen noch in seinem Spiel in die »Unglücklichen« eingestuft hatte, so unglücklich nun auch wieder nicht waren. Sie hatten ihre Jolle auf der Weser, ein Abzeichen für gute Leistungen im SA-Kleinkaliberschießen oder ein Straßenmädchen vom Geeren, mit dem sie manchmal, kurz nach dem Monatsersten, schliefen. So konnte man auch leben, und Robert sah, daß alle die, die mit ihrer Arbeit nicht zufrieden waren, nicht viel schlechter lebten. Besser war es natürlich, nur in seiner Arbeit glücklich zu sein, aber wenn ihm dies nicht vergönnt war, war er bereit, sich auch anders einzurichten.

Einmal in der Woche besuchte Robert den Fortschrittskursus in der Tanzschule, zweimal in der Woche war er mit Albert Warncken im Café Mohr, hinzu kamen ein Kinoabend und der Sonntag, der morgens mit dem Turniertraining in der Tanzschule begann und nach dem Tanztee am Nachmittag mit dem Besuch einer Bar – Bols Stuben vielleicht oder Regina – endete, so daß, da außerdem wöchentlich zwei bis spät in die Nacht dauernde Dampferexpeditionen Roberts Zeit beanspruchten, die Mohwinkels ihren Sohn nur sehr selten zu Hause sahen. Das erfüllte Herrn Mohwinkel mit Sorge. Er fand, daß es nicht gut war, wenn junge Menschen von siebzehn Jahren ein solches lasterhaftes Leben führten, nur Tanz und Bars im Kopf hatten, das ganze Taschengeld ausgaben und so viel rauchten. Aber Frau Mohwinkel schnitt die Vorhaltungen ihres Mannes ab, sie sagte: »Warum soll er nichts vom Leben haben, jetzt wo er jung ist. Ich hätte auch gern alles mitgemacht, als ich so alt war, aber was habe ich getan? Ich habe dich geheiratet, da war eben alles vorbei.« Daraufhin schwieg Herr Mohwinkel so auffallend, daß seine Frau Angst bekam, vielleicht zuviel gesagt und ihren Sohn dadurch ermutigt zu haben, sich in ein Unglück zu stürzen. Deshalb fügte sie schnell hinzu: »Du mußt aber besser auf deine Gesundheit achten, hörst du, Robert? Ein junger Körper wie deiner braucht eben noch viel Schlaf.« Robert legte keinen Wert auf gesunden und ausgiebigen Schlaf. Er wollte gern schnell zu einem lebemännischen Gesicht, zu müden Augenlidern, zu Falten um Augen und Mund kommen, lauter Merkmalen, die bei den Herren der Tanzklubkreise in Mode waren. Es waren die Tangojünglinge, die Robert nachahmte, und obgleich ihm die Übernächtigung noch nicht deutlich genug im Gesicht lag, verursachten sein langes, in der Mitte gescheiteltes Haar, das hinten auf dem Kragen aufstieß und sich nach Gebrauch von viel Pomade in einer glatten, dunkel-metallisch glänzenden Haube über den Kopf legte, die dunklen Anzüge, die er schon am Vormittag trug, seine leise Stimme, seine müden Handbewegungen und sein langsamer, schlurfender Gang, daß Herr Vogelsang einmal sagte: »Unser Mohrchen ist ein Tangojüngling geworden.«

Zu Roberts Leidwesen brachten ihm seine neue Haltung und sein mühsam gepflegtes Äußeres bei den Damen der Tanzschule wenig Erfolg. Die meisten Damen, die den Fortschrittskursus besuchten, hatten nur die Absicht, für spätere Verwendungen auf dem Tanzboden hier noch weitere Tanzschritte zu erlernen.

Sie hatten nicht den Ehrgeiz, Turnier zu tanzen, und sie ließen sich auch nicht von Jünglingen mit langem pomadigem Haar imponieren, die zu ihnen sagten: »Gnädiges Fräulein, Sie tanzen das Kreuzchassé so leicht, daß es schade wäre, wenn Sie nicht fürs Turnier trainierten«, oder »Kommen Sie Sonntag zum Tanztee, ich habe einen Platz für Sie in der Halle«. Die Damen der Tanzschule waren moderne junge Mädchen, sie schwärmten für Männer, die schon Soldat waren und Uniform trugen. Sonntags gingen sie nicht zum Tanztee, sondern morgens zum Sportfest und nachmittags zum Tanz in Sielers Festsälen, draußen in Hukkelriede, wo die Flak-Kaserne lag.

Am Nachmittag auf den Tanztees hatte Robert es auch bald aufgegeben, Damen zu dem Zweck aufzufordern, unter ihnen vielleicht einmal eine feste Partnerin zu finden. Er verstand es, im Laufe der Wochen aus dieser Not einen besonderen Wesenszug für sich zu entwickeln. Er gab sich, als sei es weit unter seiner Würde, mit einer Dame aus irgendeinem Kursus zu tanzen. Er wechselte ein paar Worte mit den Assistentinnen, tanzte, wenn es sich zufällig ergab, auch ein- oder zweimal mit einer Dame aus dem Tanzkreis oder der Trainingsgruppe, unterhielt sich eine Zeitlang mit Herrn Wagenknecht, dem Hausmeister, der am Eingang den Unkostenbeitrag für den Tee kassierte, und saß im übrigen auf seinem Platz in der Halle, den Rita ihm angeboten hatte und den er von nun an Sonntag für Sonntag einnahm. Da saß er an dem kleinen Tisch in der Ecke der Halle unweit des großen ovalen Tisches mit den Damen und Herren des »Blau-Orange« und rauchte eine Zigarette nach der anderen. Er fand ein Vergnügen darin, wenn auch ohne Partnerin, ein fester Bestandteil in der Komposition dieses sonntäglichen Bildes in der Tanzschule zu sein und in der ganzen Rangordnung einen wenn auch nicht hohen, so doch mit Recht erworbenen Rang zu haben.

Den Tanztee verließ Robert stets einige Minuten vor Schluß. Er glaubte, daß diese zur Schau getragene Gleichgültigkeit gut zu ihm paßte. Eilig verließ er die Räume der Tanzschule mit über die Schulter gelegtem fliegendem Mantel, so als erwarte ihn vor der Tür sein Wagen, um ihn in die nächste Bar zu bringen.

Tatsächlich ging Robert an jedem Sonntag nach dem Tanztee in eine Bar. Er bevorzugte Bols Stuben, eine kleine intime Vergnügungsstätte in der Bahnhofstraße, nur wenige Minuten von der Tanzschule Lahusen entfernt, während er die Regina-Bar von Woche zu Woche weniger schätzte, da sie zunehmend von Soldaten besucht wurde. Robert fühlte sich unter den Uniformen nicht wohl, es zog ihn mehr und mehr in Bols Stuben, wo man höchstens hin und wieder ein paar Offiziere traf. Offiziere störten Robert nicht, sie rochen nicht nach Leder und feuchtem Tuch. Sie sprachen leise, manche von ihnen trugen das Haar lang, fast wie Robert, und nur um der Form halber einen militärischen Haarschnitt einzuhalten, hatte ein geschickter Friseur ihnen das Haar hinten nicht im Rundschnitt, sondern in angedeuteten Stufen enden lassen.

Robert übte sich, von Woche zu Woche die Bar gleichgültiger zu betreten. Den übergehängten Mantel ließ er von der Schulter fallen, um ihn erst im letzten Augenblick aufzufangen, wenn ihm nicht ein Kellner zuvorkam. An der Bar hatte er einen festen Platz am äußersten Ende in einer Ecke. Dort saß er auf dem Hocker, mit dem Rücken müde an die Wand gelehnt, und wenn die Bardame ihn begrüßte, bestellte er nicht einen »Ohio« oder einen »Manhattan«, sondern er sagte leise: »Bitte, Lissy, wie immer.« Dann freute er sich, wenn man noch wußte, was er vor einer Woche getrunken hatte. Mit ein oder zwei Getränken kam er den ganzen Abend aus. Er, der einen halben Liter Bier in zwei Zügen austrank, nippte hier nur an den Cocktails und machte dazu ein Gesicht, als sei das Getränk heute wieder einmal widerlich und als werde es ihm zur Qual, hier den Abend verbringen zu müssen. Er spielte den Einzelgänger, dem die Frauen langweilig geworden waren und der es deshalb vorzog, die Einsamkeit in der Bar als das kleinere Übel zu wählen. Er spielte den jungen Mann mit viel Geld, der nur deshalb nicht mehr verzehrte, weil die Getränke dieser Bar so schlecht waren, und er spielte den Turniertänzer, der niemals tanzte, weil die zu kleine Tanzfläche und das Publikum dieser Bar seinem Können nicht gerecht würden. In Bols Stuben war Robert der junge Mann, der es sich eigentlich leisten konnte, ein lustiges, vergnügungsreiches Leben zu führen, der sich aber in einer Art selbstauferlegter Askese zwang, sich Sonntag für Sonntag in dieser Bar zu langweilen.

Tatsächlich bereitete es Robert jeden Monat neue Schwierigkeiten, sich die Gelder zu verschaffen, die er für sein bescheidenes Nachtleben, auch für die Trinkgelage im Café Mohr brauchte. Mit der Erhöhung seines Lehrlingsgehaltes auf dreißig Mark war erst am 1. Mai zu rechnen, und wenn auch die häufigen Dampferexpeditionen ihm manches Überstundengeld sowie heimlich gesparte Portogebühren und Straßenbahngroschen brachten, so war es doch unvermeidbar, daß er sich mindestens zweimal im Monat bei Herrn Overbeck um eine Arbeit im Hafen bewarb, die er auf seinen freien Nachmittag legte. Herr Overbeck rechnete schon mit Roberts Geldsorgen, und er hielt immer etwas für ihn bereit: Papierballen zur Einlagerung in den Speicher, Umzugsgut in Verschlägen auf die Rampe oder Lumpen in Säcken, die plötzlich vom Absender umdirigiert wurden und nun, für holländische Papiermühlen bestimmt, am Schuppen 4 für Dampfer »Poseidon« angeliefert werden mußten. Die Schuppenvorsteher kannten Robert längst, und sie wunderten sich, daß dieser Junge mit dem langen Haar, das ihm während des Stapelns immer ins Gesicht fiel, mit den langen schmalen Händen und den polierten Fingernägeln es nötig hatte, diese Arbeiten zu verrichten, die anzupacken nicht einmal einem Vorarbeiter eingefallen wäre. Sie hatten Mitleid mit Robert; sicher war seine Familie arm. Sie händigten ihm einen Sackkarren aus und einen Sackhaken, wenn die Ladung die Verwendung von Sackhaken erlaubte; dann zeigten sie ihm die Partie, und es kam immer wieder vor, daß ein Schuppenvorsteher Robert beim Aufladen der ersten zwei oder drei Kisten half.

Nach Beendigung der Arbeit fuhr Robert nach Hause, um sich umzuziehen. Dann traf er sich mit Albert Warncken im Café Mohr.

Die Begegnung mit Erna im Café Mohr hatte sich nicht wiederholt, dagegen trat ihre Kollegin Lisa erneut in den Gesichtskreis der Freunde. Albert überraschte Robert eines Tages mit dem Bericht, er habe Lisa am Speicher von Nagel & Opfermann getroffen, wo sie mit dem Lagermeister sprach. »Neben ihr«, erzählte Albert, »stand ein bildhübsches Mädchen, vielleicht siebzehn Jahre alt, und als Lisa mich sah, rief sie mich herüber und sagte, das wäre ihre Nichte aus Syke, sie wollte einmal Bremen bei Nacht kennenlernen und ob wir uns nicht einmal ihrer annehmen wollten. Das wäre doch etwas für uns, meinst du nicht?« schloß er. Robert, den die Begegnung mit diesem Mädchen sehr interessierte, ließ sich von seinem Freund die Geschichte noch mehrmals erzählen, wobei Albert Warncken von Mal zu Mal mehr Einzelheiten einfielen. Bei der dritten Wiederholung teilte er mit, daß Lisas Nichte blond und ganz schlank war, und beim fünften Bier fiel ihm ein, daß sie Nanny hieß und daß Lisa hinzugesetzt hatte: »Natürlich alles in Ehren, denn sie ist verlobt.«

Nanny wohnte am Geeren im dritten Stock des Hauses, das dem Kolonialwarenhändler Matthias Schnoor gehörte. Von dort holte Albert sie am nächsten Montag ab, um sie ins Café Mohr mitzubringen. Die beiden Freunde waren übereingekommen, mit Nanny vorerst keine andere Gaststätte zu besuchen, weil man hier im Café Mohr die Preise kannte und weil die neue Freundin, von deren solider Einstellung man sich ja noch nicht überzeugt hatte, hier keine Möglichkeiten fände, sie durch unverschämte Bestellungen zu ruinieren. Robert, der am Montag seinen freien Tag hatte, reservierte schon um halb sieben Uhr eine Nische, während Albert Nanny abholen ging. Als er mit ihr die Gastwirtschaft betrat, erschrak Robert. Nach den Beschreibungen seines Freundes hatte er eine großartige Vorstellung von dem Mädchen gehabt. Albert hatte aber eine ganz unscheinbare kleine Spitzmaus mitgebracht. Alles war spitz an ihr, das Kinn, die Nase, die Hüftknochen, die Knie, und zudem trug sie noch eine Kette aus Bernstein, deren Glieder die Form spitzer Kälberzähne hatten. Doch Robert war entschlossen, sie nett zu finden, um sich den Abend nicht verderben zu lassen. Er bestellte drei Bier und drei Korn, und er hatte nichts dagegen, daß sein Freund mit Nanny zusammen auf dem Sofa ihm gegenüber Platz nahm.

So unscheinbar und schüchtern Nanny zuerst schien, so lebhaft zeigte sie sich nach einer Weile. Sie war schon zwei Jahre in dieser Stadt, aber sie hatte draußen in Schwachhausen bei einem Onkel gelebt. Der war nun tot. Lisa war nicht ihre Tante, das erzählte sie gleich, Lisa war ihre Großmutter, und während sie dies enthüllte, schlug Nanny Albert auf die Schenkel und lachte. Sie warf sich weit zurück, bis ihr spitzer Busen zu sehen war, und lachte und schlug Albert noch einmal auf die Schenkel, bis der Junge ganz rot wurde und verlegen sagte: »Wollen Sie nicht Ihr Bier austrinken, ich bestelle noch eins.« Nanny trank ihr Bier aus und auch den Korn, und dann zog sie, die ungeschminkt das Lokal betreten hatte, Lippenstift und Spiegel aus der Tasche, um sich die Lippen rot zu malen. »So ist's hübscher, was?« fragte sie, und als die beiden Freunde es bestätigten, meinte sie: »Ich wußte doch, ihr beiden habt Geschmack.« Dann bot sie beiden das »Du« an, jetzt, da sich herausgestellt hatte, daß sie sich so gut verstanden. Sie tranken zu dritt an diesem Abend noch viele Biere und noch viele Schnäpse, und Nanny wurde immer ausgelassener, Albert aber immer verlegener. Robert sah, wie die Hände der beiden sich unter dem Tisch berührten und wie sie sich mit den Knien anstießen. Er mußte immerzu auf Nannys kleinen, spitzen, knallroten Mund sehen und auf ihre spitzen Zähne, wenn sie lachte. Dieses Mädchen, das er niemals in der Tanzschule oder in Bols Stuben hätte zeigen mögen, irritierte ihn. Er wünschte sich auch ein Mädchen, das man anfassen konnte.

Spät am Abend, ganz plötzlich, verabschiedete sich Nanny. »Nein«, sagte sie, »niemand bringt mich nach Hause. Ich gehe allein, schließlich bin ich verlobt.« Die beiden Freunde waren froh, sie am kommenden Montag wiedersehen zu dürfen. Sie waren auch froh, sich wegen Nanny nicht entzweien zu müssen. Robert räumte seinem Freund selbstverständlich ein, daß er, der dieses Mädchen schließlich entdeckt hatte, es auch beanspruchen dürfe. Hätte Nanny nicht ohne Begleitung nach Hause gehen wollen, wäre selbstverständlich Albert allein das Vergnügen zugefallen, sie heimzubringen. Insgeheim bekümmerte es Robert, daß Nanny seinen Freund vorgezogen hatte, aber er nahm sich vor, bald nach etwas Besserem und bedeutend Hübscherem zu suchen.

Ein Mädchen zu finden wurde für Robert nun zu einer fixen Idee. Wenn er abends allein im Café Mohr saß, in Bols Stuben und beim Tanztee, wenn er seine Zigarettenpausen im Ablagekeller machte oder sich auf Botenwegen befand, arbeitete er

Pläne zur Erlangung eines Mädchens aus. Er machte eine Liste von allen Orten, an denen Bekanntschaften zu schließen möglich war, und schrieb darin die Namen der Mädchen auf, die in Frage kamen. Die Liste wurde sehr umfangreich, und es standen dort nicht nur die Damen der Tanzschule, sondern auch die Mädchen aus der Umgebung seines Elternhauses und die weiblichen Lehrlinge von Speditionsfirmen, denen er wöchentlich die Konnossemente der abgefertigten Dampfer aushändigte. Die Planmäßigkeit, mit der Robert arbeitete, ließ erkennen, daß es ihm bei der Erwerbung eines Mädchens nur um den Besitz ging. Er wollte etwas haben, was andere auch hatten, und etwas, das man überall anfassen durfte. Nicht etwa gegen Dritte, sondern für sich selbst brauchte er die Bestätigung, daß es unter den vielen tausend Mädchen dieser Stadt eines gab, das sagte: »Ich gehe mit Robert Mohwinkel.«

Da für Robert auch der Grad eine Rolle spielte, in dem ein Mädchen ihm entgegenkam, entschloß er sich eines Tages, sich um Fräulein Tredup von der Firma Nagel & Opfermann zu bemühen, denn er hatte den Eindruck, daß Fräulein Tredup sich für seine Werbung empfänglich zeigen würde. Er fand heraus, daß er seinen Botenweg zum peruanischen Konsulat mit den Botenwegen Fräulein Tredups heute gut zusammenlegen konnte. Er wartete, bis sie kam, um Konnossemente für Verladungen nach Buenaventura und Quito abzugeben, nahm dann schnell das Manifest des nach Callao und Mollendo abgefertigten M/S »August Naumann« und meldete sich bei Herrn Scharnweber ab.

Er ging aber noch lange nicht zum peruanischen Konsulat, sondern begleitete Fräulein Tredup zur Industrie- und Handelskammer, zur Post, zur Deutschen Bank, zur Jason-Linie und schließlich zur Zollabfertigung am Weser-Bahnhof. Als Fräulein Tredup ihre Botengänge erledigt hatte, bat Robert sie, nun mit ihm zusammen auch zum peruanischen Konsulat zu gehen. Fräulein Tredup aber antwortete, daß sie vielleicht das nächste Mal gern mitgehen würde, daß es jedoch heute schon zu spät geworden sei. Sie trennten sich an der Faulenstraße, und Robert erzählte Herrn Scharnweber, der Konsul habe ihn anderthalb Stunden warten lassen.

Da er die zwei Stunden gemeinsamen Weges und die Abschiedsworte: »Nun denn, bis zum nächsten Mal!« als festes Versprechen auffaßte, bemühte Robert sich von nun an um kein anderes Mädchen mehr. Alle Botenwege, die für ihn anfielen, legte er mit den Wegen Fräulein Tredups zusammen, bis er sie eines Tages an einem Freitag bat, am Sonntag mit ihm ins Kino zu gehen. »Warum nicht?« sagte sie, und sie kamen überein, sich um vier Uhr an der Börse zu treffen, an der Haltestelle der Linie 4, die aus Huckelriede kam.

Von nun an war für Robert die Bindung an Fräulein Tredup fest und zur Treue verpflichtend. Er nahm sich vor, am Sonntag den Tanztee nicht zu besuchen und sich auch in der Tanzschule um keine feste Dame mehr zu bemühen. Er besorgte rechtzeitig die Kinokarten für Sonntag um achtzehn Uhr zum Metropol. »Bel ami« wurde gegeben, und Robert sagte seinem Freund Albert, daß er Sonntag diesmal keine Zeit habe, denn er gehe mit der kleinen Tredup ins Kino.

Zur Feier der neuen Bekanntschaft tranken Robert und Albert abends noch ein Bier im Café Mohr. Am Spätnachmittag hatte M/S »Orion« noch nach Westküste Mittelamerika abgelegt, und es wurde neun Uhr, bis die Abteilung Büroschluß machte. So war es halb zehn Uhr, als die beiden Freunde bei Meta Mohr ihr Bier und ihren Korn bekamen. Plötzlich, um zehn Uhr, kam Nanny in das Lokal. Die beiden Lehrlinge waren sehr erstaunt, denn sie hatten nicht vermutet, daß Nanny auch ohne sie dieses eigentlich doch sehr verrufene Lokal betreten würde, sie, die noch so jung und gewiß noch unberührt war, dazu verlobt mit dem Sohne eines bekannten Geschäftsmannes. Es gelang Nanny jedoch, das Erstaunen der beiden Freunde sofort zu entkräften. Indem sie auf ihren Tisch zuging, sagte sie: »Ich wußte doch, daß ich euch hier treffe«, und sie fügte noch etwas hinzu, was sie jedoch nur Albert Warncken leise ins Ohr sagte. Albert wiederholte es gleich laut, denn er fand es nicht anständig, vor Robert Geheimnisse zu haben. »Sie meint, sie hätte solche Sehnsucht nach uns gehabt«, sagte er, aber Robert wußte gleich, daß sie nicht »nach uns«, sondern »nach dir« gesagt hatte, und er war froh darüber, denn er konnte sich jetzt ohnehin keine Abenteuer mehr leisten; schließlich ging er mit Fräulein Tredup.

Wieder wurden an diesem Abend viele Biere und viele Schnäpse getrunken. Robert, der dem Paar gegenübersaß, konnte beobachten, daß Nanny heute entfesselter war als sonst. Sie lachte und zeigte ausgiebig ihre spitzen Zähne, sie kniff Albert, und sie legte ihren Oberkörper über seinen Schoß in dem Augenblick, als er seine linke Hand auf ihre Schulter legte. Durch diese Bewegung glitt Alberts Hand hinunter bis auf ihre Hüfte, und durch ein leichtes Hochziehen des Rockes deutete Nanny ihm an, daß er, wenn er Lust habe, ihre Hüfte anzufassen, dies auch unter dem Kleid tun könnte. Robert sah von seinem Platz gegenüber die Stelle, wo ihr Strumpf aufhörte und ein nackter, weißer, sehr dünner Schenkel begann. Sein Freund, nun mutiger geworden, küßte sie auf das Haar und legte dabei in sein Gesicht einen Ausdruck von Abwesenheit, um sich nicht dessen schämen zu müssen, was mittlerweile seine linke Hand tat. Diese war inzwischen am oberen Ende des dünnen Schenkels angekommen, wo die weißen Spitzen eines Höschens ihn abschlossen, wobei man noch einige Zentimeter des nackten Gesäßansatzes sah. Als Nanny Roberts Blicke bemerkte, zog sie schnell den Rock herunter und sagte zu ihm: »Ihr seid ja alle gleich!« Dann forderte sie ein weiteres Bier. Das alles, dachte Robert, habe ich nun auch bald selbst und für mich ganz allein. Dann verließ er vorzeitig das Lokal, weil er glaubte, daß sein Freund nun gern mit Nanny allein sein wollte.

Dieses Erlebnis hatte bei Robert die Vorfreude auf die Verabredung mit Fräulein Tredup noch erhöht. Er zitterte, allerdings weniger aus Freude als aus Angst, daß irgend etwas an diesem Sonntag nicht gelingen könnte. Immer wieder malte er sich ihr Bild aus: so klein wie Nanny, nur etwas kräftiger und das Haar von unbedeutendem Blond. Die Kinnpartie war im Verhältnis zum übrigen Gesicht etwas zu lang, doch das Dümmliche, das sich hierdurch ergab, wurde durch eine starke und freche Oberlippe ausgeglichen. Fräulein Tredup trug kleine silberne Ohrringe und um den Hals eine kleine silberne Kette. Robert wunderte sich über diesen Schmuck, denn Fräulein Tredup war

Ringführerin im BDM, und solcher Tändelschmuck paßte nicht zu ihr; er war zu niedlich für ein Mädchen in einer so hohen Dienststellung beim BDM.

Am Sonntag war Robert eine halbe Stunde vor der verabredeten Zeit da. Weil er glaubte, daß auch Fräulein Tredup in freudiger Erwartung so überpünktlich sein müsse, stürzte er schon von halb vier Uhr an auf jede ankommende Bahn der Linie 4 zu, voller Aufregung, mit flatternden Bewegungen. Als sie Punkt vier Uhr, zur verabredeten Zeit, nicht da war, wußte er, daß sie nicht mehr kommen würde. Trotzdem wartete er noch zwei Stunden, denn es wollte ihm durchaus nicht in den Kopf, daß ein Mensch einen anderen Menschen so verletzen konnte. Mit dem Schluß, daß sie vielleicht erkrankt sei oder plötzlich Führerdienst gehabt hätte, tröstete er sich nach zwei Stunden und ging allein ins Kino, wo er zum Hauptfilm noch zurecht kam. Es tat Robert nicht gut, nach diesem Erlebnis »Bel ami« zu sehen, die Geschichte eines Mannes, der so viel Glück bei den Frauen hatte, aber er machte einen Genuß daraus, sich jetzt noch diesen Schmerz zuzufügen. Fräulein Tredup hatte ihn verwundet, »Bel ami« sollte diese Wunde noch weiter aufreißen, so weit, bis er selbst nur noch ein einziger großer Schmerz war. So zugerichtet, hoffte er, bald ganz erkaltet zu sein.

Im April gastierte Rosita Serrano in der Glocke. Robert hatte sich schon vorgenommen, dieses Gastspiel zu besuchen, wurde aber an einem Tanzteenachmittag von Herrn Czerny noch einmal besonders ermahnt, dieses Ereignis keineswegs zu versäumen. Herr Czerny sagte: »Zwar muß man Rosita Serrano nicht unbedingt hören, aber Kurt Hohenberger, der sie begleitet, ist sehr wichtig.« Nach diesem Tanztee nahm Herr Czerny Robert beiseite und packte im großen Saal vor dem Grammophon neue Platten aus. Bevor er die erste auflegte, schloß er die Tür, damit niemand sie beim Genuß dieser Musik störte. Sie spielten eine halbe Stunde lang, neue Platten von Teddy Stauffer, den Lecuona Cuban Boys und Gesangsplatten von Greta Keller, zu denen, wie Herr Czerny ausdrücklich bemerkte, niemand in dieser Tanzschule tanzen durfte. »Dafür sind mir diese Platten zu schade«, sagte Herr Czerny. Schließlich waren sie auf schwierigen und verbotenen Wegen aus dem Ausland beschafft, und Robert erfuhr, daß es jetzt in dieser Zeit nicht gerade von Vorteil war, sich für Qualität in dieser Art von Musik zu begeistern.

Robert hatte Schwierigkeiten, Herrn Czerny sofort zu begreifen. Wohl wußte er, daß die Musik einschmeichelnder Schlager nicht gerade wertvoll war, aber er hatte bis heute nicht geahnt, mit welchem Ernst man echte von gefälliger Tanzmusik trennen mußte. Er beschloß, in Zukunft hierauf zu achten. Er prägte sich eine Reihe von Namen und die von Herrn Czerny gebrauchte Ausdrucksweise gut ein. Von der Übernahme dieses Wortschatzes erhoffte er sich eine Erhöhung seines Ansehens, und noch am selben Abend sagte er zum Klavierspieler von Bols Stuben, als dieser in einer Spielpause neben ihm an der Bar saß: »Mit Freude habe ich vorhin gehört, daß Sie ›In the dark‹ gespielt haben. Heute nachmittag noch habe ich das von Greta Keller gesungen gehört. Wissen Sie, es ist schade, daß man jetzt so schwer an die Platten herankommt.«

Es bedurfte aber gar nicht einmal Roberts neuer Einstellung

zur Tanzmusik, um sein Ansehen in den Kreisen der Tanzschule zu erhöhen. Allein die Tatsache, daß Herr Czerny sich ihm am letzten Sonntag gewidmet und neu angekommene Platten ihm zuerst vorgespielt hatte, bewirkte, daß er den Damen seines Kurses jetzt begehrenswerter erschien. In diesem FF-Kursus, den Robert jetzt nach dem ersten Fortschrittskursus besuchte, war der Teilnehmerkreis erlesener. Die Damen dieses Kurses freuten sich, einen Partner zu finden, der mit ihnen Turnier tanzte, denn sie gehörten nicht zu denen, die nur in den Huckelrieder Festsälen mit Soldaten tanzen wollten. Deshalb antwortete Fräulein Ursula Gutknecht auch auf Roberts Hinweis, sie solle doch das nächste Turnier mitmachen: »Wenn ich einen Partner hätte, gern!« Damit machte sie es Robert leicht, sich selbst als Partner anzubieten.

Von nun an trainierten Robert und Fräulein Gutknecht jeden Sonntagvormittag, und es schien, als seien Frau Käthe Lahusen und ihre Tochter Rita mit den Leistungen des Paares recht zufrieden. Fräulein Gutknecht ging auf Roberts Führung gut ein, und er hielt es für sicher, daß er mit ihr einen Preis bekommen werde.

Leider waren Roberts Bemühungen, mit Fräulein Ursula Gutknecht auch außerhalb des Kurses und der Trainingsstunden zusammenzukommen, erfolglos. Sie kam noch nicht einmal zu den Tanztees am Sonntag. »Das erlaubt mein Freund nicht«, erzählte sie, und sie erklärte, daß sie lediglich, weil ihr Freund Nichttänzer sei, den FF-Kursus und das Turniertraining besuchen dürfe. »Ich weiß noch gar nicht, wie das auf dem Abschlußball werden wird«, schloß sie.

Seinem Freunde Albert Warncken erzählte er nicht, daß sein Erfolg bei den Frauen noch immer kaum nennenswert war. Er sagte: »Ich tanze jetzt mit der kleinen Gutknecht. Nettes Mädchen übrigens! Sie ist zwar verlobt, aber ich glaube, sie hat von ihrem Verlobten nicht viel. Darum bin ich so häufig wie möglich mit ihr zusammen. Sie hat das übrigens ganz gern.« Seines Freundes Angebot, sie einmal ins Café Mohr mitzubringen, lehnte Robert entrüstet ab. »Den Besuch dieses Puffs kann ich einer solchen Dame nicht zumuten«, sagte er.

Robert bedeuteten die Abende mit Albert und Nanny nicht

mehr sehr viel. Er hatte seine Abende in Bols Stuben, seinen Tanzsport und die immerhin angenehme Bekanntschaft mit Ursula, seiner Partnerin. Leider bekamen sie auf dem Abtanzball keinen Turnierpreis, ja, sie kamen noch nicht einmal in die Ausscheidung, und sie mußten sich unter den acht in ihrer Klasse gestarteten Paaren mit dem siebenten Platz begnügen. Bei Robert hatte die Aufregung vor dem Turnier vieles wieder zunichte gemacht, was er sich im letzten Halbjahr hatte aneignen können. Seine gute Haltung war dahin, auch das Einfühlungsvermögen in die Musik. Verkrampft hatte er Figuren tanzen wollen, die in dieser Klasse nicht getanzt werden durften und auf die seine Partnerin daher auch nicht eingestellt war. Sie verhaspelten sich, kamen aus dem Takt, und es gelang Robert nicht, bei den Schiedsrichtern auch nur annähernd einen guten Eindruck zu machen.

Über dieses Ergebnis war Robert sehr betreten. Daß er im Turnier keinen Preis bekam, hätte er noch ertragen, aber ihn erfüllte die Angst, daß der frühere Mohwinkel immer noch in ihm lebte, der unansehnliche Junge aus dem mittleren Glied, mit langen Strümpfen und unförmigen Kniehosen, der Junge, der gerade gut genug war, das Papier an der Latrine aufzusammeln, der Junge, mit dem sein Vetter Paul »erschießen« spielen durfte.

Dieser Abend hatte ohnehin schon schlecht für Robert begonnen. Nur mit Mühe war es Ursula gelungen, von ihrem Freund die Erlaubnis zum Besuch des Balles zu bekommen. Der eifersüchtige Freund war mitgekommen und hatte seine Freundin gebeten, mit ihm im Nebenraum des Saales Platz zu nehmen, weil das Betrachten der Tänzer im Saale ihn zu sehr gelangweilt hätte. Dorther mußte Robert, der nun allein am großen Tisch seines Kurses saß, seine Partnerin zum Turniertanz abholen, und dorthin hatte er sie nach dem Tanz wieder zurückzubringen. Als Robert seine Partnerin ihrem Freunde wieder zuführte, sagte der junge Mann, der dem Tanz des Paares ausnahmsweise zugeschaut hatte: »Na ja, das war denn wohl nichts.« Er sagte es mit Genugtuung, so als habe er schon immer gewußt, daß Tanzen nur Verdruß bringe, und als möge dies seiner Freundin nun als Zeichen dienen, vom Tanzen, insbesondere vom Turniertanzen, möglichst endlich abzulassen. Robert schämte sich vor Ursula, ihr durch seine Ungeschicklichkeit für die Zukunft eine Freude geraubt zu haben.

Noch immer niedergeschlagen, kehrte Robert, nachdem er sich eine Zeitlang an der Bar aufgehalten hatte, an den Tisch seines Kurses zurück. Dort hatte man inzwischen die feste Tanzpartnerschaft aufgegeben, die Paare hatten sich bunt vermischt, und Robert forderte Fräulein Ilse Meyerdierks auf, mit der er früher schon einmal auf einem Tanztee getanzt hatte. Die Kapelle spielte den Foxtrott »Sie will nicht Blumen, will nicht Schokolade«, und Robert erzählte seiner Partnerin, daß dieser nun als deutsch erklärte Schlager eine große Ähnlichkeit mit dem englischen Foxtrott »O Joseph, Joseph« habe. Das fand Fräulein Meyerdierks interessant, und Robert fuhr fort, mit dem Wortschatz Herrn Czernys einige Bemerkungen über echte Tanzmusik und über nur gefällige Unterhaltungsmusik zu machen. Er nannte mehrere Beispiele und vergaß nicht, den einen oder anderen Künstlernamen einzuflechten, womit er auf seine Dame Eindruck machte. Nachdem Robert drei Foxtrotts mit Fräulein Ilse Meyerdierks getanzt hatte, brachte er sie an den Tisch zurück, wo ihr ursprünglicher Partner sie schon erwartete. Später tanzte Robert mit ihr noch einen langsamen Walzer, und er stellte fest, daß er sich sehr gern mit ihr unterhielt, obgleich sie zu der Unterhaltung außer einigen zustimmenden Bemerkungen nicht viel beitrug.

Seinem Freunde Albert Warncken erzählte Robert von diesem Abend nicht alle Einzelheiten. Er sagte nur: »Einen Preis haben wir nicht bekommen. Nachher habe ich viel mit der kleinen Meyerdierks getanzt. Nach dem Ball war ich noch in Bols Stuben.« Nach der Zigarettenpause gingen die beiden Lehrlinge wieder in ihre Abteilung, wo heute der Dampfer »Arcturus« mit siebentausend Tonnen Stückgut nach Kolumbien, Ecuador, Peru und Chile abgefertigt wurde.

In der Firma Christiansen hatte sich in den letzten zwei Monaten einiges verändert. In der Finnlandfahrt hatte man Herrn Langhans zu den Panzergrenadieren und in der Abteilung Westküste Süd Herrn Müller zur Artillerie und Herrn Christiansen junior zu den Funkern eingezogen. Die drei Angestellten feierten ihren Abschied in den Bürgerstuben, und sie baten zu diesem Abend nur einige jüngere Kollegen, mit denen sie in den letzten Jahren zusammengearbeitet hatten. Die Abteilungsleiter waren nicht dabei, und Robert merkte der Auswahl der Geladenen an, daß alle diejenigen Kollegen fehlten, in deren Gegenwart man nicht auf die nahe bevorstehende Militärzeit schimpfen durfte. Darum fehlte auch Herr Scharnweber, der gern bei dieser Abschiedsfeier eine Rolle gespielt hätte. Er hatte sich am Morgen eigens mehr Geld eingesteckt, denn er fühlte die Verpflichtung, für die jungen Rekruten ein paar Runden auszugeben. Nun war er nicht eingeladen, und er nahm es sehr übel. Am nächsten Morgen fragte er laut, so daß es die ganze Abteilung hören konnte, den Lord, der dabeigewesen war: »Na, wohl eine trübe Stimmung gewesen, gestern abend, was?« Und er berichtete, wie es 1916 doch schön gewesen sei, als man ihn eingezogen hatte. »Das war eine Stimmung«, sagte er, »die ganze Nacht haben wir gegrölt, und dann standen wir alle stinkbesoffen auf dem Kasernenhof. Aber die jungen Leute von heute vertragen das ja nicht mehr.«

Die drei jungen Leute hatten aber an jenem Abend doch eine ganze Menge vertragen. Von den Bürgerstuben waren sie noch ins Café Mohr gegangen, wo Robert an der Theke stand, um nach der Abfertigung von Dampfer »Liegnitz« nach Panama und Costa Rica noch ein Bier zu trinken. »Da ist ja unser Tangojüngling«, riefen sie heiter, und sie nahmen Robert, der als Lehrling eigentlich nicht zu ihrem Kreis gehörte, mit an ihren Tisch.

Herr Christiansen junior war an diesem Abend merkwürdig still. Obgleich er sich mit den hier anwesenden jungen Leuten gut verstand, glaubte er, zurückhaltender sein zu müssen, zumal zu allem Überfluß auch noch der junge Mohwinkel, der immerhin nur ein Lehrling war, mit am Tisch saß. Die da kommen in zwei Jahren wieder, dachte er, und sie nehmen ihre alten Plätze wieder ein, und der junge Mohwinkel hat ausgelernt und ist genau dasselbe wie sie. Aber was werde ich in zwei Jahren sein? Der junge Christiansen hoffte, nach seiner Entlassung aus dem Militärdienst von seinem Vater als Teilhaber in die Firma aufgenommen zu werden, und er hatte eine genaue Vorstellung davon, wie er dann zu den anderen, mit denen er heute noch befreundet war, stehen müßte. Einmal muß die Trennung doch anfangen, sagte er sich, einmal muß man eine Distanz zu seinen Angestellten errichten. Ich kann doch nicht ewig mit diesen Menschen behaftet bleiben, und mit einem jähen Entschluß stand er auf, um nach knappen Abschiedsworten das Lokal zu verlassen. Die Kollegen ließen sich aber nicht stören, der plötzliche Entschluß des jungen Christiansen fiel ihnen gar nicht auf, und sie tranken weiter bis zum frühen Morgen.

Einige Tage danach, am Dienstag nach Ostern, standen am Morgen zwei neue Lehrlinge am Tresen. Robert mußte lachen, als er sie sah: So hatte er selbst vor einem Jahr hier gestanden, im neuen Anzug, einen zu großen Hut in der Hand. Er betrachtete die Hilflosigkeit der neuen Lehrlinge mit Rührung. Er fragte sie nach ihrem Namen und bot ihnen hinter dem Tresen Stühle an. »Wartet noch ein paar Minuten«, sagte er, »wenn die Abteilungsleiter kommen, stelle ich euch vor.«

Der ältere von den beiden Neuen hieß Jürgen Gerstenmeyer, ein Junge, der nach der Unterprima vom Gymnasium abgegangen war, weil er den Übergang in die Oberprima nicht geschafft hatte. Sein Vater, ein Rechtsanwalt, hatte schon jahrelang Ärger mit seinem Sohn gehabt, und nun diktierte er ihm diese kaufmännische Lehre als Strafe. »Aus dir wird ja nie etwas, da kannst du gleich Kommis werden«, hatte er gesagt, ganz ähnlich, wie die Vorhaltungen von Roberts Mutter stets gelautet hatten: »Laß unseren Sohn doch gleich Schuster werden!« Immerhin, der junge Gerstenmeyer wurde angenommen und für die Finnlandfahrt bestimmt, wo Kurt Freese nach bestandener Handlungsgehilfen-Prüfung als Angestellter die Arbeit von Herrn Langhans übernehmen sollte.

Auch der Lord und der Prinz hatten ausgelernt, und sie blieben als Angestellte mit einem Monatsgehalt von neunzig Mark in der Firma Christiansen. Sie bekamen die beiden freien Plätze in der Abteilung Westküste Süd, und von diesem Tage an waren sie nicht mehr der Lord und der Prinz, sondern Herr Wüllenkamp und Herr Hillmann. Der Spaß, den die Lehrlinge sich mit der Verleihung von Adelstiteln gemacht hatten, schlief nun ein. Die neuen Lehrlinge bekamen schon keine Titel mehr.

Der zweite neue Lehrling kam in die Abteilung Westküste Süd und wurde Robert, der nun ins zweite Lehrjahr ging, unterstellt. Der Neue hieß Wilhelm Dirck, und er hatte ähnlich wie Robert in seiner Bewerbung geschrieben, daß er nach sechs Jahren Realschule den Wunsch habe, den Beruf eines Schiffsmaklers erlernen zu dürfen. Wilhelm Dirck war einen halben Kopf kleiner als Robert, hatte übertrieben kurz geschnittene Haare und weit abstehende Ohren, die jedesmal, wenn man ihn ansprach, rot anliefen. Robert fand, daß sein neuer Lehrling gut in den kaufmännischen Beruf und in die Firma paßte. Die Unbeholfenheit und die Unsicherheit, mit der Wilhelm Dirck auftrat, gefielen Robert. Dieser Junge hier würde es vielleicht einmal schaffen, denn nach Roberts Meinung bewirkten Ängstlichkeit und Schüchternheit eine gewissenhafte Arbeitsweise.

Mit dem Gefühl, einer der letzten Vertreter seriöser Kaufmannschaft zu sein, trat Robert an das Pult von Wilhelm Dirck, um ihn auf die Sonnabendexpedition von M/S »August Naumann« vorzubereiten. »Alle Länder der südamerikanischen Westküste werden bedient«, sagte er, »darum ist es wichtig, sich die Häfen genau einzuprägen. Da die Schiffe durch den Panamakanal fahren, ist der erste Hafen Buenaventura in Kolumbien und der letzte Valparaiso in Chile, falls nicht größere Partien eine Weiterfahrt nach Corral, dem Hafen von Valdivia, lohnen. Darum muß man beim Stauen darauf achten, daß die Waren für Kolumbien obenauf und die chilenischen Güter unten im Schiffsrumpf verladen werden.«

Am Expeditionstag fuhr Robert mit Wilhelm Dirck zusammen zu den südamerikanischen Konsulaten, wo auf den Manifesten die Einfuhr der verzeichneten Güter gegen sofortige Zahlung einer hohen Stempelgebühr genehmigt wurde. Er trieb auf diesen Wegen zur Eile, er sagte: »Wenn wir zurückkommen, ist noch eine Menge zu tun«, und er dachte mit Scham an die viele mit Fräulein Tredup verbummelte Zeit auf seinen früheren Konsulatswegen. Er versäumte auch nicht, Wilhelm Dirck auf die Nebenverdienstmöglichkeiten hinzuweisen, die sich ergaben, wenn man statt der Straßenbahn, deren Fahrkosten von der Firma vergütet wurden, das Fahrrad benutzte. »Wenn du das Geld auch jetzt noch nicht brauchst«, meinte er, so wirst du doch in einigen Monaten auf jeden Groschen angewiesen sein.«

Nach der Expedition achtete Robert streng darauf, daß Wilhelm gleich nach Hause ging. Immerhin war er erst sechzehn Jahre alt. »Mach man schnell, daß du noch die Bahn kriegst«, sagte Robert, »es ist für dich spät genug geworden.« Er wartete, dann zog er sich an, um mit Albert Warncken ins Café Mohr zu gehen.

Roberts Verhältnis zu seinen Eltern hatte sich im Laufe des letzten Jahres verändert. Seine Mutter, die für ihn während der Schuljahre kaum etwas anderes als Ermahnungen und Vorhaltungen übrig hatte, machte ihn jetzt mehr und mehr zum Vertrauten, ja, sie warb zuweilen um seine Freundschaft. Opferte er einmal einen freien Nachmittag, um mit ihr ins Astoria zu gehen, war sie für diese Begleitung dankbar. Sie belastete ihren Sohn auch nicht mehr in dem Maße wie früher mit ihren Ängsten, über die Nazis unbedacht etwas Abfälliges gesagt zu haben. Sie hatte Verständnis dafür, daß er an seinem freien Nachmittag mit ihren Sorgen nicht behelligt werden mochte, da er ja die ganze Woche schwer arbeiten mußte. Sie ließ ihren Sohn reden, und sie hörte ihm gern zu, wenn er von der Tanzschule erzählte, besonders aber liebte sie seine Berichte von den Bällen im Parkhaus, und sie dachte dabei an ihren eigenen ersten Ball, als sie fünfzehn Jahre alt war und ihre Mutter, die sie begleitete, schon um zehn Uhr, gerade als es anfing, schön zu werden, mit ihr nach Hause ging. Sie dachte an ihren zweiten Ball, den sie mit siebzehn Jahren allein besuchen durfte, und daran, daß ihr Vater sie ohrfeigte, als sie erst um zwölf Uhr nach Hause kam. Sie dachte an die vielen anderen Bälle, die sie noch hatte besuchen wollen, die aber nicht mehr stattfanden, weil der Krieg ausbrach. Sie erinnerte sich des Nachmittags im Alsterpavillon, wo sie den jungen Herrn Mohwinkel traf, in der Uniform des Oberjägers. Sie verabredeten sich für den nächsten Sonnabend, und sie wollten nach Blankenese hinausfahren, wo man über die Elbe und das Alte Land sieht, aber am Sonnabend war gerade nur noch Zeit, daß sie sich zum Abschied auf dem Bahnhof trafen. Danach folgten die vielen Briefe und danach die vielen Besuche im Lazarett, und als Herr Mohwinkel aus dem Lazarett entlassen wurde, war es für ihn mit dem Tanzen vorbei. Auch für sie war nun alles vorbei. Sie heiratete Herrn Mohwinkel und zog mit ihm nach Bremen, wo sie ganz fremd war. Zwei Bälle in ihrem Leben, und nun seit so vielen Jahren nur die Cafébesuche, damit waren die Vergnügungen erschöpft, die ihr das Leben zu bieten hatte. Daran dachte Frau Mohwinkel, wenn sie ihrem Sohn zuhörte, der von seinen Tanzvergnügungen sprach.

Auch Roberts Vater stellte sich seit einem Jahr nahezu auf gleiche Stufe mit seinem Sohn. Zwar tadelte er Roberts Genußsucht oft, und er ermahnte ihn, endlich ein solider junger Mann zu werden, aber beruflich behandelte er ihn als Kollegen. Besonders seit Robert in seiner Firma die Abteilung gewechselt hatte, ergaben sich für Vater und Sohn viele gemeinsame Fragen über Exportprobleme nach Südamerika. Herr Mohwinkel hoffte, durch diesen ständigen beruflichen Gesprächsstoff das Blickfeld seines Sohnes zu erweitern und ihn, da er bei der Firma Christiansen nur Spezialkenntnisse erwarb, auf andere und größere wirtschaftliche Probleme zu lenken. Darum war er sehr glücklich, von einem Prokuristen der Dampfschiffahrtsgesellschaft »Merkur«, dem er einen persönlichen Gefallen getan hatte, für Robert einen Freiplatz auf Dampfer »Ariadne«, der nach Schottland fuhr, geschenkt zu bekommen. Herr Mohwinkel hatte für diesen Prokuristen eine Kiste ohne Kostenberechnung nach Caracas befördern lassen, wo seine Tochter verheiratet war. Dafür zeigte der Prokurist sich nun erkenntlich, und er sagte: »Ihren Sohn habe ich ein paarmal gesehen, als er noch in der Finnlandfahrt arbeitete. Er machte einen netten Eindruck. Er kann im August gut einmal mit der ›Ariadne‹ nach Schottland fahren.«

Am Donnerstag nach seinem Urlaubsbeginn begab Robert sich mit einem mittelgroßen Koffer in der Hand und einem Fotoapparat, den er am Riemen um den Hals trug, an Bord des Dampfers »Ariadne«, der im Freihafen an Schuppen 2 nach Glasgow lud. Er hatte einen Ausweis des Seemannsamtes bei sich, der ihn als Messejungen des Dampfers »Ariadne« auswies. Diese formale Anmusterung war notwendig, weil niemand auf dem Schiff als Passagier geführt werden durfte. Die Reederei wollte im Firth of Glyde den für alle Passagierschiffe vorgeschriebenen Außenlotsen sparen. Der Messesteward führte Robert in den Salon, wo ein Zollbeamter, ein Angestellter der Reederei und der Kapitän an einem langen, mit grünem Tuch bedeckten Tisch saßen. Sie hatten Papiere vor sich, Gläser und eine fast leere Kognakflasche. Dicker Zigarettenqualm lag im Salon, und die drei Männer unterhielten sich laut, um das Rasseln der Ladewinden, das trotz geschlossener Bullaugen hereindrang, zu übertönen. Sie waren angetrunken, trotzdem aber schenkte der Zollbeamte sich immer wieder aus der Kognakflasche ein. Er hatte ein dickes, rotes Gesicht, die obersten drei Knöpfe seiner Uniformjacke standen offen, so daß sein weißes, durchgeschwitztes Turnhemd sichtbar wurde. »Da ist ja der junge Mohwinkel«, sagte der Kapitän, und er wies den Steward an, Robert die einzige Kabine zu zeigen, die auf dem Dampfer »Ariadne« für Gäste zur Verfügung stand. Sie ging vom Salon ab, und über ihrer Tür stand »Super cargo«, zum Zeichen, daß sie nicht etwa als Passagierskajüte, sondern für eine die Ladung beaufsichtigende Person gedacht war. Die Kabine hatte zwei übereinanderliegende eiserne Betten mit dünnen, harten Matratzen. Über dem oberen Bett konnte man durch ein Bullauge ins Freie sehen. Robert packte seinen Koffer aus, während draußen im Salon die drei Männer weiterlärmten. Immer wieder wurden sie von dem Rasseln der Winden übertönt, wenn das Schiffsgeschirr eine neue Kiste durch die vordere Ladeluke versenkte.

Als der Steward zum Abendbrot gongte, verließ Robert seine Kabine. Die drei Männer hatten sich zum Abschied erhoben, vor ihnen stand eine zweite geleerte Kognakflasche. Der Zollbeamte stand schwer auf seinen Beinen, bemühte sich aber um einen dienstlich korrekten Abgang. Während der Kapitän seine beiden Gäste zur Gangway brachte, erschienen im Salon die beiden Offiziere und die beiden Maschinisten. Die Offiziere trugen blaue Jacken und Kolbenringe um die Ärmel, so daß Robert erkennen konnte, wer der Erste und wer der Zweite Offizier war. Die beiden Maschinisten hatten keine Rangabzeichen, sie trugen weiße Jacken mit einem Stehbund. Robert, der nur in der Personalliste als Messejunge geführt wurde, hatte einen Gästeplatz an dem Tisch der Offiziere. Er stellte sich allen vor, aber die Herren nahmen wenig Notiz von ihm. Erst als der Kapitän zurückkam und mit dröhnender Stimme allen verkündete, daß dies der junge Herr Mohwinkel sei, der bei der Firma Christiansen lerne und nun einmal etwas von der schönen christlichen Seefahrt sehen wolle, sprach der Zweite Offizier, der neben Robert saß, ihn an. »Ach, bei Christiansen sollte ich auch einmal lernen«, sagte er, »mein Vater wollte es, aber ich taugte nicht fürs Büro.« Auf die Entgegnung Roberts, daß es ja auch viel schöner sei, zur See zu fahren, antwortete er: »Das glaubt man immer zuerst, aber nachher ist es immer wieder dasselbe, erzählen Sie mal lieber, was Sie so machen«, und Robert berichtete dem Zweiten Offizier von seiner vielseitigen und schon recht verantwortungsvollen Arbeit als Schiffsmaklerlehrling. »Heute möchte ich wohl mit Ihnen tauschen«, sagte der Zweite Offizier, und der Kapitän, der es hörte, meinte: »Was, Kleinschmitt, Sie haben auch schon die Schnauze voll? Was soll ich da erst sagen? Wenn mein Sohn mir mal kommt und will zur See, den schlage ich grün und blau.«

Nach dem Abendbrot kam Herr Mohwinkel noch einmal an Bord, um sich von seinem Sohn zu verabschieden. Er konnte aber nicht lange bleiben, denn um neun Uhr legte der Dampfer ab. Herr Mohwinkel stand am Kai und winkte seinem Sohn noch lange zu. Er hatte ein wenig Angst, daß Robert etwas zustoßen könnte, dagegen hatte er in diesen Augusttagen keine Angst, daß ein Krieg ausbrechen könnte. Diese Befürchtungen, die er in früheren Jahren, ja bis vor kurzem noch, ständig gehegt hatte, belasteten ihn nicht mehr, da er erkannte, daß immer alles gutgegangen war. »England und Frankreich greifen ja doch nicht ein«, sagte er, als die Gefahr eines deutschen Einmarsches in Polen in der ausländischen Presse erörtert wurde. Da hätten sie uns längst den Krieg erklärt, damals, bei der Besetzung der Tschechei, am günstigsten aber schon beim Einmarsch der Truppen ins Rheinland. Jetzt ist es für die zu spät, jetzt sind wir zu stark geworden.« Darum hatte Herr Mohwinkel keine Sorge, seinen Sohn am 17. August 1939 auf eine vierzehntägige Auslandsreise zu schicken. Die »Ariadne« war ein kleiner Dampfer älterer Bauart. Mehr als sechshundert Tonnen konnte sie nicht laden, und deshalb setzte die Reederei sie in der Schottlandfahrt ein, wo ausgehend und einkommend nie viel vorlag. Jetzt waren dreihundertvierzig Tonnen Stückgut für Glasgow geladen, aber für die Rückfahrt waren große Partien Heringe, die auf den Hebriden abnahmebereit lagen, vorgebucht.

Als Robert am nächsten Morgen aufwachte, schwamm die »Ariadne« schon auf offener See. Durch das Bullauge konnte er einen mittleren Wellengang beobachten, aber der alte kleine Dampfer schaukelte, als befände er sich auf schwerer See. Robert war übel zumute, und er übergab sich in einen Blechnapf, den der Steward ihm in der Frühe schon ans Bett gehängt hatte. Die Übelkeit wurde immer stärker, auch dann noch, als er nichts mehr im Magen hatte und nur noch Galle spuckte. Warum mußte ich bloß diese Scheißreise mitmachen, sagte er sich, und als gegen Mittag noch kein Ende seiner Krankheit zu spüren war, bekam er es mit der Angst. So ähnlich muß es sein, wenn man stirbt, dachte er sich, und er begann, auch wenn er noch nicht fest daran glaubte, sich auf seinen Tod einzustellen. Es kam aber nur eine große Erschöpfung über ihn. Als gegen Nachmittag der Kapitän die Kabine betrat und Robert weiß und mit Tränen in den Augen in den Kissen sah, sagte er: »Nun mal raus mit Ihnen. In dieser Luft hier unten wäre mir ja selbst schlecht. Also dann, um fünf Uhr gibt's Tee.«

Einem solchen Befehlston zu gehorchen war Robert gewohnt. Er stand auf, zog sich an und begab sich mit weichen Knien auf die Brücke, um sich beim Kapitän zu melden. Auf der Brücke traf er aber nur den Zweiten Offizier. »Na, auch schon auf«, begrüßte er Robert. Aber er setzte gleich hinzu: »Machen Sie sich nichts draus, mancher von uns wird nach jedem Landurlaub auf der ersten Reise wieder seekrank. Aber in der frischen Luft vergeht das schon.«

Die Überfahrt bis Glasgow dauerte fast vier Tage. Roberts Übelkeit verging, und es machte ihm nun Freude, sich von den Offizieren und Maschinisten einige nautische Kenntnisse anzueignen. Die Seeleute waren gar nicht so rauh, wie Robert zuerst geglaubt hatte. Sie waren herzliche Menschen, und sie bekamen weiche Züge, wenn sie von ihren Frauen sprachen oder von ihren Kindern, die sie so wenig zu sehen bekamen.

Die Offiziere zeigten Robert den Gebrauch der nautischen Geräte. Sie ließen ihn im Kartenhaus mit Hilfe zweier Dreiecke den Kurs errechnen, die Funkpeilanlage bedienen und lehrten ihn, mit dem Sextanten umzugehen. Manchmal schickte der Erste Offizier den Rudergast weg, stellte Robert an das Ruder und sagte: »Nichts ist einfacher als das, Sie gucken nur auf den Kompaß und halten auf 311 Grad.« So einfach war diese Arbeit jedoch nicht, das Schiff wich immer vom Kurs ab, und Robert hatte Mühe, den Kompaß auf 311 Grad zu halten. Immer mußte er ein wenig mit dem Ruder beidrehen, einmal nach Steuerbord, einmal nach Backbord. Auf die hierdurch entstandene Zickzack-Kiellinie aufmerksam geworden, kam der Kapitän auf die Brücke. »Mensch, Mohwinkel«, rief er, »mir wird ja schon ganz seekrank. Das schuckelt ja wie die Straßenbahn«, aber er verbot Robert nicht, ans Ruder zu gehen; er freute sich, daß der junge Mann so viel Interesse für alles das zeigte, was ihm selbst schon seit Jahrzehnten langweilig geworden war.

In diesen Tagen wurde Robert wieder zum Kind, zumal die Älteren an Bord ihn auch wie einen Sohn behandelten. Am dritten Tage duzte ihn der Kapitän, und als Robert eines Mittags aus dem Maschinenraum kam, wo er helfen durfte, die Maschine zu ölen und Kohlen nachzuwerfen, sagte der Kapitän zu ihm: »Na, warst du ein bißchen spielen an der Maschine?« Da wußte Robert, daß dieses Schiff hier eigentlich für ihn ein Spielzeug war, das sich so mancher Junge zwischen zwölf und vierzehn Jahren gern gewünscht hätte, aber mit dem er selbst in diesem Alter nichts anzufangen gewußt hätte. Jetzt, mit siebzehn Jahren erst, war er reif für diesen Jugendtraum. Nachdenklich stand Robert an diesem Nachmittag am Ruder, hielt den Südsüdwestkurs, der sich nach Umschiffung von Cape Wrath ergeben hatte, und überlegte, ob er sich wünschen sollte, noch einmal jung zu sein. Jetzt mit diesen Erfahrungen als Siebzehnjähriger noch einmal jung sein, vielleicht vierzehn Jahre alt, und sich durchsetzen können, dachte er, ja, das wäre schon schön, und er sah sich als guten Schüler, bei den Lehrern beliebt und als Mittelpunkt eines Freundeskreises. Beim Jungvolk war er Führer, zackig und mit ganz kurzen Hosen. Doch er wußte im selben Augenblick, daß er etwas Derartiges niemals hätte sein können. Das waren andere Typen, denen so etwas gelang, er gehörte nicht zu ihnen. Ihm blieb nichts übrig, als mit seinen Erfahrungen als Schiffsmakler, mit seinem Auftreten in den Tanzschulkreisen, mit Barbesuchen, Trinken und Rauchen sich ein Ansehen zu geben. Er mußte sich an die Genugtuung halten, daß er jetzt ein älterer Lehrling war, der einen Untergebenen hatte. Weitere selbstgesteckte Ziele seiner erträumten Laufbahn waren die Mitgliedschaft im »Blau-Orange«, Turniergewinne, mehr Geld zu haben, täglicher Sektgenuß und die Leitung vieler Untergebener in einem Büro. Sein Ziel war es, Prokurist zu werden und die vornehme Isolierung in einem Lattenverschlag als Auszeichnung zu erhalten.

An diesem Abend rauchte Robert im Salon viele englische Zigaretten und betrank sich mit französischem Kognak, der an Bord zu Zollauslandspreisen billig abgegeben wurde. Darum wachte er am nächsten Morgen erst spät auf, als die »Ariadne« schon im Queensdock lag und festgemacht hatte. Das Rasseln der Ladewinden weckte ihn. Beim Frühstück im Salon war er allein. Er trat auf das Vorderschiff und sah zu, wie das Schiff gelöscht wurde. Der Zweite Offizier warnte ihn. »Gehen Sie nicht zu nahe ran«, sagte er, »das hier sind rauhe Gesellen, da haben Sie schnell Dreck an Ihrem feinen Ausgehanzug oder mal 'ne Kiste auf dem Fuß.« In der Tat waren es rauhe Menschen, die das Vorderschiff jetzt bevölkerten, an der Luke standen und sich in einem unverständlichen Englisch anschrien. Da schienen die Männer an den Dampfwinden, die zur eigenen Schiffsmannschaft gehörten, noch die einzig Vornehmen zu sein, außer ihnen höchstens noch der Tallymann, der an Hand der Ladeliste die Kolli abstrich, die der Ladebaum auf den Kai setzte. Zwar trug er auch wie die anderen einen alten, geflickten Pullover, dazu eine dunkle Schirmmütze, aber er sagte die ganze Zeit kein Wort, und auch als die anderen Arbeiter eine Pause machten, zog er sich nicht mit ihnen zurück, sondern setzte sich auf den Lukenrand und sortierte Tallyscheine. Er reichte die Scheine einem anderen Mann zu, den Robert für den Außenexpedienten des Glasgower Schiffsmaklerbüros hielt.

Nach dem Mittagessen kam ein Angestellter dieses Büros, der Firma Henderson & Co., um mit dem Kapitän einen Schnaps zu trinken. Er brachte einen Lehrling mit, und er sagte zu dem

Kapitän auf englisch, daß die Reederei in Bremen geschrieben habe, hier sei ein junger Mann von der Firma Christiansen an Bord, um den man sich etwas kümmern möge. Darum schicke die Firma Henderson hier Mr. Matthews, einen Lehrling im dritten Lehrjahr. Der junge Matthews trat seinem deutschen Kollegen etwas scheu gegenüber, er wußte nicht, was er sagen sollte, und Robert, der sich in dieser Situation gern als Weltmann gezeigt hätte, fehlten die passenden Worte auf englisch. Er hatte zwar sechs Jahre Englisch auf der Schule gelernt, aber in den letzten beiden Jahren nicht mehr richtig aufgepaßt. Deshalb brachte er jetzt nicht ein einziges englisches Wort heraus, und erst nach einem langen Formulierungsversuch gelang ihm die Frage, was alles in Glasgow zu sehen sei. Die Antwort erfolgte aber in so schnell gesprochenen und abgeschliffenen Sätzen, daß Robert sie erst verstand, als Mr. Matthews sie Wort für Wort langsam wiederholte. Er sagte, daß es wichtig wäre, in Glasgow den George Square zu sehen, an dem die Bank von Schottland liegt, und das Merchant House, auch die Börse sollte man sich ansehen und die Kathedrale, wenn man Lust habe. Er sei gekommen, Robert alles zu zeigen.

Robert dankte Mr. Matthews für sein Entgegenkommen, aber die Kathedrale anzusehen, sagte er, habe er keine Lust. So fuhren die beiden Lehrlinge nur zum George Square, wo Robert die Handelsgebäude kennenlernte, und als sie die Buchanan Street hinuntergingen, machte der junge Matthews den Vorschlag, sich die Corporation Art Galleries anzusehen. Robert stimmte zu, denn er hatte Angst, daß, wenn er die Galerie nicht sehen wollte, seinem Kollegen nichts mehr blieb, was er in Glasgow zu besuchen empfehlen könnte. Robert hatte noch nie eine Gemäldesammlung besucht, einzig sein Großvater in Lüneburg hatte ihn einmal, als er acht Jahre alt war, mit ins Rathaus von Lüneburg genommen, wo die Porträts der Ratsherren aus vergangenen Zeiten hingen. Das allerdings war nichts gegen die Ausmaße dieser Galerie, die Robert ermüdete. Da sie nur hindurchgingen, ohne sich vor den Bildern lange aufzuhalten, taten Robert bald der Hals und das rechte Kniegelenk weh. Mehrmals mußte er das rechte Bein ausschütteln. Mr. Matthews ging rechts neben ihm, er trat an das eine oder andere Bild unauffällig heran, so als wolle er die Malweise aus der Nähe prüfen, aber er las nur die Unterschriften, und während sie weitergingen sagte er beiläufig, als hätte er es schon immer gewußt: »Daphnis and Chloe« oder »Columbus discoversAmerica«. Robert konnte auch ohne näheres Herantreten die Unterschriften lesen, aber er war froh, daß in diesen langen Gängen das Gespräch nicht aufhörte.

Am nächsten Tag fuhr Mr. Matthews seinen Gast in einem Wagen der Firma Henderson zum Loch Lomond, einem See nördlich von Glasgow. Auf einer Terrasse, von der man über den See sehen konnte, tranken sie einen schweren schwarzen Tee mit Milch und Zucker und aßen alten, trockenen Kuchen. Mr. Matthews erzählte von seiner Arbeit in der Firma Henderson & Co., er sagte, daß er einem Prokuristen zugeteilt sei, der die Trampfahrt bearbeitete. Angefangen habe er vor zweieinhalb Jahren in der Irlandfahrt, und er habe Konnossemente stempeln müssen von Gütern, die für Belfast, Dublin und Cork bestimmt waren. »Wir hatten jeden Sonnabend eine Expedition, und sie dauerte bis zwölf«, sagte er. Überall in der Welt, dachte Robert, ist es in unserer Branche dasselbe, und er war froh, einen solch internationalen Beruf zu haben, in dem man sich in jedem Land mit seinen Kollegen verstehen konnte. Sicher bessert der junge Matthews sein Lehrlingsgehalt auch mit gesparten Straßenbahngroschen und Nachtpostgebühren auf, dachte er, aber er fragte ihn nicht danach.

Als die beiden Lehrlinge abends noch am Ufer des Clyde spazierengingen, erzählte Mr. Matthews, daß er sich vor vierzehn Tagen freiwillig zur Royal Air Force gemeldet habe, daß er im Oktober seine Lehrzeit beende und dann wohl bald mit seiner Order rechnen müsse. Robert dachte an den Abend mit Herrn Pannewitz und daran, daß in Deutschland viele junge Leute aus dem Kaufmannsberuf nicht gern zum Militär gingen. Er fürchtete, von Mr. Matthews zu erfahren, daß das in Großbritannien anders sei, und deshalb fragte er seinen Kollegen nicht, ob er sich auf dic Militärzcit freue.

Am nächsten Tag kam Mr. Matthews nicht an Bord, um Robert abzuholen, und die Firma Henderson schickte auch keine

Nachricht, daß er nicht kommen werde. Dagegen kehrte gegen Mittag der Kapitän aus der Stadt zurück und erzählte, daß seit heute früh in Großbritannien die Mobilmachung begonnen habe. Er brachte eine Zeitung mit, in der ein Bericht stand, daß an diesem Tage Ribbentrop in Moskau sei, und in der Chamberlain Deutschland und Hitler warnte, daß Großbritannien seiner Bündnispflicht gegenüber Polen nachkommen werde. Die Meldung von der Mobilmachung stand unter einer Schlagzeile an erster Stelle.

»Na, Mohwinkel, dann müssen wir wohl machen, daß wir fortkommen«, sagte der Kapitän und befahl dem Steward, die Kognakflasche zu bringen. Den Kognak trank er aber nicht allein, denn gegen Nachmittag kam ein Beamter der Hafenbehörde in Zivil, zu dem sich am Abend ein Zollbeamter gesellte. Nach dem Abendbrot saßen die drei Männer um den grünen Tisch im Salon, vor sich die Papiere und die Gläser, und der Steward brachte eine zweite Flasche. Der Zollbeamte hatte seine Uniformjacke ausgezogen, er trug darunter ein Netzhemd, und auch seine Hosenträger waren zu sehen. Er hatte rötliches Haar, und er dämpfte auch abends um neun Uhr seine Stimme nicht, als draußen die Ladewinden zu rasseln aufhörten, die Mannschaft die Luken schloß und die Persenning darüber spannte. Die beiden Beamten verließen erst das Schiff, als der Kognak alle war und der Hafenlotse die Brücke betrat.

Dampfer »Ariadne« kehrte aber nicht sofort nach Deutschland zurück. Die Reederei zeigte sich nicht besorgt und erließ keine entsprechende Anordnung. So verfolgte man die vorgesehene Route und ankerte am nächsten Abend auf der Reede vor Castlebay, einem Heringsplatz auf den Hebriden. Niemand von der Besatzung ließ sich an Land fahren, auch am nächsten Morgen nicht, als die Heringsfässer mit Leichtern längsseits kamen und die »Ariadne« die Ladung draußen auf Reede außenbords übernahm. Leider verzögerte sich die Übernahme, und so konnte man am Sonnabend nicht mehr rechtzeitig in Stornoway sein, um die Restladung Heringe zu übernehmen. »Das mußte uns gerade passieren«, sagte der Erste Offizier, »jetzt liegen wir den ganzen Sonntag in diesem Scheißnest fest.« Da Schiffe mit einem

Tiefgang wie die »Ariadne« in Stornoway bis an die Mole herankamen, konnte am Sonntag die Besatzung von Bord, und Robert, um den sich heute niemand kümmerte, überzeugte sich, daß der Erste Offizier recht gehabt hatte, so zu schimpfen. Dieser kleine Ort auf den Hebriden, hoch oben auf der nördlichsten Insel, schien Robert das Ende der Welt zu sein. An einem breiten Kai lagen Tausende von Heringsfässern, dahinter standen ein paar niedrige Häuser, nur wenige von ihnen waren zweistöckig. Vom Kai aus führte eine kopfsteingepflasterte Straße an einer Kirche vorbei bis zu den letzten Häusern, wo man immer noch die Fische vom Hafen roch. Nirgends war an diesem Sonntag ein Mensch zu sehen, alles war wie ausgestorben, die Geschäfte hatten die hölzernen Läden geschlossen, ebenso das einzige Wirtshaus, das Robert entdecken konnte. Auch ein Kino fand Robert, aber seine Türen waren verschlossen. Endlich fiel ihm ein, daß ein Sonntag in England, ganz besonders aber in einem Fischhafen auf den Hebriden, ihm nichts anderes bieten könnte. Er ging zurück an Bord, um jemanden zu fragen, ob es irgend etwas gäbe, was man hier am Sonntag unternehmen könnte.

An Bord traf Robert aber niemanden an. Auch hier war alles wie ausgestorben, und so faßte er den Entschluß, noch einmal fortzugehen, allein, die Straße hinunter, an der Kirche vorbei, bis zum Ausgang des Ortes und dann immer weiter auf der Straße entlang, die nach Barvas führte. Irgend etwas würde dort gewiß zu sehen sein, vielleicht ein paar Bäume, eine Schafherde oder ein Bauernhaus. Erst nach einer Stunde gab er die Hoffnung auf, hier auf dem nördlichsten Zipfel der Hebriden irgend etwas Nennenswertes zu entdecken. Es gab keinen Baum und keinen Strauch, keine Schafe kamen ihm entgegen, erst recht kein Mensch. Er sah nur die beiden hohen Mauern aus Feldsteinen, die eine Wegstunde lang die Straße eingrenzten und den Blick auf die kleinen, kärglichen Gerste- oder Haferfelder versperrten. Robert wanderte noch eine weitere Stunde auf dieser Straße, aber das Bild änderte sich nicht. Über die Feldsteinmauern ragte nichts Grünes, nur Himmel war zu sehen und die Sonne, die trotz des Sommermonats um diese Tageszeit schon tief stand. Endlich beschloß Robert umzukehren, und mit trostlosen Gedanken ging er den weiten Weg zurück. Barvas war vielleicht nur ein Name, angeschlagen, um Wanderer auf diese endlose Straße zu locken, die zu keiner Ortschaft führte. Noch nie zuvor hatte Robert die Einsamkeit als etwas Schreckliches empfunden. Immer war sie ihm willkommen gewesen, weil er in der Einsamkeit sicher sein konnte, von anderen nicht angegriffen oder gequält zu werden. Nun griff ihn zum erstenmal die Einsamkeit selbst an, und er beschleunigte seine Schritte, weil er Angst bekam, am Ausgangspunkt der Straße könnte inzwischen Stornoway schon nicht mehr liegen, auch Stornoway könnte zu einem bloßen Namen geworden sein, zu dem es einen Ort nicht gab. Mit Deutlichkeit malte er sich das Bild aus, wie er nach Tagen der Wanderung auf dieser endlosen Straße zusammenbrach, um zwischen den hohen Feldsteinmauern, über die im Herbst die Strahlen der Sonne nicht mehr reichen würden, langsam zu verenden.

In Stornoway standen gegen Abend einige Menschen vor ihren Häusern. Sie starrten Robert, als er die Straße von Barvas kam, verwundert an. Seit Jahrzehnten hatte man in Stornoway niemanden an einem Sonntag von Barvas kommen sehen. Robert beunruhigten diese Blicke, und plötzlich fiel ihm ein, daß ja die Mobilmachung im Gange war und daß alle wußten, er sei ein Deutscher von dem deutschen Schiff, das als einziges an der Mole lag. Sie wunderten sich vielleicht, daß er noch frei umherlief, und mit Schrecken fiel ihm jetzt ein, daß er am Frühnachmittag an Bord schon keinen Mann mehr angetroffen hatte. Vielleicht hatte man sie inzwischen alle interniert, und nur auf ihn, Robert, warteten die Soldaten noch am Kai. Die Schrecken einer Internierung im Kriege kannte Robert bisher nur aus den Erzählungen seines früheren Lehrers, Studienrat Haase, den man im Weltkrieg zwei Jahre in den Vereinigten Staaten in ein Lager gesperrt hatte. Herr Mohwinkel hatte zwar gesagt, als er davon erfuhr: »Dieser Drückeberger hat vielleicht ein schönes Leben gehabt, während wir im Dreck lagen«, und Robert hatte sich damals auch nicht vorstellen können, daß es so furchtbar wäre, tatenlos in einem Lager zu sitzen, von der Heimat weit entfernt, ohne beim Kampf für das Vaterland zu helfen. Vielleicht, dachte Robert, ist es gar nicht so schlimm, wenn uns hier der Krieg überrascht, aber dann erschien ihm wieder das Bild von der endlosen Straße nach Barvas, und er sagte sich: Bloß nicht in dieser elenden Gegend in Feindeshand fallen, denn er war nicht sicher, ob Deutschland nach einem gewonnenen Kriege hier oben auf den Hebriden noch Gefangene vermuten würde. Robert erinnerte sich an deutsche Gefangene in Sibirien, die erst zehn Jahre nach Ende des Weltkrieges oder noch später zurückkehrten. Sie hatten nichts vom Kriegsende erfahren, und man hatte sie vergessen. Das kann uns hier auf den Hebriden auch passieren, dachte er, und er war froh, am Kai keine Soldaten vorzufinden, sondern nur einige junge Leute, die auf den Heringstonnen saßen und rauchten. An Bord spielten zwei Matrosen mit dem Steward in der Mannschaftsmesse Karten, und zum Abendbrot trafen sich die Offiziere im Salon. Niemand sprach vom Krieg, alle hatten nach Tisch in ihren Kajüten geschlafen und so den Nachmittag verbracht. Jetzt saßen sie gähnend und gelangweilt am Abendbrotstisch. »Na, die liebliche Landschaft beguckt?« fragte der Erste Offizier Robert, und der Kapitän setzte hinzu: »Ich wollte schon immer mit meiner Frau und den Kindern meinen Urlaub auf Stornoway verleben. Hast du nicht ein hübsches Plätzchen für uns entdeckt, Robert?« Da lachten alle, und Herr Kleinschmitt, der Zweite Offizier, sagte: »Das war nun mein fünfter Sonntag auf Stornoway.«

Auf der Heimfahrt stand Robert wiederum am Ruder, aber die spielerische Heiterkeit, die er auf der Hinfahrt empfunden hatte, wollte in ihm nicht wieder aufkommen. Die »Ariadne« nahm Kurs auf Hamburg, und als man Feuerschiff »Elbe I« passierte, war man froh, daß jetzt, in deutschen Hoheitsgewässern, nichts mehr passieren konnte. Die Heringe an Bord stanken. Viele Fässer waren beschädigt an Bord gekommen und standen nun zum Teil offen als Decksladung überall herum.

Als Robert am Freitagmorgen im Hamburger Hafen aufwachte, überraschte ihn die Meldung vom Einmarsch deutscher Truppen in Polen. Da er in den letzten Jahren schon manchen Einmarsch deutscher Truppen in benachbarte Länder erlebt hatte, glaubte er auch jetzt nicht an den Ausbruch eines Weltkrieges, obgleich Polen das erste Land war, das militärischen Widerstand leistete. Er dachte daran, sich eine Karte von Polen zu kaufen, auf der man die Truppenbewegungen mit bunten Nadeln abstecken konnte, so wie er es mit Friedrich Maaß schon während des Abessinienfeldzuges gemacht hatte. Aber das hat ja noch Zeit, bis ich wieder in Bremen bin, sagte er sich. Dann ging er in Hagenbecks Tierpark, wo er die Zeit bis zur Abfahrt seines Zuges am Nachmittag verbringen wollte.

Seinem Vater erzählte Robert zu Hause gleich, daß ein junger Mann von Henderson & Co. ihm Glasgow gezeigt habe und daß er sich sehr gut auf englisch mit ihm verständigen konnte. Aber seine Eltern zeigten wenig Interesse für die Einzelheiten seiner Reise. »Gut, daß du da bist«, sagte sein Vater, »diesmal sieht es schlimm aus.« Er hatte zum Abendbrot Sprotten mitgebracht, und nach dem Essen machte er eine Flasche Wein auf. Da dies selten vorkam, war es Robert, als kehre er nach langjähriger Gefangenschaft aus den Händen der Feinde in sein Vaterhaus zurück.

Am Sonntag traf Robert sich mit seinem Freund Albert Warncken. Er hörte es sehr gern, als Albert erzählte: »Es hat sich ganz schön bemerkbar gemacht, daß du drei Wochen nicht da warst, besonders an den Expeditionstagen. M/S ›Orion‹ gestern ist beinahe eine Stunde später als sonst fertig geworden.« Die beiden Lehrlinge gingen einige Male die Sögestraße und die Bahnhofstraße auf und ab und beobachteten Jünglinge und Mädchen, die an diesem Sonntag wie immer zu zweit oder in größeren Gruppen vorbeiflanierten. Manchmal sahen sich einige der Mädchen nach ihnen um, dann kicherten sie, und die beiden Freunde sagten laut: »Blöde Gänse«. Im Roten Sand tranken sie ein Glas Bier. Sie mußten sich setzen, denn die Theke war voll besetzt. Viele Soldaten standen dort so dicht gedrängt, daß eine Tuchfühlung mit dem groben, rauhen Uniformstoff unvermeidlich gewesen wäre, wenn man sich zwischen sie gestellt hätte. Die beiden Freunde setzten sich und tranken, sprachen aber nicht vom Einmarsch der Truppen in Polen, denn sie fürchteten, daß sich das Gespräch dann auch der Möglichkeit eines größeren Krieges zuwenden könnte, und dies war ein Gedanke, den sie nicht in sich aufkommen lassen wollten. Beide hatten ihr fertiges Bild von dieser Welt, in der sie, für immer einem Standort fest zugewiesen, ihr Leben eingerichtet hatten. Neben ihrem Beruf und neben ihren Vergnügen, neben Tanz, Bier und Zigaretten hatte der Krieg keinen Platz. So wollten sie sich auch in Kriegsgedanken nicht verwickeln lassen. Robert sagte schnell: »Wir wollen uns doch rechtzeitig Kinokarten für heute abend holen. ›Die Reise nach Tilsit‹ wird gegeben, mit Kristina Söderbaum.«

In diesem Augenblick wurde die Kriegserklärung Englands und Frankreichs durch das Radio bekanntgegeben. Die Soldaten an der Theke bestellten eine neue Runde, einige stimmten das Lied »O du schöner Westerwald« an, aber nachdem auch andere, die ganz falsch sangen, in das Lied einfielen, wurde es von einem

Oberfeldwebel abgeblasen. »Lied aus«, lallte er, und mit schwerer Zunge sagte er: »Jungs, ihr lebt in einer großen Stunde.« Dieser Ausspruch schien ihm so gelungen, daß er im Lokal umherging und jedem Gast erzählte, daß dies jetzt eine große Stunde sei. Robert bemühte sich auch, von dieser Stunde ergriffen zu sein. Schließlich war eine Kriegserklärung Englands und Frankreichs eine Sensation, die man nicht jeden Tag erlebte und die schon tieferer Gefühle wert war. Das ist doch immerhin mehr als ein Führergeburtstag oder ein Erster Mai, dachte Robert, aber die singenden Soldaten im Lokal, die Märsche aus dem Radio, die Wehrmachtsstreife mit Stahlhelm, die drei kartenspielenden SA-Männer am Nebentisch konnten in Robert keine größere Ergriffenheit erzeugen. Alle Gefühle, die man erhaben hätte nennen können, waren bereits auf den vielen vorangegangenen nationalen Feiertagen verbraucht worden.

Kurz nach acht Uhr erhoben sich die beiden Lehrlinge, um ins Kino zu gehen. Als sie von der Kriegserklärung gehört hatten, waren sie übereingekommen, die Karten nicht im voraus zu lösen. Sie glaubten, daß an diesem Abend nicht viele Menschen ins Kino gehen würden. Im Metropol stand aber trotzdem eine lange Schlange vor der Kasse. Die Freunde hatten sich getäuscht; Filme, in denen Kristina Söderbaum spielte, waren immer ausverkauft, auch heute. Robert und Albert mußten sich mit einem schlechten Platz an der Seite begnügen.

Nach dem Kino gingen sie ins Café Mohr. Auf dem Wege dorthin sprachen sie nicht miteinander. Erst als sie im Café Mohr die zweite Runde Bier und Korn bestellten, sagte Albert: »Scheißkram.« Nun wußte Robert, daß es seinem Freunde erging wie ihm selbst. Das ergriffene patriotische Gefühl, das sie von sich erwartet hatten, hatte sich nicht eingestellt, dafür aber die Angst, der Krieg könne viele schreckliche Veränderungen hervorrufen.

Albert bestellte ein drittes Bier und saß lange schweigend davor, ohne zu trinken. »Die Juden sind an allem schuld«, sagte er plötzlich. Seit Jahren hatten sie nichts anderes im Radio gehört. Da erinnerte sich Robert, daß er vor einigen Wochen seinen alten Schulkameraden Karl Ratjen getroffen hatte, der zugleich mit ihm von der Schule abgegangen war und bei Davidson, Holzimport, lernte. »Der alte Davidson ist nicht mehr in Deutschland«, hatte Karl Ratjen erzählt, »wir haben einen kommissarischen Geschäftsführer bekommen«, und nun dachte Robert, daß man einen mittleren Holzhändler, wie den alten Davidson, eigentlich nicht mit einbeziehen könne in die Schuld, die die Juden an allem, insbesondere aber an diesem jetzt beginnenden Krieg trugen. Als sein Freund noch einmal wiederholte: »Die Juden sind an allem schuld«, antwortete Robert: »Aber nicht die kleinen.« Dieses »aber nicht die kleinen« war in weiten Kreisen seit je eine immer wiederkehrende, feststehende Antwort, wenn man über Juden sprach. Wenn Robert überlegte, wie weit sein Schulkamerad Herbert Löwenstein oder der Juwelier Mayer an der Ecke für den Krieg verantwortlich sein könnten, kam er zu dem Schluß, daß Juden wie diese beiden gewiß für keine Übeltaten verantwortlich gemacht werden könnten. In Robert hatte sich seit längerer Zeit die Ansicht festgesetzt, daß alle Juden, die er persönlich oder auch nur namentlich kannte, kleine und daher unschuldige Juden seien. Die großen Juden, von denen gesagt wurde, daß sie an allem die Schuld trugen, kannte man nicht; sie waren in Freimaurerlogen untereinander verbunden, und sie trachteten danach, Kriege anzuzetteln, an denen sie dann verdienten. 1914 war es ihnen schon gelungen, das wußte Robert von seinen Lehrern. Darum sagte er, als er ein neues Bier bestellte: »Vielleicht hast du recht, Albert.«

In der nächsten halben Stunde, in der die beiden Freunde nicht viel sprachen, kamen Robert Bedenken. Sein pedantischer Ordnungssinn und seine Sucht, alles, was um ihn lebte, in Ränge zu gliedern und äußerlich zu kennzeichnen, ließ Phrasen nicht zu. »Wenn ein kleiner jüdischer Geschäftsmann einen kleinen Rang innehat, ein Warenhausbesitzer aber schon einen viel höheren, so muß ein großer Fabrikbesitzer eine außerordentliche Position haben, und danach wären die Juden, die an allem schuld sein sollten, in ihrem höchsten Rang weithin sichtbar und allen bekannt.« Dies waren seine Gedanken. So hohe Persönlichkeiten mußte man kennen. Man kannte Hitler, man kannte Göring, aber wie kam es, daß man ihre Erzfeinde, die obersten Juden, nicht kannte? So kam Robert der Verdacht, daß es diese Juden vielleicht gar nicht gäbe. Sie waren Phantome, an die man glauben sollte, ohne sie zu sehen.

Es drängte Robert, diese Gedanken sofort seinem Freund mitzuteilen. Er bestellte ein neues Bier, aber dann sah er Albert Warncken dasitzen, den Kopf in beide Hände gestützt, mit rundem Rücken und einem vor Ängstlichkeit ganz kleinen Gesicht hinter dem immer noch nicht angetrunkenen dritten Glas Bier, und er wußte, daß sein Freund in diesem Augenblick tieferen Gedanken nicht zugänglich war. Sicher dachte er nur an das Ende der Westküste Süd und die Unklarheit über seine weitere Verwendung in der Firma. Sein Freund, dies empfand Robert jetzt, war ein kleiner Geist. Es wäre schade gewesen, ihm Gedanken mitzuteilen, die über seinen Horizont hinausgingen.

An diesem Abend kam Robert sehr spät nach Hause. Trotzdem waren seine Eltern noch auf. Sie hatten das Radio angestellt, um die letzten Nachrichten zu hören. Die Frage, mit der sie Robert sofort entgegentraten, zeigte ihm, daß sie den ganzen Abend über sie nachgedacht hatten und auch nur ihretwegen aufgeblieben waren. Sie sagten: »Du meldest dich doch nicht freiwillig, nicht wahr? Du bist doch unser lieber Junge?« Der Gedanke, sich freiwillig zu melden, war Robert den ganzen Abend nicht gekommen, aber plötzlich überlegte er, daß dies vielleicht gar nicht so verkehrt wäre. Wenn man sich freiwillig meldet, dachte er, hat man keine Sorgen mehr. Man muß sich nicht mehr um den Krieg kümmern und nicht mehr darum, in welche Abteilung der Firma man nun kommt. Man wird einfach irgendwo hingeschickt, man tut etwas, dessen Sinn man nicht begreifen muß, und wenn man aus dem Krieg zurückkommt, wird man gefeiert. »Das tust du uns doch nicht an, mein lieber Junge?« fragte seine Mutter noch einmal ängstlich, und Robert versicherte, daß er sich nicht freiwillig melden werde. Dann ging er ins Bett, ohne auf die letzten Nachrichten zu warten.

In den nächsten Monaten änderte sich Roberts Leben nur geringfügig. Die Sorgen, die man in den ersten Septembertagen hatte, waren bald verflogen, da man sah, daß der Feldzug in Polen zu einem großartigen Erfolg wurde und die Feinde im Westen nicht eingriffen. Es gab keine Luftangriffe, die Versorgung nach Lebensmittelkarten war ausreichend, und viele junge Leute blieben von der Einberufung zunächst verschont. Wer wie die Familie Mohwinkel keinen Verwandten oder Bekannten an der Front in Polen wußte und also nicht auf Trauernachrichten gefaßt sein mußte, hatte sich lediglich an einige Unbequemlichkeiten wie etwa an die Verdunkelung zu gewöhnen. Roberts Befürchtung, die öffentlichen Tanzvergnügen könnten von nun an für Jahre verboten werden, bestätigte sich nicht, denn nach dem siegreichen Abschluß des Feldzuges in Polen wurden die Bestimmungen gelockert, insbesondere um den Soldaten, die auf Urlaub kamen, Gelegenheit zu geben, sich zu amüsieren.

Ende September besuchte Robert wieder die Tanzschule Lahusen. Trotz des Krieges würde hier alles beim alten bleiben. Frau Käthe Lahusen hatte es durchgesetzt, daß nicht nur die Kurse und Trainingsstunden, sondern auch die Tanztees und Klubabende als Übungsstunden anerkannt und genehmigt wurden. »Wir müssen nach außen den Schulcharakter wahren«, sagte sie, »und ich bitte Sie, besonders auf den Tanztees den Swing zu vermeiden.« Robert hatte nur Angst, daß Frau Rita Lahusen ihn, da er beim letzten Turnier der FF-Klasse keinen Preis bekommen hatte, nun nicht in den Tanzkreis aufnehmen würde. Er fürchtete, noch einmal einen FF-Kursus, der zwanzig Mark kostete, mitmachen zu müssen, während die Mitglieder des Tanzkreises nur zwei Mark im Monat zahlten. Zu Roberts Erstaunen machte aber seine Aufnahme in den Tanzkreis keinerlei Schwierigkeiten. Rita sagte: »Kommen Sie ruhig zum nächsten Klubabend am Sonntag, aber sicher sind Sie ja schon nachmittags zum Tanztee da, dann können Sie abends gleich dableiben.« Als Robert gehen wollte, rief sie ihn noch einmal zurück. Er könne außerdem selbstverständlich gern auch noch einen FF-Kursus besuchen, sagte sie, zu dem er herzlich eingeladen sei, denn sie fürchtete sehr, daß jetzt im Krieg die Herren knapper würden. Für jeden noch verbleibenden und wie Robert interessierten jungen Mann mußte man dankbar sein und ihn so eng wie möglich an das Haus zu binden suchen. So kam es, daß der Krieg Robert zunächst diesen so sehr erwünschten Vorteil brachte.

Auch in der Firma traten schnelle Änderungen, wie Robert und sein Freund Albert Warncken sie am Tage der Kriegserklärung erwartet hatten, nicht ein. Die Abteilung Westküste Süd und die Frankreichfahrt, wo von nun an keine Schiffe mehr abgefertigt wurden, hatten mit der Aufarbeitung alter Vorgänge noch lange zu tun. Dabei hatte die Westküste Süd den Vorteil, mit den Geschäftsfreunden in den süd- und mittelamerikanischen Ländern, die sich mit Deutschland nicht im Krieg befanden, korrespondieren zu können. Die Post, die mit neutralen Schiffen befördert wurde, lief zwar sehr lange, aber man hatte wenigstens etwas zu tun und konnte sich noch für unentbehrlich halten. Besonders Herr Scharnweber hatte die Gabe, täglich neue Arbeiten zu erfinden und neue Reklamationen auszugraben, so daß es ihm bis zum November gelang, die Angestellten seiner Abteilung vollständig zusammenzuhalten. Erst in diesem Monat, als mehrere junge Leute in der Firma zum Militärdienst einberufen wurden, reduzierte Herr Christiansen die Abteilung Westküste Süd um die Hälfte. Robert wurde mit Herrn Grünhut, dem stellvertretenden Abteilungsleiter der Frankreichfahrt, dem Prokuristen Goedeke unterstellt. Herr Goedeke bearbeitete die einkommenden Trampschiffe, die aus Schweden und Finnland Erz, Papier, Sperrholz und Zellulose brachten. Diese Abteilung mußte nun erweitert werden, weil seit Kriegsbeginn auch alle für Holland bestimmten Partien über Bremen gingen. Herr Grünhut und Robert hatten die Aufgabe, für die Umladung dieser Sendungen in Kähne und für ihre Weiterbeförderung auf dem Binnenwasserweg zu sorgen. Sie bekamen ihre Plätze ganz links in der Halle, unmittelbar vor dem Lattenverschlag der Prokuristen Hannemann und Goedeke. Diese Plätze waren eine

Auszeichnung, und Robert war stolz darauf, daß man ihn nicht nur für diese Sonderaufgabe ausgewählt hatte, sondern ihn auch mit der Anweisung eines bevorzugten Platzes sichtbar im Rang erhöhte. Das Stehpult, an dem Herr Grünhut und Robert einander gegenübersaßen, hatte man unten abgesägt und zu einem niedrigen Schreibpult gemacht. Sie hatten Stühle bekommen wie die Prokuristen und Abteilungsleiter, und während die anderen Angestellten weiterhin auf hohen Drehschemeln saßen, war Robert in der Firma Christiansen der erste junge Mann, der schon im zweiten Lehrjahr einen Stuhl bekam.

In den anderen Abteilungen waren mittlerweile viele Plätze leer geworden. Wenn Herr Hannemann, der Prokurist, morgens Punkt acht Uhr durch die Halle ging, um die Angestellten zu zählen, irritierten ihn die vielen leeren Pulte. Jahrzehntelang hatte er auf diese Weise die Ordnung aufrechterhalten, jetzt hatte der Krieg ihm diese ernste und strenge Kontrolle genommen. Er konnte nicht mehr erkennen, welche Plätze ohnehin leer blieben und auf welchen Plätzen die Langschläfer unter den Angestellten Herrn Christiansen um die Arbeitszeit betrogen. Für Herrn Hannemann war dies das Ende der guten alten Zeit. Nicht der Ausbruch des Krieges hatte sie beendet, sondern diese über ihn hereingebrochene Unordnung.

Der neue Aufgabenkreis, in dem es keine lang dauernden Expeditionen mehr gab, brachte Robert eine geregelte Arbeitszeit, so daß er jeden Abend ab halb sieben Uhr frei war. Diese Freizeit kam Roberts erweiterten Pflichten in der Tanzschule Lahusen sehr entgegen. Denn Rita Lahusen war es gelungen, Robert als Tänzer in mehreren Fortschrittskursen als Gast zu gewinnen. In allen Kursen waren die Damen in der Überzahl, und ein Herr wie Robert, der schon seit Monaten auf den Tanztees mit einem Platz in der Halle ausgezeichnet war, durfte sich jetzt nicht der Pflicht entziehen, auszuhelfen, wenn Rita es wünschte. Robert übernahm diese Pflichten gern, er ging zu den Tanztees und Klubabenden, und seit November war er, da er eine Partnerin gefunden hatte, auch zu den Trainingsstunden am Sonntagvormittag zugelassen. Seine Partnerin war Fräulein Ilse Meyerdierks, die er vom letzten Ball kannte und mit der er einige Male getanzt hatte, nachdem das verunglückte Turnier mit Fräulein Gutknecht ihn so schwer getroffen hatte. Robert und seine neue Partnerin besuchten alle Kurse, alle Trainingsstunden und alle Tanztees. Da es Robert auch gelang, Ilse Meyerdierks als Gast im Tanzkreis einzuführen, sah sie dankbar zu ihm auf. Sie hatte gesellschaftlichen Ehrgeiz und wollte in den Kreisen der Tanzschule hoch aufsteigen. Robert Mohwinkel schien ihr ein willkommener Förderer zu sein, und Robert merkte staunend, daß er heute, nach einem Jahr, schon einen gesellschaftlichen Rang innehatte und von anderen benutzt wurde, die durch ihn aufsteigen wollten.

Er nahm sich vor, bei Fräulein Meyerdierks sein Ansehen gut zu nutzen. Er brachte sie nach den Tanzstunden nicht, wie damals Fräulein Gutknecht, nur zur Straßenbahnhaltestelle, sondern ging mit ihr nach Hause, wo er sich an der Gartenpforte von ihr verabschiedete. Auf dem Heimweg, der zwanzig Minuten dauerte, unterhielt er sich mit ihr über ihre gemeinsamen Aussichten im nächsten Turnier, über neue, von Herrn Czerny eingeführte Schallplatten oder über Schrittfolgen, die sie beide noch verbessern müßten. Er sagte: »Sie könnten im Slow besser rückwärts ausholen, wenn Sie immer so einen weiten Rock tragen wie heute«, oder: »Wir müssen noch lernen, bei der Rumba die Schultern ganz ruhig zu halten. Und denken Sie bitte immer daran, alle Schritte mit dem Ballen anzusetzen, dann kann gar nichts passieren.« Über etwas anderes sprachen sie auf dem Heimweg nicht, und deshalb erschrak Fräulein Meyerdierks, als Robert eines Abends mitten in einer Belehrung über die Haltungsfehler beim Tango plötzlich sagte: »Sonnabend abend gehe ich in die Munte, wollen Sie nicht ein bißchen mitkommen?« Eine förmliche Einladung vermied er absichtlich, um nicht wieder, wie bei Fräulein Tredup, eine Blamage zu erleben, die ihn noch heute schmerzte. Fräulein Meyerdierks sagte gleich zu, denn sie versprach sich vom Besuch der Munte ein gesellschaftliches Ereignis und empfand es als besonders angenehm, daß es nichts kosten würde.

Am Sonnabend gingen Robert und Fräulein Meyerdierks nicht gleich in die Munte. Sie besuchten erst die Wallanlagen, um ein

Ereignis zu bestaunen, das schon am Vormittag in den Büros das Tagesgespräch gewesen war: Mitten auf die Rasenfläche, die zu betreten verboten war, hatte ein feindlicher Flieger in der Nacht eine Bombe geworfen. Am Nachmittag zogen nun Menschenströme zu den Wallanlagen, um den Trichter zu sehen. Niemand achtete mehr auf den angeschlagenen Hinweis, die Grünflächen zu schonen, und die Menschenmasse wälzte sich über den Rasen bis zu dem Punkt, wo die Bombe das Loch gegraben und die schwarze Erde sternförmig über die Grasfläche verstreut hatte. An einem Baum hatte ein Splitter der Bombe die Rinde beschädigt, und eine Frau sagte, während sie mit dem Finger über die beschädigte Stelle fuhr: »Wie leicht hätte das auch einen Menschen treffen können.« – »Wenn man solch ein Ding pfeifen hört«, antwortete ihr ein Soldat, »dann heißt es nichts wie hinlegen«, worauf ein älterer Herr fortfuhr: »Wenn ich noch so an die Ardennen denke – ein ganzer Wald, wie weggefegt!« Robert langweilte dieser Trichter, denn er hatte keine Erfahrungen, durch die dieses Bild ihm ein bestimmtes Gefühl vermittelt hätte. Er zog Fräulein Meyerdierks fort, und sie nahmen die Straßenbahn, die zum Schwachhauser Ring fuhr. Obgleich es Winter war, gingen sie von der Endstation den Weg durch die Parzellen, den Robert bei seinem ersten Besuch in der Munte, damals mit dem Grafen am Tage der Führerrede, gegangen war. Zwar lag jetzt im Dezember noch kein Schnee, aber die Schrebergärten waren wie ausgestorben; nur bei wenigen festgebauten Häuschen kam Rauch aus dem Schornstein. Der Parzellenwirt, bei dem im Sommer das NSKK verkehrte, hatte im Winter seine Bude nicht geschlossen. Vor das Fenster hatte er ein Pappschild gehängt, auf dem mit großen schiefen Buchstaben stand: »Glühwein 50 Pf., Grog 60 Pf.«, aber durch das Fenster konnte man sehen, wie der Wirt allein in seiner Bude saß und eine Zeitung las. Robert versuchte, auf dem Spaziergang in dieser einsamen Gegend mit Fräulein Meyerdierks in ein privates Gespräch zu kommen. Er erzählte ihr von seiner Reise nach Glasgow, von seinem Spaziergang in Stornoway und von seiner Arbeit in der Firma Christiansen. Von seiner Schulzeit dagegen erzählte er nichts, und er erwähnte auch nicht die Hitlerjugend, der er einmal angehört hatte. Fräulein Meyerdierks ließ Robert reden und trug selbst zu dem Gespräch nichts bei. Robert mußte einige direkte Fragen stellen, um von ihr zu erfahren, daß sie Stenotypistin in der Firma Miltenberg & Kruse, Wollimport, war und dort für zwei Prokuristen und einen Abteilungsleiter die Post nach Diktat schrieb. Sie war achtzehn Jahre alt, ein Jahr älter als Robert, und sie hatte in ihrem Leben nichts erlebt, was zu berichten ihr in diesem Augenblick wichtig erschien. Sie verstand es, Robert immer wieder von seinen Fragen nach ihrem Elternhaus, nach ihrer beruflichen Karriere und einer etwaigen Mitgliedschaft im BDM abzulenken und das Gespräch zurück auf die Tanzschule und das Turniertraining zu bringen. So erfuhr Robert auch nicht, ob sie noch mit Herrn Dunker, ihrem einstigen Tanzpartner, befreundet war und was sie an den Abenden anfing, an denen sie nicht die Tanzschule besuchte. Schließlich begriff er, daß Fräulein Meyerdierks zwei Leben hatte, die sie voneinander trennte, und daß sie vermeiden wollte, durch irgendwelche Auskünfte Robert Einblicke in ihr anderes Leben zu geben.

In der Munte traf Robert seinen Freund Albert Warncken, der sich mit dem Grafen verabredet hatte. Der Graf war aber nicht gekommen, und nun war Albert froh, Robert hier zu treffen. Trotzdem wollte er nicht an den Tisch des Paares kommen. Er hatte eine Scheu, das Mädchen kennenzulernen, von dem Robert ihm schon erzählt hatte. Zäh wehrte er sich dagegen, er wurde rot, und als er sich plötzlich verabschiedete, um das Lokal zu verlassen, merkte Robert mit einemmal, daß Ilse Meyerdierks in den Augen Alberts nicht nur seine Partnerin, sondern seine Freundin war. Zu einer Tanzpartnerin Roberts hätte Albert sich sofort gesetzt, gegenüber der Freundin seines Freundes jedoch empfand er eine Schüchternheit, die ihn vergessen ließ, wie man sich in solchen Fällen benahm. Der Gedanke, daß man die kleine Meyerdierks als seine Freundin betrachten könnte, leuchtete Robert ein. Warum eigentlich nicht? dachte er, und er merkte, daß er eigentlich schon seit mehreren Wochen im Besitz einer Dame war und daß dies der Zustand war, den er seit über einem Jahr gewaltsam angestrebt hatte. Auch nach der Verbindung mit Fräulein Meyerdierks hatte er sein Streben noch nicht aufgegeben.

Immer wenn er an eine Freundin dachte, hatte er noch ein Mädchen wie Fräulein Tredup im Auge. Erst jetzt, aufmerksam gemacht durch die Schüchternheit seines Freundes, sah er, daß ihm seit Wochen an seiner Seite eine Freundin herangewachsen war, unmerklich und ohne Anwendung von Gewalt.

Als Robert an seinen Tisch zurückkehrte, beschloß er, von diesem Augenblick an Fräulein Ilse Meyerdierks als seine Freundin zu betrachten, und während er zwei neue Bier bestellte, sagte er zu ihr: »Ich meine, wir könnten eigentlich ›du‹ zueinander sagen, wenn es Ihnen recht ist.« Danach hielt Robert, der sich bisher nur für die Schrittlänge, die gute Tanzhaltung und die mühelosen Bewegungen seiner Partnerin interessiert hatte, es für seine Pflicht, nun auch das Äußere dieses Mädchens wahrzunehmen. Er betrachtete sie aufmerksam, und er sagte sich: Eigentlich ist sie ja ganz hübsch. Ihr Gesicht war zwar etwas schief, und wenn man es von vorn sah, konnte man meinen, es sei ein klein wenig breit. Diese Mängel traten aber, wenn man gutwillig war wie Robert in diesem Augenblick, kaum in Erscheinung, denn Ilse Meyerdierks verstand es, mit Hilfe einer starken Aufmachung eine interessante Erscheinung aus sich zu machen. Es war Robert nie ins Bewußtsein gedrungen, daß sie sich die Lippen schminkte, Wangenrot benutzte und nach Ausrasieren der Augenbrauen diese durch einen dunklen Strich ersetzte. Für eine Partnerin in der FF-Turnierklasse war diese Aufmachung nichts Besonderes, aber für eine Freundin war sie ungewöhnlich und apart. Selbst die roten Fingernägel fielen Robert heute auf und das dunkle, fast schwarze Haar, das ihr in drei Röllchen in die Stirn fiel. Das alles war nun in seinem Besitz, und er sagte sich mehrmals, mit der Ilse keinen üblen Griff gemacht zu haben. Als sie zum nächsten Tanz vor ihm auf die Tanzfläche ging, nahm Robert die Gelegenheit wahr, auch ihre Figur genauer zu betrachten. Leider hatte sie die Gewohnheit, hin und wieder in der Hüfte leicht abzuknicken; das gab ihr etwas Linkisches, das durch das schlecht in der Taille sitzende Kleid noch betont wurde. Aber die Hauptsache ist, sie hat lange Beine, dachte sich Robert. Das wußte er schon seit langem, und schon beim ersten Training hatte er den Vorteil ihrer langen Beine feststellen können, die es ihnen beiden ermöglichten, im English Waltz und im Slow schöne lange Schritte zu machen. Den Gedanken, in Ilses Beinen noch andere Vorteile zu erblicken, verdrängte Robert rasch. Die Ilse ist keine Nanny, dachte er, die kann man nicht einfach so anfassen, und er hielt es im Augenblick für wichtiger, zunächst seinen neuen Besitz in allen Kreisen zu zeigen. Er versprach seiner Freundin, am anderen Tage nach dem Klubabend mit ihr noch in Bols Stuben zu gehen, und er sagte, man könnte, wenn man am Mittwoch zusammen ins Kino gehen wollte, noch gut eine Stunde die Söge- und Bahnhofstraße auf und ab gehen. Er fragte sie, ob sie die Regina-Bar kenne, das Malaparte oder das Dezemberprogramm im Astoria, und er vergaß auch nicht zu sagen: »Nächsten Sonnabend leisten wir uns mal einen tollen Spaß. Ich kenne ein ganz übles Lokal am Geeren, da lernst du mal was kennen!« Als Robert nach diesem Foxtrott mit ihr die Tanzfläche verließ, bot er seiner Freundin den Arm, und als sie an ihren Tisch zurücktraten, zeigte er, indem er seine Hand auf ihren Oberarm legte, allen Leuten, daß dies Mädchen seine Freundin war.

Einige Wochen später, auf dem Abtanzball, der kurz vor Weihnachten im Parkhaus stattfand, wußten alle, daß der junge Mohwinkel und die Meyerdierks ein festes Paar waren. Sie saßen an dem Tisch eines FF-Kurses, obgleich Robert schon Mitglied des Tanzkreises war. Da sie aber in der FF-Klasse am Turnier teilnehmen wollten, war es besser, wenn man sie an diesem Tisch sah. Robert hatte sich vorgenommen, auf diesem Turnier nur die Standardfiguren zu tanzen und keine Experimente zu wagen. So bekam das Paar Mohwinkel/Meyerdierks den zweiten Preis. Die Preisverteilung und der Ehrentanz der Siegerpaare, die vielen Glückwünsche und anerkennenden Worte, die ihnen von allen Seiten zuteil wurden, beeindruckten Ilse Meyerdierks sehr. Sie fühlte sich an diesem Abend als Mittelpunkt. So hatte man sie noch nie gefeiert, und sie bat Robert, auf diesem Ball jeden Tanz mit ihr zu tanzen, so daß er kaum Zeit fand, zwischen zwei Tänzen an der Bar den Turniersieg mit ihr zu feiern.

Als sie in der Frühe nach Hause gingen, hielt Robert es für einen hübschen Abschluß dieses Abends, wenn er beim Abschied begänne, Ilse zu küssen. Er fand, daß es doch eines Tages sein müsse und daß man erst dann behaupten dürfe, eine feste Freundin zu haben, wenn man in einer solchen nahen Beziehung zu ihr stünde. Gerade heute schien ihm der Augenblick günstig zu sein, und es galt, seine überlegene Stellung, mit der er Ilse zum Mittelpunkt dieses Abends gemacht hatte, und ihre gute Stimmung auszunutzen. Auf dem Heimweg sprach er nicht viel, und als sie in die Mathildenstraße einbogen, wo Ilse bei ihren Eltern wohnte, verstummte das Gespräch ganz. Robert überlegte sich die Form, mit der man eine solche Aktion ohne Blamage einleiten und ohne Widerstand der Partnerin durchführen könnte. Als sie aber an der Gartenpforte anlangten, war alles viel einfacher, als er geglaubt hatte. Ilse hatte Roberts Schweigsamkeit bemerkt, sie hatte seinen Entschluß erraten, und als er hinter ihr den Arm ausstreckte, um ihr die Gartentür zu öffnen, legte sie ihren Kopf auf seinen Arm, wobei sie es verstand, von dort wie aus Versehen abzugleiten, bis sie an seiner Brust lag. Robert küßte sie auf den Mund, und er hoffte, keinen Fehler zu machen. Da Ilse aber nach dem Kuß ihren Kopf von Roberts Brust nicht fortnahm, wußte er, daß alles richtig war, und er küßte sie ein zweites Mal, wobei er jetzt bemerkte, wie weich ihre Lippen waren. Als er sie zum drittenmal küßte, wagte er schüchtern, seinen linken Arm, der noch immer ausgestreckt auf der Gartentür verharrte, ihr um die Schultern zu legen, und auch die rechte Hand zu benutzen, um sie fester an sich zu drücken.

Robert freute sich, daß es ein Mädchen gab, das so viel von ihm hielt, daß es sich von ihm küssen ließ, und er hoffte, Ilse solange wie möglich behalten zu dürfen. Er küßte sie noch einige Male. Sie hatte dabei ihre Augen geschlossen und den Mund ein wenig geöffnet. Sie bemühte sich, möglichst gleichgültig zu erscheinen und Robert nicht zu zeigen, wie sehr sie einen solchen Abschluß dieses bedeutenden Ballabends erhofft hatte. Als Roberts linker Arm einzuschlafen und Ilse unter dem dünnen Organdykleid zu frieren begann, trennte sich das Paar, und bis zum Einschlafen wurde Robert trotz seines Glücks die Angst nicht los, Ilse doch wieder zu verlieren, jetzt, wo er es so weit bei ihr gebracht hatte.

Im Verlauf der nächsten Monate wurden immer mehr Angestellte der Firma Christiansen zum Wehrdienst einberufen. In der Westküste Süd war bald Herr Schilling, der Abteilungsleiter, mit seinen beiden Lehrlingen allein, denn auch Herr Scharnweber war fortgegangen, als er merkte, daß die alten Vorgänge nicht reichen würden, um ihn den ganzen Krieg über zu beschäftigen. Er hatte sich freiwillig gemeldet und kam im Range eines Sonderführers auf einen Verwaltungsposten im besetzten Norwegen. Gleich nach seiner Ankunft schrieb er einen Brief an seine früheren Kollegen und teilte mit, daß er in einer norwegischen Stadt, die er aus Gründen der Geheimhaltung nicht nennen dürfe, eine sehr wichtige Aufgabe übernommen habe. Der Brief schloß: »Ich denke viel an Sie, liebe Kollegen, und bedauere, nicht mehr bei Ihnen sein zu können. Aber es ist Krieg, und da wird jeder Mann an der Front gebraucht.« In der Firma bedauerte niemand, Herrn Scharnweber nicht mehr zu sehen. Wortlos reichte man den Brief von Pult zu Pult, und jeder zeichnete ihn ab, bevor er ihn weitergab. Auch Robert schrieb mit Rotstift »gelesen, Mohwinkel« darunter und gab den Brief Herrn Grünhut, der ihn aber nicht lesen wollte. »Schmeißen Sie den Wisch man weg«, sagte er, denn sein Interesse an dem weiteren Leben seines Kollegen war nur gering.

Die anderen, jüngeren Angestellten der Firma, die zum Reichsarbeitsdienst oder zur Ausbildung bei der Wehrmacht und zur schnellen Frontverwendung eingezogen wurden, schrieben keine Briefe an ihre alten Kollegen. Wenn der Tag ihrer Einberufung gekommen war, gingen sie zu Herrn Christiansen, um sich abzumelden. Der Abschied vom Chef war kurz, und Herr Christiansen sagte nur: »Na ja, denn alles Gute.« Zu einer größeren Anteilnahme war er vielleicht auch nicht verpflichtet. Sein eigener Sohn war ja auch bei den Soldaten. Nach dem Abschied vom Chef gab der junge Mann dann noch seinem Abteilungsleiter und seinen engeren Mitarbeitern die Hand. An den fremden

Abteilungen ging er nur vorbei, klopfte mit der Hand auf das vorderste Pult und rief, während er mit der Hand winkte, über die Pultreihen hinüber: »Also, denn ...« Er packte zusammen, was ihm persönlich gehörte: einen Kleiderbügel, Handtuch und Seife, manchmal ein Sitzkissen aus grünem Filz. Dann ging er, mit dem kunstlos verschnürten Paket unter dem Arm, quer durch die Halle und durch die Drehtür davon.

In der Tanzschule Lahusen wurden, wie Frau Rita schon vor einem halben Jahr befürchtet hatte, die Herren ebenfalls knapper. Die Neuanmeldungen gingen zurück, und aus den Klubkreisen wurden nach und nach die älteren Herren eingezogen. Zurückbleibende Partnerinnen kamen noch einige Male allein zu den Klubabenden, dann blieben auch sie weg. Es war langweilig, den ganzen Abend, ohne zu tanzen, dazusitzen und zu rauchen. Das Fernbleiben der alten Turnierpaare hatte zur Folge, daß Robert und Ilse im Ansehen aufrückten. Sie waren längst nicht mehr die Neulinge, und auf den Tanztees hatten sie schon ihren Platz am großen ovalen Tisch in der Halle, Frau Rita gegenüber. Robert war gewiß, daß er durch die Verbindung mit Ilse Meyerdierks den doppelten gesellschaftlichen Wert bekommen habe. In seiner Beziehung zu ihr überwand er seine anfängliche Schüchternheit. Mit Selbstverständlichkeit küßte er sie bei jedem Abschied viele Male, manchmal eine halbe Stunde lang, und jedesmal schien es ihm danach, als habe er mit dieser Handlung sein Besitztum neu gesichert. Als sie herausgefunden hatten, daß man beim Abschied nicht an der Gartenpforte stehen mußte, sondern an der Hauswand unter einem Gesims einen vor fremden Blicken sicheren Platz einnehmen konnte, begann Robert, an ihr die Oberfläche eines weiblichen Körpers mit der Hand zu erforschen. Wie beim erstenmal geübt, streckte er seinen linken Arm aus, um Ilse Gelegenheit zu geben, hierin ihren Kopf zu betten; den rechten Arm hielt er sich frei für seine Experimente, die er zögernd begann und die ihm jetzt im Winter bei Ilses dickem Wintermantel kaum nennenswerte Ergebnisse brachten. Darum versuchte er, an einem Februarabend, seine Forschungen auch unter Mantel und Rock weiterzuführen, aber ein Zittern seiner Freundin, das er für Frieren hielt, ließ ihn vorerst einhalten, und er nahm sich vor, diese Handlungen, die ihm sein Freund Albert Warncken an Nanny jeden Montag zeigte, auf einen wärmeren Abend im Frühling zu verschieben.

Für das Turnier trainierten Robert und Ilse weiter. Zu der Sicherheit, mit der sie bald die Grundfiguren aller Standardtänze beherrschten, kam die Überlegenheit, mit der sie sich nun an weit schwierigere Schrittfolgen wagten. Im März wollten sie sich wiederum einen Preis holen, um später einmal im »Blau-Orange« aufgenommen zu werden. Deshalb sprachen sie, wenn sie zusammen waren, fast ausschließlich vom Tanz. Wenn Robert alle acht Wochen Sonntagsdienst im Büro hatte, kam Ilse mit, aber sie blieb in der Halle ganz hinten an der Drehtür sitzen, um nicht zu stören, und sie sah von weitem zu, wie Robert im Lattenverschlag dem Prokuristen gegenübersaß und mit ihm die Post las. Mit weltmännischen Bewegungen, die eigentlich für Ilse bestimmt waren, reichte er dem Prokuristen Briefe, Telegramme und Akten hinüber. Manchmal knüpfte er eine Bemerkung an, in der Hoffnung, daß seine Freundin sie hören würde; er sagte: »Wegen fünf tons hätte Dampfer ›Aldebaran‹ doch nicht extra Raumo anlaufen müssen«, oder: »Ich möchte mal wissen, warum Dampfer ›Poseidon‹ das Holz für Rotterdam erst an Land schmeißt. Morgen früh hätte ich es außenbords abgenommen; den Kahn habe ich doch schon seit gestern.« Als Robert wieder einmal mit Herrn Hannemann Sonntagsdienst hatte, bemerkte der Prokurist das Mädchen in der Halle. »Ist das Ihre Freundin?« fragte er, und als Robert dies bejahte, überlegte Herr Hannemann, ob es angebracht sei, hiergegen etwas zu sagen. Früher hatten die Lehrlinge im zweiten Lehrjahr noch keine feste Freundin, die sie sonntags mit ins Büro brachten, und Herr Hannemann erinnerte sich, daß er schon stellvertretender Abteilungsleiter bei Matthies in Lübeck gewesen war, als er zum erstenmal seine Verlobte gebeten hatte, ihn nach Büroschluß abzuholen. Heute ist das alles viel freier, dachte er, und wehmütig erinnerte er sich an alles, was nicht mehr so war wie früher: Wenn die Lehrlinge seinen Füllhalter füllten, säuberten sie nicht mehr die Goldfeder; die Bleistifte wurden so rücksichtslos gespitzt, daß man alle vierzehn Tage einen neuen brauchte, und beim Unterschreiben der Konnossemente mußte man den jungen Mann, der neben einem stand, immer wieder an das Ablöschen erinnern. Dazu jetzt dieses Mädchen da vorn in der Halle. »In welchem Lehrjahr sind Sie?« fragte Herr Hannemann, und als Robert erwidern konnte, daß er im nächsten Monat ins dritte Lehrjahr ginge, beschloß Herr Hannemann, die Sache auf sich beruhen zu lassen. Bei einem Lehrling im dritten Lehrjahr konnte man wohl nichts mehr dazu sagen.

Der Ehrgeiz, mit dem Robert und Ilse das Tanztraining betrieben, brachte ihnen auf dem Ball im März wieder einen Preis ein. Zwar kamen sie nur auf den dritten Platz, doch war dies ein Preis in der höchsten Klasse der Tanzschule, und die Konkurrenzpaare waren ausschließlich Mitglieder des Tanzkreises. Die goldene Turniernadel mit den Initialen »TL« als Abzeichen der Tanzschule Lahusen, die sie nach diesem Sieg in der höchsten Klasse verliehen bekamen, trug Robert von nun an täglich und offen am Rockaufschlag. Er trug sie da, wo andere ihr Parteiabzeichen trugen oder die kleine Ausführung des Eisernen Kreuzes. Er war stolz auf diese durch Fleiß und Treue erworbene Ehrennadel, wobei es ihn nicht störte, daß dies Abzeichen nicht zu den im Dritten Reich von Staat und Führer verliehenen Orden und Ehrenzeichen gehörte.

Nach diesem Ball sprach Robert auf dem Heimweg mit seiner Freundin nicht mehr vom Tanz. Wer so viel erreicht hatte, brauchte nicht mehr alles so wichtig zu nehmen wie ein Anfänger. Er sagte zu Ilse: »Ich möchte mich von den Tanztees etwas zurückziehen. Haben wir es nötig, jeden Sonntag dabeizusein?« Er schlug vor, in der nächsten Woche am Ostersonntag einen Ausflug in die Bremer Schweiz nach Lesum zu machen. Sie trafen sich schon am Vormittag. Ilse hatte ein Kleid mit Bolerojäckchen in Schottenmuster an und den Mantel über den Arm gelegt, weil es ein sehr warmer Tag war. Robert sah sie zum erstenmal unter freiem, sonnigem Himmel, in einem leichten Kleid aus dünnem Stoff. Er ließ sie wiederholt vorangehen, um immer wieder neu festzustellen, daß sie eine Figur hatte, neben der man sich überall sehen lassen konnte. Das leichte Abknicken in der Hüfte hatte sie sich inzwischen abgewöhnt, durch das häufige Turniertraining hatte sie einen sicheren Gang bekommen, und auch beim Spaziergang führte sie die Schritte aus der Hüfte heraus. Das alles ist mein Werk, dachte Robert, und er sagte sich, daß er an diesem seinem Werk bisher viel zuwenig Rechte wahrgenommen hätte. Er beschloß, das noch an diesem Tage zu ändern.

Ilse hatte ein Paket mit Kuchen mitgebracht. In einem Gartenlokal kehrten sie ein, und Robert bestellte eine große Portion Kaffee mit zwei Tassen. Er hatte auch an diesem Sonntag auf seinen schwarzen Anzug nicht verzichten wollen, aber jetzt um die Mittagszeit auf der Terrasse in der Sonne zog er die Jacke aus und hängte sie über einen freien Gartenstuhl. Als sie das Paket mit dem Kuchen auspackten, sah Robert, daß es hausgebackener war, und es schien ihm interessant, etwas über die Herkunft dieses selbstgebackenen Kuchens zu erfahren. Ilse erzählte ihm, daß ihre Mutter diesen heutigen Ausflug vorbereitet und den Kuchen noch am Vortag gebacken habe. Da wurde Robert klar, daß er sogar im Leben dritter, ihm noch unbekannter Personen längst eine Rolle spielte. Dieser Gedanke, daß es da eine Frau gab, die ihn nie gesehen hatte, für ihn aber einen Kuchen buk, beunruhigte ihn, und nun erkannte er plötzlich, daß hinter diesem Mädchen, das er immer als eine einzelne in seinem Besitz befindliche Person betrachtet hatte, ein großer Verband fremder Menschen stand, als dessen Teil sie schon lange vor der Zeit mit ihm gelebt hatte. Da waren die Eltern, die Kollegen und Kolleginnen im Büro, gewiß auch Freundinnen. Vielleicht wußten sie von Robert alles, er aber wußte nichts von ihnen. Deshalb bemühte er sich heute eindringlicher, etwas über das andere Leben seiner Freundin zu erfahren, und zögernd erzählte Ilse, daß ihre Eltern nicht sehr glücklich seien. Ihre Mutter kam aus einer Familie, die eine Fünfzimmerwohnung gehabt hatte, nun aber, seit ihrer Verheiratung mit Herrn Meyerdierks, mußte sie in einer Dreizimmerwohnung leben. Das konnte sie ihrem Mann nicht verzeihen, auch nicht, daß er nach über zwanzig Jahren immer noch nicht Oberbuchhalter in der Hanseatischen Jutespinnerei geworden war. Er war ein einfacher Buchhalter und führte das Kontokorrent wie der alte Karstendiek bei Christiansen & Co. Sicher saß er auch an einem Stehpult auf einem Drehschemel. Da hat Ilse mit mir einen ganz schönen Sprung nach oben gemacht, dachte Robert, von einem Vater auf einem Drehschemel zu einem Freund, der im Büro schon einen Stuhl hat. Er merkte, daß Ilse nicht gern darüber sprach, und so stellte er keine weiteren Fragen.

Ilse war zu Hause nicht glücklich, und sie war auch im Büro nicht glücklich. Freundinnen hatte sie nicht. In einen Tag wie diesen Ostersonntag mit Robert wollte sie nichts von ihrem anderen Leben hinüberziehen, und sie wollte dieses zweite Leben mit ihrem Freunde so leben, als sei es das alleinige, als gäbe es nichts anderes als Ausflug am Sonntag, Kaffee auf der Terrasse, Tanzturniere im Abendkleid, neue Tanzplatten und Küsse unter der Haustür. Sie warf ihren Kopf zurück und lachte, und sie sagte, daß bei Westerholt in St. Magnus ab sechs Uhr Tanz sei. »Das wäre doch ein Spaß«, meinte sie, »mal eine richtige Polka auf einem Dorfparkett.« Robert stimmte zu. Er hatte, als sie sich zurückwarf und die Bolerojacke auseinanderfiel, ihre Brüste unter der Bluse gesehen, und er fand, sie sei es wert, daß man ihr recht viel bot.

Bei Westerholt spielte die Kapelle nicht nur Polka und Walzer, sondern auch Foxtrott, Tango und Rumba. Sie amüsierten sich über das in ihren Augen unkundige Tanzen der Dorfjugend, sie brachen spät auf und bekamen mit Mühe den letzten Autobus, der in die Stadt zurückfuhr. Robert hielt diesen Tag, an dem er seiner Freundin so viel geboten hatte und an dem sie außerdem dieses leichte Kleid trug, für günstig, um sie endlich einmal richtig anzufassen. Deshalb begann er, schon lange bevor sie in die Mathildenstraße einbogen, Ilse zu küssen, so daß er, als sie an der Hauswand unter dem Gesims angelangt waren, das Stadium der Annäherung für fortgeschritten genug hielt, um gleich mit der Berührung der nackten Haut zu beginnen. Während er wie immer Ilse mit dem linken Arm hielt, ihren Kopf an seiner Brust, schob er langsam, so als geschehe es versehentlich und nur aus Gedankenlosigkeit, seine rechte Hand unter ihren Rock. Als er am Ende des Strumpfes angelangt war, fing Ilse, wie damals, zu zittern an, aber vom Frieren konnte es heute, in der warmen Frühjahrsnacht, nicht kommen. Sie trug keinen Schlüpfer mit

Gummiband, sondern ein kurzes Seidenhöschen mit Spitzen, so daß es leicht war, mit der Hand vom Oberschenkel gleich an die Gesäßbacke zu gelangen. Während der ganzen Zeit, in der Roberts Hand diesen Weg machte, hatte Ilse still dagestanden, beide Arme schlaff herabhängen lassend, die Augen geschlossen. Sie war ihm nicht entgegengekommen, aber sie hatte ihn auch nicht abgewehrt. Jetzt zum Schluß machte sie einen leichten Versuch, sich zu befreien, aber Roberts Wille, diese einmal errungene Position zu halten, war stärker; er küßte sie gleichzeitig, worauf sie ihren Abwehrversuch aufgab. Während er sie immer wieder küßte, die rechte Hand weiterhin auf ihrer nackten Haut, hatte Robert zum erstenmal ein sexuelles Gefühl, und er hielt es für Liebe. Er blieb in dieser Nacht noch lange mit Ilse unter dem Gesims stehen, ohne die Stellung zu verändern. Gegen Morgen nach Hause kommend, freute er sich, diesmal ein schönes Stück vorangekommen zu sein.

In den darauffolgenden Wochen kam es hin und wieder vor, daß Robert im Büro nicht bei der Sache war. Er starrte vor sich hin, und er brauchte, nur um in einen vorgedruckten Chartervertrag den Kopf mit Schiffsnamen, Kapitänsnamen und Ladefähigkeit einzutragen, manchmal zehn Minuten. Herr Grünhut beobachtete es und verstand ihn. Das gab es immer wieder bei jungen Leuten, wenn sie achtzehn Jahre alt waren, und er sagte sich: Da hilft nur frische Luft. Er gab Robert eine Arbeit, die bis dahin vom Außenexpedienten nebenbei erledigt worden war, aber jetzt intensiver betrieben werden sollte: das Chartern von Kähnen im Hafen. Frühmorgens fuhr Robert zum Weserbahnhof, ging von dort zum Freihafen I und II und richtete es so ein, daß er die Hauptarbeit im Holz- und Fabrikenhafen nachmittags erledigen konnte. Seine Aufgabe war es, in allen Hafenbecken Schlepp- und Motorkähne zu finden, die frei waren und für eine eventuelle Beladung in Frage kamen. Da Robert diese Arbeit zwei- bis dreimal in der Woche sehr gewissenhaft vornahm, war die Firma Christiansen der einzige Schiffsmakler der Stadt, der stets ein genaues Bild vom gesamten in Bremen zur Verfügung stehenden Binnenfrachtraum besaß. Diese genaue Information ermöglichte Herrn Goedeke und Herrn Grünhut, einkommende Durchfrachtladungen besser zu disponieren und unnötige Umladekosten zu vermeiden. Hinzu kam Roberts Geschick, gleich an Bord der Kähne Verhandlungen mit dem Eigner oder dem Schiffsführer aufzunehmen und ihn für die Übernahme einer Ladung zu interessieren. Schon vom Kai aus knüpfte er das Gespräch mit dem Schiffer an; er sagte: »Na, ist das Ihr Kleiner?«, wenn er ein Kind an Bord sah, oder: »Na, große Wäsche gehabt?«, wenn eine Frau am Heck Wäsche trocknete. Dann ging er die eiserne Steigeleiter an der Kaimauer hinunter und sprang an Bord. Bevor er den Schiffer begrüßte, sah er sich auf dem Kahn erst einmal um, er schritt die Breite ab, guckte erst nach vorn und dann nach achtern, nickte anerkennend mit dem Kopf und sagte zum Schiffer, während er ihm die Hand reichte: »Donnerwetter, ein schönes Schiff! Schätze, Sie laden Ihre siebenhundert tons«, und erst nach geraumer Zeit fuhr er fort: »Ich habe da eine schöne Partie für Sie: Sperrholz, schöne saubere Ladung, macht keinen Dreck. Möchten Sie nicht mal wieder nach Rotterdam?« Danach erzählte Robert lange, wie gern er selbst einmal nach Rotterdam fahren würde. »Rotterdam muß eine schöne Stadt sein«, sagte er, und ganz zum Schluß, nachdem der Schiffer ihn zu einem Schnaps in der Kajüte eingeladen hatte, erwähnte Robert am Rande, daß die Partie schon am nächsten Morgen um sieben Uhr übernommen und der Vertrag noch an diesem Nachmittag im Büro geschlossen werden müßte.

Der Schiffer, der eigentlich keine Lust hatte, schon am nächsten Tag wieder zu laden, der auch lieber den Rhein hinaufgefahren wäre anstatt nach Rotterdam und der auch Stückgut vorgezogen hätte, weil es eine bessere Frachtrate brachte, sagte diesem jungen Mann zuliebe, der sich so viel Mühe gab, zu, nachmittags zum Abschluß ins Büro zu kommen. Dann sprang Robert auf den nächsten Kahn, um dort den Schiffsführer für vierhundert Tonnen Pappe zu erwärmen. Wenn er am späten Nachmittag ins Büro zurückkam, sah er die Früchte seiner Arbeit: Vier oder fünf Schiffer saßen um Herrn Grünhut herum, diskutierten über die Frachtraten, und einige von ihnen hatten ihre Frauen mitgebracht. Manchmal waren auch Kinder dabei, sie rissen sich los und liefen in den Lattenverschlag des Prokuristen Hannemann, der mit dieser neuen Zeiterscheinung nicht fertig werden konnte. Die Schiffer rauchten in ihren Pfeifen einen einfachen, starken Tabak, und der Qualm zog in dichten Wolken durch die Halle und legte sich in Ringen um die Lampen über dem Tresen. Jetzt fangen schon die Binnenschiffer an, hier zu rauchen, dachte Herr Hannemann, der früher nur einem Kapitän der großen Fahrt gestattet hätte, im Büro Pfeife zu rauchen.

Wenn die Schiffer den Schlußschein unterschrieben hatten und laut lärmend mit ihren Frauen und Kindern wieder abgezogen waren, kam manchmal Herr Christiansen aus seinem Zimmer und lobte Robert für seine Arbeit. Robert wußte, wie hoch das Lob seines Chefs einzuschätzen war, und er nahm sich vor, wenn er im Oktober ausgelernt haben würde und als Angestellter übernommen werden sollte, seine Gehaltsforderung danach zu stellen.

Im Mai und Juni wurde es für Robert schwieriger, mit den Schiffern zu verhandeln. Die meisten von ihnen waren Holländer, und nachdem deutsche Soldaten Holland besetzt hatten, kam es jetzt kaum noch vor, daß Robert zu einem Schnaps eingeladen wurde. Robert änderte nun aber auch seine Werbung. Er sprach nicht mehr vom schönen Rotterdam, sondern vom schrecklichen Krieg und daß er froh sei, nicht Soldat zu sein und in fremde Länder einmarschieren zu müssen. Nach diesen Worten kam es vor, daß die Schiffer sich doch zu einer Unterhaltung herbeiließen und schließlich am Nachmittag im Büro erschienen, wo sie den Chartervertrag unterschrieben. Dann freute sich Robert, daß es ihm wieder einmal geglückt war, den nötigen Schiffsraum zu beschaffen, und er glaubte fest, daß er diese Leistung durch persönliches Geschick vollbracht hatte.

Den Urlaub, das war lange vorausgeplant, wollten Robert und Ilse dieses Jahr gemeinsam verleben. Allerdings glückte es weder Robert noch Ilse, das Einverständnis ihrer Eltern zu einer gemeinsamen Reise zu erlangen. Erst nach den Drohungen Ilses, daß sie sofort auf und davon gehen und sich in einer anderen Stadt eine Stellung suchen würde, und erst nach der Ankündigung Roberts, er würde sich im Oktober freiwillig zur U-Boot-Waffe melden, erklärten beide Eltern zwar nicht ihr Einverständnis, aber wenigstens ihre Bereitschaft, nicht mehr von diesem Vorhaben, das sie für unsauber hielten, zu sprechen.

Als der Tag der Abfahrt gekommen war, packte jede Mutter ihrem Kinde die Unterwäsche und die Taschentücher zusammen. Beide vergaßen auch nicht, einen warmen Pullover hinzuzulegen und genügend Strümpfe zum Wechseln, für den Fall, daß die Kinder nasse Füße bekommen würden. Frau Meyerdierks hatte am Abend zuvor einen Kuchen gebacken. Schweigend und mit beleidigtem Gesicht hatte sie in der Küche gestanden. Beide Mütter hatten am Abend gesagt: »Wenn ihr euch nun trefft, bitte nicht bei uns. Die Nachbarn brauchen das nicht zu sehen.«

Robert und Ilse trafen sich früh um sieben Uhr am Ostertorsteinweg mit ihren Fahrrädern. Ihr Gepäck hatten sie in einem kleinen Koffer auf dem Gepäckhalter und in Fahrradtaschen. Ilse trug sehr kurze weiße Shorts, und Robert erschrak, ihre nackten weißen Beine, die er bisher nur vom Anfassen kannte, heute zum erstenmal zu sehen. Er hatte wieder das sexuelle Gefühl, das er schon kannte, aber er versuchte, diesen Aufzug seiner Freundin, wenigstens heute auf der langen Radtour, sportlich zu betrachten. »Die Shorts«, erzählte Ilse, »habe ich mir gestern abend, als meine Eltern schliefen, noch umgenäht. Meine Mutter hätte nie erlaubt, daß ich sie so kurz trage.« Dabei lachte sie und bemühte sich, ihre langen, weißen Beine günstig zu zeigen, indem sie ihren Fuß mit dem Pedal spielen ließ.

Robert hatte vor, die drei Urlaubswochen mit Ilse in Dorfmark, in der südlichen Lüneburger Heide, zu verleben. Robert hatte die Adresse des Gasthauses von Herrn Grünhut bekommen, der im vorigen Jahr hier mit seiner Familie gewesen war. Herr Grünhut hatte Robert das Gasthaus mit einem Blick genannt, in dem eine Empfehlung dieses Urlaubsortes nicht nur der Billigkeit, sondern auch der Einsamkeit wegen lag.

Robert ging es jedoch nicht darum, mit seiner Freundin die Einsamkeit zu suchen. Lieber wäre er mit ihr nach Wiesbaden gefahren, um sich auf Gesellschaften mit ihr zu zeigen, im schwarzen Anzug, während sie ihr Abendkleid trug. Doch dazu reichte das Geld nicht; er mußte Dorfmark vorziehen, wo nur im Hamburger Hof am Wochenende abends Tanz war und wo es sonst nichts gab als ringsum die Heide. Robert, der bisher die intimen Beziehungen zu seiner Freundin nur als angenehmen Abschluß der Abende gepflegt hatte, sah sich nun der Verpflichtung gegenüber, diese Intimität zum Hauptinhalt aller Urlaubstage zu machen. Schon am Vormittag fuhren sie mit dem Rad ein Stückchen hinaus, nur eine Wolldecke auf dem Gepäckhalter, um sich irgendwo zwischen Wacholdersträuchern auf sandigem Boden zu lagern. Da zu dieser Zeit die Heide noch nicht blühte, blieben sie von Wanderern ungestört, und Robert konnte sich ganz der Beschäftigung hingeben, die Oberfläche des weiblichen Körpers nun bei leichtester Bekleidung weiter zu erforschen. Ilse trug die weißen Shorts vom Morgen bis zum Abend; um die Brust hatte sie nur ein buntes Tuch gewickelt, das den Mittelteil des Rumpfes mit dem Nabel frei ließ, und Robert empfand es als zusätzliches Geschenk, jetzt auch sehen zu können, was er früher nur im Dunkeln berührt hatte. Er hielt es für seine Pflicht, sich nun auch um die Entdeckung der Brust zu bemühen, zumal Ilse durch die nur provisorische Bedeckung ihrer Brust andeutete, daß dies auch ihr erwünscht sei. Bei nächster Gelegenheit knöpfte er ihr das Tuch auf, war aber, als er es abnahm, von seiner neuen Entdeckung enttäuscht; er hatte sich nicht vorgestellt, daß die Brüste eines Mädchens so weiß und so weich seien. Er wagte kaum, sie zu berühren, aus Angst, sie könnten unter seinen Händen wie Butterkügelchen in der Sonne zerschmelzen. Sie paßten nicht zu dem festen Bild, das Robert seit Monaten von Ilse hatte. Er hielt die nackten Brüste für nicht interessant in der Liebe, und er nahm sich vor, sie nicht wieder zu berühren. Da war der Oberschenkel eines Mädchens mit dem Ansatz des Gesäßes etwas anderes. Muskeln und Sehnen formten diese Partie; alles war beweglich und lebte, und Robert wurde nie müde, diesen Körperteil seiner Freundin während des Gehens, beim Radfahren und Treppensteigen, beim Hinsetzen oder beim Bücken zu betrachten und bei der Berührung das Spiel der Muskeln zu spüren. Auch konnte man das Mädchen dort kneifen oder ihr einen kleinen, derben Schlag versetzen, was bei der Brust gewiß schädlich war.

Am Sonnabend gingen sie nach dem Abendbrot in den Hamburger Hof, Ilse hatte wieder das Kleid mit dem Bolerojäckchen an, und sie erwarteten einen Tanzabend wie bei Westerholt in St. Magnus, doch sie waren überrascht, die Musik einer Kapelle zu hören, die ihren Ansprüchen genügte. Später kamen die Gäste eines nahe gelegenen Betriebserholungsheimes, meist ältere Leute zwischen dreißig und vierzig Jahren, und viele von ihnen hatten vorher noch ihre Kinder ins Bett bringen müssen, bis sie für dies sonntägliche Tanzvergnügen frei waren. Die Frauen trugen mit Blumen bedruckte und in viele zierliche Falten gelegte Röcke über breiten Hüften und Blusen mit weißen Spitzen, unter denen man die rote Haut sah. Die Männer hatten graue Anzüge an und legten nach dem ersten Glas Bier ihre Jacketts ab, um in Hemdsärmeln zu tanzen, die sich auf dem Oberarm über Gummiringen bauschten. Sie hatten graue Gesichter, die sich nun aber zu röten begannen und nach jedem Tanz röter wurden, bis sie in der Farbe dem Busenausschnitt ihrer Frauen glichen. Beim Tanzen bewegten sie sich in kleinen, schurrenden Schritten, ihre breithüftigen Frauen vor sich herschiebend. Sie schwitzten, und unter den kurz geschnittenen Haaren tropfte der Schweiß vom Hinterkopf auf das schon durchnäßte Hemd. Robert wollte es nicht in den Kopf, daß diese Menschen, die zehn bis zwanzig Jahre älter waren als er, die in den zwanziger Jahren doch auch einmal jung gewesen waren und gewiß auch in jenen Jahren tanzen gelernt hatten, nun so häßlich und geschmacklos tanzten. Sie tanzten wie Unteroffiziere mit Dienstmädchen in Vorstadtlokalen. Das Vergnügen, das dieser Abend seiner Freundin bereitete, konnte er nicht teilen.

In der Woche darauf versuchte Ilse eines Abends, Robert zu mehr zu verführen, als er ihr bisher in der Liebe geboten hatte. Sie schloß zur Nacht ihr Zimmer nicht ab, und als sie im Bett lag, klopfte sie an die Wand, um ihrem im Nebenzimmer schlafenden Freund zu bedeuten, daß er ihr noch nicht »Gute Nacht« gesagt habe. Im Schlafanzug betrat Robert ihr Zimmer. Und er erfaßte gleich, daß diese Situation etwas zu tun forderte, was seinen Absichten nicht entsprach. Ein solcher Aufwand war nicht nötig, um ein Mädchen an sich zu binden, und er erinnerte sich, daß aus den Kreisen seiner Freunde, Bekannten und Kollegen, die wie er erst achtzehn Jahre alt waren, keiner eine solche Verschmelzung für notwendig hielt, um sich des Besitzes einer Freundin rühmen zu können. So wie Robert es gelernt hatte, auf einem Tanzturnier keine Figuren zu tanzen, die er noch nicht gehabt hatte, oder so wie er im Beruf auch nicht daran dachte, eine Time charter abzuschließen, weil dies die Arbeit eines Angestellten und noch nicht die eines Lehrlings war, so wollte er es auch in der Liebe nicht unternehmen, etwas zu tun, wozu er sich noch nicht reif genug fühlte. Ihm schien, daß seine Freundin etwas von ihm erwartete, wofür die Zeit noch nicht gekommen war, und er beugte sich über Ilse, um ihr den geforderten Gute-Nacht-Kuß zu geben. Dann verließ er ihr Zimmer, und er hielt sich für sehr edel, weil er diese Situation nicht zu seinem eigenen Vorteil und zum Nachteil seiner Freundin benutzt hatte.

Am nächsten Morgen saß Ilse niedergeschlagen am Frühstückstisch. Sie sah in ihre Kaffeetasse, in der sie ständig rührte, obgleich der Zucker längst aufgelöst war. Sicher schämt sie sich, dachte Robert, und deshalb vermied er es, von der peinlichen gestrigen Lage zu sprechen. Er nahm an, daß sie nun gewiß sehr dankbar war, weil sie trotz ihres sicher versehentlich so wagemutig geratenen Spieles verschont geblieben war. Nur aus Schamgefühl vermochte sie wohl jetzt nicht, ihm ihre Dankbarkeit auszudrücken. Wie stände sie jetzt da, wenn ich mich nicht beherrscht hätte, dachte Robert, wir könnten uns ja beide nicht mehr in die Augen sehen.

Am Abend saßen sie wieder im Hamburger Hof, und um neun Uhr erschienen wie gewöhnlich die Gäste des Betriebserholungsheims, vor deren Anblick Robert sich schon den ganzen Tag gefürchtet hatte. »Jetzt wird's schön«, sagte Ilse, und sie forderte Robert auf, zwischen den schurrenden und schwitzenden Paaren mit ihr einen richtigen Foxtrott zu tanzen. Der Foxtrott mißlang, und Robert merkte, wie groß die Gefahr war, von dem hohen Stand, den er heute mit achtzehn Jahren erreicht hatte, plötzlich wieder in ein niedrigeres Leben abzusinken. Für ihn war dieser Foxtrott mit den mißlungenen Figuren, was das Baden im Kinderplanschbecken für einen Meisterschwimmer gewesen wäre. Robert schämte sich, und er schlug Ilse vor, nach

Hause und schlafen zu gehen. Er sagte, er habe Kopfschmerzen und sei sehr müde. Robert war froh, daß der Urlaub zu Ende war und daß man morgen, am Sonntag, zurückfahren mußte. Der Höhepunkt seines bisherigen Lebens war erreicht, weiter konnte er vorerst nicht kommen.

Als er am Sonntagabend nach Hause kam, bestätigte sich Roberts Empfindung, daß der Höhepunkt erreicht war. »Hier hättest du sein müssen«, sagte seine Mutter, »wir hatten jede Woche mindestens dreimal Alarm. Dabei ist an ein Weiterschlafen wie früher nicht zu denken, wir müssen jedesmal in den Keller«, und sie fuhr fort aufzuzählen, wo überall schon Bomben gefallen und Häuser zerstört worden waren. Später beim Abendbrot sagte Herr Mohwinkel: »Vor einer Woche ist Gerd Mebes eingezogen worden; er ist Jahrgang 1921, da wird es nicht mehr lange dauern, bis du dran bist«, und Roberts Mutter jammerte: »Was werden sie bloß mit dir machen? Wenn sie dich einziehen, sehen wir dich ja nie, nie wieder«, wobei sie aber nicht vergaß, den Teller ihres Sohnes im Auge zu behalten und ihm eine zweite Scheibe Wurst wieder vom Brot zu nehmen mit der Bemerkung, daß von Woche zu Woche weniger Lebensmittel auf Karten aufgerufen würden.

Entschlossen, den Krieg und seine Auswirkungen so lange wie möglich nicht zur Kenntnis zu nehmen, ging Robert am nächsten Tag ins Büro. Wenn er an Häusern vorbeikam, die Bombenschaden aufwiesen, sah er weg, und er überhörte die Antwort seines Zigarrenhändlers, daß er statt zwölf Gold-Dollar nur eine kleine Packung mit sechs erhalten könnte. Er nahm sich vor, solange die kleinsten Nachwirkungen des Friedens ihm noch etwas böten, sich als nicht im Krieg befindlich zu betrachten.

In den Herbstmonaten begann Robert, Bols Stuben zu meiden. Es wurde ihm zu unbehaglich in dieser Bar. Jeden Abend waren alle Barhocker mit Unteroffizieren und Mannschaften besetzt. Sie waren sehr laut und rochen nicht gut. Sie duzten die Bardame, was Robert nie gewagt hätte, und wenn sie auf dem winzigen Parkett tanzten, machten sie kleine, schurrende Schritte. Sie schienen Robert wie die Vorboten einer schrecklichen Zeit: Überall, wo er hinkam, gab es diese unansehnlichen Menschen mit dem kahlen Hinterkopf und den kleinen, schurrenden Tanzschritten, man war nirgends mehr sicher vor ihnen. Sogar ins Astoria drangen sie schon vor und ins Malaparte, und sie brachten Mädchen mit, denen man ansah, daß ihnen bald unter dem zierlichen Faltenrock eine breite Hüfte gewachsen sein würde und daß sie unter der Spitzenbluse eine rote, fleckige Haut bekommen würden. Robert wollte auch nicht durch die Uniformen an den Krieg erinnert werden, und so ging er öfter als je ins Café Mohr. Im Café Mohr hatte er seine Stammnische und eine Wirtin, die Zivilisten noch achtete. Man sah auch im Café Mohr selten die Uniformen von Heer und Luftwaffe, sondern mehr die der Marine. Matrosen störten Robert aber nicht, sie unterschieden sich kaum von den Seeleuten der Handelsmarine, und ihre Mädchen waren keine bürgerlichen Töchter mit Lockenhaar und Faltenrock, sondern kleine Flittchen, rotmähnig im engen, kurzen Samtkleid. Diese Paare zerstörten das Bild nicht, das sich Robert vom Frieden so lange wie möglich erhalten wollte.

Ins Café Mohr ging Robert auch mit Ilse, und längst brachte er sie zu den Montagabenden mit, wenn er sich mit Albert und Nanny traf. Er hatte es sogar verstanden, zwischen allen ein herzliches Einvernehmen herzustellen. Nun sah er mit Staunen, wie gut seine Freundin sich auch mit Nanny verstand, von der er längst wußte, daß sie nicht das unschuldige Kind war, für das sein Freund sie immer noch hielt. Zwar stammte sie wirklich aus Syke, aber mit ihrem Verlobten in Schwachhausen und ihrem

Verwandtschaftsverhältnis zu Lisa hatte sie den beiden Jungen einen Bären aufgebunden. Sie war eine Hure wie die anderen Mädchen, die hier verkehrten, und im Hause des Kaufmanns Matthias Schnoor hatte sie ihr Quartier. Den Montag hatte sie zu ihrem freien Wochentag gemacht, weil an diesem Tage das Geschäft ohnehin schlecht war. Sie fuhr dann am Morgen zum Baden, nachmittags ging sie ins Kino, und am Abend traf sie sich mit den beiden Jungen aus der Schiffsmaklerfirma. Sie genoß es, von diesen beiden wie ein anständiges Mädchen behandelt zu werden. Für Robert waren diese Abende ein Rest der guten alten Zeit, in der es keinen Krieg gab, keine Verdunkelung, und in der man Zigaretten bekam, soviel man wollte. Seitdem Herr Maximilian Mohr die Uniform eines Hilfspolizisten trug, machte es seiner Frau auch keine Schwierigkeiten, während der Fliegeralarme weiter auszuschenken. Sie postierte ihren Mann vor den Eingang, und Maximilian meldete den Streifen, daß in diesem Haus alles in Ordnung und alle Personen im Keller seien. Die Gäste, die sich in dieser Zeit ruhig verhalten mußten, hörten dann manchmal seine Stimme, wenn er draußen sagte: »Hilfspolizist Mohr meldet: Am Geeren Numero vierzehn alles in Ordnung.« Nach jeder Meldung bestellten die Gäste eine neue Runde, und Frau Meta Mohr fand, daß das Geschäft während der Alarme besonders gut ging.

Im Oktober machte Robert, nachdem Herr Christiansen in Anbetracht seiner guten Leistungen seine Lehrzeit um ein halbes Jahr verkürzt hatte, seine Handlungsgehilfenprüfung vor der Industrie- und Handelskammer. Das günstige Ergebnis, das gleich nach der Prüfung bekanntgegeben wurde, nahm Robert zum Anlaß, sich noch am Vormittag zu betrinken. Er begann mit einer Reihe anderer Lehrlinge in den Bürgerstuben, ging dann mit einem kleineren Kreis in den Roten Sand, am frühen Nachmittag endete er dann allein im Café Mohr. Überall erzählte er, daß er jetzt Angestellter sei, und bei Frau Meta Mohr fügte er im Vertrauen hinzu, daß er hundertzwanzig Mark verdienen werde. Diese Forderung wolle er heute noch bei seinem Chef vorbringen. Frau Mohr, die den augenblicklichen Zustand des jungen Mannes nicht für geeignet hielt, Gehaltsforderungen vorzubringen, riet ihm ab, Robert hörte aber nicht auf sie, sondern ging noch am selben Nachmittag zu Herrn Christiansen. Er nahm sich zusammen, um im Zimmer seines Chefs nicht zu torkeln, sagte dann aber mit einer viel zu lauten Stimme, über die er selbst erschrak: »Ich habe die Prüfung bestanden, Herr Christiansen, ich möchte jetzt hundertzwanzig Mark verdienen.« Herr Christiansen war es gewöhnt, daß Lehrlinge, die die Prüfung bestanden hatten, betrunken ins Büro kamen und erwarteten, daß man ihnen gratulierte. Daß ein Lehrling in diesem Augenblick gleich seine Gehaltsforderungen stellte, war ihm neu, und er sagte sich, daß es vielleicht nicht gut gewesen war, den jungen Mohwinkel hin und wieder zu loben. Er sagte: »Na, einen über den Durst getrunken, Mohwinkel, was?«, und er erklärte ihm, daß die eigentliche Lehrzeit eines jungen Mannes immer erst in der Angestelltenzeit beginne und daß auch er froh sein müsse, wenn er bei einem Gehalt von nur hundert Mark in dieser Firma noch eine Menge lernen dürfe. Vielleicht war sein angetrunkener Zustand schuld, daß Robert plötzlich das Gefühl hatte, großmütig sein zu müssen. Deshalb sagte er: »Sie müssen wissen, Herr Christiansen, was Sie bezahlen können«, und dann ging er in die Buchhaltung, um Herrn Roewer zu sagen, daß die Personalakte geändert werden müsse.

Obgleich Robert als Angestellter in der Firma Christiansen nicht mehr verdiente als die anderen jungen Leute, die gerade ausgelernt hatten, nahm er doch eine besondere Position ein. Nicht nur das niedrige Pult mit Stuhl und nicht nur die Erlaubnis, gelegentlich bei Besuch von Schiffern während der Geschäftszeit rauchen zu dürfen, sondern sein spezielles Aufgabengebiet bewirkte, daß er sich im Rang höher einstufte. Er war der Untergebene eines Prokuristen in der Trampfahrt, und das war mehr, als der Untergebene eines Abteilungsleiters ohne Vollmachten in der Linienfahrt zu sein. So kam es, daß Robert sich im Büro manchmal einsam fühlte.

Im Tanzkreis hatte Robert ein ähnliches Gefühl der Einsamkeit. Diese bewunderten Kreise, die Robert noch vor zwei Jahren ehrfürchtig betrachtet hatte, bröckelten jetzt langsam auseinander.

Er war in den Tanzschulkreisen längst ein Senior geworden, viel früher, als er es sich je erträumt hätte, aber seine hohe Stellung brachte ihm nun keine Bewunderung mehr ein. Niemand ahmte ihn nach, niemand trug mehr langes, pomadiges Haar wie er; dunkle Anzüge, leises Sprechen und müde Bewegungen waren ganz aus der Mode gekommen. Robert empfand unklar, daß er bereits eine museale Rolle spielte. Längst hatte er auf den Tanztees seinen festen Platz neben Rita, aber dieser Platz machte ihm keine besondere Freude. Denn Herr Czerny war nicht mehr da, er war bei der Flak, und Herr Swoboda war an der Front in Afrika. Die übrigen Herren, die an diesem Tisch den Klub vertreten hatten, waren überall als Besatzungssoldaten stationiert. Es machte Robert auch keinen Spaß, mit Frau Rita Lahusen vortanzen zu dürfen, und gleichgültig nahm er den Vorschlag an, zum nächsten Abtanzball mit drei anderen Paaren eine Tangoformation einzustudieren. Das Angebot zum Tanzen einer Formation, zu der man früher nur ganz geübte Paare heranzog, ließ Robert kalt. Er sah, daß es niemanden mehr gab, der ihn loben oder bewundern würde. Er fühlte sich als der letzte Vertreter einer großen Epoche, die vor Jahrzehnten mit One- und Twostep, mit Charleston und Rumba, mit den ersten großen Tanzturnieren, dem Jazz, der nach Europa kam, und den Schlagern »Armer Gigolo«, »Valencia« und »Sonny boy« begonnen hatte und die jetzt im Spätherbst 1940 unter verständnislosen jungen Leuten mit dem im Luftschutzkeller heimlich getanzten Lambeth-Walk endete.

Robert versuchte oft, mit Ilse Meyerdierks über seine Probleme zu sprechen, doch zu seinem Schmerz stellte er fest, wie wenig sie sich dafür interessierte. Für sie war ein Tanzturnier noch immer ein glanzvolles Ereignis, und der Lambeth-Walk, heimlich im Luftschutzkeller der Tanzschule während der Alarme getanzt, begeisterte sie, ohne daß sie sich dazu verstehen konnte, hierin ein Symptom für das Ende einer bedeutungsvoll schönen Zeit zu sehen. Robert war oft unglücklich über ihre mangelnde Gedankentiefe und über ihren kleinen Horizont. Eines Tages aber mußte er einsehen, wie unrecht er hatte, so gering von ihr zu denken. Es war der Tag, an dem Ilse ihren zwanzigsten Geburtstag feierte und Robert zu dem Fest einlud. Es war ein Sonnabend, und Frau Meyerdierks hatte im Wohnzimmer den Tisch ausgezogen und eine Kaffeetafel für sechs Personen gedeckt. Zum erstenmal betrat Robert die Wohnung seiner Freundin, und zum erstenmal stand er ihren Eltern gegenüber. Ihre Mutter war eine kleine Frau in einem langen, flohfarbenen Kleid, das als einzigen Schmuck ein weißes Krägelchen hatte. Sie bewegte sich mit so kleinen und so schnellen Schritten, daß es aussah, als befinde sie sich dauernd im Laufschritt. An der Kaffeetafel saß sie niemals still, sondern fand alle Minute einen Grund, um den Tisch herumzulaufen, irgendwo Kaffee nachzuschenken oder neuen Kuchen aus der Küche zu holen, und es gelang ihr, mit diesen Tätigkeiten jedes aufkommende Gespräch im Keim zu ersticken. Wenn trotzdem jemand versuchte, einen begonnenen Satz noch zu Ende zu sprechen, nötigte sie ihn so lange, noch ein Stück Kuchen zu nehmen oder sich doch bitte mit Sahne zu bedienen, bis er es aufgab, ein Gespräch in Gang zu bringen. Herr Meyerdierks hatte sich nach jahrzehntelanger Ehe längst daran gewöhnt, daß auf seinen Gesellschaften niemand zum Sprechen kam. Er nahm sich eine Zeitung vor und las. Nach dem Kaffeetrinken zog er die Jacke aus, und als er sie über die Stuhllehne hängte, erschrak Robert plötzlich: Er sah Herrn Meyerdierks von hinten, einen Mann in Weste und Hemdsärmeln, mit kurzgeschnittenem Haar und einem kahlen Hinterkopf über dem blanken Rückenteil der Weste, und er wußte, dies war auch einer von den kleinen, unansehnlichen Leuten, die ihm seit einiger Zeit so schrecklich erschienen. In diesem Augenblick sah Robert ein, daß er von Ilse nicht gering denken durfte. Er brauchte nur einen Blick auf ihre Eltern zu werfen und dann noch Fräulein Gertrud anzusehen, eine Kusine seiner Freundin, die ebenfalls zwanzig Jahre alt war und, mit starker Dauerkrause im Haar, mit zierlichen Ohrringen und einem rosa Kindergeburtstagskleid am Ende des Tisches saß, um zu wissen, Ilse Meyerdierks hatte nicht das glückliche Leben, in dem man es sich leisten konnte, an großen und depressiven Gedanken zu leiden. An Ilse trat das Leben mit kleinen häßlichen Einzelheiten heran, so daß sie gezwungen wurde, ein oberflächlicher Mensch zu werden.

Robert begann die Tapferkeit seiner Freundin, mit der sie ihr Leben ertrug, zu bewundern. Anfangs hatte er vorgehabt, sich in dieser Gesellschaft mit einigen Redensarten hervorzutun, doch nun blieb er still. Er hielt den Kopf gesenkt und spielte mit den Fransen der Filetdecke, die Frau Meyerdierks nach dem Abräumen des Geschirrs aufgelegt hatte. Er hörte nicht auf das Gespräch zwischen Ilse und ihrer Kusine, das ihm unbeschreiblich albern erschien, weil die beiden Mädchen sich nur festzustellen bemühten, wie lange sie sich nicht gesehen hätten. Er achtete auch nicht auf die Blicke von Frau Meyerdierks, die Robert immer wieder ansah. Frau Meyerdierks fand, daß der junge Herr Mohwinkel ein besonders wohlerzogener, nur leider etwas schüchterner Mensch sei. Robert zählte in der Filetdecke die freien Löcher zwischen zwei zugestickten Blumen. Da faßte sich Frau Meyerdierks ein Herz, setzte sich neben Robert und begann, über ihr Lieblingsthema zu sprechen. »Es tut mir so leid, Herr Mohwinkel«, sagte sie, »daß wir Sie nur so ärmlich empfangen können. Früher, wissen Sie, hatten wir fünf Zimmer. Da wurden bei Geburtstagen die Flügeltüren geöffnet, und wir aßen alle, alle an einer langen, langen Tafel, die durch zwei Zimmer reichte.« Bevor sie den nächsten Satz, in dem ein Bechsteinflügel vorkam, zu Ende sprechen konnte, wurde sie von ihrer Tochter unterbrochen, die ihrer Mutter plötzlich klarmachte, daß Robert und sie nicht länger verweilen könnten, da sie sich mit Frau Lahusen verabredet hätten. Frau Meyerdierks, über den plötzlichen Aufbruch ihrer Tochter erschrocken, versuchte noch, sie und den jungen Mohwinkel zu halten. Sie sagte: »Wir hatten noch Onkel Paul erwartet, zum Kaffee konnte er nicht kommen, aber jetzt wird er gleich hier sein«, und zu Robert gewandt setzte sie erklärend hinzu: »Es ist mein Bruder, den wir erwarten, er ist Dentist und hat eine große, große Praxis.« Aber der Dentist half ihr jetzt nichts mehr, Robert ließ sich von Ilse fortziehen, und er merkte, wie sie auf der Straße aufatmete.

Robert und Ilse waren an diesem Abend nicht mit Frau Lahusen verabredet. Ilse fühlte sich nur von dem Nachmittag angegriffen, und sie hatten beide das Bedürfnis, sich zu betrinken. Sie fuhren zum Geeren und gingen ins Café Mohr, wo sie aber keinen rechten Platz fanden. Alle Nischen waren besetzt, und sie mußten sich mit einem Stehplatz an der Theke begnügen. Nach der dritten Runde Bier und Schnaps heulte die Sirene. Dieser Alarm wurde für die Gäste des Café Mohr zum erstenmal ein schlimmeres Erlebnis, denn es gelang Herrn Maximilian Mohr nicht mehr, seinen Posten vor dem Eingang zu beziehen und die Wehrmachtsstreife am Eintreten zu hindern. So mußten alle Gäste zum Luftschutzkeller laufen, der zweihundert Meter entfernt war, und der Streifenführer, ein alter Oberfeldwebel, überwachte die Aktion selbst. Dem Wirt, obgleich er in Polizeiuniform und Luftschutzhelm vor ihm stand, traute er nicht. Robert und Ilse gelang es, heimlich in einer Seitenstraße zu verschwinden. Sie warteten in einem Hauseingang, bis alle vorbei waren, dann gingen sie hinunter zu den Speichern an der Weser. Hier war alles ruhig, keine aufgeregten Luftschutzwarte dirigierten hastende Menschen mit Koffern und kleinen Kindern und bemühten sich mit lauten, überheblichen Befehlen um die Erhaltung des kostbaren Menschenmaterials. Robert war froh, nach diesem Nachmittag vor der Kaffeetafel und der Filetdecke mit Ilse jetzt hier draußen zu sein. Sie stellten sich an das Geländer einer Treppe, die von der Ufermauer hinunter zur Weser führte, und sahen, wie in Huckelriede bei den Kasernen, um den Flugplatz und auch im Westen, wo die Hafenanlagen waren, die Scheinwerfer aufleuchteten und den Himmel abzusuchen begannen. Kurz darauf begann auch die Flak zu schießen, und dem Motorengeräusch am Himmel konnte man entnehmen, daß diesmal eine größere Anzahl feindlicher Flugzeuge die Stadt anflog. Zum erstenmal erlebten sie einen Fliegerangriff unter freiem Himmel, ohne in einem Keller Lambeth-Walk zu tanzen oder im Café Mohr weiterzutrinken. Bald hörte man, wie im Westen Bomben fielen und das Flakfeuer immer dichter wurde. Überall fielen die Splitter der Flakgranaten klirrend auf das Straßenpflaster, und je mehr es wurden und je dichter sie fielen, um so befreiter fühlten sich Robert und Ilse. Wie man nach einem betäubenden Erlebnis in den Regen hinausgeht und den entblößten Kopf dem erfrischenden Naß aussetzt, so standen Robert und Ilse unter den fallenden Granatsplittern. Sie umarmten und küßten sich.

Im Januar 1941 kam der Sohn Herrn Christiansens auf Urlaub und machte auch einen Besuch in der Firma. Er trug die feldgraue Uniform des Heeres mit den Schulterklappen eines Unteroffiziers und dem Kriegsverdienstkreuz. Die Kollegen erfuhren, daß er in allen Feldzügen dabei, als Heeresfunker aber jeweils den Armeestäben zugeteilt gewesen war. Da er einziger Sohn und einziger Erbe der väterlichen Firma war, gelang es Herrn Christiansen senior, ihn vom Frontdienst befreien zu lassen. Seit einigen Monaten diente der junge Christiansen auf fester Funkstelle in Bordeaux, wo er nichts weiter zu tun hatte, als in täglichem achtstündigem Dienst die Verschlüsselung von Klartext und die Entschlüsselung chiffrierter Meldungen vorzunehmen. Über diese stumpfsinnige Tätigkeit sprach er jedoch in seinem Urlaub nicht, sondern er erzählte von seiner Besatzungszeit in Polen, den Kampfhandlungen in Belgien und dem Einmarsch in Paris. Herrn Grünhut, der früher stellvertretender Abteilungsleiter in der Frankreichfahrt gewesen war, erzählte er auch, daß er vor kurzem in Bordeaux Herrn Vignon, den dortigen Vertragsmakler und alten Geschäftsfreund der Firma Christiansen, besucht habe. »Herrn Vignon geht es gar nicht gut«, sagte er, »die Dampfer ›Carcassonne‹ und ›Émile Augier‹ sind von der deutschen Marine beschlagnahmt, sein Sohn ist noch in deutscher Gefangenschaft, er selbst hält sich mit etwas Stückgutspedition über Wasser.« Zu Herrn Hannemann sagte der junge Herr Christiansen: »Na, ins schwedische Erzgeschäft sind wir ja ganz schön reingekommen«, und zu Herrn Roewer meinte er: »Ganz schön schlimm die Luftangriffe in der letzten Zeit, aber es freut mich zu sehen, wie tapfer die Heimatfront durchhält.« Er sprach auch mit Herrn Goedeke, Herrn Vogelsang und Herrn Schilling, nur mit den jungen Leuten sprach Herr Christiansen junior nicht. Er gab ihnen nur flüchtig die Hand, die Lehrlinge begrüßte er gar nicht. Als er beim jungen Mohwinkel vorbeikam, meinte er: »Na, noch nicht eingezogen?« Dann ging er gleich weiter ins Chefzimmer, wo er sich in den Besuchersessel setzte und Herrn Mehlhase zuschaute, wie er seine Apfelsinen auspackte. »Wo kriegen Sie die bloß noch immer her?« fragte er den Teilhaber seines Vaters, worauf Herr Mehlhase ihm eine abgab. Herr Mehlhase brachte dies Opfer gern, denn immerhin war der Besucher ein junger Mann, der von der Front kam. Das Personal der Firma Christiansen wurde durch den Botenmeister, der die Szene beobachtet hatte, von dieser Geste Herrn Mehlhases benachrichtigt. Zum erstenmal war es vorgekommen, daß Herr Mehlhase seine Apfelsinen mit jemandem teilte; man mußte daraus wohl schließen, daß der junge Herr Christiansen schon als künftiger Chef respektiert werden mußte.

In Wahrheit strebte der junge Herr Christiansen nur deshalb nach einer möglichst nichtachtenden Behandlung der jungen Leute, weil er Angst hatte, sich später einmal nicht durchsetzen zu können. Er wußte sehr wohl, daß er nach dem gewonnenen Krieg auf alle diese jungen Leute, die in ihren Sparten das nötige Teilwissen hatten, angewiesen sein würde. Sein Vater hatte vor, nach dem Sieg das Geschäft wesentlich zu erweitern: Ins Levantegeschäft mußte man kommen, und die Erzeinfuhr von Schweden mußte man beibehalten. Vielleicht sollte man sich auch zwei oder drei Küstenmotorschiffe kaufen und selbst Reeder spielen. Das alles würde möglich sein, und Herr Christiansen war dieser geschäftlichen Erweiterungspläne wegen schon zu Anfang des Krieges in die Partei eingetreten. Herr Mehlhase war alter Kämpfer und NSKK-Führer; der junge Christiansen war SA-Mann und ein mit dem Kriegsverdienstkreuz ausgezeichneter Frontkämpfer. Da würde nichts schiefgehen können, und schließlich hatte man in Herrn Roewer ja immer noch einen stellvertretenden Ortsgruppenleiter als Prokuristen. Aber nicht nur von diesen Plänen sprach Herr Christiansen zu seinem Sohn, sondern auch von den Angestellten. »Wir haben da eine ganze Reihe guter Leute, auch unter den jüngeren«, sagte er, »die müssen wir uns nach dem Krieg unbedingt halten.« Und in diesem Zusammenhang erwähnte er besonders den jungen Mohwinkel, der fast schon ein Spezialist in der Abfertigung von Binnenschiffen geworden sei. »Wenn der so weitermacht«, sagte Herr Christiansen, »kann er bei uns mal etwas werden.«

Herr Christiansen war für den jungen Mohwinkel aber nicht allein wegen seiner geschäftlichen Tüchtigkeit begeistert, sondern ganz besonders auch wegen seiner Fähigkeit, jetzt im zweiten Kriegswinter noch von überall her Zigaretten besorgen zu können. Robert, der seit fast drei Jahren ein starker Raucher war, hatte nie seine Zigaretten bei nur einem einzigen Händler gekauft. Er hatte im Laufe der Jahre für sich sowohl wie für die Angestellten der Finnlandfahrt und Westküste Süd die Tabakwaren in fast allen Läden der Umgebung gekauft. Das kam ihm jetzt zugute: Überall galt er als Kunde, und zweimal in der Woche nahm er sich vormittags frei, um in allen Tabakgeschäften vorzusprechen und zu fragen, was man heute für ihn zurückgelegt habe. Die Händler bevorzugten ihren alten und treuen Vorkriegskunden, und Robert sammelte auf einer solchen Reise eine Aktentasche voll Zwölfer- und Vierundzwanzigerpackungen aller Marken ein, die er dann mittags mit Herrn Christiansen, Herrn Goedeke und Herrn Grünhut teilte. So kam es, daß Herr Christiansen, als Robert sich eines Tages zur Musterung zwei Freistunden erbat, nicht fragte: »Wer wird denn die Kähne chartern, wenn Sie nun eingezogen werden?«, sondern: »Und wer besorgt mir nun die Zigaretten, wenn Sie eines Tages fortgehen?«

Diese Sorge seines Chefs blieb Robert allerdings gänzlich gleichgültig, als er den Befehl zur Musterung bekam. Er hatte jetzt mit sich selbst genug zu tun, und der Gedanke, daß der schönste Abschnitt seines Lebens, der vor kaum drei Jahren begonnen hatte, nun schon wieder vorbei sein sollte, beschäftigte ihn so stark, daß es ihm sogar gleichgültig war, zu welchem Truppenteil man ihn mustern würde. Jetzt begann wieder ein Leben im Glied, stumpfsinnig, ohne Verantwortung, ohne eigene Aufgaben. Alles, was er konnte, was er gelernt hatte und was er zu leisten vermochte, war nicht mehr verwertbar. Man musterte heute auch nicht den anstelligen Mohwinkel, der Kähne chartern und Dampfer abfertigen konnte, sondern man musterte einen jungen Mann, der einmal der Hitlerjunge Robert gewesen war, den Schüler, der im Turnen eine Vier gehabt hatte. Deshalb war es Robert einerlei, zu welchem Truppenteil er kommen würde. In allen Truppenteilen gab es stinkende Mannschaftsstuben, Unteroffiziere, die aus kleinen Verhältnissen kamen, und in allen Truppenteilen gab es körperliche Anstrengungen, denen er sich unter Umständen nicht gewachsen fühlen würde. Überall trat man in drei Gliedern an, und es war nur wichtig, nicht wieder ins mittlere Glied zu kommen und als »blöder Heini« angeschrien zu werden, der immer unangenehm auffiel. Darum nahm Robert sich vor, gleich bei seiner ersten Berührung mit der Wehrmacht als ein Mann aufzutreten, der selbstverständlich vorn ins erste Glied gehört, und als er nackt vor der Kommission stand, bemühte er sich um eine zackige, aus der Hitlerjugendzeit noch gut erinnerliche Haltung. Die Kommission achtete aber nicht auf seine Haltung, sondern las nur in den Akten den Vermerk des Arztes, daß dieser Mann in den Muskeln etwas schwächlich und leicht empfänglich für Erkältungskrankheiten sei. Der vorsitzende Major sagte leise und mit väterlichem Entgegenkommen: »Nun, Mohwinkel, haben Sie nicht einen besonderen Wunsch?« Als Robert hierauf nicht antwortete, fuhr er fort: »Ich schlage Sie als Funker vor, da können Sie die meiste Zeit sitzen wie in Ihrem Beruf.« Als Robert hierzu sein Einverständnis gegeben hatte, schloß er die Akte Mohwinkel.

Von diesem Tage an fühlte Robert sich seiner Umgebung nicht mehr ganz zugehörig. Er schämte sich aber auch und fand, daß es ihm jetzt, da er doch fast neunzehn Jahre alt war, eigentlich möglich sein müßte, mit den Problemen, denen er sich früher stumpf ergeben hatte, auf eine bessere Weise fertig zu werden, und abends im Bett stellte er ein Programm auf. Er sagte sich: Erstens ist es unumstößlich, daß ich mein jetziges Leben beenden muß; zweitens ist am Tage der Einberufung immer noch Zeit, Angst zu haben oder zur Vermeidung der Angst einen neuen Plan aufzustellen; drittens sind die abgezählten Tage vor der Einberufung zu kostbar, um sie mit Gedanken an die spätere Zeit zu belasten. Diese drei Punkte hieß Robert für gut; er wiederholte sie noch einige Male, dann setzte er in Gedanken seine Unterschrift darunter und schlief ein.

Am nächsten Abend, als Robert mit Ilse aus der Tanzschule

kam, setzte ein Fliegerangriff ein, als sie gerade in die Mathildenstraße einbogen. Noch während des Heulens der Sirenen dachte Robert an seinen Plan, wonach keine seiner letzten Stunden vertan werden durfte. »Machen wir doch das Beste aus unserer Lage«, sagte er zu seiner Freundin, und er schlug vor, sich in einem Vorgarten so lange zu verstecken, bis alle Bewohner in den neuen, als bombensicher geltenden Bunker in der Humboldtstraße geeilt wären. Als der Menschenstrom vorüber war und sie aus ihrem Versteck auch beobachtet hatten, daß die alten Meyerdierks vorbeigehastet waren, gingen sie zu Ilse in die Wohnung. Das Haus lag ausgestorben da, auch der Luftschutzwart hatte seinen Posten verlassen und war seinen Schützlingen in den Bunker gefolgt, um seinen Zuhörerkreis bei Anordnungen, Ermunterungen und Siegesprognosen nicht zu verlieren. Robert prüfte die Verdunkelung, dann knipste er das Licht an und knöpfte Ilse den Rock auf und zog ihr das Höschen herunter. Er flüsterte: »Behalte die anderen Sachen lieber an, denn wenn Entwarnung kommt, muß alles sehr schnell gehen.« In Wahrheit sah er seine Freundin so, nur zur Hälfte entkleidet, viel lieber. Es erregte ihn sehr, sie so stehen zu sehen: Oben die unangetastete Bluse, unten nackt. Er legte sich mit ihr auf das Sofa und küßte sie auf die Oberschenkel und das Gesäß. Er fand, daß er jetzt alles mitnehmen müßte, jetzt kurz vor der Einberufung. Leider war Ilse nicht ganz bei der Sache, sie bemerkte ängstlich, daß weder Flugzeuggeräusche noch Flakabwehr zu hören waren, so daß mit einer baldigen und plötzlichen Entwarnung jederzeit gerechnet werden mußte. Enttäuscht nahm Robert wahr, daß die Stimmung, die zu dem erhofften großen Erlebnis hätte führen sollen, den notwendigen Höhepunkt nicht erreichte, sondern im Gegenteil durch die Ängstlichkeit und Nervosität seiner Freundin so weit sank, daß seine Zärtlichkeiten sinnlos wurden. In diesem Augenblick ertönte das Aufheulen des Entwarnungszeichens, und verwirrt eilten sie wieder aus der Wohnung. Sie gingen in den Vorgarten und warteten, bis der Menschenstrom vorüber war, dann verabschiedete sich Robert von Ilse unter dem Gesims der Hauswand. Als er heimging, überwand er seine Enttäuschung und glaubte doch, den ganzen Tag nach seinem Plan gehandelt und alles Erdenkbare erreicht zu haben.

Als Robert wenige Tage danach seinen Einberufungsbefehl erhielt, ging er zu Herrn Grünhut mit der Bitte, ihm Skat beizubringen. Er wollte gegen alle Wechselfälle seines neuen Lebens gewappnet sein, und die Beherrschung der Skatregeln hielt er für ein wichtiges Mittel, um unter seinen künftigen Kameraden Gemeinschaftssinn vorzutäuschen und sich bei Vorgesetzten Sympathien zu erwerben. Herr Grünhut freute sich und sagte gern zu. Als dritten Mann schlug er den Außenexpedienten, Herrn Overbeck, vor. Sie trafen sich abends im Café Mohr, und Meta Mohr wunderte sich, daß Robert heute zum erstenmal an dem runden Ecktisch Platz nahm, an dem sonst nur die Skatspieler saßen. Als er nun noch die Skatkarten verlangte und sein Bier auf den Stuhl neben sich stellte, wußte sie Bescheid. »Ist es nun soweit?« fragte sie, und Robert antwortete: »Ja, nächsten Dienstag früh um acht.« Herr Grünhut und der Außenexpedient gaben sich die größte Mühe, Robert in den folgenden vier Stunden soviel wie möglich vom Skatspielen beizubringen. Die Regeln begriff Robert schnell, doch war es natürlich, daß ihm nach vier Stunden Übens das Geschick noch fehlte, mit seinen Karten das Beste aus einem Spiel herauszuholen. Um elf Uhr entließen ihn Herr Grünhut und Herr Overbeck mit einigen festen Regeln wie: »Dem Freunde kurz, dem Feinde lang« oder: »Beim Grand spielt man Ässe, oder man hält die Fresse«, die sich Robert alle gewissenhaft aufschrieb, um sie abends im Bett auswendig zu lernen.

Robert hielt an seinem Plan fest, sich nicht vorher einschüchtern und sich keine seiner letzten Stunden rauben zu lassen. Am Sonnabend ging er mit Ilse noch einmal in die Munte tanzen, abends nahm er mit ihr Abschied von Bols Stuben. Als er seine Freundin um zwölf Uhr nach Hause brachte, verlängerte ein großer Fliegerangriff den Abschied und schenkte ihnen zwei volle Stunden allein in ihrer elterlichen Wohnung. Wiederum zog sich Ilse aus, und Robert konnte sich an dem Muskelspiel seiner Freundin nicht satt sehen. Immer wieder bat er sie, vom Sofa aufzustehen und ein paar Schritte durchs Zimmer zu gehen. Indessen kam der größere Wagemut, den er beim letztenmal empfunden hatte, nicht wieder in ihm auf. Er fürchtete sich vor einer vielleicht wieder über sie kommenden Nervosität und Verwirrung. Aber er war zufrieden mit dem Genuß dieser Stunde, und er freute sich, eins der schönsten Mädchen, die er kannte, zur Freundin zu haben. Er wußte, daß das Gefühl dieses selbstverständlichen, sicheren Besitzes ihm in der kommenden Zeit über vieles hinweghelfen würde. Ein solches Mädchen hat ja noch nicht einmal ein Feldwebel, dachte Robert, wie will so einer da den Überlegenen spielen? Draußen wurde es jetzt gefährlich, das Flakfeuer verstärkte sich, und in der Nähe fielen mehrere Bomben, so daß Robert und Ilse beschlossen, das Spiel zu beenden und sich wieder anzuziehen. Ilse war zufrieden, daß diese Spielerei endete, die sie keineswegs in dem Maße befriedigte, wie Robert annahm. Sie war bereit, mehr zu erleben, und sie ärgerte sich seit längerem über diese Torheiten, die zu nichts führten. Sie nahm sich aber vor, Robert, wenn er in einem halben Jahr auf Urlaub käme, ganz zu verführen. Dann wäre er ja auch älter, und sie hielt sich vor Augen, daß er ein Jahr jünger als sie sei und sie deshalb vielleicht Geduld zeigen müsse. Da noch lange kein Entwarnungszeichen gegeben wurde, verbrachten Robert und Ilse den Rest der Zeit damit, die Kreuzworträtsel in illustrierten Zeitschriften zu lösen, bis sie auf die Straße zurückkonnten.

Am nächsten Tag, am Sonntag, gingen sie zum Tanztee, abends blieben sie zum Klubabend. Frau Rita las in dem kleinen Kreis, der noch verblieben war, erst einen Brief von ihrem Mann, Herrn Czerny, danach einen Brief von ihrem Turnierpartner, Herrn Swoboda, vor. Dann legte sie neue Platten auf, und später erbat sich Robert einen Slowfox, den er ganz allein auf der Tanzfläche mit Ilse tanzte. In diesen Tanz baute er alle Slowfoxfiguren ein, die er kannte. Er vergaß auch nicht den Outside Swivel nach einem offenen Telemark und einer Rechtsdrehung. Als die Platte zu Ende war, sagte er: »Wollen wir nicht noch mal recht lustig sein?« Und er legte den Lambeth-Walk auf, zu dem alle tanzten, auch Rita und die beiden Assistentinnen, obgleich sie keine Partner hatten. Als der Tanz vorbei war, sagte Robert: »So, das war mein letzter«, dann gab er allen die Hand, nahm seinen Mantel und ging mit Ilse nach Haus.

Am nächsten Morgen ging er zum Friseur. »Militärschnitt«, sagte er, und: »Waschen, trocknen, aber keine Pomade.« Dem Friseur, einem älteren Manne, der seit drei Jahren Robert gern frisierte, auch wenn er mit der vielen Pomade nicht immer einverstanden war, tat Robert leid. Da pflegte man so einen Kopf jahraus, jahrein, ganz außerhalb der üblichen Kundenwünsche, doch dann, eines Tages, mußte man ihm alles Persönliche nehmen und ihn zurechtscheren wie einen Dutzendkopf. Er sagte aber zu Robert nichts davon. Dafür meinte ein Herr im Nebensessel: »Na, junger Mann, das wird ja wohl auch höchste Zeit!« Tangojünglinge waren aus der Mode gekommen. Robert bat den Friseur, diesmal keinen Mittelscheitel mehr zu ziehen, sondern seinen Scheitel ganz nach links zu verlegen. So hatte er es bei den Soldaten in Bols Stuben gesehen, und er nahm an, mit einem Linksscheitel künftig am wenigsten aufzufallen. Als er den Laden verließ, faßte er vorsichtig hinten an seinen Kopf, und er atmete auf, als er feststellte, daß ihm noch eine Menge Haar verblieben war. Der Friseur hatte es nicht übers Herz gebracht, ihm den Hinterkopf kahlzuscheren, er hatte ihm nur über den Ohren etwas weggenommen und im Nacken das Haar in Stufen geschnitten. Wenn das schon genügt, dachte Robert, wird es vielleicht gar nicht so schlimm werden.

Zu seinem Unglück wurde Robert aber nicht gleich zum Heer als Funker eingezogen, gelangte also noch nicht auf einen Posten, den ihm die Musterungskommission als so angenehm beschrieben hatte, sondern er mußte erst ein halbes Jahr lang den Arbeitsdienst durchlaufen. Der Reichsarbeitsdienst hatte Robert immer als ein Schrecknis vor Augen gestanden. Das war nichts Halbes und nichts Ganzes, weder Hitlerjugend noch Militär, ein Haufen, der von ungebildeten Führern nach einem nicht durchdachten Plan aufgestellt war; wo junge Leute aus Schulen und Büros, die nichts von Straßenbau, Moorkultur und Landwirtschaft verstanden, Straßen bauen, Moore entwässern und Land bewirtschaften mußten, jedoch den größeren Teil ihrer Dienstzeit mit Spatengriffen, Singen, Sport mit nacktem Oberkörper und Flaggenappellen beschäftigt wurden, mit nutzlosen Dingen also, von denen niemand Gewinn hatte. Außerdem konnte man mit der Bekanntgabe, daß man zum Arbeitsdienst gehen werde, keine Ehre einlegen. Bis zum letzten Augenblick hatte Robert gehofft, er möge direkt zur Wehrmacht eingezogen werden. Doch seine Hoffnung erfüllte sich nicht, und er mußte einem Befehl folgen, der ihn am Dienstag, dem 4. Februar 1941, zum Sammeltransport auf das Messegelände hinter dem Hauptbahnhof bestellte.

Nachmittags, unter den immer wiederkehrenden Ermahnungen seiner Mutter, packte er seine Sachen zusammen. Sie sagte: »Du mußt immer schön gehorchen, auch wenn es dir schwerfällt«, oder: »Iß nur immer tüchtig, damit du die schwere Arbeit aushältst.« Sie hatte große Sorge, daß ihr Sohn, der bei weitem nicht so kräftig war wie andere junge Leute, die schwere Arbeit nicht aushalten würde. Darum sagte sie wiederholt: »Arbeite man ja nicht mehr, als du unbedingt mußt.« Robert packte alles zusammen, und die Skatkarten legte er im Koffer obenauf. Danach schnitt er sich die Fingernägel kurz und fuhr ins Büro, um sich nach den drei Tagen Urlaub, die er noch bekommen hatte, endgültig zu verabschieden. Er gab im Büro jedem die Hand, auch den jüngeren Lehrlingen, die er kaum kannte.

Die Abschiedsszene im Chefzimmer war nur kurz. Herr Christiansen telefonierte gerade mit Hamburg, er ließ sich im Telefonieren nicht unterbrechen und streckte nur, ohne hinzusehen, die Hand seitlich heraus, damit Robert sie ergreifen und damit den Abschied als erledigt betrachten könne. Herr Mehlhase war etwas gesprächiger, er sagte: »Nun wird es bald Frühling. Ich würde mich für Sie freuen, wenn wir einen schönen Sommer kriegen.« Dann gab er Robert eine Apfelsine. Als Robert das Chefzimmer verließ, glaubte Herr Christiansen, der immer noch telefonierte, daß der Abschied von dem jungen Mohwinkel, der immerhin drei Jahre bei ihm gewesen war und über den in der ganzen Zeit niemand geklagt hatte, doch wohl etwas kurz gewesen war. Darum unterbrach er jetzt sein Telefongespräch und rief Robert noch nach: »Also dann, Mohwinkel, lassen Sie mal was von sich hören.«

Zuletzt ging Robert zum Botenmeister. Dieser Mann hatte ihn damals, am 2. Mai 1938, als dieser schöne Abschnitt seines

Lebens begann, als erster begrüßt. Jetzt sollte er der letzte sein, und der Botenmeister, der alle Lehrlinge duzte und sie auch dann noch duzte, wenn sie längst Angestellte waren, streckte Robert beide Hände entgegen. Dazu sagte er: »Und wenn du General wirst, für mich bleibst du immer unser Mohrchen.«

Vor dem Bürohaus wartete schon Ilse auf ihren Freund. Sie gingen zusammen ins Café Mohr, wo sie wie jeden Montag mit Albert Warncken und Nanny verabredet waren. Nanny kam aber heute nicht. Vielleicht hatte sich ihre Geschäftslage verschlechtert, so daß sie sich den freien Montag nicht mehr leisten konnte. So war man an diesem letzten Abend zu dritt, und Albert klagte sehr, daß er jetzt so allein zurückbliebe. Sein Herzfehler bewirkte, daß man ihn bis heute noch verschont hatte. Um Robert zu trösten, sagte er mehrmals an diesem Abend: »Allein zurückzubleiben ist genauso schrecklich« und: »Warte ab, in ein paar Monaten holen sie mich auch, trotz des Herzfehlers.«

Sie tranken viel an diesem Abend. Robert betrank sich so sehr, daß er Ilse nicht nach Hause bringen konnte. Albert und Ilse nahmen ihn in die Mitte, brachten ihn zur Straßenbahnhaltestelle und setzten ihn in den Wagen. Robert wollte sich aber nicht setzen; er wollte, wie beim erstenmal, als er vor Jahren so betrunken gewesen war, auf dem Hinterperron stehen, den Hut im Nacken und eine Zigarette im Mundwinkel, und er wollte um die eiserne Mittelstange herumtorkeln. Eine Frau, die ihn sah, regte sich über ihn auf und meinte: »Da stehen nun unsere Männer an der Front, und diese Jünglinge in der Heimat machen sich ein lustiges Leben.« Robert vernahm von dieser Anschuldigung nur die Hälfte; er hörte nur: »Jünglinge in der Heimat«, und auf der Fahrt bis nach Hause sang er immer wieder vor sich hin: »Ich bin ein Jüngling in der Heimat, ich bin ein Jüngling in der Heimat!«

Zu Hause warteten seine Eltern auf ihn. Sie waren sehr niedergeschlagen, daß er so spät kam und jetzt so betrunken war. Sie hatten mit ihm zusammen Abendbrot essen wollen; als Robert aber um zehn noch nicht zu Hause war, hatten sie allein gegessen und ihm dann den Rest hingestellt. Nach dem Abendessen hatte Herr Mohwinkel beabsichtigt, eine Flasche Wein aufzumachen. Die Flasche und drei Gläser standen nun noch auf dem Tisch, und als Robert diese Vorbereitungen sah, kam er sich sehr schlecht vor. Er schämte sich, seine Eltern, die ihn liebten, so mißachtet zu haben, und deshalb sagte er, als sein Vater meinte, Wein könnte er wohl nun nicht mehr trinken: »Aber warum nicht«, und er bemühte sich, seinen Eltern diese letzte Stunde nicht zu verderben. Seine Mutter hatte viele Fragen, die sie offenbar schon länger bedrückten. Sie fragte: »Müßt ihr da nun Straßen bauen?« oder: »Bekommt ihr jetzt im Winter genügend warme Unterwäsche?« oder: »Werden sie euch denn auch immer genügend Zeit lassen, wenn ihr auf die Toilette müßt?« Dies alles waren Fragen, auf die Robert keine Antwort wußte. Herr Mohwinkel sprach während der ganzen Zeit kein Wort. Er saß nur da und sah in sein Glas. Manchmal sah er seinen Sohn an. Auch Robert schwieg, und erst als er das letzte Glas ausgetrunken hatte, sagte er: »Es war so schön die letzte Zeit.« Dann stand er auf und ging schlafen. Frau Mohwinkel weinte an diesem Abend im Bett noch lange, und ihr Mann, der auch nicht schlafen konnte, mußte ein paarmal sagen: »Er geht doch nicht für immer weg.«

Auf dem Messegelände, wo Robert am nächsten Morgen schon eine halbe Stunde vor acht Uhr eintraf, war der Boden gefroren. Ein eiskalter Wind fegte über den Platz, und die jungen Männer, die sich dort versammelten, standen dicht gedrängt in einem Haufen. Sie froren, und sie hatten die Kragen ihrer Wintermäntel hochgeschlagen. Alle hatten mittlere bis größere Koffer in der Hand, nur ein einziger, ein Junge mit einer blauen Schirmmütze und einem dicken Pullover, über dem er keinen Mantel trug, kam mit einem Persilkarton. Immer mehr junge Leute kamen, bald waren es über hundert, die sich auf einem kleinen Flecken mitten auf dem Platz dicht zusammendrängten, mit den Armen schlugen und hüpften. Nur wenige kannten sich untereinander, darum wurde hier in der Frühe kaum gesprochen. Robert hatte seinen Hut weit über den Kopf gezogen, auch er hatte den Mantelkragen hochgeschlagen und die Hände tief in die Taschen versenkt. Er wunderte sich: So kalt, so leer und so feindlich hatte er das Messegelände nie kennengelernt. Zwar war es niemals ein Platz der Freude gewesen, denn es hatte Parteiaufmärsche gesehen, Abmärsche von uniformierten Kindern in HJ-Sommerlager oder zu Turn- und Sportfesten, aber damals gab es Sonne, Blasmusik, rote Staubwolken, Würstchenverkäufer, Männer, die Eis am Stiel ausriefen. Robert, wenn er dabei war, hatte auch unter größten Strapazen, in Staub, Hitze und bei stundenlangen Gauleiterreden immer gewußt: Dies hier wird ein Ende haben, danach werde ich meine Uniform ausziehen, eine Limonade im Schatten der Bäume trinken, im Radio Schlager hören oder nachmittags ins Kino gehen. Heute, an dem kalten Februarmorgen, stand er hier mit Kameraden, die er noch nicht kannte, und an dem Unternehmen, zu dem sie auszogen, war kein Ende abzusehen. Hier begann keine Reise, die in vierzehn Tagen vorbei sein würde, wie die Fahrt ins Sommerlager. Dies war kein Aufmarsch, an den man den Besuch eines Kinos anschließen konnte. An diesem Morgen gab es keine Blasmusik und keine Würstchenverkäufer, es gab nur die gefrorene Erde und den grauen Himmel.

Um acht Uhr kamen ein Feldmeister und zwei Vormänner in Reichsarbeitsdienst-Uniform. Der eine der Vormänner ließ die jungen Leute in drei Gliedern antreten, zählte sie durch und verlas die Namen. Danach sagte der Feldmeister, daß sie von diesem Augenblick an Arbeitsmänner seien und dem Befehl des Reichsarbeitsführers unterstünden. »Ich erwarte, daß Sie sich auf der Fahrt ins Lager diszipliniert verhalten«, schloß er, dann gab er den Befehl zum Abmarsch. Die Angehörigen der neuen Arbeitsmänner, die sich die ganze Zeit am Rande des Messegeländes in einer windgeschützten Ecke des Schlachthofes aufgehalten hatten, setzten sich nun auch in Bewegung und folgten der Abteilung in angemessenem Abstand. Auf diesem Marsch zum Bahnhof dachte Robert daran, daß er sich sein Einrücken einmal anders vorgestellt hatte, und er erinnerte sich noch deutlich eines Bildes in einem seiner einstigen Schullesebücher, wo eine Gruppe junger Burschen im Gleichschritt und mit einem fröhlichen Lied auf den Lippen in die Kaserne zog. Die Mütter standen mit stolzem Blick am Straßenrand und winkten, ein alter Mann mit Bart und mit Orden am Rockaufschlag weinte vor Glück, Kinder liefen neben der Gruppe mit, ein kleines Mädchen überreichte einem der Burschen einen Blumenstrauß. An dieses Bild mußte

Robert denken, als sie frierend zum Bahnhof zogen, hinter sich das Grüppchen frierender und stumpf vor sich hinblickender Angehöriger.

Auf dem Bahnsteig erlaubte man den Angehörigen, an die Abteilfenster des Sonderzuges zu treten, und Väter, Mütter, kleinere Geschwister und auch einige junge Mädchen liefen am Zug entlang, laut irgendeinen Vornamen rufend, bis sie das richtige Abteilfenster gefunden hatten. Auch Frau Mohwinkel und Ilse Meyerdierks waren gekommen, um Robert noch einmal zu sehen, und bei dieser Gelegenheit begegneten sie sich zum erstenmal. Frau Mohwinkel hatte schon vorher am Rande des Messegeländes dieses Mädchen angesehen, das geschminkte Gesicht, die roten Fingernägel und die dünnen Strümpfe bemerkt, und sie hatte sich schon gefreut, daß nicht nur ihr Junge, sondern auch der Freund eines solchen Mädchens eingezogen wurde. Was nützt ihr nun die ganze Tünche, hatte sie gedacht, und nun war sie erstaunt, daß dies die Ilse war, von der Robert schon oft erzählt hatte. Die beiden Frauen sprachen am Abteilfenster nicht miteinander. Jede von ihnen hatte genug zu tun, die Aufmerksamkeit Roberts, der in diesem Augenblick niemanden benachteiligen wollte, ganz besonders auf sich zu lenken. Schließlich gab Ilse diese Bemühung auf, als sie merkte, daß Frau Mohwinkel jetzt zum Abschied viel mehr Ermahnungen und Hinweise, dies zu tun und jenes zu lassen, einfielen als ihr. Sie hatte nur ein verlegenes »Schreib bald einmal« und sonst nichts. Darum trat sie jetzt in den Hintergrund, und sie beschränkte sich darauf, ihren Freund bis zur Abfahrt des Zuges anzusehen.

Mit Befriedigung bemerkte Robert, daß niemand von den einhundertfünfzig jungen Männern eine so hübsche und auffallende Freundin hatte wie er. Vielleicht konnte diese Tatsache in seinem künftigen Kreis sein Ansehen erhöhen, und er versäumte deshalb nicht, mit Auffälligkeit Ilse immer wieder als seinen Besitz zu kennzeichnen, besonders dann, wenn der Feldmeister und die beiden Vormänner, die auf dem Bahnsteig auf und ab gingen, an seinem Abteilfenster vorbeikamen.

Als um neun Uhr der Zug anfuhr, fingen alle Mütter an zu weinen. Auch Frau Mohwinkel weinte, und Ilse sagte noch einmal verlegen und leise: »Schreib bitte bald«, dann winkten sie beide dem Zug nach. Noch lange sah Robert die beiden Frauen auf dem Bahnsteig nebeneinanderstehen und winken, und erst, als der Zug aus der Halle fuhr, sah er, wie sie sich beide umdrehten und nebeneinander den Bahnsteig verließen.

Als der Zug am Stadtwald vorbeikam und an dem Bahnwärterhäuschen, das man passieren mußte, wenn man in die Munte zum Tanzen ging, betrat einer der Vormänner das Abteil. Er setzte sich Robert gegenüber und blickte sich unter den jungen Männern um. »Na, Männer«, sagte er, und nach einer Weile zu Robert gewendet: »War das Ihre Kleine auf dem Bahnsteig? War nicht übel.« Roberts Bemühungen hatten also Erfolg gehabt. Der Vormann war einen Jahrgang älter als die Neueingezogenen und seit September vorigen Jahres beim Arbeitsdienst. Er hatte sich durch die Fähigkeit, den Überlegenen zu spielen, ausgezeichnet, und man hatte ihn verpflichtet, als Ausbilder noch ein Jahr länger zu dienen. Auf die Frage Roberts, in welches Lager man nun käme, antwortete er: »Kennen Sie Osienciny?« Und ohne eine Antwort abzuwarten, weil niemand diesen Ort kennen konnte, fügte er hinzu: »Das liegt am Arsch der Welt. Na, ihr werdet es schon sehen.« Der Vormann hatte keine Lust, mehr von Osienciny zu erzählen. Er dachte viel lieber an die drei schönen Tage, die er jetzt in Bremen gehabt hatte. Darum war nicht mehr aus ihm herauszubringen als die Erklärung, daß Osienciny ein kleines polnisches Drecknest sei, das aber nicht im Generalgouvernement liege, sondern unverständlicherweise dem Großdeutschen Reich einverleibt sei. Immer wieder sagte er: »Laßt uns erst da sein, dann werdet ihr es ja sehen!«

Nachdem die Versuche, den Vormann zum Erzählen zu bringen, gescheitert waren, sagte Robert, indem er im Kreise umherblickte: »Wollen wir nicht ein paar Runden Skat spielen?« Der Junge mit dem Pullover und der Schirmmütze rief aus seiner Ecke: »Hast du die Karten noch nicht gemischt, Kollege?« Er stellte seinen Pappkarton in die Mitte, legte Roberts Koffer darauf, teilte das erste Spiel aus und sagte: »Nun reizt euch schon.« Als Dritter spielte der Vormann mit. Der Vormann hatte im letzten halben Jahr im Lager jeden Abend Skat gespielt. Der Junge mit dem Pullover war seit seinem vierzehnten Lebensjahr Werftarbeiter und spielte ebensolange Skat. Da Robert alle Spiele mit seinen auswendig gelernten Sprüchen würzte, wurde auch er für einen alten Skatspieler gehalten. Doch dieser Eindruck, den die beiden anderen von Robert hatten, verlor sich bald. Obgleich Robert an passenden Stellen sagte: »Der König nur zu dritt besetzt, macht seinen Stich zu guter Letzt«, konnte er bald seine Mitspieler nicht mehr darüber täuschen, daß er ein blutiger Neuling war. Sie legten es darauf an, in schnellem Einverständnis, diesen Neuling auf dem Spiel sitzenzulassen, sie nahmen ihn aus, und sie erinnerten sich später nicht, jemals davor oder danach einen so einträglichen Skat gespielt zu haben.

Robert hatte sein Geld bis auf wenige Mark verloren, als es zu dunkel wurde, um die Karten noch zu erkennen. Sie waren kurz hinter Fürstenwalde, als er sich an seinen Mantel lehnte, um etwas zu schlafen. Der Ärger und die Betrübnis über den Verlust seines Geldes überstieg seine anfängliche Freude, daß es ihm gelungen war, gleich am ersten Tage seines neuen Lebens so gute Kontakte erreicht zu haben. Zwar war er Spielpartner eines Vormannes gewesen und damit über die Masse seiner Kameraden erhoben worden, aber er spürte außer dem Verlust des Geldes auch die Blamage, der er erlegen war. Zwischen Gleichmut und Kummer schwankend, wickelte er sich in seinen Mantel und versuchte zu schlafen.

Am nächsten Tag, morgens um sechs Uhr, hielt der Sonderzug mit den Arbeitsmännern auf einem Bahnhof, der nur aus einer Rampe, einer Bretterbude und einem Ortsschild bestand. Das Ortsschild war mit Schnee bedeckt, so daß man den Namen nicht lesen konnte. Es war auch noch dunkel, und Robert sah durch die Scheibe nichts außer ein paar Männern, die mit Stallaternen in der Hand hin und her liefen, auf die Trittbretter sprangen und die Waggontüren aufrissen. Dazu schrien sie: »Seid ihr noch nicht draußen?« und: »Ihr habt euch lange genug die Ärsche gewärmt!« Robert konnte nicht begreifen, warum er hier, fast auf freier Strecke, aussteigen sollte; er wehrte sich zu glauben, daß dies hier Osienciny sei, und er wehrte sich immer noch, es zu glauben, als er schon mit den anderen, frierend und übernächtig, mit schmerzenden Gliedern und schlechtem Geschmack auf der Zunge, mit dem Koffer in der Hand neben den Geleisen stand, bis über die Knöchel im Schnee. Er sagte sich: Es kann nicht sein, daß man uns hierher verschleppt hat.

Sicher wird es sich später als Irrtum herausstellen. An diesem Glauben hielt er noch lange fest, auch als sich die Abteilung unter Führung des Feldmeisters und der anderen Arbeitsdienstführer, die mit Laternen zum Bahnhof gekommen waren, schon auf dem Marsch ins Lager befand.

Allmählich wurde es Tag, aber je heller es wurde, um so mehr verstärkte sich bei den einhundertfünfzig Arbeitsmännern der trostlose Eindruck von dieser Gegend. Außer einer unendlichen Schneefläche, die am Horizont mit dem grauen Himmel zusammenstieß, war nichts zu sehen. Bäume gab es nicht, nur einige schneebedeckte Sträucher und, statt einer Straße, Wagenspuren, in die die Männer ihre Füße setzten, um nicht im Schnee zu versinken. Das alles ist auch noch Deutschland, dachte Robert, und er malte sich aus, daß Hitler dieses Gebiet nur erobert und dem Großdeutschen Reich einverleibt habe, um ein eigenes deutsches Kleinsibirien zu schaffen, in das man Strafgefangene deportieren konnte, aber auch junge Leute, die etwas zu lange ein sorgenfreies Leben geführt hatten. Als sie nach zweistündigem Marsch am Horizont einen einspännigen Wagen auftauchen sahen, der mit großer Geschwindigkeit näher kam, befahl der Feldmeister, ein Lied zu singen. Angefeuert von den Truppführern und Vormännern, die wie Hunde um die Herde herumkläfften, sangen die Arbeitsmänner: »O du schöner Westerwald«. Dies war ein Lied, das die meisten kannten.

Der Oberstfeldmeister und Lagerführer, der in dem einspännigen Wagen, eingehüllt in Pelze und Decken, den neuen Arbeitsmännern entgegenkam, zeigte sich von der Unfrische des Gesanges nicht sehr erbaut. Er hieß die Abteilung halten und schrie: »Viel zu lahmarschig! Wartet nur, ich werde euch schon schleifen! Die Ärsche werde ich euch aufreißen, ihr Scheißkerle!« Dann wendete er den Wagen und fuhr im Trab in derselben Richtung wieder davon. Jetzt war allen klar, an welchem Ort der Erde sie gelandet waren, und jetzt verließ Robert auch die Hoffnung, alles könnte nur ein Irrtum gewesen sein. Er blickte vor sich auf die Wagenspur im Schnee und auf die Füße seines Vordermannes. Der Koffer wurde immer schwerer, und die Beine zitterten ihm. Osienciny ist nun der Name des Ortes, an dem ich verenden werde, dachte er, und er wollte mit seinem Nachbarn im Glied jetzt irgend etwas sprechen, seine eigene Stimme hören, eine Antwort vernehmen, aber es war unmöglich, den Nachbarn zum Sprechen zu bringen. Mit gesenktem Kopf stapfte der Kamerad in der anderen Wagenspur dahin, und als Befehl zum Singen eines neuen Liedes gegeben wurde, bewegte er nur die Lippen, ohne daß ein Ton herauskam. Da fing Robert an zu weinen.

Gegen Mittag kam die Abteilung durch den kleinen Ort. Einige Polen standen vor ihren Türen. Zwei Stunden später waren die Männer im Lager. Als der Oberstfeldmeister gegen Abend, nachdem alle aufgeteilt, in Baracken untergebracht und eingekleidet waren, die Abteilung im Tagesraum versammelte, bestätigte sich bei allen der Eindruck, daß man hier nicht nur einer furchtbaren Landschaft, sondern auch einem irrsinnigen Vorgesetzten ausgeliefert war. Der Oberstfeldmeister hatte, wie schon am Vormittag, als er der Abteilung entgegengekommen war, wieder getrunken. Für seine Unterführer, die ihn schon länger kannten, war das nichts Besonderes; der Oberstfeldmeister war eigentlich immer betrunken. Er saß schon seit über einem Jahr in diesem Nest, und er rechnete damit, weitere zehn Jahre hier zwischen den Polen und den Sümpfen, zwischen dem Dreck auf den Straßen im Sommer und den Schneeflächen im Winter, zwischen den Dummköpfen von Unterführern und den stupiden Milchgesichtern immer neuer Jahrgänge aushalten zu müssen. Seine Frau konnte er nicht nachkommen lassen, denn was sollte eine Frau in Osienciny; jedenfalls seine Frau wäre für Osienciny nichts. Die Kameraden aus dem Gruppenstab in Leslau hatten es gut; sie ließen ihre Frauen nachkommen, und sie hatten Villen im Vorort von Leslau; abends saßen sie im Café, wo eine ungarische Kapelle spielte, und am Sonntag gingen sie im Park von Leslau oder am Ufer der Weichsel spazieren, wo man Wehrmachtsoffiziere oder die Herren der Partei mit ihren Damen traf. Nun, Leslau war zwar nicht das Altreich, aber die Herren, die hier Kolonisation trieben, hatten sich schon einige Annehmlichkeiten geschaffen. In Osienciny war es unmöglich, sich Annehmlichkeiten zu schaffen. Hier gab es nur den Schnaps und den Ärger darüber, daß diese Milchgesichter immer nur ein halbes Jahr blieben, während er an diesem Orte aushalten mußte. Da will ich es ihnen in dieser kurzen Zeit wenigstens so ungemütlich wie möglich machen, dachte der Oberstfeldmeister, damit es auch bei denen für zehn Jahre reicht. Darum verbot der Oberstfeldmeister auch allen Arbeitsmännern den Schnaps, damit sie lernten, nüchtern zu ertragen, was er selbst noch nicht einmal im Suff ertrug.

Nachdem der Oberstfeldmeister sich in einer langen Ansprache, in der in jedem Satz mindestens einmal die Worte »Scheißkerle« oder »Ärsche« vorkamen, ausgetobt hatte, übernahm der Feldmeister, der die Männer schon aus Bremen abgeholt hatte, die Abteilung und fragte nach handwerklichen Fähigkeiten. Ganz zum Schluß, als Robert sich schon zu ärgern begann, daß er selbst überhaupt keine Sonderkenntnisse besaß, fragte der Feldmeister, wer Schreibmaschine schreiben könne, und Robert bemerkte zu seinem Erstaunen, daß er der einzige war, der sich hierbei meldete.

»Kommen Sie schon vor, Sie Blödkerl«, rief der Oberstfeldmeister dazwischen, aber bevor der Lagerführer sich noch aufregen konnte, daß gerade dieser blasse und schwächliche Jüngling, den er lieber auf dem Lagerplatz geschliffen und zur Arbeit an der Sandkuhle eingesetzt hätte, aus der Abteilung herausgezogen werden sollte, fühlte Robert sich am Arm aus der Menge hervorgeholt. Es war der Amtswalter, der Vorsteher der Schreibstube, der sich Robert gleich sichern wollte und der Sorge hatte, daß der Lagerführer ihm diesen einzigen Jungen, der Schreibmaschine schreiben konnte, noch wegnehmen würde. Erst in der Verwaltungsbaracke atmete der Amtswalter auf, ließ Robert Probe schreiben und wies ihn dann in die Aufgaben eines Abteilungsschreibers ein.

So fand für Robert der Tag, der so grauenvoll begonnen hatte, am Abend noch ein erträgliches Ende. Er hatte einen Platz vor einem einfachen Holztisch, auf dem eine alte Schreibmaschine stand. Der Amtswalter war ein ruhiger Mensch, der nur das Notwendigste sprach und Auseinandersetzungen gern vermied. Darum schickte er, wenn der Oberstfeldmeister auf seinem morgendlichen Rundgang im Anmarsch war, um auch die Schreibstube zu inspizieren, Robert für eine Viertelstunde auf die Latrine. So führte Robert drei Wochen lang in der gutgeheizten Schreibstube ein ruhiges Leben. Während er Formulare ausfüllte und Meldungen an den Gruppenstab in Leslau schrieb, konnte er durch das Fenster die exerzierenden und Spatengriffe übenden Züge sehen. Nachmittags schrieb er den langsamen Wehrmachtsbericht mit, der beim abendlichen Flaggenappell dann verlesen wurde. Nach drei Wochen geschah es, daß Robert während der morgendlichen Inspektion des Lagerführers zufällig einmal allein in der Schreibstube war. Der Amtswalter befand sich auf einer Dienstreise nach Leslau. Robert meldete dem eintretenden Lagerführer: »Arbeitsmann Mohwinkel bei Schreibstubenarbeit.« Der Oberstfeldmeister nahm zunächst keine Notiz von Robert, er setzte sich an den Schreibtisch des Amtswalters und öffnete die soeben eingetroffene Post. Er las jeden Brief langsam, indem er dazu die Lippen bewegte. Draußen hüpften Arbeitsmänner in Kniebeuge durch den Schnee, den

Spaten mit ausgestreckten Armen vor sich haltend. Das Bild amüsierte den Oberstfeldmeister; immer wieder sah er von seinen Briefen auf, um den hüpfenden Männern im Drillichzeug zuzuschauen. Das war ein Bild nach seinem Geschmack, und nach einer Weile sagte er leise zu Robert: »Fein, was, wenn man so aus der warmen Stube zugucken kann?« Auf diese Frage war Robert nicht vorbereitet. Darum schwieg er zunächst, um sich nach einer nochmaligen, diesmal lauteren Frage: »Fein, was? habe ich gefragt« für ein »Nein, Oberstfeldmeister« zu entscheiden. Für den Oberstfeldmeister gab es jedoch nur ein »Jawohl, Oberstfeldmeister«, und Roberts verneinende Antwort zeigte ihm, daß dieser Schreiber hier über die Frage seines Vorgesetzten nachgedacht hatte, um sich die Auswahl zwischen zwei Antworten vorzubehalten. Das Nachdenken dieses Menschen beunruhigte den Oberstfeldmeister. Schreibstubenhengste sind doch immer dieselben Arschlöcher, dachte er, sie denken zuviel. Laut sagte er. »Sie sind ein Heimchen. Was sind Sie?« Worauf Robert seinen Vorgesetzten unbewegt ansah und antwortete, daß er, Robert Mohwinkel, ein Heimchen sei.

Solche Leute müßte man abschieben, dachte der Oberstfeldmeister, sie sind ein Ärgernis, und man kann sie nicht einmal richtig anscheißen. Außerdem, so blaß, wie sie meistens sind, sind sie eine Schande für die Abteilung. Hierbei erinnerte er sich, daß der benachbarte Gruppenstab einen Fahrer und einen Schreiber anforderte. Man konnte die heutige Abwesenheit des Amtswalters benutzen, um dieses bleiche Heimchen sofort in Marsch zu setzen. Dann war man es los, und gleichzeitig hatte man dem Amtswalter eins ausgewischt.

So kam es, daß Robert noch am selben Tag packen und Marschverpflegung fassen mußte und am Spätnachmittag mit einem Marschbefehl zum Stab der Gruppe in Kutno verabschiedet wurde. Als er aus dem Lager trat, wurde es schon dunkel, und er folgte der Wagenspur, die zwischen ein paar schneebedeckten Sträuchern ins Dorf führte.

Im Dorf Osienciny standen einige Männer vor der Tür. Keiner von ihnen sprach Deutsch und konnte Robert die Frage beantworten, wo es zum Bahnhof gehe. Auch der Kaufmann des

Ortes, der ein Schild »Deutsches Geschäft« vor seinem Laden hängen hatte, sprach nicht genügend Deutsch, um Robert antworten zu können. Er ging ins Wohnzimmer, um ein mit primitiven Zeichnungen bebildertes Lehrbuch der deutschen Sprache zu holen, das Robert half, nun Auskunft auf seine Frage zu bekommen.

Robert machte sich auf den Weg durch die Schneewüste unter einem sternenklaren Himmel. Er ging immer in der Wagenspur entlang, bis er nach Stunden den Bahnhof erreichte, wo er sich bis sechs Uhr früh in der Bretterbude aufhielt, allein mit einem polnischen Bahnarbeiter. Befriedigt überblickte er sein osiencinysches Abenteuer. Es war vorüber, und er war nicht verendet. Er glaubte, daß ihm jetzt nichts mehr passieren könnte. Als freier Mann, allein für sich verantwortlich, stieg er in den Zug ein, den er hier vor drei Wochen als Gefangener mit einer ungewissen Zukunft verlassen hatte. Während er über Leslau nach Kutno fuhr, genoß er vom Abteilfenster aus die Landschaft, die ihn vor drei Wochen bedrückt hatte. Mit Erstaunen nahm er wahr, daß hier und da eine Landstraße die Geleise kreuzte, daß Menschen darauf gingen, die dem Zug nachwinkten, daß es Birkenwäldchen gab und hin und wieder ein Dorf mit Häusern aus Stein. Dies alles waren gute Zeichen. Robert freute sich auf Kutno.

Als nach dem Polenfeldzug das besiegte Land aufgeteilt wurde, schien es, als hätten Landesplaner, die die Gegend nicht kannten, versehentlich die Grenze des Warthegaues zu weit nach Osten vorgeschoben und als seien sie später bei Besichtigung ihrer Arbeit über ihren Fehler erschrocken gewesen. Jedenfalls kam Robert dieser Gedanke, als er vom Bahnhof kommend durch Kutno ging, um seine Dienststelle zu suchen. Gewiß hatten die Landesplaner, so dachte es sich Robert, als sie ihren Fehler entdeckten, diesen schnell zu vertuschen gesucht und sich bemüht, aus dieser polnischen Gegend mit fast rein polnischer Bevölkerung rasch einen deutschen Gau zu machen. In aller Eile waren aus dem Osten Menschen herbeigeschafft worden, die deutsche Vorfahren hatten, aus Wolhynien, Bessarabien und der Bukowina. In Kutno hatten diese Menschen die Läden an der Hauptstraße zugewiesen bekommen, und nun hing vor jedem zweiten Fenster das Schild »Deutsches Geschäft«. Verwaltung, Polizei und Parteileiter kamen aus dem Reich, und bald sah man überall Uniformen mit und ohne Hakenkreuzarmbinde in den für Polen verbotenen Gaststätten oder in der Halle des beschlagnahmten Hotels, das jetzt ein reichsdeutscher Hotelier aus Ratibor führte. Als Robert durch die Straßen ging, empfand er, wie dünn die deutsche Tünche war, mit der man allzu eilig diese polnische Stadt angestrichen hatte. Es genügte nicht, daß am Bahnhof Hakenkreuzfahnen hingen und über die Straßen Spruchbänder gespannt waren, auf denen »Ein Volk, ein Reich, ein Führer« stand; es genügte nicht, daß sich die uniformierten Reichsdeutschen so breit machten, den ganzen Bürgersteig einnahmen und die Polen zwangen, auf die Fahrbahn auszuweichen, sie blieben doch die Minderheit. Als Robert am Ghetto vorbeikam, das in der Nähe des Bahnhofs lag, wurde er von einem SS-Mann, der in Stahlhelm und mit Karabiner Wache stand, angesprochen. Er sagte zu Robert: »Geh nicht zu nahe an das Gitter, Kamerad, die spucken dich an«, und Robert ging auf die andere Straßenseite, von wo er hinter die Mauer der alten russischen Schützenkaserne sehen konnte. Dort standen Männer und Frauen beisammen, die unauffällig aussahen und von den nichtjüdischen Polen kaum zu unterscheiden waren. In Gruppen gingen sie auf dem Kasernenhof auf und ab, langsam, wie Oberschüler eines Gymnasiums in der großen Pause auf dem Schulhof, Robert war es etwas peinlich, daß er in dieser fremden Stadt zwischen Polen und Juden eine Uniform tragen mußte, zu der die Hakenkreuzarmbinde gehörte. Zwar bemühte er sich anfangs, ein stolzes nationales Gefühl zu empfinden, darüber, daß Land und Volk ringsum von den Deutschen, also auch von ihm, Robert, beherrscht würden, aber es gelang ihm nicht. Es wäre ihm lieber gewesen, wenn es ihm gelungen wäre, den Polen klarzumachen, daß er selbst trotz der Armbinde kein Herrscher war, sondern nur ein dienender Arbeitsmann, der zwangsweise eingezogen und unfreiwillig weit aus dem Westen in diese Gegend verschleppt worden sei. Doch er konnte mit den Polen nicht sprechen, deshalb begnügte er sich damit, auf die feindlichen Blicke der Polen überall mit einem freundlichen Lächeln zu reagieren.

Schon nach einigen Wochen der Arbeit auf dem Gruppenstab merkte Robert, daß er den Reichsarbeitsdienst bisher noch nicht richtig beurteilt hatte. Zwar fand man in den Lagern die ungebildeten Führer, die, unfähig zu richtiger Arbeit, diesen Beruf einschlugen, um dann später auf der höchsten Stufe der mittleren Laufbahn als Oberstfeldmeister in einem weit abgeschiedenen Lager trunksüchtig und verkommen zu enden. Aber auf den Stäben saßen intelligente Leute, die sich mit dem Finden einer Formel beschäftigten, wie man bei geringstem Arbeitsaufwand nicht nur ein bequemes Leben, sondern auch größtmögliche Anerkennung durch die vorgesetzte Dienststelle herausholen konnte. Hierin waren die Führer der Gruppe in Kutno Meister geworden. Der Arbeitsführer als Kommandeur ließ sich nur selten im Dienstgebäude sehen; er hatte dem Stabsleiter und dem Adjutanten alle Vollmachten gegeben, den Betrieb ohne ihn aufrechtzuerhalten. Diese wiederum verließen sich auf den Hauptamtswalter, der als Verwaltungschef alle erforderlichen Mittel herbeischaffte und sich im übrigen alle unliebsamen Anfragen vom Gau mit kurzen, gutformulierten Meldungen, meist aber mit Fehlmeldungen, fernhielt. Er ermöglichte auch der Planungsabteilung, die in den Zeichenateliers unter der Leitung eines Ingenieurs im Range eines Oberstfeldmeisters wirkte, von Nachfragen unbehelligt zu arbeiten. Die Männer in den Zeichenateliers beschäftigten sich damit, in alle vom Reichsarbeitsdienst in Kutno beschlagnahmten und für die Führer bestimmten Häuser den Komfort einzubauen, den sie vom Altreich her gewohnt waren. Darüber hinaus wünschten die Führer aber noch besondere Luxuseinrichtungen. Zeichnungen von Wintergärten und großen Terrassen lagen in den Ateliers umher, zwischen den Zeichnungen von gekachelten Bädern, und neben ihnen die Kostenanschläge polnischer Handwerksbetriebe. Roberts Aufgabe war es, für den Hauptamtswalter die Meldungen auf der Schreibmaschine zu schreiben, sie zur Unterschrift vorzulegen und dann zum Frankieren weiterzugeben. Der Hauptamtswalter, ein stiller, freundlicher Mann mit fahrigen, unmilitärischen Bewegungen und einer großen Hornbrille, war der mächtigste Mann im Stab, weil er jede Verordnung von oben nicht nur in Sekundenschnelle lesen, sondern mit der gleichen Geschwindigkeit bearbeiten und die Vollzugsmeldung diktieren konnte. Robert war ihm dabei eine angenehme Hilfe, weil er gewissenhaft arbeitete. Als Robert darüber hinaus bei der Vorlage der Meldungen zur Unterschrift an den Schreibtisch des Hauptamtswalters herantrat und, so wie er es stets bei der Firma Christiansen getan hatte, jede fertiggestellte Unterschrift flink ablöschte, brachte ihm dies die Beförderung zum Vormann ein.

Seine Beförderung feierte Robert, schon mit den neuen, hellen Litzen auf den Spiegeln der Uniform, im Café Jaworow, das einem Volksdeutschen aus der Bukowina gehörte. Er feierte mit den beiden Ordonnanzen, dem Fahrer des Chefs, dem Heilgehilfen und mit dem Archivar, einem Zivilangestellten, der eine verachtete Rolle im Stab spielte. Robert bestellte bei Herrn Jaworow für alle Gänsebraten und Rotkohl. Danach konnte jeder trinken, soviel er wollte. Alle tranken den »Ostdeutschen«, einen Kartoffelschnaps, der ähnlich wie Wodka schmeckte, an den Robert sich aber erst gewöhnen mußte. Denn der »Ostdeutsche« bewirkte bei ungeübten Trinkern schon nach Genuß mittlerer Mengen eine plötzliche Ausschaltung des Bewußtseins. In den ersten Wochen in Kutno erlebte Robert diese Zustände viele Male. Da er sich aber auch bei ausgeschaltetem Bewußtsein immer richtig benahm und Vorgesetzten, Streifenführern, Zivilisten und Uniformierten gegenüber höflich auftrat, hatten diese Zustände der Volltrunkenheit nie disziplinarische Folgen gehabt.

Nach Mitternacht brach Robert mit seinen Kameraden auf. Die beiden Ordonnanzen lärmten laut, und als sie von einer Wehrmachtsstreife angehalten wurden, mußte Robert als Dienstältester die Meldung machen, denn der Heilgehilfe war dazu nicht mehr fähig. Robert entschuldigte sich für seine Kameraden und versprach dem Streifenführer, die Leute in geordneter Formation nach Hause zu führen. Da ließ die Streife sie laufen.

Robert führte aber seine Kameraden nicht nach Hause, er ging mit ihnen ins Hotel, das Herrn Sorowsky aus Ratibor gehörte. Sie kamen jedoch nicht weiter als bis zur Halle, dort fing Herr Sorowsky sie ab. »Kameraden«, sagte er, »heute lieber nicht. Drinnen sitzt der Arbeitsführer mit dem Kreisleiter, zwar auch betrunken, aber wenn sie euch erkennen, wird es euch vielleicht nicht recht sein.« Da lud der Archivar alle zu sich auf sein Zimmer ein, wo sie weitertranken und lärmten, bis der im Nebenzimmer wohnende SS-Hauptscharführer einen Stiefel gegen die Wand warf.

So baute sich Robert im Schatten dieses Stabes, der die Annehmlichkeiten des Lebens liebte, eine kleine, eigene Freiheit auf, was an Krieg oder Militärdienst erinnerte, bemühte er sich zu verdrängen. Er führte ein beinahe ziviles Leben in einer privaten Unterkunft ohne Zapfenstreich, mit einer polnischen Putzfrau, die das Zimmer aufräumte, Roberts Wäsche wusch und ihm die Stiefel putzte. Seinen Tagesverpflegungssatz bekam er in Bargeld ausbezahlt, und mit Hilfe eines elterlichen Zuschusses konnte er sich erlauben, gut zu essen und sich häufig zu betrinken. Im Café Jaworow verkehrte er, wie er früher im Café Mohr verkehrt hatte, und das Hotel Sorowsky war ihm ein Ersatz für Bols Stuben. Sonntags hatte er das Kino, wenn auch mit alten Filmen, aber eigentlich fehlte ihm nichts außer der Tanzschule und seiner Freundin Ilse. Als einziges ärgerte ihn nur immer wieder die Uniform. Zwar hatte er nichts gegen Uniformen, besonders seit seiner Beförderung nicht mehr. Ihn störte lediglich der rauhe Stoff. Es ärgerte ihn, daß die feinen Uniformstoffe nur den Führern vom Feldmeister an aufwärts vorbehalten waren. Er hätte viel darum gegeben, eine solche Uniform zu bekommen, aber einen entsprechenden Antrag zu stellen wagte er nicht.

Anfang Juni meldete Herr Sorowsky dem Arbeitsführer, daß der Gau in Posen für vier Tage drei Zimmer bei ihm reserviert habe, was einige Aufregung bei der Gruppe verursachte. Eine dreiköpfige Kommission für so viele Tage hatte man hier noch nie erlebt, aber nun erwies sich, daß die Führer des Gruppenstabes in Kutno auch auf einen solchen Fall vorbereitet waren: Sie konnten konkrete Vorschläge machen für die Errichtung eines Arbeitslagers in der Nähe von Krosniewice, und Robert hatte in den nächsten Tagen viel zu tun, um für alle Ressortleiter Vorschläge zu Bauvorhaben, Materialanforderungslisten oder Kostenvoranschläge zu schreiben. An einem Tage arbeitete er jetzt mehr als früher in einer Woche, und am Abend vor Eintreffen der Kommission schien es ihm, als habe er jetzt genug Akten angefertigt, um die drei Mann der Kommission vier Tage lang zu beschäftigen. Der Arbeitsführer beschäftigte sich indessen damit, eine Dienstordnung für die beim Gruppenstab beschäftigten Mannschaftsdienstgrade auszuarbeiten. Diese Anweisung umfaßte dreiundzwanzig Punkte, sie enthielt unter anderem eine Regelung des täglichen Frühsports, die Einrichtung einer wöchentlichen Exerzierstunde unter Leitung eines Unterfeldmeisters und den Befehl, für die Sauberhaltung der Mannschaftsunterkünfte selbst zu sorgen. »Es braucht wirklich niemand zu wissen«, sagte der Arbeitsführer dabei zu Robert, »daß Sie für alles eine Putzfrau beschäftigen«, und er fügte hinzu, daß Frühsport und Exerzierstunde natürlich nur theoretisch seien und niemand Angst haben müßte, daß diese Dienstordnung jemals praktisch in Erscheinung träte. Zum Schluß fragte er Robert, ob er genügend Grundausbildung besäße, um an den vier Inspektionstagen die Gruppe nicht durch Vernachlässigung der militärischen Haltung, der Grußpflicht und der soldatischen Redewendungen zu blamieren. »Wieviel Exerzierstunden haben Sie genossen?« fragte er, worauf Robert nur antworten konnte, daß er in den Genuß keiner einzigen gekommen sei. Darauf ging der Arbeitsführer, gefolgt von seinem Hund, einem stichelhaarigen Vorstehhund, mit Robert auf den gepflasterten Hof, wo die Aborte waren, um in aller Eile wenigstens das Grüßen mit ihm zu üben. Zunächst ging der Arbeitsführer selbst einige Male auf und ab, den deutschen Gruß demonstrierend; danach mußte Robert zunächst im Stehen, dann im Vorübergehen die rechte Hand bis zur Augenhöhe emporreißen und dabei seinen Vorgesetzten starr und finster anblicken. Er lernte auch, wieviel Schritte vor und wieviel Schritte hinter dem Gegrüßten diese Übung auszuführen wäre und wie sich der Gruß veränderte, wenn man ein Paket unterm Arm trug. Später lernte Robert noch das Grüßen mit einem Hund an der Leine, und der stichelhaarige Vorstehhund des Arbeitsführers mußte mitwirken, damit Robert die Feinheiten schwieriger Grußsituationen begriff. Robert lernte alles willig, denn er sagte sich, daß es, wie überall, auch beim Reichsarbeitsdienst höfliche Umgangsformen geben mußte und daß nicht jeder einen Vorgesetzten grüßen konnte, wie es ihm gerade einfiel. Im zivilen Gesellschaftsleben ist es ja auch nicht anders, dachte er, und er erinnerte sich an das Reglement, nach dem eine Dame zum Tanzen aufgefordert und nach dem Tanz wieder an ihren Platz gebracht wurde. Er erinnerte sich auch der Übungsstunde bei Frau Käthe Lahusen, wo die Kursusanfänger das Grüßen auf der Straße mit und ohne Hut, das Grüßen im Raum aus dem Stehen, aus dem Sitzen und beim Hereinkommen, das Begrüßen Vorgesetzter, Gleichgestellter und Untergebener mit Berücksichtigung des Händegebens, der Verbeugung und der Anrede lernten. Robert fand, daß der Unterschied zwischen militärischer und ziviler Höflichkeit, zwischen dem Benehmen in Uniform und dem Benehmen in einfachem dunklem Anzug im Grunde nur geringfügig war. Er sagte jetzt »Jawohl, Oberstfeldmeister«, wie er früher »Ja, Herr Christiansen« oder »Gewiß, Frau Petersen« sagen mußte. Ihm war nun klar, daß man als Träger einer Uniform jede Bewegung und

Äußerung in abgehackter, kurzer und finsterer Form hervorbringen mußte. Das hing mit dem Beruf des Kriegers zusammen, dachte Robert, und er meinte, daß die Ruckartigkeit und Kürze des Grüßens und Sprechens beim Militär durchaus erforderlich wäre, da ja im Felde auch von der Geschwindigkeit der Soldaten der Erfolg einer Schlacht abhängen konnte. Ebenso erschien ihm der finstere Gesichtsausdruck beim Grüßen und Melden als notwendig, da sich ja im Kriege der Feind niemals vor der verbindlich lächelnden Miene eines heranstürmenden Soldaten fürchten würde. Alles, so sagte sich Robert, als er auf dem Hof vor den Aborten unter Leitung des Arbeitsführers soldatisches Grüßen lernte, hat seinen Sinn, und er war stolz, daß er diese Belehrungen, die man sonst nur in Gruppen und Formationen von einfachen Trupp- oder Obertruppführern erhielt, von einem im Rang so hochstehenden Führer, ja von dem Kommandeur eines Stabes in Privatstunde entgegennehmen durfte. Robert war froh, den vielerlei Formen, die er im Leben schon hatte lernen müssen, nun auch diese hinzufügen zu können. Er war zufrieden, für sein ganzes Leben solche Grundlagen zu haben.

Die Inspektion durch die Führer des Arbeitsgaues verlief reibungslos. Robert bekam den Generalarbeitsführer nur ein einziges Mal zu sehen. »Und Sie sind wohl der Schreiber?« fragte dieser, worauf Robert nicht »Jawohl, Generalarbeitsführer« sagte, sondern daran denkend, wie kriegsentscheidend manchmal eine militärische Verkürzung sein könnte, ein »Aoll, Gealafüa« ausstieß. Der Kommission schien das zu gefallen, und der Generalarbeitsführer meinte im Fortgehen zu den anderen Herren: »Von guten Hilfskräften hängt manchmal viel ab.« Dann ließ sich die Kommission die Bauvorhaben im östlichen Zipfel des Warthegaus erklären, besichtigte den zukünftigen Lagerplatz bei Krosniewice und vergaß auch nicht, die umgebauten und mit Komfort versehenen Führerwohnhäuser in Kutno zu betrachten. Die gekachelten Bäder, die großen Terrassen und Wintergärten in allen Häusern erregten die besondere Aufmerksamkeit des Generalarbeitsführers. »So viel deutsche Kultur tragen wir in den Osten hinein«, sagte er, und er fuhr fort: »Meine Herren, wir bauen hier für die Ewigkeit. In diesen Häusern werden noch

Generationen von Arbeitsdienstführern wohnen und mit deutschem Fleiß und deutscher Tüchtigkeit ein Bollwerk gegen die slawischen Völker bilden.«

Als die Kommission wieder fort war, wurde Robert für seine tadellose Haltung während der Inspektion zum Obervormann befördert, während die Ordonnanzen und der Kraftfahrer Vormänner wurden. Die Beförderung feierten alle im Café Jaworow, und Robert lud diesmal außer dem Archivar und dem Heilgehilfen auch die beiden Unterfeldmeister der Gruppe ein. Wieder gab es Gänsebraten mit Rotkohl und den »Ostdeutschen« mit Himbeersirup, bis spät in der Nacht alle betrunken waren; dann gingen sie ins Hotel Sorowsky und beendeten in der Morgendämmerung das Gelage im Zimmer des Archivars.

Im Juli beantragte Robert ein Dienstfahrrad, das ihm bewilligt wurde und ihm nun Gelegenheit gab, an den Sommersonntagen Ausflüge in die Umgebung zu machen. Er fuhr am Ufer der Ochnia entlang, bis er an die Sümpfe am Oberlauf der Bzura kam, wo es sehr einsam war. Das ist nun eine Gegend, die einen Menschen wie den Oberstfeldmeister von Osienciny zugrunde richten kann, dachte er, und er versuchte sich vorzustellen, wie er jahrelang ohne Tanz und Bars, ohne Bälle und Cafés, ja ohne das immerhin noch angenehme Leben in Kutno mit dem Hotel Sorowsky und dem Café Jaworow auskommen würde. Vielleicht würde ich auch so werden wie der Oberstfeldmeister von Osienciny, dachte er.

Das waren Roberts Überlegungen, wenn er sonntags mit dem Fahrrad durch die waldarme Landschaft fuhr und durch Siedlungen, die er nicht als Dörfer anerkennen wollte, weil die in ihnen lebenden Menschen nichts Zentrales hatten, das sie verband. Unter etwas Zentralem verstand Robert in erster Linie ein Gasthaus, eine Wirtschaft, ja, ein Gemischtwarenladen hätte genügt, in dem ein Tisch mit einem Stuhl stand und zum Trinken einer Flasche Bier oder eines »Ostdeutschen« einlud. Ohne eine solche zentrale Vergnügungs- oder Raststätte war eine Häuseransammlung kein Dorf, und so erschien Robert das Leben der Menschen in diesen Siedlungen wie etwas Provisorisches. Nicht die Landschaft mit den Sümpfen und den baumlosen Straßen beunruhigte Robert, sondern die Dörfer, die keine Gasthäuser und keine richtigen Läden hatten. Weil Robert Angst hatte vor diesen schrecklichen Dörfern, die keinen Mittelpunkt hatten, bevorzugte er nun die Gegend von Zychlin, wo das Gebiet statt von Dörfern von Gutshäusern beherrscht wurde, die wie Schlösser oder Burgen in der Landschaft lagen. Die reichsdeutschen Gutsbesitzer, die aus Brandenburg, Pommern oder Schlesien kamen, freuten sich, einmal Besuch zu bekommen, auch wenn der Besuch nur ein Obervormann war. Der Gutsherr unterhielt sich dann mit Robert einige Minuten auf dem Hof, er zeigte ihm die Ställe und ließ ihm zum Schluß auf der Terrasse des Gutshauses ein Glas Milch servieren. Dabei setzte sich der Gutsherr nicht zum Obervormann an den Tisch, sondern blieb in der Nähe stehen und wartete, bis Robert die Milch ausgetrunken hatte. Man war im Osten, weit draußen auf vorgeschobenem Posten, da herrschte gesellschaftliche Genauigkeit, und die Menschenklassen mußten scharf getrennt werden: Nicht nur zwischen Juden und Polen, zwischen Polen und Volksdeutschen, zwischen Volksdeutschen und Reichsdeutschen mußte man unterscheiden, sondern auch zwischen reichsdeutschen Mannschaftsdienstgraden, reichsdeutschen Unteroffizieren und reichsdeutschen Offizieren. Robert, der in jeder Situation die Rangeinteilungen achtete, hatte größtes Verständnis dafür, daß der Gutsbesitzer sich nicht zu ihm an den Tisch setzen konnte.

Später kamen Robert jedoch Bedenken, ob sein Schema, wonach er alle Menschen in Dienstgrade einteilte, hier im Osten nicht eine Lücke aufwies. Wer gestern noch ein Hilfsarbeiter war, konnte heute schon ein Unterfeldmeister sein, und ein verkrachter Ingenieur konnte hier Oberstarbeitsführer werden. Bei den Gutsbesitzern, das wurde Robert ebenfalls immer klarer, waren diese Aufstiegsmöglichkeiten noch steiler und demnach die Ränge noch unechter. Vor einem Jahr noch Bauernsohn in Hinterpommern, konnte man heute Herr auf einem Gut sein, das jahrhundertelang dem Fürsten Radziwill gehört hatte oder einem Grafen, der vielleicht erschossen worden war. Hier im Osten, sah Robert, stimmte sein Schema nicht mehr, und er bekam Furcht vor dem Chaos, das in dieser Gegend und in dieser Zeit herrschte.

In die Zeit, in der Robert solchen Gedanken nachhing, fiel die Kriegserklärung Deutschlands gegen Rußland. Obgleich niemand von den Machthabern in Kutno herabstimmende Äußerungen über diesen neuen Feldzug machte, spürte Robert doch, daß oft auch unter diesen Menschen Niedergeschlagenheit herrschte. Robert selbst wurde von einer solchen Beklommenheit ergriffen, daß er tagelang seine Spaziergänge und Radfahrten in die Umgebung Kutnos unterließ. Er fürchtete den nun sicher erst in vollem Ausmaß beginnenden langen Krieg, an dessen Ende das besiegte Rußland noch jahrelang von Soldaten besetzt werden müßte, die dann nicht in ihre Heimat und ihre Berufe zurückkehren könnten. Vielleicht müßte man jahrzehntelang auf öden Landstrichen verbringen, vielleicht auf Stationen wie Osienciny, und sicher gab es noch schrecklichere Gegenden in den Gebieten, die man sich jetzt anschickte zu erobern.

Nach einiger Zeit nahm er seine Ausflüge jedoch wieder auf, die ihn weiterhin vorwiegend in die Gegend von Zychlin führten. Auf dem Heimweg abends fuhr er durch den Birkenwald von Przawicz zurück. Dieser Birkenwald, der sich einige Kilometer an der Bahnlinie, die nach Warschau führte, hinzog, übte auf Robert einen Zauber aus. Es war, als habe hier die Natur sich angestrengt, jetzt, wo sie dem Großdeutschen Reich einverleibt worden war, einen Wald hervorzubringen, der ihr aber noch nicht ganz gelang. Es war kein altreichsdeutscher Wald geworden, mit dicken, hohen Stämmen und dichten Baumkronen, die sich wie ein lichtdämmendes Dach über dem Waldboden erhoben, sondern dies war nur eine Ansammlung zierlicher Stämme mit dünnbelaubten Kronen aus winzigen Blättern, die niemals imstande sein würden, ein deutsches Walddach zu bilden.

Die Freundlichkeit dieser hellen Birkenstämme war auch wohl der Anlaß gewesen, in diesem Wald und um ihn herum so viele Soldatenfriedhöfe anzulegen. Zwar gab es überall, in den Sümpfen der Bzura, bei Krosniewice und am Oberlauf der Ochnia Kriegsgräber, aber die meisten hatte man hier errichtet, wo man in den Birkenstämmen ein schönes Material für die Anfertigung von Kreuzen, Einfriedungen und Friedhofstoren bequem zur Hand hatte. Nun lagen überall die Soldatenfriedhöfe in demselben kalkigen Weiß da wie die sie umgebenden Bäume, so als wollten sie es mit der Zeit erreichen, ein natürlicher Teil der Landschaft zu werden. Die Gräber selbst waren in Ordnung gehalten, die Namen der Gefallenen überall deutlich lesbar, aber keine frische Blume zeugte davon, daß diese Ordnung das Werk von Angehörigen war. Eine private Reise in diesen östlichen Zipfel des Reiches war zur Zeit nicht möglich, und die Instandhaltung der Gräber unterstand einer Organisation, die die Friedhöfe der Ostgaue nach erlassenen Richtlinien pflegte, so wie man Denkmäler pflegt, die an siegreiche Schlachten und gewonnene Feldzüge erinnern. Die Toten lagen in Reih und Glied und waren noch immer Soldaten. Der Polenfeldzug war schon Geschichte geworden, der Rußlandfeldzug verwies die Kämpfe in Polen in eine längst abgeschlossene Vergangenheit.

Robert war froh, daß es ihm wiederum vergönnt war, nur Zuschauer zu sein. Als Obervormann und Stabsschreiber des Reichsarbeitsdienstes stand er am Bahndamm, um den Wehrmachtszügen nachzusehen, die die Soldaten nach Rußland transportierten. Über Kutno fuhren alle Züge, die den Nachschub für den Mittelabschnitt, für die Fronten bei Smolensk, Orscha und Brjansk, heranschafften, und Robert schien es ganz selbstverständlich, daß sich wenige Monate nach dem Beginn des Feldzuges die Front so tief in Rußland befand. Er war es gewohnt, daß alle Kampfhandlungen nach schnell vorstoßenden deutschen Angriffen siegreich endeten. So erschien es ihm auch natürlich, daß er hier am Bahndamm stand und den Zügen nachsah, die zur Verstärkung der siegreichen deutschen Truppen an die russische Front fuhren. Immer wenn er abends ins Café Jaworow ging, blieb er stehen, um auf der zweigleisigen Strecke die Züge zu beobachten, die mit Panzern, Kraftfahrzeugen und Kanonen auf offenen Waggons und mit Truppen in geschlossenen Wagen in Richtung Osten fuhren, oder um auf dem anderen Gleis die Züge zu sehen, die mit Schrott, zerschossenen Panzern und Teilen abgestürzter Flugzeuge sowie mit Verwundeten in langen sauberen, mit dem Roten Kreuz gekennzeichneten Lazarettwagen heimwärts fuhren. Die Lazarettzüge, die langsam und lautlos dahinrollten, waren Robert unheimlich, doch sie zogen ihn immer wieder an. Durch die großen Fenster der D-Zug-Wagen sah man, wie jeweils zwei Betten übereinanderlagen, in jedem ein Schwerverwundeter. Manchmal sah man einen Beinverband, der dick und weiß unter einer Bettdecke herausragte, dann wieder Armverbände bei Verwundeten, die sich auf dem gesunden Arm leicht aufstützten und aus dem Zug heraussahen, auf die polnische Landschaft, die für Robert der äußerste Osten, für sie aber der Beginn des Westens und der Heimat war. Dann folgten eine Reihe Kopfverbände, manche so dicht gewickelt, daß sie das Gesicht kaum frei ließen; bewegungslos lagen diese Soldaten auf ihrem Bett, ohne Interesse dafür, ob sie gerade durch Minsk, Brest-Litowsk, Kutno oder Posen fuhren. Sicher haben viele von ihnen Schmerzen, dachte Robert, und er glaubte, daß die Lazarettzüge deshalb so langsam fuhren, um die Schmerzen ihrer Insassen auf ein Mindestmaß zu beschränken.

Ähnlich wie hier am Bahndamm beim Bahnwärterhäuschen mit den Sonnenblumen, hatte Robert früher als kleiner Junge auf dem Jahrmarkt vor der Geisterbahn gestanden und die Menschen beobachtet, die auf der einen Seite vergnügungssüchtig hineinfuhren und auf der anderen Seite mit hochrotem Kopf, schreiend und die Hände vorm Gesicht, wieder herauskamen. Robert schämte sich, daß ihm ein solcher Vergleich in den Sinn kam: Dort der Jahrmarkt und hier der blutige Ernst des Krieges, aber er konnte es nicht verhindern, daß er das gleiche gruselige Gefühl und die gleiche Übelkeit im Magen hatte, wenn er hier die hinausfahrenden und die zurückkehrenden Züge sah. Dennoch ließ er nicht ab, dies Erlebnis immer wieder zu suchen; jeden Abend ging er zum Bahndamm und wartete darauf: Erst kam der Güterzug mit den singenden Soldaten an den offenen Waggontüren, dann der Zug mit den Panzern auf mehrachsigen Langwagen, etwas später kam aus der entgegengesetzten Richtung der Schrott, die alten Flugzeugteile, die Coupés mit den Bein-, Arm- und Kopfverbänden in langen Reihen zweifach übereinander. Danach ging Robert ins Café Jaworow, um einige »Ostdeutsche« zu trinken.

Im August wurde Robert eines Sonntags in der Gegend von Dabrowice von zwei Mädchen angesprochen, die sich auf dem

Fahrrad von ihm überholen ließen. Sie kamen von Krosniewice und wollten nach Ostrowy, wo sie mit ihren Eltern wohnten. Robert erfuhr, daß die Mädchen Wolhyniendeutsche waren, daß in Ostrowy sehr viele Umsiedler aus östlichen Gebieten wohnten, daß es dort aber trotzdem sehr einsam und besonders am Sonntag sehr langweilig sei. Die Mädchen sprachen ein eigentümliches, hartes Deutsch, und Robert mußte sich einer einfachen Sprache mit möglichst geringem Wortschatz bedienen. Die Mädchen freuten sich, die Bekanntschaft eines jungen Arbeitsdienstmannes zu machen, und sie zeigten ihm in Ostrowy das Haus, in dem sie wohnten. Es war ein weißgekalktes, einfaches Haus, das zwei Zimmer und eine große Küche hatte. Früher hatte es einem Polen gehört, doch er hatte es räumen und mitsamt dem Gemüsegarten und den Feldern, auf denen das Korn soeben gesät war, diesen Menschen übergeben müssen. Die Mädchen erzählten von Rowno, wo sie ihre Kindheit verbracht hatten, und daß in ihrem Elternhaus seit je Deutsch gesprochen wurde. Robert lud sie zum nächsten Sonntag ins Kino nach Kutno ein.

Als Robert am nächsten Sonntag nach Ostrowy fuhr, um die beiden Mädchen abzuholen, hatte er ihre Gesichter schon wieder vergessen. Er hatte sich nur gemerkt, daß sie im sechsten Haus auf der rechten Seite wohnten, und als er dort zwei Mädchen am Gartenzaun stehen sah, die ihm zuwinkten, schloß er nur daraus, daß diese wohl die richtigen waren. Sie fuhren eine Stunde bis Kutno; die Kinokarten für die Nachmittagsvorstellung hatte Robert schon vorher gekauft. Es gab »Bel ami«, den Film, der Robert vor zwei Jahren so tief verwundet hatte, nachdem Fräulein Tredup zu der Sonntagsverabredung mit ihm nicht gekommen war. Den Film jetzt in dieser Umgebung wiederzusehen erschien ihm lächerlich. Die beiden wolhynischen Mädchen neben ihm in ihren neuen Dirndlkleidern und mit ihren dicken braunen Zöpfen, die sie heute zu einem Knoten hochgesteckt hatten, raubten ihm den Zauber dieses Films, und er konnte sich in dieser Situation nicht mehr vorstellen, wie Willi Forst einstmals sein Vorbild gewesen sein konnte. Dennoch lud er nach dem Kino die beiden Mädchen zum Abendessen ins Hotel Sorowsky ein. Er nahm zwischen ihnen Platz und verlangte die Speise- und die Weinkarte. Er wählte einen roten Bordeaux zum Rehbraten, und bis das Essen kam, versuchte er, ein Gespräch in Gang zu bringen. Die Mädchen schwiegen aber; sie waren verlegen, nachdem sie dieses Kinostück aus der großen Welt gesehen hatten und nun an einem Tisch mit diesem Herrn aus dem Altreich saßen, der ihnen Rotwein vorsetzte und damit zeigte, daß es diese große Welt im Altreich wirklich gab. Robert verdroß ihre Schüchternheit, doch er spielte seine Rolle weiter, winkte mit lebemännischer Geste den Ober herbei und kostete mit müdem Gesicht den Wein. Die Mädchen waren berauscht von dem Eindruck, den Robert ihnen vermittelte, aber sie blieben stumm; sie fühlten sich ihm so tief unterlegen, daß ihnen niemals etwas eingefallen wäre, womit sie gehofft hätten, seine Aufmerksamkeit zu fesseln.

Robert brachte die Mädchen abends nach Hause, ohne daß er sich zum folgenden Sonntag wiederum mit ihnen verabredete. Er hatte das Gefühl, er habe vor einem stummen Publikum den Clown gespielt. Er fuhr wieder allein in die Gegend von Zychlin; noch einige Male dachte er an den Abend im Hotel Sorowsky zurück; die Farbe der Dirndlkleider, das hochgesteckte Haar der Mädchen blieben ihm in Erinnerung, ebenso wie der Wein und die Zubereitung des Rehbratens; doch war es ihm unmöglich, sich der Gesichter der Mädchen zu erinnern.

Eines Morgens im September geschah es, daß die Putzfrau, die Robert engagiert hatte, um halb acht Uhr immer noch nicht da war und daß er sich an diesem Morgen Stiefel und Koppel selbst putzen mußte. Robert ärgerte sich, weil er ihr gerade an diesem Tage ein Paket mit schmutziger Wäsche mitgeben wollte. Auf dem Stab erfuhr er, daß auch die Führer heute ohne Putzfrauen geblieben waren, denn alle polnischen Hilfskräfte streikten, weil am Mittag des heutigen Tages drei Polen auf dem Adolf-Hitler-Platz in Kutno öffentlich erhängt werden sollten. Die drei Männer, so hieß es, hätten Zucker waggonweise ins Generalgouvernement verschoben, und das Todesurteil sollte öffentlich vollstreckt werden, um die polnische Bevölkerung von ähnlichen Wirtschaftsvergehen abzuschrecken. Robert ging an diesem Tage nicht zum Essen; er nahm sein Wäschepaket unter den Arm, um es der Putzfrau zu bringen, die in den Baracken gegenüber dem Ghetto wohnte. Als er aber am Adolf-Hitler-Platz vorbeikam, war ihm dort der Weg versperrt. Hunderte von Polen standen eng gedrängt auf dem kleinen Platz, und als Robert hindurchwollte, wichen sie nicht zur Seite. Aus den Seitenstraßen kamen immer mehr Polen; sie kamen, um ihre Wut zu nähren, während sie von Robert glaubten, daß er gekommen sei, um mit patriotischen Gefühlen eine Sensation zu erleben. Darum drängten sie ihn jetzt nach vorn, wo drei Galgen aufgestellt waren. Die Polen sprachen erregt und sahen finster auf Robert, hin und wieder übertönte eine Frauenstimme schrill und böse das Gemurmel der Männer.

Inzwischen hatten SS-Männer drei Kisten übereinander unter die Galgen gestellt, und nun kamen die Lastwagen mit den Verurteilten. Das Murmeln der Polen wurde lauter und schwoll schließlich so an, daß Robert das Verlesen der Urteile nicht verstand. Er sah nur, wie die Delinquenten auf die oberste Kiste gestellt wurden, wie man ihnen nach Fesselung der Hände und Füße die Schlinge um den Hals legte und wie Sekunden darauf ein SS-Mann gegen die Kisten trat, so daß sie zusammenpurzelten. Robert wurde übel; er versuchte seine Übelkeit zu bezwingen, indem er sich vorhielt, daß die Sekunden vor Eintritt des Todes, die er sich als die schlimmste Qual vorstellte, nicht unnötig ausgedehnt worden waren. Während die SS-Männer die Kisten wieder zusammenpackten, verließ Robert den Platz. Erst jetzt konnte er sich aus der Menge befreien, und er ging ins Café Jaworow, wo er nacheinander mehrere »Ostdeutsche« trank. Den Weg zur Putzfrau verschob er auf den Abend.

Abends ging er wieder ins Café Jaworow und trank noch mehr. Zum Essen hatte er noch immer keinen Appetit. Dann machte er sich mit seinem Wäschepaket auf den Weg zu seiner Putzfrau. In den Baracken gegenüber dem Ghetto wohnten viele Polen ärmlich auf engstem Raum zusammen. Manche hatten hier früher schon gewohnt; es waren Arbeiter aus der Zuckerfabrik, und als ihr Land den Krieg verloren hatte, mußten sie ihre armseligen Räume mit reichen Polen teilen, die von den Deutschen aus ihren großen Wohnungen und Häusern vertrieben worden waren. Es dauerte nicht lange, bis die Reichen, durch ihre neue Umgebung gezwungen, die Lebensgewohnheiten der ärmeren Bevölkerung angenommen hatten, und es war Robert daher nicht möglich, in der durch ihren niedrigsten Lebensstandard gleichgemachten Bevölkerung einstige Klassenunterschiede zu erkennen. So erfuhr er erst heute, daß seine Putzfrau, Frau Maria, die nun schon seit einem halben Jahr seine Stiefel putzte und seine Wäsche wusch, die Witwe eines Prokuristen der Zukkerfabrik war. Der Prokurist war als Reserveoffizier vor zwei Jahren in sowjetische Gefangenschaft geraten und dort verstorben. Jetzt teilte seine Frau einen Barackenraum mit zwei Arbeiterinnen seiner früheren Fabrik. Als Robert das Zimmer betrat, saßen die drei Frauen um den Tisch und aßen dicke Milch, in die sie Brot hineingebrockt hatten. Sie standen langsam auf, und während die beiden Arbeiterinnen sich gebückt bis zur Wand zurückzogen, wo sie mit ängstlichen Gesichtern stehenblieben, ging Frau Maria zögernd auf Robert zu. Sie brachte einige Sätze in Polnisch hervor, dann fing sie an zu weinen, beruhigte sich aber wieder, als sie sah, daß Robert nichts weiter als seine Wäsche bringen wollte. Sie hatte Angst gehabt, Robert würde ihr zürnen wegen des am Vormittag versäumten Dienstes, und nun war sie froh, daß er davon gar nicht sprach. Auch Robert war froh, daß Frau Maria nicht mit den wenigen deutschen Wörtern, die ihr geläufig waren, versuchte, ihr Fernbleiben zu erklären, wobei vielleicht die Hinrichtung am Mittag zur Sprache gekommen wäre. Dies Thema wäre Robert peinlich gewesen, und deshalb legte er eine besondere Höflichkeit in seine Bitte, die Wäsche recht bald zu waschen. In ihrer Freude über den glimpflichen Ablauf der Unterredung versprach Frau Maria, nicht nur dies zu tun, sondern auch am nächsten Morgen wieder zur Arbeit zu kommen. So war beim Gruppenstab Robert der erste, der nun wieder eine Bedienung hatte. Die Putzfrauen der Führer streikten noch lange.

Mitte September kam der Befehl zur Entlassung des Jahrgangs 1922 aus dem Reichsarbeitsdienst, und in den letzten Tagen des Monats erhielt Robert seinen Marschbefehl. Er gab zum Abschied noch ein kleines Essen im Café Jaworow, und das Gelage endete wie immer in der Morgendämmerung beim Archivar. Robert schlief noch zwei Stunden, dann setzte er sich in den Zug, der aus Warschau kam, um über Berlin nach Weimar zu fahren, wo er in der Funkkompanie einer Panzernachrichtenabteilung zum Funker ausgebildet werden sollte. Einen Heimaturlaub hatte er nicht bekommen. Er freute sich aber, in Weimar nicht in Zivil, sondern in der Reichsarbeitsdienstuniform einzutreffen, denn er erhoffte sich von seinem bisherigen Dienstrang einige Vorteile. Er nahm sich auch ein forsches Auftreten vor, und auf der Bahnfahrt übte er vor dem Spiegel der Toilette das Grüßen durch Anlegen der rechten Hand an die Kopfbedeckung. Er überprüfte auch die gerade Haltung seiner Schultern beim Stillstehen vor dem Toilettenspiegel, und bemüht um militärische Ausdrucksweise, sagte er – vom Rollen der Räder übertönt – immer wieder laut vor sich hin »Aoller Unaoffzia! – Aoller Auacheister! – Aoller Oaeuant!«, bis ein mehrfaches Rütteln an der Toilettentür seine Übungen unterbrach. Draußen stand ein Hauptwachtmeister; Robert nahm Haltung an, und während er ihn durch die Toilettentür hindurchließ, grüßte er betont schneidig. Der Hauptwachtmeister grüßte aber nicht zurück, er wandte sich nur um. »Sie da!« sagte er, »auf dem Scheißhaus wird nicht gegrüßt, merken Sie sich das!« Und bevor Robert sein »Aoller Auacheista!« brüllen konnte, hatte dieser die Toilettentür schon hinter sich geschlossen.

Roberts Ausbildung in Weimar begann in den letzten warmen und sonnigen Tagen des Jahres mit den Grundübungen ohne Gewehr und endete kurz vor Weihnachten mit einer ganztägigen Geländeübung in hohem Schnee auf dem Ettersberg. Nach den Erfahrungen, die man zur gleichen Zeit im russischen Winterfeldzug machte, lernte Robert auf dem Ettersberg Schneehütten zu bauen, sich einzugraben und zu frieren. Besonders das Frieren war ein wichtiger Punkt des Ausbildungsprogramms, und es schien, als habe man diesem Teil der Ausbildung deshalb so viel Raum geschenkt, um die Lebensbedingungen der Ersatzabteilung denen an der Rußlandfront annähernd gleichzustellen. Dieser Gedanke, der vielleicht bei irgendwelchen Stäben seinen Ursprung gehabt hatte, nahm jedoch, als er bei den Rekrutenzügen anlangte, schon eine veränderte Form an. Denn die Ausbilder mußten, wenn sie den Rekruten das Frieren beibringen wollten, selbst mitfrieren, und so kam es, daß alle Übungen im Freien in einem gutgeheizten Gasthof bei Schnaps oder Grog endeten. Die Ausbilder bei der Nachrichten-Ersatzabteilung in Weimar machten es sich bequem, sie hielten nicht viel von einer verkrampft soldatischen Haltung und von einer bis zur Lächerlichkeit verzerrten Grußgepflogenheit, die äußerlich einen guten Soldaten vortäuschen sollte. Die Ausbilder dieser Abteilung sagten: »Funksprüche richtig aufnehmen und richtig senden können ist die Hauptsache. Alles andere ist Ballast, mit dem wir keinen Krieg gewinnen können.« Darum verlebte Robert in Weimar eine angenehme Zeit; er kam, da er als Funker gewissenhaft und verantwortungsbewußt war, gut mit seinen Vorgesetzten aus: mit seinem Ausbildungsgefreiten, einem Landgerichtsrat, seinem Unteroffizier, einem Verwaltungsinspektor, seinem Zugfeldwebel, einem Schlossergesellen, und seinem Leutnant, einem Abiturienten, der noch nichts gelernt hatte. Alle schätzten Roberts Gewissenhaftigkeit, mit der er seinen Dienst am Funkgerät versah, und die Schnelligkeit, mit der er einen Funkspruch verschlüsseln und durchgeben sowie einen Funkspruch aufnehmen und entschlüsseln konnte. Deshalb wurde Robert auch nicht verübelt, daß er beim Laufen mit der Gasmaske der letzte war, daß er bei den Gewehrgriffen immer nachklappte und beim Singen nie den richtigen Ton fand. Das Mitsingen wurde ihm von seinem Gruppenführer verboten.

Ende Februar bekam Robert den Befehl, sich in Salzburg zu melden, wo ein Marschbataillon zusammengestellt werden sollte. Seine feldgraue Uniform tauschte er gegen eine schwarze Panzeruniform ein. Der Feldwebel auf der Bekleidungskammer rüstete alle versetzten Funker mit größter Sorgfalt aus und paßte ihnen die kurzen, schwarzen Uniformjacken so lange an, bis sie wie Maßuniformen saßen. Nur beim Aussuchen eines Stahlhelms für Robert hatte der Feldwebel Schwierigkeiten. Für Roberts Kopf gab es keine passende Form; Helme, die nicht drückten, wackelten dafür auf seinem Kopf, und dem Feldwebel, der schon vier Jahre lang die Bekleidungskammer verwaltete, fiel heute am Beispiel des Funkers Mohwinkel zum erstenmal auf, daß alle Stahlhelme einheitlich nur für den Rundkopf gearbeitet waren. Männer mit langen Schädeln hatten sich also bisher nur beholfen und sich allmählich daran gewöhnt, daß der Helm wackelte und sie beim Exerzieren unangenehm auffallen ließ. Der Bekleidungsfeldwebel ärgerte sich, daß seiner Bemühung, alle Leute auf das pedantischste auszurüsten, hier eine Grenze gesetzt war; deshalb schrie er Robert an: »Wegen Ihrer blöden Birne können wir keinen neuen Helm erfinden, Sie Heimchen! – Paßt! – Abtreten!« So fuhr Robert mit neuer Uniform und neuen Waffen, aber mit wackelndem Stahlhelm nach Salzburg, von wo er eine Woche später, in einem Güterwagen verfrachtet, eine von den Reisen antrat, die er am Bahndamm in Kutno so oft beobachtet hatte.

Das Marschbataillon fuhr in Richtung Osten. Es bestand aus Soldaten aller Waffengattungen des Heeres, sie waren als Ersatz für die Heeresgruppe Süd bestimmt und als Verstärkung bei der in Kürze nach Ende der Schlammperiode geplanten Frühjahrsoffensive im Donbogen. Robert liebte es, während der Fahrt an der offenen Tür des Güterwagens zu sitzen, die Beine heraushängen zu lassen und in die Landschaft zu sehen. Bis spät abends saß er dort, und er zog sich erst auf seinen Platz im Stroh zurück, als die Kameraden, die schlafen wollten und froren, das Schließen der Tür verlangten. Wenn Robert dann am nächsten Morgen seinen Platz an der Tür wieder einnahm, erschrak er über das inzwischen so viel karger gewordene Landschaftsbild. Er konnte sich nicht denken, daß der Zug über Nacht eine so lange Strecke zurückgelegt haben sollte und daß man sich jetzt schon in Rußland befand. Erstaunt las er dann beim nächsten Bahnübergang das Straßenschild »30 km bis Ratibor«; man war also in der Nacht noch nicht einmal aus Mähren herausgekommen, und doch hatte sich das Bild so verändert. Nach dem Marchfeld begann Robert sich zu fragen, was die Deutschen in dieser Gegend eigentlich wollten. Gegen Abend erreichte der Zug Krakau, die Nacht über stand er auf einem Abstellgleis; man hatte es nicht so eilig, das Marschbataillon an die Front zu bringen. Nach Krakau wurden die Haltepausen noch häufiger und noch länger, und die Lokomotiven mußten oft gewechselt werden. Jedesmal wenn der Zug hielt, sprangen aus den Waggons einige Soldaten, mit Kochgeschirren, Kochgeschirrdeckeln oder Feldflaschen in der Hand, um vorn am Küchenwagen Essen, Proviant oder Kaffee zu fassen, während andere mit bereits während der Fahrt gelockerter Hose heraussprangen, um auszutreten. Die einen, die nur ihr Wasser lassen mußten, entfernten sich nicht vom Zug und stellten sich zwischen die Waggons. Die anderen liefen den Bahndamm hinunter und ein Stückchen aufs freie Feld, um sich dort niederzuhocken, wobei sie den Zug im Auge behielten. Robert machte sich ein Spiel daraus, nach der Anzahl der Meter, die sich bei solcher Gelegenheit ein Kamerad vom Zug entfernte, dessen Ängstlichkeit zu errechnen. Wer weit aufs Feld hinauslief, ja, wer sich sogar noch einen Busch suchte, um sich dahinter zu verstekken, schien Robert besonders mutig zu sein, während andere, die am liebsten oben auf dem Bahndamm blieben, was ihnen Vorwürfe von ihren Kameraden einbrachte, offenkundig die Feigsten waren, weil sie die Angst nicht loswurden, der Zug könnte plötzlich anfahren und sie allein zurücklassen. Wäre ich Kommandeur, dachte Robert, würde ich auf solche Mutproben meiner Leute besonders achten.

Je tiefer Robert in den Osten kam, um so weiter gingen seine Erinnerungen zurück; als er bei Krakau über die Weichsel fuhr, erinnerte er sich seiner Kutnoer Zeit, aber als das Marschbataillon durch Wolhynien fuhr, vorbei an Dubno und Rowno, tanzte Robert noch einmal mit Ilse Meyerdierks das Turnier in der Tanzkreisklasse, bei dem er damals nur den dritten Preis bekommen hatte. Er tanzte dieses Turnier mit allen damals geforderten Tänzen mehrmals durch, Foxtrott, Tango, English Waltz und Slowfox, und er stellte fest, daß seine Schrittfolgen von Wiederholung zu Wiederholung einfacher wurden. Den Takt schlug er mit dem Stiefel gegen die Waggontür, während er »Dada dada – da ...« vor sich hinsang. Nach dem Krieg fange ich noch einmal ganz von vorn an, sagte er sich, Grundschritte üben und nochmals Grundschritte üben. Dann ging er mit Ilse Meyerdierks in Bols Stuben, wo sie ganz allein waren und der Klavierspieler eigens für sie »In the dark« spielte. Erinnerungen, dachte Robert, sind ein großes Vermögen. Er bedauerte seine Kameraden hier im Waggon, von denen er ohne weiteres annahm, daß sie nicht ein solches Kapital an Erinnerungen hätten wie er. Wie sollte es bei ihnen reichen für einen langen Feldzug in Rußland, womöglich noch für eine jahrelange Besatzungszeit? Robert war froh, einen so großen Vorrat an Erinnerungen zu haben, und er freute sich auch, daß er mit seiner Freundin damals so weit vorangekommen war. Das ließ sich jetzt unbeschränkt wiederholen, und während es langsam dunkel wurde und der Zug durch Sdolburowno fuhr, verließ Robert Bols Stuben und brachte Ilse nach Hause, er stellte sich mit ihr unter das Gesims und küßte sie, ihre nackte Gesäßbacke fest in der Hand. Diese Szene wiederholte er auf verschiedenste Weise viele Male, und er blieb bis elf Uhr nachts an der nur einen Spaltbreit geöffneten Tür sitzen, ohne sich um die Beschwerden seiner Kameraden zu kümmern.

Als Robert am nächsten Morgen aufwachte, hatte er Halsschmerzen. Der nächtliche Zugwind war ihm nicht bekommen, und er meldete sich im Waggon der Transportleitung, um sich Tabletten geben zu lassen. Der den Zug begleitende Unterarzt gab ihm aber keine Tablette, sondern ließ ihn das Fieber messen.

Wegen seiner erhöhten Temperatur wurde Robert in Schepetowka aus dem Marschbataillon entlassen. Der Unterarzt hatte den Ehrgeiz, ein vollständig gesundes Ersatzbataillon bei der Heeresgruppe abzuliefern, und die Halsschmerzen dieses Funkers störten sein Gesamtbild.

In Schepetowka wurde Robert ins Lazarett eingewiesen. Er blieb vier Wochen dort und schrieb viele Briefe an seine Eltern, an Ilse Meyerdierks und auch eine Feldpostkarte an seinen Freund Albert Warncken. Leider konnte er eine Antwort an seine gegenwärtige Adresse nicht erhoffen, er mußte warten, bis er seinen Angehörigen später von der Truppe eine Feldpostnummer mitteilen könnte. An seine Eltern schrieb er, daß er nur an einer leichten Erkältung leide und froh sei, einen so schönen Frühling in der Ukraine verleben zu dürfen. »Jeden Tag«, schrieb er, »gehe ich im Park spazieren. Wir werden sehr gut verpflegt.« An Ilse schrieb er, daß er jeden Tag an sie denke und sich vornehme, gleich nach dem Krieg wieder mit dem Turniertraining zu beginnen. Er ging auch auf ihren letzten Brief ein, den er noch kurz vor der Abfahrt in Salzburg erhalten hatte. Darin stand, daß sie nun dreißig Mark im Monat mehr verdiene und nicht mehr für die beiden Prokuristen schreibe, sondern für den Chef ganz allein. Robert beglückwünschte Ilse zu diesem Aufstieg. Zum Schluß schrieb er: »Ich möchte, daß wir immer zusammenbleiben. Wollen wir uns nicht verloben?« Diesen Antrag wollte er ihr schon lange machen, denn es tat ihm leid, daß seine Freundin während der ganzen Zeit, in der er fort war, nichts vom Leben hatte. Niemand führte sie in Bols Stuben oder in die Regina-Bar; mit dem Turniertanz war es ohne Partner vorbei, in der Munte war kein Tanz mehr, und ins Café Mohr konnte sie allein nicht gehen. Als Ersatz für diese Ausfälle in ihrem Leben wollte Robert seiner Freundin das Gefühl des Verlobtseins schenken, und er glaubte, ihr damit eine große Freude zu machen.

Anfang Mai sagte sich eine Kommission in Schepetowka an, was der Oberarzt zum Anlaß nahm, Robert nun sehr schnell zu entlassen. Als der Rechnungsfeldwebel ihm aber die Entlassungspapiere und den Marschbefehl nach Weimar ausstellen wollte, wagte Robert einen Widerspruch: Er wollte nicht nach Weimar zurück. Er fürchtete das Leben in der Ersatzkompanie; die Ungewißheit darüber, was ihn in Weimar womöglich noch erwartete, ließ ihn lieber das Leben bei einem Fronttruppenteil wählen, weil er dort doch wenigstens wissen würde, wer er war: ein geachteter Funker mit verantwortungsvoller Aufgabe.

Von solchen Jungen sollte es mehr geben, dachte der Rechnungsfeldwebel und füllte den Marschbefehl zum Kommando der Heeresgruppe Süd in Kiew aus, da er nicht wußte, wohin man sonst einen Mann schicken sollte, der keine Truppe hatte.

So kam es, daß Robert als Einzelreisender mit Proviant für zwei Tage in Schepetowka in den Zug stieg, der nach Kiew fuhr. Dort suchte er als erstes die Soldatenunterkunft, wo er sein Gepäck abstellte und sich ein Bett sicherte. Dann putzte er seine Stiefel, bürstete seine schwarze Uniform und ging, die Stadt zu besichtigen. Allmählich hatte sich Robert daran gewöhnt, daß alle Städte im Osten ohne Mittelpunkt waren, ohne Geschäftsstraße und ohne Vergnügungsstätten, wo sich das Leben der Stadt sammelte. Er hatte sich längst zur Anerkennung der Lebensformen auch dieser Menschen hier im Osten durchgerungen; er hielt ihr Leben nicht mehr für provisorisch wie damals in Kutno, auch wenn er immer noch nicht begreifen konnte, wie sich eine Gemeinschaft bilden und über lange Zeit hindurch halten konnte, ohne in einer Vergnügungsstätte oder auch in einem Gasthaus, wenigstens aber in einem Gemischtwarenladen einen Mittelpunkt zu besitzen. Von Kiew erhoffte Robert sich jedoch mehr; dies immerhin war eine Hauptstadt, doppelt so groß wie seine Heimatstadt, da mußte etwas los sein, und darum fragte er auf der Straße den ersten Soldaten, den er traf, nach den Möglichkeiten hiesigen Vergnügens. Der Angesprochene war ein Obergefreiter von der Flak, und er glaubte, Robert gleich zu verstehen. »Ach, du meinst den Puff?« sagte er. »Dann geh man immer dem Schild nach, das zur Feldpoststelle der 17. Armee führt.«

Robert ging den Schildern nach, die zu dieser Dienststelle wiesen. Er wollte zwar nicht in das Bordell, aber er glaubte, daß sich in der Nähe eines Bordells auch ein allgemeines Nachtleben entwickelt haben müßte. Er ging durch lange, breite Straßen, die von Trümmern und ausgebrannten Ruinen begrenzt wurden und die nur noch Farbe erhielten durch die unzähligen bunten Hinweisschilder auf Wehrmachtdienststellen. An den Straßenkreuzungen regelten Feldgendarmen den Verkehr der Wehrmachtsfahrzeuge, der immer dichter wurde, je weiter Robert kam. Robert mußte sehr aufpassen, daß er an den Kraftwagen keine Standarte eines Kommandeurs übersah und zu grüßen vergaß. Überall standen Feldgendarmen, mit Blechschildern auf der Brust; sie hielten Soldaten an, die irgendeinen Offizier nicht gegrüßt hatten, sie prüften Soldbücher und Marschbefehle, und sie schrieben sich Namen auf. Jedesmal sagten sie finster »Weggetreten«, um sich einem neuen Soldaten zuzuwenden. Robert merkte, daß man die Feldgendarmen meiden mußte; er ging ihnen aus dem Weg und schlug Seitenstraßen ein, bis er zum Bordell gelangte. Es lag in einer Seitenstraße und war durch nichts gekennzeichnet als durch einen Posten der Feldgendarmerie und etwa ein Dutzend Soldaten, die sich in einer Reihe vor dem Haus anstellten. Sie verhielten sich ruhig und warteten geduldig, bis einer ihrer Kameraden aus dem Haus herauskam und der Feldgendarm dafür einen neuen hineinließ. Dabei versäumte er nicht, vorher die Papiere des betreffenden Soldaten zu prüfen. Als Robert an der Schlange vorbeiging, rief ihm einer der Wartenden zu: »Hinten anstellen, Kamerad! Du willst wohl eine haben, die ganz neu ist? Da hättest du aber im letzten Krieg schon hier sein müssen.« Robert war froh, daß er den Besuch eines Bordells nicht nötig hatte; er ging auf die Hauptstraße zurück, wo er in einem Prachtgebäude ein Soldatenheim fand. Durch das geöffnete Fenster drang die Musik einer russischen Kapelle, die einen Walzer spielte. Hier bin ich richtig, dachte Robert, und er zog sein Soldbuch und seinen Marschbefehl hervor, um sich vor dem am Eingang postierten Feldgendarm auszuweisen. Der Feldgendarm wollte aber Roberts Papiere gar nicht sehen, er sagte: »Hier ist nur für Offiziere« und verwies ihn an das Soldatenheim für Mannschaften und Unteroffiziere, das sich vier Straßen weiter befand. Robert entschuldigte sich, er hatte Verständnis dafür, daß es in einer so bedeutenden Stadt wie Kiew Lokale für Offiziere und Lokale für Mannschaften getrennt geben mußte.

Er sah es auch ein, als er das Soldatenheim für Mannschaften betrat, daß man hier nicht so viel Aufwand treiben konnte, daß für Mannschaften keine Tischtücher notwendig waren, daß man die Bedienung sparen konnte und daß ein Radio eine Kapelle hier vollauf ersetzte. Er holte sich am Büffet eine Flasche Bier und ein Stück Kuchen, wofür sein Marschbefehl auf der Rückseite einen Stempel bekam, eine Maßnahme, die verhindern sollte, daß sich ein Soldat an einem Tag zwei Zuteilungen holen konnte. Robert suchte sich einen Fensterplatz, wo er den Verkehr auf der Straße beobachten konnte. Er war froh, einen Platz zu haben, von dem man alles beobachten konnte, ohne fortgesetzt grüßen zu müssen. Kiew, sagte sich Robert, ist keine Weltstadt, denn auch wenn man berücksichtigte, daß zur Zeit Krieg und die Hälfte der Stadt zerstört war, konnte man sich nicht vorstellen, daß Kiew einmal eine Großstadt westlichen Gepräges mit Warenhäusern, Lichtreklamen, Ladenstraßen und Vergnügungszentren gewesen war. Kiew war ein großes Dorf, das nur versehentlich und ohne daß die Einwohner es merkten auf eine Dreiviertelmillion gekommen war.

Am nächsten Morgen schlief Robert lange. Niemand weckte ihn, erst um neun Uhr kam ein Unteroffizier, stellte einen Besen neben sein Bett und sagte: »Sie sind der letzte heute früh, Sie müssen ausfegen.« Darauf schlief Robert noch eine halbe Stunde, dann stand er auf, wusch sich und besprengte den Boden des Schlafraums mit Wasser, so daß es aussah, als sei er gründlich gereinigt. Dann ging er zur Bahnhofshalle und holte sich zum Frühstück Kaffee, der hier den ganzen Tag für durchreisende Soldaten heiß ausgeschenkt wurde. Anschließend ging er in die Stadt, um sich beim Kommando der Heeresgruppe zu melden. Inzwischen war es aber zwei Uhr geworden, so daß Robert niemanden mehr antraf, der sich für seinen Marschbefehl interessierte. Er ließ sich einen Stempel geben, um bei der Feldgendarmerie keine Schwierigkeiten zu haben, und versprach, am nächsten Morgen wiederzukommen. Nachmittags ging er am Ufer des Dnjepr spazieren, und er beschloß den Tag im Soldatenheim bei einer Sonderration Bier und Kuchen.

Der nächste Tag brachte ebenfalls keine Entscheidung für die

Weiterleitung Roberts. Robert wurde einem Feldwebel zugeleitet, der sich mit einem Oberleutnant besprach und der dann Robert die Auskunft gab, daß die Heeresgruppe nur ein taktischer Führungsstab sei, an den man keinen Mannschaftsersatz adressieren könne. »Mann, kennen Sie denn überhaupt keine Einheit im Bereich der Heeresgruppe?« fragte der Feldwebel, worauf Robert erwiderte, daß er in Rußland ganz neu sei und keine einzige Einheit, weder eine Armee noch ein Korps oder eine Division, kenne, daß er aber gern bereit sei, morgen noch einmal wiederzukommen. Hierauf ging der Feldwebel aber nicht ein; die Heeresgruppe wollte den Funker Mohwinkel endlich loswerden, darum sagte er: »Gut, dann schicken wir Sie zu irgendeiner Armee, am besten nehmen wir gleich die erste«, und Robert erhielt auf seinen Marschbefehl den Vermerk, daß er zum Oberkommando der 1. Armee, das in Poltawa lag, weitergeleitet sei.

Robert fuhr aber noch nicht am nächsten Tag nach Poltawa; er nahm erst am übernächsten Tag den Mittagszug, nachdem er gut ausgeschlafen, den Schlafraum besprengt und Kartoffelsuppe gegessen hatte. Er fuhr auch nicht bis Poltawa durch, sondern stieg in Lubny aus, wo er übernachten und Proviant fassen wollte. In Lubny hoffte Robert eine Zeitlang zu bleiben. Es war sein Streben, die Zeit zwischen Lazarett-Entlassung und Eingliederung in eine Kompanie, die Zeit, in der er ohne Truppe war, so lang wie möglich auszudehnen. Er machte sich ein Spiel daraus, und noch nie hatte er eines seiner Spiele in eine so lebendige Wirklichkeit übertragen können.

Abends fing es zu regnen an; es regnete die ganze Nacht und hörte auch an den nächsten Tagen nicht auf. Die Straßen in Lubny, vor allem aber die Straßen, die von Lubny wegführten, waren so tief aufgeweicht, daß kein Fahrzeug hindurchkam. Darum wunderte sich auch der Gendarmerie-Feldwebel, der in Lubny die Wache hatte, nicht, diesen Panzerfunker Mohwinkel nach Tagen immer noch im Soldatenheim anzutreffen. Er nahm an, Robert wolle mit einem Kraftfahrzeug der Armee zum Oberkommando nach Poltawa; darum sagte er jeden Abend zu ihm: »Scheißdreck für Sie, hier so festzusitzen, nicht wahr?« Worauf Robert jedesmal antwortete: »Vielleicht klappt es morgen, Herr

Feldwebel.« Erst am sechsten Tag von Roberts Aufenthalt fiel dem Feldwebel ein, dem eingeregneten Funker einmal den Schienenweg zu empfehlen. »Sie können ja sonst noch Wochen hier sitzen«, meinte er, und Robert beeilte sich zu sagen, daß er, wenn der Herr Feldwebel es für richtig halte, gern am anderen Mittag zum Bahnhof gehen und versuchen wolle, einen Zug zu bekommen. Er war froh, in diesem angenehmen Soldatenheim bei überdurchschnittlich guter Verpflegung so langen Aufenthalt gehabt zu haben.

Zwei Tage später meldete Robert sich beim Oberkommando der 1. Armee, das ihn gleich zum Armeekorps nach Dnjepropetrowsk weiterschickte. Er fuhr aber erst einen Tag später, denn er wollte auf jeden Fall drei Tage an einem Ort bleiben, genau den Zeitraum, der von niemandem als verdächtig angesehen wurde. Erst wenn ein Soldat sich länger als drei Tage an einem Ort aufhielt, kam er in den Verdacht der Desertion. Robert mußte also nur darauf achten, niemals in einem Ort aufzutauchen, der westlicher als der vorhergehende lag. Dnjepropetrowsk aber lag im Süden, da konnte Robert nichts geschehen, und es bekümmerte ihn nur, daß es auf dieser Strecke keinen größeren Ort gab, der eine Fahrtunterbrechung lohnte. Robert mußte bis Dnjepropetrowsk durchfahren. Als er hier ankam, konnte er das Generalkommando seines Armeekorps nicht finden, und es dauerte wieder drei Tage, bis er zugab, begriffen zu haben, daß das Generalkommando verlegt worden und deshalb ein neuer Marschbefehl vom Oberkommando in Poltawa anzufordern sei.

Dnjepropetrowsk schien Robert der erste Ort zu sein, der wenigstens den guten Willen zeigte, als Stadt zu gelten. In der Mitte der Hauptstraße lagen die Schienen einer Straßenbahn; die Oberleitungsdrähte hingen zwar überall wie Spaghetti herunter, doch die Anlage an sich machte einen vertrauenerweckenden Eindruck. Als Robert sogar an einer Straßenkreuzung einen kleinen gelben Straßenbahnwagen sah, der von einer Granate getroffen hier aus den Schienen geraten war, fühlte er sich gerührt. Jetzt, fast am Ende seiner Reise durch die immer kargere Landschaft des Ostens, das immer grauere Gras und die immer trostloseren Siedlungen, fand er einen kleinen gelben Straßenbahnwagen. Die kaputte Straßenbahn am Dnjepr trieb ihm Tränen in die Augen.

Nach drei Tagen Aufenthalts in Dnjepropetrowsk fuhr Robert nach Poltawa zurück, wo er sich wieder beim Oberkommando meldete und erfuhr, daß das Korps neuerdings verlegt worden war. Er erhielt einen neuen Marschbefehl nach Charkow und setzte sich am übernächsten Tag in den Zug, der ihn zunächst nach Krasnograd brachte, wo er sich wieder drei Tage lang im Soldatenheim aufhielt. Allmählich aber kam Robert der Front näher. Er merkte es nicht am Rollen des Kanonendonners, wie er es früher einmal in einem Kriegsbuch gelesen hatte, sondern an der zunehmenden Primitivität der Soldatenheime. In Krasnograd gab es keine Betten mehr, die Strohsäcke lagen auf den hölzernen Dielen des Fußbodens, kein Billardspiel oder Frontkino sorgte für die Unterhaltung der Gäste, und im Tagesraum gab es keine Sonderzuteilungen von Bier und Kuchen, sondern nur die Normalverpflegung mit Morgen- und Abendkaffee und mittags mit einem zusammengekochten Gericht, das wenig Fleisch enthielt. Man war nicht darauf bedacht, es durchreisenden Soldaten angenehm zu machen, sondern ihnen nur das Notwendigste zuzuteilen und sie schnell weiterzuschicken.

Gegen Nachmittag zogen Einheiten von Panzer- und Aufklärungsabteilungen durch den Ort. Die Kommandanten der Fahrzeuge, die auf den Panzern thronten, hatten finstere und entschlossene Gesichter, mit denen sie ihre bedeutenden Erlebnisse bei den eben siegreich beendeten Kämpfen auf der Halbinsel Kertsch zur Schau stellen wollten. Die Kolonnen wirbelten viel Staub auf, und Robert zog sich zurück, weil er keine Lust hatte, seine neue schwarze Uniform gleich wieder auszubürsten. Dagegen machte den Kommandanten auf den Panzern, so schien es, der Staub besondere Freude. Diese dicken, grauen Wolken gaben ihren kampfentschlossenen Gesichtern eine passende Gloriole. Offensichtlich genossen sie ihren Durchzug durch Krasnograd sehr.

Für Robert war dies die erste kämpfende Truppe, die er sah. Er hatte gehofft, einen solchen Anblick schon früher zu erleben, zumal er immer geglaubt hatte, daß fast alle Soldaten, die in Rußland waren, auch zur kämpfenden Truppe gehörten. Auf seiner monatelangen Reise hatte er jetzt aber beobachten können, wieviel Tausende von wehrtüchtigen Männern allein das Reichskommissariat Ukraine bevölkerten und wie diese Tausende sich von einer hauchdünnen Haut waffentragender Frontkämpfer beschützen ließen. Allein die in rückwärtigen Diensten eingesetzten Feldgendarmen, die die Ehrenbezeigungen zu kontrollieren hatten, schienen Robert größer an Zahl zu sein als der gesamte unter Waffen stehende Frontabschnitt im Bereich der Heeresgruppe Süd. Wie verschwenderisch kann Deutschland doch mit seinen Menschen umgehen, dachte sich Robert, und er berücksichtigte dabei, daß auch er selbst nun seit beinahe anderthalb Jahren auf Staatskosten ernährt, gekleidet, verschickt, unterhalten und besoldet wurde, ohne auch nur den geringsten Beitrag zur Verteidigung seines Vaterlandes geleistet zu haben.

In Krasnograd blieb Robert nur zwei Tage; er hielt einen Wagen an, der ihn bis Walki brachte. In Walki wurden die durchreisenden Soldaten nur in einem von Russen geräumten hölzernen Wohnhaus untergebracht. Das Stroh, auf dem sie lagen, war nicht in Säcke gestopft, es war lose auf den Boden gestreut und beschmutzte die Uniform. Waschen konnte man sich nur unter einer Pumpe auf dem Hof. Zwar wurde Marschverpflegung ausgeteilt, aber den durchreisenden Soldaten stand keine Feldküche zur Verfügung. Robert mußte sich mit seinem Kochgeschirr zu einer dort stationierten Einheit begeben, um einen Rest Erbsensuppe zu erbitten. Diese Erbsensuppe war besonders kräftig, sie war das beste Essen seit seiner Zeit in Kutno, und er nahm dies, ebenso wie die primitive Einrichtung der Soldatenunterkunft, als ein Zeichen für die unmittelbare Nähe der Front.

Nach einer unangenehmen Nacht, in der das Nagen der Mäuse unter den beschädigten Dielen nicht aufhörte und in der er auch von Wanzen stark belästigt wurde, weckte ein Oberfeldwebel der Feldgendarmerie in aller Frühe sechs vornan liegende Soldaten im Mannschaftsdienstgrad. Er nahm ihnen die Marschpapiere ab und befahl ihnen, sich in einer Stunde mit Stahlhelm und Gewehr, aber ohne Gepäck, beim Gendarmerieposten zu melden. Robert war unter diesen sechs Soldaten; er ärgerte sich, weil er unausgeschlafen war und nun etwas tun sollte, was nicht zu seinen Pflichten gehörte. Beim Gendarmerieposten bekamen die Soldaten scharfe Munition und den Auftrag, zwei Feldgendarmen zu begleiten, die draußen vor der Stadt drei Partisanen hinzurichten hatten. »In einer Stunde sind Sie zurück«, sagte der Oberfeldwebel zu den sechs Soldaten, »dann bekommt jeder von Ihnen sechs Zigaretten extra. Außerdem können Sie mittags bei unserer Küche Essen fassen.«

Die drei Partisanen saßen auf einem Leiterwagen. Es waren zwei Männer und eine Frau, sie waren gefesselt und blickten teilnahmslos vor sich hin. Nur die Frau schimpfte mit schriller Stimme auf russisch, und sie flocht in ihr Schimpfen immer wieder ein böses, langgezogen kreischendes »Cheil Chietler! Cheil Chietler!« ein. Die Gendarmen gingen hinter dem Leiterwagen, während die sechs Soldaten die Delinquenten flankierten. Einige Kilometer vor dem Ort machte der Trupp vor einer frisch aufgeworfenen Grube halt. Die Frau schimpfte noch immer, während der eine der Gendarmen den Partisanen die Fesseln löste und sie dem anderen Gendarm, einem alten Obergefreiten, zuschob, der mit seinem Opfer langsam auf die Grube zuging, ihm die linke Hand auf die Schulter legte, während er mit der rechten die Pistole zog. In dem Augenblick, in dem beide an der Grube angelangt waren, hob der Obergefreite die Pistole und tötete den Russen mit einem einzigen Schuß in den Nacken. Nach Vollzug der drei Hinrichtungen zündeten sich die beiden Gendarmen eine Zigarette an und fuhren mit dem leeren Wagen nach Walki zurück, wo der Oberfeldwebel den sechs Soldaten die Papiere zurückgab und sie entließ, nachdem er die versprochenen Zigaretten verteilt hatte. »Mittagessen gibt es um eins«, rief er ihnen noch hinterher.

Robert hatte keinen Appetit auf Mittagessen; er bemühte sich noch am selben Tag um ein Fahrzeug, das ihn bis nach Charkow mitnahm. Er wurde das Bild dieses Morgens nicht mehr los: Der große, schwere Obergefreite mit der Hand auf der Schulter des dünnen, schmächtigen Partisanen, nachher in der Grube auf der Stirn der drei Opfer das kleine, kreisrunde Loch, das als Ausschußstelle dem Feldgendarm die gelungene Tötung anzeigte.

Robert beugte sich aus dem Wagen weit heraus, um sich vom Fahrtwind kühlen zu lassen.

Was befähigt einen Menschen, ein solches Urteil zu vollstrekken, dachte er, und er glaubte, nachdem er heute den Obergefreiten der Feldgendarmerie beobachtet hatte, sein bisheriges Urteil berichtigen zu müssen, wonach für ihn ein Henker von Jugend an ein ausgesuchter, kaltblütiger und für diesen Beruf vorbestimmter Mensch war. Der Obergefreite, der an diesem Morgen die Partisanen getötet hatte, war jedoch kein solcher Mensch. Robert hatte sich auf dem Rückweg von der Exekution mit ihm unterhalten und erfahren, daß er Bademeister war und im Sommer Kindern das Schwimmen beibrachte. Er hatte eine Frau, die an der Kasse der Badeanstalt saß, und zwei Kinder, die erst vier und sechs Jahre alt waren. »Der Große springt schon vom Zwei-Meter-Brett«, hatte er erzählt. Offenbar wegen seiner sportlichen Leistungen, dachte Robert, ist dieser Bademeister zur Feldgendarmerie gekommen. Er war zwar nicht Unteroffizier geworden, aber das Blechschild der Feldgendarmerie, das ihn im Dienst zum Vorgesetzten auch höherer Dienstgrade machte, war schon eine ganz besondere Auszeichnung. Diese Auszeichnung mußte er nun mit dem unangenehmen Dienst bezahlen, eine Hinrichtung auszuführen. Vielleicht, dachte Robert weiter, erscheint es einem durch Beförderung oder Sonderstellung ausgezeichneten Soldaten gar nicht so schwierig, etwas zu tun, was uns einfachen Soldaten unmöglich ist? Und plötzlich kam ihm der Gedanke, daß Rang, Auszeichnung und Sonderstellung den Menschen vielleicht veränderten. Sein Rang, seine Uniform, sein Blechschild und seine Orden waren ihm alles; sie dehnten ihm die Brust, und sie hoben ihm das Haupt so hoch, daß er es für unwichtig hielt, seine Taten und ihre Beweggründe zu prüfen.

Mit einemmal fürchtete sich Robert davor, befördert oder ausgezeichnet zu werden. Er hatte Angst, daß eine Beförderung oder eine Auszeichnung ihn seiner eigenen Kontrolle entziehen und ihn veranlassen könnte, etwas zu tun, was ihm unter normalen Umständen den Magen umdrehen würde.

In Charkow meldete sich Robert beim Generalkommando, das ihn ohne Formalitäten einige Häuser weiter zur Meldestelle einer Panzer-Division schickte. Hier empfing ihn ein Leutnant, der ihn in einen Nebenraum verwies, wo ein Dutzend Soldaten auf dem nackten Fußboden lag und darauf wartete, zum Abtransport gerufen zu werden. Robert suchte sich einen freien Platz, breitete seinen Mantel aus und bereitete sich ein Lager für die Nacht.

Am nächsten Tag wartete Robert vergeblich auf seinen Abruf. Er erhielt nur Kaltverpflegung, weil es der Divisionsmeldestelle nicht gelungen war, eine Feldküche zu finden, die die durchreisenden Soldaten mitverpflegen konnte. Nachmittags durfte Robert sich beim Leutnant abmelden und zwei Stunden in Charkow spazierengehen; um sechs Uhr mußte er wieder zurück sein. Er ging durch breite Prachtstraßen, die von deutschen Wehrmachtsfahrzeugen aller Art beherrscht wurden, vorbei an vielstöckigen Prunkbauten mit breiten Fronten und quadratischen Türmen. Vor diesen Bauten, die symmetrisch angelegt mit Hunderten von eintönigen Fenstern trotz vieler Gesimse, Zinnen und Säulenportale langweilig wirkten, standen Denkmäler von Lenin und Stalin. Die meisten von ihnen waren beschädigt, einige ganz abgebrochen, und der berühmte Mann, dem man jetzt ansah, daß er aus Gips war, lag auf der Straße. Robert empfand, daß trotz der monumentalen Anlage des Stadtkerns und trotz der vielen Repräsentationsbauten Charkow eine langweilige Stadt war und es wohl immer gewesen sein mußte: Nirgends waren Läden zu sehen, geschweige denn Cafés, die auf ein sorgloses Vorkriegsleben der Bewohner schließen ließen. Robert, der gewohnt war, repräsentative Bauten nur in Verbindung mit Handel oder Vergnügen zu suchen, wie bei Warenhäusern, Kinos, Tanzsälen und Ladenstraßen, sah in Rußland, wie solche Bauwerke auch künstlich, nur vom staatlichen Willen zur Repräsentation gelenkt, entstehen konnten. Charkow war nicht anders als Kiew, die russischen Großstädte nicht anders als die Kleinstädte, die Kleinstädte nicht anders als die Dörfer; alles waren Siedlungen ohne Mittelpunkt, eingerichtet auf das Zusammenleben einfacher und anspruchsloser Menschen.

Robert ging über die Charkowka, ein Nebenflüßchen des Donez, in einen anderen Stadtteil. Auch hier bot sich das gleiche

Straßenbild: Wehrmachtsfahrzeuge, Feldgendarmen, Hinweisschilder auf stationierte Einheiten, im übrigen Prachtbauten und Gipsdenkmäler, zu deren Füßen wie überall in der ganzen Stadt einfach gekleidete Russen hockten und Sonnenblumenkerne verkauften. Sie hatten die Kerne vor sich auf dem Schoß in einem weißen Leinentuch, und sie hockten überall, wohin Robert blickte: auf dem Kopf des umgefallenen Lenin, auf den Marmorstufen der Regierungsgebäude und zwischen den Säulen des Hochschulportals. Sie riefen ihre Sonnenblumenkerne nicht aus, sie warteten nur, bis ein vorbeikommender Käufer in das Leinentuch hineinlangte, sich eine Handvoll Kerne herausholte und ein Geldstück zurückließ. Dann ging der Käufer weiter, Sonnenblumenkerne kauend, während er die Hülsen ununterbrochen nach links und rechts von sich spuckte. Da fast jeder Russe, der auf der Hauptstraße spazierenging, eine Handvoll Sonnenblumenkerne bei sich trug, kaute und spuckte, teilte Robert die Bevölkerung Charkows in zwei Gruppen ein: die einen, die Sonnenblumenkerne verkauften, und die anderen, die sie kauten.

Um sechs Uhr meldete sich Robert beim Leutnant zurück, und er erfuhr, daß er eine Gelegenheit, zur Nachrichtenabteilung zu gelangen, versäumt hatte. Darum wurde ihm verboten, sich künftig aus dem Umkreis der Meldestelle zu entfernen. So setzte er sich am nächsten Morgen vor die Tür der Meldestelle, kaufte sich eine Handvoll Sonnenblumenkerne und versuchte, damit fertig zu werden. Mit dieser Beschäftigung vertrieb er sich die Zeit bis zum Mittag. Seine Freiheit war wesentlich eingeschränkt worden; zwar hatte er sie noch nicht völlig eingebüßt, denn man verlangte von ihm keinen Dienst und erlaubte ihm, tatenlos in der Sonne zu sitzen, aber mit dem selbständigen Reisen, mit dem Aufenthalt in Orten, wo es ihm paßte, mit Spaziergängen und Besuchen in Soldatenheimen war es vorbei.

Gegen Abend desselben Tages kam Robert auf einem Lastwagen, wo er zwischen Benzinkanistern saß, fünfzig Kilometer südlich von Charkow in ein Dorf. Hier mußte er in der Ecke eines Hofes warten, dann nahm ihn der Wagen eines Fernsprechbautrupps mit, der zum Stab der Nachrichtenabteilung fuhr, wo ihn am nächsten Morgen ein Oberwachtmeister zu Fuß zur Funkkompanie schickte. Er wies mit der Hand in eine Himmelsrichtung und sagte. »Da ungefähr ist es, gegen Mittag können Sie da sein.«

Robert wanderte den ganzen Vormittag mit seinem Gepäck in der Junihitze. Er kam nur langsam voran und mußte sich immer wieder ausruhen. Fahrzeuge, die er hätte anhalten können, kamen nicht vorbei, denn die Einheiten lagen zur Zeit in Ruhe, und es durfte kein Benzin, außer für besonders wichtige und eigens genehmigte Fahrten, verbraucht werden. Doch trotz der beschwerlichen Wanderung genoß Robert diesen Weg. Dieser Vormittag, das wußte er, war der letzte Augenblick seiner Freiheit. Noch war es ihm erlaubt, Pausen zu machen, wann er wollte, und sich auszuruhen, so oft er Lust hatte. Er konnte sich Marscherleichterung verschaffen, er konnte vor sich hinsingen, das Käppi ins Koppel stecken und ohne Kopfbedeckung wandern. Das alles war ihm jetzt noch erlaubt, und erst, als er am Wegesrand das taktische Zeichen der Funkkompanie fand, das auf ein rechtsliegendes Dorf wies, wußte er, daß es mit dem letzten Rest seiner Freiheit nun gleich vorbei sein würde.

Robert machte noch eine Pause, er rauchte noch eine Zigarette, dann nahm er sein Gepäck auf und ging auf das Dorf zu.

Die Einheiten der Panzerdivisionen lagen seit mehreren Wochen in Ruhe, und darum hatte der Chef der Funkkompanie seine im ganzen Divisionsbereich verstreuten Funktrupps in einem kleinen Dorf im Doneztal zusammengezogen, um hier die Disziplin aufzufrischen und das Material überholen zu lassen. Als Robert das Dorf betrat, sah er, wie überall Soldaten damit beschäftigt waren, unter Anweisungen von Unteroffizieren Kraftfahrzeuge zu reinigen, Antennen einzufetten, Batterien zum Aufladen wegzutragen und Gewehre zu ölen. Eine Kommission von Feldwebeln ging von Trupp zu Trupp und schrieb sich überall die Namen von pflichtvergessenen Funkern und Kraftfahrern auf. Robert fragte sich bis zur Unterkunft des Kompaniechefs durch, schließlich fand er ihn, schreiend vor einer Front von zehn Soldaten, die ihm ihre auseinandergenommenen Gewehre zum Appell hinhielten. Robert hielt es für angebracht, in großer Entfernung zu warten, bis diese gefährliche Situation vorbei sein würde, denn er dachte daran, daß auch sein Gewehr, seit Wochen nicht gereinigt, nicht frei von Rost sein könnte. Er wartete, bis der Kompaniechef sich ausgetobt hatte und bis das Geschrei zu Ende war, von dem Robert immer wieder die Worte »Scheißkerle«, »Rost im Lauf«, »Sabotage der Wehrkraft« und »nächstes Mal Kriegsgericht« vernahm; dann ging er auf die Unterkunft zu, um sich zu melden. Die Hoffnung, daß man sich bei dieser Einheit über den neuen Zuwachs freuen würde, hatte Robert schon aufgegeben. Trotzdem hatte er sich seinen Antritt nicht so erniedrigend vorgestellt, wie er jetzt ausfiel. Dreimal wurde Robert aus der Unterkunft des Kompaniechefs hinausgeworfen; einmal, weil er mit ungeputzten Schuhen vor seinen Vorgesetzten trat, dann, weil das Koppel schief saß, und zum drittenmal, weil er zu lasch grüßte. Bei Roberts vierter Meldung hielt der Kompaniechef ihm einen Vortrag. »Sie sind hier an der Front, Sie Heimchen«, sagte er, »da kann Sie jede Vernachlässigung Ihrer Pflichten vors Kriegsgericht bringen«, und er befahl dem Hauptwachtmeister, diesen Mann gleich für die Wache heute nacht einzuteilen. »Sie werden Posten stehen, bis Sie schwarz sind«, fügte er zum Abschluß noch hinzu, dann schickte der Hauptwachtmeister Robert zu Unteroffizier Kaltofen, der in seinem Funktrupp bereits sieben Mann hatte und der sich über den neuen Mann keineswegs erfreut zeigte. »Wie soll ich Sie bloß unterbringen?« sagte er. »Die beiden Fahrzeuge sind besetzt, das Zelt ist voll. Ich brauche keinen Funker wie Sie.«

So kam es, daß Robert nach seinem ausdrücklichen Wunsch, zu einer Fronttruppe zu kommen, und nach vierwöchiger Bemühung, eine zu finden, schließlich bei einer Einheit landete, bei der er unerwünscht war. Zwar erklärte sich Unteroffizier Kaltofen doch noch bereit, den Funker Mohwinkel zu behalten, aber die neuen Kameraden ließen Robert nicht ins Zelt. »Du bist wohl verrückt, wo wir schon so dicht liegen«, sagten sie, und: »Womöglich bringst du uns noch Läuse herein.« Das war der Ton, den Robert noch gut aus der Hitlerjugend kannte, und er erinnerte sich jetzt an den Tag vor fünf Jahren, als man ihn im Sommerlager aus dem Zelt geworfen hatte. Wiederum war er in eine Umgebung geraten, in der er keine Freunde finden würde. Unteroffizier Kaltofen, die Wachtmeister, der Spieß und der Kompaniechef waren die Typen früherer HJ-Führer; sie waren geltungssüchtig, großschnäuzig und ohne Gefühl für die Sorgen ihrer Leute. Die einfachen Soldaten zeigten eine Unkameradschaftlichkeit, wie Robert sie seit Beginn seiner Dienstzeit nicht kennengelernt und wie er sie nur noch aus seiner Hitlerjugendzeit in Erinnerung hatte. Das also war die Fronttruppe. Er hatte geglaubt, als guter Funker im kriegerischen Einsatz gebraucht zu werden, aber er mußte jetzt feststellen, daß er als Soldat nur das Material abgeben mußte, an dem Offiziere und Unteroffiziere ihre Geltungssucht erprobten. Vorgesetzte, wie Robert sie hier bereits am ersten Tag kennenlernte, hatte er in der härtesten Zeit seiner Rekrutenausbildung nicht gehabt. Dort hatten die Reservisten gesessen, darauf bedacht, für die Front guten Ersatz heranzubilden, und hier saßen die »Kommißköppe«, Karikaturen von Offizieren und Unteroffizieren, unfähig, die herangebildeten Leute zu nutzen und tüchtige Soldaten richtig einzusetzen.

Der preußische Kommiß, den Robert aus den Erzählungen seines Vaters und seines Großvaters kannte, war also noch nicht gestorben; seine Vertreter saßen in den Fronteinheiten auf schönen Posten, die ihnen eine große Befehlsgewalt, aber keine nennenswerte Lebensgefahr brachten. Hier überdauerten sie den Krieg, um nach dem gewonnenen Krieg wieder der Schrecken neuer, jüngerer Jahrgänge zu werden.

Mit diesem Tag, das wußte Robert, endete seine glückliche Zeit, die vor vier Jahren mit seinem Eintritt in die Firma Christiansen begonnen hatte. Jetzt erst war diese schöne Periode seines Lebens endgültig vorüber, jetzt würde er den Krieg und seine häßlichste Erscheinung, das Leben im Glied, nicht mehr verdrängen können. Er nahm seine Decke, seine Zeltbahn und seinen Mantel und bereitete sich außerhalb des Zeltes, in das die Kameraden ihn nicht hineinließen, sein Lager im Freien unter einem Baum. Dort weckte ihn um vier Uhr früh der Posten, um sich von ihm ablösen zu lassen. Robert knöpfte seine Jacke zu, nahm Koppel, Gewehr und Stahlhelm, um sich am Ausgang des Dorfes zu postieren. Um sechs Uhr war sein Dienst beendet, und er weckte einen Funker, der am Vortage beim Gewehrappell aufgefallen war. Dann legte Robert sich wieder hin, bis eine Stunde später der UvD zum Antreten pfiff.

Die nächsten Wochen verbrachte Robert damit, Waffen zu reinigen, Antennen einzufetten, Batterien zum Aufladen zu tragen, Kochgeschirre zu waschen, Essen zu holen, die Unterkünfte von Feldwebeln auszufegen und Kartoffeln zu schälen. Zwei Tage nach Roberts Eintreffen wurde der Dienst, der bisher nur aus Instandsetzungsarbeiten und Appellen bestanden hatte, durch tägliches Exerzieren und Sport erweitert und alle zwei Abende durch eine Gesangsstunde ergänzt. Robert hatte gehofft, im Angesicht der Front seiner ärgsten Qual, dem Exerzieren, zu entgehen, aber er hatte sich getäuscht. Schlimmer als je war der Dienstbetrieb, der ihn verzweifeln ließ. Er bemühte sich, alles richtig zu machen und das Wohlgefallen seiner Vorgesetzten zu erringen, aber es gelang ihm nie. Es nützte ihm nun nichts, daß seinerzeit die Musterungskommission ihn als nicht besonders kräftig und deshalb am besten als für den Funkeinsatz geeignet beurteilt hatte. Beim Kommiß war die körperliche Konstitution eines Soldaten ein fester Einheitswert, und niemand kam jemals auf den Gedanken, daß dieselben körperlichen Leistungen bei dem einen eine gewohnte Arbeit und bei dem anderen eine übermäßige Strapaze sein könnten. Niemand dachte daran, daß eine sportliche Übung für den einen ein Vergnügen und für den anderen eine Quälerei bedeutete. Dabei waren die Offiziere und Unteroffiziere jederzeit bereit, in geistigen Leistungen Unterschiede anzuerkennen. Wenn ein Funker beim Senden von Funksprüchen nicht über das Tempo von sechzig Buchstaben in der Minute hinauskam oder Schwierigkeiten mit dem Verschlüsseln des Klartextes hatte, wenn er die taktischen Zeichen nicht begriff oder mit der Chiffriermaschine nicht umgehen konnte, tadelte ihn kein Vorgesetzter. Immer hieß es: »Die Menschen können nicht alle gleich schlau sein« oder: »Was macht's, schließlich ist er ein guter Soldat.« Wer aber körperlich nicht das Verlangte leisten konnte, wurde zum Nachexerzieren bestellt. Warum kann man, dachte Robert, als Strafe nicht einmal eine Stunde Rechnen oder Aufsatzschreiben verhängen? Warum müssen immer die körperlich Schwächeren die Dummen sein?

Plötzlich empfand er den heißen Wunsch, Deutschland möge diesen Krieg verlieren, damit später einmal auch alle diese Menschen gedemütigt würden. Im selben Augenblick erschrak Robert. So tief war er nun gesunken, er war ein Verräter geworden, und das in der kurzen Zeit, in der er zum letzten Mann einer Kompanie, zum überzähligen Funker eines Trupps, zum Ballast gesunken war, und er verfluchte seine Vorgesetzten, die ihn durch falsche Behandlung zum Verräter werden ließen.

Als Anfang Juli die Division zum Einsatz kam, ins Donezbecken vorstieß und zum zweitenmal Rostow einnahm, schleppte man Robert als Ballast bei diesem Vormarsch mit. Als überzähliger Funker hatte er seinen Platz zwischen zwei anderen überzähligen Funkern in einem »Kfz 15«, einem Reservefahrzeug ohne Funkgeräte, das zum Trupp von Unteroffizier Kaltofen gehörte. An ein Funkgerät setzte man Robert nicht; er war nur dazu da, nachts Posten zu stehen und tagsüber als Melder Dienst zu tun. Im übrigen mußte er für den Funktrupp Essen holen, Kochgeschirre auswaschen, Benzinkanister tragen und bei einer Rast die Fahrzeuge vor Fliegersicht tarnen. Die bequemste Aufgabe war unter allen diesen Anforderungen die eines Melders. Denn als Melder hatte Robert nichts weiter zu tun, als sich in Rufnähe des Divisionskommandeurs oder des ersten Generalstabsoffiziers aufzuhalten und auf Funksprüche zu warten. Er mußte nur still in angemessenem Abstand stehenbleiben und die Offiziere, die im Schatten eines Baumes oder eines Hauses über einen Kartentisch gebeugt standen, im Auge behalten. Wenn dann ein Befehl an einen unterstellten Truppenteil durch Funkspruch erteilt werden sollte, schrieb ein Ordonnanzoffizier den Text des Funkspruches auf, hielt den Zettel in die Höhe und rief: »Funkspruch«, worauf Robert hinzuspringen und den Funkspruch abzuholen hatte. Der Ordonnanzoffizier, häufig ein junger Leutnant, kam Robert aber meistens einige Schritte entgegen, um zu verhindern, daß ein einfacher Mann zu nahe an den General herankam. »Nun rennen Sie schon, Mann«, sagte der Ordonnanzoffizier, und Robert rannte mit dem Spruch zum Funkleiter, der ihn zum richtigen Funktrupp weiterschickte. Auch er sagte zu Robert: »Nun rennen Sie schon« oder: »Sind Sie noch nicht wieder da?« Nach Beendigung seines Auftrages nahm Robert dann wieder seinen Posten ein, um auf den nächsten Funkspruch zu warten.

Am besten hatte Robert es während des Marsches. Da er meist in der Mitte des Fahrzeuges saß, konnte er von der Landschaft nicht viel sehen; er sah nur den Staub, in den die ganze Fahrzeugkolonne gehüllt war, er sah abgebrannte Häuser und russische Bauern, die ihre Habe in einem Sack auf der Schulter trugen, und er nahm den scharfen Geruch verkohlenden Holzes und den süßen Geruch toter Pferde wahr, die bei dem Rückzug der Russen gefallen waren und nun schon aufgedunsen und mit Fliegen übersät am Wegesrand lagen. Robert freute sich, wenn diese Märsche Stunden oder halbe Tage dauerten, weil er während dieser Zeit nichts zu tun hatte. Manchmal, wenn er gerade angenehm vor sich hinträumte, fürchtete er sich vor dem Anhalten und vor dem Ruf: »Je Trupp ein Mann zum Hauptwachtmeister« oder: »Zwei Melder zum Funkleiter.« Bei solchen Anforderungen war Robert immer dabei, und er konnte sicher sein, wenn in der ganzen Division nur ein einziger Mann für einen Sonderdienst gebraucht wurde, daß man ihn auswählen würde.

Da der Trupp von Unteroffizier Kaltofen sich nur beim Divisionsstab aufhielt, kam Robert nicht in gefährliche Situationen. Orte, in die der Divisionskommandeur einzog, waren vom Feind bereits gesäubert; hier pfiffen keine Kugeln mehr, Artilleriebeschuß und Fliegerangriffe waren selten. So hatte die Funkkompanie nur durch Krankheiten Ausfälle, und da bei dem raschen Vormarsch nicht nur die Verpflegungsfahrzeuge, sondern auch Ärzte und Heilgehilfen mit Medikamenten zurückblieben, gab es schon bald einige Fälle mit Gelbsucht, Durchfall oder Fieber. Die hierdurch entstandenen Lücken in den Funktrupps wurden mit den überzähligen Funkern ausgefüllt, und so kam es, daß Robert den Befehl erhielt, sich bei Unteroffizier Scheer zu melden, dessen zweiter Funker an Gelbsucht erkrankt und ins Lazarett geschickt worden war. Nun saß Robert zum erstenmal in einem richtigen Funkwagen hinter dem Funkgerät, das er nur aus seiner Ausbildungszeit kannte. Er hatte als zweiter Funker seinen Platz auf der linken Seite hinter dem Empfänger, während der erste Funker, der Gefreite Linnhoff, rechts neben ihm hinter dem Sender saß. Außer den beiden Funkern und Unteroffizier Scheer als Truppführer gehörte nur noch der Kraftfahrer zum Trupp, ein alter bayerischer Obergefreiter, der schon in Polen dabeigewesen war und der im Frieden eine Autoreparaturwerkstatt in Rosenheim geleitet hatte. Diese Kameraden waren freundlicher zu Robert, nur Unteroffizier Scheer betrachtete den neuen Mann mit Mißtrauen. »Haben Sie auch keine Läuse?« fragte er, und er ermahnte Robert, sich immer sauberzuhalten und sich vor Krankheiten zu schützen. »Ihr Vorgänger mit der Gelbsucht hat mich sehr enttäuscht«, setzte er hinzu.

Seit Monaten hatte sich Robert auf diesen Augenblick gefreut, als Funker hinter einem Gerät sitzen und seine Fähigkeiten zeigen zu dürfen. Jetzt hatte er diesen Platz, mußte aber zu seinem Bedauern erfahren, daß laut Divisionsbefehl die Funkverbindungen ab sofort abgeschaltet werden mußten, weil nach der

Einnahme von Rostow die Kampfhandlungen vorerst beendet waren. Die Division wurde aus dem Armeeverband herausgelöst und nach Norden in den Donbogen geschickt, wo sie in der Gegend des Ortes Tschernyschewskaja in Ruhe gelegt werden sollte. Eben begonnen, war der Einsatz schon wieder vorbei, und Robert bedauerte sehr, anstatt in den Kaukasus, wie er gehofft hatte, nun in den Donbogen zu kommen, eine öde Steppe ohne Bäume und Sträucher, und mit einer ärmlichen Bevölkerung in kleinen, weit auseinanderliegenden Dörfern. Außerdem ängstigte er sich, jetzt in Ruhestellung wieder mit Exerzieren und Appellen gequält zu werden. Doch diese Angst war grundlos, denn in Tschernyschewskaja wurden die Trupps diesmal nicht zentral zusammengezogen, sondern verblieben bei den Einheiten, denen sie eine Funkverbindung zur Division schaffen mußten. Sie brauchten sich auch am allgemeinen Dienst des Truppenteils, zu dem sie abgestellt waren, nicht zu beteiligen, denn die Einheit hatte nur die Pflicht, diese fremden Funker zu verpflegen, nicht aber das Recht, sie zum Postenstehen, zum Exerzieren oder zu anderen die Disziplin auffrischenden Übungen heranzuziehen.

Die Funker zogen in ein kleines Lehmhaus, aus dem man die Russen verwiesen hatte und das der Trupp mit vier Mann nun ganz allein bewohnen konnte. Das Haus war sehr klein und bestand eigentlich nur aus einem großen Lehmofen, der Back- und Heizofen zugleich war und um den man den einzigen Raum des Hauses herumgezogen hatte. Das einzige Mobiliar war ein wackliger Tisch und eine schmale Holzwand, das einzige Hausgerät eine große eiserne Schüssel, die von den Russen als Kochtopf und Eßschüssel zugleich benutzt worden war. Die Holzlöffel sowie die Decken, unter denen die Russen auf ihren Öfen lagen, hatten die Bewohner des Hauses wahrscheinlich mitgenommen. In der Ecke des Hauses hing an einem großen Nagel eine Ikone, die aus einem gerahmten bunten Papierbild hinter Glas bestand, auf dem der segnende Christus zu sehen war; ein paar vertrocknete Blumen zwischen Glas und Rahmen zeigten die Gläubigkeit, mit der die Bewohner nach fünfundzwanzigjähriger Herrschaft der Sowjets noch immer an Gott hingen.

Vielleicht beten sie nun wieder zu Gott, weil Stalin sie nicht mehr beschützen kann, sagte sich Robert, und er dachte daran, wie wenig auch dies nun genützt hatte. Trotz der Blumen am Heiligenbild waren die Deutschen bis hierher gekommen, und die frommen Bewohner mußten, von Stalin und Gott verlassen, in ein anderes Dorf ziehen, wo die Feldgendarmerie sie zu Straßenausbesserungsarbeiten und Grabenbau zusammentrieb.

Als Unteroffizier Scheer das Lehmhaus betrat, sah er nichts von alledem, was Robert gesehen hatte. Er sah nur den Schmutz auf dem Fußboden, die schmierige Tischplatte und die Spinnweben hinter der Ikone. Er sagte: »Linnhoff, machen Sie erst mit dem Mohwinkel richtig sauber hier, ich bleibe solange draußen im Wagen.« Als Unteroffizier Scheer am Abend den Raum wieder betrat, war er immer noch nicht zufrieden. Der Fußboden war zwar sauber, aber den Funkern war es nicht gelungen, die dicken schwarzen Flöhe zu beseitigen, die zu Hunderten auf dem Boden umhersprangen. »Dieser Dreckstall!« sagte der Unteroffizier, und er befahl seinem Trupp, die Nacht im Wagen zu verbringen und am nächsten Morgen mit dem Entflöhen der Unterkunft zu beginnen. Um dies zu erreichen, mußten sich die beiden Funker Linnhoff und Mohwinkel sowie der Kraftfahrer barfuß und mit hochgekrempelten Hosen in den Raum stellen und sich von den Flöhen anspringen lassen, um sie dann zu fangen. Nach Stunden eifriger Bemühungen, als jeder von ihnen bei der Zahl von fünfzig gefangenen und getöteten Flöhen angelangt war, das Ungeziefer aber kein Ende nahm, sah der Unteroffizier das Sinnlose seines Befehls ein, und er ließ statt des Flöhefangens seine Leute eine Pritsche bauen, auf die sie sich am Abend in ihre Decken gehüllt nebeneinanderlegten.

Am nächsten Morgen wachten alle voll von Flohstichen auf, und von diesem Tag an begann für Robert eine qualvolle Zeit. Zwar hatte er keinen Dienst bei der Truppe, er mußte nicht Posten stehen oder exerzieren, aber unter dem Befehl von Unteroffizier Scheer war er von früh bis spät mit Säuberungsarbeiten beschäftigt. Morgens begann der Tag mit dem Ausschütteln und Bürsten der Decken und sämtlicher Kleidungsstücke hinter dem Haus, dann wurden mit nackten Beinen zwei Stunden Flöhe gefangen, danach wurde Wasser heiß gemacht, mit dem sie sich von oben bis unten wuschen. Vor dem Essen prüfte Unteroffizier Scheer die Kochgeschirre, ob sie ganz sauber waren, und nach dem Essen überwachte er das Reinigen der Kochgeschirre.

Trotz dieser Sorgfalt wuchs Unteroffizier Scheers Angst vor Unsauberkeit und Krankheiten täglich. Verbissen und wortlos kämpfte er von früh bis spät gegen Dreck und Ungeziefer. Trotzdem konnte er nicht verhindern, daß er eines Tages bei sich und den anderen Kleiderläuse in den Hemdnähten entdeckte. Niemand wußte, woher die Läuse kamen; sicher hatte sie der Kraftfahrer, der sich häufig bei bayerischen Kameraden in anderen Häusern herumtrieb, eingeschleppt; aber der Unteroffizier hatte Angst, ihm dies auf den Kopf zuzusagen. Dieser Mann, das wußte er, konnte saugrob werden, und einen Obergefreiten aus Oberbayern beschuldigte man besser nicht. Deshalb beschimpfte der Truppführer Robert, er habe die Schuld an diesen Läusen, er sagte: »Ich hatte gleich Bedenken, als Sie in meinen Trupp kamen«, und er befahl, das Unterzeug des ganzen Trupps in Benzin zu waschen, wodurch er sich selbst eine Hautkrankheit zuzog, die ihn sehr belästigte, aber nicht ernst genug war, ihn ins Lazarett zu bringen. Nun saß er täglich nackt im Zimmer und pflegte sich mit einer Salbe, wobei er Robert, dem er die Schuld an allem zuschob, vorwurfsvoll anblickte. Er sagte aber nichts, denn seit dem Tag, an dem die Läuse entdeckt wurden, sprach er mit Robert kein Wort mehr.

Darum war Robert froh, daß er jede Woche einmal nach Tschernyschewskaja laufen durfte, um bei der Kompanie die Post für den Trupp zu holen. Er mußte zwar, weil Fahrzeuge während der Ruhestellung nicht benutzt werden durften, die zwanzig Kilometer hin und zurück zu Fuß gehen, in der öden Steppe des Donbogens, aber er machte diesen Weg gern, weil er sich unterwegs selbst überlassen war und endlich wieder einmal nach langer Zeit keinem Befehl unterstand. Darum dehnte er auch seine Reisen auf zwei Tage aus. Doch übernachtete er nicht in Tschernyschewskaja bei der Kompanie, wo er zur Wache oder anderem Dienst herangezogen werden konnte, sondern in einem aus sechs Lehmhäusern bestehenden Dorf, in dem keine deutschen Truppen lagen. Er betrat das größte dieser Häuser, bat mit den wenigen russischen Wörtern, die er gelernt hatte, um einen Teller dicke Milch und um einen Kanten Brot, dann legte er sich auf eine Holzbank, wo er ruhig bis zum Morgen schlief. In der Frühe verlangte er wieder dicke Milch mit Brot und marschierte weiter, ohne sich zu waschen. Er schritt fröhlich voran, genoß ganz seine Freiheit und sang vor sich hin.

Roberts einzige Sorge war, nicht dem General zu begegnen, der täglich im Bereich seiner Truppe spazierenritt und alle Soldaten, die er traf, aus irgendwelchen Gründen bestrafen ließ. Dieser umherreitende General war in der Division schon zu einer sagenhaften Figur geworden, vor der alles in ständiger Angst schwebte. Wenn Robert unterwegs einem Soldaten begegnete, grüßten sich die beiden Männer nicht mit »Guten Morgen« oder »Grüß Gott«, sondern sie fragten: »Ist das Arschloch in der Nähe?« Wenn sie sich gegenseitig versichern konnten, daß der General nicht in der Gegend war, zogen sie weiter, um dem nächsten Kameraden, den sie trafen, die gleiche Frage zu stellen. Man erzählte sich, daß der General auf jedem seiner Ritte mindestens ein Dutzend Soldaten aufstöberte, die sich in seinen Augen straffällig gemacht hatten: Wer ohne ordnungsgemäße Marschpapiere unterwegs war, war ein Fahnenflüchtiger; wer mit der russischen Bevölkerung sprach, war ein Landesverräter, und wer etwas von ihren Speisen annahm, ein Plünderer. Begegnete der General kranken oder verwundeten Soldaten, so behauptete er, sie hätten sich selbst verstümmelt; und wer nur einen Knopf seiner Uniform offen hatte oder nicht schneidig genug grüßte, galt ihm als ein Saboteur der Disziplin. Das Kriegsgericht der Division hatte täglich alle Hände voll zu tun, um die echten von den unechten Straffällen zu trennen, die gemeldeten Soldaten entweder erschießen zu lassen, der Strafkompanie zuzuführen oder der Kompanie zur disziplinarischen Bestrafung zu melden. Robert wunderte sich, wie es der deutschen Wehrmacht trotz solcher Generale gelungen war, in ganz Europa so weit vorzudringen. Es waren ja nicht nur diese Generale, die es an allen Fronten zu Dutzenden gab, sagte er sich, sondern man mußte ja auch noch Tausende und aber Tausende von Offizieren,

Feldwebeln und Unteroffizieren hinzurechnen, die mit irrsinnigen Befehlen, schikanösen Anordnungen und gemeinen, unflätigen Worten ihrer Truppe das Leben zur Hölle machten, die Kampfkraft der Soldaten lähmten und somit gerade diejenigen waren, die die Wehrkraft zersetzten. Robert versuchte auszurechnen, wie lange das noch gutgehen könnte. Auf Grund seiner Geschichtserziehung in der Schule glaubte Robert zwar nach wie vor an die Unbesiegbarkeit des deutschen Soldaten, aber er glaubte jetzt, daß eines Tages dieser bewunderungswürdige deutsche Soldat seinem größeren Feind, dem irrsinnigen oder anmaßenden Vorgesetzten, unterliegen würde. Hoffentlich verlieren wir diesen Krieg, dachte er, und er wünschte sich, daß es dann möglich sein würde, sich eines Tages an allen diesen Leuten zu rächen. Die Furcht vor seinem Wunsch, der Krieg möge verloren werden, hatte Robert jetzt nicht mehr.

Robert begegnete dem General auf keinem seiner Wege; das war sein Glück, weil er niemals besondere Marschpapiere hatte, weil er auch mit Russen sprach, sogar bei ihnen übernachtete und ihr Brot aß, so daß er bestimmt als Deserteur, Landesverräter und Plünderer vors Kriegsgericht gekommen wäre.

Wenn Robert die Post aus Tschernyschewskaja holte, war jedesmal ein Brief seiner Eltern dabei. Die Mohwinkels schrieben ihrem Sohn regelmäßig, alle paar Wochen schickten sie ihm ein Paket mit Zigaretten, Kuchen und Süßigkeiten, die sie auf Zukkermarken oder auf gelegentlich aufgerufene Sonderabschnitte der Lebensmittelkarten kaufen konnten. In ihren Briefen kam ständige Besorgnis um den Gesundheitszustand ihres Sohnes zum Ausdruck, und Robert konnte keinen Brief an seine Eltern schreiben, in dem er nicht seitenlang die Sorgen seiner Eltern zerstreuen mußte. Er schrieb, daß er seit dem Aufenthalt im Lazarett keine Halsschmerzen mehr gehabt habe, daß er immer warm angezogen sei und über schlechte Verdauung nicht zu klagen habe. Von seinen Gedanken über den Krieg schrieb er nichts, und über seinen Standort, seine Vorgesetzten und seine militärische Verwendung konnte er nichts mitteilen, weil die Bekanntgabe von Einzelheiten in Briefen verboten war. Robert sowohl wie seine Eltern hatten Angst vor der Postzensur. Darum schrieben die Mohwinkels ihrem Sohn auch nicht ins Feld, daß die Bombenangriffe auf die Stadt immer stärker und die Lebensmittel immer knapper würden und daß Schlachter Ramdohr Frau Schwartz angezeigt hätte, weil sie sich über die schlechte Fleischversorgung beklagt hatte. Weil alles dies nicht in den Briefen stand, waren die Mitteilungen zwischen den Mohwinkels und ihrem Sohn, wenn auch regelmäßig, so doch von einer Eintönigkeit, die Robert beim Empfang der Briefe jede Spannung nahm. Mit um so größerer Spannung erwartete er dagegen die Briefe seiner Freundin Ilse Meyerdierks. Ilse schrieb zwar nicht regelmäßig, manchmal nur alle vier Wochen, aber wenn ein Brief von ihr bei der Post war, nahm er ihn mit zitternden Händen zuerst vor, nicht ohne sich dabei zu schämen, daß er seine Eltern, die mit viel mehr Liebe an ihn dachten, hintenan stellte. Niemals, sagte er sich, dürfen meine Eltern erfahren, mit wieviel mehr Spannung ich auf die Grüße von Ilse warte.

Dabei waren Ilses Briefe diese Bevorzugung kaum wert. Sie schrieb ebensowenig Neues aus der Heimat, und außer einigen unwichtigen Dingen, die nur sie persönlich interessierten, wie Ärger in ihrem Geschäft oder der Kauf eines Regenmantels auf sechzig Punkte der Kleiderkarte, stand selten Lesenswertes in ihren Briefen. Die einzige interessante Mitteilung während der ganzen Zeit war die von ihrem letzten Besuch in der Tanzschule Lahusen gewesen. Ilse war eines Sonntags zum Tanztee gegangen, war dann aber bereits am Eingang von Frau Rita Lahusen empfangen und nach Hause geschickt worden. »Sie verlangte«, schrieb Ilse, »daß ich außer am Klubabend der Schule fernbleibe, um die wenigen kostbaren, der Heimat verbleibenden Herren nicht zu beanspruchen«, und sie schrieb weiter, daß Frau Rita ein gemeines Aas sei, daß sie nur darauf aus sei, Männer an ihre Schule zu binden und die Partnerinnen zu verstoßen, wenn die Männer dann fortzogen. »Die sieht mich nicht wieder«, schloß Ilse ihren Brief, »und ich möchte, daß wir nach dem Krieg woanders hingehen, vielleicht zur Tanzschule Maria Sass.« Dieser letzte Satz war in den letzten anderthalb Jahren auch der einzige gewesen, in dem Ilse Meyerdierks von einer gemeinsamen Zukunft sprach. Dieses Thema mied sie sonst sorgfältig, und auch auf Roberts Antrag, für immer zusammenzubleiben und sich bei nächster Gelegenheit zu verloben, hatte sie nur ausweichend geantwortet. »Davon reden wir am besten, wenn du auf Urlaub kommst«, hatte sie geschrieben, und Robert wagte nicht, daraufhin seinen Antrag zu wiederholen.

Inzwischen wurde es Spätherbst. Das Ausschütteln der Dekken früh am Morgen wurde immer unangenehmer, und alle beeilten sich, diese Reinigungsaktion so schnell wie möglich hinter sich zu bringen, um wieder in die Stube zurückzukehren. In den Lehmhäusern wurde schon geheizt, und für den Trupp von Unteroffizier Scheer war es ein Glück, daß man den oberbayerischen Kraftfahrer hatte, der mit diesem russischen Ofen umzugehen verstand. Mit Hilfe von wenig Brennmaterial, das nur mit Schwierigkeiten und nach Einbruch der Dunkelheit beschafft werden konnte, entzündete er nach Zugabe von Benzin ein kurzes Feuer, das den Lehmofen schnell erhitzte und den Raum tagelang warm hielt.

Mitte November griff der Feind an, und die Division wurde nach Raspopinskaja geworfen, um zusammen mit den dort stationierten rumänischen Einheiten die Front am Don zu halten und zu verhindern, daß die in Stalingrad kämpfenden Kameraden eingeschlossen würden. Die Fernsprechverbindungen wurden abgebaut, dafür gingen die Funktrupps auf Empfang, und Robert erlebte jetzt zum erstenmal als Soldat das Gefühl, eine große Verantwortung zu tragen.

Ende November fiel der erste Schnee, der die trostlose graue Steppe in eine noch trostlosere unendliche Schneewüste verwandelte. Die Einsätze des Pionierbataillons und die Verlegungen von einem Standort zum anderen folgten immer schneller aufeinander. Bald hatte niemand mehr Gelegenheit, sich in dienstfreien Stunden in Häusern aufzuhalten. Häuser wurden im nördlichen Donbogen ohnehin immer seltener. Darum saßen die beiden Funker jetzt Tag und Nacht nebeneinander im Wagen. Sie froren und hüllten sich in ihre Decken, abwechselnd versuchten sie im Sitzen ein wenig zu schlafen. Robert hatte seine Stiefel ausgezogen, weil das kalte Leder ihn schmerzte und weil der enge Schuh dem Fuß keine Gelegenheit bot, sich durch Bewegung etwas zu erwärmen. Mit mehreren Strümpfen übereinander und die Füße in Decken eingewickelt, saß er auf seinem Platz hinterm Funkgerät, trampelte auf den Boden und hauchte in die Hände. Die Flöhe, die er in den Decken mitgeschleppt hatte, vermehrten sich, ebenso die Kleiderläuse, an deren Bekämpfung er während der letzten Wochen des Einsatzes nicht mehr denken konnte. Seit Wochen hatte sich niemand mehr gewaschen oder seine Hemden gewechselt; jeder war darauf bedacht, den Rest Wärme, der sich mit den Läusen und Flöhen in der dreckigen Wäsche hielt, solange wie möglich zu halten. Auch Unteroffizier Scheer hatte das Wechseln der Wäsche bald aufgegeben, weil es keine Gelegenheiten mehr gab, die schmutzigen Hemden zu waschen. Wasser gab es nur in Siedlungen, und Siedlungen sahen sie oft tagelang nicht. Darum beschränkte er seine Säuberungsaktionen bald nur noch auf das tägliche Putzen der Stiefel, auf das Rasieren mit geschmolzenem Schneewasser und auf das Waschen von Gesicht und Händen im Schnee. Diese Gewohnheiten behielt er noch lange bei, auch als sich die Bedingungen kurz darauf weiter verschlechterten.

Manchmal geriet der Bataillonsstab in das Feuer feindlicher Artillerie oder Minenwerfer. Das war für die Funker unangenehm, weil ein Funker immer am Gerät bleiben mußte und nicht mit den anderen Soldaten in Deckung gehen konnte. Meistens war es Robert, der die Stellung halten mußte, weil der Gefreite Linnhof der Schnellere war, wenn es bei Beschuß darum ging, den Wagen zu verlassen. Dann blieb Robert nichts anderes übrig, als sich in dem aus Sperrholz bestehenden Kfz. 17 ganz klein zu machen und sich auf die Einschläge zu konzentrieren in der Hoffnung, sie mit Suggestionskraft aus seinem Bereich zu verdrängen. Eines Tages war der Beschuß besonders stark und dauerte länger als sonst. Robert hatte sich auf den Boden des Wagens gesetzt und den Kopfhörer über ein Ohr gezogen, um sich mit dem anderen auf die Einschläge konzentrieren zu können, die diesmal kein Ende nehmen wollten, so daß langsam eine immer stärker werdende Angst sich seiner bemächtigte. Als er nach einer Stunde glaubte, diesmal wohl mit seinem Leben abschließen zu müssen, öffnete sich die Tür des Funkwagens. Draußen stand der Kommandeur des Pionierbataillons, ein Major, Schnee auf den Schultern und Eisstückchen im unrasierten Gesicht. »Fehlt Ihnen was?« fragte er, als er Robert auf dem Boden sitzen sah, und, ohne eine Antwort abzuwarten, fügte er hinzu: »Mann, machen Sie mal Platz, ich muß zu Ihnen in den Wagen.« Er veranlaßte Robert, sich trotz des Beschusses wieder richtig hinter das Gerät zu setzen, dann nahm er neben ihm Platz und notierte einige Meldungen, die an die Division durchzugeben waren. Während er schrieb, fragte er: »Truppführer nicht da? Wohl Stiefel putzen gegangen, was?« Worauf Robert erwiderte, daß Herr Unteroffizier Scheer sich sicher auf dem Gefechtsstand des Bataillons befinde. Der Major unterbrach ihn aber. »Quatschen Sie nicht so dämlich«, sagte er zu Robert, »Sie wissen genau wie ich, daß der Kerl sich verpißt hat.« Dann gab er Robert nacheinander mehrere Funksprüche, blieb so lange bei ihm, bis alle verschlüsselt und durchgegeben waren und bis er sich selbst mit dem zweiten Kopfhörer von der ordnungsgemäßen Quittung der Gegenstelle überzeugt hatte. Dann verließ er den Wagen, und Robert sah ihm nach, wie er allein durch die Schneewüste dahinstapfte, um die Männer seines Stabes zu suchen.

Der Beschuß hatte inzwischen aufgehört, und plötzlich merkte Robert, daß er während der ganzen Zeit, als der Kommandeur neben ihm saß, keine Angst gehabt hatte, und er dachte darüber nach, ob die Gegenwart des hohen Vorgesetzten oder die verantwortungsvolle Aufgabe ihm diese Sicherheit gegeben hatte. Schließlich wußte er: Es war die Auszeichnung, die ihn befähigt hatte, so furchtlos seine Pflicht zu tun. Ein Kommandeur hatte neben ihm gesessen, ihm eine Zigarette angeboten, abfällig über den Truppführer gesprochen und ihm somit zu verstehen gegeben, daß in diesem Augenblick unter schwerster Feindeinwirkung er, der Kommandeur, und Robert, der Funker, die einzigen waren, die den Posten hielten und die Situation retten konnten. Gleichzeitig merkte Robert, daß es also auch viele Offiziere gab, die anständig und schneidig zugleich waren, denn sicher gab es überall noch mehr Offiziere wie diesen Major. Robert merkte aber auch, daß er noch immer anfällig für Auszeichnungen und für Aufmunterungen von oben war. Was bin ich für ein blöder

Idiot, dachte er, und er wiederholte laut: »So ein blöder Idiot bin ich also.«

Nach einer halben Stunde kam Unteroffizier Scheer mit dem Gefreiten Linnhoff und dem Kraftfahrer zurück. Alle drei hatten in einer Mulde Deckung gefunden, und nun zog Unteroffizier Scheer seinen Mantel aus, um den Schnee abzuklopfen. »Was gibt's Neues«, fragte er gleichgültig, und Robert bemühte sich, ebenso gleichgültig zu antworten, daß es etwas Neues kaum gebe, daß nur das Bataillon eingeschlossen und von der Versorgung abgeschnitten sei und es mit der Kampfkraft zu Ende gehe. »Ich glaube, es wird nicht mehr lange dauern«, schloß er seinen Bericht, und zum Beweis zeigte er seinem Truppführer und seinen Kameraden die soeben durchgegebenen Funksprüche und vergaß auch nicht, ihnen die Meldung von den Ausfällen des Bataillons am letzten Tag triumphierend unter die Nase zu halten. Unteroffizier Scheer las die Funksprüche wortlos, dann entnahm er seinem Gepäck einige Sachen und packte sie in den Brotbeutel, den er sich ans Koppel hängte. Linnhoff, der Kraftfahrer und Robert guckten staunend zu, wie Unteroffizier Scheer seinen Brotbeutel packte; sie sahen, wie ihr Truppführer eine Garnitur Unterwäsche, ein Hemd zum Wechseln und die eiserne Ration einpackte, aber auch eine Kleiderbürste, Schuhputzzeug und den Rasierapparat nicht vergaß. Die Zuschauer dieser Szene staunten und sahen sich betroffen an, der Gefreite Linnhoff aber sagte zum Truppführer: »Unteroffizier, Sie haben die Zahnpasta vergessen«, worauf ihn der Truppführer böse ansah, aber nichts erwiderte.

Von Tag zu Tag wurde der Kessel, in dem die deutschen Truppenteile eingeschlossen waren, enger und die Verpflegung knapper. Die Feldküchen hatten nichts mehr zu kochen, und der Funktrupp mußte auf die Konserven, die für solche Fälle vorhanden waren, zurückgreifen. Damit würde man noch gut einige Tage hinkommen, aber was danach geschehen würde, konnte man sich ausmalen: Robert brauchte nur aus dem Fenster seines Funkwagens zu sehen, und er erblickte Hunderte von Rumänen, zerlumpt und ohne Waffen, die sich von Fahrzeug zu Fahrzeug schleppten, um Verpflegung zu erbetteln. Überall wurden sie abgewiesen, und auch Unteroffizier Scheer mußte alle Augenblicke hinausrufen: »Nix Fressage. Fort mit euch! Nix Fressage!« Robert hatte Mitleid mit diesen armen Menschen, aber er sah ein, daß diese Härte notwendig war. Wenn es überhaupt noch die Möglichkeit eines Ausbruchs für alle, Deutsche und Rumänen, gab, sagte er sich, so war er nur mit satten deutschen Soldaten und nicht mit satten rumänischen zu erkämpfen. Darum sagte auch er, wenn die Rumänen an sein Fenster kamen: »Hier nix Fressage, fort, fort!«

Der Ausbruch, an den nur noch wenige glaubten, gelang den deutschen Resttruppen einige Tage später aber doch noch. Er wurde unter starken Verlusten erkämpft, und nur wenige Fahrzeuge, an denen die Fußsoldaten wie die Trauben hingen, kamen über die unter starkem feindlichem Beschuß liegende Strecke. Daß auch der Funktrupp es schaffte, war nur den verwegenen Fahrkünsten des bayerischen Obergefreiten zu danken. Er fuhr mit diesem für Geländefahrten nicht eingerichteten Fahrzeug quer durch die Schneewüste, bis sie nach Stunden in Sicherheit waren. Von den fünf Rumänen, die sich an das Fahrzeug gehängt hatten, kamen nur drei am Ziel an, zwei waren unterwegs abgeschossen worden, und Robert verdrängte mit großer Anstrengung den Gedanken, was wohl geschehen wäre, wenn die Leiber der am Fahrzeug hängenden Rumänen ihn nicht geschützt hätten.

Als der Funktrupp hundert Kilometer westlich von Stalingrad in Sicherheit war, versuchte Robert, eine Verbindung mit der Division zu bekommen. Auf der Gegenseite meldete sich aber niemand. Die Gegenstelle schlief oder war mit Funkern besetzt, die bei größerer Entfernung nicht mehr arbeiten konnten. Er versuchte es noch den ganzen Nachmittag; er quietschte mit dem Sender über die Wellen, was unter normalen Umständen verboten war; er baute die Sternantenne auf, und er bat den Kraftfahrer, auf eine Anhöhe zu fahren. Es nützte aber alles nichts, und gegen Abend sagte der Kraftfahrer: »Hör auf mit dem Quatsch, du orgelst ja die Batterien leer. Womit sollen wir dann fahren?«

Robert war über dieses Mißgeschick sehr niedergeschlagen. Die Freude des Gefreiten Linnhoff, der meinte: »Sei froh, dann kannst du mal ausschalten und ordentlich schlafen«, teilte er nicht. Diese Arschlöcher, dachte Robert, da exerzieren sie Tag für Tag, üben Grußpflicht, treiben Sport und singen Soldatenlieder, aber Funkverbindung halten können sie nicht.

Am Abend machte sich Robert auf, seinen Truppführer zu suchen oder dem Bataillonskommandeur direkt Meldung zu machen, daß keine Verbindung zur Division mehr bestünde. Es gelang ihm aber nicht, seine Schuhe anzuziehen. Seine Füße waren dick und geschwollen, und als er aufzutreten versuchte, empfand er große Schmerzen. »Junge, du hast dir aber die Haxen erfroren«, sagte der Kraftfahrer, und er empfahl ihm, schnell zur Sanitätsstelle zu humpeln, um sich eine Frostschutzsalbe geben zu lassen. Robert trat, so gut es ging, mit den Fußspitzen in die Stiefel und schleppte sich zu einer Sanitätsstelle, die nur hundert Meter entfernt lag. Der Assistenzarzt sah Roberts Füße aber gar nicht an; er sah nur, wie Robert durch die Tür hereinhumpelte, und er rief ihm schon von weitem zu: »Sie, Mann, holen Sie Ihr Gepäck, in fünf Minuten geht ein Sanka.« Der Assistenzarzt hatte wohl das Gefühl, daß es in diesem Augenblick das vordringlichste war, so viele Leute wie möglich hinauszuschleusen, bevor der Kessel sich erneut schloß, und dabei war gleichgültig, wie krank die einzelnen Leute waren. Der Assistenzarzt wäre sogar bereit gewesen, Gesunde mit Sanitätskraftwagen abzutransportieren, nur um möglichst viele Männer in dieser letzten Minute zu retten.

Als Robert sein Gepäck holte, war Unteroffizier Scheer wieder beim Fahrzeug. Er hatte die Entscheidung des Assistenzarztes über Robert schon erfahren. »Na, kommen Sie weg?« rief er Robert zu. Der Unteroffizier atmete auf. Er war froh, diesen Läuseträger endlich los zu sein. Robert freute sich gleichfalls über den Abschied. Die Verbindung zur Division war sowieso abgerissen. Was hatte er jetzt hier noch verloren? Sollen doch die Affen sehen, wie sie fertig werden, dachte er, und zum Unteroffizier sagte er nur förmlich: »Junker Mohwinkel meldet sich ab ins Lazarett«, dann ging er fort, ohne darauf zu warten, ob der Truppführer ihm zum Abschied die Hand bot.

Nach einer langen, beschwerlichen Fahrt, auf der die schwerverwundeten Kameraden im Sanitätswagen stöhnten und jammerten, kam Robert am Abend zu einer Auffangstelle für Verwundete. Ein paar Hiwis, russische Hilfswillige in deutschen Diensten, trugen die Verwundeten aus dem Wagen. Die Auffangstelle bestand aus einem zweiräumigen Holzhaus, in dessen einem Raum die Verwundeten und Kranken dicht gedrängt auf dem nackten Boden lagen, während im anderen ein Arzt mit einer roten Gummischürze Operationen vornahm, die man nicht aufschieben konnte. Er hantierte die ganze Nacht, von nur einem Sanitätsfeldwebel unterstützt, und alle Operationen gingen mit einer Geschwindigkeit vor sich, die Robert in Erstaunen versetzte. Die Hiwis legten den Verwundeten auf einen hölzernen Tisch, und sogleich begann der Arzt mit dem Behandeln der Wunde, dem Entfernen eines Splitters oder der Amputation eines Gliedes. Der Feldwebel stand dabei und hielt während der Operation die Hand auf den Puls des Patienten; nach der Operation legte er einen Notverband an, während der Arzt hastig ein paar Züge aus einer Zigarette sog, die ein Hiwi ihm hinhielt. Als Robert auf den Tisch gelegt wurde und der Arzt sah, daß die Erfrierungen noch knapp zweiten Grades waren, sagte er: »Na, noch Glück gehabt«, und er veranlaßte, daß ihm außer einem Notverband nur eine Tetanusinjektion gegeben wurde, die man ins Soldbuch eintrug. Dann wurde Robert wieder zurückgetragen, und er sah, wie nach ihm ein Soldat an die Reihe kam, dessen Füße von Erfrierungen schon schwarz waren und schrecklich stanken. In dieser Nacht war Robert froh, daß seine Füße schmerzten und ihn von der schrecklichen Umgebung in diesem Feldlazarett ablenkten. Neben ihm stöhnten die Verwundeten. Ein Panzerfeldwebel, der schwere Verbrennungen am ganzen Körper hatte, schrie die ganze Nacht, bis er am Morgen starb. Mittags wurde Robert mit anderen Verwundeten in einen offenen Lastwagen gepackt und fünfzig Kilometer weiter zu einem

Bahnhof gefahren, der unter starkem feindlichem Artilleriebeschuß lag. Darum fuhr der Sanitätskraftfahrer nicht bis an die Gleise heran, sondern entlud seinen Wagen in sicherer Entfernung, so daß die Verwundeten sehen mußten, wie sie ohne Hilfe zu dem einige hundert Meter weit entfernten Güterzug gelangten. Der feindliche Beschuß, der die Nähe des Feindes andeutete, und die Angst, hilflos zurückzubleiben, verliehen allen in diesem Augenblick übermenschliche Kräfte. Robert, der geglaubt hatte, mit den schmerzenden Füßen überhaupt nicht auftreten zu können, sah nun, daß ihm jetzt in der Not nicht nur dies gelang, sondern daß er sogar in der Lage war, noch einen Kameraden zu stützen, dem ein Fuß abgenommen worden war und der nun versuchte, auf den Knien über die Gleise zu kriechen.

Die Fahrt mit dem Güterzug dauerte fünf Tage. Da die Waggons Öfen hatten und auf Stationen hin und wieder Verpflegung gereicht wurde, überstanden die meisten den Transport und wurden in Lemberg entladen, wo eine ganze Kolonne schöner neuer Sanitätswagen wartete.

In dem großen Lemberger Lazarett, in dem es mehrere Säle gab, die nur mit Erfrierungen belegt waren, erholte sich Robert schnell. Die freiheitliche Atmosphäre eines Lazaretts, die ihm eine unmilitärische Haltung erlaubte, ließ die Schrecken der Vergangenheit verblassen. Mit Mitleid dachte er nur an die Kameraden, die im Kessel von Stalingrad eingeschlossen waren und die ein ungewisses, sicher aber schreckliches Schicksal erwartete.

Roberts Wunsch, sich in irgendeiner Form zu beschäftigen, gern auch eine verantwortungsvolle Aufgabe zu übernehmen, brachte ihm, kurz nachdem er aufstehen durfte, den Posten eines Hilfsschreibers in der Abteilungskanzlei ein, wo er Krankengeschichten schrieb, Karteikarten sortierte und die täglichen Belegungslisten anfertigte. Er war glücklich, nach langer Unterbrechung wieder Bürodienst tun zu dürfen, und in diesem Glück legte er eine Beflissenheit und einen Eifer an den Tag, der dem Abteilungsarzt auffiel. Deshalb wurde Robert im Januar von ihm mit den Aufgaben des Abteilungsschreibers, eines Sanitätsunteroffiziers, betraut, der nun drei Wochen auf Urlaub gehen konnte. Zwar trug Robert weiterhin die Lazarettkleidung, schlief im Krankensaal und wurde als Verwundeter geführt, aber er hoffte sehr, nach seiner Genesung vielleicht fest als Lazarettschreiber übernommen zu werden. Diese Hoffnung erfüllte sich jedoch nicht, denn als sich eines Tages eine Kommission von höheren Wehrmachtsärzten ansagte, meinte der Abteilungsarzt zu ihm: »Mohwinkel, Sie müssen schnell weg, ich will keinen Ärger«, und er befahl ihm, sich für die morgige Entlassung zur Ersatztruppe fertig zu machen. Robert ging niedergeschlagen in seinen Saal und legte sich ins Bett, ohne sich noch um die liegengebliebene Kanzleiarbeit zu kümmern.

Am nächsten Morgen wurde er von einem lauten Geschimpfe auf dem Gang geweckt. Der Abteilungsarzt schrie, und Robert hörte Worte wie »Falschmeldung« und »Hornochse« immer wieder heraus. Beim Frühstück erfuhr er von der Verpflegungsschwester, daß sein Nachfolger in der Kanzlei, ein Sanitäter, am Vorabend in der Belegungsliste die Rubriken verwechselt hatte. Fünfunddreißig Mann, die an diesem Tage als gesund entlassen werden sollten, waren in die Rubrik der als »liegend zu verlegenden Schwerverwundeten« geraten, nun standen die Lazarettwagen auf dem Bahnhof bereit, und dem Abteilungsarzt blieb nichts anderes übrig, als unter den Augen der gleichzeitig eintreffenden Kommission die gesunden Leute wie Schwerkranke zu behandeln und sie auf Bahren forttragen zu lassen. Kurz vor der Abfahrt beschwor er die fünfunddreißig Leute, sich unterwegs in den Sankas, besonders aber auf dem Bahnhof beim Verladen, nichts anmerken zu lassen. »Bleibt bloß ruhig auf der Bahre liegen und guckt etwas apathisch«, sagte er, und zu Robert gewendet fügte er noch hinzu: »Warum haben Sie bloß gestern abend keinen Kanzleidienst mehr gemacht? Wie konnten Sie mich bloß so im Stich lassen?«

Der Lazarettzug, mit dem Robert in den Schwarzwald verlegt wurde, bestand aus einer Reihe schöner sauberer D-Zug-Wagen, in denen weiße Betten in Reihen übereinanderlagen. Dem Irrtum in der Kanzlei verdankte Robert es, daß er nun nach seinem ersten Fronterlebnis so bequem heimreisen durfte, nicht in Personenwagenabteile gepfercht oder auf Stroh in Güterwagen, sondern in einem eigenen weißen Bett. Er erinnerte sich, wie er früher in Kutno am Bahndamm gestanden und immer das gruselige Gefühl gespürt hatte, wenn einer dieser langsam rollenden, unheimlichen Züge vorbeifuhr. Jetzt rollte er selbst so dahin, vielleicht von Zivilisten an Bahnübergängen mit Gruseln beobachtet und bedauert. Dabei hatten die fünfunddreißig irrtümlich als schwerverwundet gemeldeten Soldaten, die in dem einen Wagen zusammenlagen, größtes Glück gehabt, und nach dieser angenehmen Fahrt erwartete sie noch ein weiterer Lazarettaufenthalt und anschließend ein Genesungsurlaub. Sie waren sehr munter, die meisten waren aufgestanden und tobten in ihren Lazarettkitteln umher. Zwei Mann spielten mit einem Gepäckstück Fußball, in den Ecken saßen Gruppen zu dritt beim Skat. Robert spielte mit zwei Obergefreiten, von denen der eine schon zum viertenmal in einem Lazarettzug lag. Er rühmte sich, die erste Verwundung, einen Schulterdurchschuß, schon am ersten Tage des Krieges gegen Polen bekommen zu haben. »Ich war der erste Verwundete in diesem Kriege«, sagte er immer wieder, und Robert, der sich noch gut dieses Tages erinnerte, als er mit seinem Freund Albert im Roten Sand gesessen hatte und nachher ins Kino gegangen war, betrachtete die Vergangenheit seines Mitspielers mit Ehrfurcht.

Wenn der Zug vor einer Station langsamer zu fahren begann, unterbrachen die Verwundeten ihre Spiele und krochen schnell in die Betten zurück, um während des Aufenthalts auf dem Bahnhof mit leidenden Gesichtern Sonderverpflegungen und Liebesgaben vom Roten Kreuz und von Zivilisten in Empfang zu nehmen. In Crailsheim kam sogar ein Kinderchor auf den Bahnsteig; frierend und mit dünnen Stimmen sangen die Kinder unter der Leitung einer Lehrerin: »ABC, die Katz' lief in den Schnee«. Apathisch und mit müder Handbewegung winkte Robert aus den Kissen heraus den Kindern zu, dann nahm er ein halbes Pfund Honigkuchen in Empfang, den eine Schwester im Wagen verteilte. Den Honigkuchen aß er gleich auf, dann wartete er auf die Abfahrt des Zuges, um mit den beiden Obergefreiten weiterzuspielen. Er hatte sich gemerkt, daß er mit Geben dran war.

In Freudenstadt kam Robert in ein kleines Lazarett, wo man

ihn aber zu seinem Bedauern nicht länger als eine Woche behielt, obwohl er sich gleich am ersten Tag zu Sonderdiensten meldete. Von seinem Angebot machte die Lazarettleitung aber gern Gebrauch, und sie schickte ihn täglich mit dem Schlitten in die Stadt, um von Weinkellereien, Spirituosenhandlungen und Süßwarengrossisten Sonderzuteilungen abzuholen. Doch mit einem verlängerten Aufenthalt belohnte die Lazarettleitung ihn nicht, was Robert befremdet zur Kenntnis nahm.

Als Robert einige Tage später in Weimar bei der Ersatzabteilung eintraf, beantragte er seinen Genesungsurlaub. Bevor der Kompaniechef ihn fortließ, bestellte er ihn zum Rapport und verlieh ihm das Verwundetenabzeichen in Schwarz. Hierüber wunderte sich Robert, denn die Beurteilung von Erfrierungen war immer eine Sache der Auslegung gewesen; es gab Kommandeure, für die jede Erfrierung immer und unter allen Umständen eine Selbstverstümmelung war; sie waren sicher, daß niemand sich irgend etwas erfrieren mußte und daß eine Erfrierung nur absichtlich herbeigeführt sein konnte. Darum wurde Robert in den letzten Monaten die heimliche Angst vor dem Kriegsgericht nicht los, bis zu diesem Augenblick, wo er mit der Verleihung des Verwundetenabzeichens bescheinigt erhielt, daß er kein Feigling war, sondern ein tapferer Soldat, der für Größe und Bestand des Reiches gelitten hatte.

Einige Tage später kam Robert nach Hause. Seine Eltern hatten ihn über zwei Jahre nicht gesehen, darum war Frau Mohwinkel jetzt erstaunt über das gute Aussehen ihres Sohnes. »Na, die viele frische Luft jeden Tag hat dir bestimmt gutgetan«, sagte sie deshalb zur Begrüßung, aber im selben Augenblick dachte sie daran, daß Robert ja aus dem Lazarett kam, wo er bestimmt schrecklich gelitten hatte. »Mein armer Junge«, fuhr sie daher fort, »das alles war gewiß fürchterlich für dich.« Sie fragte ihn, ob er jemals wieder richtig laufen könnte, erzählte dann aber gleich ihr gestriges Erlebnis in der Straßenbahn. Sie erzählte von einem dicken Mann, der beim Einsteigen den Eingang versperrt hatte und den sie deshalb angeschnauzt hatte. »Sie oller dicker Kerl, Sie sind hier nicht allein«, hatte Frau Mohwinkel gesagt, dann aber bemerkt, daß der Mann ein Parteiabzeichen trug. »Ich habe den ganzen Tag gezittert und die ganze Nacht nicht geschlafen«, erzählte sie ihrem Sohn, »und sicher hat mich nur gerettet, daß ich nachher in der Straßenbahn ganz laut erzählt habe, daß ich die Mutter eines Kriegers bin, der in Stalingrad dabei war und nun schwerverwundet im Lazarett liegt.« Nach dieser Erzählung fiel Frau Mohwinkel in ein langes Grübeln. »Mein Gott«, sagte sie nach einer Zeit plötzlich, »wenn er dich nun sieht, wo ich doch gesagt habe, daß du schwerverwundet im Lazarett liegst«, und sie beschwor ihren Sohn, im Urlaub nur ja nicht die Linie 3 der Straßenbahn zu benutzen, sondern zum Hulsberg zu laufen, wo man in andere Linien einsteigen konnte.

Aber nicht nur dies Erlebnis Frau Mohwinkels kam immer wieder während Roberts Urlaub zur Sprache, sondern noch eine ganze Reihe anderer. Frau Mohwinkel hatte gewagt, bei Schlachter Ramdohr eine Fleischportion zu reklamieren, weil zu viele Knochen darin gewesen waren, und sie hatte während eines Luftangriffes zum Luftschutzwart gesagt: »Mein Gott, die machen uns ja heute wieder ganz fertig.« Viele solcher Äußerungen hatte Frau Mohwinkel in den letzten Jahren gemacht; hinzu kamen noch zahlreiche Äußerungen, die sie glaubte, gemacht zu haben. Sie schwebte in ständiger Angst, verhaftet und ins Konzentrationslager gebracht zu werden. Die Furcht vor dem Staat und der Partei und ihre daraus folgende Gemütsverwirrung nahmen mit der Zeit zu, und man konnte den Eindruck gewinnen, daß Frau Mohwinkel eigentlich schon seit Jahren im Konzentrationslager lebte.

Robert, der sich auf diesen Urlaub sehr gefreut hatte, sah, daß der Umgang mit seiner Mutter nicht einfach war; vergeblich beschäftigte er sich damit, ihre Bedenken zu zerstreuen. Da Frau Mohwinkel immer wieder von vorn anfing, ohne auf ihren Sohn zu hören, war er froh, hin und wieder weggehen zu können. Sein erster Weg galt seiner Freundin Ilse Meyerdierks. Er ging gleich am Abend nach seiner Ankunft zu ihr, auf stundenlangen Umwegen, um sich noch einmal in Muße mit dem Verlobungsprogramm zu beschäftigen. Er legte sich die Worte zurecht, mit denen er Ilse den Antrag machen würde, und er vergaß auch nicht, sich einige Worte für die alten Meyerdierks einzustudieren.

Frau Meyerdierks hatte Roberts Besuch schon erwartet, denn er hatte verschiedentlich seinen Urlaub angekündigt. Nun holte sie schnell die bereitgelegten Plätzchen und die Flasche Wein, bat ihn, sich aufs Sofa zu setzen, und nahm ihm gegenüber Platz. Dann erzählte sie verlegen, daß Ilse nicht da sei und daß ja niemand in der letzten Zeit eine Möglichkeit gehabt habe, ihm dies zu schreiben. »Alle Briefe, die Ilse geschrieben hat, sind ja immer zurückgekommen«, sagte sie, und sie fuhr fort zu erzählen, daß ihre Tochter dienstverpflichtet und vor drei Wochen nach Österreich gekommen sei, wo sie in einer Fabrik arbeite. »Erst schrieb sie aus Wien«, sagte Frau Meyerdierks, »und nun aus Graz, aber es ist noch nicht sicher, wo sie bleibt.« Mit zitternder Hand schenkte sie Wein nach, dann forderte sie Robert auf, bei den Plätzchen tüchtig zuzulangen, es seien noch mehr da, und sie fuhr fort: »Ich habe ja so geweint, als sie wegmußte. Auch für Sie tut mir das nun so leid. Ilse hat immer so nett von Ihnen gesprochen.« Robert sagte während der ganzen Zeit kein Wort, apathisch guckte er auf die Filetdecke, er empfand keinen Schmerz; die Worte von Frau Meyerdierks tönten im Raum, aber sie drangen nicht in sein Bewußtsein. Zwei Jahre lang hatte er täglich das Wiedersehen mit seiner Freundin vor Augen gehabt; die Szene war mittlerweile in seinen Gedanken so festgelegt, daß die widersprechende Mitteilung jetzt zu schwach war, um das seit Jahren vorgestellte Bild zu zerstören. Als Frau Meyerdierks ihn aufforderte, doch zum Abendbrot zu bleiben, stand er auf, um sich zu verabschieden.

Als Robert wieder auf der Straße stand und die Kälte spürte, wurde ihm erst klar, was er soeben erfahren hatte. Ein Gemisch von Wut und Trauer ergriff ihn ganz; das Blut stieg ihm in den Kopf, klopfte ihm an den Schläfen, während seine Arme und Beine gefühllos wurden. Jetzt müßte man umfallen können, dachte er, und er konzentrierte sich darauf, ganz unversehens zu sterben. Aber der Tod kam nicht, er ließ Robert im Stich. Robert mußte sehen, wie er mit der neuen Situation fertig wurde.

Den Abend verbrachte Robert im Café Mohr. Hier war es noch immer wie früher. Herr Maximilian Mohr stand, wenn Alarm kam, als Hilfspolizist vor der Tür, während Frau Meta drinnen ihre Stammkunden weiterbediente. Zwar waren die Getränke rationiert, aber Robert, den Frau Mohr mit Freuden wiedersah, erhielt zur Begrüßung ein großes Quantum Schnaps, so daß es ihm gelang, sich zu betrinken.

Ins Café Mohr ging Robert in den drei Wochen seines Urlaubs noch viele Male. Es war die einzige Stätte, die ihm noch vertraut war, nachdem die Bars in der Bahnhofstraße, unter ihnen auch Bols Stuben, ausgebombt waren. Leider traf er außer Herrn Overbeck, dem Außenexpedienten der Firma Christiansen, und einigen Lagermeistern von Speditionsfirmen niemals einen Bekannten im Café Mohr. Sein Freund Albert Warncken war auch eingezogen worden, sein Herzfehler hatte ihn nicht mehr beschützt, man hatte ihn zur Flak geholt, und nun diente er an der Nordseeküste irgendwo zwischen Norddeich und Dornum. Von seiner Freundin Nanny wußte niemand etwas. Sie war eines Tages verschwunden, und niemand vermißte sie ernsthaft.

Eines Morgens besuchte Robert seine Kollegen in der Firma Christiansen. Als er durch die Drehtür in die große Halle trat, überraschten ihn einige Veränderungen. Die Hälfte des Raumes hatte man an eine Speditionsfirma, die in der Bahnhofstraße ausgebombt worden war, vermietet, und nun saßen an den Pulten der Abteilung Westküste Süd und der Frankreichfahrt fremde Leute über Arbeiten, von denen Robert keine Vorstellung hatte. Auf seinem alten Platz hockte ein sechzehnjähriges Mädchen mit einem dummen Gesicht und dicken roten Rändern um die Augen. Als Robert hinter den Tresen trat, um in der linken Hälfte des Raumes die Kollegen zu besuchen, die noch verblieben waren, unterbrach das Mädchen die Arbeit und sah Robert mit einem törichten Blick an, wobei sie den Mund offenstehen ließ.

Robert freute sich, in der Finnlandfahrt noch eine Reihe alter Bekannter zu treffen. Sie begrüßten ihn herzlich, Herr Vogelsang bot ihm eine Zigarette an, und Robert erfuhr, daß in der Finnlandfahrt alles noch wie früher war. Der Krieg hatte die Arbeitsweise kaum verändert, nur einige junge Leute waren eingezogen und durch ältere Kollegen aus anderen Abteilungen ersetzt worden. »Schade, daß Sie nicht letzte Woche hier waren«, sagte Herr Vogelsang, da hat uns Herr Conrad besucht.

Er ist schon Obermaat.« Auch von den anderen jungen Leuten, die hin und wieder auf Urlaub kamen, erzählte Herr Vogelsang alles über ihre Beförderungen, Auszeichnungen und augenblicklichen Dienststellungen. Herr Christiansen junior war Offiziersanwärter geworden und besuchte einen Lehrgang in Verden an der Aller; Kurt Freese, der Hitlerjugendführer und Denunziant, diente bei der Waffen-SS; Herr Hauschild war Obergefreiter und Kompanieschreiber, und Herr Langhans war tot. »Langhans war ein einziges Mal auf Urlaub«, erzählte der Abteilungsleiter, »er redete bei seinem Besuch kaum ein Wort, er gab nur allen die Hand, dann ging er wieder. Kurz darauf fiel er im Osten. Ich glaube, es war bei Brjansk.«

Später ging Robert ins Chefzimmer. Herr Christiansen war nicht da, so konnte Robert nur Herrn Mehlhase begrüßen. »Der Winter war ja diesmal ziemlich streng«, sagte Herr Mehlhase, »aber gewiß kriegen wir einen schönen Sommer.« Dann gab er Robert eine Apfelsine. Seit Jahren bekam jeder Urlauber von ihm eine Apfelsine. »Machen Sie's gut«, sagte er zum Abschluß, und Robert beeilte sich, ehe er das Bürohaus wieder verließ, auch Herrn Grünhut und dem Botenmeister die Hand zu drücken. Robert wunderte sich, daß die Angestellten während der Arbeit rauchten. »Was sagt denn Herr Hannemann dazu?« fragte er Herrn Grünhut, und er erfuhr, daß Herr Hannemann gebeten worden war, in den Ruhestand zu treten. »Er brachte uns alle durcheinander mit seiner Pedanterie«, sagte Herr Grünhut, »wir hatten nur Ärger mit ihm.« Und er erzählte, daß Herr Hannemann es nicht lassen konnte, Tag für Tag morgens um acht Uhr die Angestellten zu zählen und sich über fehlende Leute aufzuregen, die längst eingezogen worden waren. »Einmal passierte es, daß er sich über Herrn Langhans beim Chef beschwerte. Diesen Mann, sagte er, habe er seit Tagen nicht im Dienst gesehen. Dabei war Herr Langhans schon lange tot. Nein, mit Herrn Hannemann ging es wirklich nicht mehr«, schloß Herr Grünhut.

Am Abend dieses Tages ging Robert zur Tanzschule Lahusen. Er wollte diesen Besuch auf keinen Fall versäumen, obgleich Ilse ihn nach ihrem Streit mit Frau Rita brieflich gebeten hatte, nicht mehr dorthin zu gehen. Ilse aber war fort, nun sollte ihm wenigstens noch die Tanzschule bleiben. Er traf aber niemanden von den Chefinnen und Assistentinnen an. Nur Herr Wagenknecht, der Hausmeister, und seine Frau waren da, und sie erzählten Robert, daß seit dem letzten Herbst keine Kurse mehr stattfanden und auch der Tanzkreis aufgelöst sei. »Manchmal kommt noch der eine oder andere von unseren alten Freunden«, sagte Herr Wagenknecht, »und dann erzähle ich immer wieder dasselbe: Im September letzten Jahres haben die beiden Damen fortgemacht, mit Hund und Schallplatten und allen Instrumenten von Herrn Czerny. Gerade war so ein großer Angriff gewesen«, und er fuhr fort, daß er seitdem in den vielen Räumen ganz allein sei und jede Nacht aufzupassen habe, damit während eines Alarms nichts passiere. »Manchmal sind die Fenster kaputt«, sagte er, »einmal war sogar der Türrahmen eingedrückt. Und dann der viele, viele Staub nach jedem Fliegerangriff. Jeden Tag muß ich das Parkett fegen. Das ist gar nicht so einfach für mich, glauben Sie mir.«

An diesem Abend ging Robert noch lange in den Straßen seiner Heimatstadt spazieren. Überall klafften Ruinen wie häßliche Zahnlücken in den Häuserreihen. Die Bahnhofstraße war beinahe ganz zerstört. Regina, Bols Stuben, Trocadero, Rote Sand gab es nicht mehr. An dem Haus, in dem das Trocadero war, rochen noch die verkohlten Balken und ließen erkennen, daß die Zerstörung erst jüngeren Datums war. Robert fühlte sich sehr einsam in seiner Heimatstadt. Die Menschen, die er kannte, waren in alle Winde zerstreut, und die Nachrichten, die sie hinterließen, erweckten keine Wünsche, nach ihnen zu forschen. Die Stätten, in denen Robert früher begonnen hatte, sein Leben einzurichten, waren zerstört oder verlassen: Kein Tanztee, kein Klubleben, keine Bar, nur noch das Café Mohr war da mit fremden Menschen in den Nischen und an der Theke. Die Menschen hatten mißmutige, übernächtigte Gesichter, ihre Bewegungen waren nervös, ihre Haltung gekrümmt, viele hatten faltige Hälse, an denen die Sehnen hervortraten.

Robert war von seinem Urlaub tief enttäuscht. Er hatte ihn sich anders vorgestellt. Nun fand er keine besondere Freude. Die

Urlaubstage verbrachte er wie Tage im Lazarett, er schlief lange, aß regelmäßig seine Mahlzeiten, ging spazieren und faßte keine Arbeit an. Wenn er abends nicht im Café Mohr war, saß er zu Hause bei seinen Eltern. Herr Mohwinkel hatte diesen Urlaub seines Sohnes vorbereitet; seit zwei Jahren sparte er alles, was unter dem Sammelbegriff »Spirituosen« an Wein und Schnaps verteilt wurde oder von ihm durch seine geschäftlichen Beziehungen hin und wieder beschafft werden konnte. Wenn die Familie bei Tisch saß oder nach dem Essen im Wohnzimmer bei einem Glas Wein, sah Herr Mohwinkel seinen Sohn immerfort an. Mit denselben blauen Augen, die auch Robert hatte, sah er ihn an, und nur wenn sich sein Blick mit dem seines Sohnes traf, guckte er schnell weg. Er hatte Angst, sein Sohn könnte ihm ansehen, daß er in der letzten Zeit hin und wieder heimlich geweint hatte. Herr Mohwinkel war älter geworden, sein Hals faltig, und die Augen hatten vor Übernächtigung dicke Ränder. Sein Rükken war krummer geworden, und Robert schien es, als sei er heute viel kleiner als vor zwei Jahren, viel kleiner, viel älter und viel schweigsamer.

Seine stumme Anwesenheit an den Abenden, wenn er den Wein öffnete, schaffte eine peinlich wehmütige Stimmung, die schwer zu ertragen gewesen wäre, hätte Frau Mohwinkel nicht mit ihren ängstlichen Befürchtungen eine Unterhaltung in Gang gehalten. Überdies hatte sie seit vorgestern einen neuen Fall, der die alten weit überschattete: Sie hatte am Dienstagnachmittag in der Konditorei Jacobs gesessen und eine Tasse Ersatzkaffee getrunken, als Hitlerjungen mit Sammelbüchsen hereingekommen waren, um für irgend etwas zu betteln, für die Winterhilfe oder für die Soldaten an der Ostfront. Da hatte Frau Mohwinkel gesagt: »Ich hab' schon genug gegeben für diesen Krieg«, und plötzlich war ihr aufgefallen, wie ihre Worte hätten ausgelegt werden können. »Ich bin sofort aufgesprungen«, erzählte sie nun immer wieder ihrer Familie, »und zur Straßenbahnhaltestelle gerannt. Ich habe irgendeine Linie genommen und bin dann ein paarmal umgestiegen, um meine Spur zu verwischen.« Robert und sein Vater erinnerten sich gut des vorgestrigen Abends, als Frau Mohwinkel mit aufgelöstem Haar, das ihr strähnig ins Gesicht hing, und mit verheultem Gesicht völlig erschöpft zu Hause angekommen war. Es war ihnen bisher nicht gelungen, ihr die Gefährlichkeit der Situation auszureden; immer wieder sagte Frau Mohwinkel: »Bestimmt sind sie immer noch hinter mir her. Nie, nie gehe ich wieder zu Jacobs«, und nach einer Weile setzte sie fragend hinzu: »Ob sie wohl auch Hunde einsetzen?«

So verbrachte Robert seine drei Wochen Urlaub. Manchmal ging er mit seiner Mutter spazieren, auf ungefährlichen Wegen, die keine bösen Erinnerungen in ihr wachriefen; abends saß er mit seinen Eltern bei einer Flasche Wein, manchmal ging er ins Café Mohr, wo er ganz allein war. Um die Bekanntschaft eines neuen Mädchens bemühte er sich nicht, da er sich als mit Ilse verlobt betrachtete.

Eines Mittwochs packte er seine Sachen zusammen, zog die Uniform an, die Frau Mohwinkel noch einmal gut gereinigt und ausgebürstet hatte, und ging zum Bahnhof, wo er den Zug nach Weimar nahm. Seine Mutter begleitete ihn auf den Bahnsteig. Es war wie vor zwei Jahren, nur Ilse fehlte, darum erschien Robert heute alles viel trostloser. »Halte dich nur gut gesund«, sagte Frau Mohwinkel, »zieh dich immer schön warm an, in Rußland ist es doch so kalt.« Sie vergaß auch nicht, Robert an seine empfindlichen Mandeln zu erinnern. Als der Zug anfuhr, fing Frau Mohwinkel an zu weinen, und plötzlich wurden Robert auch die Augen feucht, nicht weil er von seiner Mutter Abschied nahm, sondern weil alles, alles so furchtbar trostlos war: diese Stadt mit den Ruinen, die mageren Hälse der Zivilisten, die leeren Säle in der Tanzschule, die zerstörten Bars, der traurige Blick seines Vaters. Wo Ilse wohl ist, dachte Robert, und während er nach Weimar fuhr, wurde ihm bewußt, wie sehr er sie liebte und daß es ihm niemals gelingen würde, auf sie zu verzichten.

Die Ersatzabteilung in Weimar schickte Robert nicht wieder in den Südabschnitt zurück, sondern stellte ihm einen Marschbefehl zur Funkkompanie einer Panzerdivision aus, die bei Smolensk im Mittelabschnitt lag. Hieraus schloß Robert, daß seine frühere Einheit nicht mehr existierte. Vielleicht sind alle tot, vielleicht sind sie alle in Gefangenschaft, dachte er. Dabei empfand er eine geheime Freude, daß es seinem alten Kompaniechef, den Wachtmeistern und den Unteroffizieren jetzt bestimmt dreckig ginge. Das Bild von Unteroffizier Scheer als Kriegsgefangener in einem sibirischen Bergwerk malte er sich immer wieder aus, vor allem, wie er Läuse knackte, Flöhe fing, sich zu rasieren suchte und um seine Zahnpasta weinte. In der Angst vor den Verhältnissen in seiner neuen Kompanie ließ Robert sich immer öfter zu Haßgedanken dieser Art hinreißen; dadurch bekam er einen finsteren Zug im Gesicht; die Lippen, sonst dick und rosig offenstehend, schlossen sich fest, und die Augen, sonst sanft und kindlich, blickten starr und wütend auf den Vorgesetzten.

Mit diesem Ausdruck im Gesicht trat Robert auch seinem neuen Kompaniechef gegenüber, machte aber damit einen guten Eindruck, so daß der Hauptmann gleich veranlaßte, diesen neuen Mann zum Gefreiten zu befördern. Da außerdem zwanzig Mann der Kompanie zu Obergefreiten befördert wurden und es einfache Funker ohnehin hier nicht mehr gab, bedeutete diese Beförderung nicht sehr viel. Trotzdem beeilte Robert sich, sie sofort seinen Eltern, seinem Freund Albert und Ilse mitzuteilen.

Es schien Robert, als hätte er zunächst in dieser neuen Einheit mehr Glück als in der früheren. Der Funktruppführer, Wachtmeister Vosteen, dem Robert zugeteilt wurde, fragte ihn nicht nach Läusen, sondern danach, ob er Skat spielen könne. Wachtmeister Vosteen war aus Wilhelmshaven; seinen Rang verdankte er einer sehr langen Dienstzeit, doch sein Rang stand in keinem

Verhältnis zu seiner Verwendung. Einem Wachtmeister hätte wenigstens ein Platz als Funkleiter gebührt. Da man ihn aber nur wie einen Unteroffizier oder Obergefreiten einsetzte, war er auf den ganzen Dienstbetrieb der Kompanie nicht gut zu sprechen. Er drückte sich, wo er konnte, bewahrte seinen Trupp, wenn es irgend möglich war, vor den Appellen und sorgte dafür, daß man seine Leute, den Kraftfahrer und die beiden Funker, in Ruhe ließ. Da Robert inzwischen gelernt hatte, sehr gut Skat zu spielen, gewann er schnell das Vertrauen seines neuen Truppführers. Wachtmeister Vosteen spielte jeden Tag Skat. Er fing morgens nach dem Aufstehen an und hörte erst spät in der Nacht auf. Deshalb trachtete er danach, jeden Dienstbetrieb von sich und seinen Leuten fernzuhalten, und er sorgte immer für eine günstige Abstellung seines Trupps zu einer Einheit, die die Funker in Ruhe ließ.

Bald hatte er herausgefunden, daß die günstigste Abstellung die zur Strafkompanie war. Hier brauchte man den Dienst, der ja nur für die straffälligen Soldaten galt, unter keinen Umständen mitzumachen; der Funktrupp konnte sich, wenn die Division in Ruhe lag, ein schönes Holzhaus, einen Platz in einem Obstgarten oder einen anderen idyllischen Standort suchen und Skat spielen. Dafür wurde die Situation etwas unangenehmer, wenn die Division in Einsatz ging, denn die Strafkompanie wurde oft zu unangenehmen Aufgaben in Feindnähe eingesetzt. Aber jeder Mann des Funktrupps nahm diese Gefahr gern auf sich für den großen Vorteil, in Ruhestellung unbehelligt zu bleiben. So kam Robert durch den ganzen Sommer, ohne seine Kompanie ein einziges Mal zu sehen. Manchmal war der Funktrupp Vosteen zu den Pionieren abgestellt, manchmal zur Aufklärungsabteilung, zur Panzerabwehr oder zum Schützenregiment, jedoch versuchte Wachtmeister Vosteen immer wieder, zu seiner Lieblingseinheit, der Strafkompanie, zurückzukehren. Robert beobachtete die Soldaten dieser Einheiten vom Fenster des Funkwagens aus, während er mit seinem Truppführer, dem Kraftfahrer und dem Obergefreiten Kalinski Skat spielte. Obergefreiter Kalinski war der erste Funker des Trupps, er saß rechts neben Robert. Im Zivilberuf war er Studienrat in Stettin, und er rühmte sich, bereits sechsmal zum Offizier vorgeschlagen worden zu sein, ohne den Dienstgrad eines Offiziers zu erreichen. Zweimal war er bei den Prüfungen durchgefallen, dreimal hatte man ihn gleich zu Beginn des Offiziersanwärterkurses zurückgeschickt, einmal war er gar nicht im Ausbildungslager angekommen, weil er auf dem Wege dorthin dem Divisionskommandeur, einem Generalmajor, begegnet war. Der Generalmajor hatte sich von dem Obergefreiten Kalinski nicht ehrerbietig genug gegrüßt gefühlt und ihn deshalb auf der Stelle einer kriegsgerichtlichen Bestrafung zugeführt. Nach vier Wochen Strafkompanie nahm dann Wachtmeister Vosteen den Mann zu sich, nachdem er sich überzeugt hatte, daß Kalinski ein guter Skatspieler war.

Vosteen legte unbedingten Wert darauf, daß alle Leute seines Trupps Skat spielen konnten, denn ein einwandfreier Dauerskat gelang nur bei vier Spielern, von denen abwechselnd immer einer Gelegenheit hatte, die allernotwendigsten Arbeiten zu verrichten. Zu diesen allernotwendigsten Arbeiten gehörten aber nicht Waffenreinigen, Fahrzeugüberholen oder Uniformputzen, sondern nur Austreten, Essenfassen und Postholen. »Ein Gewehr«, sagte Wachtmeister Vosteen, »reinigt sich von selbst, wenn man ab und zu einige Male damit schießt«, und die Uniform zu bürsten war für ihn der größte Blödsinn, weil erst der graue Staubbelag auf der schwarzen Panzeruniform den Soldaten tarnte und somit sein Leben verlängerte. »An Läusen ist noch niemand gestorben«, sagte er zu Robert, »in der Zeit, in der Sie ein Hemd waschen, können wir schon drei Runden gemacht haben.«

Wenn die Division in Einsatz ging, verzichtete Wachtmeister Vosteen keineswegs auf seinen Skat. Er spielte während der Kampfhandlungen, wenn die Funkstelle auf Empfang schalten mußte, und er spielte auch während der Fahrt im Kfz. 17. Bei diesen Runden allerdings war der Kraftfahrer vom Spiel befreit. Von einem guten Funker verlangte Wachtmeister Vosteen, daß er Funkdienst machen, mit Hilfe des zweiten Empfängers für Radiomusik sorgen und gleichzeitig Skat spielen konnte. Wenn allerdings ein Funkspruch kam, wurde das Spiel kurz unterbrochen und der Spruch mit einer so großen Geschwindigkeit aufgenommen, quittiert, entschlüsselt und beim Stab abgeliefert, daß alle Kommandeure darüber erstaunt waren.

Dabei war es manchmal wirklich nicht einfach für den Trupp Vosteen, die Sprüche in so kurzer Zeit zu erledigen, denn die Gegenstelle arbeitete so fehlerhaft, daß kaum ein Spruch einwandfrei eintraf. Die Funker der Gegenstelle hatten entweder die Schrift des Kommandeurs nicht lesen können, beim Abschreiben grammatikalische Fehler gemacht, einen falschen Schlüssel verwendet oder beim Durchgeben die Buchstaben verwechselt. Manchmal waren auch alle diese Fehler gleichzeitig gemacht worden, so daß ein unleserlicher Klartext herauskam, den der Wachtmeister als »vielleicht altgriechisch« bezeichnete und ihn Studienrat Kalinski übergab, der sich mit Freuden an die Arbeit des Entzifferns machte.

Er lernte auch Robert zu dieser schwierigen Arbeit an, nachdem er erfahren hatte, daß Robert durch jahrelanges Kreuzworträtselraten eine gute Vorbildung mitbrachte. Er sagte: »Siehst du, Robert, auf den ersten Blick scheint dies eine Mitteilung Homers an seinen Friseur zu sein, und erst bei näherem Hinsehen erkennt man: Es ist ein Funkspruch, oder genauer gesagt: Es ist die Mitteilung eines Arschloches an ein anderes.« Dann begann Obergefreiter Kalinski mit der systematischen Suche nach den Fehlerquellen. Er lehrte: »Also, Robert, es ist genau neun Uhr fünfzehn, da hat bei der Gegenstelle Oetinger Dienst am Gerät. Oetinger ist unsicher im Morsealphabet. Also tauschen wir zunächst alle konträren Buchstaben aus: q mit y, p mit x und so weiter; dann denken wir daran, daß drüben der Truppführer um neun Uhr noch schläft, also wahrscheinlich noch der gestrige Schlüssel benutzt wurde. Weiter nehme ich an, daß der Spruch von Zvolensky aus Graz verschlüsselt wurde und demnach erst aus dem Österreichischen übersetzt werden muß, und dann bleibt zum Schluß nur noch, an die Handschrift von Oberleutnant Kienast, des I a, zu denken, der ein b wie ein h und ein m wie ein n schreibt. Siehst du, Robert, dann kommen wir der Sache schon näher.« Tatsächlich gelang es Kalinski fast immer, mit diesem System die unleserlichen Klartexte zu entziffern. Blieb dann aber noch ein unentwirrbarer Teil, so fügte Kalinski nach eigenem Ermessen und im Anklang an die derzeitige taktische Lage die fehlenden Wörter oder Satzteile ein. Einmal machte er aus wenigen Wortfragmenten den Divisionsbefehl: »Schützenregiment nimmt 0700 Höhe 83«, aber er war dann später, als um sieben Uhr morgens die Einheit die Höhe dreiundachtzig stürmte, doch etwas unsicher, ob sein Gefühl ihn bei der Entschlüsselung richtig beraten hatte. Erst am Abend atmete er auf, als feststand, daß nun keine Reklamation mehr eintreffen konnte, und es war kein Wunder, daß Kalinski an diesem Tage beim Skat sehr unaufmerksam war und bis zum Abend über sechs Mark verlor.

Robert verlebte einen schönen Sommer im Jahre 1943. Er sah, daß es auch in dieser Form möglich war, Militärdienst zu leisten, ja, er hielt diese Art des Dienstes sogar für ein Musterbeispiel kriegsnahen Dienstbetriebes. Überflüssige Arbeiten vermeiden und die unbedingt notwendige Arbeit vereinfachen, sich als Mensch unter Menschen fühlen, dachte Robert, das schafft bei den Soldaten die Truppenmoral, die Deutschland für diesen Krieg braucht, und er schloß seinen Gedanken: Wenn wir den Krieg gewinnen, dann nur mit Vosteens, Kalinskis und Mohwinkels.

Eines Tages im Herbst, als der Trupp mit der Aufklärungsabteilung bei Gomel lag, kam der Obergefreite Kalinski vom Essenholen nicht zurück. Er war mit den vier Kochgeschirren des Trupps zur Feldküche gegangen, die einen Kilometer entfernt lag. Nach einer Stunde vermißten ihn die Zurückgebliebenen, weil ihre Mägen zu knurren anfingen. Sie spielten aber noch drei Runden, dann warf Wachtmeister Vosteen die Karten hin, um Kalinski zu suchen. Er fand ihn in einer Schlucht, die unter Feindeinsicht lag und von russischen Scharfschützen beobachtet wurde. Kalinski lag mit dem Gesicht zur Erde, ein Schuß war ihm durch den Hals gegangen, und das Blut, das ringsum das Gras schwärzte, vermischte sich mit den verschütteten Nudeln, die glitschig und blutig den Toten umgaben.

Nach diesem Vorfall spielte Wachtmeister Vosteen vier Tage keinen Skat, außerdem holte er morgens und abends den Kaffee und mittags das Essen für seinen Trupp selbst. Am Funkgerät wechselte er sich mit Robert ab, bis ein Ersatzmann von der Kompanie kam.

Der neue Mann war ein einfacher Funker, er war vom Jahrgang 1924, und dies hier war seine erste Funkstelle, nachdem er drei Wochen Melderdienst beim Funkleiter gemacht hatte. Verschüchtert und mit einem verkrampften Gruß meldete er sich beim Truppführer. Wachtmeister Vosteen sagte aber nur: »Schon gut, lassen Sie sich von Mohwinkel alles sagen.« Dann schnallte er um und sagte zu Robert: »Ich gehe zum Abteilungsstab.« Vosteen ging aber nicht zum Abteilungsstab, das wußte Robert, sondern er ging zu der Stelle, wo Kalinski begraben lag. Seit dem Tode des Obergefreiten ging Vosteen jeden Tag dorthin, er wählte einen Umweg und kam auch auf einem Umweg zurück.

Warme Kleidung, Filzstiefel und eine Lötlampe im Funkwagen sorgten dafür, daß Robert in diesem Winter nicht so fror wie im vorigen. Während der Einsätze, in denen man keine Unterkünfte hatte, war vor allem die Lötlampe, die dauernd offen auf dem Boden des Funkwagens brannte, ein guter Schutz gegen Erfrierungen. Die gute Verpflegung und die übermäßige Sonderverpflegung in diesem Winter bewirkten, daß Robert sich nicht weniger gut fühlte als im Sommer. Die Schrecken des letzten Winters bei Stalingrad waren fast vergessen, zumal Robert jetzt eine große, kriegswichtige Aufgabe hatte: Er war erster Funker und neben Wachtmeister Vosteen der einzige Mann, über den ein Regiment oder eine Abteilung an der Division hing. Diese verantwortungsvolle Aufgabe hinderte Robert jedoch nicht daran, sich fast jeden Tag zu betrinken. Die Sonderzuteilungen für Fronttruppen, die für Rußlandkämpfer und die für Panzereinheiten, zu denen noch die Marketenderware aus Frankreich kam, sowie der in Rußland requirierte Wodka und die überzähligen Flaschen, die Wachtmeister Vosteen auf Grund seiner guten Beziehungen zu Verpflegungsstellen erhielt, erlaubten Robert diesen übermäßigen Alkoholgenuß. Sein Truppführer hinderte Robert nicht daran, so viel zu trinken, da er merkte, daß Roberts Pflichtgefühl, seine Aufnahmefähigkeit im Funkverkehr und seine Aufmerksamkeit beim Skat nicht darunter litten.

Auf diese Weise kam Robert gut durch den Winter. Er blieb

trotz Wattekleidung und Filzstiefeln ohne Läuse, und er führte dies auf den hohen alkoholischen Prozentsatz in seinem Blut zurück. Bei dem Blut möchte ich keine Laus sein, sagte er sich. Das Frühjahr brachte diesmal eine längere Schlammperiode als sonst, alle Einheiten lagen in Ruhe, und es wurde mehr exerziert als bisher. Der Trupp Vosteen war wieder bei der Strafkompanie, und Robert konnte beobachten, wie die verurteilten Soldaten von früh bis spät schikaniert wurden, wie sie mit dem Gewehr in Vorhalte durch den Schlamm hüpften, wie sie durch Gräben robben und unter der Gasmaske das Lied vom schönen Westerwald singen mußten. Robert bedauerte diese armen Menschen, die abends um acht Uhr, wenn der Dienst beendet war, anfingen, ihre Uniformen und Waffen zu reinigen. Jede Woche bekam die Kompanie neuen Zuwachs; der wahre Feind des deutschen Soldaten, seine irrsinnigen Vorgesetzten, richtete immer größere Verheerungen an. Vielleicht ist der eine oder andere Soldat wirklich zu Recht hier, dachte Robert, als Dieb, als Urlaubsverlängerer oder als Hochstapler, der sich im Urlaub eigenmächtig ein Ritterkreuz umgehängt hat, aber er wußte, daß die Mehrzahl dieser armen, gequälten und täglich bis aufs Blut schikanierten Menschen nur Pech gehabt hatte. Die einen hatten vielleicht einen General nicht gegrüßt oder Rost im Gewehrlauf gehabt, die anderen hatten sich aus einem verlassenen russischen Bauernhaus einmal ein Huhn geholt oder einem Vorgesetzten eine unehrerbietige Antwort gegeben, und wieder andere waren, durch den täglichen Dienst übermüdet, nachts auf Posten für einen Augenblick eingeschlafen. Robert verstand, daß hin und wieder der eine oder der andere aus der Strafkompanie desertierte. Nachts, beim Minenlegen im Vorfeld, blieben sie liegen und nahmen das Risiko auf sich, gefunden und erschossen zu werden oder aber bis zum Morgengrauen zu den feindlichen Reihen zu gelangen. Andere versuchten ihr Glück mit Selbstverstümmelung. Sie brachten sich leichte Verwundungen bei, die Erholung im Lazarett und eine zeitweilige Befreiung aus der Strafkompanie verschaffen sollten. Doch kaum einer hatte damit Erfolg; eben erst vom Sanitäter verbunden, wurden sie schon hingerichtet.

Einmal mußte der Funktrupp seine Unterkunft mit einem Mann teilen, der am nächsten Tag in der Frühe erschossen werden sollte. Er hatte sich durch die Hand geschossen. Auf die Handfläche hatte er sich eine Scheibe Brot gelegt, damit nicht Pulverreste in der Wunde die allzu nahe Abschußstelle verrieten; aber es hatte nichts genützt. Ein Offizier hatte die Brotscheibe gefunden. Der Mann saß in der Unterkunft des Funktrupps, von Feldgendarmen bewacht, und wartete auf den Feldprediger, dem er zu treuen Händen zwei Abschiedsbriefe übergeben wollte, einen an seine Eltern, einen an seine Freundin. Der Feldprediger kam sehr spät am Abend, er blieb nicht lange bei ihm, sondern sprach nur wenige Worte mit dem Delinquenten. Er nahm die beiden Briefe und fuhr wieder fort. Der Soldat legte sich auf seinen Mantel, um etwas zu schlafen. Die linke, verwundete Hand legte er dabei sorgfältig auf die Seite. Der Verband war schmutzig und durchblutet. Sicher schmerzte die Wunde, für die nun nichts mehr getan wurde. Robert lag bis gegen Morgen wach, voller Mitleid mit diesem Menschen. Erst in der Dämmerung versank er in einen unruhigen Schlaf. Als er erwachte, war die Unterkunft schon leer. Die Feldgendarmen waren fort. Sie hatten leere Konservenbüchsen und Zigarettenreste hinterlassen. Der Delinquent war schon tot. Wie lange wird es noch dauern, fragte sich Robert, bis wir alle in Strafkompanien verendet oder von Feldgendarmen erschossen worden sind. Eines Tages wird die deutsche Wehrmacht nur noch aus Offizieren, Unteroffizieren, Kriegsgerichtsräten und Gendarmen bestehen. Dann sollen sie sehen, wie sie allein fertig werden. Robert sah dieses Ende von Tag zu Tag deutlicher vor Augen.

In den Jahren 1943 und 1944 wurden in Roberts Division die Urlaubsscheine sehr freigebig verteilt. Eigentlich war vorgesehen, daß die Männer alle sechs Monate Heimaturlaub bekommen sollten, aber die Menge der den Kompanien zugestellten Platzkarten für die Urlauberzüge war so groß, daß die Urlaube schneller aufeinanderfolgten, und Robert kam, seitdem er bei der neuen Einheit war, schon zum drittenmal nach Hause. Aus einfachen Personenwagen wurden mit der Zeit schöne D-Zug-Wagen und später Waggons, die man durch Einbau von Holzpritschen zu Schlafwagen gemacht hatte. Das Reisen wurde immer bequemer, die Verpflegung an der Front wurde immer besser, die Schnapszuteilungen häuften sich, so daß es kaum Urlauber gab, die nicht mit großen Paketen gesparten Proviants in die Heimat fuhren. Das »Führerpaket«, das außerdem jeder Urlauber in Brest-Litowsk mitbekam, war nur noch ein Zusatz. Wenn man dies alles sah, konnte man annehmen, daß es Deutschland mit den Jahren immer besser gehe.

Die vollen Urlauberzüge und die fröhlichen Soldaten mit den dicken Speckpaketen täuschten aber nur in Minsk, Brest-Litowsk oder Lemberg über die wirkliche Lage hinweg: In Posen, Frankfurt und Berlin standen die Angehörigen auf den Bahnsteigen, nervös, verweint, übernächtigt, mit faltigen Hälsen und abgetragenen Anzügen.

Das Bild der Heimat wurde für die Urlauber jedesmal düsterer. Am Abend zuvor hatten sie im Zug noch Skat gespielt, Schnaps getrunken und gesungen, und am Morgen wurden sie von den ersten Ruinen im Osten Berlins begrüßt. Es war für Robert ein furchtbarer Augenblick, im ersten Morgengrauen aufzuwachen und draußen im Frühnebel verschwommen die verzackten Umrisse ausgebombter Häuser zu sehen. Mit jedem Urlaub wurde das Bild der Städte trostloser. An den Bahnübergängen standen die Arbeiter mit hängenden Schultern und apathischen Gesichtern. Sie beachteten die Urlauberzüge nicht, nur manchmal winkte eine Frau, matt und mit verzerrtem Mund. Frauen standen auch auf den Bahnsteigen aller Städte; manche erwarteten einen Soldaten, manche brachten einen Soldaten zur Abfahrt an den Zug. Alle hatten ihre Arme um irgendwelche Uniformkragen geschlungen, während ihre Tränen auf Schulterklappen rollten. Dazwischen liefen Schwestern vom Deutschen Roten Kreuz und reichten den Weiterfahrenden heißen Kaffee in Pappbechern. Die Schwestern hatten blasse Lippen und spitze Gesichter. Die weiblichen Formen ihrer Figuren wurden durch die unkleidsame Tracht unkenntlich gemacht.

Für die Soldaten waren die Schwestern keine Frauen oder Mädchen, sondern uniformierte Automaten in entvölkerten Städten. Dieser Eindruck verstärkte sich bei Robert noch, weil die Schwestern an den Bahnhöfen niemals sprachen. Wenn sie ihren Kaffee an den Zügen reichten, sagten sie nicht »bitte«, sie sagten nicht »danke«, sie gaben auch keine Auskünfte. Verbissen und eilig erledigten sie ihre Aufgaben, dann nahmen sie ihre Kannen und Pappbecher, um sich einem anderen Zug zuzuwenden.

Von Mal zu Mal hatte Robert weniger Freude am Urlaub. Die Reste seiner Heimatstadt mit den in ihr noch verbliebenen Menschen waren nicht mehr seine Heimat. Was er sah, deckte sich nicht mit seiner Erinnerung, und er war fest entschlossen, nur die Bilder seiner Erinnerung für die Wirklichkeit zu halten. Die Bälle im Parkhaus, die Tanztees, die Nächte in den Bars, die nackte Haut Ilses, sein Pult im Büro, das alles waren Wirklichkeiten, während das, was jetzt geschah, ein böser Traum war, der vorübergehen würde.

Ilse war inzwischen nicht wieder nach Bremen zurückgekommen. Sie schrieb Robert zwar regelmäßig an die Front, aber sie vergaß in ihren Briefen nicht, jedesmal ihren ständigen Adressenwechsel zu erwähnen, so daß es Robert nie möglich war, seinen Urlaub oder einen Teil seines Urlaubs für einen bestimmten Ort in Österreich oder Süddeutschland zu beantragen und seine Freundin zu besuchen. Er vertraute trotzdem fest auf Ilses Treue, obgleich sie auf seinen mehrfach wiederholten Antrag auf eine briefliche Verlobung immer nur schrieb: »Darüber sprechen wir, wenn der Krieg aus ist und du zurückkommst.« Er betrachtete sich als verlobt und bemühte sich in keinem Urlaub um ein anderes Mädchen. Er besuchte nur noch das Café Mohr, wo es bald keinen Schnaps mehr gab und das Bier von Mal zu Mal schlechter wurde. Manchmal ging er ins Büro der Firma Christiansen, um sich mit Herrn Vogelsang oder Herrn Grünhut zu unterhalten. Er erfuhr, daß Herr Conrad in englische Kriegsgefangenschaft geraten war; sein Boot war versenkt worden, doch hatte er Glück gehabt und war mit vier seiner Kameraden von einem feindlichen Schiff aufgefischt worden. Heinz Hofer, der Graf, hatte ein Bein verloren. »Mit dem Tanzen ist es für ihn nun vorbei«, sagte Herr Vogelsang, »überm Knie haben sie es ihm abgesägt.« Kurt Freese hatte einen Lehrgang gemacht, nun war er Offizier in der SS-Division Großdeutschland, auch Herr Christiansen junior war mittlerweile Leutnant geworden und hatte eine schöne Stellung als Zugführer und Ausbilder bei einer Nachrichten-Ersatzeinheit in Halle. Herr Müller von der Abteilung Westküste Süd war bei Charkow vermißt, sein Freund Pannewitz, an dessen Abschied im Oktober 1938 sich Robert noch gut erinnerte, war in einem Panzer verbrannt.

Herr Mehlhase teilte nun auch keine Apfelsinen mehr aus. Er war überhaupt nicht mehr im Büro, sondern mit seiner Familie nach Franken gefahren, wo er sich ein kleines Häuschen in der Nähe von Hof gemietet hatte. Dort beabsichtigte er, den Krieg abzuwarten. Seine Männer vom NSKK würden bestimmt eine Zeitlang ohne ihn auskommen können.

Von Herrn Christiansen senior und von Herrn Roewer wußte Herr Grünhut noch eine besondere Neuigkeit zu berichten. Er erzählte sie Robert aber nicht am Vormittag im Büro, sondern erst am Abend im Café Mohr. Er lud Robert ein, und sie suchten sich ganz hinten eine Nische, wo niemand sie belauschen konnte. Robert erfuhr, was monatelang die Gemüter in der Firma Christiansen erregt hatte: Herr Roewer war vor einem Jahr aus den Diensten der Firma Christiansen ausgeschieden, um sich hauptamtlich der Partei zu widmen. Zunächst war er Leiter der Ortsgruppe gewesen, bis er jetzt vor kurzem einen führenden Posten bei der Kreisleitung bekam. Alle waren damals froh gewesen, als Herr Roewer ging, alle Angestellten und mit ihnen besonders Herr Christiansen hatten aufgeatmet, weil sie diesen Menschen los wurden. »Als Roewer sich verabschiedete, verlangte er, daß der alte Karstendiek, der Buchhalter, der auch in der Partei ist, Prokura bekommen sollte«, erzählte Herr Grünhut Robert jetzt beim Bier. »Aber was tat Herr Christiansen? Anstatt ihn zum Prokuristen zu machen, schmiß er den alten Karstendiek kurzerhand raus, kaum daß Roewer den Rükken gedreht hatte. Was meinen Sie, Mohwinkel, was das für Folgen für Herrn Christiansen hatte!« fuhr Herr Grünhut fort, und er erzählte nun in allen Einzelheiten, wie Karstendiek sich beschwert hatte und Herr Christiansen zur Kreisleitung bestellt worden war. »Junge, da haben die unseren Chef vielleicht zur Sau gemacht«, sagte Herr Grünhut, »und was meinen Sie, was noch zur Sprache kam?« Robert erfuhr, daß es dem Chef ebenfalls übel ausgelegt worden war, daß er ihn, den jungen Mohwinkel, nachdem er aus der Hitlerjugend hinausgeworfen worden war, weiterbeschäftigt hatte. »Roewer hatte erwartet, daß Herr Christiansen Sie gleich nach Beendigung der Lehrzeit hinauswerfen würde«, erzählte Herr Grünhut, »aber er behielt Sie ja noch als Angestellten, und alles zusammen sah nun ganz übel für ihn aus.« Mit Grauen merkte Robert, was sich nicht nur in den letzten Jahren, sondern schon damals hinter seinem Rücken abgespielt hatte. »Herr Christiansen ist doch aber selbst auch in der Partei«, erwiderte Robert, »hat ihm das nicht geholfen?« – »Das erschwerte die Sache nur noch«, sagte Herr Grünhut, »denn jetzt war er nicht nur ein Volksfeind, sondern als Parteigenosse sogar ein Verräter. ›Sie sind ein Schwein, ein ganz großes Schwein‹, sagte Roewer zum Chef, und es fehlte nicht viel daran, daß Herr Christiansen ins Konzentrationslager gekommen wäre.« Herr Grünhut erzählte Robert von den Bußzahlungen, die der Chef an eine Reihe von Organisationen leisten, und von den Versprechungen, die er abgeben mußte, nur damit er seine Freiheit behielt. »Sehen Sie, Mohwinkel«, schloß Herr Grünhut, »darum ist Herr Christiansen nun nicht mehr aktiv im Geschäft. Er sitzt immer nur zu Hause und will niemanden sprechen. Alle vier Wochen kommt er mal ins Büro, aber er spricht mit niemandem. Er geht nur in die Buchhaltung, um Geld zu holen, dann gibt er Herrn Goedeke, der jetzt kommissarisch die Geschäfte führt, kurz die Hand und geht gleich wieder. Letzte Woche war er gerade wieder da, er ging ganz krumm durch die Halle, sein Gesicht war ganz grau. Das Parteiabzeichen trug er aber noch.«

»Nun, nehmen Sie es nicht so schwer, Mohwinkel«, sagte Herr Grünhut an diesem Abend zum Abschied, »lange dauert's mit diesen Brüdern ja nicht mehr«, und Robert erfuhr, daß man in der Heimat nicht mehr an den Sieg glaubte. Dieser Gedanke, den Robert sich nur im stillen und unter Skrupeln eingestanden hatte, wurde hier unter Gleichgesinnten sogar offen ausgesprochen. Nachdenklich fuhr Robert nach Hause, er wollte mit seinem Vater darüber sprechen, der ihn an diesem Abend zu Hause mit einer letzten Flasche Wein erwartete. Als Robert heimkam, saß sein Vater schon im Wohnzimmer, ganz in sich zusammengesunken. Seine Haut war grau und fleckig, er saß schweigend da, und ein nervöses Zucken des Mundwinkels, das er früher nicht gehabt hatte, fiel Robert auf. Als Frau Mohwinkel in die Küche ging, um etwas Gebäck zu holen, sagte er zu Robert: »Mit Mutter wird es immer schlimmer. Sie schläft nun keine Nacht mehr. Manchmal sitzt sie aufrecht im Bett und horcht, ob sie nun kommen, um sie zu holen.« Auf Roberts Frage, ob man ihr das nicht ausreden könnte, entgegnete Herr Mohwinkel: »Das hat keinen Zweck, mein Junge, so ganz grundlos ist ja auch die Angst schließlich nicht.« Und er erzählte seinem Sohn, wen sie aus der Nachbarschaft und in Kollegenkreisen in der letzten Zeit abgeholt hatten. »Lehrer Ehlers nebenan ist auch seit zwei Monaten fort, und vor drei Wochen haben sie Frau Schwartz geholt. Sie ist zwar nach zehn Tagen wiedergekommen, aber sie spricht nun mit keinem Menschen ein Wort. Von deinem Chef, Herrn Christiansen, hast du auch wohl gehört, üble Sache, was?« sagte Herr Mohwinkel, und er bat seinen Sohn, in Gegenwart der Mutter überhaupt nicht vom Krieg zu sprechen. »Mutter ist schon ganz durcheinander«, meinte er, »nachher weiß sie nicht mehr, ob du oder sie selbst das erzählt hat und ob sie es zu Hause oder woanders erzählt hat. Dann grübelt sie und grübelt sie ...«

Hier unterbrach sich Herr Mohwinkel, weil seine Frau mit dem Gebäck ins Zimmer kam. »Na«, sagte sie, »hat Vater dir erzählt, daß ich verrückt bin? Ich bin aber nicht verrückt, ich bin ganz normal. Ich bin auch nicht mehr ängstlich. Ich habe so viel durchgemacht, die ganzen Jahre, daß ich nun ganz ruhig bin. Vater ist dumm, wenn er das nicht glaubt.« Frau Mohwinkel erzählte an diesem Abend noch viele Male, daß sie nun endlich keine Angst mehr habe und ganz ruhig sei. »Sollen sie mich doch aufhängen«, sagte sie, »dann ist endlich alles vorbei, sollen sie mich doch aufhängen.«

Dieser Urlaub war für Robert der trostloseste von allen. Als er am letzten Tag mit seiner Mutter zum Bahnhof ging, stellte er fest, daß er hier in der Heimat an nichts mehr hing. Er hatte keine Freunde mehr und keine Stätten, an denen er sich wohlfühlte. Seine alten Eltern waren ihm fremd geworden, der Abschied auf dem Bahnsteig fiel ihm nicht schwer. Als der Zug aus dem Bahnhof fuhr und das weiße Taschentuch seiner Mutter immer kleiner wurde, bis es nicht mehr zu erkennen war, atmete er auf. In dieser Zeit war es an der Front immer noch am besten, und er freute sich auf das Wiedersehen mit Wachtmeister Vosteen und den Kameraden vom Trupp.

Als Robert in Minsk eintraf, glich die Stadt einem Ameisenhaufen. Überall wurde gepackt, unter den Kommandos von Feldwebeln luden Hiwis vor Wehrmachtsverwaltungsstellen Kisten in Lastwagen, Feldgendarmen entfernten Hinweisschilder auf Nachschubeinheiten, an den Straßenkreuzungen stauten sich die Lastwagen, die auf die Ausfallstraßen nach Brest-Litowsk oder Wilna wollten. Minsk war nicht mehr die ruhige Etappenstadt, die Frontnähe machte sich bemerkbar, und Robert, der sonst, wenn er aus dem Urlaub zurückgekommen war, sich immer zwei bis drei Tage in Minsk aufgehalten und das Soldatenheim besucht hatte, wußte nicht, wohin er sollte. Das Soldatenheim war bereits geräumt worden, hinter leeren, staubigen Fenstern sah man, wie Gardinenstangen und Lampenschnüre herabhingen. Wahrscheinlich hatte man das Soldatenheim in aller Eile geräumt, Lampen und Gardinen schnell heruntergerissen und den Rest gelassen, wie er war. Da auch die Soldatenunterkunft und die Urlauberverpflegungsstelle in Minsk nicht mehr bestanden, blieb Robert nichts anderes übrig, als noch am selben Tage zur Meldestelle seiner Division zu gehen, wo man ihn eine halbe Stunde später in einen Wagen setzte und nach Bobruisk zur Division fuhr. Am nächsten Tag in der Frühe meldete er sich beim Hauptwachtmeister seiner Kompanie. Als er sich gleich zu seinem Trupp abmelden wollte, hielt ihn der Hauptwachtmeister zurück. »Mann, Sie leben wohl hinterm Mond, was?« sagte er. »Vosteen ist doch gefallen, der ganze Trupp ist hin, der Funkwagen ist hin, und Ihr Gepäck auch. Sie müssen alles neu fassen, denken Sie dran!«

Robert war wie erschlagen, Wachtmeister Vosteen war tot, die Kameraden seines Trupps waren tot, sie waren gefallen in dem Augenblick, als er, Robert, auf Urlaub war. »Und Sie haben mal wieder Schwein gehabt«, sagte der Hauptwachtmeister; Robert glaubte aus seinen Worten ein Bedauern herauszuhören, daß der Gefreite Mohwinkel, dieses Heimchen, noch übriggeblieben war. Die Kompanie, so glaubte Robert, hätte es wohl lieber gesehen, wenn die Funkstelle Vosteen restlos ausgerottet worden wäre, dieser freiheitliche Funktrupp, der allen seit langem ein Dorn im Auge gewesen war. Auf Roberts Frage, wie es passiert sei, antwortete der Hauptwachtmeister nicht. Er sagte nur: »Mohwinkel, Sie kommen jetzt zu … zu … zu …«, dann unterbrach er sich, sah Robert, der unter dem Eindruck des soeben Gehörten blaß und zusammengesunken dastand, lange an und fuhr fort: »Ich glaube, Sie bleiben jetzt einmal bei der Kompanie, die Luft hier wird Ihnen auch mal guttun. Melden Sie sich bei Unteroffizier Tietjen.« Dabei vergaß der Hauptwachtmeister nicht, Robert gleich für die nächste Wache in derselben Nacht mit einzuteilen.

Unteroffizier Tietjen war im Zivilberuf Gärtner. Er hatte große fleischige Hände und eine grobe Art, mit seinen Leuten umzugehen. Niemand wußte, wie er zur Funkkompanie gekommen war, denn er verstand vom Funken überhaupt nichts. Gehässige Kameraden in der Kompanie vertraten die Meinung, daß Unteroffizier Tietjen vielleicht während einer Bahnfahrt infolge einer Verwechslung von Uniformstücken zu einem falschen Marschbefehl gekommen und seitdem nun Funktruppführer in der Funkkompanie sei. Diese Kameraden vermuteten auch, daß er durch eine ähnliche Verwechslung Unteroffizier geworden sei. So verhielt es sich aber natürlich nicht. Unteroffizier Tietjen hatte seinen Dienstrang erreicht, weil er seit 1935 ununterbrochen Soldat war und die Absicht hatte, als aktiver Unteroffizier beim Heer zu bleiben. Mit seiner langen Dienstzeit prahlte Tietjen bei jeder Gelegenheit, und jeder, der noch keine neun Jahre beim Militär war, war für ihn ein »junger Spund«. Er hatte aber nicht nur eine lange Dienstzeit, sondern auch eine Kriegsauszeichnung aufzuweisen, das Eiserne Kreuz zweiter Klasse, das ihm früher im Schützenregiment verliehen worden war. Damals war er von einem Spähtrupp als einziger zurückgekehrt; alle Kameraden seiner Gruppe waren gefallen, und deshalb hatte er als alleiniger Überlebender nach diesem gefährlichen Unternehmen die Auszeichnung bekommen. Hier bei der Funkkompanie prahlte er mit dem EK aber nicht, denn er hatte das unbestimmte Gefühl, seine Kameraden könnten ahnen, daß er sich damals nicht heldenhaft benommen hatte. In Wirklichkeit nämlich war er damals zum Spähtrupp wohl mit ausgezogen, aber nach kurzer Zeit hatte er eine Fußverstauchung simuliert und war zurückgeblieben. Er blieb auf einem Baumstamm sitzen, zwei Stunden später hörte er dann die Schießerei, und als keiner aus seiner Gruppe bis zum Tagesanbruch zurückkam, machte er sich allein auf den Weg zu seiner Kompanie und meldete dem Kompanieführer, daß er und seine Kameraden auf den Feind gestoßen und in ein schweres Gefecht verwickelt worden seien. »Ich habe eine Stunde lang die Stellung gehalten, Herr Oberleutnant«, meldete er, »damit sich die Männer unter meinem Feuerschutz zurückziehen konnten. Ich habe es aber nicht geschafft, ich glaube, sie sind alle gefallen.«

Bei der Funkkompanie unterhielt Unteroffizier Tietjen den Linienverkehr von der Division zum Panzerregiment, wobei seine Funkstelle beim Divisionsstab verblieb. Bei der Kompanieführung war er wegen seines rauhen Tones gegenüber der Mannschaft beliebt, außerdem wurde es ihm angerechnet, daß er sich in Ruhestellung bei jedem Dienst hervortat. Er meldete sich freiwillig als UvD, führte mit Schärfe Bekleidungs- und Waffenappelle durch und freute sich, beim Exerzieren einen Zug übernehmen zu dürfen, der dann unter seinem Kommando nichts zu lachen hatte. Als vor einigen Wochen ein kleiner Teil der Kompanie mit den neuen Schützenpanzerwagen ausgerüstet wurde, war Unteroffizier Tietjen der erste, der seinen alten Kfz. 17 gegen einen neuen SPW austauschen durfte. Er war gerade dabei, seinen Kraftfahrer und den zweiten Funker mit dem Waschen des SPWs zu beschäftigen, als Robert sich bei ihm meldete. Sein erster Funker war am Tag vorher auf Heimaturlaub gegangen, und Robert sollte ihn ersetzen. »Auf Sie habe ich gerade gewartet«, sagte Unteroffizier Tietjen, »los, gleich helfen, Wagen waschen.« Jetzt stellte sich aber heraus, daß der lange freiheitliche Dienst fern der Kompanie, das Bewußtsein, als Funker etwas zu können, und der lange freundschaftliche Umgang mit Wachtmeister Vosteen Robert verändert hatten. Hinzu kam die plötzliche Nachricht vom Tode seines alten Truppführers und seiner

Kameraden, so daß Robert in diesem Augenblick zum erstenmal, seit er eine Uniform trug, über sich hinauswuchs. Er ging auf den Befehl seines neuen Truppführers gar nicht ein, überhörte die Anordnung, den Wagen zu waschen, und fragte zurück: »Herr Unteroffizier, ich komme für Obergefreiten Moser, ist das Funkgerät bei Ihnen in Ordnung?« Über diese Gegenfrage war Unteroffizier Tietjen sprachlos, und Robert nutzte diesen Moment geschickt, gleich weitere Fragen anzuhängen: »Batterien aufgefüllt? Akkus voll? Haben Sie schon die Schlüssel für die nächsten drei Tage?« Diese Gegenfragen hatte Unteroffizier Tietjen von dem neuen Mann, der nur ein Gefreiter war, nicht erwartet; er konnte nichts darauf erwidern, weil er sich wirklich nur um das Wagenwaschen, nicht aber um den Zustand der Geräte und die Funkunterlagen gekümmert hatte. Darum wiederholte er seinen Befehl an Robert nicht, brüllte dafür aber den zweiten Funker an, einen jungen Soldaten des Jahrgangs 1925, der erst seit kurzem im Felde war und, während er sich im Wagenwaschen unterbrach, staunend zusah, wie Robert eigenmächtig handelte und selbstherrlich auftrat. »Gaffen Sie nicht so blöd, Sie Arschgeige«, schrie ihn Unteroffizier Tietjen an, »Sie waschen hier immer noch den Wagen!«

In den nächsten Tagen gab es viele Spannungen zwischen Robert und seinem neuen Truppführer. Robert empfand, wie bitter es doch in jeder Lage war, nur einen Mannschaftsdienstgrad zu haben. Was nützten ihm sein Dienstalter, seine Kriegserfahrungen, seine Verläßlichkeit als Funker und seine Leistungen im Einsatz, wenn er nur Gefreiter blieb und vor diesem Gärtnergesellen kuschen mußte, der nichts weiter aufweisen konnte als seine laute Kommandostimme, große fleischige Hände und eine neunjährige Dienstzeit. Mensch war man aber erst vom Unteroffizier an aufwärts; erst dann war es einem möglich, sein Können zu entfalten, das bei der Mannschaft eingeengt und unterdrückt wurde. Seine einstige Furcht vor Beförderung hatte Robert längst verloren, und die unangenehmen Aufgaben, die höheren Chargen manchmal zufielen, hätte er gern auf sich genommen für die Vorteile, die sich mit höheren Dienstgraden ergaben. Der größte Vorteil, den ein Unteroffizier genoß, war für Robert der, keinen

Unteroffizier mehr über sich zu haben, der Vorteil eines Leutnants, keinen Leutnant mehr über sich zu haben; der eines Generals, nur noch ganz wenige Vorgesetzte zu haben. Das Aufsteigen in den Rängen bedeutete für Robert nicht, wie bei den meisten Soldaten, eine Vermehrung der Untergebenen, sondern eine Verminderung der Vorgesetzten.

Das Zusammenleben mit Unteroffizier Tietjen war für Robert schwer erträglich. Es besserte sich erst, als die Division wieder in den Einsatz ging und der Truppführer auf Robert als Funker angewiesen war. Es war jedoch deutlich spürbar, daß die Lage nur vorübergehend entspannt war und daß Unteroffizier Tietien nur darauf wartete, bald wieder in Ruhestellung zu kommen, um sich dann den jungen Mohwinkel einmal richtig vorzuknöpfen. Der wird mir noch den Wagen waschen, bis er verreckt, dachte er, und dies Bild, in dem Robert von früh bis spät unter Aufbietung seiner letzten Kräfte den Wagen wusch, ließ den Unteroffizier die Demütigung ertragen, die er sich von diesem Gefreiten gefallen lassen mußte.

Doch es kam vorerst nicht zu einer Ruhestellung, sondern zu der Einkesselung des gesamten Korps. Dies war eine Lage, die Robert von Stalingrad her gut kannte. »Was meinen Sie, Unteroffizier, was damals bei Stalingrad los war, als wir aus dem Kessel ausbrachen«, erzählte Robert, aber der Truppführer hörte gar nicht richtig hin. Ihm war nicht sehr wohl zumute, denn es war das erstemal, daß er eine Einkesselung mitmachte. »Damals hatten wir noch keinen SPW«, erzählte Robert weiter, »glauben Sie mir, diesmal wird der Ausbruch eine Freude sein.« Dann übergab er dem zweiten Funker den Kopfhörer, aß noch eine Scheibe Brot und legte sich in eine Decke eingewickelt auf die Bank des Fahrzeuges, um zu schlafen. Unteroffizier Tietjen verbrachte die Nacht nicht im Fahrzeug. Er grub sich ein Loch, in das er sich hineinlegte und in dem er am Morgen mit Gliederreißen erwachte. Mittags brachen russische Panzer durch und brachten alle Einheiten in Unordnung. Gegen Abend kam Befehl, die Funkverbindungen auszuschalten, da ein ordnungsgemäßer Kampfeinsatz der Division nicht mehr möglich war. Dafür erging der Befehl an alle Fahrzeuge, sich bei Dunkelwerden zu sammeln und zum Ausbruch fertigzumachen. Unteroffizier Tietjen saß immer noch in seinem Loch, den ganzen Tag war er nicht herausgekommen. Er hatte immer nur an die durchgebrochenen feindlichen Panzer gedacht, auf das Motorengeräusch gelauscht und Abschüsse sowie Einschläge gezählt. Als Robert ihm jetzt den Befehl zum Sammeln überbrachte, war er nur mit Mühe aus seinem Deckungsloch zu bringen, und erst, als Robert den Befehl einige Male sehr energisch wiederholte, kam er in gebückter Stellung heran und sprang ins Fahrzeug. Robert ahnte, daß in der nächsten Zeit mit dem Truppführer wohl kaum zu rechnen wäre, und er übernahm stillschweigend den Befehl über den Trupp. Er sorgte dafür, daß der Kraftfahrer noch einmal auftankte und daß der zweite Funker noch einmal Verpflegung faßte. Er selbst bemühte sich bei der Auflösung eines Verpflegungsdepots um einige Kisten Schnaps und einige Kisten Likör, die er in der Mitte des Wagens stapelte. Dann setzte er sich auf den oberen Rand des SPWs, von wo er alles übersehen und den Fahrer, der nur durch einen Sehschlitz guckte, mit Handzeichen vor dem Sehschlitz dirigieren konnte. Um zehn Uhr abends reihte er sich in eine Marschkolonne ein und wartete auf den Befehl zur Abfahrt. Unteroffizier Tietjen öffnete währenddessen die oberste Kiste mit den Likörflaschen und begann zu trinken.

Man fuhr die ganze Nacht, ohne auf feindlichen Widerstand zu stoßen. Robert konnte in dieser mondlosen Nacht nichts erkennen außer den Umrissen des Fahrzeuges vor ihm. Was links und rechts war, konnte er nur riechen: Es waren die bekannten scharfen Gerüche von verkohltem Holz und die süßen Gerüche von Leichen, und erst gegen Morgen konnte er sehen, daß er sich in der Nacht nicht getäuscht hatte. Man war wirklich die ganze Zeit durch zerstörte Dörfer gefahren, in denen das Holz abgebrannter Häuser nachschwelte. Die russischen Einwohner saßen am Straßenrand auf dem Rest ihrer Habe und blickten verzweifelt oder erloschen vor sich hin. Hier und da weinte eine Frau. Zwischen den Dörfern säumten aufgedunsene und mit Fliegen übersäte Pferdeleichen den Weg. Zwischen ihnen lagen tote russische Soldaten. Sie zeigten, daß die Vorhut der Marschkolonne wohl in Kampfhandlungen verwickelt gewesen war. Den gefallenen Russen sah man noch ihre letzten Betätigungen an, bei denen sie gestorben waren: einer hing am Abzug einer Haubitze, die er nicht mehr abschießen konnte, ein anderer war beim Laden seiner Maschinenpistole überrascht worden, und einen dritten hatte der Tod erwischt, als er seinen zerstörten Panzer T 34 verlassen wollte. Unteroffizier Tietjen sah von allem nichts, er saß auf dem Boden des Fahrzeuges und trank immer mehr von dem warmen dickflüssigen Likör, der kistenweise vorhanden war. Manchmal lallte er: »Wie spät ist es?« oder: »Zum Antreten wecken Sie mich.« Er war völlig betrunken und wußte nichts von der Gefahr, in der sich seine Einheit jetzt während des Ausbruchs aus dem Kessel befand.

Gegen Mittag kam die Kolonne zum Stehen. Die Vorhut hatte den feindlichen Widerstand nicht brechen können, und nun wurden von Offizieren und Feldgendarmen aus der Kolonne alle kampftüchtigen Fahrzeuge, vor allem die SPWs, herausgezogen und nach vorn geschickt. Als Robert die Offiziere kommen sah und vermuten konnte, daß auch sein SPW mit erfaßt werden würde, ließ er das Fahrzeug links ausscheren, verließ auf eigene Faust die Kolonne und fuhr auf eine Verwundetenauffangstelle zu, deren rotes Kreuz er von weitem schon erkannt hatte. »Herr Stabsarzt, ich habe Befehl, Verwundete mitzunehmen«, log er den leitenden Arzt an; er hatte das Gefühl, daß ihn ein Wagen voller Verwundeter vor Kampfeinsätzen weitgehend verschonen würde, denn sein SPW war zwar gepanzert, aber zu aktiven Angriffen weniger geeignet, da er kein Geschütz besaß. An der Vorderseite war lediglich ein MG 42 angebracht, mit dem Robert nur unfachmännisch, der zweite Funker aber gar nicht umgehen konnte. Einzig Unteroffizier Tietjen wäre in der Lage gewesen, das Maschinengewehr richtig zu bedienen, aber er war betrunken. Er lag am Boden des Fahrzeuges und schlief, hin und wieder erwachte er, dann griff er sich eine neue Flasche, die er mühsam öffnete und antrank, um sie dann dreiviertelvoll aus dem Wagen zu werfen.

Somit merkte der Truppführer auch nichts von den Veränderungen, die Robert jetzt veranlaßte. Der Stabsarzt fragte nicht, auf wessen Befehl die Verwundeten abtransportiert werden sollten, er war froh, einige von ihnen loszuwerden. Robert hatte Glück, er bekam nicht nur drei leichtverwundete Soldaten, sondern auch einen sehr schwer verwundeten Oberst, der ohne Besinnung war und von den Sanitätern auf die Bank des SPWs gelegt wurde. Robert freute sich über diesen Oberst. Er ahnte, daß man einen so hohen Offizier im Wagen jetzt gut gebrauchen konnte. Darum fuhr er nun auch ohne Zagen und mit gutem Gefühl auf die Gruppe der Offiziere los, die die Fahrzeuge beschlagnahmte. Er winkte schon von weitem mit der Hand ab und rief: »Fahrzeug des Regimentskommandeurs, Fahrzeug des Regimentskommandeurs!« Ein junger Leutnant schien ihm jedoch nicht zu glauben und kontrollierte Roberts Wagen. Als er die schweren silbergeflochtenen und mit zwei Sternen versehenen Schulterstücke des Obersten bemerkte, sagte er nichts weiter und hinderte Robert auch nicht daran, als er seinen SPW wieder in die Fahrzeugkolonne einordnete.

An diesem Tag mußte Robert noch viele Male »Fahrzeug des Regimentskommandeurs« rufen, denn immer wieder wurden gepanzerte Fahrzeuge zur Unterstützung der Vorhut oder zur seitlichen Sicherung gebraucht. Der schwerverwundete Oberst half ihm aber immer. Roberts Fahrzeug wurde zu keinen Sonderdiensten herangezogen. Gegen Abend starb der Oberst, was alle Anwesenden im Wagen mit eigensüchtigem Bedauern zur Kenntnis nahmen. Robert war aber nicht gewillt, auf seinen bisherigen Beschützer zu verzichten. Er setzte den toten Oberst aufrecht in eine Ecke des Wagens, lehnte ihn fest an und schob noch eine Kiste Likör unter seinen Sitz, so daß der Kopf mit der Mütze und die silbernen Schulterstücke über den Fahrzeugrand hinausragten und den Draußenstehenden gleich zeigten, daß dies das Fahrzeug des Regimentskommandeurs war. Mit dem toten Oberst im Wagen gelang es Robert, während des Abends und während der darauffolgenden Nacht allen Gefahren zu entgehen und weiterhin unbehelligt zu bleiben. Er suchte sich, da der Ausbruchsversuch ins Stocken geraten war und deshalb der Marsch nicht mehr voranging, einen geschützten Platz an einem Haus, den er mit den Worten »Machen Sie mal Platz für den Kommandeur« von anderen Fahrzeugen frei machen ließ.

Gegen Morgen nützte ihm der Oberst nichts mehr. Ein Generalmajor kam zur Inspektion, sah den SPW und sagte: »Kerl, warum sind Sie noch nicht vorn?« Roberts Meldung »Funktrupp mit Verwundeten« machte keinen Eindruck auf den Generalmajor. Er befahl einem Hauptmann, dieses Fahrzeug als Kommandant zu übernehmen. Der Hauptmann bestieg das Fahrzeug, ließ Robert das MG klarmachen und legte den toten Oberst auf den Boden zu dem betrunkenen Unteroffizier Tietjen, den er gleichfalls für verwundet hielt. Dann dirigierte er den SPW in ein Wäldchen, wo ein russischer Angriff erwartet wurde, und reihte sich mit dem Fahrzeug in eine Kette von Panzern, Sturmgeschützen und Panzerspähwagen ein. Er setzte das Fernglas an und beschrieb Robert einen Punkt, wohin er mit dem MG schießen sollte. Als Robert den Gurt eingelegt hatte und zu schießen begann, wachte Unteroffizier Tietjen auf. Er war ganz benommen und fragte nach der Uhrzeit. Dann sah er den toten Oberst neben sich, den fremden Hauptmann mit dem Fernglas und den Gefreiten Mohwinkel am Maschinengewehr. Eine plötzliche Angst ergriff ihn; er richtete sich auf, rutschte auf den Knien nach hinten zur Tür und sprang aus dem Fahrzeug. »Große Scheiße, große Scheiße«, rief er dabei, und Robert sah, wie er nach rückwärts davonlief, ohne Mütze und ohne Koppel. Das Haar hing ihm ins Gesicht, er torkelte von einer Seite auf die andere, und mit seinen großen fleischigen Händen ruderte er wirr in der Luft. Als der Hauptmann diese Gestalt bemerkte, die im Zickzack mit den übergroßen Händen davonruderte, rief er sie zurück. Er rief dreimal: »Ich befehle Ihnen hierzubleiben.« Dann zog er seine Pistole und feuerte vier Schuß auf den Mann ab. Unteroffizier Tietjen machte noch zehn Schritte, wobei er immer wilder die Arme warf, dann brach er zusammen. Er brach gerade vor einem anfahrenden deutschen Panzer vom Typ P IV zusammen und geriet unter die linke Kette. Die vierundzwanzig Tonnen des Fahrzeugs rollten über ihn hinweg, sie walzten ihn platt auseinander und drückten den breit zerquetschten Körper tief in die Erde ein. Der Hauptmann lud daraufhin das Magazin seiner Pistole nach. »Schrecklich, was?« sagte er zu Robert, dann nahm er wieder sein Fernglas zur Hand und wandte sich der

Feindbeobachtung zu. »Na, den brauchen wir wenigstens nicht einzubuddeln«, schloß er das Thema ab, »der ist ja nun von selbst unter die Erde gekommen.«

Robert betrachtete den Hauptmann mit einem Gefühl von Furcht und Haß. Er hatte Unteroffizier Tietjen nie geliebt, aber ein solches Ende, fand Robert, hätte er vielleicht doch nicht verdient. Tietjen war ein einfacher Mann, ein Gärtnergeselle, und er war nur aus Dummheit gemein gewesen; die lange Dienstzeit und sein Dienstrang waren ihm zu Kopf gestiegen. Vielleicht wäre er als Obergefreiter ein ganz ordentlicher Kerl gewesen, dachte Robert. Der Hauptmann blieb nicht mehr lange bei ihm im Wagen. Bei einem weiteren Vorstoß geriet der SPW in den Schußbereich einer feindlichen Pak. Er wurde schwer beschädigt, der Motor setzte aus, die linke Kette riß. Dieser Schaden zwang alle Insassen zum Aussteigen, und die Verwundeten krochen ebenso wie der Hauptmann, der Kraftfahrer, der zweite Funker und Robert nach hinten davon. Robert griff nur noch schnell nach dem Brotbeutel und der Feldflasche sowie der Maschinenpistole von Unteroffizier Tietjen. Dann richtete er es ein, daß er von seinen Kameraden, die der Hauptmann immer noch als Gruppe zusammenhielt, getrennt wurde. Er blieb im Gebüsch, bis er sie aus den Augen verloren hatte, danach setzte er seinen Weg allein fort.

Robert lief zwei Stunden durch kleine Wäldchen und Gestrüpp, bis er auf die Rollbahn stieß, wo er sich einem Haufen zum Teil waffenloser Soldaten anschloß, die sich müde und zerbrochen vorwärts schleppten. Sie gingen in nordwestlicher Richtung, wo sie Minsk vermuteten. Die Beresina ließen sie rechts liegen. Hin und wieder wurden sie von einem Fahrzeug überholt, aber Robert bemerkte, daß der Fahrzeuge immer weniger und der zu Fuß gehenden Soldaten immer mehr wurden. Den ganzen Tag marschierte Robert, zuerst noch frisch, aber mit der Zeit immer müder werdend, mit seinen Kameraden in Richtung Minsk. Manchmal kam die Rollbahn unter Beschuß: Feindliche Artillerie schoß, Tiefflieger griffen an, oder an Stellen, wo der Feind ganz nahe war, störten Minenwerfer und MG-Feuer den Weitermarsch. Dann stob alles auseinander, verkroch sich links und rechts der Straße, um nach Feuereinstellung wieder weiterzulaufen. Jedesmal waren es andere Gesichter, die sich nach einer solchen Unterbrechung zusammenfanden, und Robert staunte, wie sehr jedesmal alles durcheinandergewürfelt war. Es war eine große amorphe Masse, die sich nach Nordwesten wälzte. Offiziere liefen neben Gemeinen, Angehörige ehemals motorisierter Truppen neben Infanteristen. Niemand dachte mehr an eine Verteidigung links und rechts der Rollbahn, und der Versuch eines Majors, alle bewaffneten Soldaten einzufangen und sie links der Straße zum Schutz einzusetzen, mißlang; die ausgewählten Soldaten, unter ihnen Robert, entfernten sich nur hundert Meter von der Straße und kehrten, als der Major außer Sicht war, wieder auf die Straße zurück. Jeder hatte nur das eine Ziel, nach Minsk zu kommen, und es interessierte ihn auch nur, wie er selbst dorthin kam; was mit seinen Kameraden geschah, war ihm im Augenblick einerlei. Neben Robert ging ein Oberfeldwebel mit einem Verband um die linke Hand. Er war ohne Waffen, Koppel und Mütze. »In Minsk warten schöne weiße Lazarettzüge, Kamerad«, sagte er zu Robert, »und die Feldküchen haben die Kessel voll, und dann gibt es Marschverpflegung: eine Büchse Leberwurst, Streichkäse, eine Dose Ölsardinen und ein Brot für jeden. Wenn ich in Minsk ankomme, lasse ich mir erst eine Suppe geben, dann wechsle ich den Verband, und danach gehe ich zur Verpflegungsausgabe. Vielleicht wird auch ein Depot mit Marketenderwaren aufgelöst. Kamerad, man muß nur auf Draht sein.« Den ganzen Nachmittag erzählte er Robert noch von den Freuden, die ihn in Minsk erwarteten. Er hoffte ganz bestimmt auf Marketenderwaren: Zigaretten, Schnaps und Schokolade. »Und mit dem Lazarettzug fahre ich bis in den Schwarzwald, da kannst du dich drauf verlassen«, sagte er. Gegen Abend brach der Feldwebel zusammen. »Das ist nur wegen der Hand«, meinte er, aber auf die Frage Roberts, ob er ihm helfen könnte, antwortete er schon nicht mehr. Dann ging Robert allein weiter.

Gegen Abend kam er an ein kleines Flüßchen, das er durchwaten mußte, und als er auf dem anderen Ufer seinen Weg fortsetzte, fiel ihm auf, daß nun überhaupt keine Fahrzeuge mehr zu sehen waren, sondern nur noch Fußsoldaten, die sich immer dichter auf der Rollbahn drängten. Immer mehr Soldaten waren waffenlos, und Robert sah, daß bald nur noch er allein eine Maschinenpistole trug. Er warf seine Waffe aber nicht weg; sein Pflichtgefühl funktionierte, obgleich er, wie die anderen, sehr müde und sehr hungrig war. Die Vorräte, die er im Brotbeutel mitgenommen hatte, waren aufgebraucht, der Tee war ausgetrunken. Seit über zehn Jahren werden wir nur zum Sieg erzogen, dachte er, und er erinnerte sich an seine Schulzeit, wo man nur von den deutschen Siegen in der Geschichte geredet hatte: Hermann besiegt die welschen Römer, Blücher besiegt die welschen Franzosen, Alarich erobert das verrottete Rom, Moltke das morsche Frankreich, und wenn die Lehrer guter Laune waren, erzählten sie Selbsterlebtes aus dem vorigen Weltkrieg. Als Rittmeister hatten sie Attacken geritten, als Kampfflieger den »Pour le mérite« bekommen, an der Somme waren sie auf feindliche Tanks gesprungen. Niemals aber erzählten sie ihren Schülern vom Zusammenbruch der Fronten, vom ruhmlosen Ende 1918 und von ihrer traurigen Heimkehr in das besiegte Vaterland. Überall hatte man in Deutschland nur das Siegen geübt. Schon im Deutschen Jungvolk lernten Kinder Stürmen, Angriff und Hurragebrüll, aber niemand hatte ihnen gezeigt, wie man kapituliert, die weiße Fahne hißt und die Hände hochhebt. Es gab keine Regeln für den Rückzug, für die Auflösung und für das Chaos. Alles hatten die Deutschen gelernt: die Riesenwelle am Reck und das Singen unter der Gasmaske, die Fahnen zu grüßen und hundert Meter in elf Sekunden zu laufen. Aber sie hatten nicht gelernt, ohne Ordnung und ohne Befehl zu sein, sie hatten versäumt, hungern zu lernen, Zusammenbrüche zu ertragen und als erniedrigter Mensch trotzdem anständig weiterzuleben.

Robert fühlte, daß er allen diesen Menschen überlegen war. Zwar schmerzten auch ihn die Füße, auch er war müde, hungrig und durstig, ungewiß, ob er diesen Zusammenbruch überleben würde, aber er war auf Niederlagen besser vorbereitet als seine Kameraden. Er war sein Leben lang meistens unterdrückt worden, beschimpft und gequält: in der Schule, im Jungvolk, in der Hitlerjugend und von seinem Freund Friedrich Maaß. Er war immer der Verlierer gewesen, beim Ringkampf hatte er immer nur unten gelegen, bei Geländespielen war er verhauen worden. Viele, viele Male hatte er »Deportation« gespielt; er hatte als Zielscheibe vor dem Luftgewehr seines Vetters Paul gestanden, bereit, erschossen zu werden.

Was konnte ihm jetzt noch passieren? »Was kann mir jetzt noch passieren?« sagte er immer wieder vor sich hin. »Was kann mir jetzt noch passieren?« Das schrecklichste Ende konnte ihn nicht mehr überraschen.

Gegen Morgen wurde der Strom der rückwärts ziehenden Soldaten dünner. Kameraden, die sich kannten und in Gruppen zusammenblieben, wie man sie am Vortag noch beobachten konnte, gab es jetzt nicht mehr. Jeder war mit sich selbst allein, niemand sprach mit einem anderen. Endlich war der Formationsgeist der Deutschen völlig zerstört; es gab nur noch Einzelwesen. Neben Robert lief müde ein Pferd. Traurig nickte es bei jedem Schritt mit dem Kopf. Robert streichelte das Pferd, etwas scheu zunächst, weil er nie in seinem Leben mit Pferden zu tun gehabt hatte, mit Ausnahme eines Ponys, das er als Siebenjähriger unter der Aufsicht seiner Mutter auf einem Ausflug zum »Kuhhirten« einmal reiten durfte. Robert führte das Pferd am Zügel, bis er eine Gelegenheit zum Aufsteigen fand. Er fand sie an der Ruine eines Hauses, und er erhoffte sich durch das Pferd eine Ruhepause für seine Füße. Er zog die Stiefel aus, knotete die Schnürsenkel zusammen und hängte sie dem Pferd über den Hals. Da sah er, daß das Pferd verwundet war. Eine große blutverschmierte Wunde klaffte am Hals; unzählige Fliegen saßen darauf. Robert jagte die Fliegen fort und versuchte, mit dem Tier ein Gespräch anzufangen. Er sagte: »Wenn wir erst in Minsk sind, dann bekommst du ein schönes Pflästerchen darauf, und ein schönes Futter bekommst du in Minsk, und schönes frisches Wasser. Warte nur, bis wir in Minsk sind.« Das Pferd reagierte aber nicht auf Roberts Worte, es zuckelte langsam und apathisch dahin. Robert versuchte, die Bewegungen des Pferdes mitzumachen, wie es Reiter tun. Es gelang ihm aber nicht; das Pferd machte immer ganz andere Bewegungen, als Robert erwartete. Reiten, das merkte er nun, strengte auch sehr an. Im »Kuhhirten« damals war es auch gar nicht so einfach gewesen, obgleich der Verleiher des Ponys den Kindern in den Sattel geholfen und aufgepaßt hatte, daß sie auch gut und sicher saßen. Aber seine Mutter hatte am Rande der Reitbahn gestanden, und bei jeder Runde hatte sie ihm zugerufen: »Halt dich gerade«, »Mach dich nicht schmutzig« oder: »Mund schließen, denk an deine Erkältung.« Es war nicht einfach gewesen, an alle Ermahnungen der Mutter immer gleichzeitig zu denken, und jetzt erinnerte er sich, daß sein Ritt im »Kuhhirten« damals noch ein Nachspiel gehabt hatte. Beim Absteigen nämlich hatte er sich nicht genügend vorgesehen und seine weißen Strümpfe beschmutzt. »Daß du dich nicht vorsehen kannst«, hatte seine Mutter danach während des ganzen Tages mit ihm gezetert, »so ein Pferd ist doch nun mal schmutzig, das mußt du mit deinen sieben Jahren nun bald wissen.« Dieses Pferd hier war auch schmutzig. Es war schmutzig, verwundet, voller Fliegen, müde, hungrig und kurz vor dem Zusammenbrechen. Trotzdem war es zu gebrauchen. Die Sauberkeitsregeln seiner Mutter, ja die ganze Erziehung seiner Eltern taugten ebensowenig wie die Siegeslehren seiner national gesinnten Lehrer. Jetzt in diesen schweren Tagen mußte er ganz ohne das auskommen, was man ihm in zweiundzwanzig Jahren beigebracht hatte. Er war auf sich selbst und seine eigenen Lehren angewiesen.

Roberts Erholung auf dem Pferd dauerte nicht lange. Als gegen Spätnachmittag Artillerie die Rollbahn belegte, wurde das Pferd unruhig, so daß Robert es vorzog abzusteigen, bevor er abgeworfen wurde. Eben war er unten, als das Pferd davonlief, Roberts Stiefel über dem Hals. Er war zu schwach, dem Pferd nachzulaufen und seine Stiefel zu retten; er setzte seinen Weg barfuß fort und gewöhnte sich sogar im Laufe der nächsten Stunden an seine schmerzenden Füße. Schon am Abend spürte er den groben Kies der Straße unter den Sohlen nicht mehr, und als es dunkel wurde, merkte er, daß es sich ohne Stiefel eigentlich viel besser marschierte als zuvor. Seine Füße, aufgequollen und rot, bedeckten sich mit grauem Staub.

In der Nacht ruhte Robert ein wenig, am nächsten Morgen lief er weiter, von noch weniger Kameraden umgeben als am Vortag. Die Pausen, die er einlegen mußte, wurden immer größer, und der Beschuß auf der Rollbahn, der die letzten Soldaten seitwärts davontrieb, immer stärker. Am Abend war Robert ganz allein auf der Straße. Als es dunkel wurde, verließ er die Rollbahn, um sich abseits nahe einem Wasserloch, aus dem er noch trank, in einen Graben zu legen. Er schlief fest und gut, und er erwachte erst, als am anderen Tag die Sonne schon ziemlich hoch stand. Die Rollbahn war nicht mehr leer wie am Vortag; Robert bemerkte es mit Staunen; eine endlose Kette von Fahrzeugen raste auf ihr in Richtung Minsk, es waren unbekannte Typen, Robert kannte die Fahrzeuge nicht. Da wurde es ihm bewußt, daß er vom Feind überrollt worden war. Während er schlief, hatte der Russe die Straße nach Minsk genommen. Jetzt war an ein Weiterlaufen nicht mehr zu denken, und Robert überlegte, welche Art der Gefangennahme wohl die ungefährlichste sei. Er war ganz allein, kein Kamerad war in seiner Nähe, er mußte diese Entscheidung allein für sich treffen. Den ganzen Vormittag kam er zu keinem Entschluß. Immer mehr feindliche Fahrzeuge rollten vorbei, manchmal hielt eins an, rauhe Männer sprangen heraus und unterhielten sich in einer Sprache, die wie das fortgesetzte Ausstoßen von Schimpfwörtern klang. Robert schien es zu unsicher, sich diesen rohen Menschen zu ergeben; er hatte Angst, von ihnen mißhandelt oder gar erschossen zu werden. Darum wartete er weiter, bis gegen Mittag ein mit einer Plane bedeckter Lastwagen am Straßenrand hielt.

An dem Rauchrohr, das aus der Plane herausragte, erkannte Robert, daß es eine Feldküche war. Die Feldküche fuhr ganz nahe an das Wasserloch heran, und als ein Soldat mit einer weißen Schürze, der wohl der Koch war, mit einem Eimer heraussprang, um Wasser zu holen, konnte Robert den Sowjetstern auf seinem Käppi erkennen. Der Koch hielt sich am Wasserloch längere Zeit auf, er drehte sich in Ruhe erst eine Zigarette, dann rief er seinen Kraftfahrer, einen etwa achtzehnjährigen Jungen, heraus, damit er beim Wasserholen helfen sollte. Robert sah den beiden lange Zeit zu, und als er Vertrauen zu ihnen gewonnen hatte, beschloß er, sich diesem Koch zu ergeben. Er warf seine Maschinenpistole, sein Koppel und sein Soldbuch fort und entfernte die Totenköpfe von seinen Kragenspiegeln, weil er Angst hatte, daß dieser Mann, der ja nur ein Koch war, die Uniform eines deutschen Panzersoldaten mit der eines SS-Mannes verwechseln könnte. Von allem entledigt trat er aus dem Graben, hielt beide Hände hoch und ging auf die beiden Russen zu.

Der junge Kraftfahrer der Feldküche war, als er Robert sah, so erschrocken, daß er den Eimer in das Wasserloch fallen ließ. Der Koch mit der weißen Schürze erfaßte aber gleich die Lage. Er winkte Robert zu sich heran, bedachte ihn mit einigen bellend ausgestoßenen Schimpfwörtern und faßte ihn an das linke Handgelenk, wo er eine Armbanduhr vermutete. Als er Roberts Uhr gefunden, die Schnalle sorgfältig gelöst und das Ticken am Ohr kontrolliert hatte, hellte sich sein Gesicht auf. Seit Jahren beneidete er seine Kameraden von der kämpfenden Truppe, die andauernd Gefangene machten und schon im Besitz vieler Armbanduhren waren. Er als Koch hatte nie gehofft, eines Tages einmal so einfach in den Besitz einer Uhr und eines Gefangenen zu kommen. Er sagte einige Worte, die sehr freundlich klangen. Der Koch war stolz auf seinen Gefangenen und auf die schöne neue Uhr. Er forderte Robert auf, in die Feldküche einzusteigen, wo er ihm Tabak und Papier anbot, damit der Gefangene sich bei einer Zigarette vom ersten Schrecken erholen konnte.

Als der Kraftfahrer den Eimer aus dem Wasserloch wieder herausgefischt hatte, befahl ihm der Koch, nach Minsk zu fahren. Er hatte die Absicht, Robert nicht etwa bei seinem nächsten Vorgesetzten, sondern bei einem Stab abzuliefern, weil er hoffte, von den höheren Offizieren des Stabes mehr Anerkennung für seine mutige Heldentat zu finden als vielleicht bei dem Verpflegungsfeldwebel, der sich dann statt seiner mit dem Ruhm behängen würde. Robert sah durch ein Fenster in der Plane, wie die Feldküche in Minsk einfuhr. Es wäre vielleicht nur ein paar Stunden zu laufen gewesen, und bei Verzicht auf eine Rast hätte Robert diesen letzten Rest des Weges auch noch geschafft und in Minsk vielleicht die Freiheit erlangt. Nun war es aber zu spät; seit den ersten Morgenstunden war Minsk von den Russen besetzt, und Robert konnte beobachten, wie überall dort, wo vor wenigen Wochen noch die Hinweisschilder auf deutsche Einheiten hingen, jetzt russische Einheiten angezeigt wurden. Vor manchen Häusern, in denen jetzt russische Stäbe lagen, standen Posten. Vor dem ehemaligen Soldatenheim wurden Kisten mit Verpflegung abgeladen. Einige der Kisten trugen russische, andere deutsche Aufschriften.

In der Nähe des Bahnhofs, wo Robert vor wenigen Wochen noch, aus dem Urlaub kommend, ausgestiegen war, um die Meldestelle seiner Division zu suchen, hielt die Feldküche. Der Koch band seine Schürze ab, setzte sein Käppi gerade und wusch sich noch einmal die Hände. Er reinigte sich auch die Fingernägel, und ganz zum Schluß kontrollierte er in einem kleinen Taschenspiegel, ob sein Gesicht ganz sauber war. Als er fand, daß alles bei ihm in Ordnung sei und er beim Rapport einen guten Eindruck machen würde, nahm er die Maschinenpistole und ging mit Robert über den Bahnhofsvorplatz, immer einige Schritte hinter ihm, die Maschinenpistole im Anschlag, bis sie auf einen Hof kamen, wo mehrere Offiziere mit höheren Dienstgradabzeichen und vielen Orden auf der Brust in Gruppen zusammenstanden.

Robert wurde in Minsk vielen Verhören unterworfen, und er sagte jedesmal alles aus, was er von seiner Truppenzugehörigkeit und seinen bisherigen Kampfeinsätzen wußte. Er hatte keine Bedenken, hiermit etwa wichtige Kriegsgeheimnisse auszuplaudern, denn wie könnten seine Aussagen, so sagte er sich, dem zerschlagenen deutschen Heer noch schaden. Mit Kopfschütteln erinnerte er sich alter Lesebuchgeschichten, wo deutsche Gefangene in früheren Kriegen sich lieber quälen oder töten ließen, bevor sie dem verhaßten Feind, dem sie mit Wut und Stolz ins Auge sahen, auch nur ein einziges Wort verrieten. Angesichts seiner augenblicklichen Lage erinnerte er sich dieser und anderer Lesebuchstücke mit peinlichen Gefühlen. Die Anekdoten aus deutscher Geschichte waren zu Lächerlichkeiten geworden, und es schien Robert, als bestünde die ganze deutsche Geschichte aus Lesebuchtapferkeiten und Denkmalruhmestaten und als habe es in zweitausend Jahren deutscher Geschichte andere Wirklichkeiten nicht gegeben. Er dachte an die vielen müden, zerbrochenen und waffenlosen Kameraden der letzten Tage, die apathisch in Tod oder Gefangenschaft gingen, und er wußte heute, daß es ein Irrtum war, anzunehmen, die Deutschen seien ein Volk von Kriegern. Mit Armin im Teutoburger Wald, so dachte Robert jetzt, hatte sicher der Irrtum angefangen, und dann waren die Karle, Heinriche und Friedriche gefolgt, die Wallensteins, Ziethens und Wrangels, die Hindenburgs, Seeckts und Keitels: alles Komödianten, mit Uniformen kostümiert und mit Blechorden behängt, die dem deutschen Volk das Märchen von der heldenhaften Vergangenheit vorgaukelten.

Robert kannte in Minsk noch viele von den Gebäuden, in die er zum Verhör geführt wurde, und er wunderte sich, daß dies jahrelang als deutsche Etappenstadt bekannte Minsk so schnell und innerhalb weniger Tage nun zu einer Etappenstadt der russischen Armee geworden war. Manche der russischen Offiziere lächelten, wenn sie Robert in der schmutzigen Uniform, ohne

Stiefel, Koppel und Mütze sahen. Hierüber wunderte er sich, denn er hatte bei seinen Besiegern Zorn und Wut erwartet; nun sah er, daß die Offiziere mitleidig lächelten, sie konnten sich diese Geste leisten, sie hatten gesiegt. Zwischen den Verhören wurde Robert von Soldaten begleitet, die mit Gewehr oder Maschinenpistole hinter ihm gingen und ihn von Stab zu Stab führten. Alle benahmen sich zurückhaltend, solange sie sich in der Nähe ihrer Vorgesetzten befanden; kaum waren diese aber außer Sichtweite, faßten die Soldaten Robert an die Handgelenke und waren dann enttäuscht, dort keine Uhr mehr vorzufinden. Dafür entschädigten sie sich an den anderen letzten Habseligkeiten, die Robert noch besaß: Einer forderte sein Verwundetenabzeichen, ein anderer trennte ihm den Gefreitenwinkel ab, spätere Bewacher nahmen Bleistift, Taschentuch, Schulterklappen, Spiegel und Knöpfe.

Gegen Abend traf Robert bei einem Stab mit einem deutschen Leutnant zusammen. Der Leutnant hatte noch ein Schulterstück und zwei Knöpfe, die die Jacke zusammenhielten. Alles andere hatte man ihm abgenommen. Er saß vor einem russischen Major. Die Dienstgradabzeichen der russischen Armee hatte Robert an diesem Tag sehr schnell lernen können, und so wußte er gleich, daß dieser junge russische Offizier mit dem breiten Streifen und dem Stern auf den Schulterstücken ein Major war. Der Major sprach gut Deutsch; er fragte den deutschen Leutnant nach seinem Alter, und als er erfuhr, daß der Leutnant fünfundzwanzig Jahre alt war, sagte er: »Fünfundzwanzig Jahre sind Sie alt und erst Leutnant? Ich bin vierundzwanzig Jahre alt und schon Major.« Nach diesem Gespräch wußte Robert, daß er es hier mit einem kindlichen Volk zu tun hatte, mit dem man vielleicht ganz gut auskommen würde.

Nach der Vernehmung wurde Robert mit dem Leutnant zusammen auf einen Lastwagen geladen und zur Gefangenensammelstelle gefahren. Unterwegs unterhielt sich Robert mit dem Leutnant, er fragte: »Haben dich die Russen geschlagen? Du hast ja ein ganz blaues Auge?« oder: »Wer hat dir denn die Stiefel geklaut?« Der Leutnant antwortete auf Roberts Fragen nur sehr zögernd. Es war ihm peinlich, daß dieser Gemeine ihn mit »du«

anredete, und er war noch unsicher, wie sich ein Offizier kurz nach der Gefangennahme gegenüber solchen Respektlosigkeiten zu verhalten hätte. Für Robert dagegen war die Lage klar: Nach der Gefangennahme war alles vorbei, es gab keine Ränge und keine Unterschiede mehr, es gab nur noch Sieger und Verlierer, Bewacher und Gefangene. Diese neue Einteilung erschien ihm auch als einzige angebracht und vernünftig.

Gegen Abend fuhr der Lastwagen in den Hof eines Auffanglagers. Das Lager war in aller Eile errichtet worden und bestand eigentlich nur aus einem abgeteilten Flecken nackter Erde, der an vier Seiten von einem behelfsmäßigen Stacheldrahtzaun umgeben war. In der Mitte des Lagers stand eine einfache Bretterbude, in der ein russischer Oberfeldwebel saß. Der Oberfeldwebel hatte zwei Bogen Papier vor sich liegen, und als ihm die beiden neuen Gefangenen gebracht wurden, der Leutnant und der Gefreite, machte er auf jeden der beiden Bogen einen Strich.

In dem Lager befanden sich etwa hundert deutsche Gefangene. Sie lagen auf dem Boden oder standen am Zaun. Einige gingen auf und ab, in der Mitte stand eine Gruppe Offiziere beisammen, die den Leutnant gleich in ihrer Mitte aufnahmen. Sie begrüßten ihn mit Handschlag. Um den Gefreiten Mohwinkel kümmerte sich niemand. Robert setzte sich auf einen Stein und sah den Offizieren zu, die eng beisammenstanden und sich unterhielten. Sie improvisierten eine Lagebesprechung; ein Oberst ohne Stiefel und mit einer offenen Jacke, der alle Knöpfe fehlten, führte das Wort. Er sprach lange und machte dazu ein ernstes Gesicht. Zum Schluß seiner Ausführungen zeigte er mit der Hand auf den Stacheldrahtzaun und machte dann eine Bewegung, die Resignation ausdrückte, woraus Robert schloß, daß er den anderen Offizieren damit andeuten wollte, daß man nun Kriegsgefangener sei. Robert fand das Gehabe der Offiziere lächerlich. Sie wehrten sich dagegen, ihre neue Lage zu erkennen. Sie wollten immer noch Führer sein, Lagebesprechungen abhalten und Entschlüsse fassen. Sie wollten immer noch eine getrennt zu behandelnde Klasse sein, der man nicht so einfach durch Gefangensetzung die eigene Entschlußfähigkeit entziehen konnte. Nach der Rede des Obersten schritt die Offizierstruppe den Stacheldrahtzaun ab, so als wollte sie sich noch einmal durch die Besichtigung der Örtlichkeiten von der Richtigkeit ihrer Annahme, daß man nun Gefangener sei, überzeugen. Als die Gruppe an der Stelle, wo Robert saß, vorbeikam, hörte Robert, wie ein Hauptmann zum Oberst sagte: » … viel schlimmer ist, daß der russische Kommandant in diesem Lager nur ein Oberfeldwebel ist. Wenn eine Inspektion kommt, müssen wir uns beschweren.« Robert sah der Gruppe nach, die meisten gingen barfuß, vielen fehlten Knöpfe, ihre Uniformjacken waren zerrissen, besonders auf der linken Brustseite, wo früher die Orden befestigt gewesen waren, die man bei ihrer Gefangennahme roh heruntergerissen hatte. Einigen von ihnen hatte man auch die Schulterstücke abgenommen, aber bei Ankunft im Auffanglager hatten andere Offiziere diesen Kameraden geholfen: Die, die noch zwei Schulterstücke besaßen, hatten eins davon an einen anderen Offizier abgegeben, so daß jetzt der Oberst mit dem Schulterstück eines Majors umherlief; die beiden Sterne hatte er von einem Hauptmann bekommen, der ein Schulterstück an einen Leutnant abgegeben hatte, wodurch zwei Sterne frei geworden waren.

Roberts Hoffnung, diese Menschen endlich einmal kleinlaut zu sehen, erfüllte sich nicht. Sie blieben immer oben. Auch von den Russen erlebten sie keine weiteren Demütigungen. Wenn eine Inspektion kam, mußten nur die Mannschaften antreten, während die Offiziere sich in lockerer Formation abseits der in Reihe und Glied stehenden Mannschaften zusammenfanden, um die russische Kommission zu erwarten. Die von dem Hauptmann vorgeschlagene Beschwerde hatte auch Erfolg, denn schon am nächsten Tag wurde der russische Oberfeldwebel abgelöst und ein Oberleutnant als Lagerkommandant eingesetzt.

Zehn Tage nach Roberts Eintreffen im Auffanglager wurden alle Mannschafts- und Unteroffiziersgrade herausgezogen und in stark bewachter Kolonne aus dem Lager geführt. Die Offiziere blieben zurück, sie standen am Tor und sagten zu den hinausmarschierenden Männern: »Na, Jungs, denn man Kopf hoch« oder: »Haltet euch gut, es wird wohl nicht so schlimm werden.« Vielleicht meinten sie es gut, wenn sie den Männern Mut zusprachen, aber in Roberts Ohren klangen ihre Worte hochmütig und überheblich. Er ärgerte sich, und er hoffte, daß es die Offiziere in Gefangenschaft nicht etwa leichter haben würden als die Soldaten. Ein Soldat, der im Glied neben ihm ging, sagte aber: »Die Arschlöcher haben es gut; die kommen in ein Extralager, wo sie nicht arbeiten müssen.« Da wußte Robert, daß auch die ruhmloseste Gefangenschaft die Verhältnisse nicht ändern würde, und niedergeschlagen marschierte er in der Kolonne, ringsum von schreienden und schimpfenden Russen, die die Maschinenpistolen im Anschlag hielten, bewacht.

Der Weg führte durch einen Vorort von Minsk. Die russischen Zivilisten standen am Straßenrand. Scheu und ängstlich betrachteten sie die deutschen Gefangenen. In den drei Jahren der deutschen Besatzung hatten sie gelernt, Angst vor diesen fremden Uniformen zu haben. Es war ihnen nicht möglich, sich über Nacht von dieser Angst zu befreien. Nur eine dicke Russin mit wirrem Haar und fast zahnlosem Mund lief kreischend neben der Kolonne her und überschüttete die Deutschen mit einer Flut russischer Schimpfwörter, in die auch einige deutsche gemischt waren. »Schweine, Schweine, Schweine«, hörte Robert immer wieder heraus. Sie schrie so lange, bis ein Mann, der am Straßenrand stand, ihr den Mund zuhielt; vielleicht hatte er Angst, die Rückeroberung der Stadt durch die eigenen Truppen sei nur ein Traum und am Tage nach diesem Spuk würde das Strafgericht der wiederbefreiten Deutschen um so gnadenloser sein.

Weit außerhalb der Stadt hielt die Kolonne am Bahndamm auf freier Strecke. Ein langer Güterzug mit etwa vierzig Waggons stand dort, ein Teil war verschlossen und – wie man an den Köpfen hinter den Entlüftungsluken erkennen konnte – bereits mit deutschen Gefangenen besetzt. Am Ende des Zuges waren noch zwei Waggons unverschlossen; auf sie wurden Robert und seine Kameraden vom Auffanglager verteilt. Das Einsteigen ging unter Schimpfen und derben Stößen der Bewachungsmannschaft vor sich. Als alle eingestiegen waren, wurden die Türen von außen geschlossen und verriegelt. Drinnen stellten die Gefangenen fest, daß man sie viel zu eng verladen hatte: So viele Menschen waren in dem kleinen Wagen, daß niemals alle zugleich würden liegen können, und man würde es sich in den Nächten wohl einteilen müssen, wer im Liegen und wer nur im Sitzen schlafen dürfte. Sie wußten, daß es nach Sibirien gehen würde. Ein näheres Ziel erhofften sie sich nicht. Sie rechneten alle mit einer langen, fürchterlichen Fahrt, sie rechneten mit Durst und Hunger, mit Krankheiten und Sterbefällen. Darum herrschte in Roberts Wagen eine furchtbare Niedergeschlagenheit, als der Zug mit plötzlichen scharfen Rucken anfuhr.

Die Befürchtungen der Gefangenen – so stellte sich bald heraus – waren berechtigt. Es wurde eine wochenlange Fahrt. Verpflegung, die aus ein paar Scheiben steinhart getrockneten Brotes bestand, wurde nur alle paar Tage ausgegeben. Dagegen gab es Wasser zum Trinken täglich, aber nur einen Eimer voll für den ganzen Waggon, so daß sich jeder mit einigen Schlucken für den ganzen Tag begnügen mußte. Der Zug fuhr durch Mittelrußland, erst durch Städte, die Robert noch aus dem vorangegangenen Sommer kannte: Smolensk, Brjansk, Orel; dann durch unbekannte Städte und durch Landschaften, die ihn an die Steppen des Donbogens erinnerten. Bei Saratow, endlich, sah man die Wolga, und alle Gefangenen drängten sich an die Entlüftungsluke, um den Strom zu sehen, den zu erreichen Deutschland seit drei Jahren kämpfte. Breit und grau floß er dahin, unter der kilometerlangen Eisenbahnbrücke, über die der Zug mit den Kriegsgefangenen nur im Schritt fuhr. Nachdem man die Wolga hinter sich hatte, gingen die Meinungen im Waggon auseinander: Einige behaupteten, daß man nun in Sibirien sei, andere wußten es besser, sie sagten, bis zur Grenze Sibiriens, dem Ural, sei es noch weit. Keiner ließ sich aber vom anderen belehren, und beinahe wäre es zu einer Schlägerei gekommen, hätte sich nicht ein älterer Soldat ins Mittel gelegt und mit der Behauptung, er sei Lehrer, allen die Geographie dieser Gegend genau erklärt. »Ihr werdet euch noch wundern, wo Sibirien anfängt«, sagte er ein paarmal. »Ihr werdet euch noch wundern, wo Sibirien aufhört.«

Tatsächlich dauerte es noch Tage, bis man in der Ferne die Berge des Ural sah. Die Stimmung im Waggon wurde immer gereizter. So konnte es vorkommen, daß ein Soldat stundenlang apathisch am Boden saß, dann plötzlich aufsprang und einen Kameraden anschrie, an der Uniformjacke packte und schüttelte. Dabei waren es immer nur Kleinigkeiten, über die man sich erzürnte: Einer behauptete, es sei Mittwoch, während ein anderer genau wußte, daß Donnerstag sei. Oder es sagte jemand zu einem anderen: »Du furzt ja in einem fort, du furzt wie ein Bayer.« Bei solcher Beleidigung sprangen gleich fünf Bayern auf und packten andere, die nicht aus Bayern waren, am Kragen.

Indessen kam die graue Wand des Ural immer näher. Der Zug fuhr langsam, ein Zeichen dafür, daß er bergan fuhr. Die Nächte wurden kühler, und man mußte abends die Entlüftungsklappen schließen, weil alle froren. Dafür wurden die Tage immer heißer und unerträglicher. Viele Stunden täglich dämmerten die Gefangenen in der erstickend heißen Luft des Waggons dahin, mit trockener Mundhöhle und mit einem Durst, der jedes Denken verscheuchte. Wasser gab es wie bisher nur einmal am Tag, doch die Verpflegung wurde um einen kleinen salzigen Fisch täglich bereichert. Der Fisch war so salzig, daß einige es des Durstes wegen ablehnten, ihn zu essen. Sie steckten ihn in die Tasche oder hielten ihn in der geschlossenen Hand, bis die nächste Wasserration gereicht wurde und sie nach dem Trinken wieder Hunger bekamen. Dann aßen sie den salzigen Fisch, ohne darüber nachzudenken, daß sie in den nächsten vierundzwanzig Stunden um so mehr würden leiden müssen.

Wenn die Nacht hereinbrach, stellten die Soldaten sich an, um an der Entlüftungsluke ihre Notdurft zu verrichten. Tagsüber durfte das nicht geschehen, und es war in einem vorderen Waggon vorgekommen, daß einer von den Posten, die auf den Dächern lagen, auf ein nacktes Gesäß geschossen hatte, das aus einer Luke ragte. Die Entlüftungsluken lagen sehr hoch, fast unter dem Dach, deshalb war die Verrichtung der Notdurft schwierig, und sie gelang nur mit der Hilfestellung eines Kameraden. Da niemand bereit war, aus Kameradschaft einem anderen einen Gefallen zu tun, mußte man sich zu diesem abendlichen Geschäft immer paarweise zusammenfinden. Die Soldaten des Waggons fühlten sich nicht als Einheit oder als Schicksalsgemeinschaft, sondern als eine Ansammlung von Einzelwesen, die nur um die Erhaltung ihres eigenen Lebens besorgt waren; deshalb verzichteten viele, sich um einen Partner zu bemühen, und verrichteten ihre Notdurft überhaupt nicht mehr. »Wer nichts zu fressen kriegt, braucht nicht zu scheißen«, sagte ein Feldwebel, aber Robert ließ sich von solcher Resignation nicht beeinflussen. Er wollte überleben, und er klammerte sich mit Gewissenhaftigkeit an die wenigen Rhythmen, die auf dieser niederen Lebensstufe den Tag noch unterteilten.

Zu diesen rhythmischen Unterbrechungen gehörte – von Robert jeden Tag sehnsüchtig erwartet – der tägliche Appell durch den Zugkommandanten. Während eines der vielen Aufenthalte, die der Zug immer wieder auf freier Strecke hatte, schritt der russische Kommandant, ein Hauptmann, begleitet von Feldwebeln, Soldaten und einem Dolmetscher, den Zug ab und ließ sich an den Entlüftungsluken jedes Waggons vom dienstältesten Gefangenen die Gesamtstärke, die Zahl der Kranken und der Toten melden. Der Dolmetscher übersetzte die Antworten, und ein Feldwebel trug die Zahlen in eine Liste ein. Wenn Krankheitsfälle gemeldet wurden, öffnete ein Soldat den Waggon, und der Kranke wurde hinausgelassen und in den Krankenwagen eingewiesen. Tote wurden am Rand des Bahndamms gleich eingegraben. Bevor der Kommandant sich dem nächsten Waggon zuwandte, stellte er stets gleichbleibend die Frage nach besonderen Vorkommnissen. Auf diese Frage mußten die Dienstältesten im Waggon stets mit »keine« antworten. Nahm jemand diese Frage als Aufforderung zu irgendeiner Beschwerde, so wurde er vom Dolmetscher, der auch Kriegsgefangener und ein Deutscher aus Oberschlesien war, unterbrochen. Er sagte: »Quatsch nicht so blöd, sag schon ›keine‹!« Einmal ließ sich der Dienstälteste in Roberts Waggon, ein Oberfeldwebel, nicht vom Dolmetscher unterbrechen. Er verlangte, daß seine Beschwerde, die Gefangenen bekämen zu wenig Wasser, dem Kommandanten übersetzt würde. »Nun, wenn du es nicht anders haben willst«, antwortete ihm der Dolmetscher, und er übersetzte diese Beschwerde und gab danach dem Oberfeldwebel die Antwort des Kommandanten bekannt. Er sagte: »Der Herr Kommandant meint, daß du ja nicht nach Rußland hättest zu kommen brauchen. Er hat dich nicht dazu aufgefordert, hierherzukommen. Da, wo du herkommst, hättest du so viel Wasser trinken können, wie du magst. Hier kriegst du nicht mehr.« Dann machte er eine Pause, und im Weitergehen fragte er noch einmal zurück: »Na, nun zufrieden? Sag bloß nichts mehr, sonst giltst du hier als Nazi.«

Diese eigenmächtige Frage seines Waggonältesten war Robert gar nicht recht. Man sollte von den Russen nicht mehr verlangen, als sie freiwillig bereit waren zu geben, das wußte er längst. Ihm war schon genug, daß der Kommandant persönlich jeden Tag die Waggons abschritt und sich nach Kranken und Toten erkundigte. Allen Gefangenen zeigte er, daß hier eine gut durchdachte Ordnung waltete, die den Gefangenen zwar einengte, aber auch beschützte. Niemand konnte krank werden oder sterben, ohne daß es der russische Hauptmann erfuhr und ohne daß der Feldwebel in seiner Liste einen Strich machte.

In Roberts Waggon gab es keine Toten oder Kranken während des Transports, und Roberts Kameraden beneideten den Waggon hinter ihnen, der schon zum fünftenmal seit der Abfahrt geöffnet wurde. »Sicher haben die jetzt schön Platz, um alle gleichzeitig zu liegen«, sagten sie, und: »Die kriegen ja nun auch viel mehr Wasser.«

Der Transport war nun schon vier Wochen unterwegs, als eines Abends ein Soldat, der neben Robert lag, fragte, welchen Tag man heute habe. Robert schien es im ersten Augenblick lächerlich, sich in dieser Lage darüber Gedanken zu machen. Als er aber länger nachdachte, gab er seinem Kameraden recht. Alle Zeitabschnitte konnten von einem zukünftigen Datum zurückgerechnet werden; man wußte, wie lange ein Sommerlager noch dauern würde und wie lange eine Lehrzeit; man wußte, wie lange es dauern würde, bis man mehr als hundert Mark verdienen, und wie lange, bis man Prokurist sein würde. Man konnte sich auch das Kriegsende errechnen – drei oder vier Jahre würde er noch dauern, dachte man –, warum sollte man nicht mit dem Ende der Gefangenschaft rechnen dürfen? Am 2. Juli 1944 bin ich gefangengenommen worden, sagte sich Robert, zehn Jahre später, genau, wird man mich bestimmt entlassen, und er begann sich auszurechnen, wieviel Tage er in der Gefangenschaft nun noch zubringen müßte.

In seiner Rechnung wurde Robert durch den älteren Soldaten, der Lehrer war, unterbrochen. Er antwortete dem Kameraden auf seine Frage: »Heute haben wir Sonntag, den 20. August 1944, ungefähr halb neun Uhr abends.« Der Lehrer also rechnete auch, und Robert schien in der augenblicklichen Lage die Beschäftigung der Gedanken mit irgend etwas Nutzlosem angebracht zu sein. Vielleicht war dies das einzige Mittel, um eines Tages nicht verrückt zu werden, oder aber, wenn das Verrücktwerden nicht zu vermeiden war, wenigstens in einen einigermaßen kontrollierbaren Irrsinn zu verfallen. Da malte Robert sich aus, was er am 20. August in den vorangegangenen Jahren getan hatte: Vor einem Jahr war noch Wachtmeister Vosteen bei ihm, der jetzt tot war, und der Studienrat aus Stettin, an dessen Namen Robert sich jetzt nicht mehr erinnern konnte. Auch er war tot. Am 20. August vor zwei Jahren war er im Donbogen mit dem Affen Scheer zusammengewesen, es war eine unangenehme Erinnerung, aber davor lag wieder der schöne Sommer in Kutno. Aus diesem regelmäßigen Wechsel von angenehmen und unangenehmen Sommertagen versuchte Robert die Hoffnung zu schöpfen, daß es im nächsten August wieder besser sein würde. Vielleicht kriege ich eine leichtere Arbeit, dachte er, oder einen Extraposten im Lager.

Einige Tage später änderte der Zug seine Richtung. Man sah die Sonne links aufgehen und rechts untergehen; der Transport wurde in den Süden geleitet. Niemand konnte sich richtige Vorstellungen machen, was für ein Ziel der Zug in diesem Gebiet haben könnte, und auch das Gedächtnis des Lehrers versagte hier. »Da ist nur die große Steppe zwischen Aralsee und Balkasch-See«, sagte er, »weiter südlich ist dann schon Samarkand.« Auf einen Ort, der vor Rußlands Grenzen noch sein könnte, konnte sich der Lehrer nicht besinnen. Vielleicht geht der Transport zu den Engländern nach Indien, dachte Robert. Er fand den Gedanken zwar absurd, aber er klammerte sich trotzdem an diese geringe Hoffnung, aus Sibirien herauszukommen. Jedesmal, wenn der Zug anfuhr, freute er sich, daß es noch weiter in den

Süden ging, und jeden Morgen, wenn die Sonne aufging, freute er sich, wieder ein schönes Stück der indischen Grenze näher gekommen zu sein.

Eines Vormittags fuhr nach einem Aufenthalt auf freier Strekke der Zug aber nicht wieder an, sondern sämtliche Waggontüren wurden geöffnet und die Gefangenen, unter demselben Schimpfen und denselben Stößen der Bewachungsmannschaft wie beim Verladen in Minsk, aus den Wagen herausgeholt.

Am Bahndamm vor ihren Waggons traten die Gefangenen an. Vor ihnen lag die Steppe, und ringsum war nichts zu sehen außer der endlosen Fläche, die mit scharfen, stachligen Grasbüscheln übersät war. Es waren über tausend Gefangene, und der Dolmetscher erklärte ihnen, daß sie sich in einem bedeutenden russischen Wirtschaftszentrum befänden; ganz in der Nähe sei Karaganda, eine Großstadt mit Fabriken und Bergwerken und fast zweihunderttausend Arbeitern. Der Lehrer, der neben Robert stand, sagte leise: »Das ist alles gelogen. Hier ist nichts mehr, nur die Steppe, weiter südlich dann die Wüste und dahinter das Dach der Welt. Vielleicht sollen wir diese Großstadt erst gründen.« Robert glaubte dem Lehrer aber nicht, er hatte immer schon gehört, daß es in Rußland östlich des Ural Städte gab, von denen niemand im Westen etwas wußte und die auch auf keiner Karte verzeichnet waren. Er vertraute auf die Ordnung des russischen Staates, der die teure Reise für die anderthalbtausend Mann niemals veranlaßt hätte, wenn hier nichts los wäre. Verrecken hätten sie uns in Minsk lassen können, dachte er, und er erhoffte sich für die nächste Zukunft ein geregeltes Leben, in dessen Ordnung man schon nicht umkommen würde.

Nachdem die Gefangenen mehrmals durchgezählt worden waren, was mehrere Stunden dauerte, mußten sie in geordneter Kolonne quer durch die Steppe marschieren. Robert schlurfte mit weichen Knien und ausgetrockneter Mundhöhle in der Menge mit. Er hielt den Oberkörper weit nach vorn gebeugt, die Schultern hingen ihm herab. Den Blick heftete er starr auf die Fußstapfen seines Vordermanns. Er kannte diese Haltung, er kannte auch diese Märsche, sie waren ihm noch gut aus früherer Zeit in Erinnerung, und seine augenblickliche Lage schien ihm nicht anders zu sein als die, die er sich früher in seinem Spiel »Deportation« eingebildet hatte. Damals war es ein Spiel gewesen, eine nur vorgestellte Lage, heute war es Wirklichkeit. Er konnte sich aber nicht erinnern, damals bei der gespielten Deportation weniger Furcht gehabt zu haben als jetzt auf diesem Marsch. Vielleicht überstehe ich die zehn Jahre Sibirien wie damals das Hitlerjugendlager bei Wernigerode, dachte er.

Gegen Abend brachen die ersten Gefangenen zusammen. Von den Wachmannschaften wurden sie mit bellendem Schimpfen überschüttet und schließlich mit Kolbenstößen bearbeitet. Da erhoben sie sich wieder, schleppten sich ein paar Schritte weiter, dann brachen sie wieder zusammen. Daraufhin wurden sie erschossen, denn die Wachmannschaften hatten Befehl, niemanden zurückzulassen. Der Tod dieser Kameraden gab den anderen wieder Kraft weiterzulaufen. Auch Robert, der glaubte, jeden Augenblick zusammenbrechen zu müssen, wurde durch die Angst vor der Erschießung weiter vorwärts getrieben.

Im Abenddämmern tauchten in der Ferne schwarze Berge auf, und die Vermutung, am Fuße der Berge vielleicht das Lager zu finden, gab allen neue Kraft. Es wurde die ganze Nacht durchmarschiert, am Schluß der Kolonne wurde wiederholt geschossen, ein Zeichen, daß wieder Kameraden zusammengebrochen waren. In der Frühe wurde der Boden steiniger, und als es hell wurde, sah man, daß man bereits zwischen den schwarzen Bergen, die man am vergangenen Abend in der Ferne gesehen hatte, marschierte. Die Kolonne war weit auseinandergezogen, darum hielt jetzt die Spitze, damit die Nachzügler herangetrieben werden konnten. Dann marschierte man weiter in die Berge hinein, auf steinigem, graslosem Boden. Erst gegen Nachmittag erreichte man das Lager, wo den Gefangenen erlaubt wurde, sich auf den Boden zu werfen und bis zum nächsten Morgen zu schlafen.

In dem großen Lager, das Platz für viele tausend Gefangene hatte, wurden die Neuankömmlinge entlaust, geschoren und wiederholt gefilzt. Dann wies man Robert mit einigen hundert anderen in eine Baracke ein, wo er zwar auf einer Holzpritsche liegen konnte, in den Nächten aber von Wanzen gequält wurde. Die Arbeit tagsüber auf einem Kartoffelfeld war schwer, die Hitze des September sengte. Die Verpflegung war kärglich, Brot und Suppe, aber sie wurde mit einer solchen Regelmäßigkeit verabfolgt, daß Robert hoffte, eines Tages würde sein Körper sich auf diese neue Ernährungsweise umgestellt haben. Er war froh, daß man so geordnet im Lager lebte. Mehr kann man von den Russen mit gutem Willen nicht verlangen, dachte er, feste Arbeitszeit, Unterkunft und regelmäßiges Essen. Er nahm es den Russen nicht übel, daß es so wenig war, was die Gefangenen zu essen bekamen. Sicher haben sie nicht mehr, dachte er, so arm, wie sie sind, und er glaubte, daß auch die eigenen Soldaten und die russischen Zivilisten der Gegend nicht viel mehr zu essen hätten als die deutschen Gefangenen.

Robert beschloß, jeder Lage Verständnis entgegenzubringen und sich diszipliniert zu verhalten, was ihm nach so vielen Jahren der Übung gewiß nicht schwerfallen würde. Er sah, daß undiszipliniertes Verhalten den Tod bringen konnte. Ein Kamerad, der nicht die Einsicht gehabt hatte, daß er mit der gebotenen Verpflegung in jedem Fall zufrieden sein müsse und bei der Feldarbeit von den geernteten rohen Kartoffeln gegessen hatte, bekam in der Mittagsglut, kurz darauf, Schaum vor den Mund, schlug mit den Armen um sich und begann zu tanzen. Er tanzte eine halbe Stunde lang, dann geriet er an den Rand des Feldes, wo ihn der Posten erschoß. Am Abend trug man ihn ins Lager, Hände und Füße über einem Stock zusammengebunden, wie ein erlegtes Tier.

Im Lager angekommen, wurde der Erschossene neben die anderen Toten gelegt, die im Schatten einer Baracke in langer Reihe nackt auf dem Boden lagen. Bei diesen Bündeln loser Knochen, die nur von einer dünnglänzenden braunen Haut zusammengehalten wurden, dachte niemand daran, daß dies ja eigentlich Menschen oder gar Kameraden gewesen waren. Ihr Tod berührte niemanden, so wie man auch einem Käfer nicht nachtrauert, der von den Rädern eines Wagens zerquetscht auf der Straße liegt. Der Anblick ekelte nur. Dagegen bestand für die Russen kein Grund, auch bei größter Sterblichkeitsziffer unter den Gefangenen unordentlich mit den Toten zu verfahren. Es wurde nicht nur die tägliche Stückzahl notiert, sondern außerdem wurden alle Toten einzeln numeriert, bevor man sie mit dem Leiterwagen abfuhr.

Diese Arbeit des Numerierens führte ein kleiner magerer Gefangener aus, der den Toten auf dem Bauch kniete und ihnen mit brauner Erdfarbe eine vierstellige Zahl groß und deutlich auf die Brust malte. Er war schon zweieinhalb Jahre hier, und diese Arbeit machte er ebensolange. In den Jahren hatte seine Haut die gleiche bräunliche Farbe angenommen wie die der Toten, und sie spannte sich ebenso wie bei den Toten dünn und glänzend über die Knochen. Die Erdfarbe, mit der er malte, rührte er im Nabel eines Toten an, eins von diesen Näpfchen reichte gerade für die Zahlen auf vier Körpern.

Ebenso wie abends die Toten wurden jeden Morgen die Lebenden gezählt. Sie traten an, um sieben Uhr in der Frühe, Tausende von Gefangenen, und sie stellten sich auf dem großen Mittelplatz im Karree auf, wo sie die Kommission zum Zählen erwarteten.

Für die Gefangenen war die Zeit des Appells nicht unangenehm. Sie brauchten in dieser Stunde nicht zu arbeiten und wurden außerdem von einer rumänischen Kapelle mit Musik unterhalten. Die Kapelle, die aus zehn Musikern bestand, die alle rumänische Kriegsgefangene waren, saß jeden Morgen schon in der Mitte des Karrees, wenn der Appell begann. Sie spielte auf selbstgebastelten Instrumenten: »Donauwellen«, »Wiener Blut« oder »Wien, Wien, nur du allein«. Die Kapelle spielte unermüdlich während der ganzen Zeit der Zählung, und die Musik erzeugte bei allen eine rührselige Stimmung, von der auch Robert ergriffen wurde. Während er in seiner zerrissenen Uniform und mit bloßen Füßen auf der von der Nacht noch kalten Erde stand, frierend und hungrig, und in die aufgehende Sonne sah, die groß und weiß hinter den dunklen Bergen in der Ferne heraufkroch, wurden ihm die Augen feucht. Verband er dieses morgendliche Warten bei der Musik der Rumänen mit Erinnerungen an sein früheres Leben, vielleicht an einen Ballabend im Parkhaus oder an einen Tanztee, an ein Turniertraining, Sonntag morgens im dunklen Anzug, oder an einen Abschied von Ilse Meyerdierks, abends unter dem Gesims des Hauses in der Mathildenstraße, rannen ihm manchmal die Tränen die Wangen herunter. Er schämte sich nicht, daß er weinte; auch bei anderen bemerkte er manchmal, daß sie weinten, wenn die Kapelle die Wiener Walzer spielte.

Bis zum Oktober blieb Robert noch in diesem Lager. Wenn er von der Arbeit zurück ins Lager kam und die Suppe und das Brot bekommen hatte, ging er in die Baracke 2, wo die Gefangenen sich politisch orientieren konnten. Robert erhoffte sich von einer politischen Tätigkeit keine Vorteile, denn hier waren gewiß alle Möglichkeiten von älteren Gefangenen ausgenutzt worden; er hatte nur den Wunsch, sich zu zerstreuen und irgend etwas zu tun, um nicht in einen Stumpfsinn zu verfallen, der für die Gesundheit gefährlich werden konnte. In der Baracke 2 gab es in deutscher Sprache Bücher von Lenin, Marx und Engels. Robert versuchte, in ihnen zu lesen, aber ihm, den Lesen schon immer gelangweilt hatte, zitterten bereits nach den ersten Sätzen die Hände vor Müdigkeit. Diese Bücher waren ihm zu schwierig; es gelang ihm nicht, die umständlich gebauten Sätze mit den vielen Fremdwörtern zu entwirren. Darum las er abends lieber die Zeitung »Freies Deutschland«, die von einem Komitee gefangener deutscher Generale in Moskau für die Kriegsgefangenenlager herausgegeben wurde.

Aber auch das Lesen dieser Zeitung war schwierig. Gespickt mit Hetzartikeln, die sich nicht nur gegen Hitler und die Nationalsozialisten, sondern gegen Deutschland und die deutschen Soldaten richtete, ließ das Blatt nur wenig Platz für aktuelle Mitteilungen. Die Neuigkeiten, die Robert darin las, verloren in der

Umgebung der Hetzartikel ihre Wahrscheinlichkeit, und als er von einem Putsch der Offiziere und von einem Bombenattentat gegen Hitler las, glaubte er es nicht; er glaubte auch nicht an die Einnahme Bukarests durch die Rote Armee und an den Waffenstillstand mit Finnland. Wer in einer solch üblen Sprache hetzt, sagte sich Robert, der lügt auch. Dazu fragte er sich, wie sich deutsche Generale für eine solche Sache hergeben konnten und nun das beschimpften, was seit Jahrzehnten ihr Lebensinhalt gewesen war. Er war sehr erstaunt, auch eben jenen General in diesem Komitee wiederzufinden, den man damals im Donbogen so gefürchtet hatte, weil er jeden Soldaten, den er auf seinen Spazierritten antraf, wegen irgend etwas bestrafen ließ. Unendlich viele deutsche Soldaten waren seinetwegen durch Kriegsgerichte verurteilt und in Strafkompanien eingewiesen worden. Viele andere hatte man nach seinem Befehl erschossen. Jetzt wohnte er komfortabel in Moskau und beschimpfte die deutschen Soldaten, weil sie alle Hitler hörig seien und nicht schon längst mit dem sinnlosen Krieg Schluß gemacht hätten. »Kameraden, warum habt ihr nicht der Roten Armee die Hand zur Freundschaft gereicht?« schrieb der General. »Nun, dafür müßt ihr jetzt in den Lagern schwer arbeiten. Arbeitet gut, um einen Teil eurer Schuld abzutragen.«

Robert glaubte schon lange nicht mehr an den deutschen Sieg. Dieser Glaube hatte sich bei ihm von jeher mit der Hoffnung verbunden, nach einer Niederlage Deutschlands die irrsinnigen Vorgesetzten, die Offiziere und vor allem einige Generale erniedrigt und gedemütigt zu sehen. Diese Hoffnung, schien ihm, hatte sich zerschlagen. Alle waren in Gefangenschaft geraten, und diese Menschen hatten wieder Posten bekommen, von wo sie den gemeinen Soldaten erneut beschimpfen durften. Die Offiziere saßen in Sonderlagern. Gewiß bekamen sie besser zu essen; arbeiten mußten sie bestimmt nicht. Was ist das für eine schreckliche Zeit, sagte sich Robert, was ist das für eine schreckliche Zeit.

Nach einigen Tagen suchte er abends die Baracke 2 nicht mehr auf. Er vermied es auch, mit seinen Kameraden über die politische Lage zu sprechen. Sie verstanden ihn nicht. Sie haben es auch nicht besser verdient: Vorher beschimpft und unterdrückt und jetzt wieder beschimpft und unterdrückt, sagte er sich, sie haben es auch nicht besser verdient. Was sind wir doch für ein blödes Volk.

In den ersten Oktobertagen wurde Robert mit einigen hundert anderen seiner Baracke einer Kommission von russischen Ärztinnen vorgestellt, die die Gefangenen nach ihrem Körperzustand in Arbeitsklassen einteilten. Die Ärztinnen standen in einer Gruppe beisammen und sahen kaum hin, wenn einer nach dem anderen nackt vor sie hintrat. Sie überließen es einem deutschen Gefangenen, der Dolmetscher war, die Kategorien vorzuschlagen, worauf sie mit einem flüchtigen Blick auf die magere zusammengesunkene Gestalt mit der straff und glänzend über den Knochen gespannten Haut die Kategorie bestätigten. Nur eine der Ärztinnen widmete den Gefangenen mehr Aufmerksamkeit. Sie saß auf einem Tisch, die Beine übergeschlagen, so daß man ein Stück ihres Oberschenkels sehen konnte, und sie versäumte es nicht, hin und wieder einen der Gefangenen zurückzurufen, um ihn erst nach wiederholtem Umdrehen und Hinundherwenden zu entlassen. Diese Ärztin hatte aber keinen Einfluß auf die Einstufung in die Arbeitskategorien.

Robert wurde als erstklassig beurteilt. Er, der immer schwächlich gewesen war, stellte nun fest, wie gut er sich in Notzeiten gehalten hatte. Einige Tage später wurde er mit sechzig anderen körperlich kräftigen Gefangenen unter starker Bewachung nach Karaganda geschickt, wo er im Kohlenbergwerk arbeiten sollte. Die Gefangenen liefen zwanzig Stunden, und nach einem Nachtmarsch kamen sie durch die Stadt Karaganda. Nun sah Robert, daß damals der Lehrer unrecht gehabt hatte; Karaganda gab es wirklich. Zwar war es keine Großstadt, wie man sie in Europa kannte, ja, Karaganda war noch nicht einmal Charkow, Minsk oder Smolensk vergleichbar. Auf Sand- und Steppenboden erhoben sich hier und da riesige vielstöckige Zementblocks mit eintönigen Fensterreihen. Zwischen den Blocks, die weit auseinanderlagen, gab es nur die Steppe und grauen Sand. Keine Straße, keine kleinen Holzhäuser wie in dem europäischen Rußland, noch nicht einmal Menschen waren zu sehen. Daraus schloß

Robert, daß dies hier ein allgemeines großes Sträflingsgebiet sei, daß auch die Russen hier Deportierte waren und daß sich jetzt in den Morgenstunden während der Arbeitszeit wohl niemand in den Zementblocks aufhalten durfte.

Am Mittag konnten die Gefangenen eine Stunde rasten. Sie legten sich im Schatten eines Hochhauses auf den Steppenboden. Einige schliefen sofort ein, andere verrichteten ihre Notdurft, sie durften sich aber hierzu nicht aus der zusammengedrängten Masse ihrer Kameraden entfernen. Robert konnte beobachten, wie nach zwanzig Minuten, nachdem ringsumher Sirenen ertönt waren, sich eine graue Menschenmasse über die Steppe durch die Hochhäuser heranwälzte. Es waren Arbeiter; sie trugen alle einheitlich eine grauschwarze Arbeitskleidung, auf dem Kopf hatten sie eine Mütze von der gleichen Farbe. Ihre Gesichter waren schmutzig verschmiert, ihre Haltung war gekrümmt und ihr Gang müde. Sie sprachen kaum miteinander, nur aus wenigen Gesprächsfetzen konnte Robert, als die Masse sich an den deutschen Gefangenen vorbeiwälzte, entnehmen, daß es Russen waren. Die Russen wurden nicht von Soldaten bewacht, aber sie waren auch nicht frei, das konnte man an ihrer Haltung und ihrer Müdigkeit erkennen. Sie waren arme Kreaturen wie die deutschen Soldaten auch, deshalb sahen sie auch nur gleichgültig auf das Häufchen der Männer in den zerlumpten deutschen Wehrmachtsuniformen.

Von nun an begann Robert auch seine Bewacher, die in einiger Entfernung mit ihren Maschinenpistolen im Anschlag standen, unter diesem neuen Gesichtspunkt zu betrachten. Vielleicht gehören sie zu einer Strafkompanie, dachte er, und er glaubte, daß auch die Offiziere und die Kommandanten der Gefangenenlager nach einem Disziplinar- oder Kriegsgerichtsverfahren auf diese Posten gekommen waren. Also sind es eigentlich alles nur Kollegen, sagte er sich, und er beschloß, sich immer korrekt zu verhalten, um seine armen russischen Kameraden nicht in Unannehmlichkeiten zu bringen.

Nach einer halben Stunde kam ein Kommissar in der Uniform eines einfachen russischen Soldaten. Der Kommissar sprach fließend Deutsch mit stark sächsischem Akzent. Er schnauzte die

Gefangenen an, die sich zum Schlafen hingelegt hatten. Er sagte: »Zum Schlafen sind Sie nicht hier.« Dann schnauzte er die Soldaten an, die ihre Notdurft am Haus verrichtet hatten. »Sie sind hier nicht in Deutschland«, sagte er, »in diesem Land, das Ihnen Gastfreundschaft gewährt, können Sie sich nicht wie die Schweine benehmen.« Dann ließ der Kommissar alle antreten und hielt eine längere Ansprache, in der er immer wieder darauf hinwies, daß die Soldaten hier stolz sein müßten, als Vertreter Deutschlands ihre Schuld abtragen zu dürfen. Er schloß: »Ihr eßt das Brot eurer russischen Freunde. Zeigt euch dankbar und arbeitet gut.« Danach entfernte er sich, und die sechzig Gefangenen wurden in ein kleines Gefangenenlager geführt, das zwei Wegstunden entfernt lag. Dieser arme Sachse, dachte Robert, 1933 emigriert, hat es in zwölf Jahren nicht weiter gebracht als bis zu einem strafversetzten Kommissar in der Uniform eines einfachen Soldaten hier am Arsch der Welt, und er dachte daran, mit welchen Hoffnungen der kleine Mann damals wohl nach Rußland gegangen und wie sehr er inzwischen enttäuscht worden war.

Die nächsten Monate brachten Robert den Tiefpunkt seines Lebens. Bisher hatte er seine Situation noch immer mit seiner Schulzeit vergleichen können. Gefangenschaft, strenge Ordnung, Hunger und primitives Leben hatten ihn nicht viel mehr berührt als die Qualen in den Jahren seiner Jugend. Darum hatte er die letzten Monate, ohne zu verzweifeln, ertragen können. Doch der schweren körperlichen Arbeit, die jetzt von ihm gefordert wurde, war er kaum gewachsen. Acht Stunden täglich mußte er ununterbrochen die Kohle, die ihm ein anderer Gefangener zuwarf, mit einer Schaufel einem dritten zuwerfen, der sie dann auf einen Schüttelrost beförderte. Diese Arbeit verrichtete Robert ein Vierteljahr lang, ohne sich an sie zu gewöhnen. Seine Kameraden hatten den Ehrgeiz, die von den Russen gestellte Leistungsnorm zu überbieten und als beste Brigade des Bergwerks eine Auszeichnung zu bekommen, die mit Sonderverpflegung verbunden war. Es verging kein Tag, an dem sie nicht mit Robert herumschnauzten und ihm die Schuld an dem Versagen der Brigade zuschoben. Das sind nun Deutsche wie ich, sagte sich Robert, ohne daß es sein muß, richten sie sich selbst und die anderen zugrunde, und er nahm sich ein Beispiel an den Russen, die mit ihnen zusammen im Schacht arbeiteten. Sie taten nie mehr, als unbedingt sein mußte. Dieses Normsystem mit dem Versprechen von Auszeichnungen und Sonderverpflegung kann man nur mit den dümmsten Deutschen machen, dachte er, und er ärgerte sich, mit den Allerdümmsten in dieser Brigade zusammensein zu müssen.

Tatsächlich gelang es Roberts Brigade eines Tages, die Norm von sechzig Loren zu überbieten und in einer Schicht sechsundsechzig Loren zu füllen. Daraufhin wurde für alle Brigaden die Norm auf siebzig Loren erhöht, und niemand bekam eine Auszeichnung noch die versprochene Sonderverpflegung. Roberts Kameraden, meist einfache Leute, die ihr Leben lang nur mit Schaufel, Spaten oder Spitzhacke gearbeitet hatten, merkten aber nicht, wie man sie betrog. Sie schufteten weiter und versuchten jetzt, siebzig Loren zu schaffen. Sie merkten den Betrug auch nicht, als einige Wochen später eine andere Brigade mehr als siebzig Loren schaffte und gleichfalls ohne Belohnung blieb. Sie schufteten und schimpften und trieben sich gegenseitig an, um nun die neue Norm von achtzig Loren zu überbieten. Am Ende arbeiten sie noch so gut, daß der Russe sie für immer hierbehält, dachte Robert, und er beschloß, für sich einen Weg zu suchen, um aus dem Schacht herauszukommen.

Vorerst fand Robert aber kein Mittel, um sein augenblickliches Leben mit dieser Arbeit, die ihm von Tag zu Tag schwerer wurde, zu ändern. Es wurde Winter, Schnee fiel und erschwerte den täglichen langen Weg vom Gefangenenlager in den Schacht. In der dünnen, zerrissenen Uniform, in der die Soldaten im Sommer in Gefangenschaft geraten waren, gingen sie jetzt in den sibirischen Winter. Die Gefangenen trugen keine Socken, ihre bloßen Füße staken in Gummigaloschen, die entweder zu groß oder zu klein waren und die außer Kohlestücken und Steinen, die die Füße wund machten, jetzt auch den Schnee hineinließen. Wenn sie laufen konnten, hielten sie die Kälte noch aus, aber während der langen Wartezeiten vor dem Eingang zum Schacht sah man die meisten Gefangenen auf einem Bein umherhüpfen, während sie sich den anderen, nackten Fuß in den Händen warm rieben. Auch bei den täglichen Appellen, die, verbunden mit der täglichen Zählung, auch hier, wie im Hauptlager, mindestens eine Stunde dauerten, froren die Gefangenen. Keine Kapelle vertrieb ihnen die Zeit mit Wiener Walzern. Über den Appellplatz pfiff nur ein eisiger Wind. Mit Wehmut dachte Robert an den Spätsommer im Hauptlager, wo es zwar weniger zu essen, dafür aber ein ruhigeres Leben gegeben hatte. Morgens hatte der Tag mit Musik begonnen, und am Abend, nach der Arbeit auf dem Kartoffelacker, hatte man immer noch Zeit gehabt, sich zu unterhalten oder die Baracke 2 zu besuchen. Hier im Arbeitslager gab es keine politische Schulung, keine Zeitungen und auch keine Unterhaltungen der Kameraden nach der Arbeit. Jeder Gefangene versuchte, in der Freizeit so viel wie möglich zu schlafen. Da es aber niemandem gelang, mehr als sechs Stunden Schlaf täglich herauszuholen, befanden sich alle ständig in müder, gereizter Stimmung, die das Zusammenleben immer unerträglicher machte.

Im Dezember wurde die Kälte immer größer, doch die unzureichende Kleidung wurde nicht ergänzt. Robert sah ein, daß dies kein böser Wille der Russen war; sicher hätten sie den Gefangenen wärmere Kleidung gegeben, wenn sie nicht selbst so arm gewesen wären. Wie können wir mehr verlangen, als wir mitgebracht haben, dachte Robert, aber gleichzeitig wurde sein Wunsch, aus dem elenden Leben herauszukommen, immer stärker. Längst erreichte seine Brigade nicht mehr die sechzig Loren je Schicht, die sie vor anderthalb Monaten noch überboten hatte. Die Kraft der Gefangenen ließ nach, nicht aber ihr Eifer, die Norm trotz allem noch zu überbieten. Sie merkten nicht, wie sie sich selbst herunterwirtschafteten. Die russische Bergwerksleitung dagegen sah sehr gut, wie es mit den Kräften der Gefangenen abwärtsging, und da auch der Schacht, in dem Robert arbeitete, nicht mehr genug Kohle hergab, beschloß die Bergwerksleitung, die Arbeit langsam auslaufen zu lassen. Allerdings mußten die Arbeitskräfte noch restlos aufgebraucht werden, bevor man den Schacht stillegte, denn für den neuen Schacht, mit dessen Bau man einige Kilometer weiter schon begann, wollte man frische Gefangene einsetzen. Darum wurden in Roberts

Schacht die Stollen nicht mehr abgestützt, Entlüftungen wurden nicht mehr gebaut, und beim Sprengen vor Ort wurden die Gefangenen nicht mehr aus dem Stollen herausgelassen. So erstickten hin und wieder einige Kameraden im Qualm nach den Sprengungen, andere wurden in zusammenbrechenden Stollen begraben. Niemand kümmerte sich um ihre Freilegung, auch wenn sich Russen unter den Trümmern befanden. Einige erfroren bei langem Warten vor den Schachteingängen, andere wiederum verunglückten beim Transport der Loren in dem nicht mehr ordentlich geführten Bergwerk. Langsam wurde alles abgewirtschaftet, und Robert wußte, daß er das Frühjahr nicht mehr erleben würde, wenn man ihn nicht sehr bald von der Arbeit unter Tage befreite. Die Kameraden seiner Brigade merkten immer noch nichts. Zäh und verbissen arbeiteten sie unter gegenseitigem Antreiben; sie hofften immer noch, eines Tages achtzig Loren überbieten zu können, sie schafften aber längst keine vierzig mehr.

Von der Arbeit unter Tage befreit zu werden war aber nahezu unmöglich. Die Lagerleitung legte keinen Wert darauf, von diesen heruntergewirtschafteten Leuten noch jemanden übrigzubehalten, der ihr dann noch jahrelang als Kranker zur Last fallen würde. Es gab deshalb keine Gründe, deretwegen man ins Lazarett eingewiesen werden konnte, und die vier Feldbetten mit den weiß überzogenen Matratzen in der Arztbaracke waren nur zur Zierde da, um bei Inspektionen eine ordentliche und vollständige Krankenversorgung vortäuschen zu können. Von den vier Betten war nur selten eins besetzt, und von den zwanzig bis dreißig Gefangenen, die sich täglich krank meldeten, gelang es kaum jemandem, hier eingeliefert zu werden, denn die russische Schwester, die dem Lazarett vorstand und auch die tägliche ambulante Behandlung vornahm, jagte jeden Kranken wieder davon. Sie konnte zwei Sätze Deutsch, und mit diesen beiden Sätzen kam sie bei der Behandlung jedes Kranken aus. Zuerst fragte sie: »Was willst du?« Und wenn der Kranke dann die Stelle zeigte, die ihm weh tat oder das Leiden nannte, das er hatte, sagte sie: »Nix krank. An die Arbeit!« So gelang es fast niemandem, ins Lazarett zu kommen.

Anfang Januar brachte Robert das Gerücht, im Nachbarlager sei Diphtherie ausgebrochen, auf den Gedanken, sich mit Diphtherie krank zu melden. Vor Seuchen, das wußte er, hatten die Russen große Angst, weil Seuchen die eigene Bevölkerung, aber auch die neuen frischen Gefangenen, die in das neue Bergwerk sollten, gefährdeten. Robert wartete den Tag ab, an dem die wöchentliche Arztinspektion vorbei war und meldete sich am nächsten Tag bei der Schwester. Er zeigte auf seinen Hals, atmete schwer und sagte: »Tut weh ... Hals ... keine Luft ... Fieber ... Diphtherie ...« Nach diesen Worten schöpfte die Schwester, die niemals in ihrem Leben einen Diphtheriekranken gesehen hatte, Verdacht und wies ihm eins der vier freien Betten im Lazarett an. Sie versäumte auch nicht, Robert in den nächsten Tagen täglich dreimal in den Hals zu sehen und sich wiederholt mit dem Lagerkommandanten, dem Verpflegungsfeldwebel und dem deutschen Dolmetscher zu besprechen. Sie veranlaßte auch, daß diese drei Robert gleichfalls in den Hals sahen, was vor allem der Lagerkommandant nur sehr unwillig und aus großem Abstand tat. Niemand wußte, ob der gerötete Hals, den Robert seit seiner Kindheit schon immer hatte, das Anzeichen für eine Seuche sei, und da man sich in einem Falle nicht blamieren, im anderen Falle sich aber nicht verantworten wollte, beschloß man, die wöchentliche Arztinspektion nicht abzuwarten, sondern Robert einen Tag vorher ins Hauptlager abzuschieben. Eines Morgens wurde er vom Dolmetscher geweckt, zum schnellen Anziehen gezwungen und auf einen Lastwagen gesetzt, der ihn in das alte Hauptlager zurückfuhr.

Dem Arzt im Hauptlager, bei dem Robert sich melden mußte, sagte er aber nichts von der Diphtherie. Er sagte: »Vier Wochen Mandelentzündung. Jetzt arbeitsunfähig, Herr Doktor.« Da keiner der Gefangenen in Listen geführt wurde und der Kraftfahrer mit dem Lastwagen gleich wieder umgekehrt war, konnte Robert sich diese Lüge erlauben. Der deutsche Arzt sah ihm in den Hals. »Noch etwas gerötet«, meinte er, und dann wies er Robert in die Genesungskompanie ein.

So kam es, daß Robert nun ein Leben führen konnte, das ihm wunderbar erschien. Nach den Qualen des letzten Vierteljahres im Bergwerk von Karaganda war die Einweisung in die Genesungskompanie, in der man zu keiner Arbeit verpflichtet war, für ihn ein gewaltiger Aufstieg. Er genoß diesen Aufstieg und verlebte die nächsten Tage mit einer konzentrierten Freude, wie er sie bisher selten gekannt hatte. Zwar war die Verpflegung viel geringer und die Unterkunft, in der die Gefangenen dicht ineinandergedrängt auf nackten Holzpritschen lagen, voller Wanzen, aber die Befreiung von der körperlichen Arbeit wog alles auf. Morgens bei der täglichen Zählung spielte wieder die rumänische Kapelle Walzermelodien. Während dieses stundenlangen Appells in der eisigen Januarkälte fror Robert in der unzureichenden Sommerkleidung wie immer, aber er ertrug die Schmerzen der Kälte gern, weil er wußte, daß nach dem Wegtreten schon für ihn die Freizeit begann. Die Musik am Morgen leitete jeden Tag einen Sonntag ein, danach begann für die Genesungskompanie das Leben von Pensionären in einem Wohlfahrtsstaat. Robert brauchte sich nur dreimal täglich um sein Essen zu kümmern, hin und wieder in der Woche zum Baden, Entlausen und Kopfscheren zu melden. In der übrigen Zeit wärmte er sich am Ofen, spielte mit einem der rumänischen Musiker Schach oder ging in die Baracke 2, in der besonders gut geheizt war. Er las im »Freien Deutschland« von der Eroberung Warschaus, Lodz' und Kutnos, und er dachte an die Wohnhäuser der Reichsarbeitsdienstführer mit den Terrassen und den gekachelten Bädern, die man damals, als er noch in Kutno Arbeitsdienstmann auf dem Gruppenstab gewesen war, für Generationen gebaut hatte. Drei Jahre hatte das Bollwerk gegen das Slawentum gehalten, für die Ewigkeit war es gedacht gewesen. Robert empfand, daß es zum Lachen war.

In den nächsten Tagen las er im »Freien Deutschland«, daß die siegreiche Rote Armee in Oberschlesien und Ostpreußen einmarschiert war und auch Brückenköpfe über die Oder gebildet hatte, aber diese Meldung erschien ihm unglaubwürdig. Alles konnte er sich vorstellen: Niederlagen der deutschen Armeen, Kämpfe in ehemals eroberten Ostgebieten, Einkesselungen und Vernichtungen von Divisionen, aber der Vormarsch russischer Truppen auf reichsdeutschem Boden war eine Vorstellung, die ihm nicht in den Kopf wollte. Er legte die Zeitung beiseite und mischte sich in die Unterhaltung zweier Kameraden, die über Astronomie sprachen. Da er aber bald merkte, wie wenig er von der Astronomie verstand, beschränkte er sich bald nur auf das Zuhören.

So gingen die nächsten Wochen dahin, mit morgendlicher Musik, mit Arbeiten, die nur der Selbstversorgung dienten, und mit Unterhaltungen. Roberts Freude an diesem Leben ließ nicht nach. Gestern noch auf dem Tiefpunkt seines Lebens, stand er heute schon wieder auf der Stufe von Luxus und Bequemlichkeit. In diesem Zustand, so hoffte er, würde er die Gefangenschaft wohl aushalten können.

Zu seinem Unglück hielt sich dieser Zustand nicht lange. Nach einigen Wochen bekam er ein kurzes trockenes Husten, das sich nachts mit geringem Fieber und tagsüber beim Laufen mit leichter Kurzatmigkeit verband. Er glaubte, eine leichte Erkältung zu haben und erhoffte sich von ihr eine weitere Verbesserung seiner Lage. Fieberkranke wurden in eins der vielen Lazarette eingewiesen, wo sie auf einem Strohsack liegen durften und auch eine Decke zum Zudecken bekamen. Sie durften den ganzen Tag liegen bleiben, waren von Appellen befreit und hatten zu ihrer Betreuung Sanitäter, die ihnen das Essen brachten. Außerdem kümmerten sich deutsche Ärzte um die Gefangenen. Allerdings hatte diese Betreuung nur einen geringen Wert, weil sie sich in den meisten Fällen auf die Diagnose beschränkte, da den Ärzten zur Behandlung der Krankheiten keine Medikamente und nur wenig Instrumente zur Verfügung standen. Die täglichen Visiten, die die leitenden Ärzte in ihren Lazaretten vornahmen, unterschieden sich formal jedoch kaum von den früheren Visiten, die sie vor ihrer Gefangennahme in den deutschen Wehrmachtslazaretten durchgeführt hatten. Auch jetzt im Gefangenenlager gingen sie immer noch an der Spitze von jüngeren Assistenzärzten, Medizinstudenten, die als Feldschere Dienst taten, Sanitätern, Dolmetschern und dem Hausältesten des Lazaretts durch die Räume. Jeder Kranke wurde untersucht sowie nach Beschwerden und Befinden gefragt. Danach wandte sich der leitende Arzt an seine Kollegen und die Hilfskräfte etwa mit den Worten: »Meine Herren, Sie sehen hier eine Dystrophie zweiten Grades. Unter anderen Verhältnissen würde ich ausreichende Ernährung verabreichen, vor allem Fett, Zucker, Eiweiß, und die Behandlung noch durch Vitaminzuführung ergänzen. Bei augenblicklichen Verhältnissen scheint mir jedoch angebracht, lediglich Bettruhe zu verordnen.« Oder er sagte: »Dies hier, meine Herren, ist vermutlich eine chronische Pharyngitis, bei der ich dem Patienten eine Inhalationskur in Bad Reichenhall empfehlen würde, doch glaube ich, daß in momentaner Lage Bettruhe genügt. Bettruhe und nochmals Bettruhe, sage ich.«

Robert wurde mit dem trockenen Husten und dem leichten Fieber in das Lazarett 3 eingewiesen, das als Quarantänelazarett alle diejenigen Gefangenen aufnahm, bei denen Infektionskrankheiten vermutet wurden. Hier wurde er in eine Stube mit Lungenentzündungen, Diphtherie, Grippe und Keuchhusten zusammengelegt. Der Zustand einiger Erkrankter war nicht sehr ernst, andere Gefangene waren schwer erkrankt und lagen auf der langen Pritsche, auf der sich drei Mann zwei Strohsäcke teilen mußten, apathisch und schweratmend zwischen ihren Kameraden. Viele Insassen der Stube hatten zwei und drei Erkrankungen zugleich; Dystrophie, Wassersucht, Durchfall kamen in den meisten Fällen hinzu. Obgleich die Umgebung nicht angenehm war, genoß Robert aber doch die Ruhe, die er jetzt hatte, das weiche Lager, die Wärme unter der Decke, die Betreuung durch Arzt und Sanitäter und die Krankenkost, die aus Weißbrot und Brei bestand. Der Arzt untersuchte ihn gründlich, er fragte nach Kinderkrankheiten, nach dem Gesundheitszustand der Eltern und den augenblicklichen Beschwerden. Dann sagte er zu den begleitenden Assistenzärzten, Feldscheren, Sanitätern und Dolmetschern: »Unter anderen Verhältnissen würde ich eine Röntgenaufnahme anfordern und das Sputum untersuchen lassen, doch meine ich, daß wir in momentaner Lage erst einmal abwarten. Ich empfehle strenge Bettruhe.« Dann ging er weiter.

Die nächsten Wochen verbrachte Robert bei Bettruhe und Krankenkost, ohne daß sich sein Zustand wesentlich verschlechterte. Er freundete sich mit dem neben ihm liegenden Kameraden an, der eine Angina hinter sich hatte, aber mit Wasser in den

Beinen noch weiter im Lazarett verbleiben durfte. Er war im Zivilberuf Graphiker und in einem Buchverlag angestellt gewesen. Den Krieg hatte er als Unteroffizier in einer Fernsprechkompanie mitgemacht, bis man ihn bei Orel gefangennahm. Der Graphiker hatte viel in seinem Leben gelesen, nicht nur die Bücher, deren Buchumschlag und Einband er entwerfen mußte, sondern auch viele klassische Werke, von denen er Robert erzählte. Er hatte auch einmal eine Meisterschule besucht und sich nebenbei etwas mit Kunstgeschichte beschäftigt. Darum sprach er auch über Kunst. Robert, der bei alledem nicht mitreden konnte, beschränkte sich ganz auf das Zuhören. Er, der so selten ein Buch gelesen hatte und der sich immer noch an die »Entdeckungen in den Allgäuer Alpen«, die er als Schüler unter Übelkeit hatte lesen müssen, erinnerte, merkte nun, daß es wohl doch eine Menge gab, womit man sich beschäftigen sollte, und er beschloß, sich nach seiner Rückkehr zu bilden. Er hatte immer geglaubt, mit dem Schatz seiner Erinnerungen ganz besonders reich zu sein, reicher als andere, den meisten seiner Kameraden überlegen, aber nun merkte er während der Unterhaltungen mit dem Graphiker, wie arm er im Verhältnis zu diesem Kameraden war. Er erinnerte sich an den Lehrer, der in seinem Waggon auf dem Gefangenentransport war; der wußte immer, wo man sich befand, er hatte die Karte im Kopf, er war den anderen überlegen. Robert dachte auch an die Leute in der Baracke 2; sie konnten Marx und Engels lesen, sie ermüdeten nicht bei dem schwierigen Satzbau, sie konnten sich auch über Astronomie, Geschichte und Philosophie unterhalten. Robert, der nur noch sehr wenig aus der Schulzeit wußte, und auch dies nur halb, weil er im Unterricht zuviel geschlafen hatte, kam da nicht mit. Immer stand er abseits und mußte sich auf das Zuhören beschränken. Er beschloß, nach seiner Rückkehr alles nachzuholen, und er bemühte sich schon jetzt, von der Bildung des Graphikers neben ihm soviel wie möglich zu profitieren. Er ließ sich von Lessings Stücken erzählen und versuchte, den Inhalt gut zu behalten, oder er merkte sich die eine oder andere Zeile in Gedichten von Hölderlin, die der Graphiker zum Teil auswendig wußte. Robert fragte auch nach den Unterschieden von Renaissance und Barock und prägte sich die Stilmerkmale ein. Abends, wenn alles schlief, wiederholte er das am Tage Gelernte leise für sich unter der Decke.

Nach einiger Zeit wurde der tägliche Unterricht, den Robert im Lazarett genoß, kärglicher. Dem Graphiker machte das viele Sprechen Mühe. Das Wasser, das ihm in den Beinen saß, hatte sich vermehrt und trieb schon seinen Bauch dick auf. Außer ein paar Gedichtzeilen von Rilke oder Hölderlin, die er zwischen kurzen und mühsamen Atemzügen leise sprach, war jetzt nichts mehr aus dem Graphiker herauszubringen. Er aß auch nichts mehr; sein Brot gab er dem Sanitäter, der ihm dafür heimlich Wasser verschaffte, das er bei seiner Krankheit nicht trinken durfte. Der Sanitäter war ein Wiener, und er entschuldigte sein Verhalten mit den Worten: »Wenn einer unbedingt sterben will, was kann ich dagegen tun?« Ihm war es wichtig, Brot von den Kranken zu bekommen, dafür erfüllte er ihnen jeden Wunsch. Für das Brot bekam er von anderen im Lagerdienst beschäftigten Gefangenen Tabak. Das Rauchen war für den Sanitäter das Wichtigste, und er sagte: »Den ganzen Tag schufte ich mich für euch ab. Was habe ich denn noch vom Leben, wenn ihr mir abends meine Pfeife nicht mehr gönnt.«

Wenige Tage später hörten auch die Gedichtzeilen auf. Der Graphiker lag teilnahmslos und unansprechbar neben Robert auf dem Rücken. Die Decke wölbte sich über seinem immer dicker werdenden Bauch, abends setzten sich Fliegen auf sein Gesicht. Die Fliegen waren für Robert ein sicheres Zeichen, daß der Graphiker bald sterben würde. Die großen Mengen von Fliegen, die in den Baracken überwinterten, nährten sich von Brotkrümeln und von den Hautausdünstungen der Kranken. Sterbende bevorzugten sie, und darum galt der baldige Tod eines Menschen, auf dem sich besonders viele Fliegen sammelten, als fast sicher.

Am nächsten Morgen lebte der Graphiker noch. Als der Sanitäter nach der Arztvisite heimlich mit dem Wasser kam, das er dem Kranken für das Brot versprochen hatte, versuchte der Graphiker zu trinken, aber es gelang ihm nicht mehr. Auch eine Punktion des Bauches, die der Arzt am Nachmittag mit Hilfe einer vom Lazarett entliehenen Hohlnadel vornahm, führte nicht mehr zum Erfolg. Immer verstopfte Unrat die Hohlnadel, so daß das Wasser nicht ablaufen konnte. Am Abend sammelten sich noch mehr Fliegen auf dem Gesicht des Kameraden.

Als Robert in der Frühe erwachte, war der Graphiker tot. Der Sanitäter war gerade dabei, den Oberkörper des Toten hochzuheben, um nachzusehen, ob sich am Kopfende unter seinem Strohsack noch Brotreste befanden. Tatsächlich fand er noch zwei Stücke Weißbrot, die aber ganz alt und trocken waren, und er schimpfte: »Die hätte er mir auch früher geben können. Jetzt kriege ich nur die Hälfte Tabak dafür.«

Der nächste Nachbar, den Robert bekam, war ein Erfinder. Eigentlich war er Malergeselle und hatte vorwiegend auf dem Bau gearbeitet, aber er legte Wert darauf, als Erfinder zu gelten. Er war schon über zwei Jahre in Gefangenschaft, und in diesen beiden Jahren hatte er eine Menge Erfindungen gemacht, die er später nach seiner Rückkehr auswerten wollte. Er erzählte Robert von einem Kugellager, das er mit eiförmigen Kugeln, die in ovalen Rillen laufen sollten, herstellen wollte, und von einem Feuerzeug für Zigarrenraucher, das nicht mit Benzin, sondern mit durch einfachen Druck automatisch entzündeten Schwefelhölzern funktionierte. Er erzählte Robert noch von vielen seiner Erfindungen, und er erklärte ihm auch, in welcher Weise er an ihre Auswertung herangehen werde. »Nicht vom Kapital abhängig machen, Kumpel«, sagte er, und er führte aus, wie er ganz klein anfangen würde, im Einmannbetrieb eine Eieruhr zu produzieren, die Kochzeiten für harte, mittlere und weiche Eier in einem Ablauf gleichzeitig kontrollierte. »Fünfundzwanzig Uhren stelle ich an einem Tage her«, sagte er, »das habe ich genau errechnet, und nach zwei Jahren nehme ich erst die Fabrikation der Feuerzeuge hinzu. In vierzehn Jahren bin ich Millionär, Kumpel.«

Robert staunte nicht über die Gedanken des Erfinders, die er für wirr hielt, aber er bewunderte die vielseitigen technischen Kenntnisse des Kameraden. Vielleicht war auch dies ein Gebiet, in dem er sich später nach seiner Heimkehr vervollkommnen müßte. Er sagte dem Erfinder, daß er sich freue, so viel Interessantes von ihm zu erfahren. Vor ihm habe hier ein Graphiker gelegen, von dem hätte er auch so viel Neues und Wissenswertes aus der Literatur und der Kunst gelernt. »Leider ist er gestorben«, schloß er, »er konnte das Wassersaufen nicht sein lassen.« Der Erfinder hielt das Ende des Graphikers für ganz folgerichtig. »So ist das immer mit diesen gebildeten Leuten«, sagte er, »erst lesen sie alle Bücher, und wenn sie sich weit genug vom praktischen Leben entfernt haben, verlieren sie die Kontrolle über ihren Körper und verrecken«, und er erklärte Robert, daß einem nichts passieren könnte, wenn man immer logisch dachte und praktisch handelte. »Alle sagen, es gibt zu wenig Brot«, sagte er, »das ist Quatsch. Die Leute können nur nicht einteilen, eben kommt das Brot, schon haben sie es aufgefressen wie die Tiere.« Jetzt hatte Robert auch die Erklärung dafür, warum der Erfinder von früh bis spät kaute und die geringen Brotportionen in so kleinen Krümeln zu sich nahm, daß sie über viele Stunden bis zum Empfang der nächsten Portion reichten. »Die anderen hungern den ganzen Tag und glotzen sich die Augen aus nach dem nächsten Essenempfang. Das kann mir nicht passieren, ich brauche nicht zu warten. Ich habe immer zu essen.«

Da der Erfinder nicht einmal während der täglichen Visite sein regelmäßiges Kauen unterbrach, fiel dies nun auch dem Arzt auf. Der Arzt verbot es ihm, weil diese Art der pausenlosen Nahrungsaufnahme den Magen schädigte. Der Erfinder hörte aber nicht auf den Arzt, er aß weiterhin krümelweise ohne Unterbrechung, bis ihm eines Tages das Brot nicht mehr schmeckte und er es unter das Kopfende der Matratze legte. Auch in den nächsten Tagen legte er alle Brotportionen unter die Matratze, quälte sich wiederholt mit Brechreizen und Durchfällen und lag in der übrigen Zeit teilnahmslos da, ohne von seinen Erfindungen zu erzählen. Eines Abends saßen die Fliegen auf seinem Gesicht, am darauffolgenden Tag war er tot. Der Sanitäter freute sich, neben vielen schon sehr alten immerhin auch einige frische Brotportionen unter der Matratze zu finden.

Danach bekam Robert einen Rheinländer zum Nachbarn, der den ganzen Tag aufrecht auf seinem Strohsack saß und Karnevalslieder sang. Zwischendurch erzählte er der ganzen Stube von der Zubereitung leckerster rheinischer Gerichte. Der Rheinländer blieb aber nicht lange, er bekam Typhus und wurde in eine andere Stube des Lazaretts verlegt. Auf den freien Platz kam nun ein ganz junger Soldat, der mit weit herausgequollenen Augen den ganzen Tag nach oben starrte und kein Wort sprach. Die Decke hatte er bis über Nase und Mund gezogen, so daß man außer dem geschorenen Schädel und den großen Augen von seinem Gesicht nichts sah, als da, wo sein Mund war, eine kreisrunde Mulde in der Decke, die sich rhythmisch mit den Atemzügen hob und vertiefte. Nachts hörte Robert, wie der Neue neben ihm weinte.

In den nächsten Tagen begann Robert, sich schlechter zu fühlen. Es machte ihm Mühe, sich aufzurichten oder sich an Gesprächen zu beteiligen. Seine Kurzatmigkeit wurde stärker, und zu einer höheren Temperatur kamen stechende Schmerzen in der linken Brustseite. Abwesend und matt lag Robert während der Tage auf der rechten Seite und sah zum Fenster hinaus, wo er ein Stück des Drahtzaunes und vor einem dunkelgrauen Winterhimmel einen Wachtturm erkennen konnte. Der russische Posten auf dem Turm war in einen dicken Pelz gehüllt, trotzdem hüpfte und tanzte er während der ganzen Zeit seines Dienstes, um sich warm zu halten. Manchmal hörte man nachts den Posten vor Kälte schreien, und das Geschrei in den nächtlichen Stunden hörte sich an wie das Heulen von wilden Tieren, manchmal auch wie der eintönige Gesang eines Vorbeters. An der Art der Schreie konnten die Gefangenen im Lazarett hören, wie kalt es jeweils in den Nächten war.

Der Arzt untersuchte Robert täglich bei der Visite. Er war ein junger freundlicher Mann, und er unterhielt sich nicht nur mit seinem Begleitpersonal, sondern auch mit seinen Patienten. Zu Robert sagte er: »Sie haben sich eine ganz hübsche Rippenfellentzündung geholt. Zu Hause heilen wir so etwas ganz einfach aus. Hier in Gefangenschaft müssen wir allerdings hoffen, daß die Natur sich selbst hilft. Aber Sie mit Ihrer Konstitution werden es schon schaffen, mein lieber Mohwinkel.«

Draußen fiel Schnee. Er fiel so dicht, daß Robert selbst in der Mittagszeit nicht mehr den Wachtturm und den Drahtzaun erkennen konnte. Seit einigen Tagen wies er auch das Essen zurück. Das trockene Brot und der Brei schmeckten ihm nicht mehr. Der Sanitäter, dem Robert seine Portionen anbot, nahm sie mit gleichgültiger Selbstverständlichkeit an. »Eines Tages werde ich es dir vergelten, Kamerad«, sagte er. Währenddessen stieg Roberts Fieber, seine Mattigkeit wuchs, allmählich schloß Robert sich ganz von seiner Umwelt ab, und auf der rechten Seite liegend, sah er zum Fenster hinaus und träumte. Trotz seiner Apathie nach außen war sein Bedürfnis nach geistiger Beschäftigung noch nicht erschöpft. Er versuchte in Gedanken, Tanzschritte zu üben und sich längere Schrittfolgen auszudenken, die er beim nächsten Turnier anzuwenden gedachte. So wie andere in Gefangenschaft an unsichtbaren Klavieren Fingersätze übten und komponierten, tanzte Robert in Turniertrainingsstunden Foxtrott, English Waltz, Slowfox und Tango. Er arbeitete so intensiv, daß er auch seine Haltungsfehler bemerkte, die er bei einigen Figuren zu machen glaubte. Auch seine Partnerin wies er mehrmals darauf hin, Drehungen auf dem Absatz auszuführen oder Schritte mit den Ballen aufzusetzen. Diese tägliche Arbeit strengte ihn so an, daß er danach immer einige Stunden schlief.

Bald darauf erlahmte Roberts Interesse am Turniertraining. Er fühlte sich so matt, daß er sich außerstande sah, die Trainingsstunde durchzuführen. So nahm er sich in Gedanken sein Briefmarkenalbum vor, das er seit seinem sechzehnten Lebensjahr nicht mehr angesehen hatte. Trotzdem kannte er seine Sammlung noch gut. Die Germania-Ausgaben hatte er fast vollständig, aber es ärgerte ihn, daß ihm überall die großen Drei- und Fünfmarkwerte noch fehlten. Er nahm sich vor, diese fehlenden Stükke gleich nach seiner Entlassung zu ergänzen. Aber vielleicht sollte er auch erst an die Anschaffung der Hitler-Marken denken, die mit Aufdruck für die eroberten Ostgebiete herausgegeben worden waren, denn er hatte Angst, daß die Preise für diese Sätze in Kürze sehr ansteigen würden. Während er noch überlegte, kam der Arzt, um Robert zu punktieren. Er hatte sich die Hohlnadel aus dem Lazarett ausgeliehen, um die Flüssigkeit abzuziehen, die sich zwischen Roberts Lunge und Brustfell gebildet hatte. Er sagte: »Freuen Sie sich, Mohwinkel, daß wir diese

Behandlung machen können. Sie wird Ihnen eine große Erleichterung bringen.«

Die Punktion verschaffte Robert aber keine Erleichterung. Man trug ihn auf seinen Strohsack zurück, er war völlig entkräftet, und es dauerte viele Stunden, bis er sich von diesem Eingriff erholt hatte. Am nächsten Tag strengte ihn auch das Briefmarkensammeln an, die Marken langweilten ihn, und er versuchte, einfache Rätsel im Kopf zu entwerfen, etwa ein magisches Quadrat mit vier Wörtern von je vier Buchstaben, aber es gelang ihm nicht mehr. Nun versuchte er, an seinen Fingern abzuzählen, ob er diese Krankheit überstehen würde. Er befragte das Orakel viele Male, erhielt aber unterschiedliche Antworten, so daß er auch diese Beschäftigung wieder aufgab.

Robert wurde noch zweimal punktiert, ohne daß er eine Erleichterung merkte. Sein Herz, das der Arzt bei der Visite jeden Tag mit dem bloßen Ohr abhörte, rutschte immer weiter nach rechts. Der Arzt versuchte, hierüber einen Scherz zu machen, aber der Scherz erreichte Robert nicht mehr. Er sah nur das Viereck des Fensters und dahinter den Schnee. Manchmal nahm er verschwommen wahr, daß der Sanitäter an die Pritsche trat, ihm Brot zeigte, es dann gleich wieder wegsteckte und dazu meinte: »Ich vergelt's dir schon mal, Kamerad.« Die Erinnerungen ließen von Tag zu Tag nach, weil Robert keine Kraft mehr hatte, sie wachzurufen. Auch das einfache Abzählen an den Fingern gab er auf. Er hörte nur manchmal auf das Geräusch seiner Atemzüge, die immer kürzer wurden, und konzentrierte sich auf den stechenden Schmerz in der linken Brust. Dennoch beunruhigte er sich nicht, weil die Mattigkeit und die Gleichgültigkeit schon so groß waren, daß eine Angst nicht mehr Besitz von ihm ergreifen konnte. Draußen fiel immer noch Schnee, und vom Wachtturm hörte man das Heulen des Postens. Eines Abends merkte Robert, wie sich Fliegen auf sein Gesicht setzten. Mit müder Handbewegung versuchte er, die Fliegen abzuwehren, aber sie kamen immer wieder.

In dieser Nacht hörte das Heulen des Postens auf. Es wurde immer leiser und leiser, bis es ganz verstummte. Am darauffolgenden Morgen wurde es nicht mehr hell. Robert versuchte, seine Augen weit aufzureißen, aber es blieb Nacht. Denn ein Wind war aufgekommen und hatte riesige Schneemassen vor die Fensterseite des Lazaretts gewälzt, so daß alle Stuben im Dunkeln blieben. Robert hatte nicht mehr die Kraft, über die Gründe dieser anhaltenden Nacht nachzudenken, er lag auf der rechten Seite, matt und abwesend; die Fliegen auf seinem Gesicht vermehrten sich. Manchmal merkte er, wie der Arzt kam, das Ohr auf seine Brust legte und ihn dann wortlos wieder zudeckte. Hin und wieder kam auch der Sanitäter mit einer kleinen Ölfunzel, zeigte ein Brot und sagte: »Ich vergelt's später, Kamerad«, dann war alles wieder ruhig um Robert.

Die Fenster wurden vorerst nicht freigeschaufelt, weil der Schneesturm noch anhielt, darum kamen bald alle im Lazarett mit den Tagen und mit den Tageszeiten durcheinander. Es blieb eine immerwährende Nacht, die für Robert bald durch nichts mehr unterteilt wurde, weil er auch den Arzt nicht mehr hörte und auch nicht mehr den Sanitäter, der ihn dreimal am Tag rüttelte, um danach Roberts Brot einzustecken. Eines Abends rüttelte der Sanitäter Robert besonders lange, und als er an ihm kein Lebenszeichen mehr wahrnehmen konnte, zog er ihm die Decke bis übers Gesicht und holte den Arzt. Der Arzt zog die Decke wieder bis zum Hals herunter und sagte zum Sanitäter: »Nicht so voreilig, Miroslav.« Dann gingen der Arzt und der Sanitäter mit der Ölfunzel davon.

In dieser Nacht sah Robert zwei Männer, die von einem gefällten Baumstamm mit langen Messern die Rinde schälten. Sie schnitten immer längs und quer in den Stamm hinein, dann rissen sie mit der Hand das umschnittene Stück heraus. Als die beiden Männer den Baumstamm ringsherum geschält hatten, sah Robert, daß um den Baum noch eine zweite Rinde lag, darunter wiederum eine dritte und vierte Rinde. Das Schälen nahm kein Ende, das weiße Holz des Stammes kam nicht zum Vorschein, so sehr sich die beiden Männer auch abmühten. Schließlich war der ganze Baum zerlegt; er hatte nur aus Rinde bestanden, die Fetzen lagen überall umher, übersät mit Unmengen von Borkenkäfern, die darauf herumkrochen. Robert sah, wie immer mehr Käfer kamen, bald wimmelte alles um ihn her von diesen ekligen Tieren; sie übersäten die umherliegenden Rindenstücke, sie fraßen sich in sie hinein und durchbohrten sie, um an der anderen Seite wieder hinaus- und weiterzukriechen. Mit dem Aufgebot letzter Kraft hob Robert die Hand und schlug in die wimmelnde Masse der Borkenkäfer hinein. Er schlug zweimal, dreimal zu, dann erschrak er plötzlich: Er hatte sich ins Gesicht geschlagen. Es war schwarz von Fliegen gewesen.

Danach verfiel Robert in eine Dumpfheit, in der er keine Bilder mehr hatte.

Wie lange dieses Leben ohne Wahrnehmungen, ohne Bilder und ohne Träume in der ewigen Nacht der Lazarettstube dauerte, wußte Robert nicht. Er merkte nur, wie laute Stimmen um ihn herum zu hören waren, und als er die Augen aufschlug, sah er an der Stelle, wo das Fenster war, einen matten Lichtfleck, der immer größer und heller wurde. Man war dabei, die Spuren des Schneesturms zu beseitigen und die Fensterseite des Lazaretts freizuschaufeln. Diese Arbeit geschah unter lauten Zurufen, mit denen sich die Sanitäter drinnen und das Arbeitskommando draußen verständigten. Diese Zurufe hatten Robert geweckt. Interessiert sah er zu, wie der Lichtfleck immer größer wurde, bis man plötzlich hier und da etwas Himmel sowie die Umrisse von Gefangenen mit Schaufeln erkennen konnte. Nachdem Robert eine Zeitlang zugesehen hatte, bemerkte er mit Erstaunen sein Interesse an diesen Vorgängen. Er erinnerte sich, vor kurzem noch sehr gleichgültig gegen die Geschehnisse um ihn herum gewesen zu sein, und er merkte an seiner Anteilnahme, daß es ihm vielleicht etwas besser ginge. Um zehn Uhr kam der Arzt. »Na, sehen Sie, die Natur hilft sich immer viel besser, als wir Ärzte es können«, sagte er, dann setzte er hinzu: »Nun, so eine Rippenfellentzündung ist ja auch nichts Ernstes.«

Von diesem Tag an hatte Robert den Wunsch, das eine oder andere um sich herum wahrzunehmen und auch hin und wieder etwas zu denken. Er dachte an den Rhythmus seiner Atemzüge, die immer noch sehr kurz waren, an die Schmerzen in der linken Brustseite, an die Sonne, die ins Fenster schien, und an den Posten auf dem Wachtturm, der nachts nicht mehr vor Kälte schrie und auch nicht mehr den dicken Pelzmantel trug. Zwar konnte Robert sich noch nicht aufrichten und nur mit Mühe ein paar Worte sprechen, aber auf seinem Gesicht saßen keine Fliegen mehr. Einige Tage später verlangte er vom Sanitäter etwas zu essen. »Maria und Josef, gibt's denn das auch?« sagte der Sanitäter, und es war ihm anzumerken, daß er sich ehrlich über

Roberts Genesung freute. Den für ihn jetzt wegfallenden Brotportionen brauchte er nicht nachzutrauern, er hatte genug Quellen; überall gab es appetitlose Kranke, Kranke, die in den meisten Fällen doch starben, so daß die Portionen bei Miroslav, dem Sanitäter, immer in besten Händen waren. Genas wirklich einmal jemand, konnte Miroslav es sich leisten, sich ehrlich zu freuen. »Maria und Josef, gibt's denn das auch?« fragte er noch einmal, und dann beeilte er sich, gleich außer der Reihe etwas für Robert zu beschaffen.

Roberts Appetit nahm von nun an täglich zu. Die Weißbrotportionen und der tägliche Brei genügten keineswegs, um seinen Hunger zu stillen. Nun erwies sich aber, daß Miroslav es wirklich ernst gemeint hatte, als er damals sagte: »Ich vergelt's später, Kamerad«, und er steckte Robert in den nächsten Wochen manches Stückchen Brot extra zu, das er von einem anderen Kranken hatte. »Wenn unter euch Kerlen wirklich einmal einer ist, der unbedingt leben bleiben will, verzichtet der alte Miroslav gern mal auf eine Pfeife«, sagte er.

Draußen begann der Schnee zu schmelzen. Manchmal in der Mittagszeit sah man ein paar Gefangene an der windgeschützten Seite des Hauses sitzen und sich sonnen. Bald konnte Robert schon wieder ein paar Schritte in der Stube umherlaufen, er hatte die Krankheit überstanden. Jeden Tag freute er sich von neuem auf seinen kleinen Spaziergang, der ihn wenig später schon aus dem Haus heraus in die Mittagssonne führte. Er freute sich, daß er gehen konnte, daß er sprechen und atmen konnte und daß die Schmerzen in der linken Brust zurückgingen.

Eines Tages im Mai bekamen alle Kranken des Lazaretts 3, die unter Tbc-Verdacht standen, aber transportfähig waren, ihre Uniformen ausgehändigt und den Befehl, sich ab sofort marschbereit zu halten. Zu Robert kam der Arzt persönlich, ihm diesen Befehl zu übermitteln, denn seit seiner Genesung war Robert der Lieblingspatient des Arztes geworden. Das war verständlich, denn ein Arzt, der seit Jahren zusehen mußte, wie unter seinen Patienten alle schweren Fälle starben, ohne daß er helfen konnte, mußte über diesen einzigen Fall überglücklich sein, in dem es ihm gelungen war, mit Hilfe von ein paar Punktionen, im übrigen aber nur mit etwas Zureden und etwas Vertrauen in die Natur einen Menschen zu retten. »Ich habe dafür gesorgt, Mohwinkel«, sagte er, »daß Sie auch mit ins Sanatorium kommen. Sie werden sehen, wie Sie dort aufblühen.«

Das Sanatorium, in das man zwanzig Kranke aus diesem Lager in einem Gefängniswagen brachte, der dem fahrplanmäßigen Zug in Karaganda angehängt wurde, lag zweihundert Kilometer nördlich am Stadtrand von Akmolinsk. Gleich als die zwanzig Mann am Bahnhof empfangen wurden, merkten sie, daß hier eine strengere Ordnung herrschte als in den Lazaretten des Hauptlagers. Mit Kolbenstößen wurden die Gefangenen, unter denen viele nur mühsam laufen konnten, nach der Entladung in Akmolinsk vorwärts getrieben, bis sie im Sanatorium anlangten, wo die russische Chefärztin sie mit einem Schwall von Schimpfworten überschüttete, die aber niemand verstand. Dann mußten sie ihre Uniformen mit der Lazarettwäsche vertauschen, die nur aus langer Unterhose und Unterhemd bestand, und durften sich den älteren Kameraden zugesellen, die gleichfalls nur in Unterhose und Hemd schon auf sie warteten. »Na, wartet, Kumpels, hier ist die Hölle los«, sagten die alten Gefangenen zu den Neuankömmlingen, und sie klärten sie auf, auf welche Weise die Kranken hier von früh bis spät beschäftigt wurden. »Ihr werdet's schon erleben«, sagten sie immer wieder.

In den nächsten Tagen versuchte Robert, ohne aufzufallen, sich in den umfangreichen Dienstplan des Sanatoriums einzufügen. Um sieben Uhr in der Frühe wurde geweckt, indem einige russische Schwestern durch die Räume gingen, den Gefangenen die Bettdecken wegzogen und sie mit lautem Schimpfen und mit Händeklatschen von den Strohsäcken jagten. Nach dem Waschen, das gleichfalls von den Schwestern beaufsichtigt wurde, war Appell im Freien. Er dauerte nicht so lange wie im Hauptlager, weil die hundert Kranken, meist deutsche, aber auch einige rumänische Kriegsgefangene, rasch gezählt waren. Danach wurde gegurgelt: Hundert Männer in Unterhosen standen am Rand des Appellplatzes, eine rostige Konservenbüchse in der Hand, und gurgelten mit Kaliumpermanganat. Da dieser Dienst schon zur medizinischen Behandlung gehörte, wurde die Aufsicht hierbei durch russische Assistenzärztinnen verstärkt. Sie und die Schwestern paßten streng auf, daß jedermann mehrere Male tief und anhaltend gurgelte. Nach dem Gurgeln bekam jeder Gefangene einen Teelöffel Hefe, die widerlich schmeckte und deshalb auch unter ärztlicher Aufsicht geschluckt werden mußte. Nach der Hefe-Einnahme wurden die Betten gebaut, und Robert, dem das Bettenbauen als Ausdruck preußischer Ordnung noch gut in Erinnerung war, wunderte sich, wieviel anspruchsvoller hierin die Russen waren. Die Kontrolle des Bettenbaues gehörte zum Aufgabengebiet der Chefärztin, einer alten Person mit einer Tonnenfigur und mit Barthaaren im Gesicht. Die Hälfte aller Betten riß sie wieder ein, dazu schimpfte sie laut. Erst wenn sie alle Betten für gut befunden hatte, durfte das Frühstück ausgegeben werden, das aus einer Scheibe Weißbrot bestand.

Robert wunderte sich, daß man sich so viel Mühe mit den deutschen Gefangenen gab. Mehrere russische Ärztinnen und etwa dreißig russische Schwestern wurden beschäftigt, hundert kranke Kriegsgefangene zu pflegen. Er wunderte sich auch über die stundenlangen Untersuchungen, in denen man sich mit den Kranken beschäftigte und in deren Verlauf umfangreiche Krankengeschichten angelegt wurden. Robert wurde nach dem Gesundheitszustand seiner Eltern und nach Kinderkrankheiten gefragt, und gewissenhaft schrieb eine Schwester nach den Übersetzungen des Dolmetschers auf, daß Robert in seiner Kindheit viel an Mandelentzündungen gelitten hatte und wegen seines schwächlichen Körperbaues nie gut im Turnen gewesen war. Robert mußte lachen, daß sich hier in Sibirien russische Ärzte für seine Kinderkrankheiten interessierten. »Warum lachst du«, fragte der Dolmetscher, und als Robert hierauf keine Antwort wußte, fuhr er fort: »Hüte dich bloß, bei der Untersuchung zu lachen, sonst halten sie dich für irrsinnig. Irrsinnige werden hier aber ganz übel behandelt.«

Bald fand Robert heraus, daß dies Sanatorium nicht deswegen gegründet war, deutschen Gefangenen zu helfen, sondern um russischen Ärztinnen und Schwestern Gelegenheit zu geben, an weniger kostbarem Menschenmaterial zu lernen. Sie lernten, Diagnosen zu stellen, Krankenberichte zu schreiben, Injektionen zu machen und Disziplin unter Kranken zu halten. An Verstorbenen lernten sie, Leichen zu sezieren. Manchmal wurde Roberts Rücken von zehn Schwestern abgeklopft, und alle mußten feststellen, wo er eine Rippenfellentzündung gehabt hatte und wo die Lunge nun verschwartet war. Fand eine Schwester die Stelle nicht, wurde sie von der Chefärztin wütend ausgescholten und in die Küche geschickt, wo sie in den nächsten Tagen nur Hefe ansetzen, Gurgelwasser zurechtmachen und Brot austeilen durfte.

Nach dem Mittagessen mußten zwei Stunden strengster Bettruhe eingehalten werden, die nur durch das Fiebermessen unterbrochen werden durften. Das Sanatorium hatte nur ein einziges Fieberthermometer, und da alle hundert Kranken täglich einmal gemessen werden mußten, dauerte die Behandlung von frühmorgens bis spätabends. Weder in der Mittagsruhe noch während der Essenszeiten durfte das Messen ausgesetzt werden, und so sah man während des ganzen Tages unter den Gefangenen immer einen, der das Thermometer unter dem Arm trug. Nachmittags wurde sonnengebadet. Die hundert Gefangenen lagen mit nacktem Oberkörper auf bloßem Boden in der Sonne, abwechselnd auf dem Rücken oder auf dem Bauch. Eine Ärztin stand dabei, die Uhr in der Hand, und alle fünf Minuten pfiff sie, zum Zeichen, daß die Kranken sich umzuwenden hatten. Wenn keine Sonne schien, wurde das Sonnenbaden durch Marschieren ersetzt, und zwei Stunden lang marschierten die hundert Gefangenen im Kreise, wobei sie Soldatenlieder singen mußten. Sie sangen »Ein Heller und ein Batzen«, »Auf der Heide blüht ein kleines Blümelein« oder »Wir lagen vor Madagaskar«. Patriotische Lieder, die auf Deutschland oder gar auf einen deutschen Sieg anspielten, durften nicht gesungen werden. Während des Marschierens sah das gesamte russische Personal zu, die Chefärztin saß auf der Treppe, und unter ihrem weiten langen Rock, der ihre Tonnenfigur umschloß, sah man, wie sie mit dem Fuß den Takt zu den deutschen Marschliedern schlug. Manchmal sah man sie sogar lächeln. Wenn die zwei Stunden vergangen waren, befahl sie manchmal eine Zugabe. »Die Chefärztin will noch einmal das Lied vom Edelweiß von euch hören«, sagte der Dolmetscher, »dann schenkt sie euch eine Stunde Freizeit.«

Manchmal kamen Pakete mit Seren oder mit Tabletten im Sanatorium an. Dann begann eine verstärkte Leidenszeit für die Gefangenen. Wahllos wurden zwanzig Mann morgens beim Appell herausgesucht und in das Behandlungszimmer geführt, damit an ihnen das neue Serum erprobt werden konnte. Wenn am nächsten Morgen die Injektion wiederholt werden sollte, waren die Patienten jedoch nicht mehr aufzufinden, sie hatten sich im mittleren Glied, auf den Toiletten oder im Waschraum versteckt, und die Ärztin mußte zwanzig andere heraussuchen, die sich dann am nächsten Morgen gleichfalls wieder versteckten. So gelang es der russischen Medizin in Akmolinsk niemals, zu einwandfreien Untersuchungsergebnissen zu kommen, die später als Behandlungsgrundlage für die eigenen Landsleute hätten dienen können, und Robert hätte gern gewußt, wie unter diesen Umständen die Ergebnisberichte aussahen, die die Chefärztin nach erfolgter Behandlung abfassen mußte.

Mit den Tabletten war es ähnlich: Obgleich sie im Beisein zweier Ärztinnen und mehrerer Schwestern den Patienten in den Mund geworfen wurden, und obgleich der Patient danach geschüttelt wurde, gelang es den meisten Gefangenen, die Tabletten mit der Zunge aufzufangen, in der Mundhöhle zu verstecken und sie später auszuspucken. Gleich bei der ersten Behandlung wurde Robert von den älteren Gefangenen gewarnt. »Schluck bloß das Dreckzeug nicht«, sagten sie, »du willst doch deine Heimat noch einmal wiedersehen.« Robert dachte daran, daß auf dem Höhepunkt seiner Krankheit sein Körper sich schon einmal selbst geholfen hatte, ohne Tabletten und ohne Injektionen, und er glaubte, daß es auch weiterhin besser wäre, Vertrauen in die Kraft der Natur zu setzen. Darum drückte er sich auch vor Medikamenten, deren Wirkung noch unbekannt war und deren Erfolge oder Mißerfolge erst erprobt werden sollten. Traurig dachte er an die unkomplizierte Behandlung im Hauptlager, wo die Patienten in Ruhe gelassen wurden, wo sie nicht sonnenbaden, marschieren, singen und Bettenbauen mußten, sondern wo ihre Körper Zeit hatten, sich von selbst zu erholen. Traurig dachte er auch an die deutschen Ärzte im Hauptlager, die zwar keine Medikamente hatten, aber auch unter den primitivsten

Verhältnissen versuchten, den kranken Landsleuten nach besten Kräften zu helfen.

Die deutschen Ärzte wußten nicht, wohin sie ihre Patienten gaben, wenn sie sie ins Sanatorium überwiesen. Dort im Hauptlager war es möglich, die Gefangenschaft zu überstehen, hier im Sanatorium war man gefährdet. Einmal in der Woche wurden alle Gefangenen zum Baden und Entlausen geführt. Da das Sanatorium keine eigene Anlage hatte, wurde an diesem Wochentag für einige Stunden die städtische Bade- und Entlausungsanstalt frei gemacht. Unter strengster Bewachung wurden die Gefangenen durch die Straßen von Akmolinsk geführt, nur mit dem Unterhemd und der deutschen Wehrmachtsunterhose bekleidet. Da die Unterhose sich vorn nicht richtig schließen ließ, war es Robert peinlich, in diesem Aufzug durch die kleine Stadt geführt zu werden, deren Einwohner am Straßenrand standen und allwöchentlich dem seltsamen Zug zuschauten. Die meisten Einwohner hatten mongolische Gesichtszüge, viele trugen Pelze trotz der heißen Jahreszeit, und Robert sagte sich, daß man sich vor Menschen, die rassisch so weit verschieden waren wie diese Mongolen, wohl nicht schämen mußte. Trotzdem versuchte er, bei diesen Märschen stets ins mittlere Glied zu kommen.

Wenn die Gefangenen vom Baden zurückkamen, wurden sie am Eingang gründlich gefilzt. Im Beisein von Ärztinnen und Schwestern untersuchten zwei Soldaten jeden Gefangenen einzeln und gründlich, ob er irgend etwas bei sich trug, was zu besitzen verboten war. Tatsächlich fand man hin und wieder bei einzelnen Gefangenen Glassplitter, Blechstückchen, kleine Drahtenden oder Nägel. Robert wunderte sich, daß dies alles verbotene Gegenstände sein sollten, aber ein älterer Kamerad klärte ihn auf: »Die glauben immer noch«, sagte er, »daß jeder deutsche Soldat in der Lage ist, mit etwas Blech und Draht in wenigen Stunden ein schießfertiges Maschinengewehr herzustellen, weißt du? Davor haben die eine mächtige Angst.«

Von allen Gefangenen war ein einziger von jeglichem Dienst befreit, das war ein älterer Rumäne, der beide Beine und einen Arm verloren hatte. Morgens trugen ihn zwei Gefangene ins Freie und setzten ihn im Schatten der Häuserwand oder im

Schatten einiger Sträucher ab, abends holten sie ihn wieder herein und brachten ihn ins Bett. Während des ganzen Tages wurde er weder mit Gurgeln noch mit Waschen, weder mit Injektionen noch mit Tablettenschlucken belästigt. Die Ärztinnen und Schwestern hatten Mitleid mit ihm, deshalb verschonten sie ihn auch beim Filzen. Darum war er der einzige im Sanatorium, der etwas Besitz hatte: eine Tabakdose, ein selbstgebasteltes Messer mit einer Blechklinge, eine Holzpfeife und ein Schachspiel. Das Schachspiel hatte die Chefärztin ihm geschenkt. Alle, auch die russischen Schwestern, waren damals erstaunt gewesen, an ihrer Chefin eine solche Gefühlsäußerung zu sehen.

Leider hatte der Rumäne nur das Schachspiel, selten aber Partner zum Spielen, weil der Dienst seinen Kameraden keine Zeit ließ, sich um ihn zu kümmern. Da kam Robert eines Tages nach dem Frühstück auf den Gedanken, den Rumänen zu einem Spiel aufzufordern, worüber sich dieser sehr erfreut zeigte. Im Schatten eines Strauches bauten sie die Schachfiguren auf und spielten bis zum Mittagessen. Während dieser Zeit holte niemand Robert zu einer Untersuchung oder Behandlung, und er merkte, daß es zukünftig vielleicht vorteilhaft war, mit dem Rumänen, der im Sanatorium eine unantastbare Person war, Schach zu spielen. Am Nachmittag stand Marschieren und Singen auf dem Dienstplan, aber als der Rumäne Robert im Glied entdeckte, rief er nach ihm. Er rief: »Schakmeistrr! Schakmeistrr!«, und er rief so lange, bis Robert aus dem Glied trat, zu ihm ging und die Schachfiguren aufbaute. Zu seiner Verwunderung hinderte ihn niemand daran, und auch die Chefärztin, die inmitten des russischen Personals auf der Treppe saß und den Vorfall beobachtete, sagte nichts dazu. Es war offensichtlich, daß sie dem armen Mann den Schachpartner gönnte.

Von nun an war Roberts ruhiges Leben im Sanatorium gesichert. Nachdem die Chefärztin selbst sich so klar entschieden hatte, wagte niemand von den Ärztinnen und Schwestern mehr, Robert von der Seite des Rumänen wegzuholen und ihn zu irgendwelchem Dienst heranzuziehen. Von früh bis spät spielte er eine Partie nach der anderen; manchmal gewann er, doch die meisten Partien verlor er. In dieser Zeit marschierten seine Kameraden im Kreise und sangen Soldatenlieder, oder sie lagen in der Sonne, fünf Minuten auf dem Bauch, fünf Minuten auf dem Rücken, sie erhielten Injektionen, mußten Tabletten schlucken, gurgeln, Betten machen und sich filzen lassen. Das Schachspiel strengte Robert an, da er täglich viele Stunden hintereinander spielen mußte, aber er sagte sich, daß diese Beschäftigung immer noch besser sei als der Dienst in den Reihen der anderen.

So vergingen die Sommermonate. Robert sah, daß das Sonnenbaden immer weniger und das Marschieren immer häufiger angesetzt wurde. Es ging auf den Herbst. Nur gerüchtweise hatten die Gefangenen von der Kapitulation der deutschen Armee und von der Aufteilung des Reiches in vier Besatzungszonen erfahren, und niemand wußte, wieweit man den Gerüchten Glauben schenken durfte. Robert war jederzeit bereit zu glauben, daß der Krieg zu Ende war und daß Deutschland ihn verloren hatte. Aber ein so schmachvolles Ende, wie man es hier erzählte, war ihm unvorstellbar. Die Russen in Berlin, ganz Deutschland unter den Siegermächten aufgeteilt, Hitler tot, alle Nationalsozialisten verhaftet: das wollte Robert nicht in den Kopf. Er hatte in den letzten Jahren zwar immer gehofft, daß Deutschland den Krieg verlieren würde, aber ein so elendes Ende hatte er nicht gewollt. Darum glaubte er jetzt die Gerüchte nicht und stellte sich ein Kriegsende wie 1918 vor: ein entwaffnetes, aber unbesetztes Deutschland und eine neue deutsche Regierung, die vielleicht schon längst über die Auslieferung der Kriegsgefangenen aus Rußland verhandelt hatte. Vielleicht war die Rückführung längst veranlaßt, alle Kriegsgefangenenlager in Rußland schon geleert, und nur an dem kleinen Sanatorium in Akmolinsk waren die Befehle vorbeigegangen, weil niemand ahnen konnte, daß sich hier noch hundert Soldaten befanden.

Eines Morgens wunderten sich die Gefangenen, daß sie zum Baden und Entlausen heute nicht in Unterhose und Hemd durch die Stadt geführt werden sollten, sondern vor dem Abmarsch Uniformen ausgehändigt bekamen. Sie wunderten sich besonders darüber, daß die Uniformen nicht wahllos den Gefangenen zugeworfen, sondern alle Bekleidungsstücke den Leuten angepaßt wurden, und daß die Chefärztin danach jeden einzelnen kontrollierte, ob er gut gekleidet aussah. Als der Anzug noch durch passende Uniformmützen, Brotbeutel, Kochgeschirre und Feldflaschen ergänzt wurde, stand fest, daß heute keine Entlausung, sondern die Verlegung in ein anderes Lager bevorstand. »Na, es wird ja auch Zeit, daß sie uns wieder arbeiten lassen«, sagte einer, und alle glaubten, daß es noch weiter nach Osten gehen würde, weil die Ausrüstung so sorgfältig ausgewählt worden war. Jetzt zum Winter werden wir das brauchen können, dachte Robert.

Als die Gefangenen aus dem Lager herausmarschierten, merkten sie, daß der rumänische Schachspieler nicht mitgenommen worden war. Als nicht transportfähig blieb er zurück; traurig und allein saß er am Haus in der Sonne, die Beinstümpfe in eine Decke gewickelt und die soeben aufgebauten Schachfiguren vor sich. Die Kolonne ging draußen am Zaun vorbei und schlug die Richtung zum Bahnhof ein. Da richtete der Rumäne sich plötzlich auf, soweit es seine Verletzungen erlaubten, und rief, so laut er konnte: »Schakmeistrr! Schakmeistrr!« Er fuchtelte dazu mit dem einen Arm und nahm auch den Stumpf des amputierten hinzu. »Schakmeistrr! Schakmeistrr!« rief er immer wieder, und er hörte gar nicht auf, zu rufen und zu winken, bis die Kolonne außer Sicht war. Er hatte nämlich bemerkt, was die Gefangenen jetzt erst sahen, daß die Kolonne ohne russische Bewachung war. Nur ein Feldwebel marschierte vorweg, er trug keine Waffe, und links und rechts fehlten die Soldaten mit den Gewehren und Maschinenpistolen, die zum gewohnten Bild jedes Gefangenentransports seit je gehörten. Der Rumäne hatte sofort gemerkt, daß dieser Abmarsch für seine Kameraden die Entlassung in die Heimat bedeutete; daher die sorgfältige Anpassung der Uniformen, daher Brotbeutel und Feldflasche, daher das häufige Üben des Marschierens. Man wollte dem besiegten Feind zeigen, daß man nach Beendigung des Krieges gut ausgerüstete und wenn auch kranke so doch ausreichend gepflegte und disziplinierte Soldaten entließ. Nur der Rumäne, ohne Beine und mit nur einem Arm, war nicht vorzeigbar, ihn ließ man zurück.

Als die Kolonne am Bahnhof ankam, hallte Robert das »Schakmeistrr« des allein zurückgebliebenen Rumänen immer noch im Ohr. An den Waggons, in die man die Gefangenen lud, war offensichtlich die bevorstehende Entlassungsaktion abzulesen, obgleich weder der begleitende russische Feldwebel noch der Hauptmann, der die Kolonne am Bahnhof erwartete, hiervon etwas sagte. In den Waggons waren nicht Strohsäcke, sondern richtige Matratzen ausgelegt, und die Matratzen waren mit weißen Laken frisch überspannt. Wolldecken, Eimer, Schüsseln und ein Ofen in jedem Wagen ergänzten die Ausrüstung; es war klar: Dies hier war ein Lazarettzug, mit dem Rußland repräsentieren wollte; deshalb legte man auch nur zehn Mann in jeden Wagen, so daß jeder eine weiß überzogene Matratze ganz für sich allein hatte.

Obgleich die augenblickliche Situation eindeutig war – der unbewachte Zug, die offenen Waggontüren während der Fahrt, die bessere Verpflegung und die freundliche Behandlung durch den begleitenden Hauptmann –, verhielten die meisten sich noch skeptisch. »Wer weiß, was das wieder auf sich hat«, sagten sie, oder: »Vielleicht hat uns nur die Regierung von Kasakstan entlassen, und wenn wir jenseits des Ural ins europäische Rußland kommen, werden wir erneut festgenommen und in ein Arbeitslager gesteckt.« Auch Robert kam dieses viel zu plötzliche Ereignis nicht geheuer vor. Die Fahrt dauerte, wie damals auf der Hinfahrt in den verschlossenen Waggons, viele Wochen, und jeden Morgen sah Robert ängstlich hinaus, ob der Transport über Nacht nicht wieder eine militärische Bewachung bekommen hatte. Es schien ihm ungewohnt, daß er sich bei den längeren Aufenthalten des Zuges auf Abstellgleisen, Verschiebebahnhöfen oder auf freier Strecke ungehindert außerhalb des Wagens bewegen konnte. Er entfernte sich aber trotzdem niemals mehr als einige Schritte, in der Angst, bei der Anfahrt des Zuges vielleicht zurückzubleiben und allein in Rußland vielen neuen Gefahren ausgesetzt zu sein. Niemand würde ihm glauben, daß er einem Entlassungszug entstammte; alle würden ihn für einen geflüchteten Gefangenen halten, ihn nach Sibirien zurückschicken und zusätzlich schwer bestrafen.

Der Transport fuhr zum Teil dieselbe Strecke wie der Gefangenenzug auf der Hinfahrt. Bei Saratow kam man über die Wolga, und die Soldaten, die sich damals dicht an der Entlüftungsklappe drängen mußten, konnten jetzt an der offenen Waggontür sitzen, die Beine heraushängen lassen und den Strom betrachten, den zu erreichen die deutsche Wehrmacht bemüht gewesen war. In Charkow und Kiew herrschte schon wieder geordnetes Leben auf den Bahnhöfen, die Zeit der deutschen Besetzung lag lange zurück, und dort, wo früher der deutsche Bahnhofskommandant, der Gendarmerieposten und die Urlaubsverpflegungsstelle saßen, waren längst wieder sowjetische Dienststellen eingezogen. Sie versahen in diesen Amtszimmern ihren Dienst, als wäre er niemals unterbrochen gewesen.

Kurz nach Lemberg wurde das russische Bahnpersonal durch Polen abgelöst, und von dem Heizer, der etwas Deutsch sprach, erfuhr Robert, daß alle Gerüchte, die die Gefangenen in Akmolinsk erfahren hatten, Wahrheit gewesen waren. Deutschland war völlig besiegt, zerschlagen und aufgeteilt; stolz erzählte der Heizer, daß Polen nun bis an die Oder reiche. Robert wunderte sich, daß bei einer so totalen Niederlage Deutschlands der russische Sieger es sich leistete, deutsche Kriegsgefangene, wenn auch kranke, so bald zu entlassen. Wenn die Lage so war, wie der Heizer erzählte, bestand keine Verpflichtung für diese humane Tat. Die Russen hätten alle bis ans Ende ihrer Tage in Sibirien behalten und zur Arbeit verwenden können. Sie hätten sich um Arbeitsunfähige, Kranke und Genesende nicht zu kümmern brauchen; sie hätten sie sterben lassen können, und es wäre kein deutscher Staat dagewesen, die Verschollenen zu reklamieren. Robert glaubte in diesem Augenblick, vieles in der letzten Zeit Erlittene unter anderem Gesichtspunkt betrachten zu müssen. Es sind doch anständige Menschen, die Russen, sagte er sich, sie können nichts dafür, daß bei ihnen alles zu knapp ist, Lebensmittel und Medikamente, und daß die Arbeitsbedingungen so primitiv sind. Sie haben doch den guten Willen. Am Ende seiner Heimreise, kurz nachdem sie Krakau hinter sich hatten, erfaßte Robert eine Welle weicher Gefühle, und durchdrungen von dem Wunsch, für alles Verständnis zu haben, rekonstruierte er in seinen Erinnerungen alle Vorgänge, bei denen die Russen es gut mit ihm gemeint hatten. Auch das Sanatorium von Akmolinsk betrachtete er nun unter anderem Gesichtspunkt: Der strenge tägliche Dienst war notwendig gewesen, um die Kranken bei Kräften zu erhalten, und die Medikamente waren wohl doch schon an Affen oder Meerschweinchen erprobt worden, bevor man mit ihnen die Kriegsgefangenen behandelte. Robert dachte an die Chefärztin, die dem Rumänen ein Schachspiel geschenkt hatte, an den freundlichen Hauptmann, der diesen Zug begleitete und jeden Tag nach dem Befinden seiner Schützlinge fragte, er dachte an die russische Schwester im Arbeitslager, die ihm aus dem Schacht herausgeholfen hatte, und den Kommandanten im Hauptlager, der morgens beim Appell Wiener Walzer spielen ließ. Sie alle waren gute Menschen, und wenn während der Gefangenschaft nicht alles so gewesen war, wie es vielleicht hätte sein sollen, so war es nicht ihre Schuld gewesen, sondern es hatte an den ungünstigen Verhältnissen gelegen.

Mittlerweile fuhr man durch ein Gebiet, das einige Kameraden zu kennen glaubten. Sie sagten, es sei Schlesien, aber sie fügten auch hinzu, daß sie nicht ganz sicher seien. Man sah nur verwüstetes Land, zerstörte Straßen, auf denen kein Mensch zu sehen war, und unbewohnte Städte, die nur aus Ruinen bestanden. Manchmal entdeckte man auf Bahnhöfen ein Schild; »Stalinograd« stand da, oder »Opole«, »Wroclaw« und »Legnica«, und die Kameraden wunderten sich, denn sie hatten geglaubt, die Bahnhöfe von Oppeln, Breslau und Liegnitz zu erkennen.

Allmählich freute man sich auf den großen Empfang, der sicher in Berlin stattfinden würde. An diesen Empfang glaubten alle, denn sonst hätten sich die Russen nicht die Mühe mit den weiß überzogenen Matratzen und dem so vollständig ausgerüsteten Lazarettzug gemacht. Sicher werden wir vom Roten Kreuz empfangen, dachte Robert, von einer deutschen Vertretung, die uns mit Zigaretten, Schokolade und Kognak begrüßt, und von Tausenden von wartenden Angehörigen, denen wir dann erzählen müssen, daß die Kameraden aus Karaganda bald nachfolgen werden. Ein russischer Sanitäter, der den Transport begleitete, gab kurz nach Görlitz ein Rasiermesser aus, das nun von Waggon zu Waggon wanderte, bis alle Soldaten rasiert und gepflegt aussahen.

In Görlitz endlich war man in der Heimat. Zwar war niemand

auf dem Bahnsteig, weil das Bahnhofsgebiet von russischen Soldaten abgesperrt war, aber man sah Schilder in deutscher Sprache, und sie zeigten den Soldaten, daß sie nun endlich auf deutschem Boden waren. Bevor Robert jedoch in den allgemeinen Jubel einfallen konnte, sah er auf dem Nebengleis einen Zug einlaufen, der aus der entgegengesetzten Richtung, aus Deutschland, kam. Die Güterwagen dieses Waggons waren geschlossen, und an den offenen Entlüftungsluken, die jetzt vergittert waren, sah man die abgemagerten und verängstigten Gesichter deutscher Soldaten, die jetzt – ein halbes Jahr nach Kriegsende – auf dem Wege nach Rußland waren. Sie streckten ihre Arme durch die Gitterstäbe und riefen den Entlassenen zu: »Kameraden, wo kommt ihr her?« oder: »Ist es schlimm dort, wo ihr wart?« Ein Gefangener sprach Robert, der vor seinem offenen Waggon stand, direkt an. Er fragte: »Sag, Kamerad, wird man uns gut behandeln?« Aber in diesem Augenblick wußte Robert auf diese Frage keine Antwort. Sollte er sagen: »Bei den Appellen habt ihr Musik« oder: »Wenn ihr krank seid, tut man alles für eure Genesung« oder: »Die Russen sind freundliche Menschen«? Nein, er wußte, daß man das nicht sagen konnte, er wußte jetzt im Angesicht dieses vergitterten Gefangenenzuges, daß es dumm von ihm war, vor wenigen Tagen versucht zu haben, so gut von den Russen zu denken.

Man mußte ehrlich bleiben, man durfte sich nicht von einem freundlichen Wort, von einem zusätzlichen Stück Brot, von einer weiß überzogenen Matratze täuschen lassen, und diesem Kameraden da mußte man sagen, daß er in einem Normsystem würde arbeiten müssen, das jeden zugrunde richtete, daß er würde arbeiten müssen, bis er verreckte, um dann mit einer vierstelligen Zahl auf der Brust in eine Grube geworfen zu werden, wenn er es nicht vorzöge, sich schon vorher auf dem Marsch erschießen zu lassen oder vielleicht schon auf dem Transport bei einer unerlaubten Verrichtung seiner Notdurft. Er hätte sagen müssen: Vielleicht hast du das Glück durchzukommen wie wir, aber besser ist es, du rechnest nicht mit diesem seltenen Glück. Das hätte Robert dem Kameraden in dem anderen Zug sagen müssen, aber da man so etwas nicht sagen konnte, blieb er stumm und bewegte sich langsam rückwärts auf seinen Waggon zu, um, ohne zu antworten, in ihm zu verschwinden. Der Kamerad hinter den Gittern rief immer noch: »Sag, Kamerad, was wird man mit uns machen?« Aber Robert zeigte sich nicht mehr am Eingang des Wagens, er konnte die anderen drüben hinter Gittern nicht mehr sehen, und mit Entsetzen dachte er, wie leicht er selbst beinahe auf die humanen Handlungen der Russen hereingefallen wäre. Die Heimführung der hundert Mann diente nur, um der Welt zu zeigen: Die Sowjetunion entläßt deutsche Kriegsgefangene. Die Russen konnten sich diese Geste leisten, hundert Soldaten zu entlassen, Kranke und Arbeitsunfähige, die zu nichts nütze waren. Dafür wurden Tausende frischer Kräfte aus dem besetzten Land in die Arbeitslager und Bergwerke Rußlands geschickt. Robert empfand, daß man sich niemals von russischen Gesten erweichen lassen dürfte. Nach diesem Erlebnis bangte er erneut um seine Freiheit, und er war nicht sicher, ob man die hundert Mann nicht nur der Form halber freigab, um sie Minuten später wieder einzufangen und erneut nach Sibirien zu verfrachten. Frei bin ich erst, sagte er sich, wenn ich aus der Zone heraus bin, die der Russe in Deutschland besetzt, und er nahm sich vor, sich gleich nach der Entlassungsformalität von den Kameraden zu trennen, um sich schnellstens in die britisch besetzte Zone zu begeben.

Alle, die von einem festlichen Empfang in Berlin geträumt hatten und von einer feierlichen Entlassungsstunde, in der die Russen noch einmal ihre humane Tat herausstellen würden, wurden enttäuscht. Der Transport fuhr nicht nach Berlin, er fuhr auch nicht in den Bahnhof einer anderen Großstadt ein, sondern hielt eines Nachts auf freier Strecke, irgendwo zwischen Bautzen und Bischofswerda. Die Gefangenen wurden geweckt, und es wurde ihnen bedeutet, daß hier die Reise zu Ende sei und daß die Sowjetunion nicht verpflichtet sei, entlassene Kriegsgefangene weiter als bis an die Grenze ihres Heimatlandes zu befördern. Jeder bekam noch ein Stückchen Papier ausgehändigt, das als Entlassungsschein dienen sollte, dann scheuchte man die Soldaten den Bahndamm hinunter, wo sie sich im Dunkeln auf freiem Feld verloren. Hier und da blieben noch Gruppen von drei oder vier

Mann zusammen, aber sie zerstreuten sich auch bald, weil einige nicht so schnell laufen konnten, die anderen es aber sehr eilig hatten, nach Hause zu kommen. Schon nach wenigen hundert Metern waren alle Soldaten, die jahrelang das gleiche schwere Schicksal gehabt und die geglaubt hatten, daß diese Jahre alle Leidensgenossen für ein Leben lang freundschaftlich binden müßten, in alle Winde zerstreut, vereinzelt und allein. Jeder von ihnen dachte nur an sich und an sein Zuhause, wo er hinter sich die Türen schließen wollte, um so schnell wie möglich die letzten Jahre und auch die Kameraden dieser Jahre zu vergessen. Einzeln liefen sie über Wiesen und herbstliche Stoppelfelder; alle schlugen die Richtung ein, in der sie vor einigen Stunden die Sonne hatten untergehen sehen. Nur einer der Kameraden lief nach Osten; er war aus Schweidnitz und konnte es nicht fassen, daß hier nun nicht mehr sein Zuhause sein sollte. Robert hielt sich nördlicher als die anderen, weil er diese Himmelsrichtung als verläßlich für die kürzeste Verbindung nach Bremen hielt. In der Zeit seiner Gefangenschaft hatte er sich angewöhnt, geographisch nur noch in Himmelsrichtungen zu denken. Jetzt mußte er jedoch einsehen, daß es unsinnig war, die Luftlinie nach Hause einzuschlagen, und daß es besser war, die Straße nach Bischofswerda zu gehen und hier zu versuchen, mit dem Zug nach Dresden zu kommen.

In Dresden fand Robert sich nicht zurecht; die Innenstadt bestand aus einem Berg von Trümmern, in dem man kaum Straßenzüge erkennen konnte. Hier und da sah man Menschen, manche von ihnen zogen kleine Handwagen hinter sich her, alle gingen gebeugt und blickten gleichgültig vor sich auf ihren Weg. Irgendwo fand Robert eine Rote-Kreuz-Dienststelle, die aber weder Verpflegung noch Unterkunft bieten konnte. Da lief Robert so lange, bis er aus der Innenstadt herauskam und eine Straßenbahn fand, die ihn in einen Vorort fuhr. Er hatte Hunger, und er war müde, und er hatte den Wunsch, bloß aus diesem Trümmerhaufen herauszukommen, um vielleicht draußen vor der Stadt jemanden zu finden, der ihm helfen würde. An der Endstation der Straßenbahn sprach er eine Gruppe Frauen an, die vor einem geschlossenen Laden standen und sich unterhielten. Als sie Robert auf sich zukommen sahen, hörten sie zu sprechen auf und blickten ihn entsetzt an. Sie waren erschrocken und starrten auf Robert, offenen Munds. Er war der erste deutsche Kriegsgefangene, den sie aus Rußland zurückkommen sahen. Robert, der nie darüber nachgedacht hatte, wie er sich in anderthalb Jahren verändert haben könnte, und der sich an die langsame Veränderung seiner Kameraden gewöhnt hatte, merkte nun, daß er für diese Frauen hier ein Bild des Schreckens war. Das eingefallene Gesicht, in dem die Augen groß und gierig hervortraten, die graue, gedörrte Haut, die sich glänzend über die Knochen spannte, der geschorene Kopf, die unsicher dahinwankende Gestalt machten Robert zu einem Gespenst, vor dem die Frauen einen Schritt zurückwichen. »Entschuldigen Sie«, sagte Robert, »ich komme aus Sibirien. Kann ich irgendwo die Nacht bleiben?« Die Frauen antworteten nicht, eine von ihnen fing an zu weinen. »Ach, ist das schrecklich, ach, ist das schrecklich«, sagte sie immer wieder, und eine andere beeilte sich, zu bestätigen, daß es ganz, ganz furchtbar sei. Danach ging Robert weiter, um seinen Versuch, zu Brot und Unterkunft zu kommen, zu wiederholen.

Robert erschreckte an diesem Tag noch viele Frauen in der Vorstadt von Dresden, und er gab vielen Frauen mit dem Anblick seiner gespenstischen Gestalt Gelegenheit, festzustellen, wie fürchterlich dies doch alles war. Manchmal sagte eine Frau: »Ob meiner auch so heimkommt? Das wäre ja schrecklich.« Oder eine andere meinte: »Da muß man ja fast froh sein, daß der eigene gefallen ist. Das blieb ihm doch wenigstens erspart.« Erst gegen Abend fand Robert eine junge Frau, die ihn nicht bedauerte, die ihn auch nicht fragte, wo er herkomme, sondern ihn unter den Arm nahm und ihn in ihre Wohnung führte, die im vierten Stock eines Hauses lag. Das Treppensteigen machte Robert große Mühe; es war das erstemal seit seinem letzten Urlaub, daß er wieder Treppen stieg. Er, der sich in der letzten Zeit nicht viel Gedanken über seinen Gesundheitszustand gemacht hatte, merkte nun an den Pausen, die er auf der Treppe immer wieder einlegen mußte, wie krank er war. Als er oben ankam, hatte die Frau schon eine Hirsesuppe aufs Feuer gesetzt und etwas Brot auf den Tisch in der Küche gelegt. Aus dem Büfett im Wohnzimmer holte sie eine Schachtel Zigaretten.

Nachdem Robert gegessen hatte, ging die Frau zur Nachbarin, um ihr Kind abzuholen, das sie dort zur Aufbewahrung abgegeben hatte. Es war ein etwa fünfjähriges Mädchen, und es fragte die Mutter, ob dies der Papi sei. »Nein«, sagte die Frau, »das ist nicht der Papi.« Dann schickte sie das Kind schnell ins Bett. Für Robert bereitete sie die Couch im Eßzimmer, sie überzog sie mit sauberem Bettzeug, das sie aus dem Büfett nahm. Sie sprach kaum mit Robert, stumm verrichtete sie ihre Arbeit, dann ließ sie ihn allein. Robert, der in dieser Nacht, die die erste in seiner Freiheit war, noch lange wach lag, hörte, wie die Frau nebenan zu weinen anfing. Sie schluchzte die ganze Nacht, und als sie ihm am Morgen den Kaffee kochte und eine Scheibe trockenes Brot danebenlegte, vermied sie es, ihn anzusehen.

Robert blieb noch einige Tage bei dieser Frau. Das weiche Bett und die Untätigkeit in der warmen Küche hatten ihn schlapp gemacht. Er, der noch vor kurzem bereit gewesen wäre, von Sibirien zu Fuß nach Hause zu laufen, war jetzt unsicher, ob er die vier Treppen und den Weg zum Bahnhof schaffen würde. Er hatte es auch nicht mehr so eilig, zu seinen Eltern zu kommen, weil er nach der Reaktion der Frauen auf der Straße jetzt wußte, wie sehr er sie erschrecken würde. Vielleicht war es besser, langsam heimzufahren und sich überall ein wenig zu erholen. Die Frau trieb ihn auch nicht zur Weiterreise. Sie teilte mit ihm ihre Lebensmittel und versuchte, neue Zigaretten zu bekommen. Das Kind gab sie tagsüber zur Nachbarin, nachts weinte sie nebenan in ihren Kissen. Morgens hatte sie rote Augen und setzte ihm mit abgewandtem Gesicht den Kaffee vor.

Eines Tages zog Robert weiter. Es ging auf den Winter, und er wollte vermeiden, im Winter reisen zu müssen. Die Frau hatte nicht versucht, ihn zu halten, sie hatte ihm die Hand gegeben und gesagt, daß jeden Tag ein Zug nach Halle fahre. »Wenn Sie rechtzeitig auf dem Bahnsteig sind, kriegen Sie vielleicht sogar einen Sitzplatz«, hatte sie ihm beim Abschied geraten.

Robert machte in der nächsten Zeit noch viele Stationen auf seiner Reise. Er schlief in Wartesälen und Rote-Kreuz-Stellen, und er fand immer jemanden, der ihm ein Stück Brot oder eine Suppe gab. Manchmal nahm ihn eine Frau mit in ihre Wohnung und bereitete ihm ein Lager auf einem Luftschutzbett in der Küche oder auf einem Sofa in der guten Stube. Bei einem Bauern in der Nähe von Salzwedel, wo er nicht über die Zonengrenze kam, blieb er mehrere Wochen. Hier bekam er gut zu essen, und mit der Zeit erholte er sich etwas. Als er merkte, daß er sich bei dem Bauern, mit dem er sich nur wenig unterhalten konnte, und in dem kleinen Dorf, das ihm keine Betätigung bot, langweilte, glaubte er, daß es Zeit war, nach Hause zurückzukehren. Er hatte keine Vorstellung, wie es in seiner Heimatstadt aussehen würde. Vielleicht ähnlich wie in Dresden, dachte er, und er hoffte, daß das Bürohaus der Firma Christiansen noch stehen würde und daß in seinem Beruf noch irgend etwas zu tun wäre, weil er nicht wußte, was er sonst in seiner Heimat hätte anfangen sollen. Er glaubte auch, jetzt so weit erholt zu sein, um seinen Eltern gegenübertreten zu können, ohne sie allzusehr zu erschrecken.

Eines Tages im Dezember fuhr er nach Weferlingen, wo dem Gerücht nach die Grenze nicht so stark bewacht sein sollte wie an anderen Stellen. Vom Bauern bekam er noch Butterbrote mit, die für zwei Tage reichten, und einen alten Mantel von einem früheren Knecht, der gefallen war. Südlich von Weferlingen betrat Robert den Wald, durch den die Grenze lief, aber er hatte Pech: Ein russischer Posten entdeckte ihn und hielt ihm die Maschinenpistole vor die Brust. Als der Posten aber die deutsche Uniform unter dem Zivilmantel entdeckte und die abgemagerte Gestalt mit dem elenden Gesicht und der grauen Haut sah, nahm er die Waffe wieder herunter und ließ ihn laufen.

Robert ging noch stundenlang durch den Wald, dann kam er an eine Straße, auf der britische Militärfahrzeuge verkehrten. Jetzt erst, sagte sich Robert, habe ich die Gefangenschaft hinter mir, und mit frischer Kraft lief er an diesem Tag noch bis Helmstedt, von wo er, ohne Aufenthalt, mit dem Zug nach Hause fahren wollte.

Den Bahnsteig in Helmstedt konnte man nicht frei betreten wie in der russisch besetzten Zone. Hier war eine Sperre, wo ein Beamter eine Fahrkarte verlangte, die Robert nicht besaß. Da er auch nicht das Geld hatte, eine zu kaufen, blieb ihm nach langen ergebnislosen Auseinandersetzungen mit mehreren Bahnbeamten nichts anderes übrig, als sich an die Ausfallstraße zu stellen und zu warten, bis gegen Abend ein Lastwagen vorbeikam, der ihn nach Hannover mitnahm.

In Hannover hatte er die gleichen Schwierigkeiten mit dem Bahnbeamten. Robert, der in den fünf Jahren, in denen er die Uniform trug, niemals eine Bahnfahrt bezahlt hatte, weil er alle Reisen ja nicht als Privatvergnügen, sondern im Dienste seines Vaterlandes gemacht hatte, und der nun glaubte, daß auch diese letzte Heimreise aus der Gefangenschaft noch zu den Dienstreisen gehörte, sah sich getäuscht. Er mußte das letzte Ende dieser Rückfahrt aus Sibirien, wohin er freiwillig nicht gewollt hatte, wie eine Vergnügungsreise bezahlen. Es war sein Glück, daß ein einbeiniger Mann, der eine schwarzgefärbte Wehrmachtsjacke trug und in einer Ecke der Bahnhofshalle auf zwei Krücken gestützt stand, Roberts Bemühungen um eine Fahrkarte beobachtete. Er sagte zu ihm: »Mach doch nicht solch Gewese. Kauf dir doch 'ne Karte.« Dabei langte der Einbeinige in die Hosentasche und zog eine Handvoll verknüllter Geldscheine hervor. Einige gab er Robert. »Nimm schon, Kumpel«, sagte er dazu, »das hab' ich in fünf Minuten wieder verdient.«

So gelangte Robert endlich in den Personenzug, der um sechs Uhr in der Frühe nach Bremen fuhr. Die Abteile waren alle voll besetzt, aber eine ältere Frau, die Robert im Gang stehen sah, holte ihn herein und bot ihm ihren Platz an. »Gott, ist das schrecklich«, sagte sie, »der arme S-tackel.« Und immer wieder: »Der arme S-tackel, mein Gott, mein Gott!«

In Bremen benutzte Robert nicht die Straßenbahn, obgleich er noch Geld übrig hatte, sondern ging zu Fuß durch die Bahnhofstraße und die Sögestraße, die im Nachtleben seiner Jugendzeit eine so bedeutende Rolle gespielt hatten. Alles lag in Trümmern, und auch die Häuser, die nicht zusammengefallen waren, hatten leere Fensteröffnungen. Die Straßen waren in gut aufgeräumtem Zustand; amerikanische Wehrmachtsfahrzeuge verkehrten auf ihnen und Streifenwagen, die mit amerikanischen Feldgendarmen und unbewaffneten deutschen Polizisten besetzt waren. Hier und da standen auf den Trümmergrundstücken kleine Holzbuden, in denen Andenken, Lesezeichen und andere kunstgewerbliche Gegenstände verkauft wurden. Mit Befriedigung sah Robert, daß das Geschäftsleben wieder im Gang war. Zwar gab es keine Waren, aber die Grundlage der Ordnung in der deutschen Wirtschaft war noch vorhanden. An der Stelle, wo früher Bols Stuben gewesen waren, hatte jemand mit nichtverputzten Ziegelsteinen in der Ruine einen Laden aufgebaut. Über der Tür, die aus rohem Holz war, stand »Happy Island«, und ein weiteres Schild deutete an, daß dies eine Bar war, wo man heute auch eine Kohlsuppe gegen Marken bekommen konnte. Wo Bols Stuben gewesen waren, gab es jetzt das Happy Island, etwas primitiver zwar, aber das konnte man wohl nicht anders verlangen. Für Robert war es die Hauptsache, daß es nach diesem Krieg noch Menschen gab, die ein Vergnügungsleben zu inszenieren bereit waren. Dann wird wohl alles nicht so schlimm sein, sagte er sich. Er bestellte sich ein Bier und bekam ein Getränk, das aussah wie Bier, aber wie Brause schmeckte. Eine Kohlsuppe gab ihm der Wirt nicht, weil Robert keine Marken hatte.

Danach ging Robert zum Schüsselkorb, wo die Firma Krume & Sohn, in der sein Vater Prokurist war, ihr Bürohaus hatte. Er hatte sich vorgenommen, zuerst seinen Vater zu suchen. Da immerhin die Möglichkeit bestand, daß seinen Eltern etwas passiert war, war es ihm lieber, diese Nachricht von den Kollegen seines Vaters zu erfahren als von den Nachbarn in seiner Straße. Das Bürohaus der Firma Krume & Sohn stand noch, es war nur in den oberen Stockwerken ausgebrannt, im Erdgeschoß befanden sich noch Arbeitsräume. Als Robert das Büro betrat, starrte ihn der Bote, der vorn am Tresen saß, entsetzt an, und er mußte zweimal sagen, daß er der junge Mohwinkel sei und gern seinen Vater gesprochen hätte. Dann plötzlich begriff der Bote, er lief nach hinten in den angrenzenden Raum und rief viele Male: »Herr Mohwinkel, er ist wieder da! Herr Mohwinkel, er ist wieder da!« Dabei liefen dem alten Boten die Tränen übers Gesicht. Er und die anderen in der Firma hatten in den letzten zwei Jahren alles mit dem alten Mohwinkel miterlebt; es war ihnen zu Herzen gegangen, wie er sich grämte und wie er bald mit niemandem mehr sprach. Seine Sekretärin hatte vor kurzem noch in einer Mittagspause gesagt: »Wenn dem sein Sohn nicht mehr zurückkommt, macht er nicht mehr lange.«

Als Vater und Sohn sich gegenüberstanden, war jeder erschrokken über das schlechte Aussehen des anderen. Beide weinten, und die Kollegen, die im Kreis herumstanden, waren sehr aufgeregt. Es stand fest, daß in der Firma Krume & Sohn an diesem Tag nicht mehr viel gearbeitet werden würde. Herr Mohwinkel zog sich gleich an, um mit seinem Sohn nach Hause zu fahren. Auf die Fragen seines Sohnes beeilte er sich zu antworten, daß zu Hause alles in Ordnung sei. »Mutter lebt«, sagte er, »und das Haus steht auch noch.« Unterwegs in der Straßenbahn erzählte er, daß die Mutter in der letzten Zeit viel geweint habe und daß man viel Geduld mit ihr haben müsse. »Sie hat eben viel durchgemacht«, sagte Herr Mohwinkel, »erst die Vermißtenmeldung von dir und dann gleich nach Kriegsende die Mieter, die man uns eingewiesen hat. Es sind schreckliche Leute.« Robert erfuhr, daß in zwei Zimmern des Einfamilienhauses ein Ehepaar mit zwei kleinen Kindern eingewiesen worden war und daß man selbst nur noch drei Räume habe. »Dein Zimmer haben wir noch für dich halten können«, sagte Roberts Vater, »du wirst alles vorfinden, wie es war.«

Frau Mohwinkel schrubbte gerade den Gehsteig vor ihrem Haus, eine Arbeit, die Hausfrauen dieser Gegend mehrmals in der Woche machten, um sich gegenseitig zu beweisen, wie reinlich sie waren. Sie sprach gerade mit einer Nachbarin und beschwerte sich, daß die Frau ihres Untermieters sich niemals am Schrubben der Straße beteiligte. »Das sind ganz große Schweine, wissen Sie?« sagte Frau Mohwinkel. »Aber da, wo die herkommen, kennt man das wohl nicht anders.« Danach redeten die beiden Frauen über die Ruine drei Häuser weiter. »Als das Haus über Nacht abbrannte, sind die Schillings am nächsten Tag gleich fortgezogen«, sagte die Nachbarin, »und nun ist es ihnen egal, ob wir durch ihre dumme Ruine Ratten in die Gegend kriegen.« Frau Mohwinkel dagegen interessierte sich weniger für die Ratten, sondern schimpfte über den vielen Staub, der aus dem Schutt der Ruine herüberwehte. »Da schuftet man und schuftet man, aber die Straße kriegt man nicht mehr richtig sauber«, sagte sie.

Als Frau Mohwinkel ihren Mann und ihren Sohn kommen sah, erschrak sie. Sie war ganz sprachlos, aber auch völlig ratlos, wie man nach so langer Zeit einen totgeglaubten Sohn begrüßte. Zwar hatte sie sich die Begrüßungsszene in unzähligen nächtlichen Stunden, in denen sie nicht schlafen konnte und immerzu geweint hatte, ausgemalt. Am Bahnhof stand sie und winkte einem einfahrenden Zug zu, oder sie saß wartend am Fenster, während ihr Sohn an der Haustür klingelte. Die Möglichkeit, daß ihr Sohn sie während ihrer Hausarbeit überraschen würde, hatte sie nicht berücksichtigt. Nun war sie ganz erschrocken; sie nahm Eimer, Schrubber und Scheuertuch und verschwand damit schnell durch die Kellertür, nicht ohne noch einmal mit dem feuchten Tuch über das Gitter der Gartenpforte zu fahren, das noch nicht gewischt war. Einige Minuten später erschien sie ohne Schürze, mit abgetrockneten Händen und schnell übergekämmten Haaren oben an der Haustür. Sie begrüßte ihren Sohn unter vielen Tränen, aber sie vermied es, ihn zu umarmen, weil die alte Uniform, die er anhatte, so schmutzig war. »Igitt, das dreckige Zeug«, sagte sie, »igitt, wie du bloß aussiehst. Du hast doch keine Läuse?« Sie wies ihren Sohn an, gleich in die Waschküche zu gehen, sich dort zu entkleiden, während sie das Badewasser richtete. Das schmutzige Zeug wollte sie gleich verbrennen; auf einen Einwand Roberts, der aus der Zeit der Gefangenschaft noch eine ganz andere Einstellung zu Sachwerten hatte, erklärte sie sich jedoch bereit, die Sachen nicht zu verbrennen, sondern armen Flüchtlingen zu schenken.

Während Robert badete, rief sie ihm in die Badestube zu, daß sie ihm sauberes Zeug in sein Zimmer gelegt habe. »Auf die Anzüge habe ich immer gut aufgepaßt, die ganzen Jahre«, sagte sie, »nur mit Unterwäsche bist du ein wenig knapp«, und sie bat ihn, nicht zu schimpfen, daß die Unterhose, die sie ihm bereitgelegt hatte, etwas gestopft sei.

Erst als Robert die reine Wäsche angezogen hatte und in dem Anzug, der ihm noch paßte, am Mittagstisch erschien, umarmte ihn seine Mutter. Sie sagte: »Es ist ja nicht reichlich heute mittag, wir haben ja nicht mit dir gerechnet.« Später beim Essen sagte sie: »Mein Gott, siehst du elend aus, es ist ja zum Weinen.« Sie überlegte, ob sie Grund hätte zum Freuen, oder ob es womöglich besser gewesen wäre, einen toten Sohn zu haben statt eines so elenden und kranken. Dann sagte sie sich aber, daß sie doch wohl Grund zur Freude habe. Bestimmt kriege ich ihn wieder hin, dachte sie, aber laut sagte sie: »Gott, siehst du furchtbar aus. Dich kriegen wir ja nie wieder gesund.«

Als Robert nach dem Essen ein paar Stunden im frisch überzogenen Bett schlief, lauschte seine Mutter hin und wieder an der Tür, um zu kontrollieren, ob er noch lebe. Sie konnte es nicht fassen, daß ein Mensch, der so aussah wie ihr Sohn, länger als ein paar Stunden lebensfähig war. Immer wieder lief sie zu ihrem Mann, der an diesem Nachmittag nicht ins Büro zurück ging, und sagte: »Was soll ich bloß mit ihm machen? Er riecht ja wie ein Fuchs.« Herr Mohwinkel beruhigte seine Frau, er antwortete, daß man im Augenblick gar nichts machen könne, sondern warten müsse, wie sich alles entwickele. »Ach«, antwortete Frau Mohwinkel, »der wird ja nicht wieder. Nun, dann haben wir ihn doch wenigstens noch einmal gesehen.«

Als Robert ein paar Stunden später ausgeschlafen hatte und ins Wohnzimmer zu seinen Eltern hinunterging, kam ihm seine Mutter entgegen. »Hast du gehört?« sagte sie. »Nicht mal auf dich können die da oben Rücksicht nehmen. Immerzu mußte die Schlampe mit der Tür schmeißen, und der Bengel hat in der Badestube gepfiffen.« Hiermit meinte Frau Mohwinkel die Mieter, die man in die oberen beiden Räume des Hauses eingewiesen hatte und von denen Herr Mohwinkel Robert schon in der Straßenbahn erzählt hatte. »Du weißt ja nicht, was wir hier alles durchgemacht haben mit diesen Leuten«, fuhr sie fort. »Eben habe ich den Vorplatz geschrubbt, da kommt der Kerl mit seinem Rad und macht alles wieder schmutzig. Es ist zum Heulen. Der schreckliche Krieg, was er uns alles eingebrockt hat.«

Am Abend holte Herr Mohwinkel eine Flasche Wein aus dem Keller. »Wir haben nicht mehr viel«, sagte er, »aber diese hier haben wir noch für dich aufgehoben.« Frau Mohwinkel hatte dazu ein paar Plätzchen aus Mehl, Eigelbfarbe und Süßstoff gebacken.

Dazu klagte sie, daß alles, alles so sehr, sehr knapp jetzt sei und daß der Vater nur ganz selten etwas extra durch die Firma bekomme. »Hätten wir nicht noch den kleinen Mehl- und Haferflockenvorrat, wären wir längst verhungert«, sagte sie. Dann fuhr sie nach einer Weile fort: »Die da oben haben es besser, der Kerl schiebt ganz schön. Vorgestern roch es nach Braten, im ganzen Haus. Die machen dann extra die Tür auf, um uns zu ärgern, weißt du?« Frau Mohwinkel sprach an diesem Abend noch sehr viel von ihren Mietern; sie klagte über die nie abgetretenen Schuhe, über das laute Radio und über den Schmutzrand im Waschbecken der Badestube. »Dich haben wir so gut erzogen«, sagte sie zu ihrem Sohn, »und nun haben wir diese fremden Menschen, die uns alles dreckig machen. Mein Gott, dieser schreckliche Krieg mit seinen Folgen.«

Später fragte Robert seine Eltern, was es Neues gebe, und sein Vater erzählte ihm, daß der alte Christiansen, bei dem Robert gelernt hatte, tot sei. »Es ist furchtbar traurig«, sagte Herr Mohwinkel, »der arme Mann hatte doch den Krach mit dem Buchhalter Roewer und der Partei. Ein paarmal ging es noch gut, aber dann sperrten sie ihn doch eines Tages ein. Er hat viele Monate im KZ gesessen. Als er rauskam, war er ganz verändert; er arbeitete wieder im Betrieb, trug das Parteiabzeichen und achtete im Büro streng darauf, daß niemand schlecht über die Nazis sprach. Natürlich hatte er Angst, wieder ins KZ zu kommen. Darum sagte er bis zum letzten Tag ›Heil Hitler‹. Als dann die Amerikaner kamen, haben sie ihn gleich interniert. Ein halbes Jahr saß er bei denen hinter Gittern, im Herbst ist er dann im Lager verstorben, Sein Sohn hat jetzt das Geschäft. Es ist nicht viel los. Ich glaube, er versucht, etwas Bahnspedition zu machen.« Herr Mohwinkel erzählte auch, daß die Angestellten der Firma Christiansen alle nicht mehr da seien. »Sie arbeiten alle im Hafen oder bei den Amis. Viele sind dort auf den Dienststellen beschäftigt, andere arbeiten als Kraftfahrer. Sie verdienen ja da viel besser als bei den deutschen Firmen.« Von Ilse Meyerdierks wußte Herr Mohwinkel nichts. »In der Mathildenstraße ist alles abgebrannt«, sagte er, »du kannst dir die Gegend ja mal ansehen. Sie sieht ganz trostlos aus.« Als Robert seinen Vater fragte, was er nun machen solle, bekam er zur Antwort: »Du erholst dich erst mal.«

Aber Robert kam in den nächsten Tagen nicht dazu, sich zu erholen. Er hatte sehr viel damit zu tun, sich überall anzumelden, sich ärztlich untersuchen zu lassen, Papiere sowie Lebensmittelkarten und Bezugsscheine zu bekommen. Eines Abends sagte er zu seinen Eltern, daß er am nächsten Tag zu Herrn Christiansen, dem Sohn, gehen wolle. »Vielleicht kann er mich gebrauchen.« Den Einwand, daß er sich vorerst noch erholen müsse, machte sein Vater diesmal nicht mehr. Herr Mohwinkel fand es richtig, daß sein Sohn sich wieder bei seiner alten Firma bewarb. Felix Christiansen & Co. war einmal eine sehr angesehene Firma gewesen. Vielleicht kommt sie eines Tages wieder hoch, dachte Herr Mohwinkel, und dann sitzt Robert schon schön im Geschäft. Auch Frau Mohwinkel, die vor ein paar Tagen noch geglaubt hatte, ihr Sohn sei nur zurückgekehrt, um hier zu sterben, befürwortete Roberts Entschluß. »Hoffentlich nimmt er dich, wo du doch so krank bist«, sagte sie. Und nach einiger Zeit fügte sie hinzu: »Wenn du nun wieder arbeitest, bin ich ja mit den schrecklichen Leuten da oben wieder den ganzen Tag allein. Heute haben sie Brennholz bekommen. Glaubst du, sie haben danach die Straße geschrubbt?«

Robert antwortete seiner Mutter nicht. Er legte sich ein reines Hemd und reine Unterwäsche hin, vergaß auch nicht zwei saubere Taschentücher, Bleistift und Füllhalter, ein paar Zigaretten und ein paar Mark Taschengeld, die ihm sein Vater gegeben hatte. Dann legte er sich rechtzeitig zu Bett, um am Morgen ausgeschlafen zu sein und auf Herrn Christiansen einen guten Eindruck zu machen.

Robert richtete es so ein, daß er am nächsten Morgen kurz vor neun Uhr im Büro der Firma Christiansen war. Die Gegend am Geeren war von Bombenangriffen schwer heimgesucht, doch das Bürohaus Christiansen stand noch. Nur die Fassade war von Bombensplittern stark beschädigt worden, die Fensterscheiben waren durch Holz und Pappe ersetzt und das Portal mit einem Sack verhängt, damit die Kälte nicht direkt in den Vorraum dringen konnte. Innen die große Halle hatte kaum gelitten, und das Mobiliar der Firma war vollständig vorhanden; die Stehpulte standen an ihren alten Plätzen, doch sie waren alle abgesägt und zu niedrigen Schreibpulten gemacht worden, hinter denen die Angestellten statt auf Drehschemeln jetzt auf Stühlen saßen. Es waren die Angestellten der Speditionsfirma Bensch & Benecke, die schon vor Jahren, als Robert seine alte Firma im Urlaub besuchte, die Hälfte der Halle eingenommen hatte. Jetzt besetzten sie nahezu die ganze Halle; es waren über fünfzig Leute, die bei den Herren Bensch & Benecke angestellt waren. Die Speditionsfirma konnte sich diese Ausweitung ihres Betriebes leisten, denn sie hatte die Verteilung der eingeführten Care-Pakete übertragen bekommen. Robert sah, wie diese genormten Pakete überall umherlagen, von Expedienten gestapelt und gezählt wurden, während ganze Reihen junger Leute damit beschäftigt waren, Paketkarten, Frachtbriefe, Rollfuhrscheine und Klebeadressen zu schreiben. Es war eine eintönige, stumpfsinnige Arbeit, und die fließende Erledigung, mit der die Papiere von Hand zu Hand weitergereicht wurden, bis sie bei einem Expedienten anlangten, erinnerte Robert an die Arbeit im Bergwerk von Karaganda. Er war froh, bei seiner Rückkunft in die Heimat nicht eine solche Fließarbeit übernehmen zu müssen. Er wandte sich der rechten Seite der Halle zu, wo auf dem Tresen ein Pappschild mit der Aufschrift »Felix Christiansen Nachf. – Schiffsmakler und Spediteur« stand. Hinter dem Tresen stand aber nur ein leeres Pult; von Roberts früheren Kollegen war niemand zu sehen. Robert trat hinter den Tresen und ging in das an die Halle angrenzende Chefzimmer, wo früher Herr Christiansen senior und Herr Mehlhase gesessen hatten. Dort traf er Herrn Christiansen junior an, der gerade mit einem Kunden sprach. Die beiden Herren verhandelten darüber, wie man zwei Stühle und ein altes Sofa nach Lübeck verladen könnte, ohne daß auf dem Transport die Beine abbrächen. Als Robert eintrat, erkannte ihn Herr Christiansen nicht sofort. Er sagte abwesend – »Guten Morgen, bitte warten Sie einen Augenblick draußen«. Robert setzte sich draußen an das freie Pult, und er sah gleich, es war dasselbe Pult, an dem er vor sechs Jahren mit Herrn Grünhut gesessen hatte. Die Rolltür an der linken Seite hakte noch immer zwischen dem dritten und vierten Auszug, und ganz unten lag immer noch der Tallyschein über vier Kisten Spielwaren nach Bordeaux aus dem Jahre 1936, den abzulegen irgendein Lehrling lange vor Roberts Zeit einmal zu faul gewesen war.

Robert mußte sehr lange warten. Die Verhandlung mit dem Kunden zog sich in die Länge; offensichtlich war es heutzutage schwierig, alte Möbel zu verladen, ohne daß sie auf dem Transport beschädigt wurden. Endlich kam der Kunde heraus, er wandte sich noch einmal um und sagte: »Also ich verlasse mich ganz auf Sie. Geben Sie dem Fernfahrer das – na, Sie wissen schon, und sagen Sie ihm, wie wertvoll diese Sachen sind.« Als der Kunde gegangen war, entdeckte Herr Christiansen Robert aufs neue und erkannte ihn nun sofort. »Ach, Mohwinkel, Sie sind's«, sagte er, »na, gut heimgekommen?« Er wartete eine Antwort aber nicht ab, sondern fuhr fort: »Was bei uns los ist, sehen Sie ja. Macht alles keinen Spaß mehr.« Danach fragte er Robert, ob er auch in den Hafen gehen wolle oder zu den Amis. »Die haben alle einen ganz guten Job«, sagte er, »manche müssen ganz schön schuften, wie Hinrichs und Hauschild, die in doppelten Schichten Liberty-Schiffe löschen. Andere haben es wieder besser, wie Vogelsang und Grünhut, die in Dienststellen sitzen.« Als Herr Christiansen eine Pause machte, sagte Robert, daß er nicht die Absicht habe, in den Hafen oder zu den Amerikanern zu gehen, sondern daß er gekommen sei, um sich bei der Firma Christiansen, seiner alten Lehrfirma, um Anstellung zu bewerben.

»Vielleicht haben Sie eine Verwendung für mich, Herr Christiansen«, schloß er. Herr Christiansen überlegte nicht lange, er sagte: »Wenn Sie mit achtzig Mark zufrieden sind, können Sie gleich anfangen. Mehr Gehalt kommt dabei leider nicht raus.« Als Robert zusagte, war er erstaunt. Er hatte nie geglaubt, daß er in dieser Zeit, als man im Hafen oder bei der Besatzungsbehörde viel mehr verdienen und außerdem noch schmuggeln und schieben konnte, einen Mann für so wenig Geld bekommen würde. Alle früheren Angestellten hatten ihn verlassen, nur der alte Overbeck, der Außenexpedient, war ihm treu geblieben. Nun war Herr Christiansen froh, außerdem noch den jungen Mohwinkel zu haben. Er sagte es ihm aber nicht, sondern tat so, als sei es ein Entgegenkommen, ihn anzustellen. »Ich schicke nicht gern jemanden weg, der meinem Vater so treu gedient hat wie der alte Overbeck und Sie«, sagte er zu Robert. Danach ging er in das Chefzimmer zurück und überließ es Robert, sich an seinem alten Pult gegenüber von Herrn Overbecks Platz einzurichten. Robert suchte sich etwas Schmierpapier, einen Bleistift und einen Radiergummi zusammen, dann stellte er auf den Tresen neben den Firmennamen ein Schild mit der Aufschrift »Abfertigung hier«. Am späten Vormittag kam Herr Overbeck vom Güterbahnhof zurück. Er war in den letzten Jahren sehr alt geworden, sicher fiel ihm die Arbeit nicht mehr leicht. Er erkannte Robert erst, als er ganz dicht vor ihm stand. »Ach, der junge Mohwinkel«, sagte er, »wieder zurück? Waren Sie nicht in Rußland?« Dann sah er Roberts Kopf, auf dem die Haare inzwischen noch nicht voll nachgewachsen waren. Borstig standen sie ihm noch nach oben wie eine Bürste. »Ja, natürlich, Sie waren in Rußland«, fuhr er gleich fort. »War wohl nicht schön, was?« Er ließ Robert aber keine Zeit zu antworten, sondern fuhr fort zu berichten, daß die meisten der alten Kollegen bei der Besatzungsmacht oder im Hafen arbeiteten. »Manche sind ja auch noch nicht zurück«, sagte er, »andere haben sie vor kurzem ja erst eingebuchtet, wie den Prokuristen Roewer, dieses Schwein. Na, der hat's ja auch verdient.« Und noch einmal erzählte er Robert die Geschichte von den Zusammenstößen des Seniorchefs mit der Partei. »Erst haben ihn die Nazis abgeholt, dann die Amis.

Jedesmal haben sie ihn im Büro verhaftet. Hier am Tresen standen sie, erst die Kerle von der SS, dann die von der MP, und jedesmal hat der alte Christiansen seinen Hut genommen und ist wortlos mitgegangen, ohne sich noch einmal umzusehen. Er war der anständigste Mensch, dem ich je begegnet bin.« Herr Overbeck schwieg, und erst nach einer längeren Pause setzte er hinzu: »Na ja, und dann ist er ja gestorben. Sein Sohn hat gleich das Geschäft übernommen und Herrn Mehlhase ausgebootet. Die Firma heißt jetzt ›Felix Christiansen Nachf.‹, Mehlhase hat keine Ansprüche, der ist ja belastet, er sitzt noch irgendwo in Bayern auf dem Lande.«

Robert hatte an diesem Vormittag kein sehr angenehmes Gefühl. Er freute sich zwar, in seiner früheren Firma wieder anfangen zu dürfen sowie den alten Overbeck und sein altes Pult noch vorgefunden zu haben, aber alles hatte sich doch sehr verändert. Die Halle war voll von lärmenden Menschen, die am Fließband Care-Pakete verschickten und dazu einen ungewohnten Lärm machten, der überdies in keinem Verhältnis zu der Einfältigkeit ihrer Beschäftigung stand. Von den alten Kollegen fehlten die vertrauten Gesichter der Finnlandfahrt; auch Herr Grünhut, der ihm einmal das Skatspielen beigebracht hatte, fehlte, und die vielen anderen, die ihn »Mohrchen« genannt hatten. Wehmütig dachte er an die alte Zeit, in der er fest eingefügt in Ordnung und Pflichtenkreis verantwortungsvolle Aufgaben gehabt hatte. Er hatte eine Laufbahn hinter sich; mit Kaffeekochen und Schwarzbogeneinlegen hatte er angefangen, drei Jahre später aber war er erster Assistent von Herrn Grünhut und Sachbearbeiter für Durchfracht gewesen. Nun fing er wieder ganz von vorn an, mit ein paar Stückgutkisten nach Frankfurt und ein paar alten Möbeln nach Lübeck. Keine Rangordnung bot ihm Aufstiegsmöglichkeiten, es war nichts da, was er erstreben konnte. Robert war ganz allein mit einer unwichtigen und nebensächlichen Arbeit.

Als er in der Mittagszeit nach Hause ging, erzählte er beim Mittagstisch seinen Eltern, daß Herr Christiansen, der Sohn, ihn wieder genommen habe, aber leider nur achtzig Mark bezahle. »Wir kriegen heute alle nur wenig bezahlt«, sagte sein Vater, »aber nach ein paar Monaten wirst du ja wohl um Aufbesserung bitten können.« Frau Mohwinkel widersprach ihrem Mann. Sie sagte: »Wie darf er um Aufbesserung bitten, wo er doch so froh sein muß, einen Brotherrn zu haben. Wie viele junge Leute würden sich freuen, eine solche schöne Stellung zu haben.« Zu ihrem Sohn gewandt sagte sie: »Ja, ja, jetzt beginnt der Ernst des Lebens. Tust du auch immer schön, was Herr Christiansen dir sagt?« Später nach dem Essen sagte sie: »Im Kränzchen heute erzähle ich lieber noch nicht, daß du die schöne Stellung hast. Man weiß ja noch gar nicht, ob du durchhältst und ob Herr Christiansen auch wirklich mit dir zufrieden ist.«

Den Nachmittag verbrachte Robert damit, Frachtbriefe und Frachtrechnungen zu schreiben sowie ein paar Briefe zu tippen, in denen er Empfängern beschädigter Ware nachzuweisen versuchte, daß die Ware vom Absender bereits beschädigt angeliefert gewesen sei und daß die Firma Felix Christiansen Nachf. keine Schuld treffe. Zwischendurch unterhielt er sich weiter mit Herrn Overbeck, der am Nachmittag immer im Büro blieb. »Der alte Karstendiek aus der Buchhaltung, Sie wissen, der alte Nazi, wurde dann zum Schluß ja noch ein großes Tier in der Firma«, erzählte Herr Overbeck. »Roewer hatte dafür gesorgt, daß Karstendiek Prokurist wurde, und dann hat uns dieser Kerl noch die letzten Tage tyrannisiert, es war nicht zum Aushalten. Als die Alliierten dann einmarschierten, fanden wir ihn morgens erhängt auf dem Klosett. Oben um den Wasserkasten hatte er den Strick geschlungen, und dann ist er vom Klodeckel gesprungen. Ich zeige Ihnen nachher mal die Stelle, wo wir ihn gefunden und abgeschnitten haben.«

Nach Büroschluß ging Robert nicht nach Hause. Er hatte sich eine Scheibe Brot mitgenommen und seinen Eltern gesagt, daß er später kommen würde. Nun ging er in die Schillerstraße, zur Tanzschule Lahusen. Er war erstaunt, das Haus noch vorzufinden und zu sehen, daß die Fenster erleuchtet waren. Hier wenigstens war alles noch beim alten, dachte er, und mit klopfendem Herzen trat er durch die Tür in die Vorhalle, wo Herr Wagenknecht, der Hausmeister, auf einer Leiter stand und die Decke weißte. Er erkannte Robert nicht sofort, sondern rief ihm nur zu: »Vorsicht, Farbe!« Robert wartete in der Ecke; alles schien hier noch wie früher zu sein, die Möbel in der Vorhalle standen noch an ihren alten Plätzen, sie waren nur jetzt beim Weißen der Decke mit Packpapierbogen zugedeckt. Gewiß hatte Herr Wagenknecht bis zum Ende des Krieges diesen Frieden erhalten, nachts Brandwache gehalten und tags die Fenster gedichtet, die Möbel abgestaubt und das Parkett gebohnert. Robert erinnerte sich noch gut an seinen Urlaub damals, als Herr Wagenknecht geschimpft hatte, daß nach jedem Angriff so viel Staub auf dem Parkett liege.

Nun schien alles wieder in Ordnung gekommen zu sein. Die Damen waren zurückgekehrt; drinnen im Saal hörte Robert von Frau Käthe Lahusen die Ermahnungen zur Höflichkeit beim Auffordern, dann das Einsetzen der Musik und von Frau Rita das altgewohnte »Ann–fann–gänn«, worauf das Schlurfen von Schritten einsetzte. Das Grammophon spielte den Foxtrott »Some of these days«, danach »You are my lucky star«; es waren immer noch dieselben Platten, und unwillkürlich straffte sich bei dieser Musik Roberts Haltung, und im Takt der Musik ging er in der Vorhalle auf und ab, die Schritte aus der Hüfte heraus führend.

In der dann folgenden Pause kam Frau Käthe Lahusen aus dem Saal. Sie wollte kontrollieren, wie weit Herr Wagenknecht mit dem Weißen der Decke war, da entdeckte sie Robert und ging gleich auf ihn zu. Sie streckte ihm beide Hände hin und sagte: »Mein lieber Herr Mohwinkel, wie schön, daß Sie wieder da sind.« Sie nötigte ihn, den Mantel abzulegen und ein wenig hereinzukommen. Zu Herrn Wagenknecht sagte sie: »Ich habe Ihnen doch gesagt, immer wenn Herren kommen, rufen Sie mich gleich!« Während Frau Käthe Robert in den Saal schob, wiederholte sie, wie sehr sie sich freue, ihn wiederzusehen. »Bitte, besuchen Sie uns in allen, allen Kursen«, sagte sie, »überall sind die Herren zu knapp.« Robert versuchte, sich ein wenig zu zieren, indem er auf seinen Kopf wies und meinte, daß er sich mit dieser Frisur doch nicht sehen lassen könnte. »Ach, das macht doch nichts«, antwortete Frau Käthe, »wir haben uns alle erheblich umstellen müssen.«

Frau Rita übte gerade mit den Herren einzeln die rückwärtige Welle im English Waltz, während die Damen am Rand saßen und zuschauten. Einige von den Damen trugen Kleider aus Organdy und Tüll in Rosa und Blau, andere trugen schwarzen Samt oder Schottenstoffe. Alles waren alte Kleider oder aus Resten zurechtgemacht. Doch war es in der Tanzstunde wie früher. Auch die Herren trugen vollständige Anzüge in Dunkel- oder Hellgrau. Manche saßen nicht sehr gut, und man sah, daß es geänderte Anzüge von Vätern oder gefallenen Brüdern waren, aber die Haltung der jungen Leute war genauso linkisch wie die Haltung der Anfänger vor acht Jahren, und wenn sie beim Üben der rückwärtigen Welle einen Fehler machten, liefen sie an den Ohren rot an.

Als Frau Rita Robert eintreten sah, unterbrach sie ihren Unterricht sofort, ging auf ihn zu und reichte ihm die Hand. »Da sind Sie ja wieder, Herr Mohwinkel«, sagte sie, »an Sie habe ich häufig gedacht. Ich hoffe, daß Sie jetzt für immer unser lieber Gast bleiben.« Danach stellte sie Robert vor und fuhr in ihrem Unterricht fort.

Später, als die Assistentin den English Waltz »Ramona« aufgelegt hatte und die Paare zusammen tanzten, erzählte Frau Rita ihrem neuen Gast, daß man doch froh sein müsse, alles wenigstens behelfsmäßig wieder hergerichtet zu haben. »Es war alles nicht so leicht«, sagte sie, »wir haben viel durchgemacht im letzten Jahr. Denken Sie bloß, Herr Mohwinkel, auf dem Transport hierher ist Conny, unser Hund, verunglückt. Er sprang vom Zug, direkt unter die Räder, darüber komme ich nicht hinweg.« Den Einwand ihrer Mutter, daß Herr Mohwinkel doch gewiß auch eine Menge durchgemacht habe, überhörte sie. Sie fuhr fort: »Was Sie hier sehen, sind leider nicht alle Platten. In München ist ein Koffer verlorengegangen, darin waren alle Gesangsplatten mit Greta Keller, in einen Anzug von Herrn Czerny eingewickelt, der natürlich nun auch weg ist. Es ist schon alles sehr traurig.« Danach erfuhr Robert, daß den Damen Lahusen noch weiteres Unheil widerfahren war: Der kleine Saal war durch Artilleriebeschuß bei der Einnahme der Stadt so zerstört worden, daß man nicht mehr in ihm tanzen konnte. »Die ganze Wand stürzte ein«, erzählte Frau Käthe, »und unser armer Wagenknecht, der gerade dabei war, die Fensterrahmen auszuhängen und in den Keller zu bringen, wurde unter ihr begraben. Der arme Kerl, wie lange mag er dort gelegen haben, bis seine Frau ihn fand. Er war ganz übel eingequetscht, aber er lebte noch, nur das linke Bein mußte ihm abgenommen werden.«

Der English Waltz »Ramona« war zu Ende, da die Damen aber mit ihrer Erzählung noch nicht fertig waren, befahl Frau Rita, gleich noch »Sweetheart« aufzulegen. Zu den Schülern sagte sie: »Das war schon sehr schön. Daher gleich noch mal. Dieselben Figuren, und die neu gelernte rückwärtige Welle nicht vergessen, ann–fann–gänn!« Danach fuhr sie fort, Robert weiter von dem Unglücksfall zu erzählen. »Ich habe mir das so zu Herzen genommen«, sagte sie, »aber er selbst nimmt es gar nicht so ernst. Sie sehen ja, trotz seines Beins steht er da oben auf der Leiter und weißt die Decke. Nachher im F-Kurs um acht Uhr tanzt er mit.« Auf Roberts Frage, ob Herr Wagenknecht mit dem einen Bein denn tanzen könne, antwortete Frau Rita: »Zuerst machte es ihm etwas zu schaffen, aber nun geht es schon ganz gut. Sie müssen wissen, lieber Herr Mohwinkel, jetzt nach diesem Krieg brauchen wir jeden Herrn. In allen Kursen haben wir diesen enormen Damenüberschuß. Es ist nicht leicht für uns.«

Nach Beendigung der Unterrichtsstunde blieb Robert auch zum anschließenden Fortschrittskursus. Er sah, wie Herr Wagenknecht in der Vorhalle seine handwerkliche Arbeit aufgab und sich zum Umziehen zurückzog, während seine Frau die Ausgabe und Annahme der Garderobe allein besorgte. Eine Viertelstunde später erschien der Hausmeister wieder, jetzt im dunkelblauen Anzug. Er machte beim Gehen kleine Schritte, weil es so wenig wie möglich auffallen sollte, daß er nur ein Bein hatte. Trotzdem konnte er nicht vermeiden, bei jedem Schritt des rechten Fußes die rechte Schulter leicht zu heben, um den Tragriemen der Prothese anzuziehen. Als er Robert sah, sagte er: »Ach, jetzt erkenne ich Sie erst, Herr Mohwinkel, na, viel durchgemacht?« Er freute sich, endlich einmal jemanden gefunden zu haben, dem er den ganzen Klatsch aus der letzten Zeit erzählen konnte. Darum fuhr er, ohne auf die Zwischenfrage Roberts zu achten, fort: »Herr Czerny ist nicht mehr bei uns, Frau Rita und er haben sich getrennt, jetzt macht er wieder Musik, in Konstanz beim Theater, glaube ich.« Danach erzählte Herr Wagenknecht Robert, daß man inzwischen einige andere Männer im Hause gehabt habe, aber es sei alles nichts gewesen. »Wenn ich nur an den Herrn Lelewel denke«, sagte er, »das war ein polnischer Offizier, der nach seiner Befreiung aus Kriegsgefangenschaft in Bremen blieb. Den ganzen Tag von früh bis spät saß er hier in dem Sessel in der Halle und rauchte, und abends, wenn der letzte Kursus vorbei war, ging er aus, um erst früh wiederzukommen. Dieser Herr Lelewel! Mein Gott, hat das damals immer Krach gegeben!«

Dann erzählte Herr Wagenknecht von den anderen Männern, die nach Herrn Lelewel, dem Polen, hier gewohnt und hier in dem Sessel den Tag verbracht hatten. »Mit allen war nicht viel los«, sagte er, »der Netteste war noch Mr. Adams, der uns immer eine Menge zu trinken und zu rauchen brachte; aber leider wollte er immer mit allen Mädchen aus den Anfängerkursen was anfangen.« Robert interessierte sich nicht sonderlich für die Erzählungen des Hausmeisters.

Ebensowenig wie er selbst von seinem Leben während der letzten fünf Jahre zu erzählen bereit war, wollte er wissen, was andere in dieser Zeit erlebt hatten. Er war darauf bedacht, das Bild von damals wiederherzustellen und die Personen seiner Umgebung unverändert darin einzuordnen. Alles sollte sein wie früher, darum unterbrach er Herrn Wagenknecht und fragte ihn, ob er etwas von Fräulein Ilse Meyerdierks wüßte.

Herr Wagenknecht ließ sich aber nicht unterbrechen: »Seitdem ist nun kein Mann mehr im Haus. Aber Fräulein Lüdering, die neue Assistentin, die Sie dort am Grammophon stehen sehen, wohnt nun hier. Sie lebt in der Wohnung von Frau Rita. Die beiden verstehen sich sehr gut.« Bei diesen Worten sah der Hausmeister Robert von der Seite an, um festzustellen, ob der junge Mann die Anspielung verstanden habe. Robert hatte aber nichts verstanden, er dachte an Ilse Meyerdierks, und deshalb überhörte er auch die Empfehlung Herrn Wagenknechts, sich nicht etwa für Fräulein Lüdering zu interessieren. »Wenn Sie eine Partnerin suchen, vertrauen Sie sich den beiden Damen an, die werden schon etwas für Sie aussuchen«, sagte Herr Wagenknecht.

Robert dachte aber nicht an eine neue Partnerin, er dachte an Ilse, an das letzte Turnier mit ihr, an die Abende vor der Haustür, an den Abschied auf dem Bahnhof, an die vielen Briefe und daran, daß er eigentlich immer noch mit ihr verlobt war. Darum unterbrach er den Hausmeister noch einmal, um etwas von seiner Freundin zu erfahren. »Ach, die Meyerdierks«, erinnerte sich Herr Wagenknecht, »das hat damals einen großen Krach gegeben. Sie waren gerade ein Jahr weg, da wollte die Meyerdierks den jungen Dralle als Tischherrn auf dem Abtanzball. Aber Frau Rita hatte den jungen Dralle schon für Fräulein Hämmerling eingeteilt, daher gab es einen großen Krach, und die Folge war, daß die Meyerdierks nicht zum Ball eingeladen wurde. Ich weiß nicht, was sie sich dabei gedacht hatte: Der junge Dralle war doch erst sechzehn Jahre alt.«

Auf Roberts Frage, was man vom weiteren Verbleib Ilses wisse, erzählte Herr Wagenknecht, daß der junge Dralle noch lange mit ihr brieflich in Verbindung gestanden und hin und wieder von ihr erzählt hatte. »Sie war bei der Luftwaffe beschäftigt, irgendwo in Österreich, ich weiß nicht mehr, wo. Später, als der Krieg zu Ende ging, soll sie mit einem Griechen in ein Lager gezogen sein, ich glaube im Bayerischen Wald. Oder war es ein Tscheche? Ich weiß es nicht mehr genau. Wenn der junge Dralle sich mal wieder meldet, können Sie ihn fragen.«

Bei diesem Bericht des Hausmeisters schlug Roberts Herz rasend. Er hatte gehofft, seine Freundin irgendwo in geordneten Verhältnissen zu finden, so daß man sich hätte treffen und die Freundschaft fortführen können. Man wäre zusammengezogen, hätte die Verlobungsfeier nachgeholt und bald darauf geheiratet. Diese Hoffnung war nun dahin. Es war unmöglich, nach jemandem zu forschen, der in einem Ausländerlager lebte. Dabei betrübte Robert nicht einmal, daß seine Freundin in der Zeit bei der Luftwaffe und danach in den Lagern gewiß viele wechselnde Verhältnisse mit Männern gehabt hatte, vielmehr schmerzte ihn die Tatsache, daß in dem alten Bild, das zu errichten er sich bemühte, sie als die Hauptfigur nun fehlen würde. Es wollte ihm nicht in den Sinn, daß er in Zukunft ohne Ilse Meyerdierks auskommen müßte.

Darum fragte er, als der nächste Kursus begonnen hatte, auch Frau Käthe Lahusen nach Ilse. Frau Käthe saß auf dem Podium hinter dem Barocktischchen, auf dem die Anwesenheitsliste des laufenden Kurses lag. Als letzten Namen hatte sie eben »Mohwinkel, Robert, 24 Jahre«, geschrieben, und sie blickte Robert interessiert und freundlich an, als er seine Frage stellte. Als aber der Name Meyerdierks fiel, senkte sie den Kopf und sah auf die Anwesenheitsliste. »Sehen Sie, ich habe Sie hier als Gast mit eingetragen«, unterbrach sie ihn, »nun haben wir wieder vierzehn Herren in diesem Kursus.« Es war offensichtlich: Über Ilse sprach man in der Tanzschule nicht mehr gern, und als Frau Käthe fortfuhr, von den großen Aufgaben zu sprechen, die in diesen schweren Jahren jetzt den Tanzschulen zufielen, und damit andeutete, daß im Augenblick die große Linie wichtiger sei als das Einzelschicksal, gab Robert es auf, weiter nach seiner einstigen Freundin zu forschen. »In dieser Zeit des drohenden Chaos haben wir ganz besondere Verpflichtungen gegenüber der Jugend«, sagte Frau Käthe, und nach einer Weile fügte sie hinzu: »Sehen Sie dort die Dame mit dem wundervollen blonden Haar, Herr Mohwinkel? Ich glaube, sie hat heute erst zweimal getanzt.«

Der Wiener Walzer bereitete Robert Schwierigkeiten. Die eben überstandene Krankheit, die reduzierte Lunge, das angegriffene Herz und die Unterernährung gestatteten ihm nicht, den Tanz bis zum Ende durchzuhalten. Er mußte sich hinsetzen, und nun sah er, daß auch andere Herren bereits saßen, vornehmlich die älteren unter ihnen, denen man ansah, daß sie Heimkehrer waren. Ein junger Mann, der am Hinterkopf eine frisch verheilte Wunde hatte, saß bereits, ebenfalls der Hausmeister und ein anderer junger Mann in einem dunkelgrau gestreiften Anzug, der das Haar ebenso geschoren trug wie Robert.

Der Abend strengte Robert sehr an. Obgleich er hin und wieder einen Tanz aussetzte, kam er so ins Schwitzen, daß er nach Beendigung der Unterrichtsstunde noch einen Augenblick in der Schule bleiben mußte, um sich draußen nicht zu erkälten. Die Damen Lahusen gewährten ihm das gern, zumal sie sahen, daß auch die Blonde, mit der der junge Mohwinkel an diesem

Abend viele Male getanzt hatte, es nun auch nicht mehr so eilig hatte. Die Blonde war aus Walle, einem westlichen Vorort. Ihr Vater handelte mit Kugellagern, und zu den sonntäglichen Tanztees, die gerade wieder eingeführt waren, stiftete sie manchmal den Tee. Manchmal brachte sie auch Zigaretten für Frau Rita mit. Darum war es jetzt sehr erfreulich zu sehen, daß ein so netter Herr da war, mit dem sie sich offensichtlich gut verstand.

»Sind Sie nächste Woche wieder da?« fragte die Blonde, aber Robert fand darauf eine ausweichende Antwort. Er war unfähig, sich neu zu binden, in einem Stadium, in dem er sein altes Leben noch nicht wieder völlig aufgebaut hatte. Er ging durch die Bischofsnadel in die Stadt, um zu sehen, was jetzt noch in der Söge- und in der Bahnhofstraße los war. Zur Wiederherstellung seines alten Bildes des Lebens in dieser Stadt gehörte es, nach der Tanzstunde noch eine Bar zu besuchen. In der Stadt war aber alles ausgestorben, nur amerikanische Soldaten lärmten hin und wieder an Robert vorbei. Von einem Vergnügungsleben war nichts zu spüren. Einzig das Happy Island hatte noch geöffnet. Robert betrat das Lokal, setzte sich auf einen der Gartenstühle und bestellte ein bierähnliches Getränk. Er trank noch ein zweites und versuchte sich vorzustellen, daß er jetzt betrunken sei. Dieses Gefühl stellte sich aber auch bei größter Konzentration nicht ein, darum verließ er das Happy Island bald wieder, um mit der Straßenbahn nach Hause zu fahren. Er war müde und abgespannt und empfand eine große Traurigkeit, als er zu Bett ging.

In den nächsten Monaten wuchs Roberts Haar langsam nach. Nach einigen Wochen schon gelang es ihm, die bis dahin hochstehenden Borsten in der Mitte zu scheiteln wie früher. Er wollte nicht nur sein Leben so einrichten, wie er es früher geführt hatte, sondern auch seine damalige Erscheinung wiederherstellen. Er wollte wieder der alte Robert Mohwinkel sein und überall die Stellungen wieder erreichen, die er einstmals schon innegehabt hatte. Dabei hatte er das Glück, seine Anzüge, Hemden, Krawatten und Schuhe vorzufinden, wie er sie beim Fortziehen in den Krieg zurückgelassen hatte. So konnte er wieder wie damals als Neunzehnjähriger auftreten. Er legte keinen Wert darauf, als Kriegsteilnehmer, Rußlandkämpfer oder Heimkehrer aus Sibirien betrachtet zu werden, er wollte im Büro als selbständiger Sachbearbeiter, in der Tanzschule als alter Turniertänzer, im ganzen aber als jugendlicher Lebemann gelten. Wenn ihm dies jetzt annähernd gelänge, so wußte er, daß er es seiner Mutter zu verdanken hatte. Einzig seine Mutter war es, die ihm dieses Leben wieder ermöglichte. Sie hatte in allen diesen Jahren seine Wäsche verwahrt und seine Anzüge gepflegt, daß keine Motten hineinkamen; sie hatte wöchentlich sein Zimmer gesäubert und das Bett gelüftet; sie hatte auch dafür gesorgt, daß sein Zimmer nicht beschlagnahmt wurde und daß er alles vorfände, wie er es einstmals verlassen hatte. Sein Vater dagegen hatte sich die ganze Zeit nur gegrämt, nachts hatte er geweint, im Büro war seine Arbeitslust gesunken, seine Gesundheit hatte Schaden genommen. Eines Tages wäre er vielleicht gestorben, wenn nicht sein Sohn so früh aus der Gefangenschaft zurückgekehrt wäre. Wäre Robert später heimgekehrt, wäre sein Vater womöglich tot gewesen, aber seine Mutter hätte noch zwanzig Jahre oder auch mehr auf ihn gewartet, hätte die Anzüge gebürstet, die Wäsche gepflegt, das Zimmer gereinigt und das Bett gelüftet. Später hätte sie gesagt, daß seine Unterhosen leider alle gestopft seien und daß sein Vater tot sei.

Frau Mohwinkel war es auch, die für die unbedingte Einhaltung der drei Mahlzeiten am Tage sorgte, obgleich die Lebensmittel so knapp waren, daß sie die Menschen nur gerade am Leben erhielten, ohne sie auch nur ein einziges Mal satt zu machen. Roberts Vater erhielt nun auch keine Nährmittel mehr durch seine Firma, und auch Herr Christiansen brauchte die hier und da anfallenden Lebensmittel, Zigaretten und Schnapsflaschen, die er für schwierige Transporte von manchen Kunden bekam, für sich und seine eigene Familie. Frau Mohwinkel sorgte aber dafür, daß ihre Familie morgens, mittags und abends zu Tisch saß und in gewohnter Ordnung speiste. Sie teilte die Lebensmittel gerecht auf, wobei sie ihren Sohn besonders berücksichtigte. Sonnabends buk sie einen Kuchen mit Kaffee-Ersatz, Süßstoff und Molke. Wenn Robert abends fortging, ermahnte sie ihn, nicht so spät nach Hause zu kommen; wenn er dann nachts kam, sagte sie jedesmal: »Was, jetzt kommst du erst? Ich habe nicht einschlafen können, bevor du da warst.« Die Ordnung zu Hause war wie früher, die Gespräche waren dieselben, und auch die Ermahnungen Frau Mohwinkels an ihren Sohn, immer fleißig zu sein und Herrn Christiansen zu gehorchen, hatten sich nicht geändert. Nur die Angst vor den Nazis war bei Roberts Mutter durch den Ärger über die fürchterlichen, vom Wohnungsamt eingewiesenen Mieter ersetzt worden. »Heute hatten sie Besuch«, erzählte sie, »so ein Weibsstück mit zwei Kindern, und alle über meinen Läufer. Ich hätte sie umbringen können.«

In diesen Monaten versäumte Robert keine Gelegenheit, nach seiner Freundin Ilse Meyerdierks zu forschen. Er hatte jedoch wenig Erfolg. Das Haus in der Mathildenstraße stand nicht mehr, Ilses Eltern waren in dieser Stadt nicht mehr gemeldet, und die Firma Miltenberg & Kruse, Wollimport, bei der Ilse einmal Stenotypistin gewesen war, konnte sich nur erinnern, daß die Arbeitnehmerin seinerzeit ordnungsgemäß gekündigt hatte, um sich bei der Luftwaffe dienstverpflichten zu lassen. Auch der junge Herr Dralle, der sich eines Tages als Mitglied des Tanzkreises meldete, wußte nichts über Ilses Verbleib. Als Robert ihn danach fragte, wußte Herr Dralle nicht, daß Robert bei dem Mädchen sein Vorgänger gewesen war. »Ach, die Ilse«, sagte er, »kennen

Sie die auch noch? Scharfes Weib, was?« Dann erzählte er, daß sie damals leider ganz plötzlich nach Österreich abgereist, aber niemals zurückgekommen sei. »Hin und wieder schrieb sie«, berichtete er, »das letztemal noch nach dem Krieg aus Deggendorf im Bayerischen Wald. Da war ein Lager mit Displaced Persons. Sie wissen, verschleppte Personen, Polen, Jugoslawen und wer weiß, was noch. Mit denen muß sie gelebt haben. Nachher hat niemand wieder etwas von ihr gehört. Wie kommen Sie eigentlich auf die Meyerdierks?« – »Ich habe einmal mit ihr Turnier getanzt«, antwortete Robert, dann wandte er sich ab, um Herrn Dralle nicht zu zeigen, welchen Kummer er bei seinen Worten empfand.

Es war schwer, nach diesem Kriege seine alten Freunde und Bekannten wiederzufinden. Sie waren fortgezogen oder tot. Einige von denen, die Robert noch traf, hatten sich so sehr verändert oder glaubten, sich verändert benehmen zu sollen, daß er nichts Gemeinsames mehr mit ihnen empfand. Einmal war es Wilhelm Dirk, der Lehrling, den er einmal in der Westküste Süd angelernt hatte und der dann später als Roberts Nachfolger den Platz gegenüber von Herrn Grünhut bekam. »Na, Mohwinkel, mit was schiebst du denn nun?« fragte er, worauf Robert sich beeilte zu erklären, daß er nicht schiebe, sondern wieder als Angestellter Herrn Christiansens ehrlich sein Brot verdiene. »Du bist ja verrückt«, meinte Wilhelm Dirk, »der Hund nimmt dich ja nur aus. Er steckt die Speckpakete ein, und dir gibt er ein paar Reichsmarkscheine, die nichts wert sind. Ist es so?« Wilhelm Dirk empfahl Robert, doch auch in den Hafen zu kommen, wo jederzeit irgendein Job für ihn abfallen würde. »Hinrichs, Hauschild, Wüllenkamp und viele andere sind auch da«, sagte er, »nur der Gerstenmeyer nicht, du weißt, der Sohn von dem Rechtsanwalt, der mit mir damals zusammen anfing. Er macht sein Abitur nach, dann will er noch studieren«.

Robert ärgerte sich über das Gerede seines früheren Kollegen. Gewiß hätte auch er gern Lebensmittel, Zigaretten und Schnaps gehabt, und er hätte sich auch nicht gescheut, in den Besitz dieser Sachen auf eine Weise zu gelangen, die zwar strafbar war, die man jedoch heute nicht mehr als unehrenhaft betrachtete. Aber er scheute sich, eine feste Stellung aufzugeben für einen unsicheren Job. Das ist nun der Dirk, sagte er sich, so viel Mühe habe ich mir mit ihm gegeben, so viel Hoffnungen habe ich in ihn gesetzt, und nun jagt er einem Job nach. Wohin kommen wir denn, wenn niemand mehr seinem erlernten Beruf treu bleibt? Robert empfand es auch als seine Pflicht, Herrn Christiansen zu helfen, daß die Firma wieder emporkam.

Das Zusammentreffen mit Wilhelm Dirk vergaß Robert bald wieder; nur der Satz, daß der junge Gerstenmeyer sein Abitur nachmache, blieb noch lange in seinem Gedächtnis. Robert hatte in der letzten Zeit häufig empfunden, daß die Arbeit im Geschäft und die Abende in der Tanzschule ihn nicht mehr ausfüllten. Er empfand den Wunsch, sich zu bilden, und er hatte auch nicht vergessen, was er sich in der Gefangenschaft vorgenommen hatte, als er sich im Lazarett mit dem Graphiker an seiner Seite unterhalten hatte. In der vergangenen Zeit war ihm die Überlegenheit dieser Menschen, die viel gelesen hatten, klargeworden, und als er sich in der Volkshochschule für eine Vortragsreihe über moderne Kunst eintrug, erhoffte er sich davon einen Vorteil. Er belegte außerdem im Amerikahaus einen Englischkursus für Fortgeschrittene und suchte in der Böttcherstraße eine Leihbücherei auf, wo eine junge Buchhändlerin seinem Bildungsdrang Verständnis entgegenbrachte und ihm die Bücher empfahl, die man heutzutage kennen mußte. Als er seinen Eltern von diesen neuen Plänen erzählte, meinte sein Vater: »Daß du Englisch weiterlernst, ist ja ganz schön, aber was willst du mit der Kunst? Damit wirst du in deinem Beruf nie etwas zu tun haben.«

Trotzdem besuchte Robert die von ihm belegten Kurse regelmäßig, und er las gewissenhaft alle Bücher, die ihm die junge Buchhändlerin in der Böttcherstraße empfahl. In der Tanzschule erschien er dafür zweimal in der Woche weniger, was aber den Damen Lahusen, nachdem sich seit Wiedergründung des Tanzkreises immer mehr alte und älteste Schüler bei ihnen meldeten, nicht besonders auffiel. Auch Roberts Arbeit im Büro litt nicht unter seinem neuen Streben. Pünktlich und gewissenhaft versah er seine Pflichten, und da man sich auf den jungen Mohwinkel immer verlassen konnte, erlaubte Herr Christiansen junior es sich, an manchen Tagen dem Büro fernzubleiben. Er blieb zu Hause, und gegen Mittag rief er an, um von Robert zu erfahren, was es Neues gebe, und um anzuordnen, daß Herr Overbeck ihm die Post in die Wohnung bringe. Robert ärgerte sich nicht über die Bequemlichkeiten, die sein Chef sich leistete; er freute sich vielmehr, daß Herrn Christiansens Gleichgültigkeit ihm selbst eine so große Selbständigkeit und Handlungsfreiheit brachte.

Durch intensive Bearbeitung der Industriefirmen sowie der Handelsfirmen der Stadt gelang es Robert, den Namen Christiansen, der bisher nur als Schiffsmakler bekannt war, jetzt auch als Spediteur einzuführen. Darauf wuchs der Güteranteil, und es dauerte nicht lange, so konnte man nach einigen Großstädten West- und Süddeutschlands Sammelwaggons beladen. Jetzt erst begann die Firma an dem Geschäft zu verdienen. Herr Christiansen hatte jedoch kein Lob für Robert, der auf seine Erfolge sehr stolz war, er sagte nur: »Ich sehe, Mohwinkel, Sie haben begriffen, worauf es ankommt in der Spedition. Man weiter so.«

Allerdings ließ es sich Herr Christiansen nicht nehmen, bei der Beladung des ersten Sammelwaggons mitzuarbeiten, und er packte bei den Arbeiten tüchtig zu. Er scheute sich auch nicht, die schmutzigen Fässer mit der Rostschutzfarbe anzufassen, und Robert staunte, wie kameradschaftlich der Juniorchef sich heute benahm. Als der Sammelwaggon beladen war, verschlossen und von der Rangierlok abgeholt, sagte Herr Christiansen: »Dafür gibt's auf meine Kosten noch ein Bier.«

Sie fuhren alle drei bis zum Markt. Dort stiegen sie aus und gingen zur Domklause. Als die beiden Angestellten an der Tür Herrn Christiansen Platz machten, übersah der Chef diese Geste. Er ging ein paar Schritte weiter, drehte sich dann noch einmal um und sagte: »Also denn, wie ich sagte: Ein Bier auf meine Kosten. Mohwinkel, lassen Sie sich das Geld morgen von mir wiedergeben.« Robert war über diese plötzliche Wendung erschrocken; sprachlos stand er da, bis Herr Overbeck ihn am Ärmel nahm und in die Domklause zog.

Abends erzählte Robert seinen Eltern die Vorfälle dieses Tages. Als er beim Beladen des Waggons war, sagte seine Mutter: »Das ist aber anständig von deinem Chef, daß er sich für solche

Arbeit nicht zu gut hält«, und als Robert von dem brüsken Abschied vor der Domklause sprach, meinte sie: »Wie konntest du glauben, daß sich der Chef mit dir an einen Tisch setzt? Herr Christiansen ist immer noch Herr Christiansen, und du mußt endlich einmal lernen, das zu respektieren.« Später sagte Frau Mohwinkel zu ihrem Sohn: »Glaubst du, daß Herr Krume sich auch nur ein einziges Mal mit deinem Vater an einen Tisch gesetzt hat? Und das, wo die beiden zusammen alt geworden sind?« Dabei sah Frau Mohwinkel ihren Mann an, der in diesem Augenblick auf den Boden sah. Später, als seine Frau in der Küche war, sagte er zu Robert: »Ja, so ist das eben. Damit müssen wir uns abfinden.« Allerdings gab Herr Mohwinkel zu, daß sehr viele Kaufleute der Stadt nicht viel aufzuweisen hatten: weder Kapital noch Bildung, weder Geschäftsumsatz noch Besitz. In jedem Falle hatten die Herren aber ein Firmenschild, und sie trugen einen Namen, der schon in der zweiten oder dritten Generation auf diesem Schild stand. Von manchen hing das Bild eines Großvaters im Rathaus. »Nun, so ist das eben einmal«, sagte Herr Mohwinkel noch einmal.

An diesem Abend hörte Robert zum erstenmal von seinem Vater, daß er, Wilhelm Mohwinkel, schon einmal die Absicht gehabt hatte, sich selbständig zu machen. »Das war in Kiel, gleich nach dem ersten Weltkrieg«, erzählte er, »ich wollte einen Großhandel mit Chemikalien aufziehen. Das Anfangskapital hatte eine Bank mir schon fest versprochen, da sagte deine Mutter: ›Was ist das schon, selbständig sein? Was soll ich meinen Eltern sagen, daß du keinen Brotherrn mehr hast?‹, und sie war erst wieder froh, als ich mich dann bei Krume & Sohn in Bremen bewarb und auch angenommen wurde.« Nach dieser Erklärung schwieg Herr Mohwinkel. Er blickte vor sich auf den Boden. Seinen Sohn sah er nicht an, so, als fürchte er einen Vorwurf, daß er nicht nur sein Glück, sondern auch das Glück der nächsten Generation verspielt habe. Als Herr Mohwinkel sich kurz darauf zum Schlafengehen verabschiedete, glaubte er, sich noch entschuldigen zu müssen. »Laß man, wir können nicht alle Chefs sein«, sagte er, lerne man tüchtig was, dann hast du später als Prokurist auch ein ganz schönes Leben.«

In den Sommermonaten gelang es Robert, das Sammeltransportgeschäft so zu erweitern, daß Herr Christiansen einen Lagermeister für das neu erworbene Gleisanschlußlager in Woltmershausen, einen Lehrling und zwei junge Leute anstellen konnte. Die beiden jungen Leute hießen Schierloh und Schnaars. Sie waren gegen Ende des Krieges aus ihrer kaufmännischen Ausbildung in der Textilbranche herausgerissen worden und hatten in der Uniform der Hitlerjugend noch einige Monate militärischen Einsatz mitmachen müssen. Obgleich sie nicht ausgelernt hatten, verlangten sie aber, als vollwertige Angestellte angesehen zu werden. Sie waren schon seit langem befreundet, deshalb hatten sie sich auch zusammen bei der Firma Christiansen beworben unter der Bedingung, daß sie beide angenommen würden und sich nicht zu trennen brauchten.

Außerdem wurde das Personal um Fräulein Wessels erweitert, die die Bücher führen, die Personalakten pflegen und für Herrn Christiansen nach Diktat Briefe schreiben mußte. Sie war die Tochter des Werftdirektors Wessels, der als alter Parteigenosse und NSKK-Mann seine Position nicht mehr ausfüllen durfte, aber Wert darauf legte, daß seine einzige Tochter bei Herrn Christiansen arbeitete, mit dessen Vater er einmal befreundet gewesen war. Herr Wessels hatte gebeten, seine Tochter bevorzugt zu behandeln, und deshalb wurde sie nun auch nicht Robert unterstellt wie die anderen Angestellten der Firma. Sie brauchte auch für Robert keine Briefe zu schreiben, so daß er alle anfallende Korrespondenz selbst auf der Schreibmaschine tippen mußte. Robert ärgerte sich hierüber manchmal, zumal er sah, daß Fräulein Wessels oft unbeschäftigt dasaß, während er selbst immer mehr zu tun hatte. Er beschwerte sich aber nicht bei Herrn Christiansen, denn er hatte Angst vor der unwirschen Art, mit der der Chef Vorschläge seiner Angestellten zurückwies. Schließlich hatte Robert auch schon viel erreicht. Er hatte den Titel eines Abteilungsleiters und eine Gehaltserhöhung auf zweihundert Mark bekommen. Außerdem durfte er sich an einen richtigen Schreibtisch setzen, während die anderen Angestellten weiterhin ihre Pulte behielten. Die beiden jungen Leute Schierloh und Schnaars zeigten aber keinen großen Arbeitseifer. Sie waren schwatzhaft und unterhielten sich den ganzen Tag. Viele Male am Tag suchten sie die Toiletten auf, wo sie sich außergewöhnlich lange aufhielten. Selbständig konnte man sie nicht arbeiten lassen, und Robert war gezwungen, ihnen jeweils von Fall zu Fall Aufgaben zu übertragen, ihre Erledigung zu überwachen und später die Richtigkeit zu prüfen. Immer wieder stellte er Fehler fest. Dann blickte er den jungen Mann streng an und sagte: »Herr Schierloh, Kisten und Verschläge sind zwei grundverschiedene Verpackungen, haben Sie sich nie dafür interessiert?« Oder er meinte: »Herr Schnaars, Sie können in den Frachtrechnungen die Adressen nicht abkürzen. ›Fa. Krume‹ ist eine Beleidigung. Das heißt ›Firma Krume & Sohn, Bremen, Schüsselkorb 83‹. Haben Sie kein Gefühl dafür?« Auf solche Zurechtweisungen schwiegen die jungen Leute jedesmal betroffen, aber einige Minuten später stießen sie sich heimlich an und kicherten. Darauf gingen sie in den Toilettenraum, um sich über Robert auszusprechen. Sie hielten ihn für kleinlich.

Von Tag zu Tag paßte er schärfer auf die beiden jungen Leute und auf den Lehrling auf. Er wies ihnen jeden Fehler nach und hielt ihnen lange Vorträge, welch ungeheure Verluste Herrn Christiansen durch solche Fehler entstehen könnten. Dem Lehrling empfahl er, Stenographie und Schreibmaschine zu lernen. »Das muß in unserem Beruf jeder können«, sagte er, »wie wollen Sie denn später vorankommen?« Wenn die beiden jungen Leute morgens einige Minuten zu spät kamen, sah er auf die Uhr und meinte: »Wir wollen doch um acht Uhr anfangen. Wir betrügen ja sonst Herrn Christiansen um die Zeit.« Er ermahnte den Lehrling, vom Stuhl aufzustehen, wenn ein Kunde am Tresen zu bedienen war, abends die Pulte sauber abzuräumen, die Rolläden zu schließen und nicht schon fünf Minuten vor Beginn der Mittagszeit die Zigarette anzustecken. Herr Overbeck, der alte Außenexpedient, sah die täglich wachsende Pedanterie des jungen Mohwinkel mit Besorgnis. Als er eines Abends einmal mit ihm in der Domklause saß, erzählte er seinem jüngeren Kollegen vom Ende des alten Prokuristen Hannemann. »Sie kennen doch die Geschichte?« fragte Herr Overbeck. »Er konnte es nicht fassen, daß die Zeiten sich geändert hatten. Immerzu zählte er morgens Punkt acht Uhr die Angestellten, dann beschwerte er sich über die Fehlenden, auch wenn sie schon längst gefallen waren. Die Firma konnte ihn nicht mehr behalten. Man muß eben verstehen lernen, daß die Zeiten sich ständig ändern.« Darauf schwieg er und sah Robert an. Robert merkte aber die Absicht Herrn Overbecks nicht, er antwortete: »Ja, Hannemann, dem habe ich viel zu verdanken, die ganze Ordnung und alles. Ohne Leute wie ihn läßt sich ein kaufmännisches Leben nicht aufrechthalten.

»Wissen Sie, was weiter mit ihm passierte?« fragte der Außenexpedient, und dann erzählte er Robert, daß Herr Hannemann jetzt schon seit zwei Jahren im Irrenhaus saß, draußen in Osterholz. »Es ist eine geschlossene Anstalt«, sagte Herr Overbeck, »und ich habe ihn einmal besucht, gleich nach dem Kriege. Es war einfach schrecklich. Er hatte einen ganz kleinen Raum, in dem nur Bett, Tisch und Stuhl standen. Dort saß er an dem Tisch und schrieb auf alten Zeitungen, die ihm die Anstaltsleitung genehmigte, immerzu seinen Namen. Sie kennen doch noch seine Schrift? Die war noch unverändert, und immerzu schrieb er ›Hannemann – Hannemann – Hannemann‹, den ganzen Tag. Dazu wackelte er mit dem Kopf und bewegte dauernd die Lippen, als beschwere er sich über Mitarbeiter, von denen er glaubte, sie stünden neben ihm. Mich erkannte er gar nicht mehr; als ich eintrat, schnauzte er mich an. ›Wo kommen wir denn hin? Wo kommen wir denn hin?‹ sagte er. ›Lassen Sie das den Mohwinkel machen.‹ Ja, in den paar Worten, die er sprach, nannte er Ihren Namen. Es war ganz fürchterlich, ich gehe auch nicht wieder hin.«

Robert hörte die ganze Zeit mit Erschütterung zu, was der alte Overbeck über Herrn Hannemann erzählte. Als sein eigener Name fiel, erschrak er. Jetzt im Irrenhaus erinnert sich der alte Hannemann also noch an mich, dachte Robert, und er nahm dies für eine Verpflichtung, Hannemanns Ordnung auch in Zukunft weiterzuführen und noch strenger darauf zu achten, daß

Oberflächlichkeit und moderne Sitten nicht in sein Büro eindrangen.

Eines Morgens ging Robert zu Herrn Christiansen und bat, einige Vorschläge für die kommenden Wochen machen zu dürfen. Zum Schluß erwähnte er seine Sorge mit dem Personal. »Ich glaube, Herr Schierloh und Herr Schnaars sind nicht das Richtige für uns«, sagte er, aber Herr Christiansen schnitt ihm das Wort ab. »Sie sind der Abteilungsleiter«, sagte er, »an Ihnen liegt es, die Leute richtig einzusetzen. Muß ich mich denn um alles kümmern?« Versöhnlich setzte er aber noch hinzu: »Na, ich kann mir die beiden ja mal vorknöpfen. In den zwei Jahren als Offizier in Halle habe ich ja Menschenbehandlung gelernt. Waren Sie eigentlich Unteroffizier?« Robert konnte darauf nur erwidern, daß er es leider nicht so weit gebracht habe, dann lenkte er schnell von dem Thema ab. »Schade«, sagte er, »daß wir ins Schiffsmaklergeschäft gar nicht wieder eindringen. Können wir nicht mal versuchen, an das Löschen von Liberty-Schiffen heranzukommen?« Auch hier unterbrach ihn Herr Christiansen. »Für die Schiffsmaklerei habe ich schon meine Pläne«, sagte er, »darum sorgen Sie sich man nicht.« Robert sah: Mit dem Chef konnte man nicht sprechen. Die Sorgen des Chefs waren nicht die Sorgen des Angestellten, ja, es war Robert noch nicht einmal gestattet, überhaupt Sorgen zu haben.

Als Robert über dieses Problem noch nachdachte und auch überlegte, wie Herr Hannemann wohl in dieser Situation gehandelt hätte, betrat ein junger Mann die Halle. Ohne sich lange umzusehen, kam er quer durch den Vorraum auf die Stelle des Tresens zu, wo Roberts Platz war. Der junge Mann humpelte, man sah, daß er im Kriege ein Bein verloren hatte. Trotzdem ging er nicht am Stock, sondern bemühte sich, bei möglichst kleinen Schritten seine Körperbeschädigung so wenig wie möglich zu zeigen. Noch bevor er am Tresen anlangte, winkte er mit beiden Armen und rief: »Mensch, Mohrchen, Großfürst, wo steckst du denn? Überall suche ich dich!« Es war Heinz Hofer, der Graf, »Mensch, Mohrchen, Großfürst«, sagte Heinz Hofer noch einmal, »ich habe gehört, daß du zurück bist, aber in diesem Stall habe ich dich nicht vermutet.« Er berichtete, daß er mit seiner Schwester zusammen ein Lebensmittelgeschäft in der Neustadt betreibe, und er lud Robert ein, ihn am Abend einmal zu besuchen.

Heinz Hofer bewohnte mit seiner Schwester eine Dreizimmerwohnung in der Richthofenstraße, die mit dem Laden direkt verbunden war. Als Robert seinen einstigen Freund am Abend besuchte, fand er ihn allein zu Hause. Die Schwester war ausgegangen. Heinz Hofer saß in einem großen tiefen Ledersessel, neben ihm stand auf der einen Seite ein riesiges Radiogerät und auf der anderen Seite ein kleiner runder Tisch mit Gläsern, Flaschen und Zigaretten. Er hatte sich seinen Platz so eingerichtet, daß er alles erreichen konnte, ohne aufzustehen, dies aber weniger, weil seine Kriegsverletzung ihm das Aufstehen schwermachte, sondern vielmehr, weil er schon zu betrunken war, um sich ohne Mühe aufzurichten. »Mensch, Robert, alter Großfürst«, schimpfte er mit ihm, »du hättest dich auch schon früher einmal sehen lassen können. Seinen armen alten Freund immer allein saufen zu lassen, das ist eine Schande!« Er forderte Robert auf, sich einen Stuhl heranzuziehen und Schnaps, Plätzchen und Zigaretten zu nehmen. »Erschrick nicht«, sagte Hofer, »das ist ganz gewöhnlicher Rübenschnaps. Selbstgemacht. Grauenhaftes Zeug. Ich habe auch was Besseres, aber das ist nur für sonntags. Alltags gibt's bei mir nur Rübenschnaps. Wenn es dir nicht paßt, brauchst du nicht wiederzukommen.«

Robert freute sich über diese neue Verbindung, und er hoffte, durch seinen Freund etwas in den Schwarzhandel hineinzukommen. Er wurde aber enttäuscht. »Schiebergeschäfte sind nichts für mich«, sagte Hofer, »ich bleibe ehrlich, weißt du? Das kleine Tauschgeschäft, das ich mache, hat nichts mit Schwarzhandel zu tun. Es dient nur dazu, meinen eigenen Schnapsbedarf zu decken.« Später erklärte er Robert, daß er mehr Rübenschnitzel bekam, als er zu Schnaps verarbeiten konnte. Diesen Worten entnahm Robert, daß die Einladung seines Freundes so uneigennützig nicht war, sondern daß er eine Hilfe suchte, um die heimliche Herstellung des Rübenschnapses in größeren Mengen zu bewerkstelligen. »Wenn du schon mitsaufen willst, kannst du auch mal etwas dafür tun«, sagte Hofer, und er bat Robert, am nächsten Sonnabend zu kommen, damit man in der

Nacht auf Sonntag den Vorrat für die nächste Woche herstellen könnte.

Am Wochenende lernte Robert in der Küche seines Freundes, wie man aus einer Tonne gegorener, übelriechender Rübenschnitzel einige Flaschen übel schmeckenden Schnapses herstellte, was mit sehr vielen Nebenarbeiten verbunden war, zu denen sein Freund keine Lust hatte. Im Kohlenherd war das Feuer in Gang zu halten und mittels einer Sauerstofflasche auf eine Hitze zu bringen, die eine Destillation möglich machte. Alle Augenblicke mußte der Inhalt des viel zu kleinen Kessels gewechselt und der Rübenabfall auf der Toilette so vorsichtig weggespült werden, daß er das Wasserklosett nicht verstopfte. Heinz Hofers Schwester, eine Kriegerwitwe, die von ihrem gefallenen Mann den Lebensmittelladen übernommen hatte, machte den beiden Männern Abendbrot. Dann legte sie sich schlafen.

Gegen Morgen hatten die beiden Freunde einige Flaschen fertig. Hin und wieder probierten sie den Schnaps, aber er war noch warm und schmeckte widerlich. Zudem war es nicht gelungen, alle Flaschen mit reiner Flüssigkeit zu füllen; manchmal war das Feuer zu stark gewesen, so daß aus der Schlange statt reinen Alkohols häßliche, dicke, braune Tropfen herausgekommen waren. Heinz Hofer war aber trotzdem zufrieden. Er legte zwei Flaschen unter fließendes Wasser zum Kühlen und sagte: »Damit saufen wir uns heute nachmittag gleich einen an, und dann gehen wir in die Festsäle nach Huckelriede. Das ist ein toller Bums. Machst du mit?« Robert war einverstanden, und nachdem er bei Arbeitsschluß die Küche aufgeräumt, alle Abfälle beseitigt und den Herd geputzt hatte, legte er sich ins Wohnzimmer seines Freundes auf die Couch, um bis zum Nachmittag zu schlafen.

In Huckelriede, das merkte Robert gleich, waren die Gäste seit jeher die gleichen geblieben. Schon zur Kaiserzeit tanzten hier Soldaten mit Dienstmädchen, und auch in den dreißiger Jahren waren die Festsäle ein beliebtes Lokal, wo sich die Soldaten der nahe gelegenen Kasernen mit Mädchen trafen, die in Fabriken arbeiteten oder in Lagerschuppen Ware sortierten. Jetzt besuchten das Lokal amerikanische Soldaten und deutsche Jünglinge, die bei den Amerikanern arbeiteten. Sie tanzten mit denselben Mädchen, die vor wenigen Jahren noch mit Ausbildern der deutschen Wehrmacht oder mit Urlaubern getanzt hatten. Einige der Mädchen hatten ihr Haar gefärbt, alle waren stark geschminkt. Sie trugen dünne, schlecht sitzende Kleider, die stramm über das Gesäß gezogen waren und oben den Busenansatz zeigten.

Heinz und Robert hatten sich anderthalb Flaschen ihres Rübenschnapses eingesteckt. In den Festsälen nahmen sie sich einen Platz in einer Ecke und versteckten ihre Flaschen hinter ihren Stühlen. Der Form halber bestellten sie zwei Glas Ersatzbier, rührten es aber nicht an. Damit der Ober ihre Selbstversorgung duldete, bekam er von Heinz Hofer fünf Zigaretten.

Die beiden Freunde unterhielten sich an diesem Abend wenig. Sie blickten stumm vor sich hin. Sie waren sehr betrunken. Den ganzen Abend hatten sie nicht getanzt, aber jetzt sprang Heinz Hofer ganz plötzlich auf. »Jetzt muß ich was zum Vögeln haben«, sagte er, »warte hier auf mich«, und ohne Roberts Antwort abzuwarten, humpelte er durch den Saal, wo er in der Nähe der Theke ein rothaariges Mädchen aufforderte, dessen Busen sehr üppig zu sehen war. Die beiden tanzten aber nur einen halben Tanz, dann verließen sie die Tanzfläche, um durch einen Nebenausgang dort ins Freie zu gelangen, wo eine mit Hecken begrenzte Wiese die Festsäle abschloß. Robert wartete eine Dreiviertelstunde. Er wußte, daß Heinz Hofer sehr betrunken war und daß er allein ohne Hilfe nicht mehr nach Hause käme. Darum rührte Robert sich nicht vom Fleck in der Angst, er könnte die Rückkehr seines Freundes verpassen. Schließlich kam Heinz Hofer durch den Seiteneingang wieder in den Saal zurück. Sein Anzug war schmutzig, an seinen Knien klebte Lehm, den Schlips hatte er in der Hand, das Haar hing ihm ins Gesicht. Er torkelte, und es sah aus, als könnte er jeden Augenblick hinfallen. Darum ging ihm Robert entgegen und stützte ihn. Am Tisch half er ihm, seinen Anzug in Ordnung zu bringen. »So ein Scheißkram«, sagte Heinz Hofer mehrmals, »so ein Scheißkram.« Dann langte er nach der noch halbvollen Flasche und trank mehrere Schnäpse hintereinander, ohne auf die Ratschläge seines Freundes zu hören.

Als der Schnaps ausgetrunken war, gingen die beiden nach Hause. Da keine Straßenbahn mehr fuhr, mußten sie zu Fuß durch die Kornstraße gehen. Es wurde ein beschwerlicher Weg. Robert stützte seinen Freund an der Seite, an der er die Prothese trug. Trotzdem konnte er nicht verhindern, daß Heinz Hofer mehrmals hinfiel. Da er sich aus eigener Kraft nicht wieder aufrichten konnte, mußte Robert ihn jedesmal hochzerren. Am Buntentorsfriedhof mußte Hofer sich übergeben, wobei er mit dem Kopf auf das eiserne Gitter des Friedhofs stieß. Die Wunde blutete stark, und Robert fiel es zu, den Freund nicht nur zu stützen, sondern mit der freien Hand jetzt auch noch ein Taschentuch auf die blutende Kopfwunde zu halten.

Als sie am Laden ankamen, wurden sie schon von der Schwester erwartet, die noch nicht ins Bett gegangen war. Sie kannte diese Zustände ihres Bruders. Sie wusch ihm die Wunde aus, entkleidete ihn und nahm ihm die Prothese ab. Den schmutzigen Anzug warf sie in die Küche. Robert, der einen Dank für die Hilfeleistung erwartet hatte, wurde von ihr mit Vorwürfen bedacht. »Ich habe geglaubt, Sie sind ein vernünftiger Mensch«, sagte sie, dann schob sie ihn durch die Tür ins Freie.

Robert war froh, nicht so viel wie sein Freund getrunken zu haben. Als er nach anderthalbstündigem Fußmarsch zu Hause anlangte, war er schon fast wieder nüchtern. Seine Mutter saß aufrecht im Bett, als er kam. Sie wußte nichts von der Schnapsbrennerei. Robert hatte ihr nur erzählt, daß er bei seinem früheren Freund eingeladen sei, dort auch übernachte und am Sonntag ein wenig zum Tanzen gehe. »Nun, hast du auch nicht zuviel getanzt?« fragte sie. »Denk an deine Krankheit. Damit ist nicht zu spaßen.« Robert beruhigte sie, er sagte, daß er kaum getanzt, sondern sich die meiste Zeit unterhalten habe. »Das ist fein, daß du einen so netten Freund hast«, erwiderte Frau Mohwinkel, »gewiß war es nicht langweilig.« – »Nein«, sagte Robert, »es war nicht langweilig.« Dann ging er schlafen.

Als es zum Herbst ging, belegte Robert wieder einige Kurse in der Volkshochschule. Die Freundschaft mit Heinz Hofer beanspruchte ihn zwar sehr, aber sie konnte nicht verhindern, daß er seinen Bildungsplan mit dem Ernst weiterführte, mit dem er ihn begonnen hatte. Er trug sich für Kunstgeschichte und Literaturgeschichte ein und notierte sich auch die Tage, an denen im großen Saal der Volkshochschule Dichterlesungen veranstaltet wurden. Von dieser systematischen Bildung versprach Robert sich für später einige Vorteile. Vor allem hoffte er, nach Beendigung der Schulung als gebildeter Mensch die veränderte Situation nach diesem Krieg leichter ertragen zu können. Er erhoffte sich auch eine Standeserhöhung nach Besuch dieser Kurse und durch die Kenntnis der empfohlenen Literatur, denn es war nun modern, viel gelesen zu haben und etwas von Kunst zu verstehen. Man mußte Theater besuchen, vor allem die Zimmertheater, man mußte sich mit gleichgesinnten jungen Leuten zusammenfinden und diskutieren, man mußte Dichter anhören, über ihre Leiden nachdenken und mit ihnen die Probleme dieses Jahrhunderts erörtern.

Robert gelang es jedoch nicht, in diesen Kreisen freundschaftliche Verbindungen zu finden. Die jungen Leute, die sich in der Volkshochschule zusammenfanden, merkten gleich, daß Robert nicht zu ihnen gehörte, Robert wiederum war von ihnen befremdet; er verstand nicht, was sie mit den »Dingen« meinten, von denen sie so viel sprachen: Sie »rangen um sie«, sie »wußten um sie«, und Robert empfand die Ungenauigkeit dieser Äußerungen als peinlich. Für diese Leute aber war Robert nur ein kleiner Angestellter, der sich Mühe gab, sein geringes Wissen etwas zu erweitern. Er lernte Kunstgeschichte, wie andere Buchführung lernten, und er las Gedichte, wie andere ein Lehrbuch über Stenographie. Sie ließen es Robert fühlen, daß sie ihm überlegen waren, und Robert sah, daß er nirgends sicher war vor dem Hochmut, der ihn überall umgab. Früher galt es etwas, Angestellter einer angesehenen Firma zu sein, Fachwissen in seiner Branche zu besitzen und die Aussicht zu haben, Abteilungsleiter und im Alter Prokurist zu werden. Heute war es unmodern geworden, Kommis zu sein. Überall bildeten sich feinere Kreise, aber Robert hatte keinen Zugang zu ihnen.

Robert sah diese Kluft zwar sehr deutlich, aber gerade deshalb betrieb er seinen Bildungsplan mit so großem Ernst. Jede Woche ging er in die Böttcherstraße, um in der Leihbücherei sein Buch zu tauschen. Die junge Buchhändlerin, die ihn beriet, wunderte sich über ihn. Sie hatte nie einen Kunden gehabt, der von einem einzigen Autor erst alle Bücher sowie auch die Fragmente und Briefe verlangte, bevor er sich einem anderen Autor zuwandte. Dabei legte er Wert darauf, die Werke des Schriftstellers, der bei ihm gerade an der Reihe war, auch in der richtigen Zeitfolge zu verarbeiten. Immer begann er mit den langweiligen Jugendwerken, und bei Hermann Hesse weigerte er sich einmal vierzehn Tage lang, die »Morgenlandfahrt« zu nehmen, weil er den »Steppenwolf«, der gerade ausgeliehen war, noch nicht gelesen hatte. Einen Kunden, der so ohne Vergnügen las wie Robert, hatte die Buchhändlerin noch nicht gehabt.

Nachdem Robert alles von Hermann Hesse, von Thomas Mann und Hans Carossa gelesen hatte, empfahl sie ihm, auch einmal ausländische Zeitgenossen in Übersetzungen zu lesen. »Die moderne französische Literatur ist auch sehr wichtig«, sagte sie, und sie gab ihm ein Buch von André Gide mit. Als Robert das Buch zurückbrachte und zu verstehen gab, daß er sich auch von diesem Autor bereichert fühle, stellte sich heraus, daß in der Leihbücherei nur dieses einzige Buch von Gide vorhanden war. »Gehen Sie doch mal in die Maison de Franc«, sagte die Buchhändlerin, »dort finden Sie auch eine Menge in deutscher Sprache. Ich glaube, der Gide ist dort vollständig.«

Robert ging in die Maison de France. Ein junger Mann bediente ihn. Er gab ihm »Die Verliese des Vatikans« und sagte: »Die Bibliothekarin wird Ihnen ein andermal gewiß noch mehr empfehlen können. Sie hat heute ihren freien Tag. Ich vertrete sie nur und kenne mich nicht so aus.« Robert bedankte sich; abends erzählte er seinen Eltern, daß er nun auch Bücher aus dem

Frankreichhaus entleihe. »Daß du immer so viel lesen mußt«, sagte seine Mutter, »das ist bestimmt nicht gesund.« Und auch sein Vater setzte ergänzend hinzu: »Hin und wieder einmal ein gutes Buch, das kann nicht schaden, aber du darfst deinen Beruf darüber nicht vernachlässigen.« Herr Mohwinkel erzählte seinem Sohn, daß er seinerzeit als junger Mann »Soll und Haben«, »Die Buddenbrooks« und »Die Stoltenkamps und ihre Frauen« gelesen habe. »Daraus habe ich eine Menge gelernt«, sagte er, »aber bei dem vielen, das du liest, ist bestimmt eine ganze Menge nicht zu gebrauchen. Man muß alles mit Maßen betreiben, Robert, auch das Lesen.«

Am Freitag in der Tanzschule wunderte sich Robert, daß Frau Käthe Lahusen ihn mit einer Freundlichkeit begrüßte, mit der sie ihn sonst längst nicht mehr behandelte. Sie sagte: »Schön, daß Sie gekommen sind. Wir dürfen Sie in diesem Winter doch hoffentlich recht, recht häufig sehen, nicht wahr?« Dann bat sie ihn, sich einen Stuhl zu holen und an das Barocktischchen heranzurücken, damit sie ein wenig mit ihm plaudern könnte. »Sie wissen gar nicht, wie oft ich mit meiner Tochter über Sie spreche«, sagte sie zu Robert, »und ich sage immer wieder, welch ein Wunder es doch ist, daß Sie nach diesem gewiß furchtbaren Erlebnis in Sibirien zurückgekommen sind. Sie sollten wieder für das Turnier trainieren.« Bei diesen Worten merkte Robert, daß die Damen Lahusen beabsichtigten, ihn als Partner für eine Dame zu gewinnen, an der ihnen sehr gelegen war. Er hatte während des ganzen Abends schon gespürt, daß sie ihn für irgendeinen besonderen Dienst gewinnen wollten. Nun war es klar: In diesem Kursus war eine Dame, der er zugeführt werden sollte.

Gewiß ist sie sehr häßlich, dachte Robert, und er sah sich die Damen an, die gerade einzeln auf der Tanzfläche den offenen Telemark übten. Er versuchte zu raten, welcher er wohl zugedacht war, aber fand es nicht heraus, weil keine der Damen auffallend häßlich war. Frau Rita übte immer noch dieselbe Figur. »Langsam – schnell – schnell – langsam«, sagte sie, und wieder: »Langsam – schnell – schnell – langsam.« Endlich, nach langem Üben glaubte Frau Rita, daß ihre Schüler die Schrittfolge der neuen Figur und ihren besonderen Rhythmus so weit begriffen hätten, um sie paarweise zu tanzen. Sie ließ »Some of these days« auflegen, und in diesem Augenblick sagte Frau Käthe Lahusen zu Robert: »Sehen Sie dort die Dame mit den wunderbaren braunen Augen, links die zweitletzte, ich glaube, sie hat die Schritte noch nicht so schnell mitbekommen, helfen Sie ihr doch bitte einmal.« Als Robert aufsprang, um die Dame mit den braunen Augen aufzufordern, hielt ihn Frau Käthe noch kurz zurück und fügte, indem sie ihn zu sich heranzog, leise hinzu: »Es ist Fräulein Trude Hoyer, ein sehr, sehr gebildetes Mädchen. Sehr gute Familie übrigens.«

Robert tanzte mit Fräulein Trude Hoyer. Sie hatte wirklich sehr hübsche braune Augen, aber ihre braunen Augen waren auch das einzige, was auffallend und hübsch an ihr war. Als Robert sich vorhin die Frage gestellt hatte, welcher Dame er wohl zugeführt werden würde, war ihm Fräulein Hoyer gar nicht aufgefallen, so unscheinbar war sie. Sie trug ein dunkelbraunes Kleid, das nicht gut saß; sie war fast einen halben Kopf kleiner als Robert, und ihre Hüften waren etwas zu breit, so daß Robert gleich sah, daß sie für einen Preis im Turnier nicht die richtige Figur abgeben würde. In ihrem Gesicht wirkte sich störend aus, daß die Partie zwischen Mund und Nase zu klein war und daß sie die Mundwinkel ständig leicht nach unten zog. Der größte Fehler an der Dame aber war, daß ihre Beine an den Fesseln nicht dünner wurden, sondern mit dem gleichen Umfang, den sie an der Wade hatten, unten in unkleidsamen Schuhen endeten.

Robert tanzte mit ihr nach »Some of these days«. Er übte vor allem den offenen Telemark, dessen Schrittfolge und Rhythmus Fräulein Hoyer beherrschte. Wenn das Paar am Podium vorbeitanzte, sagte Frau Käthe: »Sehr schön schon, sehr gut, Herr Mohwinkel.«

Robert bemühte sich, mit seiner neuen Partnerin zufrieden zu sein. Er wußte, daß er nun längere Zeit mit ihr tanzen müßte und daß es keine andere Lösung gab, als sich mit Fräulein Hoyer abzufinden. Deshalb war er gleich vom ersten Augenblick an freundlich zu ihr. »Das ist die Aufnahme von Bunk Johnson«, sagte er, »ganz anständig. Früher hatten wir dies Stück von Victor Silvester gespielt. Vielleicht nicht so gut, aber ich hänge nun mal an dieser alten Zeit.« Robert sprach auch von den Bällen vor dem Krieg, von den Tanztees, die früher immer gesellschaftliche Ereignisse gewesen seien, und von den vielen Turniertrainingsstunden an den Sonntagvormittagen. Dann fügte er plötzlich hinzu: »Vielleicht kommt alles einmal so schön wieder. Wollen wir nicht zusammen für das nächste Turnier trainieren?«

Fräulein Hoyer überraschte diese plötzliche Frage, die eine längere Partnerschaft versprach. Sie war auch über Roberts freundliche und verbindliche Umgangsformen erstaunt und darüber, daß dieser Mann gleich vom ersten Augenblick so liebenswürdig zu ihr war. Sie hatte mit Widerständen gerechnet, und vor einigen Tagen, als sie Frau Käthe Lahusen gefragt hatte, ob ein Partner für sie da wäre, war ihr dabei nicht ganz wohl gewesen. Die ganze Zeit hatte sie sich vor diesem Augenblick gefürchtet, denn sie wußte, daß sie nicht hübsch war. Seit Jahren hörte sie nichts anderes von ihren Eltern, Geschwistern und Freundinnen. Schon als kleines Mädchen hatte man sie bei den Weihnachtsaufführungen in der Schule immer in die letzte Reihe gestellt, um sie hinter den Köpfen ihrer hübschen und niedlichen Mitschülerinnen zu verstecken. Später hatten ihr die Jungen auf der Straße nachgerufen: »Guck mal die mit den Beinen« oder: »Die beißt sich bald in die Nase.« Zu Hause kannte sie die besorgten Blicke, mit denen ihre Eltern sie von der Seite ansahen. »Sie muß ihr Abitur machen«, hatte ihr Vater gesagt, denn er wollte sie, da ihre Aussichten auf Heirat wohl nur gering waren, wenigstens in einem höheren Beruf versorgt sehen.

Trude Hoyer machte ihr Abitur, aber sie wurde nie den Gedanken los, daß ihre Bildung eine Strafe für mangelnde körperliche Qualitäten sei. Mit einem verbissenen »Nun-erst-recht« bemühte sie sich, immer die beste Schülerin zu sein, und sie genoß es, daß in den oberen Klassen die viel hübscheren Mitschülerinnen bei Haus- und Klassenarbeiten von ihr abhängig waren. Mit den Jahren zogen sich ihre Mundwinkel leicht nach unten, und sie bekam den ironischen Ausdruck im Gesicht, der sie gefürchtet und oft unbeliebt machte. Sie wurde Bibliothekarin, und sie freute sich, in diesem Beruf ihre Überlegenheit auf feine Art zu zeigen. In die Tanzschule war sie gekommen, um einen Herrn kennenzulernen, mit dem man sich zeigen konnte. Sie hatte die Hänseleien ihrer Freundinnen satt, und sie konnte auch die besorgten Blicke ihrer Eltern und ihre Fragen, ob dies nun der richtige Beruf fürs Leben sei, nicht mehr ertragen.

Deshalb hatte sie sich vor einem Jahr in der Tanzschule angemeldet, aber im Anfänger- und im Fortschrittskursus keinen Partner bekommen. Überall waren die Damen erheblich in der Überzahl. Der FF-Kursus, in dem man sich paarweise fest zusammenfinden mußte, war nun der letzte Versuch. Sie hatte den Damen Lahusen eine Reihe französischer Bücher mitgebracht und ihnen versprochen, noch mehr zu besorgen. Zum Dank für die Bücher bekam sie nun Robert zum Partner.

Nach dem Unterricht bemühte Robert sich um den Mantel seiner Partnerin, dann lud er sie ins Happy Island zu einem Heißgetränk ein. Er sprach davon, wie er in den Jahren vor dem Krieg Abend für Abend hier gesessen habe, an der Bar, bei einem Ohio oder Manhattan, damals, als das Lokal noch Bols Stuben hieß. Fräulein Hoyer hörte ihm gern zu, denn wenn er auch nicht verstand, sehr amüsant zu erzählen, so hatte seine Stimme doch einen wehmütigen Klang, wenn er von der vergangenen Zeit sprach, und seine blauen Augen wurden groß und wässerig vor Traurigkeit. Die Art, wie dieser junge Mann durch sie hindurchsah, wenn er sich an die alte Zeit erinnerte, erhob ihn zu einer Größe, an die ihre sonst so gern geübte Ironie nicht herankam. Sie erzählte ihm, daß sie damals noch ein kleines Schulmädchen gewesen sei, das sich um Nachtlokale noch nicht kümmerte. Sie erzählte ihm auch, daß sie, als sie älter wurde, genug mit ihrem Abitur zu tun gehabt habe; nun aber gehe sie sehr wenig aus, da ihr Posten als leitende Bibliothekarin ihr wenig Zeit lasse.

Diese Worte verfehlten ihre Wirkung bei Robert nicht. Eine Partnerin in diesem Bildungsgrad und in diesem geistigen Beruf zu besitzen sah er als großen Vorteil an. Gewiß, sie war keine Ilse Meyerdierks, die Figur hatte sie nicht, und man würde mit ihr auch keine Preise im Turniertanzen bekommen, aber Bildung und gehobene Stellung waren auch Auszeichnungen, die es ihm erstrebenswert erscheinen ließen, ein solches Mädchen zu seiner Freundin zu machen. Sein Begehren steigerte sich noch, als er erfuhr, daß Trudes Vater der Tabakgroßhändler August Hoyer war, Inhaber der Firma Adolph Julius Hoyer Nachf., die schon seit 1830 bestand. Deshalb sagte er jetzt noch einmal: »Wir sollten auf alle Fälle das nächste Turnier mitmachen. Allerdings müssen wir dann sehr häufig trainieren. Hoffentlich haben Sie die Zeit.« Als Robert später erfuhr, daß Trude Hoyer Bibliothekarin in der Maison de France sei, verbarg er seine Überraschung. Er sagte gleichgültig: »Aus Ihrer Bibliothek habe ich gerade ›Die Verliese des Vatikans‹ geholt. Ich schätze Gide sehr.« Fräulein Hoyer freute sich, damit auf ein Thema zu kommen, bei dem sie ihre Kenntnisse mehr herausstellen konnte. »Dann kennen Sie gewiß auch ›L'école des femmes‹ und ›Le retour de l'enfant prodigue‹«, sagte sie, »es freut mich, daß Sie Gide so schätzen. Was halten Sie übrigens von der ›Correspondance avec Claudel‹?« Sie bedauerte, daß Robert seine Meinung über Gides Korrespondenz mit Claudel nicht abgeben konnte, weil er von diesem Schriftsteller nur die »Verliese des Vatikans« und die »Rückkehr des verlorenen Sohnes« in deutschen Übersetzungen gelesen hatte. Zu ihrem Bedauern beendete er dieses Thema. »Ich werde mich einmal von Ihnen beraten lassen«, sagte er, »ich komme morgen am Sonnabend nach der Bürozeit vorbei.« Dann brachte er seine Partnerin zur Straßenbahnhaltestelle, denn sie wünschte, allein nach Hause zu fahren, weil sie sehr weit draußen hinter dem Hohentorshafen wohnte.

Als Robert nach Hause kam, sah er gleich im Telefonbuch nach, um zu kontrollieren, ob die Angaben seiner Partnerin stimmten. Er fand die Eintragung der Firma Adolph Julius Hoyer Nachf., und er fand auch den Namen von Herrn August Hoyer, der als Inhaber dieser Firma bezeichnet wurde. Büro und Wohnung befanden sich am Westerdeich. Seinen Eltern, die noch wach waren, erzählte er, daß er jetzt mit der Hoyer zusammen sei, der Tochter von August Hoyer, dem Tabakgroßhändler. »Die halte dir man gut«, antwortete sein Vater, »das sind sehr angesehene Leute. Die Firma existiert schon über hundert Jahre.« Roberts Mutter fragte dagegen nur: »Ist sie auch nicht zu alt für dich?« Worauf Robert erwidern konnte, daß Trude Hoyer erst einundzwanzig Jahre alt sei und sehr hübsche braune Augen habe.

Am nächsten Morgen war Frau Mohwinkel beim Frühstück sehr schweigsam. Robert sah gleich, daß seine Mutter über irgend etwas die ganze Nacht gegrübelt hatte. »Hast du etwas mit den Mietern?« fragte er sie daher, aber Frau Mohwinkel antwortete darauf nicht. Sie schwieg weiter. Erst als sie ihrem Sohn das Frühstück einwickelte, sagte sie: »Dieses Mädchen ist doch nichts für dich. Es gibt doch so viele andere nette Mädchen. Warum schließt du dich da nicht ein bißchen an? Ich würde mich ja so sehr freuen.« Robert war nicht klar, was seine Mutter gegen seine neue Partnerin haben könnte, und erst nach langem Zögern kam sie damit heraus. Sie gab zu bedenken, daß Robert doch ein Angestellter sei und daß auch sein Vater ein Angestellter sei und daß es nicht gut wäre, als Angestellter mit der Tochter eines Kaufmanns zu gehen. »Ihr Vater könnte dein Chef sein«, sagte sie, »du mußt auch deinen Stolz haben. Die lachen doch nur über dich.«

Robert hörte nicht auf seine Mutter. Er steckte »Die Verliese des Vatikans« in die Tasche und ging nach Büroschluß in die Maison de France. Als er die Treppe hinauf zur Bibliothek stieg, merkte er, wie sein Herz klopfte. Seine Bewegungen waren verkrampft, er fühlte sich unsicher. Es war das gleiche Gefühl, das er aus früherer Zeit noch gut kannte. Mit diesem Gefühl der Unsicherheit hatte er einmal auf Fräulein Tredup gewartet, damals mit siebzehn Jahren. Voller Aufregung und am ganzen Körper flatternd, war er zwei Stunden lang auf jede ankommende Bahn der Linie 4 zugestürzt. Mit diesem ängstlichen Gefühl hatte er auch sein erstes Turnier getanzt, damals mit Fräulein Gutknecht, und alles, alles, was er jemals mit dieser Angst begonnen hatte, war ihm danebengegangen. Robert merkte, daß er noch immer siebzehn Jahre alt war. Die Zeiten hatten sich geändert, die Menschen um ihn her waren andere geworden, aber er war noch immer derselbe. Als hätte es keinen Krieg und keine Gefangenschaft gegeben, nahm er seine Entwicklung wieder an dem Punkt auf, wo er sie vor sechs Jahren an einem eiskalten Februarmorgen auf dem Messegelände mit dem Koffer in der Hand unterbrochen hatte.

In diesem Augenblick sah Robert alle seine Benachteiligungen, und er sah auch, daß er jetzt den Überlegenen spielen müsse, wenn er nicht alles verlieren wollte. Er hielt sich längere Zeit auf der Treppe auf und betrachtete gleichgültig die aushängenden Plakate und die Fotos von Paris. Er stellte sich noch einmal vor, wie häßlich Fräulein Hoyer war, und er versuchte sich einzureden, daß sie nicht das Richtige für ihn sei. Mit diesen Beinen? Mein Gott noch mal! sagte er, am besten lasse ich auch das Training mit ihr sein! Nachdem er sich mit diesen Selbsteinflüsterungen genügend beruhigt hatte, betrat er die Bibliothek, ging aber nicht auf Fräulein Hoyer zu, sondern setzte sich gleichmütig an einen der Tische, wo er in Bildbänden über moderne französische Kunst blätterte.

Von diesem Platz aus konnte er Trude Hoyer beobachten. Sie sprach mit einem Herrn auf französisch. Es war ein älterer Herr, und er legte seine Hand wiederholt auf ihren Oberarm. Dabei lachte Trude Hoyer, und während sie französisch sprach, waren ihre Bewegungen sicher, und ihr Gesicht war voller Charme. Den Herrn nannte sie »Monsieur de Cortot«; vielleicht war es der Konsul oder ein hoher Beamter, der zur Inspektion aus Frankreich gekommen war, und Robert bewunderte die Sicherheit und die Vertraulichkeit, mit der Fräulein Hoyer so hohen Persönlichkeiten begegnete. Sie trug einen ärmellosen schwarzen Pullover und einen engen schwarzen Rock, der ihre Hüften, die Robert aus der Tanzstunde als sehr breit in Erinnerung hatte, viel schmaler erscheinen ließ. Ihre kräftigen nackten Oberarme strahlten einen Reiz aus, dem auch Monsieur de Cortot erlegen sein mußte, denn auch im weiteren Gespräch faßte er Fräulein Hoyer immer wieder dorthin, wo der Oberarm am dicksten war. Da spürte auch Robert das Verlangen, dieses Mädchen anzufassen, nicht nur an den Oberarmen, sondern auch an den Beinen, die Schenkel hinauf bis zum Gesäß, und er spürte das Verlangen, sie zu küssen, auf den Mund und auf den Hals und auch überall dorthin, wo er früher Ilse geküßt hatte. Er sah auf Trudes Beine. Sie waren immer noch dick und unförmig, wie er sie in Erinnerung hatte, aber diese seltsame Form, die an den Fesseln nicht dünner wurde, erweckte in Robert sinnliche Gefühle, die gleichzeitig mit der Angst gemischt waren, von diesem begehrenswerten Mädchen abgewiesen zu werden.

Um sich zu beruhigen und Blamagen zu vermeiden, blieb Robert vorerst weiter hinter den Bildbänden, bis Fräulein Hoyer ihn nach einer halben Stunde entdeckte. Sie kam auf Robert zu. »Na, Herr Mohwinkel, wollen wir mal etwas von Gide für Sie heraussuchen? Vielleicht sollten Sie doch erst die Correspondance nehmen«, worauf Robert erwiderte, daß er von Gide vorerst nichts mitnehmen wolle, sondern eigentlich nur gekommen sei, um sich für einen Sprachkursus anzumelden. »Wissen Sie«, sagte er, »ich hatte nur Latein und Englisch auf dem Gymnasium. Der Krieg hat uns in der Ausbildung ein wenig gehindert. Ich muß noch eine Menge nachholen.« Trude war im ersten Augenblick etwas enttäuscht. Na ja, einer, der das Abitur nicht geschafft hat und Kommis geworden ist, dachte sie, einer von denen, die auch bei meinem Vater im Büro sitzen und die sich immer die Köpfe verdrehen, wenn ich vorbeigehe. Niemals wäre ihr eingefallen, den Blick auch nur eines dieser Kommis zu erwidern, auch nicht, wenn er Abteilungsleiter oder Prokurist gewesen wäre. Sie hatte immer gehofft, einen Akademiker zu finden, auch mit einem Kaufmannssohn wäre sie zufrieden gewesen; ihm hätte sie ein fehlendes Abitur noch verziehen, vorausgesetzt, daß es sich bei seiner väterlichen Firma um einen bedeutenden Namen gehandelt hätte. In dieser Richtung hatte sie auch mit den Damen Lahusen verhandelt, und offensichtlich war ihnen ein Irrtum unterlaufen.

Sie nahm Robert die ›Verliese des Vatikans‹ ab, und dabei sah sie seine blauen Augen, das schöne blonde Haar und die gute Figur. Sie erinnerte sich, daß sie an diesem Morgen am Telefon ihrer Freundin Vera das Aussehen ihres neuen Partners schon beschrieben hatte; nun konnte sie nicht mehr zurück. Es hätte eine Blamage gegeben, die sie fürchtete. Deshalb sagte sie sich. Der Junge sieht wenigstens gut aus, und er zeigt sich an allem interessiert. Vielleicht kann man etwas aus ihm machen. Dann trug sie ihn in den Französischkursus für Anfänger ein, den Madame Rosenberg jeden Montag abhielt. »Es wird Ihnen bestimmt gefallen«, sagte sie, »hier ist alles ganz freiheitlich.« Für das zurückgegebene Buch gab sie ihm Gedichte von Rimbaud in einem Band, der zweisprachig gedruckt war. Als sie vor Robert an das

Regal ging, wo die Gedichte standen, sah er, wie sich beim Gehen ihre Gesäßbacken bewegten. In dem engen Rock zeichnete sich jede Feinheit der Bewegung ab. Auch die Begrenzung des Höschens, das sie darunter trug, war zu sehen. Es war sehr kurz, fast nur ein Dreieckshöschen, so daß Robert, als er Rimbauds Gedichte von ihr bekam, sagte. »Wollen wir morgen bei diesem schönen Herbstwetter nicht mal nach St. Magnus fahren? Bei Westerholt, glaube ich, ist jetzt wieder jeden Sonntag Tanz. Ich war vor dem Kriege oft da.« Trude überlegte sich die Annahme dieser Einladung nicht lange; sie bemühte sich nur, recht gleichgültig dabei zu erscheinen. »Morgen wollte ich sowieso ein bißchen rausfahren. Von mir aus können wir zusammen fahren«, sagte sie, »ich habe nichts dagegen.«

Am nächsten Tag trafen Robert und Trude sich um drei Uhr am Markt. Sie nahmen die Linie 2 und fuhren bis zur Endstation. Zu Fuß gingen sie den Weg an der Lesum entlang, bis sie an das Gartenlokal kamen, wo Robert schon vor sechs Jahren mit Ilse gesessen und wo sie den selbstgebackenen Kuchen von Frau Meyerdierks ausgepackt hatte. Das Gartenlokal war aber geschlossen, und sie mußten auf der Landstraße wieder zurückgehen, bis sie zu Westerholt kamen, wo angeschlagen stand: »Jeden Sonntag ab 18 Uhr Tanz.«

Als Trude ihren Mantel auszog, sah Robert, daß sie einen Faltenrock trug, unter dem ihre Hüften wieder breit und unförmig waren. Darüber trug sie eine Bluse mit halblangen Ärmeln, die ihre begehrenswerten Oberarme verdeckten. Dazu kam noch ihr Hut, der ihr nicht stand und über den Robert sich schon am Treffpunkt geärgert hatte. Weil Sonntag war und weil sie eine Landpartie vorhatte, war sie kaum geschminkt. Trude Hoyer war wieder das unscheinbare Mädchen aus der letzten Freitagstanzstunde, das man übersah. Darum fiel es Robert jetzt auch leicht, den Überlegenen zu spielen und literarische Themen abzubiegen, soweit sie nicht Hermann Hesse, Thomas Mann oder Hans Carossa betrafen, deren Werke Robert schon vollständig durchgearbeitet hatte. Er erzählte seiner neuen Freundin von der guten alten Zeit und vom Ende dieser Zeit. »Im Luftschutzkeller haben wir Lambeth Walk getanzt«, sagte er, »und am Geeren hatten wir eine Spelunke, da ging es erst richtig los, wenn Alarm kam.« Er erzählte ihr auch von seinen Turniersiegen und von den glänzenden Bällen im Parkhaus. »Ich tanzte damals mit Fräulein Ilse Meyerdierks«, erzählte er, »anderthalb Jahre waren wir zusammen, fast jeden Tag. Im Krieg wollten wir uns verloben, aber dann verschwand sie spurlos. Ich glaube, sie ist verschollen.« Bei diesen Worten empfand Trude Hoyer einen leichten Schmerz. Sie erschrak über diesen Schmerz, weil er ihr zeigte, daß sie den jungen Mohwinkel eigentlich gern hatte.

Bei Westerholt tanzten sie bei einer guten Musik, die sie hier nicht vermutet hatten, bis sie um zehn Uhr abends den letzten Bus nehmen mußten, der sie an die Straßenbahnhaltestelle brachte. Robert brachte Trude nach Haus. »Sie dürfen sich nicht wundern«, sagte sie, »wir wohnen nur behelfsmäßig. 1943 wurden wir an der Contrescarpe ausgebombt. Nun haben wir uns draußen im Lager meines Vaters einen der Schuppen als Wohnhaus eingerichtet. Er dient gleichzeitig als Büro, das früher einmal in der Langenstraße lag. Trotzdem ist es ganz gemütlich. Besuchen Sie mich doch gelegentlich mal.«

Robert hatte den ganzen Abend mit sich gerungen, ob es ratsam sei, Trude beim Abschied zu küssen. Die Begierde vom Sonnabend war den ganzen Tag über nicht wiedergekommen, und das Küssen beim Abschied würde jetzt nur eine Handlung sein, um für beide Teile diesen schönen Tag angemessen zu beschließen. Als sie aus der Linie 7 stiegen und den Westerdeich hinaufgingen, stand sein Entschluß fest: Natürlich mußte er Trude küssen. Wenn er es nicht tat, ging wieder eine Woche verloren. Schließlich wollte er doch mit ihr vorankommen. Darum schwieg er jetzt wie damals, als er vorgehabt hatte, Ilse zum erstenmal zu küssen, damit man sich gemeinsam auf diese Abschiedsszene im voraus konzentrieren konnte. Trude war aber nicht so feinfühlig wie damals Ilse, sie plauderte munter weiter und sprach von Monsieur de Cortot, dem französischen Konsul, der ihrer Familie sehr verbunden sei und durch den sie selbst viel Protektion genossen habe. Als sie am Lagertor der Firma Adolph Julius Hoyer Nachf. anlangten, sah Robert, daß diese Szenerie die von ihm geplante Abschiedsart unmöglich machte. Da war das hell erleuchtete Lagertor, an beiden Seiten von stacheldrahtbewehrten Zäunen begrenzt, davor das Anschlußgleis der Bahn. Nirgends war eine idyllische Gartenpforte, auf die man den Arm legen konnte, um in dieser Haltung seine Freundin langsam an sich heranzuziehen, nirgends war ein Gesimse, dessen Schutz einen Griff unter den Rock erlaubte. Hier waren nur freies Feld, Bahngelände und ein hohes, hell erleuchtetes Lagertor. Enttäuscht ergriff er die von Fräulein Hoyer hingestreckte Hand. »Also dann Freitag zur Tanzstunde«, sagte sie, fügte aber dann noch schnell hinzu: »Vielleicht sehen wir uns ja auch morgen. Sie kommen doch zum Kursus von Madame Rosenberg, nicht wahr?« Dann verschwand sie durch das Tor und verlor sich im Dunkel der Lagerschuppen. Robert hörte noch, wie ein Hund anschlug, und als er sah, wie in einem der Schuppen ein Licht aufleuchtete, ging er zur Straßenbahnhaltestelle zurück.

»Na, war es nett?« fragte zu Hause sein Vater, und Robert beeilte sich zu sagen, daß dies ein sehr gelungener Sonntag gewesen sei. »Ich habe mich erkundigt«, fuhr Herr Mohwinkel fort, »bei der Firma Hoyer sind ja noch zwei Söhne von August Hoyer im Geschäft. Sie sind beide aus dem Krieg zurückgekehrt.« Frau Mohwinkel unterbrach aber das Gespräch. Sie rief aus dem Schlafzimmer: »Geht endlich schlafen! Ich will von dem ganzen Gerede nichts mehr hören.«

Am nächsten Tag wurde Robert gleich frühmorgens ins Zimmer seines Chefs gerufen. Außer Herrn Christiansen war auch noch Fräulein Wessels, die Sekretärin, anwesend. »Nehmen Sie doch Platz, Herr Mohwinkel«, sagte Herr Christiansen, und Robert war über diesen veränderten Ton seines Chefs erstaunt. Es war auch das erstemal, daß ihm der Chef einen Platz anbot, darum setzte er sich auch nur vorn auf die Kante des Sessels, ohne sich anzulehnen. »Sie haben das Sammeltransportgeschäft ja nun genauso aufgezogen, wie ich es vorhatte«, sagte Herr Christiansen, »und jetzt sind wir in einem Stadium, wo wir an die Ausweitung des Geschäftes denken können. Solche Pläne gehören ja nun nicht in Ihren Arbeitsbereich, darum habe ich mich über Sonntag selbst einmal hingesetzt und folgendes beschlossen: Wir wollen noch zwei junge Leute aus dem Speditionsfach und auch noch einen zweiten Lehrling einstellen. Hoffentlich werden Sie mit diesem vermehrten Personal auch fertig. Damit ich nicht jeden Dreck unterschreiben muß, gebe ich Ihnen Handlungsvollmacht. Ihr Gehalt kann ich vorerst leider nicht erhöhen.«

Nach diesen Worten machte Herr Christiansen eine Pause, und Robert hatte Gelegenheit, diese hohe Auszeichnung, die Beförderung zum Handlungsbevollmächtigten, auf sich wirken zu lassen. Er verbarg aber seine Freude, und gleichgültig erwiderte er: »Am besten setzen wir die vier jungen Leute als Sachbearbeiter ein und teilen jedem eine Linie zu, Herrn Schierloh Hamburg und Schleswig-Holstein, Herrn Schnaars ...« – »Ach, was reden Sie noch«, unterbrach ihn der Chef, »das ist Ihre Sache als Abteilungsleiter. Soll ich mich denn um jeden Dreck kümmern?« Damit war Robert entlassen. Als er das Chefzimmer verließ, rief ihm Herr Christiansen noch nach: »Sie können sich in den Lattenverschlag setzen, wo früher Goedeke und Hannemann saßen. Bensch & Benecke haben ja die ganze Seite der Halle schon geräumt.«

Robert zog noch an diesem Vormittag um. Er setzte sich an den Schreibtisch von Herrn Hannemann. Mittags ging er als erstes in die Maison de France. »Ich bin bei meiner Firma jetzt Handlungsbevollmächtigter«, sagte er zu Trude Hoyer, »meine Abteilung wird erweitert. Wenn Sie am Geeren mal vorbeikommen, können Sie ja mal hereingucken. Ich sitze in dem Lattenverschlag ganz links in der Halle. »Trude Hoyer konnte mit dieser Nachricht ihres Partners nicht viel anfangen. Für sie war ein Handlungsbevollmächtigter ein Angestellter wie alle anderen, nur daß er ihren Vater immer mehr Geld gekostet hatte als ein einfacher Kommis. Auch unter der bevorzugten Plazierung Roberts konnte sie sich nicht viel vorstellen. Sie hatte einen Vater, der im Chefzimmer saß, und zwei Brüder, für die jetzt ein Juniorchefzimmer geschaffen wurde. Um die Sitzmöglichkeiten der Angestellten hatte sie sich nie gekümmert. Ihr war es einerlei, ob sie vor oder hinter Latten sitzen durften. »Wie schön für Sie«, sagte sie lächelnd, »da darf man wohl gratulieren.«

Auf die Mohwinkels machte Roberts Beförderung einen größeren Eindruck. Herr Mohwinkel freute sich, daß sein Sohn bereits in so jungen Jahren so hoch aufstieg, während seine Frau noch skeptisch war. »Wenn das man gut geht«, sagte sie, »wenn das man gut geht. Diesen hohen Posten kannst du ja noch gar nicht ausfüllen. Bestimmt fällst du eines Tages ganz tief wieder runter.« Und sie beschloß, in ihrem Kränzchen von der Beförderung ihres Sohnes vorerst nichts zu erzählen.

Einige Tage später stand eines Vormittags Albert Warncken am Tresen der Firma Christiansen. Er wurde, wie Robert vor einem Jahr, vom Lärm der Speditionsfirma Bensch & Benecke empfangen, und es dauerte einige Minuten, bis er sich in der veränderten Halle zurechtfand. Schließlich entdeckte er das Schild mit dem Firmennamen und wunderte sich über die fremden Gesichter der Angestellten. Dann erst sah er Robert im Lattenverschlag auf dem Platz von Herrn Hannemann. Er rief aber nicht wie damals der Graf: »Mensch, Mohrchen, Großfürst«, sondern ließ sich durch den Lehrling bei seinem früheren Freund anmelden. Robert empfing Albert Warncken mit großer Freude. Er streckte ihm beide Arme entgegen, holte ihn hinter den Tresen und bat ihn in den Lattenverschlag. »Schön, daß du da bist«, sagte er, »komm, setz dich und erzähl, wie es dir ergangen ist.« Albert setzte sich, erzählte aber nicht, wie es ihm ergangen war. Er sagte nur: »Junge, du hast es aber weit gebracht, hier an Hannemanns Schreibtisch.« Albert sagte es anerkennend, neidische Gefühle waren ihm fremd. Ja, wollte Robert sagen, ich kam gerade im richtigen Augenblick aus der Gefangenschaft zurück, aber dann überlegte er sich diese Antwort noch schnell und zog es vor zu sagen: »Ach, weißt du, es ist doch nicht das richtige Geschäft wie früher. Nur Bahnspedition und so. Ist doch nur ein Scheinposten, den ich hier habe.« – »Nein, nein«, sagte Albert, »das ist schon schön, sicher hast du alles allein aufgebaut.« Dann fügte er hinzu, daß er glücklich wäre, hier auch mitarbeiten zu dürfen. »Das ist doch Unsinn«, unterbrach ihn Robert, »die anderen sind alle im Hafen. Da verdienen sie viel mehr, und sie schieben auch noch und schmuggeln. Hier hast du nur die langweilige Bahnspedition und ein paar Geldscheine am Monatsende, für die du nichts kaufen kannst.« Albert Warncken ließ sich aber seinen Wunsch von Robert nicht ausreden. Er wollte genau wie sein Freund der alten Firma treu bleiben, und er ließ sich bei Herrn Christiansen melden, um sich neu bei ihm zu bewerben.

Die Unterredung Albert Warnckens mit Herrn Christiansen dauerte sehr lange. Robert wunderte sich, was die beiden so lange zu besprechen hatten. Schließlich kam Albert heraus, und er teilte Robert mit, daß er eingestellt sei, aber nicht für die Abteilung Sammeltransport, sondern als Assistent von Herrn Christiansen. Seine Aufgabe sollte sein, die Firma langsam wieder ins Schiffahrtsgeschäft hineinzubringen. »Vielleicht nehmen wir uns einen Kahn in Zeitcharter, vielleicht bewerben wir uns auch ums Löschen der Liberty Schiffe«, sagte Albert. Dann rückte er seinen Schreibtisch mit dem von Fräulein Wessels zusammen, und Fräulein Wessels achtete sehr darauf, daß Albert und sie ihre Plätze in genügender Entfernung von Robert einrichteten, damit niemand auf den Gedanken kommen könnte, sie gehörten zu Roberts Abteilung und seien Robert unterstellt.

Am Abend gingen die beiden Freunde in die Domklause, um ihr Wiedersehen bei einem Heißgetränk zu feiern. Albert fragte nach den anderen Kollegen. »Weißt du, wen ich außer dir als einzigen getroffen habe?« erzählte er. Kurt Freese, das dumme Schwein, das dich damals denunziert hat. Ich komme mit dem Zug aus Mainz, wo man mich entlassen hat, gehe durch die Bahnhofshalle, und da steht der Freese mit hochgeschlagenem Mantelkragen und tief ins Gesicht gezogenem Hut, spricht im Flüsterton jeden Passanten an und erkennt mich gar nicht, wie ich an ihn herantrete. Er sagte: ›Zigaretten, Kaffee?‹ Und ich mußte zweimal sagen: ›Du bist doch der Freese, nicht wahr? Du bist doch der Freese von Christiansen?‹ Er sah mich groß und staunend an. ›Ja, ich bin der Freese‹, sagte er, und ›du bist der Warncken, guten Tag.‹ Dabei war sein Blick so kalt, daß ich mich beeilt habe, schnell weiterzukommen. Sag mal, was machen denn die anderen?« Daraufhin erzählte Robert, daß Hannemann im Irrenhaus, Mehlhase ausgebootet und Roewer eingesperrt sei. »Der alte Karstendiek hat sich erhängt«, schloß er, »Strick um den Hals und oben am Klosettkasten befestigt; so hat ihn Overbeck gefunden. Gerstenmeyer macht das Abitur nach. Alle anderen sind bei den Amis oder im Hafen.«

Später erzählten sich die beiden Freunde aus ihrer Gefangenschaft. Sie zählten die Ortsnamen auf, wo sie gewesen waren, Arbeiten, die sie hatten verrichten müssen, und die täglichen Rationen. Robert langweilte diese Unterhaltung, er dachte nicht gern an diese Zeit zurück, die in seinen Erinnerungen keinen nennenswerten Platz hatte. Deshalb unterbrach er seinen Freund, als dieser nun anfing, von seiner Militärzeit in Ostfriesland und in Frankreich zu erzählen. Er fragte Albert Warncken nach Nanny. »Immer denke ich an die Abende in der Nische von Café Mohr«, sagte er, »hast du einmal etwas von Nanny gehört?« Albert hatte von Nanny auch nichts gehört; er wußte nur, daß sie eines Tages plötzlich verschwunden war und daß Kaufmann Schnoor, bei dem sie noch Mietschulden hatte, vergeblich nach ihr geforscht hatte. »Aber vorher habe ich doch noch etwas mit ihr erlebt«, erzählte Albert. »Eines Abends hat sie mich mit in ihr Zimmer genommen, dann sind wir zusammen ins Bett gegangen. Du glaubst ja gar nicht, wie schön das war. Sie hat sich ganz ausgezogen, und ich mußte auch alles ausziehen. Wie sie da lag, du, das Bild habe ich die ganze Zeit beim Militär und in der Gefangenschaft vor mir gesehen. Ich werde es nie, nie vergessen.« Danach schwieg Albert eine Weile, dann setzte er kleinlaut hinzu: »Nachher hat sie mir dann gestanden, daß ich nicht ihr erster war. Ich hab's ihr aber nicht übelgenommen. Man hat doch Erfahrung, und man weiß doch, wie schnell so eine gutgläubige Kleine unter die Räder kommen kann, besonders wenn sie am Geeren wohnt.«

Nun fragte Albert nach Ilse, und Robert erzählte alles, was er wußte, auch das, was Herr Wagenknecht und der junge Dralle ihm erzählt hatten. »Die Arme«, meinte sein Freund, »sie wird es nicht immer leicht gehabt haben, bei der Luftwaffe und im Verschlepptenlager sich durchzusetzen und sauber zu bleiben. Aber sicher gelingt es ihr, alles abzuwehren. Sie ist so ein anständiges Mädchen! Ihr seid doch noch verlobt, nicht wahr?« Robert sagte, daß von keiner Seite die Bindung als fest betrachtet worden sei, und er dachte, daß sein Freund doch ein richtiger Narr sei, den man nicht aufklären könne.

In der Firma hatten mittlerweile zwei neue junge Leute und ein neuer Lehrling ihren Dienst angetreten. Robert hatte sie plaziert, wie es früher in den Linienfahrten üblich war: die beiden

Lehrlinge vorn am Tresen, den jüngsten mit Blickrichtung auf die Drehtür, daneben die beiden neuen Angestellten und ganz hinten die beiden alten Angestellten Schnaars und Schierloh. Die Arbeit verteilte er gerecht und achtete streng darauf, daß nichts unerledigt liegenblieb. Hugo Luther, der ältere Lehrling, mußte Schreibmaschine und Stenographie lernen. Er schrieb für Robert die Post, aber es war nicht leicht für ihn, die Briefe so zu tippen, daß sein Abteilungsleiter zufrieden war. Wenn Robert die Post unterzeichnete, mußte einer der Lehrlinge neben ihm stehen und die Unterschriften ablöschen. Frachtbriefe mußten vor dem Unterzeichnen fächerförmig auseinandergezogen werden. Robert wußte, daß die Angestellten und Lehrlinge nicht gut über ihn sprachen. Er glaubte auch zu spüren, daß sie sich hinter seinem Rücken öfter an die Stirn tippten. Einmal belauschte er auf der Toilette ein Gespräch. Herr Schnaars sagte zu dem neuen Angestellten: »Beeilen Sie sich bloß, der Irre steht schon an Ihrem Platz mit der Uhr in der Hand.« – »Schrecklich«, antwortete der Neue, »nicht mal in Ruhe pinkeln kann man. Das ist ja schlimmer als beim Kommiß.«

Dies Gespräch nahm Robert sich sehr zu Herzen. Den »Irren« nennt man mich also, dachte er. Er beschloß aber, sich nicht zu ärgern. Was wissen die schon, warum ich so sein muß, sagte er sich, und er war fest entschlossen, die jungen Leute als dumme Jungen zu betrachten und sie auch so zu behandeln.

Albert Warncken versuchte manchmal, Robert von seiner übertriebenen Peinlichkeit abzubringen und ihn zu warnen. Er sagte: »Die Geschichte mit Herrn Hannemann ist ja furchtbar traurig, findest du nicht auch?« Genau wie Herr Overbeck versuchte er, seinem Freund Herrn Hannemann als ein schreckliches Beispiel hinzustellen. Aber Robert merkte die gutgemeinte Warnung nicht. Hartnäckig sagte er: »Ja, ja, der alte Hannemann, der war für uns alle doch eigentlich das große Vorbild.« Und er fuhr fort: »Wir müssen dafür sorgen, daß alles wieder so wird wie früher, und wenn die jungen Spunde nicht wollen, müssen wir exerzieren wie beim Kommiß.« Im selben Augenblick erschrak Robert über seine Worte. Sechs Jahre lang hatte er jedes militärische Reglement gehaßt, jetzt griff er selbst zu ihm, um das Beste aus seiner Abteilung herauszuholen. Er war verwirrt; gern hätte er sich jetzt mit irgend jemandem über seine Besorgnisse ausgesprochen; ihm gegenüber saß aber nur Albert Warncken, der ihn verständnislos ansah.

In der Tanzschule Lahusen trainierte Robert mit Trude Hoyer jeden Sonntagvormittag für das nächste Turnier. Außerdem besuchten beide den FF-Kursus am Freitag sowie die Tanztees und Klubabende am Sonntagnachmittag und Sonntagabend. Robert bemühte sich, jede Gelegenheit zum gemeinsamen Üben zu nutzen, damit sie alle geforderten Figuren der Standardtänze beim nächsten Turnier sicher beherrschten. Trude wunderte sich, mit welcher Strebsamkeit Robert Französisch lernte, Bücher las, im Büro arbeitete und jetzt auch noch für das Tanzturnier trainierte. Nichts betrieb er zum Vergnügen, und zu spät merkte sie, daß das Tanzen, das von ihr nur als Unterhaltung und Belustigung geübt worden war, nun für sie zu einer harten Arbeit wurde.

Wenn Trude Hoyer ihren Partner betrachtete, der unterhaltend und humorvoll war, immer höflich und jederzeit um sie bemüht, trotzdem aber an alles mit einem solchen fanatischen Arbeitseifer heranging, daß er kaum noch Vergnügen dabei empfinden konnte, dachte sie an ihre eigene Schulzeit und an den Ernst, mit dem sie ihr Abitur gemacht hatte. Sie hatte immer den Ehrgeiz gehabt, mit Abstand die Erste zu sein. Sie wollte damit körperliche Mängel ausgleichen, sie wollte sich damit aber auch an den anderen für frühere Demütigungen rächen. Auch Robert hatte Mängel auszugleichen, das wußte sie längst; gewiß hatte auch er viele Demütigungen ertragen müssen. Sie fand es gut, daß sie zusammengefunden hatten, und sie beschloß, die Freundschaft mit ihm bei nächster Gelegenheit zu vertiefen.

Robert hatte ähnliche Gedanken, und unabhängig von den Plänen seiner Partnerin nahm auch er sich vor, am Abend nach dem Ball Trude zu küssen und bei günstiger Gelegenheit ihr auch unter den Rock zu fassen. Er wählte deshalb den Ballabend, weil er glaubte, nach einem glanzvollen Ereignis, womöglich gar nach einem Sieg im Turnier, seine Partnerin in einer besser vorbereiteten Verfassung anzutreffen. Er wollte Widerstände vermeiden, und er dachte daran, daß schon einmal nach einem Ball alles so gutgegangen war, damals mit Ilse Meyerdierks.

Zum Ballabend hatten sich die Damen Lahusen etwas Hübsches ausgedacht. Obgleich der große Saal des Parkhauses zerstört war und sie nur den kleinen Saal bekamen, wollten sie den Ball in gleichem Rahmen wie früher veranstalten. Sie hatten lange gesucht, um die Kapelle von damals wieder zu sammeln. Einzeln hatten sie die Musiker gesucht, viele von ihnen hatten umgesattelt, einer war Dolmetscher bei den Amerikanern, ein anderer hatte einen Buchhalterkursus besucht und arbeitete jetzt in einer Maschinenfabrik. Nun waren sie aber alle beisammen, bis auf den Pianisten, der gefallen war und durch einen Schüler der Musikschule ersetzt wurde. Frau Käthe Lahusen hatte die Kapelle gebeten, nur die alten Stücke von früher zu spielen, keine Samba und keinen Boogie, nur die Schlager aus den dreißiger Jahren, und deshalb begann die Kapelle auch wie in all den Jahren vor dem Krieg und am Anfang des Krieges mit »Valencia« zur Polonäse. Wie immer eröffneten die Damen Lahusen die Polonäse, dann folgten die Damen und Herren des »Blau-Orange«, dahinter die alten Schüler, die Mitglieder des Tanzkreises und nach ihnen die Fortschritts- und Anfängerkurse. Weil die Damen Lahusen über die neue Verbindung Roberts mit Fräulein Hoyer sehr beglückt waren, durfte sich das Paar sehr weit vorn einreihen. Es durfte auch an der großen Tafel Platz nehmen, die Frau Rita für sich und ihre vielen Freunde reserviert hatte. Dort saßen Robert und Trude sehr weit am Ende des Tisches, mit dem Rükken zur Tanzfläche, gegenüber von Fräulein Lüdering, der Assistentin, die seit einigen Wochen bei Frau Rita nicht mehr so gut angeschrieben war. Fräulein Lüdering wohnte auch nicht mehr in der Tanzschule, seit in das Fremdenzimmer Graf Riekenberg, ein früherer Berufsoffizier, eingezogen war, der nach dem Krieg keine Stellung gefunden hatte. Graf Riekenberg saß heute auf dem Ball auch neben Frau Rita; er trug einen Frack und entnahm einer Aktentasche neben seinem Stuhl einige Flaschen Wein, die er dem Ober übergab, um sie öffnen zu lassen.

An diesem Abend traf Robert eine Reihe von Bekannten wieder, die er seit dem Krieg nicht mehr gesehen hatte. Die Damen

Lahusen hatten nach alten Vorkriegskarteien viele Einladungen an frühere Schüler verschickt. Weil es so wenig Tanzvergnügen zu dieser Zeit gab, waren viele alte Schüler der Einladung gefolgt. In einer Tanzpause wurde Robert im Vorraum von Heinz Klevenhusen angesprochen. »Sieh mal an! Mohwinkel, lebst du auch noch?« fragte er, aber Robert konnte sich nicht erinnern, diesen jungen Mann zu kennen. Er bestätigte, daß er noch lebe, fragte aber zurück, mit wem er es zu tun habe. »Großartig, du kennst mich nicht mehr, großartig«, sagte Heinz Klevenhusen, und dann erinnerte er Robert, daß sie doch Schulkameraden und viele Jahre zusammen in einer Klasse gewesen seien. Jetzt erkannte Robert seinen früheren Klassenersten, und er wunderte sich, daß er ihm erst so fremd erschienen war. Wenn man ihn recht betrachtete, hatte er sich nur wenig verändert; er sah noch genau auf dieselbe Weise zackig und deutsch aus, wie es damals für einen Hitlerjungen modern gewesen war, zackig und deutsch auszusehen. Nur sein Gesicht war von vielen Falten durchzogen, was aber den forschen Blick seiner Augen nicht beeinträchtigte. Sein blondes Haar war etwas dunkler geworden und lag ihm in fettigen Strähnen am Kopf an. »Weißt du nicht mehr, damals in der Quinta, als du unbedingt ins Jungvolk wolltest, und ich versuchte, dir abzuraten?« sagte er. Robert erwiderte, daß er sich sehr gut erinnere, daß es aber damals umgekehrt gewesen sei. »Na und?« fragte Heinz Klevenhusen, »ist doch egal. Auf alle Fälle war's doch schön, nicht wahr?« Robert sagte, daß es nicht schön gewesen war, bekam aber von seinem Schulkameraden keine Antwort. Klevenhusen wechselte schnell das Thema. »Warum warst du nicht beim Schülertreffen, letzten Herbst?« fragte er. »Alle waren da, das heißt soweit sie noch leben. Die meisten sind ja tot. Von dir haben wir auch gesprochen.« Robert wußte, daß dies gelogen war. Niemand hatte nach ihm gefragt, niemand von ihm gesprochen. Er sagte, daß er zum Schülertreffen nicht eingeladen gewesen sei. Er wollte noch hinzusetzen, daß er auch nicht eigentlich dazugehöre, weil er das Abitur nicht hatte, aber Klevenhusen unterbrach ihn. »Ach was, eingeladen!« sagte er. »Da hättest du dich mal drum kümmern müssen. Alte Schulkameraden vergißt man doch nicht. Das ist eine Gemeinschaft, die hält fürs ganze Leben.« Interessiert sah Robert in Klevenhusens Gesicht. Dieser Mensch hatte sich kaum verändert, der verlorene Krieg hatte seiner Arroganz nichts anhaben können. Neun Jahre als Klassenobmann, als Jungvolk- und Hitlerjugendführer, die darauffolgenden Jahre als Offizier hatten ihn so hochmütig gemacht, daß es auch heute noch nicht möglich war, als Gleichberechtigter mit ihm zu sprechen. Was andere einen Zusammenbruch Deutschlands nannten, war für ihn nur eine bedauerliche Niederlage, die Gegenwart war für ihn nur eine Übergangszeit. »Die Nazis haben eben viele Fehler gemacht«, sagte er, »na, nicht so schlimm, Deutschland wird daraus für die Zukunft lernen.«

Robert war froh, als nach diesen Worten Fräulein Lüdering, die hinter ihm stand, ihn am Arm zog und zum Tanzen aufforderte. »Los, jetzt wird aber getanzt«, sagte sie, und sie tanzte mit ihm zu »Caravan« und »Tiger Rag«. Beim Tanzen war Fräulein Lüdering nicht sehr darauf bedacht, lange Schritte zu tanzen und schöne Figuren anzubringen, sondern sich zu amüsieren. Sie schmiegte sich eng an Robert an und suchte Gelegenheiten, mit ihrem Knie an das seine zu stoßen, was Robert nicht angenehm war. Das Verhalten von Fräulein Lüdering war ihm unverständlich.

Trude Hoyer begriff sofort, daß Fräulein Lüdering einen Freund suchte, jetzt, nachdem Graf Riekenberg in die Schule eingezogen war. Sie fand es von Fräulein Lüdering gemein, sich so an Robert heranzudrängen. Die Blicke und die Bemühungen der Rivalin hatte sie genau beobachten können. Jetzt sah sie sie mit Robert auf der Tanzfläche. Die denkt wohl, der Mann ist noch frei, sagte sie sich, nur, weil wir noch »Sie« zueinander sagen, und sie nahm sich vor, das Verhältnis zu ihrem Partner unbedingt noch in dieser Nacht zu festigen. Sie sah, welchen Gefahren eine so lose Freundschaft ausgesetzt war; sie hatte Angst, Robert zu verlieren. Sie dachte auch daran, wie ihre Freundinnen sich dann über ihren Schaden freuen würden.

Kurz nach elf Uhr begann das Turnier. Zunächst tanzten die Paare aus den Anfängerkursen, blasse, dünne Jünglinge, die das Kriegsende noch als Kinder miterlebt hatten, und Mädchen in den geänderten Kleidern ihrer größeren Schwestern. In der Fortschritts- und FF-Klasse tanzten vorwiegend ältere Paare, Herren, die Soldaten gewesen waren, und Damen, die den Abschied auf Bahnsteigen kannten. Frau Käthe Lahusen sorgte als Turnierleiterin dafür, daß alle Kriegsversehrten in die Ausscheidungsrunde kamen, in der Tango und allerdings auch Wiener Walzer verlangt wurden. Den Einbeinigen machte besonders der Wiener Walzer zu schaffen. Mit den kleinen Schritten, die sie mit ihrer Prothese nur machen konnten, kamen sie bei den schnellen Drehungen nicht ganz herum, während die beiden Herren, denen ein Arm fehlte, ihre Partnerin mit dem anderen Arm ganz fest um die Taille faßten und sie mit großem Schwung drehten. Die losen Ärmel hatten sie in die Jackettasche gesteckt; bei dem einen Herrn hatte er sich gelöst, flatterte und behinderte die anderen Tänzer, bis die Partnerin ihn wieder einfing. Der Herr mit der Kopfwunde tanzte auch mit; beim Wiener Walzer hörte er jedoch auf, setzte sich an den Rand der Tanzfläche auf einen Stuhl, und seine Dame wischte ihm mit einem großen weißen Taschentuch die Schweißtropfen von der Stirn.

In der nächsten Klasse tanzten Robert und Trude Hoyer. Das Paar Mohwinkel/Hoyer bekam aber keinen Preis. Dies Ergebnis entmutigte Robert sehr. Vor dem Krieg hatte er Preise bekommen, sie waren selbstverständlich für ihn geworden, und er hatte sich auch heute eine Auszeichnung erhofft. Damals hatte ich aber ja auch die Ilse, dachte er. Bei aller Enttäuschung nahm er sich doch vor, seiner heutigen Partnerin die Niederlage nicht zu verübeln. Als ich mit Ilse anfing, war sie ja auch noch ganz unfertig. Ich habe ja erst etwas aus ihr gemacht, dachte er, und er erinnerte sich noch gut daran, wie sie zuerst immer in der Hüfte abgeknickt war und sich so schief gehalten hatte. Er sagte sich, daß er auch aus Trude noch etwas machen würde.

Robert verließ mit Trude Hoyer vorzeitig den Ball. Er kam damit den Wünschen seiner Partnerin entgegen, die schon Angst hatte, Fräulein Lüdering könnte Robert noch allzusehr beanspruchen. Sie fuhren mit der Straßenbahn bis zum Hohentorshafen, dann gingen sie zum Westerdeich hinauf, und während Robert noch überlegte, ob es passend wäre, nach diesem verunglückten Ball und dem verlorenen Turnier seine Partnerin zu küssen, öffnete Trude Hoyer schon das Lagertor und sagte: »Trinken wir doch noch eine Kleinigkeit bei mir. Wissen Sie, mein Vater beschafft ab und zu mal etwas.« Im Lager gingen sie an einigen flachen Gebäuden vorbei. »Das sind die Lager«, sagte Trude bei dem ersten, und: »Hier wohnen meine Eltern« bei dem nächsten Gebäude. Als sie zum letzten Haus kamen, erzählte sie, daß hier das Büro sei sowie die Wohnung ihrer Brüder und auch ihr Zimmer. »Wir müssen durch das ganze Büro gehen«, sagte sie und schloß die Tür auf. Drinnen sprang ein großer Schäferhund an ihr empor. Er versuchte, ihr das Gesicht zu lecken, er bellte und jaulte. Erst als Trude ihn abwehrte, entdeckte er Robert. Er sah ihn lange und prüfend an und ließ dazu die Zunge seitlich aus dem Maul hängen. »Er tut Ihnen nichts«, sagte Trude, »er sollte eigentlich ein Wachhund werden, aber es ist nicht gelungen.«

Trude führte ihren Gast durch das Büro. Im Vorraum war ein Tresen und darauf das Schild »Anmeldung hier«, im Hauptraum standen mehrere Schreibtische links und rechts eines Mittelganges. Hinten in der Ecke war ein Schreibtisch quer gestellt. Von dem Hauptraum gingen mehrere Türen ab, auf denen »Buchhaltung«, »Kasse« oder »Privat« stand. Hinter den Schildern »Privat« wohnten die beiden jungen Hoyers, und Trude bat Robert, leise zu sein, damit ihre Brüder nicht aufgeweckt würden. An den Hauptraum schloß sich das Chefzimmer an, ein dunkel tapezierter Raum, in dem sich ein Teppich, ein riesiger Bücherschrank mit Butzenscheiben, ein Tresor und ein schwerer Schreibtisch befanden. Hinter dem Schreibtisch stand ein Sessel mit hoher Lehne, der wie der Stuhl eines Ratsherrn im Alten Rathaus aussah; vor dem Schreibtisch befanden sich zwei tiefe Ledersessel. Vom Chefzimmer ging eine Tapetentür ab. »Es ist alles ein bißchen primitiv, seitdem wir ausgebombt sind«, sagte Trude, »aber ich fühle mich hier hinterm Büro ganz wohl.« Damit schloß sie die Tapetentür auf und führte Robert in ihr Zimmer. Den Hund, der ihr bis hierhin gefolgt war, ließ sie nicht mit hinein. »Peterchen, wir können dich doch nicht gebrauchen«, sagte sie, »du mußt schön lieb sein.«

Trudes Zimmer war mit alten Möbeln eingerichtet, die mit neuen hellen Stoffen bezogen waren. Statt eines Bettes hatte sie eine breite Couch. Trude entnahm dem Schrank eine Flasche

Weinbrand und zwei Gläser, und sie forderte Robert auf, in einem Sessel Platz zu nehmen. Draußen scharrte der Hund an der Tür. »Peterchen ist eifersüchtig«, sagte Trude, und als der Hund nicht zu scharren aufhörte, dazu auch zu jaulen begann, stand sie auf, um ihn zu beruhigen. Robert sah, wie sie ihn erst streichelte und dann immer kräftiger ins Fell hineingriff. Als er an ihr hochsprang, drückte sie seinen Kopf an ihre Brust. Sie krallte sich immer fester in sein Fell, bis es dem Hund zuviel wurde und er sich befreite. Da kehrte Trude ins Zimmer zurück und sagte: »Das Kleid ist ein bißchen eng. Ich muß mich etwas freier machen. Bitte, helfen Sie mir.« Robert öffnete den Reißverschluß an der Rückseite des Kleides, und plötzlich warf sie den Kopf zurück und lehnte sich an ihn an, wodurch sich eine Stellung ergab, in der Robert sie auf den Hals zu küssen hatte. Er küßte sie mehrmals, erst auf den Hals, dann auf das Ohr, schließlich auf den Mund. Seine Hände hatte er an ihrer Taille, und langsam schob er seine Daumen an ihre Brust heran. Die Szene war von Robert nicht geplant, sie überraschte ihn, und er war erstaunt, wie gut sie auch ohne Vorbereitung gelang.

Als Robert die Daumen an Trudes Brust hatte und nun auch langsam die anderen Finger seiner Hände nachschob, befreite sie sich. »Sie sollten mir nur den Reißverschluß lösen«, sagte sie, »schönen Dank.« Dann legte sie sich auf die Couch, um am Kopfende das Radio anzustellen. Sie suchte einige Zeit, fand aber nur den amerikanischen Soldatensender, der als einziger zu dieser Stunde noch spielte. Als sie den Sender sauber eingestellt hatte, legte sie sich auf den Bauch und spielte noch ein bißchen mit dem Lautstärkeregler. Robert sah, daß in diesem Augenblick ihre Figur wieder so vorteilhaft erschien, wie er sie aus der Maison de France in Erinnerung hatte, als sie den engen Rock und den ärmellosen Pullover trug und als Monsieur de Cortot sie immer an ihre nackten Oberarme faßte. Er spürte jetzt ein großes Verlangen, dieses Mädchen überall anzufassen, an ihren Beinen und an ihrem ganzen Körper. Er setzte sich zu ihr auf die Couch und streichelte sie, erst am Rücken, dann tiefer, bis er zum Gesäß kam, das er fest in seine Hand nahm. Das erregte ihn so, daß er beschloß, sofort an die nackte Haut zu gelangen. Als er seine Hand unter ihren Rock schob, drehte sie sich plötzlich herum, umschlang ihn, zog ihn zu sich herunter und biß sich an seiner Lippe fest.

Sie drängten ihre Körper aneinander, sie küßten sich und zogen einander langsam Stück für Stück ihrer Kleidung aus. Draußen kratzte und jaulte der Hund, aber Trude hörte ihn nicht mehr. Als beide ganz nackt waren, gab Trude sich nicht damit zufrieden, daß sie sich nur streichelten und küßten. Ihre Freundin Vera hatte schon, als sie noch die Obersekunda besuchten, von ihrer ersten Hingabe an einen Mann erzählt, und tagelang hatte es zwischen den Freundinnen in den Pausen und auf den Schulwegen kein anderes Gesprächsthema gegeben. Vera hatte keine der Einzelheiten zu erwähnen vergessen, sie hatte auch erzählt, wie man eine solche Situation vorbereitete. Ein oder zwei Jahre später hatten dann andere Mädchen der Klasse dasselbe Erlebnis. Sie erzählten in den Pausen von ihrem Oberstfeldmeister, ihrem Assessor, ihrem Leutnant, ihrem Obersturmführer. Bei diesen Gesprächen fühlte Trude sich ausgeschlossen. Nun wurde sie bald zweiundzwanzig, und sie fand, daß es für sie höchste Zeit wurde, dies Erlebnis nun auch zu haben. Endlich würde sie mitreden können, und dieser Abend erfüllte sie mit großer Genugtuung. Alles hatte sie erreicht: das Abitur mit Auszeichnung, ihre hervorragende Stellung, nun auch diesen Mann im Bett.

Auch Robert empfand neben der körperlichen Erlösung und dem Vergnügen, das diese äußerste Intimität mit Trude ihm bereitete, einen großen Stolz, ein Mädchen zu besitzen, zu dessen Wohnung man nur durch ein Chefzimmer gelangen konnte. Er hatte es sehr schön weit gebracht in dieser Nacht. Mit den Söhnen eines Chefs stand er nun auf gleicher Stufe, mit einer Abiturientin konnte er sich eingehakt auf der Straße zeigen. Draußen scharrte und jaulte der Hund noch immer. Trude versuchte, ihn zu beruhigen, sie rief »Peterchen, Peterchen« und zog eine Dekke über Robert und sich selbst.

In den frühen Morgenstunden erhob sich Robert, um zu gehen. Trude sah ihn, während er sich anzog, immer wieder an; er war schön gewachsen, sie war sehr verliebt in ihn. Der Abschied am Tor war kurz. Es war kalt, und Trude hatte nur ihren Mantel übergeworfen. Sie küßte ihn und lief schnell den Weg zurück. Der Hund, der sie bis zum Tor begleitet hatte, lief neben ihr und sprang während des Laufens an ihr hoch. Robert hörte noch, wie sie immer wieder »Peterchen, Peterchen« rief. Als er sie nicht mehr hörte, ging er zur Haltestelle, um die erste Straßenbahn an diesem Sonntagmorgen zu nehmen.

Zu Hause schlief er bis zum frühen Nachmittag. Dann stand er auf und setzte sich ins Eßzimmer, wo seine Mutter ihm das warmgehaltene Mittagessen vorsetzte. »Mein Gott, so lange zu tanzen, bis in den frühen Morgen«, sagte sie, »du bist doch eigentlich schon viel zu alt für so was. Immer nur Tanzen im Kopf und Bälle bis frühmorgens, wo du doch schon Handlungsbevollmächtigter bist. Wenn Herr Christiansen erfährt, daß du noch die Tanzschule besuchst, kommst du bestimmt nicht voran bei ihm. Du wirst noch an mich denken.« Schweigend setzte sie sich aufs Sofa und sah zu, wie Robert den Nachtisch aß. Als er sich kurz darauf verabschiedete, erwiderte sie seinen Gruß nur sehr kurz. Sie vergaß sogar, ihn zu ermahnen, nicht so spät zu kommen. Als er fort war, nahm sie Scheuerbesen und Scheuerlappen, um die Badestube aufzuwischen, die ihre Mieter unsauber hinterlassen hatten. Auf den Einwand ihres Mannes, daß dies doch keine Arbeit für Sonntag sei, hörte sie nicht. »Ich muß diesen Menschen doch zeigen, wie man sich in einem anständigen Haus benimmt«, sagte sie, und Herr Mohwinkel hörte an diesem Nachmittag noch lange, wie seine Frau absichtsvoll laut ihre Arbeit verrichtete. Mehrmals ging sie die Treppe hinauf und herunter, wobei sie mit dem Eimer klapperte und mit den Türen schlug.

In der nächsten Zeit verbrachte Robert regelmäßig das Wochenende bei Trude Hoyer. Da er auch ein- bis zweimal in der Woche gleich nach Geschäftsschluß zu seiner Freundin ging, dort Abendbrot aß und erst spät nach Hause kam, bemühte sein Vater sich, diese Beziehungen seines Sohnes von der vorteilhaften Seite zu betrachten. »Bedenke doch«, sagte er zu seiner Frau, »vier Mahlzeiten jede Woche mindestens, die er dort bekommt, das hilft uns allen ganz schön weiter.« Frau Mohwinkel schüttelte aber den Kopf. Sie sagte: »Das kann ja nicht gutgehen, das kann ja nicht gutgehen. Und dann die Blamage!« Erst später, als sie merkte, daß Nachteiliges nicht eintrat, meinte sie: »Robert ist ja alt genug. Er muß wissen, was er tut. Ich will von nichts hören.«

Robert selbst dachte nicht an die eingesparten Mahlzeiten, wenn er statt zu Hause bei seiner Freundin aß; er besuchte Trude nur, um mit ihr zusammenzusein. Er liebte sie, und auch Trude freute sich jedesmal über seinen Besuch. Die Regelmäßigkeit, mit der beide bei jedem Zusammensein ihre körperliche Intimität auskosteten, machte sie glücklich. Deshalb verzieh sie ihrem Freund auch diese und jene Mängel, die sie in der Unterhaltung mit ihm feststellen mußte. Erzählte sie von der Freundschaft ihrer Eltern mit dem französischen Konsul, so erwiderte er, daß er vor dem Krieg auch viel mit Konsuln zu tun gehabt habe, allerdings mehr mit den Konsulatssekretären. »Ich stand vor dem Tresen«, erzählte er, »und bat um einen Stempel fürs Manifest. Durch einen Spalt der offenen Tür konnte ich dann manchmal den Konsul sehen. Alle waren sie sehr hochnäsig.« Wenn sie erzählte, daß ihr Vater sie in der letzten Woche zu einer kleinen Festlichkeit im »Klub zu Bremen« mitgenommen habe, erwiderte Robert: »Ach, im ›Klub zu Bremen‹ ist der Chef meines Vaters auch. Ich glaube, auch mein früherer Chef, Herr Christiansen senior, war im ›Klub zu Bremen‹.« Robert, das merkte Trude, war ein Kommis; auch wenn er Handlungsvollmacht besaß und einen guten Posten hatte, war er kaum viel mehr als der alte Kassierer in der Firma ihres Vaters, der schon ihrem Urgroßvater gedient hatte. Vor drei Wochen hatte der alte Hübendahl Jubiläum gehabt; er war nun fünfzig Jahre in der Firma Adolph Julius Hoyer, erst als Lehrling, dann als Korrespondent, später als Verkäufer und nun als Kassierer. Ihr Vater hatte ihm einen Eßkorb geschenkt und den Bildband »Unsere alte Hansestadt«. Am Vormittag des großen Tages hatte er den alten Hübendahl gebeten, für einen Augenblick seine Arbeit ruhen zu lassen und in das Chefzimmer zu kommen, um im großen Ledersessel sitzend ein Glas Sherry zu trinken.

Eines Dienstagabends in der Domklause unterhielt sich Robert mit seinem Freund Albert Warncken über Trude. Er sprach mit ihm nicht über die Probleme dieser Verbindung, sondern er sagte nur: »Es ist doch etwas Schönes, wenn man eine Frau fest fürs Bett hat. So alt mußte ich nun werden, bis ich das endlich habe. Der verdammte Krieg.« Albert freute sich über den Erfolg seines Freundes. »Es ist doch ein großer Entschluß, bis eine Frau ihr Heiligstes opfert«, sagte er, »wenn ich noch an die Nacht mit Nanny denke ...« Robert unterbrach ihn, denn die Geschichte von Nanny langweilte ihn bis zum Überdruß. Er fand an der Hingabe einer Frau nichts Heiliges, weder bei Trude noch bei Nanny. Es war ein wunderbares Spiel, bei dem Mann und Frau ihre Freude hatten, und er bedauerte nur, erst so spät, mit vierundzwanzig Jahren, diese Freude kennengelernt zu haben. »Es ist Trude Hoyer«, sagte er, »die Tochter vom Tabakmakler Hoyer, weißt du?« Albert kannte die Firma Hoyer, deshalb wurde er jetzt traurig. Wenn Robert einmal in diese Kreise hineinheiratete, dachte er, würde er mit ihm, Albert, nicht mehr verkehren. Zugleich kam ihm auch das Bedenken, daß sein Freund sich da zu weit vorgewagt hatte. Laut sagte er aber: »Donnerwetter, da gratuliere ich. Ich wußte ja immer, daß du für etwas Besseres geschaffen bist.«

Robert ärgerte sich über Albert ebenso wie über Heinz Hofer. Der eine war dumm, der andere war ordinär, mit keinem konnte er sich unterhalten, und er beschloß, in Zukunft den Umgang mit ihnen einzuschränken. Er konnte die Übertreibungen des einen und die Einfältigkeit des anderen nicht mehr ertragen.

Im nächsten Jahr merkte Robert, wie der Geschäftsumfang der Firma Christiansen zunahm. Zwar blieb die Arbeit in seiner eigenen Sammelladungsabteilung die gleiche und vermehrte sich nicht, aber Herr Christiansen kam allmählich wieder ins Schiffahrtsgeschäft hinein. Hin und wieder fertigte er, assistiert von Albert Warncken und Fräulein Wessels, einen Chartervertrag aus, manchmal löschte er ein Weizenschiff oder einen schwedischen Dampfer, der mit Holz aus Finnland kam. Eines Tages fing in ganz bescheidenem Rahmen auch wieder die Linienfahrt nach Frankreich an, und die französische Reederei zögerte nicht, ihren Vertrag mit der Firma Christiansen, die ihren guten Namen behalten hatte, zu erneuern. Es waren kleine Achthunderttonnenschiffe, und sie kamen alle vierzehn Tage regelmäßig, um eine Ladung Wein, Nüsse und Mandeln zu bringen und etwas Stückgut wieder mitzunehmen.

Robert empfand einen schmerzlichen Neid auf seinen Freund, der nun wieder in der Schiffahrt arbeiten durfte. Er hätte gern mit ihm getauscht. Was nutzte ihm jetzt die Handlungsvollmacht und dieser Platz im Lattenverschlag, wenn er an dem neu beginnenden Geschäft nicht teilhaben durfte und sich weiter mit dieser Nebenarbeit der Sammelladungsspedition herumschlagen mußte. Eines Tages ging er zu Herrn Christiansen und fragte, ob er bei der beginnenden Frankreichfahrt helfen oder sich darum bemühen dürfe, auch die Finnlandfahrt wieder ins Leben zu rufen. »In der Finnlandfahrt bin ich gut zu Hause«, sagte er. Herr Christiansen reagierte aber auf diese Vorschläge nicht, und Robert mußte zusehen, wie verschiedene frühere Angestellte wieder angenommen wurden, um an dem Wiederaufbau der Schiffahrt mitzuwirken. Für die Finnlandfahrt kam Herr Vogelsang wieder, mit ihm kamen Herr Hauschild und Herr Hinrichs, Wüllenkamp, der Lord, und Wilhelm Dirk, der noch vor einem Jahr so schlecht von der Firma Christiansen gesprochen hatte. Sie alle merkten, daß langsam das Schiffahrtsgeschäft wieder begann, und sie kündigten schnell ihre Dienstverhältnisse im Hafen oder bei den Amerikanern, um nach dieser Zeit des Übergangs den Anschluß in ihrem richtigen Beruf nicht zu verpassen.

Alle alten Angestellten, die sich wieder bewarben, wurden

von Herrn Christiansen angenommen. Sie wurden auf die Linienfahrten nach Finnland, Frankreich und Südamerika verteilt; fehlende Kräfte wurden durch neue junge Leute ersetzt. Die früheren Kollegen begrüßten Robert mit großer Herzlichkeit. Niemand von ihnen neidete Robert seine Position, seinen bevorzugten Platz und seine Handlungsvollmacht. Sie erkannten klar, daß er, der ja nur mit dem Geschäft der Bahnsammelladung betraut war, sich außerhalb des früheren Geschäftsumfangs nur mit einer für alle uninteressanten Übergangsarbeit beschäftigte. Alle nahmen ihre alten Plätze wieder ein, an den abgesägten Pulten oder an Schreibtischen. Die Neuen setzten sich an die leeren Plätze. Auf den Tresen stellten sie die alten Abteilungsschilder und Papptafeln, auf denen wie früher zu lesen war, welcher Dampfer nach welchen Häfen als nächster abgefertigt werden würde. Sie hatten genug Platz, sich auszubreiten, denn die Speditionsfirma Bensch & Benecke hatte sich im letzten halben Jahr ständig verkleinert.

Kurze Zeit nach der Währungsreform meldete sich auch Herr Grünhut wieder im Büro. Er hatte eine sehr lange Unterredung mit Herrn Christiansen, und erst nach zwei Stunden kam er aus dem Chefzimmer, um sich im Lattenverschlag gegenüber von Robert seinen Platz einzurichten. Er setzte sich an den Schreibtisch und sagte zu Robert: »Na, da wären wir ja wieder beisammen, lieber Herr Mohwinkel! Wir werden uns doch verstehen?« Robert erfuhr, daß Herr Grünhut Prokura bekommen hatte und daß auch beabsichtigt war, in den nächsten Tagen Herrn Vogelsang und Herrn Scharnweber ebenfalls Handlungsvollmacht zu erteilen. Robert war also nicht mehr der einzig Bevorzugte. Andere bekamen jetzt seinen Titel auch, und Herr Grünhut hatte einen besonders großen Aufstieg gemacht. Trotzdem sagte sich Robert, daß er sich nicht beklagen dürfe; immerhin war er trotz seiner jungen Jahre und trotz seiner geringen Vorkriegserfahrung in die Reihe der leitenden Angestellten aufgerückt, während andere Kollegen, die einmal seine Vorgesetzten gewesen waren, jetzt weiterhin einfache Angestellte blieben.

Trude Hoyer, der Robert am nächsten Wochenende von diesen geschäftlichen Veränderungen erzählte, zeigte sich hiervon wenig beeindruckt. Als Robert später, während sie nebeneinander auf der Couch lagen und rauchten, das Gespräch noch einmal darauf brachte, erwiderte sie: »Was du für Sorgen hast, mein Dummchen.« Sie strich ihm dazu übers Haar und sagte noch ein paarmal: »Mein Dummchen, mein liebes Dummchen!« Dann erzählte sie, daß Monsieur de Cortot, der Konsul, nach Berlin versetzt würde und zum Abschied am nächsten Sonnabend noch einmal zu Besuch kommen würde. »Mein Vater war die ganzen Jahre sehr mit ihm befreundet, schade, daß er nun fortgeht. Wir machen eine nette kleine Feier; selbstverständlich möchten wir dich auch dabei sehen.« Sie fuhr fort zu erzählen, daß ihre Eltern Robert schon lange kennenlernen wollten und daß jetzt also eine sehr schöne Gelegenheit dafür gekommen sei. »Du wirst dich mit allen sehr gut verstehen«, sagte sie, »denke nur daran, daß sowohl meine Familie als auch der Konsul von deinem Beruf nicht viel Ahnung haben.«

Trude hatte sich sehr gut überlegt, Robert gerade anläßlich eines Besuches des französischen Konsuls ihren Eltern vorzustellen. Sie wußte, daß man an diesem Abend sehr viel französisch sprechen würde, zumal Madame de Cortot, die Frau des Konsuls, die deutsche Sprache nur mangelhaft beherrschte. Es würde allen auffallen, besonders aber ihrem Vater, daß Robert, der bei Madame Rosenberg im Sprachkursus immer fleißig gearbeitet hatte, alles verstehen und auch recht gut mitreden konnte. Er hatte überhaupt, seit Trude ihn kannte, bewiesen, daß seine Intelligenz und seine geistige Aufnahmebereitschaft ungewöhnlich gut waren, und Trude empfand oft ein Bedauern darüber, daß dieser Umstand den gesellschaftlichen Unterschied zwischen ihnen trotzdem noch nicht zu überbrücken vermochte. Immerhin war sie stolz auf ihn, daß er im Französischen so ausgezeichnet vorangekommen war. Bei der Gesellschaft würde dies allen auffallen, besonders aber ihrem Vater. Robert würde sich mit Madame de Cortot über Gide und Cocteau, auch über die französische Malerei unterhalten können, und er würde eine angenehme Erscheinung abgeben. Wenn sie dann nach dem Fest zu ihrem Vater gehen würde, um mit ihm über Robert zu sprechen, würde sie mit der begeisterten Zustimmung ihres Vaters rechnen können, und einer Verlobung stünde dann nichts mehr im Wege.

In der darauffolgenden Woche übte Robert täglich mehrere Stunden lang Französisch. Er wiederholte auch noch einmal die gebräuchlichsten Vokabeln und die wichtigsten Redewendungen für eine einfache Unterhaltung, denn er wollte sich bei seinem Antrittsbesuch nicht blamieren. Am Sonnabend ging er pünktlich aus dem Büro fort und verbrachte den Nachmittag damit, sich besonders sorgfältig umzuziehen. Von seinen Hemden, Krawatten und Strümpfen suchte er die besten Stücke heraus, benutzte ein neues, feines Rasierwasser und betrachtete immer wieder die rosafarbenen Nelken, die er für Frau Hoyer schon besorgt hatte, prüfend, ob sie genug hergäben. Bereits eine Stunde vor der verabredeten Zeit verließ er das Haus, besann sich aber unterwegs, daß ihm alles, was er bisher mit Übereifer und ängstlicher Aufregung begonnen hatte, mißlungen war. Darum nahm er jetzt am Markt die Straßenbahn, die in die falsche Richtung fuhr. Er hatte vor, in der falschen Richtung bis zur Endstation zu fahren und dann umzukehren. Dieses Manöver würde einige Zeit in Anspruch nehmen, er würde zu spät kommen und dadurch einen gleichgültigeren Eindruck machen.

Tatsächlich kam er zehn Minuten zu spät, aber es fiel nicht auf, weil der Konsul und seine Frau ebenfalls noch nicht eingetroffen waren. Auch die Hoyers selbst waren noch nicht fertig; Frau Hoyer deckte noch den Tisch, ihr Mann war noch im Büro, und Trude, eben erst aus dem Dienst gekommen, war noch beim Umziehen. »Ach, Sie sind der Herr Mohwinkel«, sagte Frau Hoyer, »mein Gott, Sie sind aber schön pünktlich. Kommen Sie herein, kommen Sie herein, und nehmen Sie Platz. Meine Söhne werden sich um Sie kümmern.« Dann rief sie nach ihren Söhnen Stephan und Max. Frau Hoyer war eine kleine rundliche Person, und sie war sehr aufgeregt, daß es schon so spät und sie noch nicht fertig war. »Mein Gott«, sagte sie, »die schönen Blumen, die schönen Blumen«, dann ging sie mit ihnen in die Küche.

Auf das Rufen von Frau Hoyer nach ihren beiden Söhnen erschien aber nur Max, der jüngere, der etwa in Roberts Alter war. »Na, mein Lieber«, sagte er, »endlich lernen wir uns ja mal kennen.« Danach sah er Robert lange und aufmerksam an. »Sagen Sie mal«, fuhr er fort, »haben wir uns nicht schon im Tennisklub Blau-Silber gesehen?« Robert mußte erwidern, daß er kein Tennis spielte, worauf Max bedauerte, sich geirrt zu haben. Nach einer Weile des Schweigens sagte Max: »Ich hörte von Trudchen, daß Sie in Rußland waren. Bei welcher Division?« Robert nannte seine alte Division, er nannte auch die Armee und seine Verwendung als Funker. Danach erzählte er von seinen Einsätzen in Süd- und Mittelrußland. »Ich war lange Zeit bei der sechsten«, sagte Max, »Stalingrad, nee, nee, Gott sei Dank, da war ich nicht. Dolles Gebumse damals, was?« Später stellten sie fest, daß sie beide Minsk sehr gut kannten. Max hatte dort als Unteroffizier lange Zeit gelegen. »Das Soldatenheim in Minsk war 'ne Wucht«, sagte er, und gerade, als er überlegte, ob es auch angebracht wäre, mit seinem Gast über das Bordell in Minsk zu sprechen, kam sein Vater ins Zimmer. Er ging auf Robert zu, indem er ihm beide Hände entgegenstreckte, aber er brachte auch den Hund mit, der Robert gleich erkannte und schneller war als sein Herr. Er sprang an Robert hoch, und die ganze Begrüßungsszene, die Herr Hoyer mit ausgesuchter Höflichkeit hatte arrangieren wollen, mißlang. Deshalb sagte er jetzt nur. »Na, unser Peterchen scheint Sie ja schon ganz gut zu kennen.« Als sich der Hund beruhigt hatte, fragte Herr Hoyer seinen Gast, ob er einen Kognak trinken wollte. Er wartete die Antwort aber gar nicht ab, sondern goß Robert gleich ein Glas ein.

Eine halbe Stunde später waren alle beisammen. Trude hatte Robert neben Madame de Cortot gesetzt, sie selbst saß ihm gegenüber. Die beiden Brüder hatten am anderen Ende des Tisches Platz nehmen müssen, denn sie sprachen nicht Französisch. Sie hatten in der sechsklassigen Realschule diese Sprache nicht gelernt und hatten es jetzt als Juniorchefs auch nicht mehr nötig, etwas nachzuholen, wofür man Angestellte beschäftigen konnte. Zwischen Suppe und Hauptgang sagte Max laut zu seinem Bruder Stephan: »Ich war mit Herrn Mohwinkel zur selben Zeit in Minsk. Vorher war er im Donbogen. Da warst du doch auch!« Stephan, der sich die ganze Zeit gelangweilt hatte und auch den jungen Mohwinkel nicht sehr interessant fand, weil er von seinem Hobby, dem Segelfliegen, nichts verstand, fuhr nun lebhaft auf. »Wo war'n Se denn da?« rief er sehr laut über den Tisch hinweg. »Da kennen Se wohl auch Tschernyschewskaja und Raspopinskaja und die ganzen Drecknester?« Robert kannte Tschernyschewskaja und auch Raspopinskaja sehr gut, aber er kam nicht zum Antworten. Trude, die diese Wendung des Gesprächs mit Mißfallen beobachtet hatte, sagte schnell auf französisch zu Madame de Cortot, daß Robert sich in der letzten Zeit sehr mit den Fauves beschäftigt habe und ganz besonders den jungen Matisse aus dieser Zeit sehr schätze.

»Ah, Matisse est formidable«, sagte Madame de Cortot. Und noch einmal: »Formidable.« Dann empfahl sie ihm einige Museen in Paris, die er unbedingt besuchen müßte. Während dieser Unterhaltung sah Trude triumphierend auf ihre Eltern, denn sie war stolz, daß ihr Freund sich auf so gehobener Ebene, noch dazu in einer fremden Sprache, unterhalten konnte. Die alten Hoyers bemerkten diesen Blick ihrer Tochter wohl, und sie hätten ihr zum Gefallen auch gern etwas Lobendes zum jungen Mohwinkel gesagt. Sie hatten aber keine Ahnung von der französischen Malerei, besonders den Namen Matisse hatten sie nie gehört. Darum sagte Herr Hoyer jetzt nur: »Ich bewundere Ihr Französisch, Herr Mohwinkel. Wo haben Sie so gut gelernt? Waren Sie im Lande?« Hierauf ließ Trude Robert nicht antworten. Obgleich sie gerade einen vollen Mund hatte, warf sie ganz schnell ein, daß Robert gerade im Begriff sei, eine Studienreise nach Frankreich vorzubereiten. »Er spezialisiert sich ganz auf das Rhônetal und die Provence«, sagte sie, »vielleicht fahren wir im nächsten Frühjahr zusammen dorthin.« Jetzt hatte sie ihren Mund leer gegessen und wiederholte deshalb den letzten Teil des Satzes. Darauf sagte Frau Hoyer nichts. Sie sah Robert nur übertrieben freundlich an, zog den Mund zu einem breiten Lächeln auseinander und nickte ein paarmal mit dem Kopf, den sie etwas schief hielt. Herr Hoyer dagegen sah auf seinen Teller und nahm sich ein drittes Stück Fleisch.

Nach dem Essen stellte Frau Hoyer die Musiktruhe an und legte Tanzplatten auf. Sie wollte, daß ihre Gäste ganz lustig sein sollten, darum klatschte sie jetzt in die Hände und sagte: »Es darf getanzt werden. Ja, ja, bitte, tanzen Sie ruhig.« Sie sagte das auch noch auf französisch. Dazu nickte sie auffordernd mit ihrem immer schief gehaltenen Kopf und verzog den Mund zu einem breiten Lächeln. Es tanzte aber niemand, worauf Frau Hoyer von Gast zu Gast ging und jeden einzeln bat, doch zu tanzen. Sie sagte es ihrem Mann und ihren Söhnen auf deutsch, dann noch einmal dem Konsulehepaar auf französisch. Diese persönlichen Aufforderungen halfen aber auch nicht, die Gäste wollten nicht tanzen, sie wollten sich unterhalten, mit Kognak oder Whisky. Frau Hoyer begriff nicht, daß ihre Gäste so uninteressiert daran waren, sich zu vergnügen. Sie legte die Rückseite der Platte auf und ging dann mit ausgebreiteten Armen auf Robert zu. Dazu rief sie laut: »Aber das junge Paar will doch gewiß tanzen. Nicht wahr, Herr Mohwinkel, das junge Paar will doch gewiß tanzen?« Ihrer Tochter rief sie zu: »Trude, Trude, Herr Mohwinkel möchte mit dir tanzen! Ich freue mich so, daß ihr euch vergnügt!« Trude schämte sich für ihre Mutter, ihr Getue war ihr peinlich. Sie unterhielt sich gerade mit dem Konsul über die Teppiche von Cluny, und sie hätte von dem weitgereisten Konsul gern noch mehr über die französische Tapisserie gehört. Nun kam diese törichte Aufforderung ihrer Mutter dazwischen, der sie aber gleich folgte, um größeres Aufsehen zu vermeiden. Sie tanzte mit Robert ein paar Foxtrottschritte zu einem Gesangsstück, in dem ein Rhythmus nicht erkennbar war, halb auf den Dielen, halb auf dem Teppich in der Mitte des Zimmers, aus der Frau Hoyer schnell den Tisch hinweggezogen hatte. Mit wohlgefälligem Lächeln betrachtete sie ihre Tochter und diesen jungen Mann, der sich so artig benahm.

Plötzlich rief Stephan Hoyer seiner Schwester laut zu: »Du, Trudchen, hör mal! Herr Mohwinkel kennt ja den jungen Christiansen, mit dem ich zusammen auf der Realschule war. Du kennst ihn doch auch von damals, als er manchmal die Schularbeiten von mir holte. Ein blöder Affe ist das, ein ganz blöder Affe, weißt du noch?« Danach fragte er Robert, ob der junge Christiansen immer noch so ein blöder Affe sei, und dann ging er zu seinen Eltern, um auch ihnen zu erzählen, daß Herr Mohwinkel den jungen Christiansen kenne. Er konnte sich vor Lachen kaum halten und sagte immer wieder: »Dieser Affe, der Christiansen.« Seinem Vater war dieses Gespräch sehr peinlich. Er wußte, daß Herr Christiansen Roberts Chef war, und obgleich der junge Mohwinkel dem Hause Hoyer nun schon sehr nahestand, hielt er es doch nicht für richtig, daß ein Kaufmann von einem anderen Kaufmann in diesem Ton sprach, wenn ein Angestellter zugegen war. Deshalb sagte er zu seinem Sohn: »Stephan, du bist ja betrunken.«

Als das Konsulehepaar sich gegen zwei Uhr verabschiedete, ging auch Robert. Er blieb diese Nacht nicht bei Trude, weil er annahm, daß dies keinen guten Eindruck machen würde. Er kam erst am Sonntagnachmittag wieder, und er mußte, bevor er mit Trude allein sein durfte, erst noch ein Täßchen Kaffee mit der Familie Hoyer trinken. Frau Hoyer sprach die ganze Zeit von dem gelungenen Abend, und immer wieder fragte sie Robert, ob es ihm auch so sehr gut gefallen habe. Später, als er mit seiner Freundin allein war, sagte Trude: »Meine Familie mag dich schrecklich gern«, und sie sagte auch, daß ihre Eltern ihn gern recht fest an ihr Haus gebunden sähen. Daraufhin wagte Robert, zu Trude von einer gemeinsamen Zukunft zu sprechen. Trude sagte weder ja noch nein, sie sagte nur, daß sie keine große Verlobung feiern wollte. »Nur im Familienkreis«, sagte sie, »wollen wir es zu Weihnachten machen?« Sie überlegte eine Zeitlang und wiederholte begeistert: »Ja, zu Weihnachten, das ist wunderschön!« Dann lief sie hinüber zum Wohnhaus ihrer Eltern, um ihnen gleich ihren Entschluß mitzuteilen, daß sie sich Weihnachten verloben werde.

Die Verlobungsfeier wurde auf den ersten Weihnachtstag festgesetzt. Sie verlief harmonisch, und das junge Paar sah mit Zufriedenheit, daß sich die beiden Elternpaare gut verstanden. Herr Mohwinkel und Herr Hoyer sprachen über das Südamerikageschäft und über die veränderte Marktlage nach dem Krieg, während die beiden Mütter nebeneinander auf dem Sofa saßen und in feinen, gewählten Worten von ihren Reisen erzählten. Frau Hoyer kannte ganz Frankreich, und sie kannte auch Italien. Sie sagte: »Vor dem Kriege weilte ich fast jedes Jahr mit meinem Mann dort. Venedig! Florenz! Rom! Ach, war das eine schöne

Zeit!« Es war gut, daß auch Frau Mohwinkel über Auslandsreisen mitreden konnte. Durch die Verbindungen ihres Mannes war sie zu vielen verbilligten Seereisen gekommen. Sie kannte fast alle Häfen der Nord- und Ostsee, und deshalb konnte sie, als Frau Hoyer sie fragte, ob sie auch Rimini kenne, erwidern: »Wir sind so viel gereist, die ganzen Jahre früher, daß ich gar nicht mehr weiß, ob wir da auch waren.« Diese Antwort imponierte Frau Hoyer. Sie lachte und lief zu ihrem Mann. »Frau Mohwinkel ist eine ganz goldige Frau«, sagte sie, »ich glaube, wir sollten uns alle duzen.« Nach diesen Worten blickten alle Anwesenden verlegen zu Boden. Herr Hoyer trat von einem Fuß auf den anderen, während Herr Mohwinkel ein paarmal auffällig schluckte. Trude wurde rot, schließlich rief sie laut: »Jetzt wollen wir aber den Weihnachtsbaum anzünden. Kommt alle her!«

Unter dem brennenden Weihnachtsbaum verlangte Trude von ihrem Verlobten, daß er sie küsse. Robert küßte sie unter einigen gedämpften Jubelrufen seiner Schwiegermutter. Danach tauschten sie ihre Verlobungsringe und gaben sich ihre Geschenke. Von Trude bekam Robert die Kurzgeschichten von Hemingway. Allen schenkte sie Bücher: ihrer Mutter Fontane, ihrem Vater ein Werk über die Fugger, ihren Brüdern »Die Nackten und die Toten«. Die alten Mohwinkels, ihre Schwiegereltern, bekamen das »Hausbuch deutscher Gedichte«. Frau Mohwinkel lächelte fein, damit Trude ihre Verlegenheit nicht merke. Herr Mohwinkel fand jedoch, daß das feine Lächeln seiner Frau als Dank nicht genügte; er setzte deshalb noch hinzu: »Oh, ein so wunderbares Buch. Das wird sich gut in unserem Bücherschrank machen. Wir haben schon eine ganze Menge schöngebundener Bücher.« Robert waren diese Worte seines Vaters peinlich. Er wußte, daß Trude eine ganz besondere Meinung über Bücher hatte und daß man, wenn man mit ihr über Bücher sprechen wollte, sich nur ihrer Worte bedienen durfte. Deshalb mischte er sich schnell in das Gespräch und bat Trude, etwas auf dem Klavier zu spielen. Sofort setzte sich Trude ans Klavier und schlug die ersten Takte an. Sie spielte Mozart, eine Sonate, und es gelang ihrer Mutter nicht, sie noch zurückzuhalten. Den Einwand: »Wir haben ja noch nicht die Weihnachtslieder gesungen«, machte Frau Hoyer vergeblich. Robert ging leise ins Nebenzimmer. Er machte sich nichts aus Mozarts Klaviermusik, es schien ihm auch, daß Trude das Spiel nicht vollkommen beherrschte. Im Nebenzimmer lag Stephan auf der Couch, die Kognakflasche und die Zigaretten neben sich. Er hatte an diesem Tage schon eine Menge getrunken, darum blieb er liegen, als Robert hereinkam. Er forderte Robert auf, sich einen Kognak zu nehmen. »Diese Herzinnigkeit, zum Kotzen, was?« sagte er. »In diesem Punkte«, fuhr er fort, »wirst du mit Trude noch deine Last haben, lieber Schwager. Für mich ist das Gott sei Dank das letzte Weihnachtsfest mit diesem Getue. Nächstes Jahr fahre ich nach Oberstdorf um diese Zeit.« In diesem Augenblick beendete Trude im Nebenzimmer ihr Klavierspiel. Robert eilte zurück und kam gerade noch zurecht, um zu klatschen und zu seiner Schwiegermutter zu sagen: »Wirklich sehr schön, wie die Trude das gespielt hat.«

Robert fühlte sich sehr erlöst, daß seine Eltern schon zeitig zum Aufbruch mahnten. Frau Mohwinkel sagte: »Leider müssen wir aufbrechen. Mein Mann braucht viel Schlaf; er ist so klapperig, ist ja auch nicht mehr der Jüngste.« Als man sich die Hand gab, schluckte Herr Mohwinkel einige Male, dann kam er sehr stockend, aber doch verständlich mit einer Gegeneinladung heraus. Herr Hoyer merkte diese Verlegenheit jedoch gleich, darum sagte er schnell: »Wie nett von Ihnen. Jederzeit, gern, jederzeit. Ich hoffe nur, daß es noch etwas Weile hat mit unserem Besuch bei Ihnen. Wir bauen nämlich gerade unser Haus in der Contrescarpe wieder auf. Da haben wir alle wahnsinnig viel um die Ohren.«

Als die Familie Mohwinkel heimfuhr, erinnerte sich Robert an diesen Abend wie an etwas sehr Unangenehmes. Da hatte er sich nun mit einem Mädchen verlobt, das er sehr lange kannte, und er hatte diesen Schritt nach reiflichen Überlegungen getan. Jetzt aber, am Tage der Verlobung, mußte er feststellen, daß seine Braut eine Pute war. Sie ist eine richtige gebildete, deutsche, betuliche Pute, sagte er sich, und er fand, daß sie sich mit ihrer Innigkeit, mit der sie Weihnachten und Verlobung arrangiert hatte, in nichts von ihrer Mutter unterschied, die mit ihrem lächerlichen Getue allen auf die Nerven ging. Verlobungskuß unterm Weihnachtsbaum, Büchergeschenke, Ringetausch und Mozart auf dem Klavier, dachte er, alles Gefühlsduselei. Er hoffte nur, daß seinen Eltern dies alles nicht so sehr aufgefallen sei.

Die alten Mohwinkels waren aber nicht so dumm, wie Robert in diesem Augenblick glaubte. Sie hatten alles sehr genau beobachtet, und als sie zu Hause ankamen, sagte Frau Mohwinkel plötzlich: »Ich hatte immer gedacht, das ist eine ganz feine Familie. Dabei habe ich gar nichts Besonderes gefunden, heute abend. Hast du die Möbel gesehen, Wilhelm? Das Sofa war schon ganz abgewetzt. Ich habe die ganze Zeit auf einer losen Sprungfeder gesessen. Wenn ich so viel Geld hätte wie die, würde ich mich ganz anders einrichten.« Später packte sie die Weihnachtsgeschenke aus. Von den alten Hoyers hatte Herr Mohwinkel einen Zigarrenabschneider in der Form eines Maschinentelegrafen erhalten, wie er auf den Kommandobrücken der Schiffe steht, von ihrer Schwiegertochter packte sie das Hausbuch deutscher Gedichte aus. Den Zigarrenabschneider stellte sie auf den Rauchtisch neben den anderen, der – gleichfalls in der Form eines Maschinentelegrafen – Herrn Mohwinkel lange vor dem Kriege von einem Antwerpener Geschäftsfreund zum Geschenk gemacht worden war. Mit den Gedichten setzte sie sich an den Eßzimmertisch; sie aß dazu Pfefferkuchen, und Robert sah, wie sie in dem Buch blätterte, Pfefferkuchen kaute und immerzu den Kopf schüttelte. Schließlich gab sie das Buch, an einer Stelle aufgeschlagen, ihrem Mann und fragte: »Guck mal, wie findest du das?« Herr Mohwinkel las das Gedicht, dann klappte er das Buch zu, machte »Hm, hm« und stellte es mit ratlosem Gesicht in den Bücherschrank. Frau Mohwinkel steckte sich noch einen Pfefferkuchen in den Mund, dann meinte sie zu ihrem Sohn: »Die Trude ist ja bestimmt ein ganz gutes Mädchen, ich will dir da nichts miesmachen, aber furchtbar häßlich, findest du nicht auch? Ich mußte sie immer wieder angucken, sie wurde aber dadurch nicht hübscher.«

Als Robert nach den Festtagen ins Büro kam, wurde er gleich morgens zu Herrn Christiansen gerufen. Herr Grünhut war schon im Chefzimmer. Beide blickten sehr ernst, und als Robert eintrat, bot Herr Christiansen ihm einen Platz im Ledersessel an. »Mein lieber Mohwinkel«, begann der Chef, »ich möchte Ihre Verdienste um den Aufbau der Sammelladungsabteilung in meiner Firma nicht schmälern, aber ich bitte Sie zu verstehen, daß wir im neuen Jahr einiges ändern müssen.« Danach erklärte er, daß man als Schiffsmakler, der man nach der Übergangszeit ja nun wieder sei, nicht gut daran tue, nebenbei Spedition zu betreiben. »Wir können nicht alle Spediteure der Stadt als Kunden und gleichzeitig als Konkurrenten haben«, fuhr er fort, »darum habe ich beschlossen, ab Januar kommenden Jahres die Speditionsabteilung aufzulösen.«

Herr Christiansen merkte die Erschrockenheit seines Angestellten nicht, er fuhr fort zu erzählen, daß er das Personal natürlich vollständig behalte und auf die anderen Abteilungen verteilen werde. »Ihretwegen habe ich mit Herrn Grünhut gesprochen«, sagte er zum Schluß, »und er meint, Sie könnten ihm beim Aufbau der Trampfahrt und bei der Anbahnung des Levantegeschäfts gut hier und da zur Hand gehen. Da Sie sich in den letzten drei Jahren und auch in den Jahren vor dem Kriege bei meinem Vater als pünktlicher, strebsamer junger Mann bewährt haben, können Sie auch die Handlungsvollmacht behalten und auf dem Platz von Herrn Hannemann sitzen bleiben.«

Robert wurde bei diesen Worten weiß im Gesicht, seine Finger drückten sich in das Leder des Sessels, und er spürte den Drang, jetzt aufzuspringen und etwas zu sagen, etwas Gemeines, aber aus seinem Mund kam kein Ton. Stumm verließ er das Chefzimmer.

Nach dieser Unterredung sagte Robert zu Herrn Schierloh: »Wenn jemand anruft, sagen Sie, ich mache Kundenbesuche und komme heute nicht mehr zurück.« Zu Herrn Grünhut sagte er: »Ich muß noch mal ins Lager. Da ist eine ganz blöde Reklamation, die muß ich endlich klären.« Danach nahm Robert seinen Mantel und ging fort. Er ging aber nicht auf Kundenbesuche und auch nicht ins Lager, sondern in die Domklause. Es war noch nicht einmal zehn Uhr früh, aber der Kellner, der gerade seinen Dienst begann, wunderte sich nicht über den Besuch seines Stammgastes. Es kam häufig vor, daß von den Angestellten, besonders von leitenden Angestellten der umliegenden Bürohäuser, der eine oder andere hin und wieder in den Vormittagsstunden kam und viele Schnäpse trank. Der Kellner wußte, daß diese Angestellten mit ihrem Chef Ärger gehabt hatten und unter dem Vorwand eines Geschäftsganges fortgegangen waren, um sich in der Domklause zu betrinken. Darum fragte er auch Robert jetzt nicht nach seinen Wünschen, sondern stellte ihm eine volle geöffnete Flasche Kognak auf den Tisch. Robert wollte aber keinen Kognak. Er gab die Flasche zurück und bestellte Sherry. »Eine Flasche, den von Kopke, Sie wissen schon«, sagte er. Später, als der Kellner die Flasche brachte, meinte Robert: »Wie konnten Sie mir Kognak anbieten? Zum Frühstück trinkt man Sherry. Waren Sie nie in einem Büro? Da kriegt man auch früh um zehn seinen Sherry an dem Tage, an dem man vierzigjähriges Berufsjubiläum hat. Da ich diesen Tag nicht mehr erleben werde, trinke ich meinen Sherry schon jetzt.«

Gegen Mittag bestellte Robert eine zweite Flasche, er war schon sehr betrunken, und deshalb setzte der Wirt ihn, als die Mittagsgäste kamen, in eine Ecke hinter den Garderobenständer, damit den anderen beim Essen sein Anblick erspart blieb. Dabei dachte der Wirt gar nicht einmal an den betrunkenen jungen Mann, denn der junge Mohwinkel benahm sich noch durchaus korrekt, aber er wollte seinen Gästen, die vorwiegend aus besseren Angestellten bestanden, an diesem ihrer Kollegen nicht das Pech zeigen, das auf jeden von ihnen zu jeder Stunde in allen Büros wartete. Der Wirt hatte schon als kleiner Junge vor dem ersten Weltkrieg, als die Domklause noch seinem Vater gehörte, hier die Mienen der Angestellten studieren können, die einmal gedämpft heiter, ein anderes Mal bedrückt zum Mittagstisch gekommen waren.

Am Nachmittag bestellte Robert noch eine dritte Flasche Sherry, die er aber nur antrank und dann zurückgab. Danach ließ er sich Kaffee bringen. Wo kommen wir denn da hin, wenn man sich bei jeder Lappalie so gehenläßt, sagte er sich, dann ging er zum Abendbrot nach Hause. Seinen Eltern erzählte er, daß man in der Firma Christiansen im neuen Jahr einiges umgruppiere und daß er selbst einige wichtige neue Aufgaben übernehmen werde. »Wir wollen doch ins Levantegeschäft«, sagte er, »und auch die Trampfahrt liegt noch ganz im argen. Grünhut und ich machen das schon. Die Sammelladung ist jetzt nicht mehr so wichtig.«

Diesmal erwiderte seine Mutter nicht: »Ja, ja, nun wird das immer schwerer, hoffentlich paßt du auch immer gut auf, wenn dein Chef dir etwas erklärt.« Sie saß da, kerzengerade, vorn auf der Kante des Sofas, und hörte gar nicht hin, was er sagte. Sie sah ihn immerfort mit großen, kreisrunden Augen an und sagte kein Wort. Sie ließ ihren Sohn zu Ende erzählen, und als er schließlich schwieg, wartete sie noch eine kleine Pause ab und sagte dann mit ganz kurzen, leisen, spitzen Worten: »Friedrich Maaß ist tot«, und nach einer Weile noch einmal: »Dein Freund Friedrich Maaß ist tot.« Nach diesen Worten ließ sie den Mund ganz leicht geöffnet, es sah aus, als wollte sie noch etwas sehr Gemeines hinzufügen, das ihr aber nicht über die Lippen kam.

Robert erschrak, als er diese Worte hörte. Er erschrak zum zweitenmal an diesem Tag, und weil es das zweite Mal war, traf es ihn nun nicht mehr so schlimm. Er fing sich schnell und fragte seine Mutter nach den Einzelheiten. Auf diese Frage hatte Frau Mohwinkel gewartet, und nun erzählte sie ihm die ganze Geschichte, die zu erzählen sie schon am Nachmittag einige Male in Gedanken geübt hatte. »Dieser arrogante Kerl, was der sich immer eingebildet hat«, sagte sie, »aber die Mutter war noch schlimmer. Glaubst du, die hat mich ein einziges Mal zuerst gegrüßt, wenn wir uns beim Schlachter Ramdohr trafen? Nein, nicht ein einziges Mal. Ihr Friedrich sollte was Besseres werden, er sollte mal studieren, ganz hoch wollte sie mit ihm hinaus, diese Maurersfrau mit ihrem Maurerssohn.« Sie machte eine kleine Pause, dann fuhr sie fort: »Na, ja, wir sollten ja wohl nicht mehr richten. Über Tote soll man ja nichts Schlechtes sagen. Also, was soll ich dir noch erzählen? Heute früh treffe ich Frau Bredehorst, und es stellt sich heraus, daß sie den ganzen Krieg über neben den Maaßens gewohnt haben. Wie sie sagte, wurde dieser Bengel eines Tages eingezogen und dann ins Feld geschickt. Glaubst du aber, er kam an der Front an? Keine Spur, schon auf dem Transport an die Front starb er an einer Erkältung. Dieses Wunderkind, und so etwas wollte studieren! Ich habe gleich Frau Bredehorst gesagt, daß mein Junge nicht studiert hat, aber gesund an die Front kam und die ganzen Jahre in Rußland ganz vorn an der Front alles mitgemacht und tapfer gekämpft hat. Ja, das habe ich Frau Bredehorst gesagt: Meiner hat einen ehrlichen Beruf erlernt, und er hat ehrlich im Krieg gekämpft, und nun ist er was.«

Nach dieser Erzählung schwieg Frau Mohwinkel. Aufmerksam sah sie ihren Sohn mit immer noch kreisrunden Augen an. Robert erwiderte aber nichts. Es war ihm schrecklich zu erfahren, daß dieser Junge, obgleich seine Freundschaft mit ihm quälend gewesen war, so früh sterben mußte. Hätte er es gewußt, wäre es ihm sicher leichter gewesen, sich von ihm peinigen zu lassen. Doch Robert entsann sich, ihm sogar den Tod gewünscht zu haben.

Plötzlich unterbrach Frau Mohwinkel Roberts Gedanken. »Mein Gott«, sagte sie, »das Wichtigste hätte ich ja fast vergessen! Wie also die Nachricht vom Tode ihres Lieblings kam, gingen die beiden Maaßens in die Küche, dichteten alles sorgfältig ab und machten den Gashahn auf. Als die Nachbarn es merkten und die Feuerwehr kam, waren sie schon beide tot.« Nach diesen Worten ließ Frau Mohwinkel wieder den Mund leicht geöffnet, und Robert merkte sehr deutlich, daß sie zum Tod der alten Maaßens gern noch mehr gesagt hätte. Sie verkniff sich weitere Worte aber und sagte nur: »Na, ja, über die Toten nur Gutes.« Da stand Robert auf und ging, ohne gute Nacht zu sagen, ins Bett.

Mittlerweile kam im Büro der Firma Christiansen alles wieder ins Gleichmaß. Die sechs Leute aus Roberts Abteilung wurden auf die Linienfahrten aufgeteilt. Dort arbeiteten sie zur Zufriedenheit ihrer Abteilungsleiter, niemand nahm Anstoß an ihrem mangelnden Interesse und ihrer fehlerhaften Arbeitsweise. »Wenn man Schnaars und Schierloh richtig einsetzt, sind sie ganz brauchbare junge Leute«, sagte Herr Vogelsang einmal, und Robert wunderte sich, daß andere nun so gut mit diesen Leuten fertig wurden, die nach seiner eigenen Ansicht nichts taugten.

Zu seinem Leidwesen gelang es Robert nicht, einige Neuerungen in der Firma zu verhindern. So war es jetzt allen Angestellten erlaubt, während der Bürostunden zu rauchen, und Robert blieb nichts anderes übrig, als lediglich die Lehrlinge zu überwachen, daß sich nicht auch noch diese während der Dienststunden Zigaretten anzündeten. Jetzt erklärten sich die Lehrlinge auch nicht mehr bereit, abends bei der Postabfertigung zu helfen und Überstunden zu machen. Es mußte eigens ein junger Mann als Gehilfe des Botenmeisters für die Postabfertigung angestellt werden. Als dann zu Ostern zwei neue Lehrlinge kamen, die das Abitur hatten und schon zwanzig Jahre alt waren, begriff Robert die neue Zeit nicht mehr. Er sagte zu Herrn Christiansen: »Was sollen wir mit den beiden, die sind doch nichts für uns.« Aber Herr Christiansen erwiderte nur, daß bei seinem Vater und bei ihm aus jedem, selbst aus dem dümmsten Lehrling, noch etwas Brauchbares geworden sei.

Robert glaubte jedoch nicht an die Fähigkeit seines Chefs, aus Abiturienten Kommis zu machen, und seine Beobachtungen gaben ihm recht. Die neuen Lehrlinge erhoben sich nur widerstrebend und langsam, wenn ein Kunde am Tresen zu bedienen war; sie waren maulfaul, kamen täglich mehrere Minuten zu spät und lagen mit mißmutigen Gesichtern über ihrer Arbeit, mit der sie schwer vorankamen. Die Munterkeit früherer Lehrlinge hatten sie nur eine halbe Stunde vor Dienstschluß, wenn sie mit dem Aufräumen ihrer Pulte begannen. Es bereitete Robert Schwierigkeiten, sie beim Vorlegen von Orderkonnossementen zum fächerartigen Auseinandernehmen der Papiere zu erziehen. »Das machen wir seit vielen Generationen«, sagte er, »das spart Zeit und somit auch Geld. Wissen Sie, was meine Arbeitsminute Herrn Christiansen kostet? Meine Minute ist teurer als Ihre. Das ist eine ganz einfache Rechnung, die müßten Sie auf der Schule doch gehabt haben.« Nach solchen Vorhaltungen zogen die Lehrlinge die Konnossemente wohl auseinander, sie taten es noch zwei- oder dreimal, dann vergaßen sie es wieder. Als Robert von den Lehrlingen auch noch verlangte, daß sie während der Unterschriftsleistung neben ihm stehen und ablöschen sollten, mieden sie in Zukunft diesen Vorgesetzten. Sie ließen alle Papiere von Herrn Grünhut, Herrn Vogelsang oder Herrn Scharnweber unterschreiben.

Die jungen Leute träumten davon, eines Tages Reeder zu sein. Sie schlugen keine Laufbahn mehr ein wie die jungen Leute früher, sondern sie erlernten einen Beruf, in dem es nach der Handlungsgehilfenprüfung nur noch ein kleiner Schritt bis zum Millionär sein würde. Sie wollten Reeder werden wie Onassis, und darum hielten sie vom Ablöschen der Unterschriften und von der Postabfertigung nicht viel. Das waren nutzlose Dinge, die sie in einigen Jahren nicht mehr brauchen würden. Robert fand, daß die jungen Leute heutzutage sehr kindisch waren, und er wurde nicht müde, sie mit alten Redensarten immer wieder zur Ordnung zu rufen. Machte einer einen Fehler, sagte er: »Augen auf, Ohren auf, das ist alles.« Fühlte sich einer für eine Arbeit zu gut, so sagte er: »Lehrjahre sind keine Herrenjahre.« Niemand von den Angestellten nahm Robert noch für voll. Die alten Kollegen sagten es ihm offen ins Gesicht. Sie sagten: »Denken Sie daran, wie Hannemann geendet ist« oder: »Vergessen Sie nicht, wir sind heute zehn Jahre weiter.« Die jüngeren sagten ihm nichts ins Gesicht, sie tippten sich hinter seinem Rücken an die Stirn oder sprachen in abfälligen Worten über ihn, die Robert manchmal auf der Toilette erlauschen konnte.

Trotzdem ließ Robert sich von niemandem beeinflussen. Morgens Punkt acht Uhr ging er durch die Halle und zählte die Angestellten, ob sie alle da waren. Nachher bei der Postbesprechung sagte er dann zu Herrn Christiansen: »In der Westküste Süd waren heute früh drei Plätze leer.« Der Chef sagte aber nichts, er wußte, daß hier und da die Pünktlichkeit nicht ernst genommen wurde, aber er regte sich darüber nicht auf. Niemand blickte mehr beim Postlesen auf, wenn Robert etwas sagte.

Eines Morgens jedoch erschraken beim Postlesen alle Anwesenden sehr. Wieder einmal beklagte sich Robert über die Unpünktlichkeit einiger junger Leute. Zum Schluß sagte er: »Und seit vier Tagen ist der Platz von Herrn Pannewitz leer.« Es nützte nichts mehr, daß Herr Grünhut Robert unterm Tisch anstieß; es nützte auch nichts, daß Herr Vogelsang schnell darüber hinwegzugehen suchte und Herr Scharnweber zu husten anfing; Herr Christiansen hatte Roberts Worte gehört. Vielleicht war dies Gebaren der Kollegen, das allzu auffällig etwas vertuschen sollte, Roberts Ansehen gerade abträglich. Er hatte nicht wirklich den Platz von Herrn Pannewitz gemeint, er hatte ihn nur so benannt, weil er ihn in seiner die Vergangenheit so sehr verherrlichenden Erinnerung immer noch als den Platz von Herrn Pannewitz bezeichnete.

Herr Christiansen aber legte den Brief, den er gerade in der Hand hielt, auf den Tisch und sah Robert aufmerksam und mit großen Augen an. Er sah ihn an, wie man einen Kranken ansieht, bei dem man durch Suggestion einen sich ankündigenden Anfall verhindern will. Dazu sagte Herr Christiansen langsam und mit deutlicher Betonung jeder Silbe: »Herr Pannewitz ist seit sieben Jahren tot. Er ist in einem Panzer verbrannt. Es war im April 1943 bei Wjasma. Auf seinem Platz sitzt seit anderthalb Jahren der junge Oelrich. Er hat eine Mandelentzündung, und ich habe hier ein Attest von seinem Arzt.« Robert merkte, daß alle ihn hier für verrückt hielten. In diesem Augenblick wußte er nicht, ob er nicht vielleicht wirklich verrückt war. Ein furchtbarer Schrecken breitete sich in ihm aus, in seinem Gesicht zuckte es. Alle merkten, wie er mit der linken Gesichtshälfte zu zucken begann. Eine Sekunde lang verzog sich der linke Mundwinkel nach oben, das linke Auge schloß sich. Dies Gesichtszucken gab sich nicht, es wurde zwar weniger, aber im weiteren Lauf des Tages erschrak Herr Grünhut alle halbe Stunde über die Grimasse des ihm gegenübersitzenden jungen Mohwinkel. Begütigend sagte er zu Robert: »Wenn wir erst im Levantegeschäft sind, kriegen Sie die Abteilung. Das ist eine große Aufgabe für Sie, warten Sie nur ab.«

In den nächsten Wochen nahm Roberts Nervosität wieder ab. Nur manchmal, wenn er sich über irgend etwas ärgerte, bekam er vorübergehend wieder das Zucken in der linken Gesichtshälfte. Er bekam es auch bei Trude Hoyer, wenn sie vom Tennisklub ihres Bruders, von Parties im »Klub zu Bremen«, von den Wandteppichen in Cluny oder von dem neuen Reitpferd ihres Vaters sprach. Sie bemerkte die Nervosität ihres Verlobten, und sie sagte dann: »Nimm dich zusammen.« Zu herzlichen Worten kam es selten zwischen ihnen. Nur wenn sie zusammen im Bett lagen, war Trude zärtlich. Sie streichelte ihn und sagte dabei: »Mein Dummchen, mein liebes Dummchen.« Etwas anderes sagte sie nie.

Von ihrer Heirat sprachen Trude und Robert immer seltener; schließlich erwähnten sie sie gar nicht mehr. Robert wollte erst seine berufliche Position festigen, er wollte Abteilungsleiter der Levantefahrt werden, und er hoffte, daß mit dieser Position seine Ernennung zum Prokuristen und eine wesentliche Gehaltserhöhung verbunden sein würden. Trude dagegen sah, daß ihre panische Angst, ohne Mann bleiben zu müssen, damals unbegründet gewesen war. Sie hatte Robert gefunden und so lange halten können; sie würde auch noch andere finden und noch länger halten können. Sie beschloß, erst einmal abzuwarten. In den Sommerferien verreiste sie nicht mit Robert. Sie besuchte einen Ferienkursus in Cannes, den die Maison de France ihr schenkte. Sie blieb acht Wochen fort. Robert, der bei Herrn Christiansen nur drei Wochen Urlaub bekam, konnte nicht mit ihr fahren.

Während dieser Wochen, als Trude in Cannes war, rief eines Vormittags Ilse Meyerdierks im Geschäft der Firma Christiansen an. Sie verlangte Herrn Mohwinkel, und als Robert sich meldete, sagte sie, daß sie in die Stadt zurückgekehrt sei und bei Miltenberg das Kontokorrent mache. Sie sprach unaufhörlich, sie sagte, daß sie jetzt in der Neustadt wohne und daß Miltenberg sich vergrößert habe; sie sagte, daß sie am Fedelhören eine Wohnung in Aussicht habe und lieber Buchhalterin als Stenotypistin sei. Sie ließ Robert nicht zu Worte kommen, denn sie wollte ihn daran hindern, nach dem Grund ihres langen Schweigens zu fragen. Erst als sie nichts mehr zu erzählen wußte, fragte sie: »Na, und wie geht es dir? Erzähle, wie es dir geht.« Robert zitterte am ganzen Körper, das Blut stieg ihm ins Gesicht, der Schweiß brach ihm aus. Ilse war wieder da. Er freute sich so sehr, war aber zugleich von der Plötzlichkeit dieses Überfalls jetzt in der veränderten Situation so benommen, daß er nicht wußte, mit welchen Worten er seinen Empfindungen Ausdruck geben sollte. Deshalb antwortete er nur: »Danke, mir geht es gut. Gestern hatte ich ein Weizenschiff am Schuppen 16. Ich baue jetzt das Levantegeschäft auf. In vier Wochen habe ich die erste Abfahrt. Voraussichtlich Nordroute, weißt du? Genua, Piräus, Istanbul.« Danach schwiegen sie beide. Schließlich sagte Ilse: »Ihr seid doch noch am Geeren, nicht wahr? Du, ich hole dich nach Dienstschluß ab, wenn es dir recht ist.«

In der Mittagszeit zog Robert sich um. Trotz der sommerlichen Wärme zog er seinen dunklen Anzug an. Er nahm auch reine Unterwäsche und wählte unter den weißen Hemden das mit dem am sorgfältigsten geplätteten Kragen aus. Im Büro arbeitete er an diesem Nachmittag nicht mehr viel. Bei den Orderkonnossementen, die er für Dampfer »Carcassonne« nach Bordeaux unterschreiben mußte, merkte er, daß seine Unterschrift fahrig und zittrig war. Eine halbe Stunde vor Dienstschluß räumte er seinen Schreibtisch auf und setzte sich so hin, daß er die Drehtür sehen konnte. Jedesmal, wenn sie sich drehte, schlug sein Herz, und die Röte stieg ihm ins Gesicht. Ilse Meyerdierks kam aber nicht pünktlich. Sie kam erst, als alle Angestellten schon fort waren und auch die Frankreichfahrt den Dampfer »Carcassonne« abgeschlossen hatte. Plötzlich stand sie am Tresen. Sie hatte ein dünnes Sommerkleid an, das Arme, Schultern und Nacken frei ließ. Das Jäckchen zu diesem Kleid trug sie in der Hand. Sie war kräftiger geworden. Da, wo das Kleid sie einschnürte, sah man kleine Speckröllchen. Ihr Gesicht war breiter, als Robert es in Erinnerung hatte; sie war stark geschminkt. Ihr Make-up konnte aber nicht verdecken, daß sie rissige Lippen und Sommersprossen hatte. Auch auf allen Stellen, die man von ihrer nackten Körperhaut sah, hatte sie Sommersprossen. Ihr Haar war glanzlos und strohig. Sie lächelte verlegen. Sie wußte, daß sie sich sehr verändert hatte, und sie sah auch gleich, daß Robert sich ebenfalls verändert hatte, er jedoch zu seinem Vorteil. Sie war überrascht, wie gut er aussah. Die vielen fröhlichen Worte, die sie sich zurechtgelegt hatte, brachte sie nicht heraus, sondern sie sagte nur, als ihr Robert entgegenlief: »Na, du? Na, du?«

Robert bemerkte im ersten Augenblick keine Veränderung an seiner alten Freundin. Er sah nur die nackte Haut an Schultern und Armen; die Haut, die er so gern angefaßt hatte, er sah ihre Beine, immer noch lang und schön, er sah ihre Hüften, die nicht breiter geworden waren. Er sah nicht, daß die fast zehn Jahre währende Zeit, die er sie nicht gesehen hatte, sie älter gemacht hatte; er sah nicht, daß sie verlebt aussah und daß sie unter der Schminke alte Gesichtszüge hatte; er sah nicht, daß aus den Grübchen in ihren Wangen Ansätze von Falten geworden waren und daß nichts an ihr noch jugendlich war außer ihrem Kleid, das sie extra für diese Begrüßung ausgewählt hatte. Er sagte: »Du hast dich ja überhaupt nicht verändert.« Und Ilse antwortete: »Du dich auch nicht, Robert.« Dann hakte sie ihn unter und ging mit ihm fort.

Sie fuhren zur Munte, die ihr Tanzlokal wieder eröffnet hatte. Sie gingen durch die Schrebergärten, denselben Weg, den sie früher immer benutzt hatten. Robert legte seine Hand auf Ilses Schulter, und er streichelte ihr immer wieder Arme, Schultern und Nacken. Ihre Haut war rauh, sommersprossig und spröde, es war nicht die makellose weiche Haut Trudes, aber es war die Haut, auf die er fast zehn Jahre lang gewartet hatte. Er spürte das heiße Verlangen, Ilse überall anzufassen und zu fühlen, ob überall die Haut noch dieselbe war. Er ließ seine Hand, während sie langsam weitergingen, an ihrem Körper entlanggleiten, aber plötzlich besann er sich. Man konnte nach zehnjähriger Trennung ein Mädchen nicht gleich als erstes so intim berühren. Sicher mußte man sich zunächst ein wenig unterhalten.

Als sie in die Munte kamen, sagte Robert: »Hier spielt Grotjahn jetzt mit seinen Solisten. Ganz neue Leute, sollen aber ganz gut sein.« Auf Ilses Frage, ob er noch in der Tanzschule Lahusen verkehre, sagte er: »Gleich nach meiner Rückkehr aus Sibirien war ich fast jeden Abend da. Ich habe auch einmal wieder Turnier getanzt, mit Trude Hoyer, der Tochter von den Tabak-Hoyers, weißt du? Wir bekamen aber keinen Preis.«

Bei diesen Worten sah Ilse zu Boden; den Verlobungsring Roberts hatte sie gleich bei der Begrüßung gesehen. »Bist du mit dem Mädchen noch zusammen?« fragte sie. »Ach, wir gehen nur manchmal noch zu den Tanzkreisabenden«, antwortete Robert, »ich bin mit Trude verlobt. Bei den Lahusens ist es längst nicht mehr so nett wie früher.« Er beeilte sich, ohne Pause schnell noch einige Erklärungen hinzuzufügen, warum es jetzt in der Tanzschule Lahusen nicht mehr so nett sei, denn er fürchtete, Ilse könnte sich allzusehr für seine Verlobung mit Trude Hoyer interessieren. »Weißt du«, sagte er, »es sind alles ganz junge Leute dort, sie verlangen Boogie und Samba und die ganzen neuen Modetänze. Für einen schönen Slow interessiert sich niemand mehr.« Er erzählte von den Bällen, den Turnieren und vom Klub »Blau-Orange«. »Die werden immer hochnäsiger«, sagte er, »im Grunde genommen sind das ja alles dumme Menschen; eines Tages erkennt man das. Der junge Dralle ist auch im Klub, weißt du, der ist ganz groß im Kommen.« Diese Anspielung war Robert plötzlich eingefallen, und mit ihr hoffte er, von seiner Verlobung abzulenken. Er sah Ilse von der Seite an. »Der junge Dralle ist groß im Kommen«, sagte er noch einmal, »zwei Preise in der C-Klasse. Du kennst ihn doch auch noch, nicht wahr?« Ilse wußte nicht, wieweit Robert von ihrem damaligen Verhältnis mit dem jungen Dralle unterrichtet war; darum versuchte sie nichts abzustreiten und sagte schnell: »Ja, ja, Herr Dralle war von den jungen Leuten, als du weg warst, der einzige, der noch so im alten Stil tanzte wie du. Ich wollte mit ihm ins Turnier, aber Rita hatte schon eine andere Partnerin für ihn. Ich weiß kaum noch, wie er aussieht, der junge Dralle.«

Inzwischen waren sie in der Munte angekommen. Die Kapelle spielte draußen auf der Terrasse, und die Gäste tanzten im Freien auf der gläsernen, von unten beleuchteten Tanzfläche. Alles war wie früher. »Bei Lahusens ist nichts mehr wie früher«, sagte Robert noch einmal, »immer die neuen Männer um Rita. Dieser Graf Riekenberg jetzt kann einen Tango nicht von einem English Waltz unterscheiden. Wenn ich noch an Herrn Czerny denke. Ich glaube, er ist noch in Konstanz.« Diese Wendung des Gesprächs war Ilse noch peinlicher. Sie wußte nicht, wie weit sich ihre Affäre mit Herrn Czerny herumgesprochen hatte, dieses peinliche Amüsement, das zeitlich noch vor dem Verhältnis mit dem jungen Dralle lag und das sich damals ohne ihr Zutun ergeben hatte, als Herr Czerny im Sommer 1941 auf Urlaub gekommen war und seine Frau nicht angetroffen hatte. Herr Czerny war ihr erster Geliebter gewesen; mit ihm hatte sie erlebt, was sie einen Sommer früher in der Lüneburger Heide mit Robert hatte erleben wollen. Ilse fand, daß Robert, falls er davon wußte, kein Recht hatte, ihr dieses Erlebnis übelzunehmen. Trotzdem war es ihr unangenehm, jetzt aus Roberts Mund den Namen Czerny zu hören, denn sie kam gerade aus Konstanz, wo sie ohne Erfolg versucht hatte, die Freundschaft mit Herrn Czerny wiederaufzunehmen. Erst nach dieser Niederlage hatte sie sich entschlossen, nach Bremen zurückzukehren, und nun war sie sehr froh, Robert Mohwinkel wiedergefunden zu haben, der immerhin noch viel jünger war und auch bedeutend besser aussah. Den Namen Czerny wollte sie an diesem Abend nicht mehr hören. Darum sagte sie: »Komm, die schöne Rumba. Ich will jetzt tanzen.«

Robert tanzte mit Ilse die Rumba, und er tanzte mit ihr auch die darauffolgende Samba, aber dieser Tanz mißlang ihnen. »Warst du nie einmal tanzen? Die ganzen Jahre«, fragte er sie, worauf Ilse antwortete, daß ihr dazu die Gelegenheit gefehlt habe. »Wie sollte ich wohl«, sagte sie, »immerzu habe ich nur gearbeitet.« Sie erzählte ihm einiges aus ihrem Leben in den letzten zehn Jahren. Sie hielt es für besser, ihm jetzt das eine oder andere freiwillig zu erzählen, dann würde es nicht notwendig sein, auf bestimmte Fragen zu antworten. Sie sagte: »In Graz war ich Sekretärin bei der Organisation Todt. Es war furchtbar langweilig. Später ging ich zur Luftwaffe. Ich wohnte in einer Baracke nur mit Frauen, das war ganz schrecklich. Ausgang gab es nie.«

Während sie mit Robert zum Tango »Unter der roten Laterne von St. Pauli« tanzte, fuhr sie in ihrem Bericht fort. Sie sagte: »Das Kriegsende habe ich in Deggendorf erlebt. Das ist im Bayrischen Wald, weißt du, ein ganz finsteres Nest. Ich habe im Haushalt gearbeitet bei einem Architekten, die Frau war Tschechin. Ich habe mit den Kindern Schularbeiten gemacht; ich konnte sonntags noch nicht einmal ins Kino gehen.« Robert versuchte die Promenadendrehung, aber Ilse beherrschte sie nicht mehr. »Ja, ja«, sagte er, »das alles haben wir einmal gekonnt.« Dann fragte er plötzlich: »Ich denke, du warst beim Kriegsende in einem Lager, mit Serben oder mit Slowaken.« Ilse ließ sich aber von dieser Frage nicht aus der Ruhe bringen. Sie schwieg eine Weile, sie strich während des Tanzes mit der Hand über den Stoff von Roberts Ärmel und blickte über seine Schulter auf die Tischreihen, auf das erleuchtete Staket, auf die Jungen und Mädchen, die dort standen und lachten, und auf den Stadtwald dahinter, dessen Tannen jetzt am Abend dunkelblau wurden. Dazu sagte sie leise: »Wer war denn schon von uns nicht in einem Lager.« Nach diesen Worten sprachen sie über Vergangenes nicht mehr.

Robert und Ilse blieben nicht mehr lange in der Munte. Als sie fortgingen, schlugen sie aber nicht den Weg zur Stadt ein, sondern den entgegengesetzten Weg, der ins Flachland führt. Hier tauchten nach einigen Kilometern ein paar Dörfer auf, von denen Robert wußte, daß es in ihnen Gasthöfe mit Fremdenzimmern gab. In einem dieser Gasthöfe bekamen sie ein winziges Zimmer, das von der Kegelbahn abging. Das Zimmer hatte kein elektrisches Licht; der Wirt führte sie mit einer Petroleumlampe hin. Nachdem er seinen Gästen das Zimmer gezeigt hatte, ließ er die Lampe zurück.

In dieser Nacht erlebte Robert zum erstenmal die völlige Übereinstimmung von Liebe mit sexuellem Genuß. Es war eine alte, wehmütige Liebe, und es war für ihn ein neuer, leidenschaftlicher Genuß, den er körperlich mit Trude niemals erlebt hatte. Er grämte sich darüber, daß zehn Jahre nach dem verpaßten Erlebnis mit Ilse in der Lüneburger Heide vergehen mußten, bis es jetzt endlich zu diesem Beisammensein kam. Zu den Gefühlen, die Robert in dieser Nacht empfand, kam noch die Erfahrung, mit der seine Freundin den Genuß des Beisammenseins erhöhte. Robert wußte wohl, daß Ilse sich diese Erfahrung in einem entsprechend wechselvollen Leben angeeignet hatte, aber er wollte in diesem Augenblick nichts von ihrer Vergangenheit wissen. Er war glücklich, sie endlich zu besitzen, und er war auch glücklich darüber, daß sie in der Liebe so kundig war.

Als es Morgen wurde, schlief Ilse ein. Robert zog ihr die Decke weg, um keinen Augenblick zu versäumen, den Körper seiner Freundin zu betrachten. Im Halbdunkel sah er nicht die Sommersprossen auf der Haut, aber während er mit der Hand über ihren Körper strich, spürte er, daß es nicht die weiche, weiße und verwöhnte Haut Trudes war, sondern die Haut eines Menschen, der etwas erlebt hatte. Das wiederum erregte ihn aufs neue, die grobe Schulter erregte ihn und die Querfalten an der Stirn, die langen Haare auf den Unterschenkeln und die schmalen Hüften. Er weckte sie, denn er wollte sie noch einmal umarmen, bevor sie aufstehen mußten.

Als draußen vorm Fenster der Kammer die Magd mit den Melkeimern vorbeiging, standen Robert und Ilse auf. Sie zogen sich an und gingen zum Wümmedeich, wo früh um sechs Uhr ein Omnibus vorbeikam, der die Arbeiter einer nahen Siedlung morgens in die Fabriken brachte.

Sie trennten sich am Markt, und Robert fuhr noch einmal nach Hause, um sich zu waschen und zu rasieren. Er traf seinen Vater beim Frühstück. »Na, ist Trude denn schon wieder zurück, daß du die Nacht weg warst?« fragte Herr Mohwinkel. »Nein«, sagte Robert, »Trude ist noch nicht zurück, aber Hoyers haben ein Reitpferd. Mit dem waren wir im Rickmers-Park. Es heißt Mieke. Wir haben viel Spaß gehabt.« Obgleich Herr Mohwinkel nicht verstand, weshalb man zur Vorführung eines Reitpferdes die ganze Nacht wegbleiben mußte, fragte er jedoch nicht nach Einzelheiten. Eine Neuigkeit lag ihm am Herzen, die er seinem Sohn unbedingt gleich erzählen mußte. »Die Mieter ziehen aus«, sagte er, »was sagst du nun? Endlich nach sechs Jahren ziehen sie aus. Endlich kommen wir alten Leute nun wohl mal zur Ruhe. Sie ziehen am Fünfzehnten. Die Miete für den halben Monat schenke ich ihnen.«

Kurz darauf kam Roberts Mutter in die Küche. Ohne nach Roberts Verbleib in dieser Nacht zu fragen, sagte sie gleich: »Hast du schon gehört. Die Menschen gehen raus. Da müssen wir gleich jemanden bestellen, der die Zimmer entwanzt. Vater bemüht sich gleich heute um eine Firma, die so etwas macht.« Noch einige Male ermahnte Frau Mohwinkel ihren Mann, nur ja nicht zu vergessen, sich um eine Ungeziefervernichtungsfirma zu kümmern. Herr Mohwinkel der an das Vorhandensein von Wanzen in den Räumen der Mieter nicht glaubte, widersprach seiner Frau nicht. Die Ausgabe für den Kammerjäger genehmigte er ihr gern, denn er sah ein, daß nach all diesen Jahren seine Frau irgend etwas brauchte, das sie vernichten und töten durfte. Sie würde eingebildete Wanzen vernichten, und sie würde dabei mit allen abrechnen, die sie zuvor jahrzehntelang bedroht und beleidigt hatten.

Währenddessen setzte Frau Mohwinkel sich zu ihrem Sohn an den Frühstückstisch. »Ich habe mich erkundigt«, sagte sie, »da wird erst alles abgedichtet, die Türritzen werden verklebt und auch die Fenster. Dann geht der Mann rein und versprüht ein ganz schlimmes Gift. Das muß dann ein paar Tage ziehen, bis sie alle tot sind.« Sie sah ihren Sohn mit großen, leuchtenden Augen an. Sie erklärte ihm das Verfahren noch ein paarmal, und sie schloß immer wieder mit dem Satz, daß keine Wanze dies überleben werde. Als Robert fortging, rief sie ihm an der Haustür noch nach: »Es ist absolut tödlich, das weiß ich genau. Absolut tödlich ist es.«

Das folgende Jahr verbrachte Robert zwischen zwei Frauen. In der Woche traf er sich regelmäßig zweimal mit Ilse Meyerdierks, das Wochenende verlebte er bei Trude Hoyer, seiner Verlobten. Die Hoyers hatten längst das wiederaufgebaute Wohnhaus an der Contrescarpe bezogen. Trude hatte im zweiten Stock ein Appartement, das aus zwei Zimmern und einem Bad bestand. Vom Heiraten sprach sie nie. Sie fragte Robert auch nicht, warum er an den Wochentagen nicht mehr kam. Stillschweigend mit der Neuregelung einverstanden, erwartete sie ihn nur am Sonnabend, setzte ihm Essen vor, öffnete eine Flasche Wein und schlief mit ihm. Sie war zufrieden, daß sie mit ihrem Verlobten diesen wöchentlichen Verkehr noch hatte. Für ihre geistigen Gespräche hatte sie seit langem Monsieur Leplay, den neuen Französischlehrer in der Maison de France. Mit Monsieur Leplay traf sie sich zwei- bis dreimal in der Woche, sie ging mit ihm essen, und sie besuchte mit ihm Theatervorstellungen, Kunstausstellungen und Konzerte. Sie wartete darauf, daß Monsieur Leplay sie küssen würde. Dann, das hatte sie sich vorgenommen, würde sie die Verlobung mit Robert lösen. Monsieur Leplay küßte sie aber nicht. Er plauderte nur mit ihr, zuweilen lud er sie zu sich in seine Wohnung ein, spielte ihr Rachmaninoff und Debussy auf dem Flügel vor, bereitete für sie Lyoneser Zwiebelsuppe, aber er küßte sie nicht. Monsieur Leplay war homosexuell.

Trude ahnte nichts von der Veranlagung ihres neuen Freundes. Sie hätte diese Tatsache auch nicht begriffen, wenn sie von dritter Seite darüber etwas erfahren hätte, denn immer bliebe es ihr unverständlich, daß ein Mann, der ihr geistig so nahestand, ihr körperlich so fremd sein sollte. So kam es, daß die Wochenendbesuche Roberts weiterhin eine Notwendigkeit in Trudes Leben blieben.

An diesen Abenden, wenn Robert zu Besuch war, empfand Trude manchmal den Bildungsunterschied zwischen Monsieur

Leplay und ihrem Verlobten als sehr kraß. Dann reizte es sie gelegentlich, Robert auf ironische Art in gehobene Gespräche zu verwickeln. Sie sagte: »Rubinstein hat Rachmaninoff doch am überzeugendsten gespielt. Findest du nicht auch?« Oder sie meinte: »Sedlmayrs Meinung über den österreichischen Barock ist immer noch am tragbarsten. Was meinst du?« Auf solche Fragen antwortete Robert nicht. Er merkte sofort, daß sie diese Fragen stellte, um ihn zu kränken. Sie war nicht wie die anderen Hoyers, die aus Dummheit nur Gesprächsstoffe aus ihrer eigenen Welt kannten, Trude war voller Gemeinheiten. Robert fand kein Mittel, sich dagegen zu wehren; er hatte keine Kraft, den Kränkungen seiner Verlobten zu begegnen.

An den Montagen, die auf diese Wochenenden folgten, war Robert im Büro unerträglich. Die jungen Leute warfen sich über die Pultreihen Blicke zu und sagten: »Na, heute mohwinkelt es ja wieder einmal.« Was die jungen Leute unter »mohwinkeln« verstanden, war die Pedanterie, mit der Robert durch alle Abteilungen des Büros ging und Fehler suchte, die er beanstanden konnte. Er ging am Tresen entlang, um zu sehen, ob die Lehrlinge die Kunden höflich genug bedienten. Er guckte in die Ablagekörbe, um festzustellen, ob schnell genug aufgearbeitet wurde, und er sagte zu den Lehrlingen, die mit Schiffspapieren zu den Konsulaten gingen: »Beeilen Sie sich, der Dampfer kann nicht warten.« Bei diesen Gängen durchs Büro hielt Robert den Kopf schräg geneigt, in seinem Gesicht zuckte es, die Beanstandungen wiederholte er unzählige Male, ohne zu merken, daß sich niemand danach richtete. Die alten Kollegen, insbesondere Herr Vogelsang und Herr Scharnweber, genierten sich für Robert. Niemand sagte ihm jedoch etwas, nur Herr Grünhut versuchte manchmal, ihn abzulenken und aufzumuntern. Er sagte: »Warten Sie ab, wenn Sie erst die Levantefahrt bekommen, wird Sie das ein bißchen ablenken. Da gibt es alle Hände voll zu tun.« Dann schickte er Robert, wenn sich die Gelegenheit bot, mit einem Kapitän aus der Linien- oder Trampfahrt zum Essen. Wenn Robert mit dem Kapitän dann durch die Drehtür verschwunden war, atmeten alle im Büro auf.

An den Tagen, an denen Robert morgens von Ilse Meyerdierks

kam, zeigte sich seine Nervosität nicht. Ruhig verrichtete er seine Arbeit, niemandem gab er an diesen Tagen Anlaß, sich hinter seinem Rücken an die Stirn zu tippen. In den Stunden, die er mit Ilse verbrachte, erhielt er die Selbstbestätigung, die er zum Leben brauchte und die ihm niemand außer Ilse gab. Sein Leben lang war er gedemütigt worden, und es war sein Verhängnis, daß er intelligent genug war, um es zu merken.

Ilse hatte ihre behelfsmäßige Unterkunft in der Neustadt mit einem geräumigen Zimmer am Fedelhören vertauschen können. Robert konnte ungestört die Nächte bei ihr bleiben; Gasthöfe in Ausflugsorten mußten sie nicht mehr aufsuchen. Wenn Robert kam, setzte Ilse die Bratkartoffeln auf den Spirituskocher, dann schlug sie vier Eier in die Pfanne. Zum Essen nahm sie die Tischdecke ab. »Ich kann nicht jede Woche groß waschen«, sagte sie. Nach dem Essen zog Ilse sich um, dann gingen sie tanzen, ins Astoria oder in Bols Stuben, die seit einem halben Jahr in einem renovierten Haus wieder geöffnet hatten. Bei schönem Wetter gingen Robert und Ilse durch die Schrebergärten zur Munte, und überall, wo sie vorbeikamen, hatten sie Erinnerungen. Ilse empfand, daß jetzt alles wieder so war wie früher, ja, daß es eigentlich noch schöner war.

Sie führte ein zufriedenes Leben, beinahe schon auf einer Stufe der Vollendung. Sie hatte ihre bequeme Arbeit als Buchhalterin, sie hatte ein Zimmer und ein Bett, einen Spirituskocher und eine Bratpfanne, eine Kaffeekanne mit zwei Tassen, einen Freund und einige schöne Kleider. Mehr brauchte sie nicht. Sie empfand es als Luxus, diese Sachen jetzt alle auf einmal zu haben. Nicht immer war es so gewesen; lange Zeit hatte sie ohne eigenes Zimmer auskommen müssen, hin und wieder auch einmal ohne Freund; in Deggendorf war sie nur mit einem einzigen Kleid angekommen, das für anderthalb Jahre reichen mußte. Nun endlich war sie reich und glücklich, und es gelang ihr, Robert, wenn er bei ihr war, vorübergehend mit ihrer Zufriedenheit anzustecken.

Roberts Bildungseifer ließ mit den Jahren nach. Zwar las er noch Bücher, und er besuchte auch weiter den Sprachunterricht in der Maison de France, wo er mittlerweile in den Konversationszirkel von Monsieur Leplay aufgerückt war, aber um eine weitere Vermehrung seiner Bildung kümmerte er sich nicht mehr. Es war ihm nicht gelungen, mit seinem Streben in die feineren Kreise der Gebildeten hineinzukommen. Sein Eifer hatte nichts genützt, die erhoffte Standeserhöhung war nicht eingetreten. Endlich sah er ein, daß es nicht genügte, Kurse zu belegen und Bücher zu lesen, um ein Gebildeter zu werden, ebensowenig wie es genügte, sich mit einer Kaufmannstochter zu verloben, um ein gesellschaftsfähiger Mensch zu werden. Er sah ein, daß er sich treiben lassen mußte, in der Schicht, in der er geboren war. Das einzige, das er berechtigt zu erstreben glaubte, war eine Festigung seiner Stellung in der Firma Christiansen, die Leitung der Levantefahrt und die Ernennung zum Prokuristen. Hierauf hoffte er weiter. Wie er nach der Erreichung seines Zieles seine Stellung zwischen den beiden Frauen klären würde, wußte er noch nicht.

Eines Tages bat Trude Hoyer ihren Verlobten, sie am kommenden Sonnabend nicht zu besuchen. Zu einem Gastspiel von Marcel Marceau hatte sie durch die Maison de France eine Ehrenkarte bekommen, vorn in der zweiten Reihe. Dort saß sie zwischen dem neuen französischen Konsul und dem Leiter der Maison de France. Eine Reihe hinter ihr hatten Madame Rosenberg mit ihrem Mann und Monsieur Leplay ihre Plätze. Zu diesem Theaterereignis mochte Trude ihren Verlobten nicht mitnehmen.

An dem Sonnabend, an dem Robert dadurch frei war, erinnerte er sich Heinz Hofers, den er sehr lange nicht mehr besucht hatte. Er glaubte, daß Heinz sich freuen würde, ihn einmal wieder bei sich zu sehen. Als Robert bei seinem Freund erschien, zeigte sich dieser aber gar nicht so erfreut, wie Robert erwartet hatte. »Du bist genau solch ein Schwein wie die anderen«, sagte Heinz Hofer gleich zur Begrüßung, »nach dem Krieg habt ihr euch alle bei mir durchgefressen und meinen Schnaps gesoffen, aber nach Achtundvierzig läßt sich kein Mensch mehr sehen. Seit Jahren sitze ich hier und warte auf meine Freunde, die früher, als es ihnen schlechter ging als mir, am liebsten täglich gekommen wären.« Robert erwiderte darauf nichts; er sah, daß sein Freund betrunken war und daß es sinnlos wäre, ihm etwas zu erklären. Still setzte er sich ihm gegenüber in einen Sessel und wartete, bis er mit dem Schimpfen aufhörte. Schließlich erfuhr er, daß Hofers Schwester seit über einem Jahr nicht mehr bei ihm lebte und mit dem Geschäft nichts mehr zu tun hatte. »Sie hat einen Großhändler in Vegesack geheiratet«, erzählte Heinz, »ein widerlicher Kerl, der kommt mir nicht über meine Schwelle. Meine Schwester ist ganz von ihm unterjocht. Sie darf mich nur noch zu Weihnachten und an meinem Geburtstag besuchen. Ein widerlicher Kerl, glaube mir.«

Heinz Hofer sprach noch lange Zeit von seinem widerlichen Schwager und von seinen gemeinen Freunden, die ihn verlassen hatten. Er erwähnte nebenbei, daß er auch den Lebensmittelhandel aufgegeben habe und nur noch Spirituosen verkaufe. »Das erhält mich gerade am Leben, was soll ich mehr«, sagte er.

Robert war über die mißmutige Stimmung seines Freundes sehr betrübt. Er hätte ihn gern ein wenig aufgemuntert, aber das Gespräch bot zu aufmunternden Bemerkungen keine Gelegenheit. Heinz Hofer war verbittert über seine Einsamkeit. Da er aber mit seinem eigenbrötlerischen Wesen und seinen vulgären Reden selbst die Schuld daran trug, hielt Robert es nicht für erforderlich, ihn zu bemitleiden. Er sagte: »Du mußt aus deinem Stall hier mal raus. Komm, wir gehen in die Festsäle.«

Heinz ließ sich überreden, in die Festsäle nach Huckelriede zu fahren. Obgleich die beiden schon sehr viel getrunken hatten, merkten sie gleich, daß in den Festsälen alles noch wie früher war. Die Gäste waren die gleichen geblieben: Jünglinge in Uniformen oder Zivil und Mädchen in schlechtsitzenden Kleidern. Ohne ein Wort zu sagen, betrachtete Heinz das Treiben eine Weile, dazu trank er mehrere Glas Bier. Plötzlich stand er auf und ging quer durch den Saal auf ein Mädchen zu, das etwa sechzehn Jahre alt sein mochte, am Rand der Tanzfläche saß und die Beine so übereinandergeschlagen hatte, daß man ein Stück nackten Oberschenkel sah. Er bemühte sich, möglichst kleine Schritte zu machen, um seine Trunkenheit und auch seine Verwundung nicht zu zeigen. Heinz tanzte nicht erst mit dem Mädchen, wie er es früher getan hatte, nicht einmal einen halben Tanz, er ging gleich mit ihm ins Freie. Robert beobachtete den Vorgang und machte sich auf eine längere Wartezeit gefaßt. Deshalb war er sehr überrascht, als das Mädchen nach wenigen Minuten wieder in den Saal kam und direkt auf ihn zuging. Es sagte: »Sie, das ist doch Ihr Freund, nicht? Gehen Sie mal raus, der liegt da draußen.« Auf der Wiese fand Robert seinen Freund, am Rand eines Grabens sitzend, den Kopf in beide Hände gestützt. Die Jacke lag neben ihm im Schmutz, die Hose hatte er halb heruntergelassen, der Trageriemen seiner Prothese hatte sich gelöst. Er saß da und rührte sich nicht. Robert sagte: »Komm schon, ich helfe dir. Du bist ja ganz schmutzig.«

Es war sehr schwer für Robert, seinen Freund zum Anziehen zu bewegen. Heinz war betrunken, und er war gedemütigt worden. Er blieb am Grabenrand sitzen, halb bekleidet und mit gelockerter Prothese, er stützte den Kopf in beide Hände und weinte. Nie hatte Robert seinen Freund weinen gesehen, und dieser Anblick war ihm jetzt peinlich. Darum versuchte er, ihn jetzt zum Schimpfen zu bringen. Er sagte: »Ein Scheißkram, dieses Leben, nicht wahr, Heinz? Ein verfluchter Scheißkram«, aber Hofer reagierte hierauf nicht. Er wiederholte nicht einmal die ordinären Worte, die er sonst so gern gebrauchte.

Endlich stand er auf und ließ sich von Robert anziehen und seine Kleidung reinigen. Dann gingen sie fort, zu Fuß durch die Kornstraße, den alten Weg von früher. Hofer stützte sich auf Roberts Arm, das Gehen machte ihm Mühe, hin und wieder fiel er hin. Manchmal übergab er sich. Sie sprachen während des Weges nicht miteinander. Erst als sie am Buntentorsfriedhof vorbeikamen, wagte Robert einen Versuch, seinen Freund aufzumuntern. »Junge, was haben wir in unserem Leben schon gekotzt, nicht wahr, Heinz? Hier am Friedhofsgitter hast du dir mal den Kopf blutig geschlagen, weißt du noch? Junge, war das ein toller Spaß!« Heinz Hofer ging aber hierauf nicht ein. Er wiederholte nur mechanisch: »Toller Spaß, toller Spaß«, danach schwiegen die beiden.

Als Robert seinen Freund nach Hause gebracht und ihm beim Entkleiden und Zubettgehen geholfen hatte, verließ er ihn. Er versprach, am nächsten Tag wiederzukommen und nach seinem

Befinden zu fragen. »Also morgen um vier, ich bin ganz bestimmt pünktlich«, sagte er beim Abschied.

Robert ging jedoch am nächsten Tag nicht zu Heinz. Eine Einladung Trudes kam dazwischen. Sie rief gegen Mittag an und bat Robert, doch wie üblich zum Kaffee zu kommen. Sie hatte am vergangenen Abend nach der Theatervorstellung die Zwecklosigkeit ihrer Bemühungen um Monsieur Leplay erkannt, und nun lag ihr sehr daran, auf alle Fälle Robert vorerst zu halten. Sie sagte: »Robert, Liebling, es tat mir so leid, daß ich gestern für dich keine Karte bekommen hatte. In Zukunft wollen wir aber doch immer zusammen ins Theater gehen, nicht wahr?«

Während des Kaffeetrinkens sprach Trude ausführlich über das gestrige Theaterereignis. Sie berichtete im einzelnen von allen Szenen Marcel Marceaus und flocht in ihre Ausführungen immer wieder Ausrufe ein wie: »Irgendwie großartig« oder: »Wirklich ganz genial!« Als Robert einzuwenden versuchte, daß Charlie Chaplin ihm auch immer sehr amüsant erschienen sei, schnitt ihm Trude das Wort ab. Sie sagte: »Das alles ist kein Vergleich. Marceau bleibt Marceau.«

An diesem Tag dachte Robert nicht mehr an seinen Freund Heinz. Er dachte auch am Montag noch nicht an ihn, als er zum Konversationszirkel der Maison de France ging. Am Dienstag, Mittwoch und Donnerstag, als er mit Ilse zusammen war, dachte er noch immer nicht an ihn. Erst am Freitagnachmittag erinnerte er sich, daß er am vergangenen Sonnabend versprochen hatte, ihn zu besuchen. Er rief bei ihm an, um sich nach dem Befinden seines Freundes zu erkundigen und ihn zu fragen, ob er die Zechtour am letzten Sonnabend gut überstanden hätte. Am Telefon meldete sich aber nur eine Frauenstimme. Sie sagte: »Hier bei Hofer.« Und auf die Bitte Roberts, Herrn Hofer ans Telefon zu holen, sagte sie: »Herr Hofer ist tot. Heute morgen haben wir ihn beerdigt. Wenn Sie etwas wissen wollen, fragen Sie heute abend seine Schwester. Ich bin nur die Aufwartung.« Nach diesen Worten legte sie den Hörer auf, und es nützte Robert nichts, daß er noch ein paarmal »Hallo, hallo!« rief.

Es dauerte lange, bis sich bei Robert nach dem ersten Schreck die Erschütterung einstellte. »Das arme Schwein«, sagte er vor sich hin, und immer wieder: »Das arme Schwein. Wir hätten uns alle mehr um ihn kümmern müssen.« Dabei machte er sich Vorwürfe, mit die Schuld an dem Tod seines Freundes zu tragen, denn er dachte sofort an einen Selbstmord. Ich hätte Sonntag zu ihm gehen müssen, dachte er, aber nein, ich mußte ja unbedingt zu Trude, dieser Ziege. Warum bin ich bloß nicht zu ihm gegangen? Er überlegte, ob er unmittelbare Schuld an dem Tod seines Freundes trüge. Er rechtfertigte sich damit, daß er am Sonntag mittag bei ihm angerufen hatte, um seinen Besuch abzusagen. Niemand hatte sich aber gemeldet.

Als Robert am Abend nach Geschäftsschluß in die Wohnung seines Freundes ging, bestätigten die Anwesenden seine Vermutung, daß Heinz Hofer Selbstmord begangen hatte. »Er hat ja schon immer so mit dem Leben rumgequengelt«, sagte die Aufwartefrau, »ich habe immer gewußt: Der macht es nicht mehr lange.« Und die Nachbarsfrau fügte hinzu: »Warum mußte er sich gerade im Laden erhängen? Sonntag mittag hat man ihn durch die Scheibe schon hängen sehen.« Sie fragte noch ein paarmal, warum er sich ausgerechnet im Laden hatte erhängen müssen, aber plötzlich schien sie den Grund gefunden zu haben. »Sicher war es im Laden am praktischsten«, sagte sie mit leuchtenden Augen, »ja, ja, im Laden war es ganz besonders praktisch. Da hatte er das hohe Regal und die festen Haken.« Und nach einer Weile fügte sie mit Kopfschütteln hinzu: »Ach, dieser arme S-tackel mit dem einen Bein, wie er sich wohl gequält haben mag, als er auf das Regal stieg.« Danach erzählte die Nachbarsfrau Robert die Geschichte, wie sie am Sonntag mittag in den Laden eingedrungen war und Herrn Hofer abgeschnitten hatte. Sie hatte diese Geschichte in den letzten Tagen schon viele Male erzählt. »Fünf Flaschen Likör und drei Flaschen Kognak waren kaputt«, sagte sie. »Sicher hat er sie umgeworfen, als er vom Regal sprang.« Hofers Schwester unterbrach die Nachbarsfrau. Sie wollte die Geschichte nicht immer wieder hören. Sie sagte: »Uns trifft doch keine Schuld? Wir haben doch alles getan, was wir konnten.« Und ihr Mann, der Großhändler aus Vegesack, fuhr fort: »Ja, ja, wir haben alles getan, was wir konnten. Ich habe ihm eine Stellung bei mir angeboten, aber er wollte ja nicht. Nein, von einer Schuld kann man nicht reden.« Seine Frau erzählte daraufhin noch von den Einzelheiten dieser Stellung. »Wie schön hätte er es bei uns gehabt«, sagte sie, und zu Robert gewandt fuhr sie fort: »Sie waren doch am Sonnabend sogar noch mit ihm zum Tanz. Da kann doch niemand sagen, wir alle hätten uns nicht um ihn gekümmert. Hat er sich denn am Sonnabend über irgend etwas beklagt bei Ihnen?« – »Nein«, sagte Robert, »er hat sich über nichts beklagt, er war ganz lustig, und seine letzten Worte waren: ›Toller Spaß, toller Spaß‹. Er sagte sie, als wir am Buntentorsfriedhof vorbeikamen.« – »Siehst du«, sagte die Schwester zu ihrem Mann, »am Sonnabend war er noch ganz fidel. Das muß wie eine Krankheit am nächsten Tag über ihn gekommen sein. Da konnte niemand von uns etwas gegen tun.« – »Nein«, wiederholte Robert, »niemand von uns konnte etwas dagegen tun.« Dann stand er auf, verabschiedete sich und ging fort, während der Schwager sich in den Laden begab, um die Spirituosenbestände zu zählen und die Bücher an sich zu nehmen.

Am nächsten Tag, dem Sonnabend, war es Robert unmöglich, zu seiner Verlobten zu gehen. Er mochte sie nicht sehen, die Erschütterung über Heinz Hofers Tod verursachte ihm ein elendes Gefühl, er war fast krank davon. Seinen Eltern sagte er, daß er sich freue, einmal das Wochenende zu Hause verleben zu können. »Ach, du lieber Gott«, sagte seine Mutter, »darauf bin ich ja gar nicht vorbereitet. Wir haben nur ganz einfach zu essen.« An dieser Reaktion seiner Mutter merkte Robert, daß seine Eltern von seiner Mitteilung, daß er einmal zu Hause bliebe, wie von dem plötzlichen Besuch eines entfernten Verwandten überrascht waren. So fremd bin ich also zu Hause schon, dachte er, ich schlafe hier nur zwei- oder dreimal in der Woche, und ich esse hier nur gelegentlich, das ist die einzige Bindung an mein Elternhaus. Er fand plötzlich, daß es nicht gut war, seine Eltern, die nun alt wurden, so zu vernachlässigen, und er beschloß, sich an diesem Wochenende zu Hause sehr liebenswürdig zu betragen. »Das Essen ist doch nicht das Wichtigste«, sagte er, »ich möchte nur so richtig nett mal am Abend mit euch zusammensitzen.«

Am Abend machte Herr Mohwinkel eine Flasche Wein auf. Er freute sich, daß sein Sohn einmal zu Hause blieb, und er sagte:

»Von dem Wein ist auch noch mehr da, wir brauchen nicht den ganzen Abend bei der einen Flasche zu sitzen.« Es war das erstemal, daß Robert seinen Vater nicht von Mäßigung sprechen hörte. Er verwunderte sich darüber, aber seine Mutter sagte: »Wie kommst du darauf? Vater ist doch schon lange nicht mehr so. Wie häufig gehen wir jetzt abends aus, schön essen und ins Kabarett, und auch sonntags sind wir viel unterwegs, manchmal ganz teuer. Du weißt das natürlich nicht, du warst ja immer weg.«

Als Herr Mohwinkel die zweite Flasche Wein aufmachte, sagte er: »Letzten Sonnabend waren wir im Theater. Da trat der große französische Pantomime Marceau auf. Diese Kunst hat mir großen Eindruck gemacht. Schade, daß wir dich im Theater nicht getroffen haben.« Frau Mohwinkel sagte ergänzend: »Ja, ja, wir sind sehr häufig jetzt im Theater. Ganz moderne Stücke sehen wir da manchmal, aber alle sind sehr schön. Du solltest auch mehr ins Theater gehen.« Robert erwiderte, daß er genug für seine Bildung tue, vor allem dadurch, daß er viel lese. »Das ist schön«, sagte seine Mutter, »gute Bücher, weißt du, sind meine ganze Leidenschaft geworden.« – »Wenn man so jung ist wie du«, sagte Herr Mohwinkel, »sollte man in allen schönen Künsten ein wenig zu Hause sein, sonst kommt man im Leben nicht weiter.«

An diesem Abend erfuhr Robert viel Neues über seine Eltern. Er wunderte sich, wie sehr sie sich verändert hatten und daß er diese Veränderungen bis heute nicht bemerkt hatte. Seine Mutter hatte keine Furcht mehr vor Verfolgung und Denunziation, vor Prozessen und Gefängnissen; sie hatte keinen Haß mehr auf Schmutz, Ungeziefer und Untermieter. Mit der Entwanzung der beiden Zimmer nach dem Auszug der zwangseingewiesenen Untermieter waren über Nacht ihre Komplexe verschwunden. Nun mit einemmal merkte sie, wieviel Zeit sie all die Jahre mit ihren Ängsten und ihrem Sauberkeitsfanatismus verschwendet hatte. Diese nunmehr freigewordene Zeit füllte sie jetzt mit Lesen. Ihre Einstellung zu Ordnung und Sauberkeit war in ein neues Stadium getreten. Nach ihrem jahrzehntelangen Kampf gegen den Schmutz war es ihr jetzt gelungen, mit ihm einen für sie günstigen Frieden zu schließen. Ein Leben lang hatte sie die Gewohnheiten des Schmutzes in allen Einzelheiten studieren können, jetzt kannte sie alle seine Schliche, und überall, wo er lauerte, erstickte sie seine Bildung im Keime. Diszipliniertes Verhalten und strenge Beobachtung halfen ihr dabei. So benutzte Frau Mohwinkel auf ihren täglichen Gängen durch das Haus immer nur wenige von ihr festgelegte Pfade, die um schmutzgefährdete Stellen, wie Teppiche und Läufer, herumgingen. Wenn sie sich zum Lesen niederließ, wählte sie auf dem Sofa immer dieselbe Stelle. Sie saß dort vornan, ohne sich anzulehnen, um sowohl dem Sofa als auch ihrem Kleid die geringste Berührungs- und somit Schmutzerzeugungsmöglichkeit zu geben.

Alles war bei Frau Mohwinkel auf das klügste durchdacht. Sie wollte es sich recht bequem machen. Jetzt, da sie alt wurde, brauchte sie diese Bequemlichkeit und die Ruhe für ein gutes Buch am Nachmittag. Alles in der Wohnung und in der Bekleidung hatte sie auf helle Töne abgestimmt, denn sie war der festen Ansicht, daß helle Schuhe, helle Stoffe und helle Möbel reinlicher waren als schwarze Schuhe, dunkle Stoffe und braune Hölzer. Sie trug weiße Schürzen und Kleider in zarten Pastelltönen, in die Küche zog heller Kunststoff ein, dunkelgesottene Speisen kamen immer weniger auf den Tisch; es gab keine gebratenen Heringe mehr, keinen Rotkohl und keine Tomatensuppe, Herr Mohwinkel hatte sich an beigefarbene Speisen, Sahnesaucen, Spargelgemüse und Kochfisch gewöhnen müssen. Er beschwerte sich nicht; er sah, daß seine Frau jeden Tag zufrieden war, und die Ruhe im Hause war ihm wichtiger als die Farben in der Wohnung und der Gerichte bei Tisch. Er hatte sich auch auf Anraten seiner Frau von dunklen Zigarren auf helle umgestellt. Robert sah es an diesem Abend mit Verwunderung, und er fragte seinen Vater nach dem Grund dieser Geschmacksänderung. »Mutter kauft mir jetzt immer die Zigarren«, antwortete er, »und ich muß schon sagen: Sie beweist einen ausgezeichneten Geschmack.«

Um seine Eltern, das sah Robert jetzt, brauchte er sich keine Sorgen zu machen. Sie hatten einen Weg gefunden, um auf ihre Art mit allen Gefahren des Lebens fertig zu werden. Dabei nahmen sie aufeinander Rücksicht und respektierten ihre Marotten. Robert fand, daß seine Eltern eigentlich sehr glücklich waren.

Robert, der sich vorgenommen hatte, an diesem Abend mit seinen Eltern über seine Probleme zu sprechen, über die Unstimmigkeiten mit Trude, über seine Zerrissenheit zwischen den beiden Frauen, über die Respektlosigkeit der jungen Leute im Geschäft und über das schlechte Verhältnis zu Herrn Christiansen, fand nun, daß es besser war, zu schweigen. Als er spät ins Bett ging, dachte er darüber nach, daß er von seinen Eltern vielleicht noch viel lernen konnte. Er sehnte sich danach, auf beschränkter Grundlage so einfach wie sie mit allen Schwierigkeiten fertig zu werden. Er lag noch lange wach, zweifelnd, ob ihm das auch gelingen würde. Er fand aber keinen Weg.

Als am folgenden Montag die leitenden Angestellten der Firma Christiansen zum Postlesen in das Chefzimmer kamen, bemerkten sie die Anwesenheit eines neuen Kollegen. Der Neue erhob sich aus dem Ledersessel, er trug einen dunklen Anzug und eine randlose Brille. Sein Haar war aus der Stirn weit zurückgetreten und hielt sich nur noch in einigen spärlichen Büscheln auf Mittel- und Hinterkopf. Deshalb hielten alle den neuen Kollegen für nicht mehr ganz jung, und niemand kam auf den Gedanken, daß er erst dreißig Jahre alt war, nicht älter also als der junge Mohwinkel. Herr Christiansen stellte den Neuen vor. Er sagte: »Das ist Herr Winterberg, und ich bin sehr glücklich, ihn für die Levantefahrt gewonnen zu haben. Herr Winterberg ist Volkswirt, er hat während seines Studiums besonders über die Schiffahrt im Mittelmeer gearbeitet.« Bei diesen Worten verbeugte sich Herr Winterberg leicht, während Herr Vogelsang und Herr Scharnweber sich ratlos ansahen. Herr Grünhut schüttelte leicht den Kopf. Robert nahm an, daß dies nur ein Scherz sein konnte. So etwas war noch nicht vorgekommen: Einen Akademiker ohne praktische Erfahrung hatte es in diesem Beruf noch nie gegeben. War dieser Herr Winterberg womöglich gar als Abteilungsleiter für die neu eingerichtete Linienfahrt vorgesehen, so konnte das nicht gutgehen.

Herr Winterberg benahm sich in jeder Lage zurückhaltend, und er versäumte bei keiner Gelegenheit, den einen oder anderen seiner Kollegen um einen Rat zu fragen. Mit diesem Benehmen machte er sich überall beliebt, und bald hatte niemand mehr etwas gegen ihn. Als Herr Christiansen sah, daß es mit dem Aufbau der neuen Abteilung voranging und daß Herr Winterberg sich eingearbeitet hatte, beschloß er, ihm Prokura zu erteilen. Wegen der sich hieraus ergebenden neuen Sitzordnung sprach er mit Herrn Grünhut. Er sagte: »Am besten ist es, wenn Sie und Winterberg zusammen im Lattenverschlag sitzen. Aber wo lassen wir dann den jungen Mohwinkel?« Als der Name »Mohwinkel« fiel, sah Herr Grünhut zu Boden. Ihm war dieses Gespräch peinlich. Er wußte seinem Chef keinen Vorschlag zu machen. »Das ist gar nicht so einfach«, sagte er nur, »das ist gar nicht so einfach«, und er empfand großes Mitleid mit Robert.

Herr Grünhut hatte Angst vor dem Zucken in Roberts Gesicht. Er fürchtete sich vor diesen Anfällen. Darum war er jetzt entschlossen, alles zu tun, um die Demütigung des jungen Mohwinkel zu verhindern. Er war schon bereit, Herrn Winterberg seinen eigenen Platz anzubieten, damit Robert im Lattenverschlag sitzenbleiben könnte. Da kam ihm jedoch plötzlich ein besserer Gedanke. Er sah, daß die Position seines alten Kollegen in dieser Firma allmählich in die Brüche ging und daß es wenig nützen würde, ihm mit behelfsmäßigen Lösungen weiterhin Sand in die Augen zu streuen. Man mußte etwas tun, um ihm weitere Demütigungen zu ersparen. Darum sagte er jetzt zu Herrn Christiansen: »Herr Mohwinkel ist ein sehr tüchtiger junger Mann. Das einzige, was ihm vielleicht fehlt, ist etwas Auslandspraxis. Vielleicht kann er bei einem unserer Geschäftsfreunde im Ausland einmal ein paar Jahre arbeiten. Das würde ihn sehr fördern.« Während daraufhin Herr Christiansen sofort einige Briefe an die Vertragsmakler in Helsinki, Antwerpen, Le Havre und Bordeaux schrieb, überlegte sich Herr Grünhut, auf welche Weise er Robert schonend auf einen Wechsel der Stellung vorbereiten könnte.

Als er Robert wieder gegenübersaß, sagte er: »Wissen Sie, ich bin in Sorge, ob Sie zusammen mit dem Winterberg in der Levantefahrt auskommen würden. Ich finde auch, daß Sie eigentlich für den Posten ein bißchen zu schade sind. Schließlich kann das jeder machen. Ich glaube, Sie sollten jetzt einmal die erste sich bietende Gelegenheit ergreifen, um die Auslandserfahrungen zu erwerben, mit denen man heutzutage in unserem Beruf erst wirklich aufsteigen kann. Ich zum Beispiel war nie im Ausland, das macht mir jetzt sehr zu schaffen. Ohne ein paar Jahre Auslandspraxis ist man nur eine halbe Kraft. Wenn ich noch in Ihrem Alter wäre!« Danach wechselte Herr Grünhut schnell das Thema, um seine Worte erst einmal auf seinen Kollegen einwirken zu lassen.

Über die Vorgänge dieses Tages sprach Robert weder mit seinen Eltern noch mit Trude oder Ilse. In den folgenden Tagen merkte er, daß eine Strömung gegen ihn lief, er merkte es vor allem daran, daß er von Tag zu Tag weniger zu tun bekam. Bei manchem Postempfang morgens ging er leer aus; Briefe, die er sonst erledigt hatte, bekamen jetzt andere zur Bearbeitung; Kapitäne, die das Büro besuchten, wurden von Herrn Winterberg empfangen und in den Ratskeller zum Essen eingeladen; Post zur Unterschrift wurde ihm kaum noch vorgelegt. Doch obgleich ihm dies alles auffiel, konnte er keinen Grund zur Unruhe finden. Nach seinem gradlinigen beruflichen Aufstieg in den vergangenen vierzehn Jahren wollte es ihm nicht in den Kopf, daß es jetzt Rückschläge für ihn geben könnte. Selbst ein vorübergehender Firmenwechsel, der ihm offenbar nahegelegt wurde, würde daran nichts ändern: Er würde zurückkehren, beladen mit neuen Erfahrungen und vielfältigem Fachwissen und als Prokurist in gefestigter Stellung der höchste Angestellte der Firma Christiansen werden. So sagte er eines Tages zu Herrn Grünhut: »Vielleicht haben Sie recht. Ein Jahr im Ausland könnte mir wohl nicht schaden. Aber ich kann doch hier das Geschäft nicht im Stich lassen.« Herr Grünhut antwortete, daß er sich darum nur keine Sorgen machen möge. »Wir behelfen uns dann eben solange«, sagte er, und dann ging er gleich zu Herrn Christiansen, um ihm die Bereitwilligkeit des jungen Mohwinkel mitzuteilen.

Einige Tage später feierte Herr Overbeck seinen Abschied von der Firma. Fünfzig Jahre hatte er ihr gedient, und Robert fiel es zu, bei der Lebensmittelhandlung Felix Droste einen passenden Korb zusammenzustellen. »Es ist für einen mittleren Angestellten«, sagte er, »nehmen Sie also die entsprechende Preislage und vergessen Sie nicht die goldene ›50‹ obenauf.« Gleichzeitig bestellte Robert noch ein paar Flaschen Sherry, und er bestand darauf, daß die Firma eine gute Sorte schicke, obgleich der Verkäufer am Telefon darauf hinwies, daß man für mittlere Angestellte eine gut trinkbare Sonderabfüllung zur Hälfte des Preises bereithalte. In der Buchhandlung, in der er früher Bücher entliehen hatte, kaufte Robert einen repräsentativen Bildband, von dem er ebenfalls sagte, er sei zur Verabschiedung eines mittleren Angestellten bestimmt. Die Buchhändlerin zeigte ihm »Wachsen und Werden unserer Stadt« und »Bedeutende Köpfe im Leben der Hanse«. Die Bücher kosteten fünfzehn Mark. Aber Robert winkte ab. »Es ist ein Außenexpedient«, sagte er, »verstehen Sie? Ein Leben lang im Hafen, in einem einzigen Hafen. Jetzt im Alter will er vielleicht gern einmal wissen, wohin die Schiffe fahren, die er fünfzig Jahre lang abgefertigt hat.« Die Buchhändlerin legte ihm den Bildband »Deutsche Schiffe in allen Häfen der Welt« vor. »Er kostet achtundvierzig Mark«, sagte sie, »er wird eigentlich nur für leitende Angestellte gekauft.« Robert nahm aber dies Buch, und im Büro legte er es Herrn Christiansen vor, damit dieser eine Widmung hineinschreiben konnte. »Meinem verdienten Mitarbeiter, Herrn Friedrich Wilhelm Overbeck, für fünfzigjährige Treue«, schrieb der Chef, und dabei ließ er sich von Robert die Preise für den Sherry, den Lebensmittelkorb und das Buch nennen. Er fand die Ausgaben zu hoch, aber er beanstandete nichts. Er wollte in diesem Augenblick keine Meinungsverschiedenheit mit Robert haben.

Zur Feierstunde seines Abschieds hatte Herr Overbeck seinen dunkelblauen Anzug angezogen, dazu das weiße Hemd mit Biesen. Er saß im Chefzimmer vorn auf der Kante des Ledersessels, die Hände zwischen den Knien. Verlegen blickte er vor sich hin, als Herr Christiansen ihm ein Glas Sherry einschenkte. »Na, Overbeck«, sagte er, »fünfzig Jahre sind ja schnell vorbeigegangen. In den nächsten fünfzig Jahren werden Sie sich über Ihren Chef nicht mehr ärgern müssen.« Der Chef erwartete, daß man über diesen Scherz lachte; von den leitenden Angestellten, die zu dieser Feierstunde hinzugebeten waren, lachte aber nur Herr Winterberg. Herr Scharnweber klopfte Herrn Overbeck auf die Schulter. »Ein paar Jährchen noch, dann baue ich auch mein Gemüse«, sagte er, und Herr Grünhut meinte: »Vergessen Sie morgen früh man nicht, daß Sie im Bett liegenbleiben können. Aufwachen und ›Feierabend‹ sagen, davon träume ich auch schon lange.« Herr Vogelsang wollte auch etwas sagen, aber er brachte nur ein verlegenes »Na ja, denn ...« heraus, als er dem alten Kollegen die Hand schüttelte. Robert sagte gar nichts. Ihm war die Zeremonie peinlich. Er trank auch keinen Sherry. Dies Getränk, das Herr Christiansen, wie alle Chefs, allen Angestellten nach jahrzehntelanger Treue mit einer Geste der Großzügigkeit einschenkte, war ihm in diesem Augenblick zuwider. Seine alten Kollegen waren ihm in diesem Augenblick ebenfalls zuwider; ihre Wehleidigkeit, mit der sie an ihre eigene Pensionierung dachten, ihre Unsicherheit, mit der sie ihre Rolle zwischen Vorgesetztem und Untergebenem spielten, und die anspruchslosen Scherze, die den Expedienten trösten und gleichzeitig dem Chef Eindruck machen sollten, ekelten ihn an. Als dann der Chef den Korb und das Buch überreichte, wandte Robert sich ab. Er konnte die Rührung des alten Mannes nicht mit ansehen; es war ihm peinlich, die Dankbarkeit zu beobachten, mit der jemand nach fünfzig Jahren harter, schlecht bezahlter Arbeit eine Flasche Sekt betrachtete, die aus dem Korb herausragte, und einen Rollschinken. Es war ihm unangenehm, zu sehen, wie jemand, der fünfzig Jahre lang mit Hingabe seine Pflicht getan hatte, sich nun am Ende seiner Dienstzeit durch ein protziges Geschenk demütigen lassen mußte. Liebevoll und gerührt strich Herr Overbeck über den Bildband »Deutsche Schiffe in allen Häfen der Welt«.

Nach der Feierstunde verließ Robert die Firma unter einem Vorwand und ging in die Domklause. Er setzte sich an den Tisch hinter dem Garderobenständer, und der Kellner sah gleich, daß sein Gast wieder einmal Verdruß gehabt hatte. Robert bestellte eine Flasche Sherry von Williams und Humbert, den teuersten, den es gab. Er trank sie halb aus, dann ging er ins Büro zurück. Er kümmerte sich jedoch an diesem Tag nicht mehr um die Geschäftsvorgänge. Abends bei Ilse Meyerdierks äußerte er seine Gedanken nicht. Er ging mit ihr in Bols Stuben und danach in den Roten Sand, wo er sich sehr betrank. Ilse fragte nichts, sie freute sich, daß ihr Freund so viel ausgab. Sie konnte nicht genug bekommen, und als sie in den frühen Morgenstunden mit Robert nach Hause kam, legte sie noch eine Platte auf ihr Koffergrammola und verlangte zu tanzen. Sie tanzte mit Robert zu »Some of these days«, bis die Nachbarn an die Wand klopften. Da stellte Ilse die Musik ab und zog sich aus. Sie legte sich quer über das Bett. Immer wieder fand sie etwas, um Robert zu erregen. Er konnte sich nicht vorstellen, eines Tages ohne sie leben zu müssen.

In den wenigen Stunden, die bis zum Morgen blieben, fand Robert keinen Schlaf. Übernächtigt und zerschlagen kam er ins Büro, und er nahm sich vor, an diesem Tag nur das Notwendigste zu erledigen. Mit Mühe überstand er den Postempfang, ohne zu gähnen. Als er danach das Chefzimmer verlassen wollte, rief Herr Christiansen ihn zurück. Er hatte heute früh auf seine Anfragen wegen der Unterbringung des jungen Mohwinkel im Ausland eine positive Antwort bekommen.

»Sie kennen doch Herrn Vignon in Bordeaux«, sagte Herr Christiansen zu Robert. »Er hat mir privat einen ganz reizenden Brief geschrieben. Er wird jetzt siebzig Jahre alt, hat aber keine rechte Unterstützung. Auch in Frankreich ist mit den jungen Leuten heute nicht mehr viel los.« Nach diesen Worten schwieg Herr Christiansen eine Weile, er zündete sich eine Zigarette an, dann fuhr er fort: »Ich möchte Herrn Vignon sehr gern helfen, und sicher können Sie sich denken, mein lieber Mohwinkel, warum ich das gerade Ihnen erzähle.« Robert konnte es sich denken, er war auf etwas Ähnliches schon seit Wochen gefaßt, darum empfand er jetzt keine Überraschung. Er war bereit, der Forderung seines Chefs zu folgen, und nur der Ordnung halber fragte er noch nach der Art der angebotenen Stellung. »Ich kann Ihnen nicht sagen, ob Sie gleich Handlungsvollmacht bekommen werden«, antwortete der Chef, »aber eine Verbesserung wird es auf alle Fälle für Sie sein. Denn ob ich das, was Herr Vignon zu bieten hat, Ihnen jemals bieten kann, weiß ich nicht.« Um das Gespräch abzuschließen und eine weitere Unterhaltung über den mutmaßlichen Dienstrang Roberts in der neuen Stellung abzuschneiden, fügte Herr Christiansen noch schnell hinzu: »Von mir bekommen Sie ein erstklassiges Zeugnis, das können Sie sich wohl denken. Es geht mir ja nicht allein darum, Herrn Vignon einen Gefallen zu tun, sondern ich möchte mit der einmaligen großen Chance, die sich hier bietet, ganz besonders Ihre jahrelange Treue, Ihre Strebsamkeit und Ihren unermüdlichen Fleiß belohnen. Sie verstehen mich, lieber Mohwinkel?« Bei diesen

Worten erhob sich der Chef, drückte Robert warm die Hand und geleitete ihn zur Tür seines Zimmers, die er hinter ihm sofort schloß.

Herr Grünhut zeigte sich von dem Angebot Herrn Vignons begeistert. Auch Herr Vogelsang, Herr Scharnweber und die anderen alten Angestellten, die ebenfalls seit langem die Schwierigkeiten Roberts in dieser Firma beobachteten, rieten ihm zu.

Ilse Meyerdierks aber, der Robert am Abend von dem bevorstehenden Wechsel erzählte, erschrak. »Fährst du allein?« war ihre erste Frage. Und als Robert sie erstaunt bejahte, meinte sie: »Und was ist mit Trude?« Es war das erstemal, daß Ilse den Namen seiner Braut erwähnte. »Und was ist mit Trude?« wiederholte sie. Robert erwiderte schnell, daß er mit Trude Hoyer über das Ereignis noch nicht gesprochen habe, daß eine vorübergehende Trennung von ihr aber nicht zu vermeiden wäre. »In Bordeaux kann ich mit einer Frau vorerst nichts anfangen«, sagte er, »bis ich die Geschäftsleitung richtig in Händen habe, muß ich mich doch erst einmal einarbeiten. So schnell geht das nicht.«

An diesem Abend war Ilse sehr schweigsam. Sie hatte keine Lust, tanzen zu gehen; sie wollte lieber zu Hause bleiben, und sie legte es darauf an, ihren Freund in große Leidenschaft zu versetzen. Sie gab sich große Mühe, ihn heute besonders zu erfreuen. Sie erreichte, daß er sich in dieser Nacht bei ihr glücklicher als jemals fühlte. Sie selbst befand sich in einem Rausch und rief immer wieder: »Nie, nie kann ich mich von dir trennen. Ich liebe dich viel zu sehr.« Sie rief es so lange, bis Robert sagte, daß auch er sie liebe und sich nicht gern von ihr trennen wollte. Da gab sie sich zufrieden und legte sich auf die Seite, um zu schlafen.

Am nächsten Vormittag im Büro besprach Herr Christiansen mit Robert die Einzelheiten des Stellenwechsels. Er brauchte den Platz im Lattenverschlag für Herrn Winterberg bald, darum sagte er jetzt zu Robert: »Ich habe Herrn Vignon geschrieben, daß Sie am 1. September dort anfangen können. Da Sie noch drei Wochen Urlaub zu beanspruchen haben, sehen wir Sie hier im Büro ja leider nur noch einige Tage.« Roberts Einwand, daß er so schnell ja nicht aufarbeiten könnte und auch nicht wüßte, wem er seine Arbeit übergeben sollte, entkräftete Herr Christiansen. »Damit werden wir schon fertig werden«, sagte er. »Es ist sehr wichtig für Sie, daß Sie sich erst noch einmal gründlich erholen, ehe Sie Ihre neue verantwortliche Tätigkeit aufnehmen.«

Als Robert nach Büroschluß abends auf die Straße trat, erwartete ihn Ilse. Sie kam ihm freudig entgegen. »Weil du gestern gesagt hast, daß du dich nicht von mir trennen möchtest«, sagte sie strahlend, »habe ich mir etwas ausgedacht, daß wir zusammenbleiben können.« Sie hakte Robert unter und zog ihn in die Konditorei Jacobs, wo sie sich in den Teeraum setzten. Dort waren sie ungestört, nur ein Vertreter saß am Nebentisch über seiner Provisionsabrechnung. Ilse bestellte Tee und Kuchen. Den Kuchen suchte sie am Büfett aus. Als sie zurückkam, sagte sie: »Ich habe jedem ein Baiser mit Sahne und ein Stück Baumtorte bestellt. Heute lade ich dich mal ein.«

Während Ilse den Kuchen aß, erzählte sie von den Ereignissen des heutigen Tages. Aus ihrer Tasche holte sie ein Buch, das sie gekauft hatte. Es hieß »1000 Worte Französisch für Anfänger«, und sie fing gleich an, mit dem Finger auf einige Gegenstände zu zeigen und dazu zu sagen. »C'est une table, c'est une chaise, voilà la fenêtre!« Robert, der sich vorgenommen hatte, sie auf das Wagnis einer gemeinsamen Reise nach Bordeaux hinzuweisen und sie zu bitten hierzubleiben, sah nun, daß nichts mehr zu ändern war. Er kannte seine Freundin so weit, um zu wissen, daß sie die ersten drei Sätze Französisch nicht umsonst gelernt hatte. Darum versuchte er jetzt nicht mehr, ihr abzuraten, sondern fragte sie nach Paß und Visum. »Meinen Paß habe ich beantragt«, sagte Ilse, »und das Visum bekomme ich ohne Schwierigkeiten, zwar nur begrenzt, aber es kann in Frankreich jederzeit verlängert werden.« In ihrer Firma hatte Ilse am Vormittag bereits gekündigt. Sie hatte das Kontokorrent bei Miltenberg & Kruse satt. »Man kann nicht ein Leben lang Kontokorrent machen«, sagte sie, »habe doch nur einmal soviel Verständnis.«

Am Wochenende erzählte Robert seiner Verlobten Trude Hoyer die Neuigkeit von seinem Geschäftswechsel und von seiner Reise nach Bordeaux. Er sagte: »Auguste Vignon gehört zu den ältesten Schiffsmaklern der Stadt. Er hat eigene Schuppen am Quai des Chartrons. Das Bürohaus liegt ganz zentral, fünf Minuten von der Place des Quinconces entfernt. Die Speicher liegen auf der anderen Seite der Garonne.« Trude erwiderte hierauf nichts. Sie kochte Kaffee und packte den Kuchen aus, den sie aus der Konditorei mitgebracht hatte. »Ich fange schon am 1. September dort an«, sagte Robert, »Herr Vignon ist alt, er sucht eine Unterstützung. Vielleicht kann ich sein Teilhaber werden.« Trude setzte die Kaffeekanne auf den Tisch und sah Robert an. Sie glaubte nicht daran, daß ein französischer Kaufmann sein Geschäft mit einem fremden Deutschen teilen würde, der nichts besaß als ein paar Fachkenntnisse. Immer fand sich in solchen Fällen noch ein Neffe oder Großneffe. Sie konnte sich nicht vorstellen, daß Herr Vignon so töricht sein sollte, Robert eine Stellung mit dem Angebot eines solchen Aufstiegs zu geben. Sie sagte aber nichts von ihren Bedenken, sondern meinte nur: »Da mußt du aber dein Französisch doch noch aufbessern. Mit den unregelmäßigen Verben kommst du manchmal noch durcheinander.«

Die kühle Antwort seiner Verlobten erschütterte Robert. Er hatte erwartet, daß sie über die Trennung unglücklich sein und fragen würde, wann sie nach Bordeaux nachkommen könne. Er hatte sich schon einige Sätze zurechtgelegt, die er ihr dann sagen wollte. Er hatte sich vorgenommen, sie um Geduld zu bitten und ihr zu sagen, daß er zunächst allein bleiben müsse, bis er seine neue Position gefestigt haben würde. Trude bat aber nicht, nachkommen zu dürfen. Bordeaux interessierte sie überhaupt nicht. In diesem Augenblick fühlte Robert sich zu ihr hingezogen wie nie zuvor. Es war ihm plötzlich unvorstellbar, daß er sich nach so vielen Jahren mit ein paar unverbindlich kühlen Worten so von ihr trennen sollte. Was sollte er mit Ilse in Bordeaux; sie würde ihn vielleicht herabziehen. Viel lieber wäre er, so schien ihm wenigstens in diesem Augenblick, mit Trude gefahren; sie sprach ein gutes Französisch, sie hatte Konsulatsbeziehungen, sie verstand sich durchzusetzen, mit ihr gehörte er zusammen, immerhin war er ja auch verlobt mit ihr.

Trude bemerkte die Gemütserregung ihres Verlobten. Es tat ihr leid, so abweisend gewesen zu sein. Deshalb sagte sie schnell: »Bordeaux ist sicher sehr schön.« Sie stand auf, um an ihrem

Bücherregal ein Werk über Bordeaux zu suchen. Sie fand aber nichts und empfahl deshalb Robert, die Hinreise in Paris zu unterbrechen und Paris ausführlich zu besichtigen. »Ich gäbe etwas darum, wenn ich jetzt zu Beginn der Theatersaison in Paris sein könnte!« Robert unterbrach ihre Schwärmerei und sagte: »Warum kommst du nicht mit? Wir werden alles gemeinsam sehen. Wir werden schon irgendwie durchkommen.« Er hatte den glühenden Wunsch, mit Trude zusammenzubleiben. Für Ilse, glaubte er, würde er schon eine Ausrede finden. Deshalb sagte er noch einmal: »Komm doch mit. Wir werden schon irgendwie durchkommen.«

Trude hatte aber keine Lust, in Frankreich »irgendwie durchzukommen«, wie Robert es nannte. Sie wollte bequem und in Muße reisen, Kirchen und Museen besuchen, in eleganten Kleidern im Theater sitzen, in Schlemmerlokalen Spezialitäten essen und mit prominenten Leuten des französischen Geisteslebens sprechen. Sie wollte nicht als Frau eines kleinen Angestellten im Hafenviertel von Bordeaux wohnen, Fische auf dem Markt kaufen und sich mit Portiersfrauen streiten. Deshalb sagte sie: »In der Maison kann ich nicht so einfach kündigen. Ich habe einen sehr langfristigen Vertrag. Später aber komme ich gern nach. Schreibe mir nur, wenn beruflich alles in Ordnung ist.«

Am nächsten Montag im Büro war Robert sehr niedergeschlagen. Er hatte sechs Jahre seines Lebens vertan. Nicht der Krieg hatte ihm die schönsten Jahre des Lebens genommen, wie andere junge Leute immer behaupteten, sondern er selbst hatte sich um die beste Zeit seines Lebens gebracht. Viele seines Alters hatten geheiratet und Familien gegründet, sie hatten sich Lebensstellungen erarbeitet, waren in leitende Positionen und hohe Gehaltsstufen aufgerückt. Er selbst, das sah er jetzt, hatte nichts von allem geschafft: keine Familie und kein nennenswertes Gehalt, kein Ansehen, kein Haus, keinen Titel und keine Bildung.

Schließlich schien es ihm aber doch, als böte ihm das Schicksal die Chance, noch einmal von vorn anzufangen. Es bot ihm einen Anfang in einer Stadt, wo niemand ihn kannte, in einer neuen Firma, wo man das Beste von ihm erwartete, ein Leben mit Ilse

Meyerdierks, der einzigen Frau, die ihn verstand. Er beschloß, in seinem neuen Leben von vornherein alles richtig zu machen.

Drei Tage später räumte Robert in der Firma seinen Schreibtisch auf und überreichte Herrn Grünhut ein paar Akten, die noch nicht erledigt waren. Danach ging er im Büro umher und gab jedem zum Abschied die Hand. Auf Scherze der Kollegen oder auf muntere Hinweise, daß nun ja eine tolle Zukunft vor ihm liege, ging er nicht ein. Er hatte für niemanden ein persönliches Wort, und er beschränkte sich auf ein paar unverbindliche Redensarten, wie sie seit Generationen von gekündigten Angestellten beim Abschied von den verbleibenden Kollegen gebraucht wurden. Während er durch die Abteilungen ging, sah er, wie Kunden am Tresen standen, ohne daß sich ein Lehrling zu ihrer Bedienung erhob. Er sah, daß die Ablagekörbe voll waren und daß sich vor laut gähnenden Angestellten die Arbeit staute. Er sah den Schlendrian und die große Unordnung, aber sie regten ihn nicht mehr auf.

Nach dem Rundgang räumte Robert sein Privateigentum zusammen: ein Sitzkissen, eine Tasse, ein Rest Kaffee und eine halbe Tüte mit Zucker, ein Kleiderbügel, ein Handtuch und ein Stück Seife in einer zerbrochenen Zellophanbüchse. Während er die Sachen zu einem Paket zusammenschnürte, sah er, daß Herr Winterberg gleichfalls seinen Platz aufräumte und beim Aufräumen hin und wieder zu Robert hinüberschaute. Winterberg, das wußte Robert, wartete schon, daß der Schreibtisch im Lattenverschlag frei wurde. Auch das regte Robert nun nicht mehr auf. Als er wegging, klopfte er noch einmal mit dem Fingerknöchel auf den Schreibtisch, winkte zu Herrn Grünhut hinüber und sagte: »Na ja, denn ...« Dann ging er mit dem Paket unterm Arm quer durch die Halle und durch die Drehtür davon, ohne sich noch einmal umzuschauen.

In den drei Wochen Urlaub, die er noch hatte, schlief er zu Hause jeden Morgen lange und begrüßte seine Eltern erst zum Mittagessen. Nachmittags ging er manchmal mit seiner Mutter spazieren, abends besuchte er Ilse. Frau Mohwinkel hatte gleich beim ersten Bericht ihres Sohnes gespürt, daß ihn etwas Unangenehmes betroffen hatte. Sie wußte, daß es keinen Chef gab, der einem Angestellten, den er schätzte, vorschlug, sich woanders zu verbessern. Kein Chef unternimmt etwas zum Wohl eines Angestellten, ohne daß er selbst Vorteil davon hat, sagte sie sich, und sie sah ganz klar, daß man ihren Sohn hatte loswerden wollen. Sicher hat Robert versagt, dachte sie, und sie wurde das Gefühl nicht los, daß sie selbst an diesem Versagen einen Teil der Schuld trug. Sie hatte ihren Sohn dreißig Jahre lang zu Pflichttreue und Gehorsam erzogen, und nun sah sie, daß ihre Erziehung womöglich nicht richtig gewesen war. Vielleicht hätte ich ihm einmal sagen sollen, daß man auch manchmal aufmucken muß und lernen, sich bei Vorgesetzten durchzusetzen, dachte sie, aber nun ist es wohl zu spät. Er ist in seinem Beruf gescheitert.

Weil Frau Mohwinkel fand, daß es für eine Änderung in der Wesensart ihres Sohnes nun zu spät sei, sagte sie auch nichts von ihren Erkenntnissen. Warum soll ich ihn mit meinem Gerede unglücklich machen und ihm die neue Stellung im Ausland verekeln, dachte sie, und sie sagte zu ihm: »Das ist aber fein, daß Herr Christiansen dir eine so schöne Stellung vermittelt hat. Vater und ich sind sehr stolz auf dich.«

Trude versprach Robert bei seinem Abschiedsbesuch, recht bald und recht häufig zu schreiben. Gleichzeitig bat er sie, den Damen Lahusen bei nächster Gelegenheit seine Grüße auszurichten. Er hatte keine Lust, dort einen Abschiedsbesuch zu machen. Er fürchtete sich davor, dieselbe Geschichte immer und immer wieder erzählen zu müssen. Er empfand auch keine Dankesschuld gegenüber den Damen Lahusen.

Den letzten Abend vor seiner Abreise verbrachte Robert zu Hause mit seinen Eltern. Herr Mohwinkel öffnete eine Flasche Wein, seine Frau hatte einen Kuchen gebacken. Für sie war die Reise ihres Sohnes ein Abenteuer und ein unsichereres Unternehmen als früher die Fahrten an die Front. Aus dem Krieg konnte ein Mann zurückkehren, diese Erfahrung hatte sie schon 1918 mit ihren Brüdern und mit ihrem späteren Mann gemacht. Aber mit jungen Leuten, die eine Stellung im Ausland annahmen, hatte sie keine Erfahrungen. Sie war darauf gefaßt, daß dies ein Abschied für immer war.

Herr Mohwinkel hatte ähnlich beklemmende Gefühle. Er dachte an seine eigenen früheren Versuche, für ein paar Jahre ins Ausland zu gehen. Damals war immer etwas dazwischengekommen: der Spartakusaufstand, die Inflation und schließlich die Geburt Roberts. Die wochenlangen Aufregungen, die diesen Plänen jedesmal vorausgingen, saßen in ihm noch so fest, daß er die gleiche Aufregung jetzt für seinen Sohn empfand. Am Sonnabend hatte er ihm noch einen neuen Anzug, zwei Oberhemden und vier Paar Strümpfe gekauft. »Damit du nicht so abgerissen dort anfängst«, hatte er dazu gemeint. Jetzt gab er seinem Sohn noch zweihundert Mark mit auf den Weg. Robert, der von seinem knappen Gehalt bei Herrn Christiansen nichts gespart hatte, war seinem Vater für diese Unterstützung dankbar, und er beruhigte seine Eltern immer wieder, daß er ja nur vorübergehend fortgehe und Bordeaux nicht aus der Welt sei. Er ließ seinen Vater an diesem Abend noch eine zweite und eine dritte Flasche Wein aufmachen, um seinen Eltern zu zeigen, wie wohl er sich fühle und wie hoffnungsfroh er sei. Es gelang ihm aber nicht, die Stimmung an diesem Abend zu heben. Traurig und mutlos blickten seine Eltern vor sich hin. »Wenn du in Not geraten solltest«, sagte Herr Mohwinkel, »denke daran, daß deine Eltern immer für dich da sind.« Dann empfahl er, schlafen zu gehen.

Frau Mohwinkel brachte am anderen Tag ihren Sohn zum Bahnhof. Auf dem Bahnsteig fand sich auch Trude Hoyer ein. Neben Frau Mohwinkel stand sie vorm Abteilfenster, und sie bemühte sich, die Hälfte von Roberts Aufmerksamkeit auf sich zu lenken. Beiden Frauen fiel abwechselnd immer etwas Neues ein, womit sie Robert ermahnen konnten. Wenn Frau Mohwinkel sagte: »Achte immer darauf, daß du keine Löcher in den Strümpfen hast«, fügte Trude hinzu: »Vergiß nicht, das römische Amphitheater zu besuchen.« Wenn Frau Mohwinkel ihren Sohn an die Empfindlichkeit seiner Mandeln erinnerte, sagte Trude: »Wenn du gut essen willst, geh ins Terminus. Ich hoffe, daß du in Bordeaux ein Weinkenner wirst.«

Ilse Meyerdierks, die im Zug schon vorher zwei Plätze reserviert hatte und nun, von den beiden Frauen auf dem Bahnsteig unerkannt, Robert gegenübersaß, amüsierte sich über die Abschiedsszene. Sie erinnerte sich noch genau an den 4. Februar

1941, damals war sie es, die draußen mit Frau Mohwinkel stand und bei Abfahrt des Zuges ihrem Freunde nachwinkte. Heute stand draußen eine andere, während es für sie selbst keinen Abschied von Robert gab.

Frau Mohwinkel und Trude Hoyer redeten weiter auf Robert ein. Sie ermahnten ihn, wöchentlich die Wäsche zu wechseln und nach Möglichkeit in Orléans die Reise zu unterbrechen, immer höflich zum neuen Chef zu sein und sich mit der Geschichte der Stadt Bordeaux zu beschäftigen. Plötzlich sagte Frau Mohwinkel leise, indem sie sich am Abteilfenster emporreckte: »Hast du schon das Mädchen dir gegenüber gesehen? Igitt, wie angemalt!« Ilse hörte diese Worte nicht, sie las in dem Lehrbuch »1000 Worte Französisch« und blickte erst auf, als der Zug anfuhr.

Sie schloß das Abteilfenster. »Ich habe auf dem Atlas nachgesehen«, sagte sie, »Bordeaux liegt ja gar nicht am Meer. Aber man kann sonntags leicht mit dem Vorortzug ans Meer fahren.«

Robert und Ilse fuhren über Paris, aber sie hatten keine Gelegenheit, sich dort länger aufzuhalten. Um elf Uhr am Vormittag kamen sie am Gare du Nord an, um vier Uhr nachmittags fuhren sie vom Gare d'Austerlitz weiter. Von Bahnhof zu Bahnhof benutzten sie die Métro, und sie hatten gerade noch Zeit, im Wartesaalrestaurant einen Imbiß zu nehmen.

Als Robert mit Ilse in der Frühe des nächsten Tages in Bordeaux ankam, suchte er gleich die Pension auf, die ihm nach Rückfrage von einem Angestellten der Firma Vignon empfohlen worden war. Die Pension lag in der Rue Malbec nahe des Bahnhofs St. Jean. Die Inhaberin, Madame Pellisson, wunderte sich, statt des angekündigten einzelnen Herrn jetzt ein Paar zu empfangen. Sie faßte sich aber schnell und wechselte in dem für Robert reservierten Zimmer das schmale Bett gegen ein zweischläfriges aus. Das Zimmer hatte ein Fenster zum Hof, es war schlecht gelüftet, und es wurde durch das hineingestellte breite Bett sehr eng. Wasser mußte man auf dem Korridor holen. Obgleich die Unterkunft recht primitiv war, zeigte Robert sich mit ihr zufrieden. Das Zimmer war nicht teuer, und zu Roberts Erstaunen verlangte Madame Pellisson für das zweischläfrige Bett keinen besonderen Preisaufschlag. Als Madame Pellisson das Zimmer verlassen hatte, trat Ilse gleich an das Fenster. Sie öffnete es und sah hinunter zum Hof. Unten spielten ein paar Kinder, sie schrien laut, bis eine dicke Frau auf einen Balkon trat und mit den Kindern schimpfte. Ilse war von dem Anblick entzückt. »Wie schön es hier ist!« rief sie. Robert sagte hierzu nichts, er schloß das Fenster wieder, denn er wollte sich waschen und ein reines Hemd anziehen.

Mittags ging Robert in die Stadt. An einem Zeitungsstand kaufte er einen Stadtplan. Er studierte den Plan lange und merkte sich die Straßenbahnverbindung zwischen der Pension und dem Bürohaus Vignon. Dann ging er mit Ilse in ein einfaches Restaurant, vor dem am Eingang die Preise angeschlagen standen. Er bestellte Fischsuppe, Ragout, Wein und Käse. Er sah, daß das tägliche Essen im Restaurant nicht billig war, aber er hoffte, daß sein Gehalt Ilse und ihm diesen Lebensstandard ermöglichen würde. Er trank noch ein zweites Glas Wein, dann ging er mit seiner Freundin hinunter zum Fluß, um noch einen Blick auf den Hafen zu werfen.

Am Abend ging er sehr zeitig ins Bett. Er verschloß sich den Bitten Ilses, die sich den ersten Abend in dieser fremden Stadt ganz anders vorgestellt hatte. Sie wäre gern noch auf einem Boulevard spazierengegangen und hätte in einem Café noch etwas typisch Französisches getrunken. Robert sagte aber, daß er von der Reise sehr müde sei und daß er am anderen Morgen mit der Arbeit anzufangen habe. Er legte sich reine Unterwäsche hin und ein sauberes Hemd, in das er die Manschettenknöpfe steckte. Nachdem er kontrolliert hatte, ob auch sein Tascheninhalt für den nächsten Tag vollständig beisammen war, putzte er seine Schuhe, wusch sich und legte sich schlafen. Er drehte sich gleich auf die Seite, denn er wollte am nächsten Vormittag auf Herrn Vignon einen frischen und ausgeschlafenen Eindruck machen.

Am nächsten Morgen ging Robert zum Quai Sainte Croix hinunter, wo er die Straßenbahn zur Rue Latour nahm. In der Rue Latour befand sich das Bürohaus der Firma Auguste Vignon, und Robert hatte sich die Fahrzeit so genau ausgerechnet, daß er nun das Büro Punkt acht Uhr betrat. Der Portier bedeutete ihm aber, daß die Geschäftszeit erst um halb neun Uhr beginne und es empfehlenswert sei, Besuche nicht vor neun Uhr zu machen. Da sagte Robert dem Portier, daß er ein neuer Angestellter sei und heute früh bei Herrn Vignon antrete. »Ich komme aus Bremen«, sagte er, »Herr Vignon hat mich angefordert.« – »Nun, das ist etwas anderes«, meinte daraufhin der Portier, und er ließ Robert in die Portiersloge eintreten, wo er ihm einen Stuhl hinschob. »Deutschland«, fuhr er fort, »kenne ich ein bißchen. Ich war viereinhalb Jahre in Gefangenschaft dort, zum Schluß bei Verden an der Aller. Kennen Sie Verden?« Robert kannte Verden gut. Es war häufig das Ziel der Ausmärsche beim deutschen Jungvolk und bei der Hitlerjugend gewesen. Davon sagte er aber dem französischen Portier jetzt nichts, sondern er antwortete: »Ja, in Verden war ich häufig mit dem Fahrrad. Noch 1940 verbrachte ich mit meiner Freundin dort in der Nähe meinen letzten Urlaub, bevor ich in den Osten kam.« Danach unterhielt sich der Portier mit Robert lange über Rußland und die Gefangenschaft in Sibirien. Er war froh, statt in Rußland nur in Deutschland als Gefangener gewesen zu sein.

Kurz darauf betrat die Portiersfrau den Raum. Sie brachte Weißbrot, Käse und Milchkaffee für ihren Mann. »Das ist ein neuer Mann aus Deutschland, er war als Gefangener in Sibirien«, sagte der Portier zu seiner Frau, und er veranlaßte sie, einen zweiten Topf mit Kaffee für den Besuch zu bringen. Robert war die Intimität mit dem Portier peinlich. Er fürchtete, daß seine Kollegen oder gar sein neuer Chef vorbeikommen und beobachten könnten, wie er, Robert Mohwinkel, der eine leitende Position in diesem Haus einnehmen sollte, schon gleich am ersten

Tag mit dem Portier Kaffee trank. Deshalb nahm er auch nichts von dem angebotenen Brot und dem Käse. Den Milchkaffee trank er so schnell wie möglich aus. Kurz vor halb neun Uhr kamen drei Reinemachfrauen in die Portiersloge, um ihre Geräte abzugeben. Ihnen allen erzählte der Portier, daß Robert in Sibirien gewesen war. Die Reinemachfrauen schüttelten mitleidsvoll die Köpfe, und sie hörten zu, wie der Portier danach vom Gefangenenlager bei Verden an der Aller erzählte. »Aus dieser Gegend ist unser Kamerad hier«, sagte der Portier, »es ist eine ärmliche Gegend, wir bekamen jeden Tag Kartoffeln und graues Brot. Die deutschen Soldaten, die uns bewachten, bekamen auch nichts anderes.« Der Portier nannte seinen Gast noch viele Male Kamerad, bis der erste Angestellte kam und Robert mit hinauf in die Büroräume nahm.

Das Büro der Firma Vignon bestand aus unzähligen kleinen Räumen, in denen jeweils nur zwei oder drei Schreibtische standen. In einigen Zimmern stand außerdem ein niedriger Schreibmaschinentisch an der Wand. Alle Räume waren gleich, in keinem deuteten Teppiche, ölgemalte Bilder, verzierte Schreibtische oder Sessel mit hohen Lehnen darauf hin, daß leitende Angestellte in ihm arbeiteten. Ein junger Mann bot Robert in einem der Zimmer einen Stuhl an, und als kurz nach Geschäftsbeginn die Angestellten kamen, fragte er jeden einzelnen, ob er etwas über die Verwendung des neuen Mannes aus Deutschland wisse. Niemand jedoch hatte von Robert gehört. Erst um zehn Uhr kam ein älterer Kollege, der Bescheid wußte. »Sicher sind Sie der Herr aus Bremen«, sagte er, »Herr Vignon hat mich instruiert.« Dann übergab er Robert einem Angestellten mit dem Auftrag, den Neuen in allen Abteilungen vorzustellen.

Die Vorstellung dauerte fast einen Vormittag. Der junge Mann, der Robert führte, hieß Guyart. Er stellte Robert dreiundsiebzig Angestellten vor, nur zu Herrn Vignon führte er ihn nicht. Herr Vignon war nämlich verreist. »Der Chef kommt erst in einer Woche zurück«, sagte Monsieur Guyart, »aber das ist für Sie ja unwichtig. Wir wissen ja, daß Sie in die Abteilung Deutschland kommen.« Robert berichtigte seinen Kollegen. »Ich habe eine spezielle Abmachung mit Herrn Vignon«, sagte er, aber Monsieur Guyart zuckte nur mit den Schultern. Er zeigte Robert die Toiletten, den Waschraum und die Garderobe. »Sie sollen in der Deutschlandfahrt die Manifeste schreiben«, fuhr er fort, »das können Sie doch wohl, nicht wahr?« Robert erwiderte, daß ein Irrtum vorliegen müsse. »In Bremen hatte ich Handlungsvollmacht«, sagte er. Monsieur Guyart zuckte abermals mit den Schultern. »Wir fangen um halb neun morgens an und hören um fünf Uhr auf. Wenn wir Expedition haben, dauert es manchmal etwas länger«, sagte er. Auf die Handlungsvollmacht ging er nicht ein. Deshalb versuchte Robert, seine frühere Stellung noch eindringlicher zu beschreiben. Sein Französisch war fließend; daß er in unregelmäßigen Verben nicht ganz sicher war, bereitete bei der Verständigung keine Schwierigkeiten. »Ich saß in einem separaten Lattenverschlag«, versuchte er zu erklären, aber sein Kollege meinte dazu nur: »So etwas gibt es bei uns nicht. Wir arbeiten alle in separaten Räumen.« – »Bei uns habe ich Trampfahrt gemacht, verstehen Sie, Zeitcharter, Reisecharter, Teilcharter.« Monsieur Guyart verstand. »Das macht bei uns Monsieur Bosc«, sagte er, und als Robert erzählte, daß er bei Christiansen eigentlich die Levantefahrt hätte übernehmen sollen, erwiderte Monsieur Guyart: »Levante machen wir auch. Das Geschäft bearbeitet Monsieur Labarde.« Da gab Robert es auf, seinem Kollegen auseinanderzusetzen, mit welchen Zielen er nach Bordeaux gekommen sei. Still setzte er sich in der Deutschlandfahrt an den Schreibmaschinentisch und begann auf der Schreibmaschine mit breitem Wagen das Manifest von Dampfer »Carcassonne« zu schreiben.

Den Vormittag verbrachte Robert sehr niedergeschlagen im Büro. Lustlos machte er seine Arbeit. Der Irrtum, dem er zum Opfer gefallen war, erschien ihm äußerst peinlich. Er hoffte nur, daß ihn möglichst wenige Kollegen an diesem erniedrigenden Platz sehen würden. »Wie werde ich mich dann später, wenn sich der Irrtum aufgeklärt hat, als leitender Angestellter durchsetzen können«, dachte er, und er wandte sich jedesmal, wenn jemand den Raum betrat, mit dem Gesicht ab, um nicht erkannt zu werden.

Gegen Nachmittag kam der Abteilungsleiter der Deutschlandfahrt, Monsieur Saugnacq, ins Büro. Er schüttelte Robert die

Hand und sagte zu ihm: »Sie werden sich gewiß bei uns wohlfühlen. Richten Sie es sich an Ihrem Platz nur gemütlich ein.« Für Roberts Einwand, daß ein Irrtum vorliegen müsse und daß spezielle Abmachungen mit Herrn Vignon vorlägen, hatte auch er nur ein Zucken mit der Schulter übrig. »Ich hatte Handlungsvollmacht«, sagte Robert, »ich saß in einem Lattenverschlag und machte Trampfahrt. Jeden Tag hatte ich Charterverträge.« Monsieur Saugnacq antwortete aber nur: »Das ist sehr fein, daß Sie so viel können. Das wird Ihnen später in diesem Beruf sehr helfen.« Da sah Robert, daß ihm nichts anderes übrigblieb, als so lange auszuhalten, bis Herr Vignon zurückkam. Still setzte er sich an seine Schreibmaschine und trug die Kolli ins Manifest ein, die in Dampfer »Carcassonne« für Antwerpen, Bremen und Hamburg verladen worden waren.

Als Robert gegen vier Uhr in die Buchhaltung gerufen wurde, um seinen Anstellungsvertrag zu unterschreiben, stellte er fest, daß sein Monatsgehalt mit dreißigtausend Francs festgesetzt war, also etwa dasselbe betrug, was er bei Herrn Christiansen verdient hatte. Die Arbeitsbedingungen des Vertrages entsprachen allerdings den Leistungen eines untergeordneten Angestellten. Robert sagte sich, daß dieser Vertrag, offenbar ein einfacher Schemavertrag, den man ihn aus Verlegenheit unterschreiben ließ, mit der Rückkehr Herrn Vignons doch ungültig werden würde.

Am Abend erzählte Robert seiner Freundin Ilse nichts von den Vorfällen des Tages. Auf ihre Frage, wie es in der neuen Stellung denn sei, sagte er nur: »Es muß sich erst alles langsam einlaufen.« Dann ging er mit Ilse ins Restaurant Petit Capucin, wo er vom vorangegangenen Tag schon bekannt war. Ilse amüsierte dies neue Leben. Immer stieß sie Robert an und sagte: »Guck mal hier« oder: »Sieh mal dort«, wenn Mulattenmädchen vorbeikamen oder englische Touristen oder schöne junge Arbeiter vom Hafen, die sich im Overall an die Theke stellten und gelangweilt vor sich hinsahen, während sie ihren Pernod tranken. Ilse freute sich über alles, was sie sah. Sie war glücklich, mit Robert nach Bordeaux gekommen zu sein. Sie spürte, daß Robert bedrückt war, aber sie wollte sich ihr Glück durch ihn nicht verderben lassen.

Robert und Ilse gingen an diesem Abend noch einige Stunden spazieren. Sie gingen die Rue Sainte Catherine hinunter bis zur Place de la Comédie. In den Allées de Tourny setzten sie sich auf eine Bank. Robert war während des ganzen Weges sehr schweigsam, auch jetzt auf der Bank sprach er kaum ein Wort mit Ilse. Er hatte auch keinen Blick für das Leben dieser Stadt, die fremden Geräusche rauschten an seinem Ohr vorbei, den Blick hatte er vor sich auf den Boden gesenkt. Er sah nicht die Liebespaare, die auf dem Mittelstreifen unter den Bäumen auf und ab gingen. Er sah auch nicht die Soldaten, die sich zu Füßen Gambettas auf den Denkmalsockel gesetzt hatten und den Mädchen nachsahen. Er bemerkte auch nicht, daß sich auf die Bank gegenüber zwei Korporale setzten und immerzu auf Ilses Beine starrten. Plötzlich erhob sich einer der Korporale, ging auf Robert zu und bat ihn um Feuer für seine Zigarette. Gedankenverloren entzündete Robert sein Feuerzeug, und der Korporal benutzte die Gelegenheit, sich beim Hinunterbeugen Ilses Gesicht sehr weit zu nähern und sie aufmerksam zu betrachten. Alles das sah Robert nicht, er dachte immerzu an seine Sorgen im Geschäft und an die große Demütigung, die er nun eine Woche lang würde ertragen müssen.

In den nächsten Tagen versah Robert im Büro seine Arbeit, ohne daß Beanstandungen erfolgten. Mit den drei Leuten seiner Abteilung, Monsieur Saugnacq, Monsieur Guyart und dem Lehrling Paul Rioux, sprach er nur das Nötigste. Still saß er an seinem schmalen Tisch an der Wand vor der Schreibmaschine und schrieb Briefe nach den Angaben des Abteilungsleiters. Sechs Jahre lang hatte er selbst Briefe diktiert, jetzt mußte er nach Diktat schreiben; jahrelang hatte er einen Schreibtisch gehabt, jetzt hatte er einen behelfsmäßigen Platz, an dem er noch nicht einmal seine Privatsachen unterbringen konnte. Sein Frühstücksbrot lag neben der Schreibmaschine. An Expeditionstagen schrieb er die Manifeste für Nantes, Le Havre, Antwerpen, Bremen und Hamburg. Die Kohlebogen in die Manifeste mußte er selbst einlegen, und er erinnerte sich, daß diese Arbeit, die in seiner Lehrzeit unter dem Namen »Schwarzbogeneinlegen« bekannt war, zu den ersten gehört hatte, die er vor vierzehn Jahren als Lehrling im ersten Lehrjahr selbständig zu verrichten hatte. Wenn der Lehrling auf Urlaub geht, werde ich auch noch Konnossemente stempeln, Bleistifte anspitzen und Kunden am Tresen bedienen müssen, dachte Robert, womöglich auch noch Kaffee kochen, und es wollte ihm nicht in den Kopf, wie man nach so vielen Jahren ständigen Aufstiegs plötzlich wieder ganz unten anlangen konnte. Wenn Herr Vignon zurückkommt, werde ich ihm schon meine Meinung sagen, dachte Robert, und er legte sich schon jetzt die Worte zurecht, damit sein Auftreten einerseits nicht zu scharf, andererseits aber auch nicht zu ehrerbietig erscheinen würde.

Herr Vignon kam an einem Montag von der Reise zurück. Nachdem die Postbesprechung vorüber war und auch die Abteilungsleiter von den Vorkommnissen in ihrem Ressort Bericht erstattet hatten, ließ Robert sich bei Herrn Vignon melden. Als er das Chefzimmer betrat, erschrak er. Das konnte unmöglich Herr Vignon sein, der hinter dem Schreibtisch saß. Das war kein Siebzigjähriger, kein alter Mann, der eine Stütze in einem erfahrenen, tüchtigen Angestellten brauchte. Herr Vignon war ein jüngerer Herr, vielleicht vierzig Jahre alt, und als er Robert eintreten sah, stand er gleich auf, ging auf ihn zu und sagte: »Sie sind gewiß der junge Mann von Herrn Christiansen? Sehen Sie, ich habe recht. Nach Ihrem Aussehen können Sie nur der Deutsche sein!« Er streckte Robert die Hand entgegen und bat ihn, im Sessel Platz zu nehmen. Robert faltete sein Zeugnis auseinander, aber er kam nicht dazu, die eine Woche lang überlegten Worte anzubringen, denn Herr Vignon redete ohne Unterbrechung weiter. Er hieß Robert in seinem Hause willkommen und wünschte ihm, daß er auch hier Freude an der Arbeit finden möge. »Mein Vater hat mir erzählt daß Sie sich über Herrn Christiansen bei uns beworben haben«, sagte Herr Vignon, »nun sind wir zwar voll besetzt, wissen Sie? Erst als Herr Christiansen uns schrieb, es handele sich um einen sehr strebsamen jungen Mann, der keine Arbeit scheut, haben wir zugesagt. Es würde mich freuen, wenn Sie sich nun bei uns wohlfühlen und wenn alles, was Sie antreffen, auch Ihren Erwartungen entspricht. Trinken Sie zur Begrüßung einen Kognak?«

Während dieser Rede seines Chefs wich aus Roberts Gesicht das Blut. Seine Fingernägel krallten sich in die Armlehnen des Sessels fest, das Zeugnis fiel zu Boden. Starr sah er vor sich hin, sein Blick traf einen kleinen runden Tisch, wo ein Tischstander mit der Flagge einer Reederei stand. Das Bild verschwamm vor seinen Augen. Wenn der Flaggenmast jetzt senkrecht stehen bleibt, dachte er, ist alles gut. Aber wenn er sich bewegt, wenn er jetzt gleich auf mich zukommt und mich umkreist, dann stehe ich auf, nehme den Briefbeschwerer vom Schreibtisch, gehe auf Herrn Vignon zu und erschlage ihn, während er gerade mit dem Rücken zu mir gewendet den Kognak aus dem Schrank nimmt. Danach öffne ich das Fenster, trete ins Freie und gehe durch die Luft davon, immer weiter, immer weiter, bis ich nur noch ein winziger Punkt am Himmel bin. Er durchlebte diesen Vorgang, er sah den Stander auf sich zukommen, erschlug Herrn Vignon, trat durch das Fenster in den Himmel, zog durch die Bläue davon als ein winziger Punkt und wußte, daß Herrn Christiansens Gemeinheit diese seine Himmelfahrt verursacht hatte.

Er merkte, wie das Blut ihm in den Kopf zurückschoß. Er fühlte sich wieder schwerer werden und in seinen Sessel zurückkehren. Auf dem kleinen runden Tisch stand der kleine Mast mit der Flagge unverrückt, Roberts Fingernägel lösten sich aus den Sessellehnen, er bückte sich nach dem heruntergefallenen Zeugnis. »Nun, trinken Sie einen Kognak?« Der Chef fragte es schon zum drittenmal. In Robert kündigte sich das Ausbrechen eines Gelächters an. Er verschluckte sich mehrmals, dann lachte er. Er lachte laut, und Herr Vignon sah ihn erschrocken an. Schließlich schenkte er Robert den angebotenen Kognak ein. Er war beunruhigt über diesen neuen Mann. Er schätzte Frohsinn bei den jungen Leuten in seinem Betrieb, doch das Lachen des jungen Mohwinkel ängstigte ihn. Hoffentlich steckt er mit seiner Albernheit nicht die anderen an, dachte er.

Als Robert in die Deutschlandfahrt zurückkehrte, lachte er noch immer. Er setzte sich an seine Schreibmaschine und schrieb unter ständig wiederkehrendem Lachen alle dreiundneunzig Positionen des Motorschiffes »Garonne« auf dem Manifest herunter, ohne sich ein einziges Mal zu vertippen. Als er fertig war, addierte er die Kolli-, Gewichts- und Frachtspalten des Manifestes und übergab die fertige Arbeit Monsieur Guyart zur Kontrolle. Danach ging er in den Toilettenraum und schloß sich in der letzten Kabine ein. In diesem Augenblick, in dem er das Schloß umgedreht hatte, erstarb sein Lachen und löste sich auf in einen Strom von Tränen.

Viele Stunden weinte Robert auf der Toilette. Da er seine Arbeit abgeschlossen hatte, vermißte man ihn in der Abteilung nicht. Erst kurz vor Büroschluß kam Paul Rioux, der Lehrling, in den Toilettenraum und rief nach Herrn Mohwinkel. Mit schwacher Stimme antwortete Robert, daß er in wenigen Minuten oben sei. Er wartete, bis Paul fort war, dann trat er aus der Kabine, wusch sein Gesicht, kämmte sich das Haar und ging, als wäre nichts vorgefallen, in seine Abteilung.

An diesem Abend erzählte Robert seiner Freundin, wie es im Geschäft um ihn stand. »Der Christiansen, dieses Schwein, hat mich verkauft«, sagte er, »nun sitze ich hier in Bordeaux als Hilfskraft. Daß die Arbeit hier besser bezahlt wird und daß ich also dasselbe kriege wie bei Christiansen, hat sein Gewissen vielleicht dabei erleichtert. Aber ich, ich sehe das anders an. Ich bin nur noch eine kleine Hilfskraft.«

Ilse hatte nur wenig Verständnis für die Depression ihres Freundes. »Wie hoch du bloß immer hinauswillst«, sagte sie, »freue dich, daß wir hier ein so schönes Leben haben, besser als die Touristen, denn wir lernen alles gründlich kennen, wir gehören nun eine Weile dazu.« Sie legte die Arme um seinen Hals, küßte ihn und zog ihn auf das Bett. »Reichtümer«, sagte sie, »habe ich nie erwartet.« Sie zog sich aus und tat alles, um Robert von seinen Sorgen abzulenken.

Am Abend gingen sie ins Restaurant Petit Capucin. Sie bestellten sich aber kein Gericht, sondern aßen zum Wein mitgebrachtes Brot, Wurst und Käse. Zwar war Roberts Gehalt, verglichen mit seinem letzten Gehalt in Bremen, nicht kleinlich bemessen, doch wurde es schon empfindlich spürbar, daß er nun Ilse und sich allein davon ernähren mußte, ohne elterliche Hilfe, und daß sein Geld für ein lässig und bequem geführtes Leben, wie er es immer geliebt hatte, nicht ausreichen würde. Ilse aber fand es wunderbar, einmal so zu essen, wie sie es bei den Leuten dieser Gegend allenthalben sah. Robert meinte, daß sie in Zukunft jedoch noch einfacher leben müßten. Nur an einer warmen Mahlzeit täglich wollte er unter allen Umständen festhalten, besonders jetzt, da sich alles, woran er seit Jahren geglaubt hatte, in Auflösung befand. An der warmen Mahlzeit jeden Tag klammerte er sich fest wie an einem letzten Halt. »Ich habe mit Madame Pellisson gesprochen«, sagte er, »wegen der Küchenbenutzung. Sie erlaubt dir gern, jeden Tag etwas auf dem Gas zuzubereiten. Du mußt nur alles wieder in Ordnung bringen.« Danach schrieb Robert auf einen Notizzettel die französischen Namen der Gemüse- und Fleischsorten, der Fischarten und Nährmittel sowie die Vokabeln für Butter, Käse, Ei und Brot.

Nach dem Abendessen gingen Robert und Ilse spazieren. Auf eine Bank an der Place André Meunier ließen sie sich nieder, Robert sah niedergeschlagen in den Abend. Er fühlte sich verraten, verkauft und in diese fremde Stadt verbannt, aus der er eine Rückkehr nicht für möglich hielt. Seine Heimatstadt erschien ihm wie eine feindliche Bastion, die er sich nicht zurückerobern konnte. Seine Reise nach Bordeaux war für ihn eine Deportation, eine von denen, die er schon als Knabe erlebt hatte und wie sie ihn im Krieg wiederum ins Elend geführt hatte. Über diese Gedanken sprach er mit Ilse. Ilse hörte gleichgültig zu. »Du bist aber komisch«, sagte sie schließlich, und sie lächelte ihn verständnislos an. Es war ein Abend im September, sie saßen auf einer Bank im Park, vor sich das anmutige Leben einer südfranzösischen Stadt: dunkelhaarige junge Mädchen, Frauen mit Kindern, hübsche Männer, die von der Arbeit kamen, fremde Uniformen mit unbekannten Rangabzeichen und Orden. Ilse war glücklich. Sie war satt. Brot, Wurst und Käse hatte sie gegessen, dazu Wein getrunken. Sie hatte ein Zimmer, ein breites Bett und einen Freund. Für sie würde es immer Brot, Käse und Wein, Bett und Freund geben, und sie verstand nicht, daß der Platz hinter einem Schreibtisch oder hinter einer Schreibmaschine, Titel, Vollmachten und Dienstränge für ihren Freund Probleme waren. »Ich verstehe dich nicht«, sagte sie deshalb zu ihm, »du kannst doch jederzeit nach Bremen zurück. Wer zwingt dich hierzubleiben? Zu Hause wartet bestimmt in irgendeiner Firma einer von deinen geliebten Lattenverschlägen auf dich. Bestimmt wirst du ein Büro finden, wo der Bürodiener dir das Sitzkissen unter den Hintern schiebt, wo dir ein Lehrling deinen kostbaren Namenszug ablöscht und dir ein junger Mann mit einer tiefen Verbeugung die Tür aufreißt, wenn du aufs Klo gehst. Robert, was bist du für ein Narr!«

Nach diesem Ausbruch Ilses schwiegen beide sehr lange. Es war das erstemal, daß Ilse ihrem Freund gegenüber so deutliche Worte gebrauchte. Robert wußte nicht, ob sie recht hatte. Er zweifelte, ob er seine Natur der ihren angleichen und ebenfalls so sorglos wie sie werden könnte. An eine Rückkehr nach Bremen wollte er nicht denken. Eine Firma war dort wie die andere. Unter irgendeinem Christiansen eines Tages Prokurist zu werden war ihm kein erstrebenswertes Ziel mehr, nachdem er gerade heute gesehen hatte, was man einem solchen Christiansen wert war. Er dachte auch an seine Braut, diese gebildete deutsche Pute, er dachte an die langweiligen Abende mit ihr, an das Blähen ihrer Nasenflügel, wenn sie über Literatur sprach. Er dachte daran, daß er in Bremen keine Freunde hatte. Vielleicht, sagte er sich, sollte man wirklich nur daran denken, daß man jeden Tag satt wird, abends auf einer Bank im Park sitzen kann, daß man eine Freundin hat und Geld genug, um mit ihr auszugehen. Er erhob sich. »Komm«, sagte er, »wir gehen noch in ein Café. Unser Lehrling hat mir erzählt, daß in einem Café am Cours de l'Intendance eine Wiener Kapelle spielt. Vielleicht spielen sie Walzer. Seit meiner Gefangenschaft in Karaganda habe ich keine Wiener Walzer mehr gehört.«

Sie gingen in das Café, dann gingen sie noch an der Place Gambetta in eine Bar, in der getanzt wurde. Robert tanzte mit Ilse bis lange nach Mitternacht zur Musik einer holländischen Kapelle auf rotem gläsernem Parkett. Er feierte mit ihr sein Hineingleiten in ein neues, dunkleres Leben.

Als sie in den frühen Morgenstunden in die Pension kamen, lagen sie in ihrem Zimmer nebeneinander noch lange wach. Meine Arbeit wird mich nicht mehr interessieren, dachte Robert, ich stelle einen Plan auf, nach dem ich mich jetzt treiben lasse. Beim

Aufstehen werde ich immer gleich das Radio andrehen, schon beim Rasieren und Waschen werde ich Musik hören. Ich werde Morgenkaffee im Petit Capucin trinken, in der Straßenbahn werde ich immer schon die erste Zigarette rauchen. Wenn ich das Büro betrete, werde ich dem Portier ein Scherzwort zurufen. Während der Arbeitszeit werde ich nicht nachdenken, und in jeder freien Minute werde ich mich dem Büroklatsch der Kollegen zuwenden. Zehn vor fünf räume ich meinen Platz auf, Punkt fünf verlasse ich das Büro, dann werde ich gut essen, und nach dem Essen muß Ilse sich ausziehen, jeden Tag, und am Abend ziehen wir unsere guten Sachen an und gehen auf die Avenuen, in die Cafés und zum Tanzen. Sonntags fahren wir ans Meer. Es wird ein herrliches Leben. Ilse wiederholte unterdessen in ihrem Lehrbuch noch einmal das Kapitel »Auf dem Markt«. Die dort verzeichneten Redewendungen sprach sie laut vor sich hin, und Robert hörte, während er an seinem Plan arbeitete, von seiner Freundin immer wieder auf französisch dieselben Sätze: »Ist das Fleisch auch frisch, mein Herr? – Geben Sie mir ein Kilo von diesen schönen Äpfeln, bitte! – Danke, mein Herr, ich werde schon bedient.«

Als Robert die Sätze nicht mehr hören konnte, drehte er das Licht aus. »Morgen beginnt ein neues Leben«, sagte er, »ein herrliches Leben. Sonntag fahren wir ans Meer. Gute Nacht.«

In den nächsten Tagen gelang es Robert wirklich, sich gleichgültiger zu zeigen. Er strebte nicht mehr danach, in dieser Firma aufzusteigen, und er wußte auch, daß es vergeblich war, sich in einer anderen Firma zu bewerben, da ein leitender kaufmännischer Angestellter nirgends gesucht wurde. Er gab es auch auf, sich über seine langweilige Arbeit zu ärgern. Von seinem Platz an der Schreibmaschine fühlte er sich nicht mehr erniedrigt.

An Trude Hoyer schrieb er einen Brief, daß sich die Übernahme des in Aussicht gestellten leitenden Postens noch etwas verzögere. »Das ist hier ein Riesenunternehmen«, schrieb er, »bis ich alle Sparten genügend kenne, dauert es seine Zeit. Ich teile dir rechtzeitig mit, wann du nachkommen kannst.« An seine Eltern schrieb Robert, daß Bordeaux eine wunderhübsche Stadt sei und daß er jeden Abend in den Parks und Avenuen spazierengehe. »Das Klima bekommt mir gut«, schrieb er, »ich habe seit meiner Ankunft keine Halsschmerzen mehr gehabt. Herr Vignon, mein neuer Chef, ist sehr nett.«

Während Robert die beiden Briefe schrieb, schnitzelte Ilse Rotkohl für den nächsten Tag. Sie hatte Gummihandschuhe an, um ihre lackierten Fingernägel zu schonen. Sie hörte dazu von Radio Toulouse die Paraguayos mit südamerikanischen Tanzrhythmen. Sie wippte im Takt dazu mit dem Fuß. Briefe hatte sie nicht zu schreiben, nicht einmal Briefe an ihre Eltern. Sie schrieb ihnen schon lange nicht mehr, sie hatte sich mit ihnen verzankt. »Mein Gott«, sagte sie, »ist es denn so wichtig, sich mit den Eltern zu schreiben? Ich habe nicht ihre Tochter sein wollen.« Sie setzte Robert auseinander, daß es nicht gut sei, sich über die Kindheit hinaus mit seinen Eltern abzugeben. »Welches Kind hält nicht mit zwölf Jahren schon seine Eltern für dumm, altmodisch und spießig«, sagte sie, »und welche Eltern halten nicht ihr sechzehnjähriges Kind für verdorben, zurückgeblieben und faul. Warum diese Spannungen, frage ich dich, warum diese Spannungen, diesen Ärger, diesen Streit, die ganzen Jahre?« Ilse Meyerdierks warf die Rotkohlreste in den Abfalleimer und nahm sich die Äpfel vor. Unter ihrem Kittel, der nicht mehr ganz sauber war, trug sie weder Kleid noch Unterrock. Die Bänder des Kittels hatte sie übertrieben eng um die Taille geschnürt. Robert mußte immer auf ihr strammes Hinterteil sehen, während sie durchs Zimmer ging. Auch vom Haus gegenüber kam ein Mann nicht davon los, unaufhörlich durch das offene Fenster in dieses Zimmer zu schauen. Er hatte ein weißes Turnhemd an und eine selbstgedrehte Zigarette im Mundwinkel. Seine dicken, nackten Arme lagen auf dem Fensterbrett. Als Ilse sich mit den Rotkohlresten über den Abfalleimer bückte, rief er seinen Sohn, einen schwarzhaarigen sechzehnjährigen Burschen, der sich gleichfalls mit nackten Armen nun neben seinen Vater aufs Fensterbrett lehnte. Die beiden Männer starrten so auffällig herüber und machten dazu ihre Bemerkungen, daß es Ilse auffiel und sie das Fenster schloß. In diesem Augenblick störten sie die Blicke dieser Männer. Sie war mit ihrem Thema noch nicht fertig. Immerzu mußte sie an ihre Eltern denken, die nun in Zeven saßen und keine Tochter mehr hatten. Eines Tages würden sie sterben.

Robert fand, daß die Gefühlskälte seiner Freundin erschrekkend war, aber er fand auch keine Gründe, ihr zu widersprechen. Vielleicht ist es am besten, dachte er, wenn Ilse niemals Kinder bekommt, und er ergänzte, daß es auch für ihn selbst besser wäre, wenn er niemals ein Kind aufziehen müßte. Er hielt die Kindheit und Jugend für eine furchtbare Zeit, die er keinem Sohn und keiner Tochter zumuten wollte. Er zog sich um, um mit Ilse in den Petit Capucin zu gehen.

Am nächsten Sonntag standen Robert und Ilse sehr zeitig auf. Sie nahmen ihre Badesachen und fuhren mit dem Vorstadtomnibus nach Mérignac. An der Endstation stiegen sie aus und stellten sich an den Rand der Ausfallstraße, um auf ein Auto zu warten, das sie an irgendeinen der Seebadeorte mitnehmen würde. Ein dreirädriger Lieferwagen nahm sie mit. Der Händler am Steuer und seine Frau neben ihm achteten gar nicht auf ihre Gäste, sie fuhren langsam an den Straßenrand heran und deuteten mit rückwärts weisendem Daumen an, daß Robert und Ilse hinten auf den Wagen springen sollten. Hier saßen schon die beiden Kinder des Markthändlers, sie saßen auf leeren Gemüsekisten und hielten sich am Dach des Führerhauses fest. Auch Robert und Ilse setzten sich auf Gemüsekisten. Sie hatten für diesen Ausflug im Warenhaus eine Menge eingekauft: Shorts für beide, ein großes Badehandtuch, für Robert ein Strandhemd und für Ilse einen Bikini. Ilse hatte lange gesucht, bis sie den schicksten und winzigsten Bikini gefunden hatte. Er trug das Markenzeichen einer Pariser Firma, und obgleich er so winzig war, war er sehr teuer gewesen. Ilse wurde nicht müde, immer wieder den Namen der Pariser Firma in ihrem Badeanzug zu betrachten.

Der Markthändler fuhr mit seiner Familie nach Andernos-les-Bains. Sie kamen durch Kiefernwälder und Heide. Manchmal führte die Straße durch einen Sumpf. Hier und da säumten Korkeichen den Weg. Nach anderthalb Stunden erreichten sie das Meer. Der Markthändler fuhr mit seinem Lieferwagen durch die Dünen direkt bis ans Wasser. Dort hielt er und ließ seine Familie und seine Gäste aussteigen. Ilse schüttelte sich die Beine aus, sie hatte schlecht gesessen, und sie rieb sich ihr Hinterteil, das nach der Fahrt auf der schlechten Straße schmerzte. Die Bretter der Gemüsekisten zeichneten sich rot auf ihren nackten Oberschenkeln ab.

Ilse wollte nicht, wie der Markthändler, abseits des Badebetriebes ein ungestörtes Familienpicknick veranstalten; dafür war ihr Badeanzug mit der Pariser Marke zu teuer. Sie wollte sich am belebten Strand des Badeortes zeigen, und sie veranlaßte Robert, mit ihr dorthin zu gehen, wo die meisten Menschen waren. Dort badeten sie, und Ilse schwamm weit in die Bucht hinaus. Nach dem Baden hielt sie sich noch viele Stunden im Badeanzug am Strand auf. Sie legte sich in den Sand oder lief im flachen Wasser auf und ab. Sie genoß es, daß alle Männer ihr nachsahen. Auch Robert mußte sie immerzu ansehen, und er fand, daß sie sehr begehrenswert aussah. Zwar war sie schon über dreißig, ihre Haut war rauh und ihr Rücken mit Sommersprossen übersät, aber sie hatte feste Oberschenkel und schmale Hüften. Sie hielt sich gut, und wenn sie lief, bewegten sich ihre Muskeln so sichtbar, daß es ihn erregte. Dieser winzige Bikini, fand er, war eine schöne Anschaffung.

Gegen Mittag tranken Robert und Ilse an einem Strandbasar einen Sprudel, dazu aßen sie ihre mitgebrachten Brote. Nach dem Essen gingen sie durch die Straßen des kleinen Ortes und die Strandpromenade entlang. In den Vorgärten der Hotels saßen Touristen vor weißgedeckten Tischen. Im Impérial spielte ein Geiger, von einem Klavierspieler begleitet, die Serenade von Toselli, im Montesquieu schallte das Radio. Ilse hatte Lust, jetzt am Nachmittag noch einmal zu baden, aber Robert redete ihr den Wunsch aus. Er wollte jetzt mit ihr allein sein. Die vielen Blicke der französischen Männer, die während des ganzen Vormittags dem fast nackten Körper seiner Freundin gefolgt waren, hatten ihn erregt. Er konnte es nicht erwarten, mit ihr allein zu sein. Er ging mit ihr auf der Straße nach Taussant, vorbei an Villen, in denen alte Engländerinnen in Liegestühlen lagen, Siphons neben sich im Gras, und wo englische Kinder mit quäkenden Schreien Ball spielten.

Nach einer halben Stunde kamen sie an den Rand eines Kiefernwaldes, der sich bis ans Meer erstreckte. In einer Sandkuhle fanden sie, von Kiefern überdacht, einen Platz, wo niemand sie sah. Mit vor Erregung zitternden Fingern öffnete Robert seiner Freundin die beiden Schleifen des Bikinis, die obere, die das Brusttuch hielt, und die untere, die an der Seite das Dreieckshöschen schloß. Als sie nackt war, fand er, daß sie im Badeanzug eigentlich viel schöner aussah, und er schloß die Augen, um weiterhin das Bild vor sich zu haben, nach dem den ganzen Vormittag die fremden Männer geblickt hatten.

Robert und Ilse blieben noch viele Stunden in der Sandmulde am Waldrand. Am Spätnachmittag badeten sie noch einmal, und danach umarmten sie sich wieder, vorn am flachen Strand, vom Wasser überspült.

In den nächsten Wochen schien es, als würde aus Robert ein heiterer, gleichgültiger Mann. Seine Sorgen, die er krampfhaft zu überwinden suchte, merkte ihm niemand an. Er zwang sich, auf den Avenuen und in den Parks das fremdländische Leben zu beobachten, in den Geschäftsstraßen der Stadt wie ein Tourist zu wandeln und in der Nachbarschaft mit fröhlicher Genügsamkeit aufzutreten. Madame Pellisson mochte das junge deutsche Paar gern, und oft vergaß sie absichtlich, das in der Küche von Ilse verbrauchte Gas zu berechnen.

Die Abende verbrachte Robert mit Ilse im Petit Capucin, in den Cafés der Cours de l'Intendance oder in Bars. Immer häufiger besuchten sie jedoch die Taverne Saint-Ferréol hinter dem Bahnhof St. Jean. Um dorthin zu gelangen, mußten sie, wenn sie aus der Stadt kamen, über die Gleise des Güterbahnhofs laufen. Im Saint-Ferréol war der Wein besonders billig. Weil er so billig war, blieb den Gästen genug Geld, um ohne Unterbrechung die Musikbox spielen zu lassen. Im Saint-Ferréol verkehrten Eisenbahner und Arbeiter, die bei der Eisenbahn angestellt waren. Manchmal kam auch ein Liebespaar in die Taverne, und die Eisenbahner hatten nichts dagegen, wenn die jungen Leute nach einem Stück aus der Musikbox zwischen den Tischen tanzten. Die hölzernen Tische im Saint-Ferréol waren schmierig, sie wurden nie gescheuert, und die dicken Wassergläser, in die der Wein eingeschenkt wurde, hatten einen grauen Boden, der sich nach jahrelanger Benutzung festgesetzt hatte.

Trotz dieses Milieus suchten Robert und Ilse diese Taverne immer häufiger auf, denn allmählich wurde ihr Geld knapper. Ilses letztes Gehalt war aufgebraucht, und auch von den zweihundert Mark, die Herr Mohwinkel seinem Sohn mitgegeben hatte, war so gut wie nichts mehr da. Da Robert aber verlangte, jeden Tag eine größere Menge Wein zu trinken, war es gut, daß sie die Taverne Saint-Ferréol gefunden hatten. Aus der Plattenauswahl der Musikbox wählten Robert und Ilse Stücke aus, die sie an die alte Zeit vor dem Kriege erinnerten. Sie fanden »Ramona« und »Valencia«, »Sweet heart« und »It's talk of the town«. Nach dem Slowfox »It's talk of the town« versuchten sie, zwischen den Tischreihen zu tanzen. Sie machten lange, weit ausholende Schritte, und während Ilse ihren Oberkörper in der vorschriftsmäßigen Turnierhaltung leicht zurücklegte, blickte Robert ihr müde über die rechte Schulter. Er versuchte den arroganten Blick von einst, die lässige Armhaltung und das verbindliche Lächeln ins Leere. Er tanzte mit Ilse einen Satz Grundschritte hinauf und einen Satz Grundschritte hinunter, vor der Tür zum Klosett, wo etwas mehr Platz war, versuchte er eine Rechtsdrehung. Bei einem Telemark stieß er jedoch an einen Tisch und warf zwei Stühle um. Die Eisenbahner stießen sich an und lachten über die sonderbaren Tanzversuche dieses Paares. »Die sind vom Zirkus«, sagte ein Arbeiter, und ein Streckenwärter, auf die umgeworfenen Stühle weisend, setzte hinzu: »Sicher ist das die Clownnummer.« Darüber lachten alle noch mehr, und beschämt brachen Robert und Ilse ihre Versuche ab. Sie tranken an diesem Abend noch sehr viel Wein, und Ilse hatte große Mühe, ihren Freund, der mit dem Trinken nicht aufhören wollte, spät in der Nacht über die Gleise des Güterbahnhofs in die Pension zu schleppen.

Solange es in diesem Herbst möglich war, fuhren Robert und Ilse jeden Sonntag zum Baden ans Meer. Manchmal nahm sie ein Lastwagen nach Lacanau-Océan mit, manchmal ein Citroën nach Arcachon. Ilse konnte von diesem Sommer nicht genug bekommen. Noch Ende Oktober lief sie im Bikini am Strand umher, von den Blicken der Männer verfolgt, die in Pullovern auf der Promenade standen. Um diese Zeit badete kein Franzose mehr. Auch Robert zog sich bald nicht mehr am Strand aus. Er sorgte dafür, daß seine Freundin sich nicht erkältete; nach jedem ihrer Bäder frottierte er sie kräftig ab und zwang sie, sofort Pullover, Rock und Strümpfe anzuziehen.

Als es mit dem Baden endgültig auch für Ilse vorbei war, verzichteten sie trotzdem nicht auf ihre sonntäglichen Ausflüge. Sie nahmen ihre Mäntel und Schals mit, und sie standen auf den Molen und sahen den Stürmen zu, die die Fluten der Biskaya an den Strand warfen. In Arcachon wanderten sie durch die Ville d'Hiver oder auf dem ausgestorbenen Boulevard, der zum Strandkasino führte. In Andernos folgten sie der Straße nach Toussant, und sie gingen vorbei an den Villen, wo im Sommer die Engländer wohnten, und suchten die Sandmulde auf, in der Robert im September zum erstenmal die Schleifen von Ilses neuem Bikini gelöst hatte. Jetzt war es kalt, oft regnete es, und mit hochgeschlagenem Mantelkragen kehrten sie von ihrem Spazierweg zurück, um in einem einfachen Restaurant Wein zu bestellen und die mitgebrachten Brote zu essen.

In diesen Monaten schrieb Robert noch zweimal an seine Verlobte Trude Hoyer. Außerdem schickte er hin und wieder eine Ansichtskarte aus einem der Seebadeorte an sie. Er schrieb belanglose Begebenheiten. Von geschäftlichem Aufstieg und vom baldigen Nachkommen Trudes erwähnte er nichts mehr. Auch seinen Eltern machte Robert nur unverbindliche Mitteilungen. Er schrieb von den Filmen, die er gesehen hatte, von den Ausflügen ans Meer, von seinem Pensionszimmer und von Madame Pellisson. »Um fünf Uhr ist schon Geschäftsschluß«, schrieb er, »von da ab bin ich ganz mein eigener Herr.«

Im Dezember kam eines Vormittags Herr Vignon senior ins Büro. Der alte Herr Vignon kümmerte sich um das Geschäft nur noch wenig, die Geschäftsführung hatte er ganz in die Hände seines Sohnes und seiner beiden Prokuristen gelegt. Jetzt kam er aus Ax-les-Thermes zurück, wo er sich mehrere Monate erholt und Bäder gegen Rheumatismus genommen hatte. Er setzte sich im Zimmer seines Sohnes in einen Ledersessel und ließ sich von allen Abteilungsleitern berichten, was es Neues gäbe. Zum Schluß fragte er nach dem jungen Deutschen, denn er erinnerte sich noch gut an die langwierige Korrespondenz mit Herrn Christiansen. »Der junge Mohwinkel aus Bremen arbeitet bei mir«, sagte Herr Saugnacq, »er hat sich ganz gut eingearbeitet, jetzt, nach drei Monaten. Im Anfang war es etwas schwierig mit ihm.« Herr Saugnacq erzählte, daß der junge Mohwinkel bei ihm den Eindruck erweckt habe, als hätte er sich von seiner Anstellung in der Firma Vignon weit mehr erhofft. »Es sah aus, als wollte er gleich Prokurist werden«, sagte Herr Saugnacq. Dazu lachte er, und auch die anderen Abteilungsleiter lachten, nur der alte Herr Vignon lachte nicht. Er ließ sich aus der Buchhaltung die Personalakte »Mohwinkel, Robert« bringen und ging mit ihr in sein Arbeitszimmer. Er studierte die Akte in Ruhe und prüfte, ob irgendeine Bemerkung von ihm Anlaß zu einem Mißverständnis gegeben hätte. Er war darauf bedacht, jedes Unrecht in seinem Hause zu vermeiden. Besonders mit den Deutschen muß man sehr vorsichtig sein, dachte er, ein unbedachtes Wort, und gleich schießen sie. Herr Vignon hatte die Deutschen nie gemocht. Die Schwierigkeiten der Handelsbeziehungen mit Deutschland in den dreißiger Jahren und die Besatzungszeit im letzten Kriege beeindruckten ihn noch immer, aber er fand, daß nun der Zeitpunkt gekommen sei, die Vergangenheit zu vergessen. Deshalb war er sehr darauf bedacht, freundschaftliche Verbindungen mit Deutschen nicht durch ein Unrecht von seiner Seite zu trüben. Ich will keinem Deutschen einen Grund geben, Revanchegefühle zu nähren, dachte er, und er las die Personalakte ein zweites Mal durch. Er fand aber in keinem Satz einen Anhaltspunkt für ein Mißverständnis. Deshalb ließ er jetzt den jungen Mohwinkel zu sich rufen.

Als Robert in das Zimmer des Seniorchefs trat, streckte ihm der alte Herr Vignon gleich die Hand entgegen. »Ich höre, Sie haben sich glänzend eingelebt bei uns«, sagte er, »sind Sie auch mit allem zufrieden?« Robert antwortete, daß er zufrieden sei. Herr Vignon glaubte dem jungen Mann aber nicht. Der gleichmäßige Tonfall seiner Worte schien ihm gekünstelt. Der Gleichmut des Blickes und die Resignation in der Haltung des jungen Mannes täuschten den Chef nicht, während er sich mit ihm unterhielt. Er fragte noch einmal, ob alles in Ordnung sei, und

Robert sagte, er habe Freude an der Arbeit in diesem Büro. Da holte der alte Herr Vignon die Kognakflasche aus dem Schrank und bat Robert, im Ledersessel Platz zu nehmen. Er schenkte Robert ein Glas ein und sah ihn, während er trank, aufmerksam an. Er sah, daß der junge Deutsche blaue Augen hatte, und er erinnerte sich, daß auf allen Plakaten, die im Kriege zum Kampf gegen die Deutschen und während der Besetzung zum Widerstand gegen die Deutschen aufgefordert hatten, der Feind stets als blauäugiger Sadist dargestellt gewesen war. Stahlhart hatte das Auge des Feindes auf den Plakaten geleuchtet, aber Herr Vignon sah jetzt, daß es ein anderes Blau gewesen war als das wässerige Blau im Auge des jungen Mohwinkel. Er konnte sich diesen Mann nicht als einen Eroberer vorstellen. Nun, so ist es wohl, dachte er, jede Nation bringt eben ihre Fehlfarben hervor.

Nachher trat der alte Herr Vignon mit Robert an die große Wandkarte. Nach zwei Kognaks war er durchwärmt von dem Glücksgefühl, ein guter Mensch zu sein und nach Hunderten von Jahren der Feindschaft einem Deutschen mit so viel Großmut zu begegnen. »Bei uns können Sie, wenn Sie mögen, sehr hoch aufsteigen«, sagte er zu Robert, und er zeigte ihm auf der Karte alle Häfen, die die Firma Vignon in Linienfahrt bediente. »Mein Großvater fing 1840 an mit einer kleinen Ladung kandierter Früchte nach Mogador für den Sultan von Marokko, und daraus entstand das Weltunternehmen, das Sie hier sehen«, sagte er. Robert langweilte die Geschichte der Firma Vignon. Trotzdem zeigte er ein interessiertes Gesicht, um den alten Mann nicht zu kränken. Er sagte: »Ja, ja, ich verstehe«, als der Chef erklärte, die Linienfahrt nach Liverpool und Glasgow sei verhältnismäßig einfach zu bearbeiten, und er sagte ebenfalls: »Ja, ja, ich verstehe«, als Herr Vignon erzählte, wie tüchtig ein Mann sein müsse, der Dampfer nach Afrika oder gar nach Südamerika abfertigen wolle. Robert waren die Einzelheiten dieses Geschäftes gleichgültig, ihm war auch sein Beruf gleichgültig, die langatmigen Ausführungen des alten Mannes ermüdeten ihn. Er trank einen dritten Kognak, und er hörte, wie Herr Vignon zum Abschied meinte: »Wenn Sie weiterhin so strebsam sind, können Sie ab April nächsten Jahres die Manifeste in der Levantefahrt schreiben. Das ist natürlich bedeutend vielseitiger, ich erhöhe dann auch Ihr Gehalt.«

Robert bedankte sich für dies freundliche Versprechen. Gleichmütig nahm er in der Deutschlandfahrt seine Arbeit wieder auf, Abends, als er einen Brief von Trude Hoyer vorfand, beschloß er, die Verlobung aufzulösen. Er überlegte sich den Brief, den er Trude schreiben wollte, genau, fand aber nicht die richtigen Worte. Er spürte auch, daß er sich mit jedem Versuch einer Begründung Angriffen aussetzen würde. Darum schrieb er den geplanten Brief nicht und beschloß, den Briefwechsel mit seiner Verlobten einfach einschlafen zu lassen. Den heute eingetroffenen Brief von ihr ließ er ungeöffnet. Er hätte ihn gern verbrannt, aber er scheute diese brutale Handlung. Darum ließ er ihn achtlos im Zimmer liegen in der Hoffnung, daß Ilse ihn verbrennen würde. Danach zog er sich um und ging mit Ilse ins Saint-Ferreol, um sich zu betrinken. Im Januar überraschte Ilse Meyerdierks Robert eines Abends mit der Mitteilung, daß sie sich am Vormittag auf dem Markt dreihundert Francs verdient habe. Sie hatte bei Monsieur Mazareddo, der zusammen mit seiner Frau zwei Stände in der Halle des Capucins unterhielt, einige Hilfsarbeiten verrichtet. Sie hatte beim Abladen von Margarinekisten mit zugepackt, Äpfel abgewogen, Preisschilder geschrieben und am Schluß der Verkaufszeit leere Kisten gestapelt. Dafür hatte Monsieur Mazareddo ihr dreihundert Francs gegeben, und Madame Mazareddo hatte noch eine Tüte mit Äpfeln, ein paar Wurstreste, vier Eier und ein Paket Spaghetti hinzugefügt. »Von dem Geld habe ich erst einmal Zigaretten gekauft, von dem Rest gehen wir heute ins Kino«, sagte Ilse.

Sie aßen Abendbrot, dann gingen sie ins Kino. Nach der Vorstellung besuchten sie noch eine Bar an der Place Gambetta, wo die Kapelle gewechselt hatte und nun drei Basken mit Schnabelflöte und Trommeln Tänze aus ihrer Heimat spielten. Zwischendurch wechselten sie ihre Instrumente, nahmen Gitarre, Banjo und Klarinette zur Hand und spielten südamerikanische Rhythmen, zu denen die Gäste der Bar tanzen konnten.

Robert und Ilse blieben an diesem Abend in der Bar länger als sonst. Der Kellner, der sie schon kannte, bediente sie mit gleichmäßiger Freundlichkeit. »Vielleicht sehen wir doch nicht aus wie ein Hilfsschreiber und eine Marktarbeiterin«, meinte Robert. Ilse lachte ihn aus. Sie sagte: »Wenn du willst, kaufe ich dir einen Stehkragen und mir ein flohfarbenes Kleid mit Spitzenkrägelchen, vielleicht sehen wir dann aus wie der Herr Prokurist mit Frau Gemahlin. Gott, Robert, was hast du für Komplexe!« Sie erzählte ihm, daß sie auch künftig hin und wieder Arbeit auf dem Markt bekommen könnte. »Jeden Tag kann ich mir ein paar hundert Francs verdienen«, sagte sie, »Madame Grossetti hat mich schon gefragt, ob ich ihr nicht jeden Sonnabend am Brotstand helfen kann, und Monsieur Lambert hat mir angeboten, zweimal in der Woche morgens um fünf mit ihm auf den Schlachthof zu kommen. Sein Sohn ist krank.« Auf die Einwendungen Roberts, daß diese Hilfsarbeiten auf dem Markt doch wohl keine rechte Beschäftigung seien, entgegnete Ilse: »Manchmal muß ich nur staunen, wie dumm du bist. Du glaubst immer noch, daß niedere Arbeit schändet und höhere Arbeit ehrt. Niedrig ist für dich, Bananen zu wiegen und Wurst einzupacken, hoch ist für dich, einen Büroschemel mit grünem Filz unter dem Hintern zu haben. Nein, Robert, wie primitiv du doch noch denkst!« Sie setzte Robert auseinander, daß, wenn Arbeit schon schändete, jede Arbeit damit gemeint sei. »Und weißt du, was die größte Schande ist?« fuhr sie fort. »Jede Arbeit, die man in einem festen Arbeitsverhältnis für einen Chef leisten muß. Da lobe ich mir meine Aushilfen, bei denen ich ein freier Mensch bleibe.« Sie erklärte Robert, daß sie nie wieder Vorgesetzte haben wollte, die sie um Urlaub bitten und denen sie für eine Gratifikation dankbar sein müßte. »Eine Lohntüte zu empfangen, davon wird mir schlecht«, sagte sie, aber jetzt, mit meiner Marktarbeit bin ich dasselbe wie ein Rechtsanwalt oder ein Arzt. Ich arbeite gegen Honorar, und wenn es mir nicht mehr gefällt, werfe ich dem Händler den Kram hin und gehe an einen anderen Stand. Ich sehe, Robert, du mußt noch viel lernen, du bist noch aus dem vorigen Jahrhundert.«

Nach diesem Gespräch mit seiner Freundin Ilse fand Robert sich mit seiner abgesunkenen Stellung noch besser ab. Er richtete sich auf der neuen Lebensstufe ein, die nach seiner früheren

Auffassung eine niedrigere war. Er lernte langsam, seine alten Gewohnheiten abzulegen. Er lernte, nach seinem tiefen Fall bei verringerten Bedürfnissen zufrieden zu sein. Er fühlte sich als Deportierter, der sich deshalb mit seiner Lage abfand, weil er die Hoffnung auf Befreiung verloren hatte. Dabei nahm er sich vor, mit Respekt die neue Lebensart zu betrachten, eine Lebensart, mit der immerhin viele Schichten anderer Völker glücklich waren, wie er es in Bordeaux sehen konnte. Er war auch bereit, von Ilse zu lernen, die mit einem Spiegelei in der Pfanne, einem Glas Wein und einem Bett zufrieden war; der es nichts ausmachte, Wasser auf dem Korridor zu holen, vom Zimmer auf einen Hinterhof zu blicken und an schmierigen Tischen aus dem Einwickelpapier zu essen. Was kann mir noch passieren, sagte er sich, immer wird es für mich Brot, Käse und Wein, ein Bett und eine Freundin geben. Was kann mir noch passieren?

In den nächsten Monaten ging es Robert und Ilse merklich besser. Die zusätzlichen Einnahmen, die Ilse fast täglich auf dem Markt hatte, machten sich bemerkbar. Ilse lud Kisten ab, schleppte Fleisch auf den Schlachthof, half beim Verkaufen und sortierte Obst. Bei Monsieur Mazareddo führte sie sogar einmal in der Woche abends die Bücher, am Fischstand von Madame Pouce schrubbte sie nach Marktschluß die hölzernen Dielen. Dafür waren jetzt immer Zigaretten im Haus, und beide hatten es nicht mehr nötig, ins Saint-Ferreol zu gehen, wo sie beim Tanzen von den Eisenbahnarbeitern ausgelacht wurden. Sie gingen wieder in den Petit Capucin, ins Kino, ins Café und in die Bar an der Place Gambetta.

Inzwischen wurde es Frühjahr, und Robert erinnerte sich, daß der alte Herr Vignon ihm zum Frühjahr eine Gehaltserhöhung und einen Wechsel der Abteilung versprochen hatte. Es erfolgte aber nichts. Niemand in der Firma erinnerte sich an dieses Versprechen, und der alte Herr Vignon selbst war nicht da. Er war in Amélie-les-Bains, um Schwefelbäder zu nehmen. Robert lernte, daß man Versprechen in diesem Land nicht so genau nahm, und er fand, daß er allmählich auch lernen müßte, seine Firmentreue nicht allzu ernst zu nehmen. Er begann, an jedem Wochenende den Stellenmarkt in den Zeitungen zu studieren. Er hatte es satt, im Zimmer der Deutschlandfahrt immer auf dieselbe Stelle an der Wand zu starren. Vielleicht, so hoffte er, würde er in irgendeinem anderen Büro einen Platz finden, der einen interessanteren Ausblick bot. Wochenlang fand er in den Zeitungen jedoch nichts Passendes. Arbeiter für den Weinbau und für den Hafen wurden gesucht, Techniker mit Spezialkenntnissen und Hauspersonal. Ein Unternehmen in St. Étienne versprach Bergleuten höchste Löhne, die französische Luftwaffe suchte fliegendes Personal, und das Heer warb um Nachwuchs für die Unteroffizierslaufbahn. Für Robert war wochenlang nichts dabei. Schließlich fand er eines Tages in allen Zeitungen Bordeaux' die gleiche große Sammelanzeige, mit der die Speditionsfirma Société Bouchet & Fils einen Filialleiter für Poitiers, mehrere Sachbearbeiter für Übersee- und Bahnspedition, Lagermeister und Außenexpedienten suchte.

Robert bewarb sich bei der Société Bouchet & Fils als Sachbearbeiter für Bahnspedition. Er schrieb eine ausführliche Bewerbung und fügte eine französische Übersetzung seines Zeugnisses bei, das Herr Christiansen ihm ausgestellt hatte. Als er einige Tage später eine Aufforderung zur Vorstellung bekam, zog er seinen guten Anzug und ein reines Hemd an, meldete sich in der Firma Vignon ab und ging zur Personalabteilung der Firma Bouchet. Der Personalchef war ein älterer Mann. »Warum bewerben Sie sich als Sachbearbeiter?« fragte er. »Im Kontor sitzen und Frachtbriefe schreiben kann heute jedes ungelernte junge Mädchen. Deswegen sind Sie doch bestimmt nicht nach Frankreich gekommen.« Er blätterte in Roberts Papieren, dann sah er den Bewerber an. »Sicher sind Sie nach Frankreich gekommen, um soviel wie möglich zu lernen, Land und Leute zu studieren und um später in Ihrer Heimat daraus Vorteil für Ihre Laufbahn zu ziehen, ist es nicht so?« fragte er, und er erzählte, daß man in einem solchen Fall nur als Außenexpedient arbeiten sollte. »Am Lagerschuppen, am Anschlußgleis, an der Bahnabfertigung, da liegt die Front in der Spedition. Was wollen Sie als junger Mann in der Etappe, womöglich in einem staubigen Büro hinter staubigen Akten?« sagte er, und dabei packte er Robert am Arm und führte ihn zu einer großen Wandkarte. »Wir sind ein Riesenunternehmen«, sagte er, »der alte Bouchet, der Urgroßvater, fing 1820 mit einem Sack Nüsse für London an, und jetzt haben wir dreiundachtzig Niederlassungen.« Er fuhr mit dem Finger im Südosten Frankreichs die Rhône entlang, plötzlich hielt er an. »Kennen Sie Valence?« fragte er. »Ein hübsches Städtchen. Sie werden sich dort wohlfühlen. Draußen im Lager sind Sie der zweite Mann, sie vertreten den Lagermeister, das ist schon eine Position, nicht wahr, Herr Mohwinkel?«

Robert hatte keine besondere Lust, nach Valence zu gehen, er hatte auch keine besondere Lust, im Lager zu arbeiten, und er empfand eine große Scheu, seinen Hut gegen eine Mütze zu vertauschen. Deswegen zögerte er. Der Personalchef war aber um Außenexpedienten verlegen, Sachbearbeiter hatten sich zu Dutzenden gemeldet, als Außenexpedient hatte sich niemand beworben. Deshalb sagte er jetzt: »Sie wissen, daß Sie im Lager mehr verdienen als im Büro? Wir geben Ihnen fünfunddreißigtausend Francs.« Da sagte Robert sofort zu.

Für den Rest des Tages ging Robert nicht mehr ins Büro der Firma Vignon zurück. Er rief an, daß er für einen Tag krankgeschrieben sei. Ilse erzählte er, daß er eine Stellung in Valence bekommen könne, bei der er fünftausend Francs mehr verdienen würde. Er sagte nicht, daß er die Stellung bereits angenommen und den Vertrag unterschrieben hatte, denn er rechnete mit Ilses Widerstand. Jetzt, wo sie sich eingelebt und verschiedene gute Jobs in der Markthalle hatte, glaubte er, würde sie nicht gern von Bordeaux fortgehen. Er hatte sich aber getäuscht. Sie freute sich auf die Abwechslung in einer neuen Stadt. »In Bordeaux sind wir schon viel zu lange«, sagte sie, »hoffentlich hast du gleich zugesagt für Valence.«

Robert kündigte in der Firma Vignon ordnungsgemäß. Herr Vignon bescheinigte in einem Zeugnis, daß Robert stets pünktlich, fleißig und gewissenhaft gewesen sei und daß die Firma Vignon ihm für den weiteren Lebensweg alles Gute wünsche. Es blieben ihm noch zehn Tage Urlaub, in denen sie ans Meer fuhren und die Orte besuchten, wo sie im Herbst so glücklich gewesen waren. In den letzten Tagen aber legte Robert Wert darauf, in der Stadt zu bleiben und vor der Abfahrt noch das römische

Amphitheater und die Kirchen Saint-André und Saint-Michel zu besichtigen. Er dachte daran, wie blamabel es später vielleicht einmal sein könnte, in Bordeaux gelebt zu haben und diese Sehenswürdigkeiten nicht zu kennen. Er bezahlte in der Kathedrale Saint André sogar ein Trinkgeld, um zusätzlich den Kirchenschatz zu sehen. Vielleicht, dachte er, macht es sich auf irgendeiner Party später einmal ganz gut, wenn ich sage: Die schönsten liturgischen Geräte, die ich kenne, sind die der Kathedrale Saint-André in Bordeaux. Als er in der Sakristei die Kirchenschätze wirklich sah, war er enttäuscht. An den Kelchen, Monstranzen und Gewändern sah er nichts Besonderes, und er fand auch, daß es lächerlich war, jemals wieder an den Besuch solcher Parties zu glauben, wie sie im Hause der Hoyers üblich waren und wo man solche Weisheiten zum Entzücken anderer anbringen konnte.

Zwei Tage vor Ablauf der Ferien packten Ilse und Robert ihre Koffer und nahmen den Zug, der sie über Lyon nach Valence brachte.

In Valence interessierte sich Robert am Tage vor seinem Dienstantritt nicht für den Lagerschuppen seiner neuen Firma, nicht für den Güterbahnhof und die Anschlußgleise, sondern nur für die Beschaffung von Lebensmitteln, Wein und einer Unterkunft. In der Rue Chevandier fanden sie ein Restaurant, das sie an den Petit Capucin in Bordeaux erinnerte. Sie setzten sich an einen der ungedeckten Tische vorn am Eingang, bestellten Wein und aßen ihre mitgeführten Speisen aus dem Einwickelpapier. Als Robert sich mit Ilse am Abend aufmachte, um ein Zimmer zu suchen, stellte es sich heraus, daß es sehr schwer war, eine passende Unterkunft zu finden. Hotelzimmer waren zu teuer, und Pensionen nahmen sie nicht auf, weil die Wirtinnen sich am fehlenden Ehestand der beiden Zimmersuchenden stießen. Sie wollten ihnen kein gemeinsames Zimmer geben. »Und wenn es nur eine Nacht ist, weiß es doch morgen die ganze Stadt«, sagte eine der Damen und schloß mit Nachdruck die Tür hinter ihnen. Robert und Ilse merkten, daß sie in eine Kleinstadt gekommen waren.

Um neun Uhr abends suchten sie die Jugendherberge auf, um eine behelfsmäßige Unterkunft für die erste Nacht zu haben. Der Herbergsvater, Monsieur Bastien, war über seine Gäste erfreut. Zu dieser frühen Jahreszeit lebte er sehr einsam in seiner Herberge; seine Frau war bei Verwandten in Paris, wandernde Jungen und Mädchen kamen erst in den Sommermonaten. »Sie bekommen jeder einen ganzen Schlafsaal für sich allein«, sagte Monsieur Bastien, und er zeigte Ilse den Schlafsaal für Mädchen, von dem man auf die Rhône sah, und Robert den Schlafsaal für Jungen, dessen Fenster zum Parc Jouvet gingen. Nach Ausweisen fragte Monsieur Bastien nicht, denn selbst wenn seine Gäste verheiratet gewesen wären, hätte er sie nicht zusammen in einem Raum schlafen lassen dürfen.

An diesem Abend unterhielten sich Robert und Ilse noch lange im Tagesraum der Jugendherberge mit dem Herbergsvater.

Sie tranken Wein, den Monsieur Bastien sehr billig von der Lebensmittelhändlerin nebenan bekam. Sie unterhielten sich über den Krieg, und Monsieur Bastien, der vierzehn Jahre gedient und es bis zum Sergent major gebracht hatte, interessierte sich für jede Einzelheit aus dem Rußlandfeldzug und aus der sibirischen Gefangenschaft. Er schüttelte ungläubig den Kopf, wenn Robert die Tagesrationen aufzählte oder von der Arbeit unter Tage sprach.

Als Robert spät in der Nacht schlafen ging, legte er sich diesmal kein reines Hemd für den nächsten Tag zurecht. Er wählte auch keine besondere Krawatte aus und prüfte auch nicht seinen Tascheninhalt, als er seinen Anzug auszog. Er fand, daß es in seiner beruflichen Lage nicht mehr auf diese Kleinigkeiten ankäme. Seinen Koffer schob er unter eines der Feldbetten, dann knipste er das Licht aus und legte sich auf seinen Strohsack. Lange noch, bevor er einschlief, hörte er das Rascheln der Mäuse im leeren Schlafsaal.

Am nächsten Vormittag meldete sich Robert kurz nach halb neun im Büro der Firma Société Bouchet & Fils. »Der Lagermeister hat sich schon nach Ihnen erkundigt«, sagte ein junger Mann im Büro, »im Außendienst fangen wir nämlich schon um sieben Uhr morgens an.« Der junge Mann erklärte ihm den Weg zum Güterbahnhof und empfahl ihm, sich sofort dorthin zu begeben und sich bei Monsieur Scheer zu melden. »Vergessen Sie nicht, ab morgen alte Kleidung anzuziehen«, sagte der junge Mann noch, dann war Robert aus dem Büro entlassen. Er wurde niemandem vorgestellt, von niemandem begrüßt. Er wurde vor dem Tresen abgefertigt. Er war nur ein Arbeiter, der im Büro nichts zu suchen hatte. Von gestern auf heute war er ein Mensch niederer Klasse geworden. In Bordeaux noch war er immerhin ein Angestellter gewesen, wenn auch mit geringerem Gehalt und ohne Anrecht auf einen Schreibtisch, aber er hatte immer noch hinter den Tresen treten und seinen guten Anzug tragen dürfen, er war anderen als Kollege vorgestellt worden und hatte einen Stuhl angeboten bekommen. Damit war es jetzt offensichtlich vorbei.

Monsieur Scheer, der Lagermeister, saß in dem als Büro abgeteilten Viereck eines Lagerschuppens. Er hatte seinen Platz an einem einfachen Holztisch, auf dem ein altertümliches Telefon stand. Es war nur ein Hausanschluß, man konnte mit ihm nur mit dem Büro telefonieren. Monsieur Scheer gab Robert die Hand. Obgleich er heute schon viermal im Büro nach dem neuen Mann gefragt hatte, machte er Robert jetzt keine Vorwürfe. Er wußte, daß es nichts nützen würde. Er wußte auch, daß man von den Leuten, die sich für den Außendienst bewarben, nicht viel Geschäftsinteresse verlangen konnte. Man muß schon froh sein, wenn man überhaupt jemanden bekommt, der richtig schreiben und etwas rechnen kann, sagte er sich, und er wies Robert einen Kleiderhaken zu sowie einen wackligen Aktenbock, auf den er sein Frühstück legen durfte. Danach schickte Monsieur Scheer den neuen Mann gleich mit einigen Frachtbriefen zur Stückgutabfertigung. »Der Fuhrmann wartet schon seit drei Stunden dort«, sagte er, »beim Abladen der Kisten packen Sie bitte mit an.«

An diesem Abend erzählte Robert seiner Freundin Ilse Meyerdierks im Tagesraum der Jugendherberge beim Essen, daß er von einem Platz an einem Schreibmaschinentisch jetzt auf einen Platz an einem Aktenbock herabgesunken sei. »Ein rostiger Kleiderhaken und ein alter, wackliger Aktenbock, wie findest du das?« fragte er, aber Ilse hörte gar nicht hin. »Monsieur Bastien meint, daß wir vorerst hier wohnen bleiben können«, sagte sie, »ich habe in meinem Schlafsaal wundervoll geschlafen. An die Mäuse, meint Monsieur Bastien, gewöhnt man sich. Er hat diese Herberge schon vier Jahre.«

Monsieur Bastien legte Wert darauf, seine Gäste zu behalten. Es ging ihm nicht um die abendlichen Unterhaltungen, um den Zeitvertreib während der toten Saison, es ging ihm besonders um das Mädchen. Schon gleich als sie ankam, hatte er gesehen, daß es nicht schwer sein würde, dieses Mädchen zu bekommen. Alles paßte so vortrefflich: Die Herberge war leer, seine Frau war in Paris, und der Freund des Mädchens ging jeden Tag zur Arbeit. Gewiß würde sich schon in den nächsten Tagen eine günstige Gelegenheit finden.

In den darauffolgenden Wochen lebten Robert und Ilse weiterhin in der Jugendherberge. Jeder von ihnen bewohnte einen leeren Schlafsaal für sich allein, und Monsieur Bastien wachte streng darüber, daß seine beiden Gäste sich nicht irgendwo in seinem Haus vereinten. Er verwies bei jeder passenden Gelegenheit auf die Hausordnung, wonach das Betreten eines Schlafsaales dem jeweils nicht dahingehörigen Geschlecht verboten war. »Es tut mir leid«, sagte er wiederholt zu Robert, »aber Sie als alter Soldat werden ja verstehen, daß Ordnung über alles geht.«

Robert fand, daß das Wohnen in der Jugendherberge zwar billig war, aber auch einige Nachteile hatte. Er sehnte sich sehr danach, wieder in einem Zimmer mit seiner Freundin zusammen zu wohnen, aber die Enttäuschungen in der letzten Zeit hatten ihn zu träge gemacht, um sich um eine Wohnung zu bemühen. Er war es müde, von Hoteliers allzu hohe Zimmerpreise und von kleinbürgerlichen Wirtinnen die Frage zu hören, ob er mit Ilse verheiratet sei. Der Reiz improvisierten Lebens hatte ihn ergriffen; er hatte gelernt, so wenig wie möglich zu arbeiten, niemals mehr selbständig zu handeln und selten nachzudenken. Er zählte die Tage bis zum Sommer. Im Sommer, so hoffte er, würden die Wiesen am Rhôneufer trocken sein, und die Nächte würden warm sein, so daß es sich jetzt nicht mehr lohnte, Anstrengungen zur Erlangung einer Wohnung zu machen und sich die Mühen eines Umzugs aufzubürden.

Ilse Meyerdierks erschien ebenfalls der Umzug in eine andere Unterkunft nicht vordringlich. Sie fühlte sich in der Jugendherberge ganz wohl. Das Rascheln der Mäuse störte sie nicht mehr. Auch an die zärtlichen Annäherungen des Herbergsvaters hatte sie sich gewöhnt. Am vergangenen Montag hatte sie dem Werben Monsieur Bastiens nachgegeben; sie hatte sich nicht gewehrt, als er, während sie am Kochherd stand und Gemüse aufs Feuer setzte, von hinten an sie herantrat, seine Hände auf ihre Brüste legte und sie auf den Nacken küßte. Sie hatte sich auch nicht gewehrt, als er sie aufhob und auf den Armen in den Schlafsaal für Mädchen trug, wo er sie auf einen Strohsack legte. Der Respekt vor seiner Frau verbot es Monsieur Bastien, das Mädchen in sein eheliches Schlafzimmer zu tragen. Ilse sagte zu allem kein Wort. Sie mochte Monsieur Bastien mit dem viereckigen Kinn, der breiten Nase und den bald stumpfen, bald stechenden Stabsfeldwebelaugen nicht besonders gut leiden, aber sie fand ihn auch nicht etwa häßlich. In keinem Fall war er häßlich genug, daß es sie nicht ermüdet hätte, sich noch länger gegen ihn zu wehren. Im übrigen bestach sie die Kraft des Mannes, der sie aufhob und sie auf den Armen hinüber in den Schlafsaal trug. Wenn Robert auch zehnmal besser aussieht, dachte sie, auf den Armen kann er mich nicht tragen.

Nach der Umarmung gingen Monsieur Bastien und Ilse wortlos auseinander. Der Herbergsvater ging in den Tagesraum, um die Fenster zu putzen, Ilse ging in die Küche zurück, wo sie das Gemüse vom Feuer nahm, das inzwischen gar geworden war. Als Robert am Spätnachmittag von der Arbeit kam, verrieten Monsieur Bastien und Ilse durch nichts, was vorgefallen war. »Wollen wir nicht ins Kino gehen, heute abend?« fragte Ilse ihren Freund. »Auf Spazierengehen habe ich heute keine Lust, weißt du.«

Auch in den folgenden Wochen hatte Ilse Meyerdierks selten Lust, am Abend mit ihrem Freund spazierenzugehen. Die Liebesszene mit dem Herbergsvater wiederholte sich allmorgendlich, so daß sie einer zusätzlichen Umarmung mit Robert am Abend nicht mehr bedurfte. Sie überredete ihren Freund, abends oft ins Kino oder ins Café d'Apollinaire zu gehen, wo zweimal in der Woche getanzt wurde. Hier spielten Amateurmusiker, junge Leute, die tagsüber Handlungsgehilfen oder Arbeiter in der Textilfabrik von Valence waren. Die Tanzfläche war klein, aber das Café d'Apollinaire war die einzige Vergnügungsstätte der Stadt. Eine Bar gab es hier nicht. Hinter dem Güterbahnhof war nur noch die Taverne Chez Louisette, wo man an einer Musikbox alte Tanzplatten bestellen konnte. Bei Louisette verkehrten die Eisenbahner, mit denen Robert tagsüber zu tun hatte, dort verkehrten auch die Arbeiter der Speditionsfirmen und die Kraftfahrer der Rollfuhrunternehmen. Einige Male hatte Robert mit seiner Freundin die Taverne besucht, und an der freundschaftlichen Begrüßung hatte er gemerkt, daß er zu diesen Menschen gehörte. Er gehörte zu diesen Männern, die die Mütze auf dem Kopf behielten, wenn sie an schmierigen Holztischen saßen und den Wein aus schmutzigen Wassergläsern tranken, die die selbstgedrehte Zigarette nicht aus dem Mund nahmen, wenn sie sprachen, und die spät in der Nacht von keifenden Frauen abgeholt und über die Schienen des Güterbahnhofs von ihnen heimgeschleppt wurden.

Allzu offensichtlich war es, daß Robert zu diesen Männern gehörte, deshalb mied er eines Tages die Taverne Chez Louisette. In seinem Bemühen, sich zurückzuhalten, blieb Robert abends oft im Tagesraum der Jugendherberge und spielte mit Monsieur Bastien Rummelpiquet, ein französisches Kartenspiel für zwei Personen. Ilse Meyerdierks saß bei ihnen; sie spielte keine Karten. Sie saß am Tisch und sah abwechselnd Monsieur Bastien und Robert an. Sie mußte immer wieder die beiden Männer ansehen, die da friedlich Karten spielten und mit denen sie abwechselnd auf so unterschiedliche Art den vertrautesten Umgang unterhielt.

Dieses für alle Teile befriedigende Leben fand jedoch ein jähes Ende. Einen Tag vor Pfingsten kamen die ersten Gäste, eine Gruppe Schüler mit Fahrrädern aus Lyon. Mit diesen Schülern kam auch Madame Bastien aus Paris zurück. Sie überblickte die Lage sofort; sie sah Ilse Meyerdierks, sie roch Ilse Meyerdierks, und sie sah auch den jungen Mohwinkel, der den ganzen Tag fort war und erst abends kam. Sie sah in ihrer Küche, daß kein Gerät mehr am richtigen Platz hing und stand, und sie spürte im Schlafsaal für Mädchen einen Duft, der dort sonst nicht beheimatet war. Sie kannte ihren Mann, und sie kannte auch Frauen wie Ilse Meyerdierks. Deshalb machte Madame Bastien gleich nach der Ankunft ihrem Mann eine Szene, und am nächsten Morgen, als Robert zur Arbeit fort war, trat sie auf Ilse zu. »Fräulein«, sagte sie, »dies hier ist eine Jugendherberge und kein Bordell. Nun packen Sie schon Ihren Koffer!« Sie band bei diesen Worten die Bänder ihrer Schürze fest in der Taille zusammen und sah Ilse mit kleinen, kreisrunden Augen an. Während sie die Fenster des Schlafsaales öffnete, um den Dunst von Körpern und Parfüm hinauszulassen, zog Ilse wortlos ihren Koffer unter dem Feldbett hervor und packte ihre Sachen zusammen, die überall umherlagen. Sie merkte, daß es zwecklos war, der Herbergsmutter zu widersprechen, die mit verschränkten Armen an der Tür stehenblieb, um den Auszug der Rivalin zu überwachen. Als Madame Bastien sah, daß es mit dem Kofferpacken gut voranging, meinte sie versöhnlich: »Mein Mann kümmert sich um ein Zimmer für Sie. Er ist rüber zu den Baracken. Da gehören Sie nämlich hin, Fräulein. Dies hier ist eine Jugendherberge, wissen Sie?«

Am Abend fand Robert seine Freundin mit ihrem Koffer, aber auch mit seinem eigenen gepackten Koffer vor der Tür der Jugendherberge stehen. Drinnen im Tagesraum lärmten die Schüler aus Lyon. Eine Gruppe Pfadfinder kam außerdem gerade an. Sie kam aus St. Étienne, und die Jungen stellten im Hof der Herberge ihre Fahrräder zusammen. Auch drei junge Mädchen trafen ein, Belgierinnen, die nach dem Süden trampten. Als Ilse ihren Freund kommen sah, lief sie ihm gleich entgegen. »Sieh dir diesen Betrieb an«, sagte sie, »da können wir nicht länger bleiben, weißt du? Schließlich ist dies hier ja eine Jugendherberge.« Sie führte Robert, ohne daß er die Herberge noch einmal betreten konnte, gleich hinüber zu den Baracken. »Monsieur Bastien hat dort eine nette Unterkunft für uns beide besorgt«, sagte sie, »fein von ihm, nicht?« Sie klärte Robert auf, daß in den Baracken die unverheirateten Arbeiter von der Marmeladenfabrik wohnten und daß es ein Glück war, dort George Cimandu, einen Rumänen, gefunden zu haben. »George teilt seine Stube mit uns«, sagte Ilse, »er ist ein fabelhafter Kerl. Er hat eine Braut in Chabeuil. Jede Nacht ist er bei ihr. Und wir sind nun wieder schön zusammen. Freust du dich?«

Später stellte sich heraus, daß die neue Wohnung so ideal, wie Ilse sie dargestellt hatte, nicht war. Zwar lagen die Baracken im Wald unter Pinien, aber sie waren sehr primitiv gebaut. Sie standen im Geviert um einen Platz, in dessen Mitte sich die einzige Wasserpumpe befand. Toiletten gab es nur in Form einer Latrine, fünfzig Meter vom Platz entfernt. Die Baracken selbst waren aus Holz und mit Dachpappe abgedeckt. Von einem langen Mittelgang gingen die Stuben der Arbeiter ab. Es waren winzig kleine Stuben, und sie waren durch so dünne Wände voneinander getrennt, daß man nicht nur jedes Wort seines Nachbarn, sondern die Gespräche aller Bewohner der Baracke deutlich verstehen konnte. George Cimandu war nicht zu Hause. Er war schon auf dem Wege zu seiner Braut, und er würde vor Dienstag in der Frühe nicht zurückkehren. Ilse hatte den Schlüssel zu seiner Stube.

»Ist es nicht hübsch hier?« fragte sie ihren Freund, aber Robert fand, daß es doch sehr eng in diesem Barackenraum war. Er entdeckte zwar einen Gasherd mit Propangasflasche, einen Tisch und zwei Stühle, aber er wußte nicht, wo Ilse und er schlafen sollten, denn es war nur ein breites Bett da. Er konnte sich nicht vorstellen, was geschehen sollte, falls es George Cimandu einmal einfiele, eine Nacht zu Hause zu bleiben. Ilse dagegen hatte keine Bedenken. Sie packte die Sachen aus, drehte das Radio an und schlug sechs Eier in die Pfanne. Im Radio gab es jedoch im Augenblick nur Sportnachrichten zu hören, und Ilse stellte es wieder ab. Daraufhin klopfte jemand an die Wand und verlangte, die Sportnachrichten weiter zu hören. »He«, sagte der Nachbar, »ihr Banausen, ihr könnt doch nicht einfach den Sport abdrehen!« Ilse schaltete das Gerät aber nicht wieder ein, sie klopfte gleichfalls an die Wand, lachte und sagte: »Turnen Sie lieber selbst ein bißchen, das ist gesünder, als auf dem Bett liegen und bloß hören, wie andere sich bewegen.«

Nach dieser Entgegnung hörte man, wie der Nachbar vom Bett sprang und den anderen Bewohnern zurief, daß das neue Mädchen da sei. Einer sagte es dem anderen weiter, und einige Sekunden später traten schon die ersten Arbeiter in den Raum, um Ilse zu bestaunen. Sie kamen in die Stube, ohne anzuklopfen, einige von ihnen waren halbnackt, sie zogen sich für Pfingsten um, andere kamen mit dem Rasierschaum im Gesicht herein. Sie stießen sich gegenseitig an und lachten. Sie sahen sich an, sagten »ah« und »oh« und leckten mit der Zunge über ihre Lippen. Mit den Händen zeichneten sie breithüftige weibliche Figuren in die Luft, und als einer sagte: »Junge, bei der wird die Baracke aber wackeln«, warf Ilse sie alle hinaus. Sie packte die vorderen beiden an der Hemdbrust und schob sie mitsamt den Dahinterstehenden durch die Tür in den Gang. »Siehst du, so muß man mit diesen Männern umgehen«, sagte sie zu Robert, »aber du lernst das wohl nie.« Robert legte sich aufs Bett und sah gegen die Decke. Er hörte, wie draußen auf dem Gang die Arbeiter noch lange über Ilse ihre Witze machten.

Nach und nach fand Robert sich mit der neuen Lage ab. Es ging in den Sommer, und er fand es angenehm, im Sommer in einem Pinienwald zu wohnen. Ilse kochte und wusch für ihn. Wenn er abends nach Hause kam, stellte sie das Essen auf den Tisch. Nachts schlief sie mit ihm in einem Bett. George Cimandu benutzte seinen Raum nur selten. Er kam täglich nach Dienstschluß in die Baracke und blieb nur eine halbe Stunde. Er kam vor Robert. Er wusch sich, zog sich um und rasierte sich. Dann begoß er seine Kakteen, nahm seine Handschuhe und fuhr mit dem Motorrad nach Chabeuil zu seiner Braut. Während dieser täglichen Szene saß Ilse im Hintergrund auf dem Bettrand und sah dem fremden Mann zu, der mit nacktem Oberkörper dastand und sich wusch. George hatte einen breiten Rücken und eine dunkle Haut. Seine Brust war so stark behaart, daß Ilse immer wieder aufs neue erschrak, wenn er sich beim Waschen umwendete. Es war sehr auffällig, wie Ilse ihn anstarrte, aber George bemerkte es nicht. Er dachte nur an seine Braut, und während des Waschens, Rasierens und Umziehens sprach er nur von ihr. »Ich kenne Jeanette schon anderthalb Jahre«, sagte er, »im Herbst wollen wir heiraten. Sie ist eine richtige süße kleine Französin, wissen Sie?« Ilse reichte George das Handtuch, sie holte für ihn frisches Wasser von der Pumpe, sie wärmte ihm das Rasierwasser. George achtete auf diese Liebesdienste kaum. Er dachte nur an Jeanette. Jede Woche kassierte er von Robert vierhundert Francs Miete. Er sparte das Geld, weil er, wie er sagte, im Sommer Möbel kaufen wollte. »Ein breites Bett und eine Frisierkommode sind das Wichtigste«, meinte er, »ohne Frisierkommode kann Jeanette nämlich nicht leben.«

Mit den Arbeitern der Marmeladenfabrik kamen Robert und Ilse gut aus. Nach Ilses selbstbewußtem Auftritt gleich am ersten Tage belästigten die Arbeiter sie nicht mehr. Sie zeigten sich höflich, halfen ihr den Wassereimer tragen und die Wäscheleine spannen. Dafür stellte Robert das Radio nicht ab, wenn Sportnachrichten gegeben wurden, und er klopfte nicht gegen die

Wand, wenn sein Nachbar zur Linken betrunken war und grölte oder wenn sein Nachbar zur Rechten ein Mädchen bei sich hatte und es die ganze Nacht tätschelte und auf den Hintern klatschte. Robert hatte sich an seine Nachbarn gewöhnt, mit einigen von ihnen war er sogar befreundet. Er spielte mit ihnen Karten, manchmal ging er mit ihnen baden. Sie badeten am Quai du Rhône unter der Brücke, die nach Saint-Péray führte. Die Arbeiter hatten schmale braune oder gelbliche Körper, sie trugen kleine dreieckige Badehosen. Ihre Freundinnen badeten nicht mit, sie zogen nur die Schuhe aus, setzten sich auf die Kaimauer und ließen die nackten Beine im Wasser baumeln. Sie wagten nicht, sich am Kai einer Kleinstadt im Badeanzug zu zeigen. Sie blieben am Ufer und sahen ihren Freunden zu, die bis an die Strömung in die Mitte des Flusses schwammen. Wenn sie glaubten, daß einer von der Strömung ergriffen würde, stießen sie kleine Schreie aus.

Ilse Meyerdierks versuchte ein einziges Mal, mit Robert und den Arbeitern zu baden. Sie legte am Kai Rock und Bluse ab und stand da, nur mit ihrem winzigen Bikini bekleidet. Sie erregte viel Aufsehen unter den Leuten, die am Kai spazierengingen. Die Spaziergänger blieben stehen und sahen erschrocken auf die so knapp bekleidete Frau. Sie gingen auch nicht weiter, als Ilse längst im Wasser war, und sie erzählten dies unerhörte Ereignis anderen Spaziergängern, die vorbeikamen, so daß schließlich ein Menschenauflauf entstand. Kraftfahrer hielten mit ihren Wagen an, Radfahrer stiegen ab, Angler kamen von der anderen Seite der Rhône herüber. Schließlich erschien ein Polizist und fragte nach dem Vorfall. Er trat an die Kaimauer und sah dort Rock und Bluse liegen. Er sah die Frau im Fluß schwimmen. Sicher ist sie nackt, dachte er, und er rief ihr zu, sie solle herauskommen. Als Ilse an der Kaimauer heraufkletterte, geriet die Menge am Ufer in Bewegung. Die Männer riefen »ah« und »oh«, junge Leute machten ihre Witze, Frauen versuchten ihre Ehemänner fortzuziehen. Der Polizist sah, daß die Frau nicht nackt, aber sehr mangelhaft bekleidet war, so daß er sie zur Rede stellen mußte. Als er erfuhr, daß sie eine Deutsche sei, sagte er, daß sie sich so in einer französischen Stadt nicht benehmen dürfe. Er kannte Deutschland aber gut und hatte, als er ein Jahr in Tuttlingen in Württemberg als Besatzungssoldat gelegen hatte, dort eine nette kleine Freundin gehabt, die ihm das ganze Jahr treu geblieben war. Deshalb dachte er noch immer gern an Tuttlingen und an Deutschland zurück, und er beschloß, gegen diese deutsche Frau nichts zu unternehmen. So sagte er nur: »So können Sie hier nicht rumlaufen, ziehen Sie sich an!«

Am Abend trafen Robert und Ilse den Polizisten im Café d'Apollinaire. Er kam gleich auf Ilse zu und entschuldigte sich für sein Verhalten am Nachmittag. »Ich selbst bin ja gar nicht so«, sagte er, »ich bin aus Marseille. Da kann jeder rumlaufen, wie er will, kein Mensch sieht hin. Aber hier in Valence ist das anders. Hier sind wir auf dem Lande.« Er setzte sich zu Ilse und Robert an den Tisch und erzählte den ganzen Abend von Marseille, wie frei man dort lebe, und von Valence, wo alles anders sei. Dann erzählte er von Tuttlingen und von der süßen kleinen Deutschen, die ihm ein ganzes Jahr treu gewesen war. Zum Schluß tanzte er mit Ilse, und Robert sah, wie der Polizist seinen Kopf an Ilses Schulter legte und sie mit weichen spitzen Lippen am Ohrläppchen zupfte. Ilse ließ es sich gefallen, sie blickte träumerisch auf die Schulterklappen seiner Uniformjacke.

Für den folgenden Sonntag verabredete sich der Polizist mit Robert und Ilse. Er schlug vor, einen Ausflug zu machen, und versprach, seine Braut mitzubringen. »Wir gehen über die Brücke von Saint-Péray«, sagte er, »und gehen am anderen Ufer bis nach Cornas, wo die Isère in die Rhône mündet. Wir nehmen alles mit: Wein, Brot, Käse und Wurst.«

Am Sonntag war der Polizist pünktlich in der Frühe an der verabredeten Stelle. Er war in Zivil, trug einen hellgrauen Anzug mit Knickerbockern und dazu eine karierte Mütze. Er hatte ein neunzehnjähriges Mädchen bei sich, das immerzu lachte. Es war sehr klein und hatte schwarzes gelocktes Haar. Robert kannte das Mädchen. Er hatte es schon einige Male bei einem der Marmeladenarbeiter in der Baracke gesehen. »Das ist meine Braut«, sagte der Polizist, »ich kenne sie seit gestern, bisher war sie mir treu.« Dann schnallte er seinen Rucksack um, in dem die Vorräte waren, setzte sich an die Spitze der Gruppe und befahl den Abmarsch. In Saint-Péray ließen sie das Schloß links liegen und gingen quer durch die grünen Wiesen zwischen Ginsterbüschen am Ufer der Rhône entlang, bis sie gegenüber der Isère an eine Sandbank kamen. Dort saßen schon einige Paare vor geöffneten Rucksäcken und Stadtkoffern, sie hatten ein Koffergrammophon mit und legten eine Platte von Maurice Chevalier auf. Als sie Robert und Ilse, den Polizisten und seine Braut kommen sahen, winkten sie ihnen schon von weitem zu. Sie kannten nicht nur den Polizisten, sondern auch Robert. Einer von ihnen war Kraftfahrer bei der Marmeladenfabrik, ein anderer Führer einer Rangierlok am Güterbahnhof. Sie öffneten den Kreis und ließen die beiden neuankommenden Paare zwischen sich Platz nehmen. Sie fragten gleich, was sie zu essen und zu trinken mitgebracht hätten, und der Lokführer hielt sie an, alle Vorräte in die Mitte des Kreises zu legen, damit jeder sich nehmen könnte, was er wollte.

Robert und Ilse packten ihre Vorräte zu denen der anderen. Sie tranken Wein aus alten Bierflaschen, sie aßen Brot, Wurst und Käse und tanzten zur Musik des Koffergrammophons. Robert tanzte auch mit dem kleinen, dunklen Mädchen des Polizisten, er tanzte mit der Frau des Lokführers und mit der Freundin des Kraftfahrers.

Als spätabends die Paare heimgingen, im Dunkeln über die Wiesen, singend und lachend, dachte Robert, daß dieser Tag doch ein sehr schönes Erlebnis gewesen war. Endlich befand er sich unter den Menschen, zu denen er gehörte, und er fand, daß niemand sagen könnte, er sei heruntergekommen. Er hoffte, in diesen neuen Kreisen recht glücklich zu werden.

Am Tag darauf schrieb er einen langen Brief an seine Eltern. Er klagte nicht über seine mindere Stellung im Außendienst, nicht über die schlechte Unterkunft in der Baracke, über niedriges Gehalt und mangelnde berufliche Aufstiegsmöglichkeit, sondern er schrieb, daß er in Valence sehr glücklich sei. »Von meinem Fenster sehe ich in einen Pinienwald«, schrieb er, »es ist ein herrlicher Sommer. Abends gehe ich tanzen, oder ich spiele Karten mit meinen Freunden. Sonntags wandere ich hinaus auf die andere Seite der Rhône, wo ich mit Freunden auf den grünen Wiesen zwischen den Ginsterbüschen lagere, Wurst und Käse aus dem Rucksack esse und Wein trinke aus alten Bierflaschen. Man ist hier sehr ungezwungen. Die Menschen in Valence sind auch sehr fröhlich. Wir haben sonntags ein Koffergrammophon mit und tanzen auf dem heißen Sand am Ufer des Flusses.«

Die alten Mohwinkels fanden, als sie diesen Brief lasen, wenig Gründe, sich am Glück ihres Sohnes mitzufreuen. Sie hatten in der letzten Zeit Roberts Briefe sehr aufmerksam verfolgt und von Brief zu Brief festgestellt, daß der Inhalt immer belangloser wurde. Ihr Sohn schrieb nichts von seiner beruflichen Stellung, er schrieb von einem Picknick an der Rhône, er schrieb nichts von Erfolgen und Aufstieg, sondern von Tanzlokalen, vom Kartenspielen, vom Baden und vom Weintrinken, von der Landschaft und vom Wetter. Die alten Mohwinkels interessierten sich nicht für den heißen Sommer im Rhônetal und für die grünen Wiesen mit den Ginsterbüschen; aber sie wußten, daß es noch immer besser war, solche belanglosen Einzelheiten zu erfahren als die eigentliche Wahrheit. Die Wahrheit kannten sie indessen doch, und obgleich Robert in seinen Briefen nicht das geringste andeutete, sah Frau Mohwinkel jeden Abend vorm Einschlafen ihren Jungen vor sich, wie er auf dem Güterbahnhof von Valence stand, und – bekleidet mit Mütze und altem Pullover – Fässer rollte, Ballen trug und Kisten stapelte. Sie saß aufrecht im Bett, jeden Abend, und sie sah, wenn sie dieses Bild vor sich hatte, mit kleinen, grauen Augen starr geradeaus. Sie empfand keine Traurigkeit, sie hatte alles so kommen sehen. Sie saß aufrecht im Bett und sah starr auf das Fußende. Es war schon richtig, wie ich ihn erzogen habe, dachte sie, deshalb wird er es nun nicht so schwer haben. Sie war froh, ihrem Sohn von Anfang an alle Illusionen genommen zu haben und alle kindischen Träume, die ihm das Leben nur noch mehr erschwert hätten, in ihm vernichtet zu haben. Sie war froh, daß sie es ihm von Kindheit an gesagt hatte, daß er weder besonders begabt noch zu Höherem geboren sei. Damals, als er vom Gymnasium herunter mußte und es schwer gewesen war, eine Lehrstelle zu finden, hatte sie gesagt: »Laß ihn lieber gleich Schuster werden!« Manchmal hatte sie reuevoll gedacht, daß solche Worte vielleicht ein wenig allzu hart gewesen waren, aber sie sah jetzt, daß sie recht gehabt hatte. Frau Mohwinkel sann scharf darüber nach, sie erinnerte sich ihrer Reden genau. Jetzt endlich, dachte sie, ist er so was Ähnliches wie ein Schuster.

Herr Mohwinkel sah im augenblicklichen Leben seines Sohnes, das offenbar voller Schwierigkeiten war, keine so ernsten Probleme. Er schrieb Robert einen Brief, in dem er ihm anbot zurückzukehren, wenn er der Ansicht sei, genug im Ausland gelernt zu haben. »Ich werde einmal mit Direktor Hartwig von der Jason-Linie sprechen«, schrieb er, bestimmt wird er dich in seinem Büro irgendwie unterbringen können, und du würdest dich ja immer bewähren. Du hast ja jetzt eine Menge Praxis, auch im Außendienst. Darüber bin ich sehr froh.«

Gleichzeitig mit diesem Brief schickten die alten Mohwinkels ein Paket an ihren Sohn ab. Sie legten einige Kleidungsstücke hinein, ein paar Süßigkeiten und Zigaretten. Außerdem fügte Frau Mohwinkel einen Kuchen bei, den sie selbst gebacken hatte.

Robert bedankte sich für das Paket, auf das Angebot seines Vaters ging er jedoch nicht ein. Er hatte keine Lust, nach Bremen zurückzukehren. Er haßte diese Stadt, in der man ihn sein Leben lang gedemütigt hatte. Bei dem Gedanken, nach diesen Jahren gelockerten Lebens wieder als Kommis in Bremen auf einem Kontorschemel sitzen zu müssen, wurde ihm übel. Er haßte alle Kontorschemel seiner Heimatstadt, und er haßte alle Chefs, gleich ob sie Christiansen oder Hartwig hießen. Er konnte sich ein Leben in dieser Stadt nicht mehr vorstellen.

An einem Abend ging Robert mit seiner Freundin nach langer Zeit wieder einmal in die Taverne Chez Louisette. Er wollte mit den Männern zusammensein, die auf dem Güterbahnhof die Weichen stellten, die Gleise schmierten und die Wagen zusammenkoppelten. Bei Louisette war es an diesem Abend sehr voll, denn die Arbeiter hatten am Nachmittag ihre Löhnung bekommen. Robert war erstaunt, im Kreise dieser einfachen Männer heute auch den Vorsteher des Bahnhofs, einen Beamten der höheren Laufbahn, zu sehen. Der Vorsteher saß an einem großen runden Mitteltisch inmitten der Arbeiter. Auch er trank den Wein aus einem dicken Wasserglas, das einen grauen Bodensatz hatte. Plötzlich stand der Vorsteher auf und hielt eine Rede, der

Robert entnahm, daß heute ein Jubiläum gefeiert wurde. Der Blockstellenwart Pierre Larivan war heute vierzig Jahre bei der Französischen Staatsbahn angestellt, zum Jahresende würde er in Pension gehen. Der Vorsteher sprach lange, aber sprach weniger von den Verdiensten des Blockstellenwarts, sondern erzählte hauptsächlich Witze über die Französische Staatsbahn. Robert fand, daß in Deutschland ein Mann, der so viele Witze über die Bundesbahn wußte und sogar noch vor einfachen Arbeitern erzählte, niemals Vorsteher geworden wäre. Er bemerkte auch, daß in Frankreich ein Chef sich mit seinen Leuten an einen Tisch setzte und daß man hier einen Jubilar nicht mit falschen Leutseligkeiten abspeiste.

Nach der Rede ließ der Vorsteher sich vom Wirt eine Gitarre bringen, und er sang vor allen Leuten das Lied vom Ungeheuer von Tarascon. Es wurde noch sehr viel getrunken an diesem Abend, und Ilse Meyerdierks hatte Mühe, ihren Freund spät in der Nacht nach Hause zu schleppen.

Langsam ging es in den Herbst. Wenn Robert morgens um halb sieben zur Arbeit ging, fror er manchmal, und er zog sich seinen alten Pullover an. Auch am Abend wurde es schon kühl, und die Liebespaare am Quai du Rhône und im Parc Jouvet verzogen sich mehr und mehr in die Cafés der Stadt, in die kleinen Tavernen und ins Museum.

Eines Nachmittags, als George gerade beim Umziehen und Rasieren war, kamen Möbelträger und brachten ein breites Bett und eine Frisierkommode in die Baracke. Sie stellten die Möbelstücke aufrecht vor der Tür zu Georges Zimmer in den Gang. »Na«, sagte George zu Ilse, »sind das nicht herrliche Stücke?« Ilse sah auf die breiten Schultern des Rumänen und auf die behaarte Brust, und sie bedauerte, daß ein solch herrlicher Mann heiraten mußte. Träumerisch sah sie in die dunklen Brusthaare des Mannes, während sie ihm das Handtuch reichte. George bemerkte aber den Blick Ilses nicht, er sah nur die neuen Möbel. Er zog sich ein Hemd über, und dann nahm er ein Tuch, um die Möbel vom Staub zu reinigen; alle Holzteile wischte er gut ab, auf dem Spiegel der Frisierkommode rieb er mit kleinen kreisenden Bewegungen herum, zu denen er ständig auf das Spiegelglas hauchte. Als er glaubte, daß die Möbel sauber waren, zog er sich an, nahm seine Handschuhe und fuhr mit dem Motorrad davon.

In den folgenden Wochen wischte George täglich Staub auf den Möbeln, die draußen im Gang vor seiner Tür stehenblieben. Er vergaß diese Verrichtung nie, und er wäre sich schlecht vorgekommen, hätte er einmal diesen Liebesbeweis vergessen. Ilse wunderte sich, wie ein so schöner Mann, ein solcher wundervoller Bär, so kindlich und so bürgerlich sein konnte.

Eines Tages kam George mit mehreren großen Packungen Pralinen nach Hause. Es waren Riesenpackungen, die Kartons waren mit grellbunten Blumen verziert und mit rosa Seidenbändern über Kreuz verschnürt. Die Bänder waren oben auf den Kartons zu gewaltigen Schleifen gebunden. George legte die Kartons überall hin, auf den Tisch, aufs Bett, auf den Herd und auf die Stühle. Dann ging er noch einmal fort, um Blumen, Schnaps und Zigaretten zu holen. »Heute kommt Jeanette hierher«, sagte er zu Robert und Ilse, »zum erstenmal. Sie will die Möbel sehen, und dann gehen wir das Aufgebot bestellen.« Er verteilte die Blumen auf Tassen, Weingläser und leere Konservenbüchsen. Jedesmal, wenn er einen Strauß in einen der Behälter gesteckt hatte, trat er einen Schritt zurück, hielt den Kopf schief und ließ das schmückende Bild auf sich wirken. »Ihr bleibt doch heute abend hier?« sagte er zu Robert und Ilse. »Wenn ich um acht Uhr mit Jeanette komme, wollen wir alle zusammen einen Schnaps trinken.« Dann zog er sich um, wischte Staub auf den Möbeln im Gang, putzte das Spiegelglas der Frisierkommode und fuhr mit dem Motorrad fort.

Robert und Ilse blieben in der Baracke. Sie warteten inmitten der Blumensträuße und Süßigkeiten. Die Pralinenkartons nahmen so viele Plätze ein, daß es in der Stube noch enger war als sonst. Sie warteten, hörten Tanzmusik von Radio Monte Carlo, rauchten und tranken Wein. Sie warteten bis acht Uhr, aber George und Jeanette kamen nicht. Sie warteten bis neun, bis zehn, aber der Rumäne mit seiner kleinen französischen Braut kam immer noch nicht. Erst um elf Uhr kam George, er war allein. Er betrachtete auf dem Gang staunend die Möbel, so als habe er sie noch nie zuvor bemerkt, dann trat er ins Zimmer und sah verwundert auf die Blumen. Seine Augen waren glasig, seine schweren Arme hingen wie verkehrt angewachsen an den Seiten herunter, die großen plumpen Hände traten wie abgestorben aus den Manschetten seines weißen Hemdes hervor. Lange und verwundert sah er auf die Blumen und auf die Konfektschachteln. Dann sah er Robert und Ilse an, so als wollte er sie fragen, was das Zeug hier solle und was für ein Festtag heute sei, der einen solchen Aufwand rechtfertige.

Noch eine Zeitlang stand George so da, mit unbrauchbaren Armen und glasigen Augen. Dann drehte er sich um und ging davon. Nach einer halben Stunde kam er zurück. Er brachte ein Klappbett mit, das er neben dem Herd aufstellte. Er legte sich angezogen darauf, zog eine Decke über sich und drehte sich zur Wand. Während der ganzen Zeit sprach er kein Wort.

Robert und Ilse sahen sich an. Sie wußten gleich Bescheid: Die kleine Französin hatte George verlassen. Ein Jahr lang hatte sie sich mit ihm amüsiert, hatte mit ihm geschlafen und ihren Kopf in seine behaarte Brust gebettet, aber als es ans Heiraten ging, hatte sie sich gedrückt. In der Frühe war sie, wie Robert und Ilse später erfuhren, zu ihrer Tante nach Lyon gefahren, von dort wollte sie nach Paris. Sie hatte für George keine Nachricht hinterlassen. Erst von Nachbarn hatte er erfahren, daß Jeanette in der Frühe fortgefahren war und nicht mehr zurückkommen werde. Nun lag er da, auf dem Klappbett neben dem Herd, mit dem Gesicht zur Wand, die Decke über den Kopf gezogen. Er rührte sich nicht und kümmerte sich nicht um seine Gäste, die nun ihren Wein austranken und schlafen gingen.

Zwei volle Tage blieb George auf dem Feldbett liegen. Er ging nicht zur Arbeit, er aß nichts, er rasierte und wusch sich nicht. Er blieb liegen mit dem Gesicht zur Wand, die Decke über den Kopf gezogen. Er lag inmitten der Pralinen mit den riesigen rosa Schleifen und inmitten der welkenden Blumen. Er sprach mit niemandem ein Wort. Am dritten Tag aß er ein Stück trockenes Brot, am vierten Tag eine Suppe, die Ilse ihm reichte. Am fünften Tag stand er auf und setzte sich auf den Stuhl am Tisch. Sein Anzug war zerdrückt, sein Hemd war offen. Ein Bär, ein wundervoller Bär, dachte Ilse. Sie öffnete die Schleife ihres Kittels und schnürte die Bänder eng in der Taille zusammen. Dann stellte sie sich vor den Rasierspiegel an der Wand und kämmte ihr Haar. »Na, geht es Ihnen besser, Monsieur Cimandu?« fragte sie. »Soll ich Ihnen einen Kaffee kochen?« George antwortete nicht. Er verfolgte nur die Bewegungen der Frau. Jeden Strich des Kamms durch das Haar verfolgte er genau, und er wandte den Blick nicht ab, als sie sich danach aufs Bett setzte und die Strümpfe wechselte. So hat es mit Jeanette auch angefangen, dachte er, so fängt es immer an. Er erhob sich langsam, ging auf Ilse zu und stieß sie, gerade als sie ihren zweiten Strumpf anziehen wollte, mit einer leichten Bewegung der Hand aufs Bett. Er und das Mädchen waren allein in der Baracke. Alle waren zur Arbeit. Er stieß Ilse mit der einen Hand aufs Bett, mit der anderen zog er ihr den halb angezogenen Strumpf wieder herunter. Ilse spielte die Erschrokkene. »Oh, Monsieur Cimandu«, sagte sie, und noch ein paar Mal: »Oh, Monsieur, oh, Monsieur!« Dann sagte sie nichts mehr, sondern krallte sich mit spitzen Nägeln in seine behaarte Brust. George riß ihr die Bluse auf, er zerrte ihr den Rock herunter, Begierde und Wut mischten sich bei ihm, er preßte ihre Brüste zusammen und bettete sein Gesicht hinein, sein Gesicht mit den drei Tage alten Bartstoppeln. Ilse stöhnte vor Schmerz, mit ihren Fäusten schlug sie auf seinen Rücken, sie biß sich in seinen Oberarm fest. Endlich ließ sie sich weit hintenüberfallen und sagte immer wieder: »Du Bär, du Bär, du Bär!«

Als am Spätnachmittag Robert von der Arbeit kam, saß George stumm und mit gesenktem Blick am Tisch. Verlegen stocherte er in den Nudeln. Er schämte sich vor Robert, er konnte nicht in die blauen Augen dieses blonden, schmächtigen jungen Mannes blicken. Er war der Stärkere; er schämte sich, dies ausgenutzt zu haben. Dieses verfluchte Weibsstück, dachte er, wie konnte dieses Aas mich bloß so weit bringen. Plötzlich warf er seine Gabel hin, zog seinen Rock an und stand auf. »Ich ziehe aus«, sagte er, »ich will hier nicht bleiben.« Dann packte er seine Sachen zusammen, seine Anzüge und Hemden, das Rasierzeug, den Kochtopf und die Pfanne, den Wassereimer und seine Kakteen. Dann ging er fort. »Die Pralinen«, sagte er an der Tür, »könnt ihr essen. Ich mag keine Pralinen.«

Mit seinem Koffer und dem Wassereimer, in dem die Kakteen standen, ging er davon, durch den Pinienwald auf die Straße. Er blickte sich nicht mehr um. Spät in der Nacht kam er noch einmal zurück und holte sein Motorrad. Danach sahen Robert und Ilse ihn nie mehr wieder.

An diesem Abend öffnete Ilse gleich nach dem Essen eine Pralinenschachtel. Sie setzte sich mit der Schachtel aufs Bett, lehnte sich weit zurück und blickte träumerisch gegen die Zimmerdecke, während sie Stück für Stück von den Pralinen in den Mund steckte. Sie hörte nicht auf das, was Robert erzählte, sie sah immer nur vor sich hin und aß die ganze Packung leer. Dann stand sie auf und warf die rosa Seidenschleife in den Müllkasten. Den Karton schüttelte sie aus und füllte ihn mit Knöpfen, Garnen, Nadeln, Fingerhut und anderem Nähzeug, für das sie bisher keinen ausreichenden Behälter gehabt hatte. Dann stellte sie das Radio ab und legte sich schlafen, ohne auf Roberts Wunsch, noch etwas spazierenzugehen, Rücksicht zu nehmen.

Monate vergingen. Auf das breite Bett und auf die Frisierkommode legte sich eine dicke, graue Staubschicht. Im Winter wurde die Baracke behelfsmäßig durch Kanonenöfen geheizt. Die Öfen standen auf dem Gang, so daß die Arbeiter, wenn sie es warm haben wollten, bei offenen Türen wohnen mußten. Robert und Ilse gingen in den Wintermonaten deshalb häufig fort. Fast jeden Abend gingen sie irgendwohin, wo es wärmer war. Sie gingen ins Café d'Apollinaire, in die Taverne Chez Louisette oder ins Restaurant in der Rue Chevandier. Am Sonntagnachmittag gingen sie ins Museum. Dort trafen sie mit anderen Liebespaaren zusammen, die in der kalten Jahreszeit nicht wußten, wohin sie gehen sollten, und mit Ehepaaren, die im Winter den Museumsbesuch als Ersatz für den sommerlichen Spaziergang unternahmen. Manchmal kamen auch Väter mit ihren Söhnen und Elternpaare mit mehreren Kindern. Alle blieben viele Stunden im Museum, sie blieben lange vor jedem einzelnen Bild stehen und verwickelten sich in erregte Diskussion über die Bedeutung, die der Inhalt eines Bildes hatte. In den Räumen, in denen antike Möbel standen, stritten sie sich über die Zweckmäßigkeit der Verwendung dieser Möbel. Robert entdeckte an diesen Sonntagen, daß es noch diese andere Art des Museumsbesuches gab, die er noch nicht kannte. In Valence war der Besuch des Museums eine Familienbelustigung am Sonntag, wie das Kino und das Boulespiel, wie der Spaziergang im Parc Jouvet und das sommerliche Picknick am jenseitigen Ufer der Rhône. Die Familien blieben vor dem Tod der Königin von Karthago stehen, und sie fanden, daß das Gruselige dieser Szene wirklich sehr schön getroffen war. Sie bewunderten die Frau in Rosa mit den Windhunden, und sie bestätigten einander, daß die Windhunde genauso gemalt waren, wie sie auch in Wirklichkeit umhersprangen. Der Wärter kannte alle seine Gäste genau. Die Liebespaare führte er in die Rokokozimmer, wo sie, wenn sie in Schränken und Kommoden Intarsien bewunderten, mit ihren Köpfen ganz dicht zusammenrücken konnten. Diese Paare brauchte er nicht zu beobachten, und er richtete seine Aufmerksamkeit lieber auf die Oberlehrer, die – wenn sie ihren Kindern ein Bild geschichtlichen Inhalts erklärten – allzugern mit dem Spazierstock auf die Gemälde tippten. Er achtete auch auf die größeren Familien, bei denen der Vater, um seiner Frau und seinen Kindern die Unzweckmäßigkeit eines alten Möbelstückes zu demonstrieren, dieses gern in Benutzung nahm. Er setzte sich auf einen Stuhl, wakkelte im Sitzen hin und her und sagte, es sitze sich fürchterlich auf diesem Stuhl. Dagegen brauchten die kinderlosen Ehepaare, für die der Museumsbesuch ein Sonntagsspaziergang war, keine Beaufsichtigung. Sie gingen mit strammen Schritten, einmal kurz links, einmal kurz rechts an die Wände blickend, durch die Räume, wie um sich zu überzeugen, daß alle Bilder noch an ihren alten Plätzen hingen. Ältere Herren hatten bei diesen Märschen durch das Museum Schirm oder Spazierstock geschultert, jüngere Herren hatten ihre Hände in den Manteltaschen; bei allen Paaren ging aber die Frau stets einen Schritt hinter dem Mann, und während er sagte: »Ah, der Tod Ugolinos von Pisa, vortrefflich, vortrefflich«, oder: »Links der Präsident Loubet. Diese Augen! Es scheint, als ob er lebt«, erwiderte seine Frau immer nur: »Gewiß, Liebling, ich sehe.«

Um sieben Uhr abends wurde das Museum geschlossen. Dann gingen die Familien nach Hause zum Abendbrot. Die jüngeren

Leute gingen ins Café d'Apollinaire. Dorthin gingen auch Robert und Ilse, und sie tanzten bis Mitternacht. Sie kamen spät nach Hause, und Robert empfand es an den Montagen jedesmal als Qual, bereits um halb sechs Uhr aufstehen zu müssen. Dies, so meinte er, war das schlimmste Zeichen seiner Unfreiheit und seines Niederganges. Den ganzen Tag ließ man ihn in Ruhe, niemand kümmerte sich um seine Arbeit, kein Vorgesetzter redete ihm in sein Aufgabengebiet hinein, um vier Uhr war Dienstschluß. Aber der Beginn des Tages, im Dunkeln früh um sieben Uhr auf dem kalten, windigen Güterbahnhof, erinnerte ihn an die Zeit der Gefangenschaft in Sibirien.

Von Monsieur Scheer, dem Lagermeister, wußte Robert, daß auch er die frühen Morgenstunden nicht liebte, und es war vorgekommen, daß er einen Arbeiter ohne besonderen Grund angefahren hatte, nur weil dieser sich vor dem zweiten Frühstück mit ihm ein wenig hatte unterhalten wollen. Robert respektierte die schlechte Laune des Lagermeisters in den frühen Morgenstunden, er respektierte auch seine allgemeine Schweigsamkeit. In dem dreiviertel Jahr, in dem Monsieur Scheer und Robert zusammen arbeiteten, hatten sie kaum ein privates Wort zusammen gesprochen. Auch geschäftlich ergab sich wenig Gesprächsstoff. Die für Robert bestimmten Papiere legte Monsieur Scheer stillschweigend auf den Aktenbock, ebenso stillschweigend legte Robert die erledigten Papiere nachmittags auf den Tisch des Lagermeisters zurück. Darum erschrak Robert, als Monsieur Scheer eines Tages, während sie beide in dem als Büro abgeteilten Viereck des Lagerschuppens ihr Mittagbrot aßen, mit ihm eine private Unterhaltung anfing. »Waren Sie einmal in Sachsen?« fragte Monsieur Scheer, worauf Robert erwiderte, daß er niemals in Sachsen gewesen sei. »Ich habe auch nie mit Sachsen zu tun gehabt«, fuhr er fort, »nur ein einziges Mal. Das war aber in Sibirien, in Karaganda. Er war ein Kommissar, ein armes Schwein.«

Nach dieser Antwort schwieg der Lagermeister lange, und erst als er aufgegessen hatte, sagte er: »Es gibt noch mehr arme Schweine als diesen Kommissar.« Jetzt erst fiel Robert auf, daß Monsieur Scheer deutsch mit ihm sprach. Am Abend erzählte der Lagermeister, daß er aus Bitterfeld war. »Mein Vater war

Vorarbeiter in einer Schamottefabrik«, erzählte er. Er zog seinen Mantel an und ging mit Robert ein Stück auf dem Heimweg zusammen. »Dreiunddreißig bin ich abgehauen«, sagte er, »sechsunddreißig bin ich nach Spanien gegangen, habe dort im Bürgerkrieg gekämpft. Ich war Kommunist.« An der Place de la République gab er zum Abschied Robert die Hand und sagte: »Es ging alles schief. Nun sitze ich seit fünfzehn Jahren hier als Lagermeister.«

In der folgenden Zeit unterhielten sich Robert und der Lagermeister, wenn niemand dabei war, nur noch deutsch. »Niemand hier weiß, daß ich Deutscher bin«, sagte Herr Scheer, »ich habe meinen französischen Paß. Aber vor ein paar Jahren war ich einmal drüben, bei meiner Mutter, die lebt noch in Bitterfeld. Da habe ich gesehen, wie das nun aussieht. Eigentlich habe ich ja gestaunt, denn es war alles so, wie wir uns das vor zwanzig Jahren vorgestellt hatten. Aber wenn man älter ist, findet man es nicht mehr gut. Vielleicht hatten wir es uns aber auch wirklich doch anders vorgestellt.«

Als es in den Frühling ging, sagte Herr Scheer aber eines Morgens zu Robert: »Sagen Sie mal, Sie sind doch erst kurz über dreißig Jahre alt. Was wollen Sie eigentlich Ihr Leben lang in Valence?« Robert erwiderte, daß er nicht sein Leben lang in Valence bleiben wolle, aber Herr Scheer unterbrach ihn. »Das haben schon viele vor Ihnen gesagt«, meinte er, »und dann hat man sie schließlich in Valence begraben. Mann, was wollen Sie überhaupt hier? Sie kommen doch aus dem Kontor. Sehen Sie zu, daß Sie nach Bremen zurückkommen. Sie kommen da doch immer im Büro unter.« Robert schüttelte den Kopf. »Ich habe«, sagte er, »in Bremen keine angenehme Aufnahme zu erwarten. Ich habe meine Eltern enttäuscht, ich habe eine Braut dort sitzenlassen, und dann gibt es da eine Menge Leute, die mich gequält haben. Aber es kann sein, daß das an mir liegt; vielleicht hätten die Leute mich immer und überall gequält, ich reize wohl dazu, ich bin immer so ein Heimchen.«

Während des ganzen Tages überlegte Robert sich die Worte des Lagermeisters. Ein Jahr war er nun in Valence, wieder ging es in den Frühling, und er wußte, daß ihm wieder ein gleicher

Frühling, Sommer, Herbst und Winter bevorstehen würden, wie er sie schon kannte. Er würde mit den Arbeitern am Quai du Rhône baden und sonntags tanzen gehen. Er würde auf grünen Wiesen Picknick machen und sich bei Louisette betrinken, im nächsten Winter würde er wieder ins Museum gehen. Bei diesen Gedanken wurde ihm ganz übel. Wenn ich das noch ein Jahr mache, mache ich das auch noch zehn Jahre, sagte er sich, und eines Tages werde ich auf dem Friedhof von Valence begraben. Wenn ich schon auf dieser Stufe leben muß, so kann ich auch in einer Stadt leben, wo man aufs Meer blickt. Ich kann in einem Hafen arbeiten, wo man Seeschiffe vor Augen hat, und ich kann mit Waren hantieren, die von weiter herkommen als aus den Textil- und Marmeladenfabriken einer Kleinstadt. Ich kann in einer Stadt leben, wo es Bars gibt, wo in Cafés große Kapellen spielen, wo man sich auch als ein unverheiratetes Paar ein richtiges Zimmer mieten und wo man sonntags zum Baden ans Meer fahren kann. Plötzlich überkam Robert die Erinnerung an die wunderbare Zeit im Sommer in Bordeaux und an die Ausflüge ans Meer so stark, daß er sich eines Morgens krank meldete und mit dem Frühzug nach Marseille fuhr.

Unterwegs im Zug kaufte er sich die Zeitungen »Le Provençal« und »Le Méridional«, in denen er aufmerksam den Stellenmarkt studierte. Wieder las er die Anzeige, mit der die französische Luftwaffe Nachwuchs für das fliegende Personal suchte, und das Angebot, in dem das Unternehmen in St. Étienne für Bergleute höchste Löhne versprach, aber zwischen den vielen Anzeigen, mit denen Techniker, Textilarbeiter, Näherinnen und leitende Angestellte für Spezialberufe gesucht wurden, fand er auch eine Menge Angebote, die für ihn in Frage kamen: Reedereien suchten Außenexpedienten, Spediteure suchten Lagermeister, Stauereifirmen suchten Stauervizen, eine Tallyfirma suchte einen Tallymann, eine Importfirma einen Zolldeklaranten. Von einer Kontrollfirma wurden Kornumstecher, Holzmesser und Getreidewäger gesucht.

Robert strich sich alle in Frage kommenden Annoncen sorgfältig an, dann ging er in Marseille in eine Telefonzelle, um alle Inserenten der Reihe nach anzurufen. Er kam aber nicht weit, denn schon beim dritten Anruf bat ihn die Tallyfirma Fabre & Fayolle, sich sofort vorzustellen. Herr Fayolle war ein kleiner runder Mann, der sich nicht vom Stuhl erhob, als Robert eintrat. Herr Fayolle bot Robert keinen Platz an, er fragte ihn auch nicht nach Kenntnissen, Berufserfahrungen und Zeugnissen, sondern redete pausenlos auf ihn ein. »Ah, Sie sind aus Deutschland, schön, schön«, sagte er, »ich habe nur allererste Tallyleute, hören Sie. – Sie kommen aus Bremen, gut, gut. – Bei meinen Leuten gibt es keine Fehler. – Ah, bei Bouchet in Valence waren Sie! – Ich bezahle erstklassig, aber ich verlange auch was. – Nun, Bordeaux kennen Sie auch! – Gegen die Deutschen habe ich nichts, wissen Sie. – Am ersten April fangen Sie an. – Ich habe Leute, die sind schon fünfunddreißig Jahre bei mir. – Hier, unterschreiben Sie!«

Robert unterschrieb den Vertrag, zu dem er am 1. April als Tallymann zu einem Wochenlohn von 9000 Francs eingestellt wurde. Das waren ungefähr vierhundertsiebzig Mark im Monat, hundertzwanzig Mark mehr, als er als Handlungsbevollmächtigter bei der Firma Christiansen verdient hatte. Deshalb unterschrieb Robert den Vertrag ohne Bedenken. In Valence kündigte er sofort nach seiner Rückkehr. Die ihm noch zustehenden drei Wochen Urlaub beschloß er nicht mehr in Valence, sondern schon in Marseille zu verbringen. Auch Ilse war der Ansicht, als sie von der neuen Stellung mit dem guten Gehalt erfuhr, daß sie eigentlich schon viel zu lange in Valence gelebt hatten. Sie versprach sich sehr viel von Marseille, und sie konnte es nicht abwarten, dahin zu kommen.

Als der Tag der Abreise gekommen war, fanden Robert und Ilse, daß sie in Valence eine Menge Menschen kannten, von denen sie sich verabschieden mußten. Die Arbeiter in der Baracke sagten: »Hast du aber ein Glück! Tallymann in Marseille, das ist doch ein toller Posten.« Der Polizist meinte: »Mann, in Marseille lernen Sie erst richtig Frankreich kennen.« Und der Führer der Rangierlok auf dem Güterbahnhof meinte: »Jedes Jahr bewerbe ich mich bei meiner Dienststelle um eine Versetzung nach Marseille. Seit acht Jahren schon. Es wird immer abgelehnt. Ich sehe, Sie haben mehr Glück.« Dann ergriff er Roberts Hand mit seinen beiden Händen, sah ihm in die Augen und sagte: »Junge, Robert, Sie sind doch vielleicht ein Glückspilz.«

Zum letztenmal gingen Robert und Ilse durch den Gang der Baracke, in der sie so billig und so zufrieden gelebt hatten. Sie kamen an dem breiten Bett und an der Frisierkommode vorbei. Der Staub lag dicht auf den Möbeln. An einigen Ecken waren Spinnweben; der Spiegel war schon an ein paar Stellen blind. Ilse setzte ihren Koffer ab, trat an den Frisierspiegel und schrieb mit dem Zeigefinger in die Staubschicht: »Servus, George!« Dann nahm sie ihren Koffer wieder auf und folgte Robert auf dem Weg zum Bahnhof. Sie gingen an der Jugendherberge vorbei, durch den Parc Jouvet und durch die Rue Chevandier, wo sie vor einem Jahr ihr erstes Abendbrot in Valence gegessen hatten. Vom Zug aus sahen sie »Chez Louisette« auf der anderen Seite. »Hier hast du mich immer über die Gleise geschleppt, wenn ich betrunken war«, sagte Robert. Und als der Zug an der Blockstelle 11 vorbeikam, sagte er: »Erinnerst du dich noch an Pierre Larivan, den Blockstellenwart? Wir haben sein Jubiläum noch mitgefeiert, und der Vorsteher hat das Lied vom Ungeheuer von Tarascon gesungen.«

Robert fand, daß Ilse und er in Valence doch sehr glücklich gewesen waren. Nun fuhren sie einer ungewissen Zukunft entgegen.

Den Urlaub, den Robert vor seinem Dienstantritt bei der Firma Fabre & Fayolle noch hatte, verbrachten Ilse und er damit, das Vergnügungsleben von Marseille kennenzulernen. Sie besuchten die Cabarets an der Place de la Bourse und die Tanzbars an der Canebière. In der Rue Saint-Ferréol entdeckten sie ein Café, wo sie den Nachmittag verbringen und so lange warten konnten, bis am Abend die Bars und Cabarets geöffnet wurden. Dann tanzten sie im »Régina« zu den Klängen einer brasilianischen Kapelle oder im »Carlton« zu ungarischer Musik. Ihre Vergnügungstouren beschlossen sie jede Nacht im »Paradis« am alten Hafen. Nach wenigen Tagen kannte der Wirt im »Paradis« seine neuen Gäste schon, er kam ihnen entgegen, streckte ihnen beide Hände hin und veranlaßte den Kellner, sofort eine Flasche Pierrefeu auf den Tisch zu bringen.

Ein Zimmer mietete Robert nicht im Stadtzentrum, sondern draußen in der nördlichen Vorstadt Les Crottes, um später keinen allzu weiten Weg zur Arbeitsstelle zu haben. In Les Crottes lagen Fabriken, Petroleumlager, Holzplätze und Anschlußgleise. Zwischen den Fabriken und Lagern befanden sich die Wohnhäuser der Arbeiter, vier- bis fünfstöckig, mit Hinterhöfen und grauen abgebröckelten Fassaden. In der Rue de la Butineuse nahmen Robert und Ilse ein Zimmer bei Madame Jaillon im dritten Stock. Das Zimmer ging nicht zum Hof, wie seinerzeit das Zimmer in Bordeaux, es ging zur Straße, und Robert sah gleich, daß es das größte, sauberste und am besten möblierte in der ganzen Wohnung war. Madame Jaillon vergaß auch nicht, bei ihrem Angebot hierauf besonders hinzuweisen. »Es ist das schönste Zimmer in ganz Les Crottes«, sagte sie, und danach nannte sie gleich den Preis, der entsprechend hoch war. »Sehen Sie nur die Aussicht«, fuhr sie fort, »gegenüber keine Häuser, nur das Bahngelände und Petroleumlager, dahinter sehen Sie schon die Masten der Schiffe. Es sind nur zehn Minuten bis zum Quai Wilson.« Madame Jaillon zählte noch eine Weile lang weitere Vorzüge ihres

Zimmers auf; zwischendurch machte sie kleine Pausen um ihren Mietern Gelegenheit zu Entgegnungen zu geben. Robert erwiderte jedoch nichts, er fragte nichts, er sagte auch nicht zu. Der Preis schien ihm zu hoch, und er wäre mit dem zweit- oder drittschönsten Zimmer von Les Crottes auch zufrieden gewesen. Sein Schweigen beunruhigte Madame Jaillon; ängstlich sah sie Robert und Ilse an, die bewegungslos und stumm mitten im Zimmer stehenblieben und ihre Koffer nicht absetzten. Deshalb redete sie unaufhörlich weiter, und als Robert immer noch nichts erwiderte, senkte sie den Mietpreis. Sie senkte den Mietpreis noch zweimal, dann erst setzte Robert seinen Koffer ab, trat ans Fenster, um die beschriebene Aussicht zu kontrollieren, prüfte das Bett, ob es weich genug war, und ließ sich die Küche zeigen, die er mitzubenutzen gedachte.

Madame Jaillon war froh, das Zimmer an die beiden Deutschen vermietet zu haben. Nach der dreimaligen Preissenkung bekam sie immer noch mehr, als ihr der vorige Mieter, ein Werkmeister, bezahlt hatte. Madame Jaillon war keine Französin, sie war Marokkanerin. Ihre Jugend hatte sie in Casablanca verlebt, und als sie sechzehn Jahre alt war, hatte sie Monsieur Jaillon geheiratet, einen Obermaat der französischen Kriegsmarine. Sie zog mit ihm nach Marseille und lebte ein paar Jahre mit ihrem Mann in dieser Wohnung, bis er bei der Bombardierung von Toulon am Anfang des Krieges fiel. Madame Jaillon kehrte nach dem Krieg nicht in ihre Heimat zurück. Sie blieb in Marseille wohnen, lebte von der Kriegerwitwenrente und vom Vermieten des Zimmers. Sie war dreiunddreißig Jahre alt, so alt wie Ilse, und während sie in der Küche den Gasherd erklärte und die Kochgeräte zeigte, mußte Robert immerzu auf die hellbraune Haut ihres Nackens sehen.

In seiner neuen Firma hatte Robert nichts mehr mit den Kollegen im Kontor zu tun. Draußen im Hafen war er dem Chief-Tallymann der Firma unterstellt, nach dessen Anweisungen er arbeitete und von dem er auch wöchentlich seinen Lohn ausgezahlt bekam. Der Chief war ein älterer Mann, der in seiner Jugend als Kranführer angefangen, dann aber bei einem Unfall seinen rechten Arm verloren hatte. Er saß in einer kleinen Bude am

Quai Wilson gegenüber von Schuppen 11. Dort hatte er einen Stuhl und einen einfachen Holztisch, auf dem die Papiere lagen, die er morgens an die ihm unterstellten Tallyleute verteilte. Wenn er schrieb, beschwerte er das Papier mit einem Stück Eisenbahnschiene. Jedesmal, wenn ein neuer Mann bei ihm anfing, sagte er: »Was wollen Sie eigentlich als Tallymann? Wenn ich zwei gesunde Arme hätte wie Sie, wäre ich nicht Tallymann. Ich wäre Kranführer.«

Als Robert sich an seinem ersten Arbeitstag beim Chief meldete, wurde er gleichfalls gefragt, warum er nicht Kranführer geworden sei. »Ich kann einen Kran nicht bedienen«, sagte Robert, »ich war früher im Büro.« Der Chief schüttelte den Kopf. So weit sind wir also schon, dachte er, jetzt kommen schon Leute aus dem Büro. Dann nahm er einen alten Aktendeckel, beschwerte ihn mit der Schiene und schrieb mit der linken Hand in steiler Schrift »Mohwinkel« darauf. »Alles, was für Sie bestimmt ist«, sagte er, »finden Sie in diesem Aktendeckel.« Dann entließ er Robert und schickte ihn an das Bassin National, wo er auf Mole C den Tallymann aus der Nachtschicht ablösen sollte.

Robert ging den Quai de la Pinède entlang, bis er zur Mole C kam. So weit bin ich nun, dachte er, vor vier Wochen noch einen Platz mit einem alten Aktenbock und einem rostigen Kleiderhaken, heute nicht einmal mehr das. Nur ein Aktendeckel, auf dem mein Name steht. An der Mole C ging er an Bord von Dampfer »Hirondelle«, der Stückgut nach Barcelona lud. An der Ladeluke entdeckte er einen Mann, der ein Bündel Tallyscheine in der Hand hielt. Auf diesen trat er zu. »Ich bin der neue Mann«, sagte er, »ich habe die nächste Schicht.« – »Ah, ich habe schon von dir gehört«, sagte der Mann, »du bist der Deutsche, nicht wahr?« Er erzählte Robert, daß er Victor heiße und daß der Dampfer gegen Mittag fertig sein solle. »Die Drecksäcke mit den Lumpen sind schon drin«, sagte er, »was jetzt noch kommt, ist alles gut gemärkt. Nur bei den Kisten mit Schweizer Uhren mußt du aufpassen, da ist manchmal eine erbrochen. Dann mußt du Abschreibungen machen. Du kennst dich doch aus, nicht?« Robert erwiderte, er kenne sich aus. Er hatte zwar noch nie in seinem Leben als Tallymann gearbeitet, aber er hatte viele Jahre im Büro mit diesen Papieren zu tun gehabt, die in allen Häfen und in allen Ländern fast die gleichen waren. Wer Charterverträge abschließen kann, sagte er sich, wird auch ein paar Striche auf Tallyscheinen machen können. Er stellte sich an die Luke und kontrollierte die verladenen Kolli, während Victor müde und laut gähnend über die Gangway an Land und nach Hause ging.

Den ganzen Vormittag stand Robert an der Ladeluke. Sorgfältig machte er seine Haken und Striche auf die Tallyscheine. Als die Partie Uhren an die Reihe kam, ging er auf die Verladerampe hinunter und sah sich alle Kisten einzeln an. Sie waren jedoch unbeschädigt. Gegen Mittag wurde der Dampfer abgeschlossen. Die Matrosen legten die Bohlen auf die Luke und spannten die Persenning darüber. Von der Schiffsmaklerfirma kam der Außenexpedient mit dem Fahrrad. Er nahm Robert die Scheine ab und schimpfte, daß die Turbine nicht mitverladen worden war. »Drei Wochen steht das Ding schon auf der Rampe«, schimpfte er, »jedesmal schnauzt mich im Kontor der Abteilungsleiter an.« Robert zuckte nur mit den Schultern, dann ging er davon, während die Matrosen von Dampfer »Hirondelle« die Gangway einholten und einem Hafenschlepper, der qualmend vor dem Bug lag, die Leine zuwarfen.

Als Robert am Nachmittag nach Hause kam, erzählte er Ilse nichts von der Ereignissen des Tages. Er fand, daß es von dieser Tätigkeit nichts zu berichten gab. Er setzte sich, ohne sein Zimmer zu betreten, gleich in die Küche, wo Ilse zwei Koteletts in die Pfanne warf. Später, als sie beim Essen waren, kam Madame Jaillon in die Küche. Sie kam aus ihrem Schlafzimmer mit einem rosa Morgenrock bekleidet, der mit riesigen gelben Vögeln bestickt war. Das Haar hatte sie noch nicht gekämmt, ihre bloßen Füße steckten in Pantoffeln. »Ah, Monsieur«, sagte sie, »haben Sie diese Nacht was Schönes geträumt?« Robert erwiderte, daß er sich an seinen Traum von heute nacht nicht mehr erinnern könne, weil er inzwischen bereits acht Stunden gearbeitet habe. »Ach, Sie Ärmster, ach, Sie Ärmster«, sagte daraufhin Madame Jaillon, »mein Vincent war auch so ein Frühaufsteher. Das hat mich manchmal wahnsinnig gemacht. Er war eben Soldat. Waren Sie auch Soldat?« Ohne eine Antwort abzuwarten, ging sie in ihr

Schlafzimmer zurück und holte ein dickes Fotoalbum. Mit dem Fotoalbum setzte sie sich an den Küchentisch, und während Robert sein Kotelett aß, hielt Madame Jaillon ihm das Album hin, blätterte um und erklärte jedes Foto genau. »Das bin ich mit meinem Vincent am Strand von Tanger, damals war ich sechzehn«, sagte sie, oder: »Das war mein Vincent als Rekrutenausbilder in Toulon, er war gerade befördert worden.« Sie zeigte Bilder von der Hochzeitsreise und von ihren glücklichen Ehejahren in Marseille, aber Robert konnte gar nicht aufmerksam hinsehen. Er verglich immer nur das junge unscheinbare Mädchen auf dem Bild mit Madame Jaillon, die breit und füllig neben ihm saß und ihre üppige Brust auf den Küchentisch legte. Manchmal, wenn sie umblätterte, klaffte der Morgenrock auseinander, und Robert sah, daß Madame Jaillon nichts darunter anhatte. »Hier fuhren wir mit dem Boot zum Château d'If«, erklärte sie, und Robert sah, daß ihre Haut, dort, wo der Morgenrock auseinanderfiel, hellbraun, glatt und wunderbar weich war. »Hier stehen wir, im Parc du Pharo, Vincent und ich«, sagte sie, und Robert bemerkte ihr volles schwarzes Haar, das sich schwer über Schulter und Busen legte und in einigen glänzenden Strähnen auf den Küchentisch fiel. Er fand, daß Madame Jaillon eine schöne Frau sei.

In den nächsten Wochen und Monaten verrichtete Robert täglich seine Arbeit im Hafen, der er sich gut gewachsen zeigte. Der Chief-Tallymann sprach kaum ein Wort mit ihm. Er legte Robert stillschweigend die Papiere in den Aktendeckel, manchmal Tallyscheine für einen ladenden Dampfer, manchmal Manifeste für einen löschenden Dampfer. Hin und wieder mußten Güter gemessen werden. Dann ging Robert mit dem Zollstock zum Schuppenvorsteher, ließ sich die Partie zeigen und stellte ihre Abmessungen in Kubikmetern fest. Bei Beschädigungen von Kisten machte er sorgfältig seine Abschreibungen; wenn Kolli fehlten, machte er gewissenhaft seine Meldung. Niemandem gab er Anlaß zu Beschwerden. Auch mit seinen Kollegen, den anderen Tallyleuten, den Vorarbeitern, dem Schiffspersonal, den Außenexpedienten und den Stauern kam Robert gut aus. Beim Schichtdienst löste er seinen Vorgänger pünktlich ab, seinem

Nachfolger übergab er die Papiere mit vielen erklärenden Hinweisen.

Manchmal hatte Robert Spätschicht. Dann schlief er lange in den Vormittag hinein. Manchmal hatte er Nachtschicht, dann schlief er den ganzen Tag. Immer aber, wenn er aufstand und sich zum Frühstück an den Küchentisch setzte, kam auch Madame Jaillon aus ihrem Schlafzimmer und setzte sich zu ihm an den Tisch. Robert wunderte sich, seine Wirtin nur am Abend angezogen, gekämmt und mit aufgestecktem Haar zu sehen, während sie am Tage nur in dem rosa Morgenrock mit den großen gelben Vögeln umherlief, unausgeschlafen und ungewaschen. Abends ging Madame Jaillon aus. Sie ging fast jeden Abend ins Kino, und nach dem Kino ging sie in die Taverne Ma Banlieue unten an der Ecke der Rue de la Butineuse. In Ma Banlieue verkehrten die Wachtmeister der nahen Gendarmeriekaserne. Sie saßen an den Holztischen, tranken Schnaps und spielten Karten. Madame Jaillon gesellte sich jedoch nicht zu den Wachtmeistern; sie hatte ihren Stammplatz im Hintergrund der Wirtsstube an einem kleinen Tisch. Von dort konnte sie alle Gäste übersehen. Sie saß dort allein oder mit der Frau des Gastwirts. Manchmal kam an ihren Tisch auch eine Eisenbahnerin, die von der Spätschicht kam, oder die Platzanweiserin vom nahen Kino. Die Eisenbahnerin kam in ihrer Arbeitskleidung, die Mütze in den Nacken geschoben; die Platzanweiserin kam in ihrer Uniform mit den Goldknöpfen und Tressen an der Kostümjacke. Sie alle tranken mit Madame Jaillon einige Glas Wein. Manchmal tranken sie auch Likör.

Von den Wachtmeistern der Gendarmerie belästigte niemand die Damen am Ecktisch. Besonders Madame Jaillon wurde, obgleich sie als dunkelhäutige Schönheit und mit dem stark über die Oberlippe hinaus geschminkten Mund eine begehrenswerte Frau war, von niemandem behelligt. Die Wachtmeister ehrten sie als die Witwe eines gefallenen Kameraden, und es gab keinen unter ihnen, der nicht bei Betreten der Taverne Madame Jaillon mit einem höflichen Gruß bedachte. Alte Stabswachtmeister traten auf sie zu und reichten ihr die Hand.

Hin und wieder besuchten auch Robert und Ilse die Taverne

Ma Banlieue. Ins Stadtzentrum kamen sie nur noch selten. Nur manchmal am Sonnabend besuchten sie das Cabaret an der Place de la Bourse, die Bar an der Canebière oder das »Paradis« am alten Hafen. Bequemer war es für sie, zumal Roberts Arbeit meist am frühen Morgen begann, an den Wochentagen abends in Les Crottes zu bleiben. Sie setzten sich in Ma Banlieue an den Tisch von Madame Jaillon und sahen, was für eine angesehene Person ihre Wirtin war.

Als es in den Sommer ging, verbrachten Robert und Ilse ihre Sonntage am Badestrand, wie vordem in Bordeaux. Sie fuhren mit der Straßenbahn an die Plage du Prado oder an den Strand von Montredon. Manchmal nahm sie ein Wagen mit, der über das Gebirge an die Côte d'Azur fuhr. Er brachte sie bis Cassis oder bis La Ciotat-Plage, wo auf der Strandpromenade Palmen standen und wo die reichen Leute von Marseille ihr Wochenende verlebten. Die reichen Leute wohnten in Villen direkt am Meer, oder sie bewohnten Appartements im »Miramar« oder im »Rose Thé.« Die Damen zogen sich nicht um, wenn sie nach dem Baden aus dem Wasser kamen, sondern zeigten sich noch lange in ihren Bikinis oder in winzigen Shorts auf der Promenade. Sie saßen auf den Bänken unter den Palmen, die Beine übereinandergeschlagen, und rauchten. Ihre Männer, alt und kurzbeinig, mit kahlen, viereckigen Schädeln, saßen neben ihnen und lasen die Zeitung. Gegen die Sonne hatten sie dunkelgrüne Schirmränder über die Augen gezogen. Sie lasen aufmerksam die Zeitung, und sie sahen nicht, wie ihre Frauen neben ihnen auf der Bank das Oberteil des Badeanzuges ein Stück umschlugen, um noch mehr Brust zu zeigen, und wie sie dünnen braunen Jünglingen nachsahen, die in langer Kette angefaßt ins Wasser liefen.

Robert und Ilse zogen sich am Strand hinter einer Hecke von Kaktusfeigen um. Sie badeten, sie gingen auf der Promenade unter den Palmen spazieren, sie saßen auf Bänken oder aßen am Bazar Eis und Schokolade. Sie konnten sich den ganzen Tag in Badekleidung in La Ciotat aufhalten, ohne daß sie beachtet wurden.

Wenn Robert hinter seiner Freundin an den Strand ging, fand er jedoch, daß sie in den letzten Jahren merkbar gealtert war. Die sommersprossige Haut auf Schultern, Rücken und Armen war rauher geworden, die Speckröllchen in der Taille kräftiger und das Fleisch ihrer Oberschenkel schon etwas wolkig. Ihr Hinterteil, von dem sie am Strand viel zuviel zeigte, war welk geworden. Wenn sie sich umdrehte, blickte Robert in ein breites, grobes Gesicht mit aufgeworfenen, rissigen Lippen.

Während Ilse vor ihm her an den Strand ging, mußte Robert immer wieder an Madame Jaillon denken, an ihre glatte, braune Haut unter dem Morgenrock und an das schwere schwarze Haar, das mittags beim Frühstück auf den Küchentisch fiel. Er hätte diese Marokkanerin, die genauso alt wie seine Freundin war, auch gern einmal am Badestrand beobachtet und so weit ausgezogen gesehen wie Ilse. Madame Jaillon ging aber niemals ans Meer zum Baden, sie fuhr nicht an die Plage du Prado und in die Badeorte der Côte d'Azur, auch am Sonntag nicht. Sie ging nur abends ins Kino und in die Taverne Ma Banlieue, tagsüber schlief sie oder saß im Morgenrock am Küchentisch. Sie hatte es nicht nötig, sich halb nackt vor anderen Männern zu zeigen, und Robert hatte, wenn er sie mit Ilse verglich, das Gefühl, daß seine Freundin auf eine hysterische Art die Bewunderung der Männer anzuziehen suchte.

Eines Tages fand Robert in seinem Aktendeckel in der Bude des Chief-Tallymanns ein Manifest von M/S »Tyrrhenia«, das von Hamburg kommend einige Tonnen Stückgut in Marseille zu löschen hatte. Als Robert das Manifest fand, das ihn für den nächsten Tag früh um sechs Uhr an das Bassin du Lazaret beorderte, war er sehr aufgeregt. Die »Tyrrhenia« war das erste deutsche Schiff, das er zu tallieren hatte, und er war nur froh, daß es nicht von Bremen kam und nicht in Herrn Christiansens Levantefahrt eingesetzt war, in dieser Abteilung, die er vor Jahren einmal zu übernehmen gehofft hatte. Es wäre ihm peinlich gewesen, jetzt mit Pullover und Mütze an der Luke eines Dampfers zu stehen, den er damals gern als Abteilungsleiter und als Prokurist abgefertigt hätte. Er hoffte, daß an Bord von M/S »Tyrrhenia« niemand wäre, der ihn kannte.

Trotzdem zog er sich am nächsten Tag nicht die alte Arbeitskleidung an, sondern einen guten Anzug. Er verzichtete auf die Mütze und band auch eine Krawatte um. Er nahm es auf sich, daß seine Kollegen am Hafen vielleicht über ihn lachen würden. Das wäre ihm weniger unangenehm gewesen, als in der Kleidung eines Hafenarbeiters von einem alten Bekannten aus der Bremer Zeit erkannt zu werden.

Die Kollegen am Hafen lachten aber nicht über ihn. Nur der Schuppenvorsteher rief ihm nach: »Was ist denn mit Ihnen los? Haben Sie heute Hochzeit?« – »Nein«, antwortete Robert, »ich komme gerade vom Tanzen.« Damit gaben sich der Schuppenvorsteher und auch die anderen, die es hörten, zufrieden.

An Bord stellte Robert sich an die vordere Luke, die als einzige zum Löschen der Ladung geöffnet wurde. Er strich auf dem Manifest die Kolli ab, die mit schiffseigenem Ladegeschirr aus dem Laderaum befördert wurden. Als alle Partien draußen waren, ging er zum Ersten Offizier, dem Ladeoffizier, und ließ sich die Richtigkeit seiner Kontrolle bescheinigen. Er sprach mit dem Offizier französisch, um sich keiner Frage nach seiner Herkunft auszusetzen. Die Vorsicht war jedoch unnötig, denn der Ladeoffizier hörte gar nicht hin, was Robert sagte, er sah ihn auch nicht an. Wortlos setzte er seine Unterschrift auf das Manifest; er sprach mit Tallyleuten grundsätzlich nicht, es sei denn, eine Reklamation zwang ihn zu einigen harten Worten, auf die er keine Entgegnung duldete.

Da Robert keine Unstimmigkeit festgestellt hatte, war er nach wenigen Sekunden schon entlassen. Er verließ die Kajüte des Ladeoffiziers und ging von Bord. An der Gangway stieß er jedoch mit dem Zweiten Offizier zusammen, der ihm bekannt vorkam. Auch der Zweite Offizier sah Robert aufmerksam an, und als sie auf der Gangway hintereinander an Land gingen, sagte der Offizier auf englisch zu Robert: »Entschuldigen Sie, kennen wir uns nicht? Vielleicht aus England?« Robert antwortete auf deutsch, daß eine frühere Bekanntschaft vielleicht möglich sei, aber nicht aus England, sondern aus Bremen. »Ich habe dort bei der Firma Christiansen im Kontor gearbeitet«, sagte Robert. Aber der Zweite Offizier antwortete, daß er, obwohl er Bremen kenne, mit der Firma Christiansen niemals etwas zu tun gehabt habe. Sie gingen zusammen am Quai entlang und am Silo vorbei zur Zollabfertigung. Kurz hinter dem Silo fiel dem Offizier plötzlich ein, woher er Robert kannte. »Sind Sie nicht der junge Mann, der vor dem Krieg mit der ›Ariadne‹ mal nach Glasgow gefahren ist?« fragte er, und nun erinnerte sich auch Robert: Dieser Mann war Kleinschmitt, damals der Zweite Offizier auf der »Ariadne«. Er erinnerte sich jetzt genau an die freundschaftliche Beziehung zu Kleinschmitt während dieser Reise und an die Gespräche, in denen Kleinschmitt sich über die trostlosen Aussichten im Seefahrtsberuf und über die langwierigen Aufstiegsmöglichkeiten beklagt hatte. Robert erinnerte sich auch, welche großen Illusionen er selbst damals noch gehabt hatte. Er sah Kleinschmitt von der Seite an. Nun, so allmählich geht er nun an die vierzig Jahre, dachte er, und er ist immer noch Zweiter. Kleinschmitt schien die Gedanken Roberts zu erraten. »Ich habe eine gewaltige Karriere gemacht«, sagte er, »damals war ich Zweiter auf kleiner, jetzt bin ich Zweiter auf großer Fahrt. Ist das etwa nichts?« Robert merkte den Worten an, daß aus der Ironie, mit der Kleinschmitt damals dieses Thema behandelt hatte, Verbitterung geworden war. Er wollte etwas Unverbindliches erwidern, aber er kam nicht zum Antworten. »Aber Sie«, fuhr Herr Kleinschmitt fort, »haben bestimmt Karriere gemacht. Das sieht man Ihnen an. Sind Sie beruflich in Marseille oder auf Urlaubsreise?« Robert entgegnete, daß er in Marseille arbeite, aber nicht im Büro, sondern im Hafen als Tallymann. »Ja, ja, das ist gut«, meinte Herr Kleinschmitt, »daß Sie sich auch ein bißchen Praxis im Außendienst aneignen. Um so höher werden Sie nachher kommen.« – »Ich eigne mir nichts an«, sagte Robert, »ich bin Tallymann in Marseille, für immer.« Herr Kleinschmitt schien diese Worte nicht recht zu begreifen, verständnislos sah er seinen Begleiter an. »Verstehen Sie?« sagte Robert deshalb noch einmal, »ich bin für immer weg aus Bremen. Ich bin dort nichts geworden. Ich bin überhaupt nichts geworden im Kontor, und ich werde auch nichts mehr.« Da lachte Herr Kleinschmitt plötzlich auf. »Das ist ja großartig«, sagte er, und immer wieder unter Lachen: »Menschenskind, Mohwinkel, das ist ja großartig!«

Kleinschmitt und Robert gingen zusammen ins »Paradis« am alten Hafen. Sie wollten dieses Wiedersehen bei einer Flasche Wein feiern. Sie tranken einen Pierrefeu, den der Kellner, ohne

Roberts Bestellung abzuwarten, sofort brachte. Der Zweite Offizier hatte sich immer noch nicht beruhigt. »Das ist ja großartig, daß Sie im Büro nichts geworden sind«, sagte er immer wieder, »gerade Sie, ein Mann wie Sie, das ist großartig!« Als sie die zweite Flasche Pierrefeu tranken, erzählte Kleinschmitt von seinen Sorgen. »Der Erste auf der ›Tyrrhenia‹ ist ein Muffelkopp«, sagte er. »Sie haben ihn ja kennengelernt. Solange der da ist, komme ich nicht weiter. Ich habe mir meine Zukunft genau errechnet: In elf Jahren kann ich irgendwo Erster Offizier sein, dann bin ich fünfzig Jahre alt, Kapitän werde ich niemals, obgleich ich das Patent schon lange habe.« Bei der dritten Flasche Wein sagte Kleinschmitt, daß er seinen Plan, eines Tages mit jemandem zusammen ein Küstenmotorschiff zu kaufen, noch nicht aufgegeben habe. »Darauf spare ich die ganzen Jahre«, sagte er, »aber was da an Geld zusammenkommt, ist für die Katz'. Aber Sie, Sie müßten doch hier schon zu Reichtümern gekommen sein, wie ist das mit Ihnen, Mohwinkel?« Kleinschmitt konnte sich nicht vorstellen, daß ein junger Mann im Ausland, dazu noch im Außendienst, aus einem anderen Grunde arbeitete, als um schnell zu viel Geld zu kommen. Es gelang Robert nicht, dem Zweiten Offizier diese Meinung auszureden. »Ach, reden Sie doch nicht«, sagte Kleinschmitt, »jeder Deutsche, der rausgeht, tut das, um seine Taschen zu füllen und nachher was Eigenes aufzuziehen. Da wollen Sie eine Ausnahme sein?« Robert versicherte, daß er in den letzten Jahren keinen Franc gespart habe und auch keine Aussicht habe, zu Vermögen zu kommen. Kleinschmitt winkte aber nur mit der Hand ab. Er ließ sich nichts vormachen, er wußte Bescheid. »Wenn Sie selbst nichts haben«, sagte er, »dann wissen Sie vielleicht jemanden, der genug hat, um mit mir zusammen ein Küstenmotorschiff zu kaufen.« Er wollte mit diesen Worten dem jungen Mohwinkel eine Brücke bauen, denn er wußte, daß das Geld, das junge Leute im Ausland erwarben, meist auf undurchsichtige Art verdient wurde. Wer im Hafen schmuggelt denn schon nicht, dachte er, und dazu in Marseille. Darum sagte er noch einmal: »Wenn Sie jemanden wissen, der etwas Geld hat, dann denken Sie mal an unser Kümo.«

Robert merkte jedoch die Anspielung des Zweiten Offiziers

nicht. Er dachte nicht an die Möglichkeit, durch Schmuggel zu viel Geld zu kommen, und während er die vierte Flasche Wein bestellte, versuchte er zu errechnen, welche Summe Geldes er sich von seinem Gehalt ersparen konnte. Er kam aber bei zwanzig Jahre langem, entsagungsvollem Sparen zuzüglich der Zinsen nicht über fünfzigtausend Mark. »Was kostet denn so ein Kümo?« fragte er den Zweiten Offizier, »wieviel müßte man denn da auf den Tisch legen?« Bei dieser Frage zeigte Kleinschmitt sich erfreut. »Na, habe ich es doch gewußt«, sagte er, »mit dem jungen Mohwinkel ist ein Geschäft zu machen.« Er bestellte noch eine Flasche Pierrefeu, dann setzte er Robert mit allen Einzelheiten auseinander, an was für ein Schiff er seit Jahren denke. »Sechshundert tons Ladefähigkeit«, sagte er, »Dreihundert-PS-Motor. Wissen Sie, das ist das Richtige. Und damit hauptsächlich Holz von Schweden. Das ist eine sichere Sache.« Einmal auf dieses Thema gebracht, erzählte Kleinschmitt noch lange von seinem Küstenmotorschiff, von den geplanten Ladungen und dem mutmaßlichen Verdienst. »Das ist eine sichere Sache«, sagte er immer wieder. Vom Preis eines solchen Schiffes sprach er jedoch nicht. Robert mußte ein paarmal danach fragen. Dann erst sagte Kleinschmitt: »Der Preis? Ach, der ist gar nicht so schlimm, achthunderttausend Mark ungefähr.« Als er Roberts erschrokkenes Gesicht sah, setzte er schnell hinzu: »Für die Hälfte bekommt man natürlich Hypotheken, und ich habe ja auch noch eine Kleinigkeit.« Robert erwiderte, das Projekt sei ja sehr schön, doch besitze er weder achthunderttausend Mark noch die Hälfte davon. »Ich habe keinen einzigen Franc«, sagte er, aber Kleinschmitt hielt ihn für einen Spaßvogel. Er klopfte ihm auf die Schulter und nannte ihn immer wieder einen Spaßvogel. Als sie spät am Abend nach Hause gingen und sich am Quai du Lazaret trennten, hatte sich der Zweite Offizier immer noch nicht beruhigt. »Sie sind mir vielleicht ein Spaßvogel«, sagte er, »aber ich wußte gleich, daß ich mit Ihnen ins Geschäft komme.« Er war sehr betrunken.

Auch Robert kam sehr betrunken nach Hause. In der Wohnung traf er Ilse an diesem Abend nicht an. Darum ging er wieder fort, sie zu suchen. In »Ma Banlieue« traf er sie, sie saß am hinteren Ecktisch zusammen mit Madame Jaillon und der Frau des Wirts. Madame Jaillon brachte Ilse das Kartenlegen bei. Die beiden Frauen übten schon den ganzen Abend, und gerade waren sie dabei, die Zukunft des jungen Mohwinkel zu deuten. »Sehen Sie die Karo-Zehn?« sagte Madame Jaillon, »Ihr Freund wird zu großem Gelde kommen und dann eine weite Reise machen.« In diesem Augenblick trat Robert in die Gaststube. Auf unsicheren Füßen schwankte er durch die Tischreihen, wo die Wachtmeister saßen, dann sah er Ilse mit Madame Jaillon in der Ecke. »Hallo, Robert«, rief Ilse ihm zu, »weißt du schon? Du wirst zu großem Gelde kommen.« Robert winkte aber nur müde ab, er ließ sich auf einen Stuhl fallen und sagte mit schwerer Zunge: »Weiß ich schon. Habe heute beinahe einen Dampfer gekauft. Ich bin ein Reeder.« Da lachten alle, die es hörten, auch die Wachtmeister am Nebentisch lachten und riefen den anderen Kameraden zu: »Seht mal da, wir haben Onassis zu Besuch.« Robert bestellte Wein, er trank noch viele Gläser Wein an diesem Abend, die Neckereien der Wachtmeister brachten ihn nicht aus der Ruhe, die er im Trinken und in seinen Gedanken fand. Als ein alter Stabswachtmeister auf ihn zutrat und mit ihm anstoßen wollte, sagte er mühsam lallend: »Ich bin nicht Onassis, ich bin der Reeder Mohwinkel. Mein Schiff faßt sechshundert tons, es liegt in Schweden und ladet Holz.« Die Wachtmeister konnten sich vor Lachen kaum halten, während Robert im Takt auf den Holztisch schlug und dazu sang: »Ich hole Holz – ich hole Holz – ich hole Holz aus Schweden ...«

Die Wachtmeister amüsierten sich über den jungen Mohwinkel noch lange. Sie lachten noch bis zum Morgen. Diesen Abend und diese Nacht vergaßen sie nicht, und alle, die dabei waren, auch das Wirtsehepaar, nannten danach Robert noch lange den »Herrn Reeder«.

Im Herbst ergaben sich durch steigenden Schiffsverkehr viele Sonderschichten für Robert. Da die Firma Fabre & Fayolle nicht genügend Tallyleute für diese Konjunktur hatte, kam es an manchen Tagen vor, daß Robert für Sonderlohn sechzehn Stunden hintereinander arbeitete. An diesen Tagen brachte Ilse ihm das Mittagessen in einem alten französischen Wehrmachtskochgeschirr in den Hafen. Sie blieb bei ihm, während er aß, sie setzte sich neben ihn auf einen Ballen oder auf eine Kiste und wartete, bis er mit dem Essen fertig war. Sie rauchte noch eine Zigarette mit ihm zusammen, dann ging sie mit dem leeren Kochgeschirr wieder davon, während Robert seinen Platz an der Ladeluke wieder einnahm.

Eines Morgens, als Robert gerade von einem Speicher am Bassin de Remisage zurückkam, wo er eine Partie Häute in Ballen zu messen gehabt hatte, fand er in seinem Aktendeckel das Manifest von M/S »Iberia«. Er erschrak sehr, als er diesen Schiffsnamen las, und seine Hände zitterten, während er das Manifest auseinanderfaltete. M/S »Iberia« kam aus Bremen, es gehörte der Jason-Linie, und es war in Bremen von der Firma Christiansen abgefertigt worden. Deutlich erkannte er am Schluß des Manifestes die Unterschrift von Herrn Winterberg. Robert schwammen die Buchstaben vor den Augen. Der Augenblick, vor dem er sich so sehr gefürchtet hatte, war gekommen: Er mußte als Tallymann an die Ladeluke eines Schiffes, das sein Nachfolger, Herr Winterberg, als Prokurist bearbeitet hatte. Robert mußte wohl schon eine Zeitlang mit dem Manifest in den zitternden Händen dagestanden haben, denn plötzlich rief ihm der Chief-Tallymann zu: »Mann, Sie müssen sich beeilen, die ›Iberia‹ hat an Platz 64 schon festgemacht.« Robert sah, daß ihn nichts vor dieser Begegnung schützte; keiner von seinen Kollegen war da, mit dem er hätte tauschen können. Selbst zum Umziehen war es schon zu spät, und mit klopfendem Herzen begab er sich zum Bassin National auf die Mole A, wo M/S »Iberia« lag. Er hatte seinen alten Pullover an, der an vielen Stellen gestopft war. Seine Hose war ausgefranst und ohne Bügelfalte. Außerdem hatte er sich heute früh nicht rasiert. Er hätte viel darum gegeben, wenigstens ohne Mütze an Bord dieses Schiffes zu gehen, da er aber in der Bude des Chiefs keinen eigenen Platz, ja nicht einmal einen Kleiderhaken besaß, blieb ihm nichts anderes übrig, als zu diesem Aufzug nun auch noch die Mütze aufzubehalten.

M/S »Iberia« löschte an zwei Luken. Achtern stand bereits Victor, sein Kollege, so daß für Robert die Luke auf dem Vorderschiff blieb. Als Victor seinen Kollegen sah, rief er ihm laut über das ganze Schiff hinweg zu: »Ein Schiff aus deiner Heimatstadt, Robert, Mensch, freust du dich?« Robert antwortete auf diese Worte nicht, scheu sah er sich um, ob auch niemand in der Nähe war, der Victor gehört haben könnte. Dann stellte er sich mit dem Rücken zum Ruderhaus und Promenadendeck an seine Luke. Mit dem Matrosen an der Dampfwinde sprach er französisch. Als der Matrose ihn nicht verstand, nahm Robert ein paar Brocken Englisch zu Hilfe.

Auch später, als Robert in der Kajüte des Ladeoffiziers das Manifest abstimmte und sich die Richtigkeit seiner Kontrolle bescheinigen lassen wollte, sprach er mit dem Ersten Offizier französisch. Es wurde ein längeres Gespräch, weil eine Unstimmigkeit aufgetaucht war. Von zwanzig in Bremen verladenen Korbflaschen mit Chemikalien hatte Robert beim Löschen nur neunzehn gezählt. Nun stritt er sich mit dem Ladeoffizier, bis auf einmal der Kapitän in die Kajüte kam. »Ich kann schwören, daß wir in Bremen zwanzig Kolli verladen haben«, sagte der Erste Offizier zum Kapitän, »aber in Marseille wird man ja hinten und vorne beschissen.« Gerade wollte der Kapitän sich in die Diskussion einmischen und die Partei seines Ladeoffiziers ergreifen, da erkannte er den Tallymann. »Menschenskind, sind Sie nicht der Herr Mohwinkel von Christiansen in Bremen?« fragte er. Robert antwortete auf deutsch, daß er Mohwinkel heiße und früher einmal in Bremen gearbeitet habe. Der Kapitän unterbrach ihn aber. »Wieso früher?« sagte er, »ich habe doch gerade noch mit Ihnen im Ratskeller gegessen. Wir hatten einen Contiwood-Vertrag geschlossen. Im Ratskeller hatten wir Karpfen, ich weiß es noch, als wäre es gestern gewesen.« Er sah Robert ungläubig an und schüttelte den Kopf. Dann besann er sich und meinte: »Mein Gott, wie die Zeit vergeht.« Er lud Robert ein, oben in seiner Kajüte einen Schnaps mit ihm zu trinken. »Nein, wie die Zeit vergeht«, sagte er noch einmal, und dann fragte er den jungen Mohwinkel, warum er von Christiansen weg und wie es ihm inzwischen ergangen sei. »Ach, da ist nicht viel zu erzählen«, antwortete Robert, »ich wollte mir mal ein bißchen Wind um die Nase wehen lassen. Immer auf einem Kontorschemel sitzen, das ist nicht jedermanns Sache.« Der Kapitän glaubte ihm aber nicht, daß er eine leitende Stellung im Büro aufgegeben hatte, um Tallymann in Marseille zu werden. Er schenkte noch einen Whisky ein. Robert tat ihm leid, und er überlegte sich, daß man diesen Mann, mit dem man früher Charterverträge abgeschlossen und im Ratskeller gegessen hatte, jetzt nicht einfach mit zwei Whiskys abspeisen konnte. Deshalb lud er ihn zum Abendessen ein. »Kommen Sie so um sieben«, sagte er zu Robert, »dann essen wir eine Kleinigkeit im Salon und können uns ausgiebig über die gute alte Zeit unterhalten.« Er brachte seinen Gast noch bis zur Gangway, er gab ihm die Hand und rief ihm noch nach: »Also, vergessen Sie nicht, Herr Mohwinkel, um sieben Uhr heute abend.«

Der Kapitän blieb noch eine Weile an der Reling stehen. Er sah, wie Robert unten am Quai von einer Frau empfangen wurde. Die Frau hatte ein breites Gesicht mit Sommersprossen und rissigen Lippen. Sie brachte dem jungen Mohwinkel Essen in einem alten französischen Wehrmachtskochgeschirr, und sie setzte sich mit ihm auf einen Ballen Häute und rauchte, während er aß, eine Zigarette. Na, dachte der Kapitän, der hat sich hier in Marseille ja eine ganz nette Nutte angelacht. Dann ging er in den Salon, wo der Steward den Tee schon serviert hatte. Nun, warum sollte er denn auch nicht, dachte er im Fortgehen, warum sollte er denn nicht, dieses arme Schwein.

Nach Dienstschluß ging Robert nach Hause, wusch sich und zog seinen guten Anzug an. Dann sagte er zu Ilse: »Ich möchte mal wieder ins Cabaret an der Place de la Bourse gehen. Monatelang waren wir schon nicht mehr da. Hast du Lust?« Zum Ausgehen hatte Ilse immer Lust, sie zog sich schnell um, und sie verlebte einen schönen Abend, an dem ihr Freund sehr viel Geld ausgab. Er ging mit ihr nicht nur ins Cabaret, sondern auch noch ins Régina zum Tanzen, in eine Bar an der Canebière und zum Abschluß in den frühen Morgenstunden ins Paradis, wo sie Fischsuppe aßen und Prairie-Oyster tranken. Das Erlebnis am Mittag und die Begegnung mit einem Menschen aus längst vergessen geglaubten Zeiten hatten Robert sehr mitgenommen. Nun am Morgen endlich hatte er es einigermaßen überwunden, und während er halbwegs ernüchtert mit der ersten Straßenbahn im Morgengrauen nach Les Crottes fuhr, fand er, daß es richtig gewesen war, der gestrigen Einladung des Kapitäns nicht zu folgen. Was wäre dabei herausgekommen? dachte er, doch nur Klatsch aus einer fremden Welt. Was interessiert es mich, wie es in Bremen aussieht?

Der Kapitän von M/S »Iberia« hatte am vergangenen Abend noch bis acht Uhr auf Robert gewartet. Dann hatte er es aufgegeben und war an Land gegangen, um sich im Kino einen amerikanischen Film anzusehen. Einige Wochen später erzählte er in Bremen Herrn Christiansen, daß er in Marseille den jungen Mohwinkel getroffen habe. »Ich habe ihn gleich wiedererkannt«, sagte der Kapitän, »er trug einen gestopften Pullover und eine Schirmmütze. Er tallierte an der vorderen Luke. Wir haben dann ein paar Whiskys getrunken, oben in meiner Kajüte, aber er war sehr schüchtern und sagte kaum ein Wort. Ich glaube, es geht ihm nicht besonders gut.« Herr Christiansen ließ sich ungern an den jungen Mohwinkel erinnern. »Ach, richtig, der Mohwinkel«, sagte er, »der war mal ein tüchtiger Mann bei mir. Mein Vater hielt große Stücke auf ihn. Später wollte er sich dann verbessern, und ich habe ihn an Herrn Vignon nach Bordeaux vermittelt. Was er jetzt als Tallymann in Marseille will, ist mir unverständlich.«

»Mein Gott, wie die Zeit vergeht«, meinte der Kapitän, »mir war so, als hätte ich noch gestern mit Herrn Mohwinkel im Ratskeller gegessen. Nun stand er an der Ladeluke. Wissen Sie, Herr Christiansen, da tat er mir leid, und ich habe ihn zum Abendessen eingeladen. Abends um sieben Uhr hatte ich alles vorbereitet und dem Koch extra gesagt: ›Machen Sie ein paar Büchsen auf.‹ Aber stellen Sie sich vor: Der junge Mohwinkel ist nicht gekommen. Bis acht Uhr habe ich noch gewartet, aber er ist nicht gekommen.«

Herrn Christiansen langweilte das Gespräch. Er sagte: »Ja, ja, Sie haben recht: wie die Zeit vergeht!« Dann brachte er das Gespräch auf die Ladung.

Obgleich das Interesse am Verbleib des jungen Mohwinkel in Bremen gering war, sprach sich der Bericht des Kapitäns doch herum. In einigen Firmen, mit denen Robert früher eng zusammengearbeitet hatte, besprach man den Fall, und Herr Direktor Hartwig von der Jason-Linie meinte: »Gut, daß ich damals dem alten Mohwinkel nicht den Gefallen getan habe, seinen Sohn als Lehrling zu nehmen. Es wäre doch nichts aus ihm geworden, und mir hätte man womöglich die Schuld gegeben.« Schließlich erfuhr auch Herr Krume, der Chef des alten Mohwinkel, von der Affäre. Er bedauerte den tiefen Fall des jungen Mannes sehr. Das hat der Alte nicht verdient, dachte er, und er bat alle Angestellten seiner Firma, den alten Mohwinkel nicht merken zu lassen, daß man von seinem Sohn hier alles wußte. Die Kollegen hielten sich an den Wunsch des Chefs; mitleidig betrachteten sie den alten Herrn Mohwinkel. Sie behandelten ihn wie damals vor zehn Jahren, als sein Sohn in Rußland vermißt gewesen war.

Der Kapitän von M/S »Iberia« sah den jungen Mohwinkel, wenn er später nach Marseille kam, nicht mehr wieder. Robert tallierte nicht mehr auf den Schiffen der Jason-Linie. Bei der Schiffsmeldestelle brachte er jedesmal rechtzeitig in Erfahrung, wann ein Schiff dieser Reederei zu erwarten war, und dann tauschte er seine Schicht mit einem Kollegen. »Junge, muß der zu Hause was auf dem Kerbholz haben, daß er nicht mehr auf die deutschen Schiffe will«, sagte eines Tages Victor. Alle Tallyleute der Firma Fabre & Fayolle hatten Verständnis für eine solche Lage. Deshalb waren sie Robert beim Tausch von Arbeiten und Schichten gern behilflich.

Wenn aber M/S »Tyrrhenia« in den Hafen einlief, tauschte Robert seine Schicht nicht. Auf diesem Schiff kannte ihn nur Kleinschmitt, der Zweite Offizier. Mit Kleinschmitt traf Robert jederzeit gern zusammen, immer trank er mit ihm ein paar Flaschen Wein im »Paradis«. M/S »Tyrrhenia« kam alle acht Wochen nach Marseille, und obgleich das Schiff jedesmal nur kurze Zeit im Hafen blieb, versäumte Kleinschmitt es nie, sich für Robert ein paar Stunden am Abend frei zu machen. Im »Paradis« unterhielten sie sich über das Wetter auf der letzten Reise und über das voraussichtliche Wetter auf der nächsten Reise. Sie sprachen von Ladungsreklamationen und vom Ärger mit Chefs. »Ich habe meinen Chef hier nur ein einziges Mal gesehen, damals als ich eingestellt wurde«, sagte Robert, und Kleinschmitt antwortete, daß er für ein solches Glück dankbar sein müsse. »Ich sehe den Kapitän und den Ersten, diesen alten Muffelkopp, jeden Tag«, sagte er, »es ist zum Kotzen.«

Bei der zweiten Flasche Wein fing Kleinschmitt regelmäßig von seinem Lieblingsthema, dem Kauf eines Kümos an. Er sah sich als Kapitän auf der Brücke eines kleinen eigenen Schiffes, niemandem untergeordnet und von niemandem angeschnauzt. Bei der dritten Flasche Wein fragte er Robert jedesmal, ob er wenigstens hunderttausend Dollars schon zusammen hätte. »Na, Sie Spaßvogel«, sagte er, »haben Sie das Geld in Ihrem Strumpf nicht mal wieder durchgezählt, ob es endlich langt?« Als Kleinschmitt zum viertenmal in Marseille war und mit ihm im Paradis beim Wein saß, war Robert es müde, immer wieder zu entgegnen, daß er keinen einzigen Franc gespart habe. Er sagte, als sie bei der dritten Flasche waren: »Ja, ja, ich habe das Geld gerade gezählt. Es fehlt aber noch eine Kleinigkeit.« Obgleich Robert diese Worte ironisch sagte, faßte Kleinschmitt sie ernst auf. »Nun, ist ja nicht so schlimm«, sagte er, »wir haben ja Zeit. Warten wir noch ein Jährchen.«

Nach diesem Abend ging Robert am nächsten Vormittag in das Bankgebäude der Société Lyonnaise, um sich ein Konto anzulegen. Er zahlte viertausend Francs ein und nahm sich vor, jede Woche nach Empfang des Lohnes zweitausend Francs hinzuzuzahlen. Dann habe ich Kleinschmitt gestern wenigstens nicht belogen, sagte er sich. Bei diesem Gedanken fand er, daß dieser Zweite Offizier eigentlich sein einziger Freund war. Die Vorstellung, mit ihm zusammen etwas zu besitzen und selbst zu leiten, hätte ihm die Tränen in die Augen getrieben, wenn er sich erlaubt hätte, sich einer solchen Hoffnung zu überlassen.

In den folgenden Wochen und Monaten hielt Robert mit Strenge an seinem Sparvorhaben fest. Als er zum Jahresanfang eine Lohnerhöhung bekam, zahlte er wöchentlich sogar den doppelten Betrag ein. An dem Tage, an dem er von seiner Lohnerhöhung erfuhr, überlegte er sich auf dem Heimweg, ob er Ilse hiervon etwas erzählen solle. Er überlegte lange, bis er endlich zu dem Entschluß kam, ihr nichts zu erzählen. Da fiel ihm plötzlich ein, daß er vor Monaten Ilse schon nicht erzählt hatte, daß er sich ein Bankkonto angelegt hatte und daß er in der ganzen Zeit dieses Konto ihr gegenüber niemals erwähnt hatte. Er erschrak, als ihm dies jetzt einfiel. Ist meine Bindung an Ilse denn so locker, daß ich vergessen habe, ihr eine so wichtige Sache zu erzählen, dachte er, und er hielt sich für schlecht, weil er ein solches Geheimnis vor seiner Freundin hatte.

Robert fand aber nicht, daß er sich Ilse entfremdet hatte. Er liebte sie, und er konnte sich nicht vorstellen, eines Tages ohne sie leben zu müssen. Ihr Gleichmut, ihre Bedürfnislosigkeit, ihre primitive Lebenslust hatten ihm nie den Gedanken eingegeben, daß diese Eigenschaften seiner Freundin ihn in ein träges, primitives Leben herabgezogen hatten, aus dem es an ihrer Seite kein Auftauchen mehr gab. Mit Mißtrauen gegen sich selbst beachtete er nun den Umstand, daß er dieser Frau nichts von dem Geld erzählt hatte, das er auf der Bank für spätere Zeiten anlegte. Doch sein Mißtrauen wandelte sich in ein vages Vertrauen zu seinem Unterbewußtsein, das ihn vielleicht richtig geleitet hatte. Er beschloß, diese Stimme seines Unterbewußtseins für vernünftig zu halten, ohne daß sich an seiner Liebe zu Ilse dadurch etwas ändern sollte.

Eines Tages wartete Robert mittags im Hafen vergeblich auf sein Essen. Wieder einmal hatte er zwei Schichten hintereinander, aber Ilse kam nicht mit dem Kochgeschirr. Er wartete noch zehn Minuten, dann ließ er sich von Victor ein Stück Brot und einen Wurstzipfel abgeben. Abends entschuldigte sich Ilse, daß sie mittags keine Zeit gehabt hatte. »Ich habe wieder einen Job am Markt«, sagte sie, »an der Place Marceau ist die Frau von

Monsieur Bonfils krank, der den Fischstand hat. Ich habe den ganzen Vormittag verkauft. Monsieur Bonfils hat sich gewundert, daß es so fix ging, und da habe ich ihm gesagt: ›Kein Wunder, ich habe in Bordeaux nichts anderes getan als Fische verkauft, das ganze Jahr.‹ Freust du dich?« Robert erwiderte, daß er sich freue. »Mit Essenbringen ist nun nichts mehr«, fuhr Ilse fort, »wenn ich nach Hause komme, muß ich mich jedesmal erst ordentlich abschrubben. Fisch stinkt nämlich, weißt du?« Robert hatte Verständnis für diese Umstellung, er verzichtete auf das warme Essen am Mittag und nahm Brot, Käse und Wurst mit zur Arbeit, wenn er doppelte Schichten vor sich hatte. Die Nebeneinnahmen Ilses sowie vor allem die vielen Sonderschichten, zu denen Robert sich oft freiwillig meldete, ermöglichten ihm, seine Spareinlagen in manchen Wochen wesentlich zu erhöhen. Der Bankbeamte am Schalter kannte Robert bereits. »Sieh da, Monsieur Mohwinkel«, begrüßte er seinen Kunden jedesmal, »ich habe in der Zeitung gelesen, daß diese Woche wieder ordentlich was los war im Hafen. Da habe ich mir gleich gedacht: Da bringt Monsieur Mohwinkel bestimmt wieder mal fünftausend Francs auf sein Konto.« Robert war über die Begrüßung des Bankbeamten glücklich. Er war wieder im Aufsteigen, er war nicht mehr nur Tallymann, sondern außerdem Kunde bei einer Bank, wo man ihn namentlich schon kannte.

Als im März M/S »Tyrrhenia« wieder einmal im Hafen lag, konnte Robert dem Zweiten Offizier Kleinschmitt abends beim Wein erzählen, daß er sechzigtausend Francs bei der Société Lyonnaise liegen habe. »Das sind fast siebenhundert Mark«, sagte er. Aber Kleinschmitt lachte nur, klopfte ihm auf die Schulter und meinte: »Großartig, ich habe auch noch zwanzig Mark, dafür haben wir ja schon ein halbes Rettungsboot.« Kleinschmitt fand Roberts Witz vorzüglich, und als er eine neue Flasche Wein bestellte, sagte er. »Sie führen mich ja ganz schön an der Nase herum, muß ich schon sagen, aber Sie machen mir nichts vor. Nein, nein, Sie nicht, lieber Freund!«

Ilses Beschäftigung am Fischstand von Monsieur Bonfils war dauerhafter, als Robert anfangs geglaubt hatte. Als es in den Sommer ging, war Madame Bonfils immer noch krank und Monsieur Bonfils auf die Hilfe Ilses angewiesen. Sie bekam dafür einen guten Lohn, außerdem brachte sie fast täglich kostenlos Fisch mit nach Hause. Darum beschwerte sich Robert nicht, daß Ilse immer weniger Zeit für ihn hatte. Er sah ein, daß ein Fischstand viel Arbeit mit sich brachte, und er glaubte Ilses Worten, mit denen sie ihr langes Fernbleiben begründete. »Die Kästen müssen ja jeden Abend ausgewaschen werden«, sagte sie, »und dann müssen die Bohlen vom Fußboden geschrubbt werden. Das ist eine Schweinearbeit, weißt du?« So saß Robert manchen Nachmittag mit Madame Jaillon allein am Küchentisch und aß mit ihr zusammen den Fisch, den Ilse am Vortag mitgebracht hatte. Nach dem Essen blieb er am Küchentisch sitzen, rauchte mit seiner Wirtin eine Zigarette und ließ sich von ihr Karten legen. Immer wieder entdeckte Madame Jaillon die Karo-Zehn in so günstiger Lage, daß sie beglückt ausrief: »Sehen Sie nur, sehen Sie nur, Sie werden ein ganz, ganz reicher Mann!« – »Ja, ja«, antwortete Robert dann, »das ist nichts Neues. Ich bin ein Reeder und besitze das halbe Rettungsboot eines Dampfers. Bei der Société Lyonnaise habe ich ein dickes Konto.« Lachend raffte Madame Jaillon die Karten zusammen, sie klopfte Robert auf die Wange und fuhr ihm mit der Hand durchs Haar. »In Ihrem Leben wird es noch viele Frauen geben, Robert«, sagte sie, »das sehe ich in den Karten.«

Eines Tages überraschte Ilse ihren Freund mit der Mitteilung, daß sie schon nachts um zwölf Uhr fort müsse, um mit Monsieur Bonfils in Cassis Fisch zu holen. »Um vier Uhr früh müssen wir in Cassis sein«, sagte sie, »wenn wir eine Stunde später kommen, ist die ganze Ware weg. Die Fischer fangen nämlich nachts, weißt du?« Robert sah wohl ein, daß die Fischer von Cassis gern nachts fangen und deshalb ihre Ware früh um vier Uhr verkaufen wollten, aber er sah nicht ein, was Ilse damit zu tun hatte. Er fragte aber nicht, denn er wußte, daß seine Freundin schon irgendeine Begründung vorbringen würde, und nach dieser Begründung noch eine andere und so weiter und daß es immer schwerer werden würde, die Begründungen zu widerlegen. Deshalb sagte Robert gleich nach den ersten Worten seiner Freundin schon nichts mehr, und Ilse, die sich für den Fall von Rückfragen eine Menge

Antworten zurechtgelegt hatte, kam nun damit nicht zum Zuge. Sie sah Robert an und sagte: »Ich sehe, du verstehst schon. Madame Bonfils ist eben krank. Sie hat es mit den Füßen. Das kommt vom vielen Stehen auf dem Marktstand.«

Nach diesen Worten legte Ilse sich noch ein paar Stunden schlafen. Kurz vor zwölf Uhr stand sie auf, kämmte und schminkte sich und wartete auf das Hupen eines Autos vor der Tür. Als sie fortging, sah Robert ihr aus dem Fenster nach. Er sah, wie Ilse in das Führerhaus eines kleinen dreirädrigen Lieferwagens einstieg, er sah, wie der Fahrer ihr beim Einsteigen half, sie an Arm und Hüfte stützte, die Wagentür hinter ihr schloß und an seinen Platz am Steuer zurückkehrte. Robert sah, wie der Wagen dann mit knatterndem Geräusch in der Nacht davonfuhr, vorbei am Holzlager und an den Petroleumtanks. Als er das rote Schlußlicht nicht mehr erkennen konnte, zog er die Gardine zu und legte sich schlafen.

Von nun an änderte sich im Zusammenleben Ilses mit Robert einiges. Es gab Tage, an denen sie sich von früh bis spät nicht sahen. Vormittags war Ilse auf dem Markt, ein paarmal in der Woche fuhr sie nachts um zwölf Uhr mit Monsieur Bonfils nach Cassis. An den Tagen, an denen sie nicht mit dem Fischhändler fort war, hatte sie keine Lust, mit Robert auszugehen. Sie kochte nicht mehr für Robert, für seine Wäsche sorgte sie nur noch mangelhaft.

Eines Tages legte Robert seinen Pullover zum Stopfen hin, denn er wußte, daß am nächsten Vormittag kein Fischmarkt war und Ilse frei haben würde. Als er abends von der Arbeit kam, fand er seinen Pullover vor: er war nicht gestopft, er war geflickt. Große andersfarbige Flicken hatte Ilse an Ellbogen und Rücken kunstlos eingesetzt, und auf den fragenden Blick Roberts sagte sie: »Wie stellst du dir das vor, solche Kuhlöcher, wie du hast, und dann stopfen?« Zum erstenmal in ihrem Zusammenleben stieg in Robert eine Wut auf diese Frau auf. Es war eine heiße Wut, er fühlte dabei, wie ihm alles Blut aus dem Kopf wich. Er redete sich aber zu, sich zu entspannen, er versuchte, tief durchzuatmen, um den furchtbaren Zustand, in dem er sich in diesem Augenblick befand, zu überwinden. Er schloß die Augen, atmete, das Blut kehrte in seinen Kopf zurück. Ilse lachte, umarmte Robert und küßte ihn. »Du bleibst doch immer mein altes Dummchen«, sagte sie, dazu biß sie ihn ins Ohr und warf sich mit ihm aufs Bett. Später lud sie ihren Freund ein, an diesem Abend auf ihre Kosten auszugehen. »Wo ich jetzt so gut verdiene, kann ich das ja mal für dich tun«, sagte sie. »Wie lange waren wir schon nicht mehr im ›Paradis‹? Ich glaube, die kennen uns dort gar nicht mehr wieder.«

Im Oktober passierte es eines Tages, daß Robert, als er am Nachmittag von der Arbeit kam, Ilse nicht zu Hause vorfand. Er wunderte sich, denn es war noch nie vorgekommen, daß Ilse am Nachmittag nicht da war. Fischmarkt war nur vormittags, und am Nachmittag pflegte Ilse ein paar Stunden im Bett zu liegen und zu schlafen, besonders an den Tagen, vor denen sie – wie auch heute – nachts von Monsieur Bonfils abgeholt worden war. Robert fragte Madame Jaillon nach dem Verbleib seiner Freundin, aber Madame Jaillon zuckte nur mit den Schultern. Sie ging auf Roberts Frage gar nicht ein, sie setzte sich zu ihm an den Küchentisch und legte ihm die Karten, während er sich ein Kotelett in die Pfanne warf. Ein paarmal schob sie die Karten wieder zusammen, ließ Robert abheben und legte sie neu aus. Dann erst lag der König an der richtigen Stelle, und Madame Jaillon konnte sich ans Deuten machen. Sie versprach wie immer Reichtum und viele Frauen. Zum Schluß meinte sie: »Die Pik-Neun stört mich hier noch. Über eine kleine Enttäuschung müssen Sie erst noch weg. Aber dann wendet sich alles zum Guten. Sehen Sie? Herz-Acht liegt ganz dicht dabei.« Robert hörte nicht aufmerksam zu, was seine Wirtin erzählte; er mußte immerzu an Ilse denken, während er sein Kotelett aß. Er machte sich Sorgen. Während des Nachmittags und des Abends stieg seine Unruhe noch. Er lehnte es ab, mit Madame Jaillon ins Kino zu gehen. Er ging auch nicht ins »Ma Banlieue«, er wollte zu Hause auf seine Freundin warten. Ilse Meyerdierks kam aber nicht.

Nachts um halb zwölf Uhr mußte Robert fort. Er hatte Nachtschicht am Hafen, und er mußte um zwölf Uhr Victor an der hinteren Ladeluke von Dampfer »Constantia« ablösen, der Stückgut aus England brachte. Er war in größter Unruhe, er rauchte eine Zigarette nach der anderen, sein Herz klopfte stark. Trotzdem versah er seine Arbeit gewissenhaft, er strich jedes gelöschte Kollo genau ab und achtete auch auf die geringsten Beschädigungen. Deshalb wunderte er sich, als um acht Uhr morgens, kurz vor seiner Ablösung, der Chief-Tallymann an Bord kam und eine Kiste Fotoapparate reklamierte. »Die Firma Gibert macht ein Riesenspektakel«, sagte er, »der Fuhrmann von Gibert ist hier und will zehn Kisten aufladen. Es sind aber nur neun da. Dabei haben Sie zehn Kolli abgestrichen, wie ist das möglich?« Robert antwortete, er könnte nicht sagen, wo die Kiste geblieben sei. »Ich habe genau gezählt«, sagte er, »es sind zehn Kisten gelöscht. Mehr weiß ich nicht.« Robert wußte, daß er sich nicht geirrt haben konnte. Zwar hatte er die ganze Nacht an Ilse denken müssen, aber seine Arbeit hatte darunter nicht gelitten. Die zehn Kisten sah er noch genau vor sich, wie sie kurz nach fünf Uhr früh aus dem Laderaum kamen und mit deutlich sichtbarem Märk am Seil hingen. »Was weiß ich«, sagte er noch einmal, »zehn Kolli habe ich abgehakt.« Der Chief gab sich aber mit dieser Auskunft nicht zufrieden. »Können Sie sich nicht verzählt haben?« fragte er. »Das wäre ja keine Schande. Ganz bestimmt nicht. Denken Sie mal nach, ob Sie sich nicht doch verzählt haben.«

Kurz nach acht Uhr kam Herr Fayolle mit dem Chef der Speditionsfirma Gibert in den Hafen. Die beiden Herren gingen direkt auf Robert zu. »Die Kiste ist in London gar nicht mitgekommen«, sagte der Spediteur zu Herrn Fayolle, »Ihr Tallymann hier hat sich geirrt.« Herr Fayolle schnitt seinem Geschäftsfreund jedoch das Wort ab. »Was sagen Sie da?« fuhr er auf, »Meine Leute irren sich nie. Ich habe Leute, die sind schon vierzig Jahre bei mir. Ich habe nur gute Leute. Ich bezahle gut, aber ich verlange was. Verstehen Sie? Ich kann mich auf meine Leute verlassen.« Jetzt waren die beiden Herren bei Robert angelangt. Bevor der Spediteur an Robert das Wort richten konnte, rief Herr Fayolle aus: »Sehen Sie, dieser Mann stand an der Luke. Das ist mein bester Mann. Er ist ein Deutscher. Haben Sie was gegen die Deutschen? Ich habe nichts gegen die Deutschen. Keiner meiner Leute irrt sich, aber dieser Deutsche irrt sich am allerwenigsten.« Herr Fayolle ließ den Spediteur nicht zu Worte kommen, gleich wandte er sich an Robert: »Sagen Sie, können Sie sich verzählt haben?« Er ließ Robert aber keine Zeit zum Antworten, sondern fuhr im gleichen Atemzug fort: »Sehen Sie, ich wußte es, Sie haben sich nicht verzählt.« Darauf wandte er sich an den Spediteur: »Da haben Sie es! Mein Mann hat sich nicht geirrt.« Er nahm seinen Geschäftsfreund am Arm und zog ihn fort. Robert sah, wie sein Chef noch eine Weile auf den Spediteur einredete. Als die beiden Herren außer Hörweite waren, ließ Herr Fayolle den Spediteur plötzlich stehen und kam noch einmal zurück. Er ging auf Robert zu: »Das nächste Mal passen Sie besser auf!« sagte er, und bevor Robert darauf antworten und sich verteidigen konnte, war sein Chef schon wieder fort.

»Ja, passen Sie besser auf. Das sage ich ja auch immer«, hörte Robert neben sich eine Stimme. Er drehte sich um. Es war der Fuhrmann Léon, der neben ihm stand. »Ach, du hast gut reden«, sagte Robert, »du hast ja keine Ahnung.« – »Ich habe zwar keine Ahnung, ich bin ja kein Tallymann wie du«, sagte der Fuhrmann, »aber ich war schon im Hafen, da hast du noch in die Hosen gemacht. So, damit du es weißt.« Léon lachte, klopfte Robert auf die Schulter und sagte: »Komm, auf diesen Schreck gehen wir einen trinken. Ich lade dich ein.«

Als sie bei »Joliette« saßen und einen Pernod tranken, klärte der Fuhrmann Robert auf. »Reden wir doch keinen Quatsch«, sagte er, »ob du recht oder unrecht hast. Jedenfalls hast du einen Haken zuviel gemacht. Hättest du diesen Haken bei der zehnten Kiste vergessen, hätte niemand sich aufgeregt. Nur der Ladeoffizier hätte gemeckert. Dann hätte man die Kiste gesucht, auf der Rampe, im Schuppen, überall. Sie wäre nicht dagewesen. Der Ladeoffizier hätte sich entschuldigen müssen. Er hätte einen ganz roten Kopf gekriegt, glaube mir. Und du hättest dagestanden als Engel, als reiner, weißer Engel. Aber was rede ich. Ich bin ja nur ein dummer Fuhrmann für dich.« Léon bestellte einen zweiten Pernod. Robert sah ein, daß ein wirklicher Fehler ihm in diesem Falle tatsächlich den ganzen Ärger erspart hätte. Er wollte über diesen sonderbaren Fall noch nachdenken, da bestellte Léon einen dritten Pernod und fuhr fort: »Wahrhaftig, Robert, bei jedem Löschen solltest du ein paar Haken weniger machen. Die kannst du dann beim Laden eines anderen Dampfers später wieder mehr machen. Übrigens, das zahlt sich auch aus.« Er bestellte einen vierten Pernod. »Es geht nämlich nicht nur um den Ärger, den du vermeiden kannst«, sagte er, »da ist noch was anderes.« Er rückte ganz nahe an Robert heran und sah ihn an. »Hör mal, mein Kleiner«, sagte er, »hör mir mal gut zu und beiß mich nicht gleich. Paß auf: Du vergißt Häkchen für Kistchen. Kistchen wird gesucht, Kistchen ist nicht da. Kistchen wird reklamiert, in Amerika, in England, in Schweden, was weiß ich. Kistchen bleibt verschwunden. Versicherung bezahlt. Aus. Was sagst du nun?«

Robert sagte nichts. Den Reklamationsweg fehlender Kolli kannte er allzu gut aus seiner einstigen Bürozeit. Er wußte, daß in jedem Fall die Versicherung zahlen würde. Léon bestellte einen fünften Pernod. »Falsch«, sagte er, »die Geschichte ist noch nicht aus. Jetzt, wo alles vergessen und abgelegt ist, ist Kistchen wieder da. Ha, ha, ha!« Der Fuhrmann lachte laut und schallend, er sperrte seinen Mund weit auf und lachte. Robert sah, wie dem alten Mann die Zähne als dunkelbraune Stummel kreuz und quer im Mund standen, und er sah die Haare, die ihm aus der Nase wuchsen und sich mit seinem ungepflegten grauen Schnurrbart vermischten. Er ekelte sich vor dem Mann, er rückte ein wenig von ihm ab. Der Fuhrmann nahm aber seinen Stuhl und rückte hinter Robert her. Wieder war er Robert ganz nahe. »Kistchen ist wieder da«, lachte er noch immer. Dann unterbrach er plötzlich sein Lachen und fuhr ernst fort: »Wo ist Kistchen? Na, Robert, wo wohl? Natürlich ist Kistchen auf dem Wagen vom alten Fuhrmann Léon. Was sagst du nun?« Er bestellte einen sechsten Pernod. Dann legte er Robert plötzlich beide Hände auf die Schulter, sah ihm offen in die Augen und sagte: »Kistchen läßt sich schlachten. Inhalt läßt sich zu Geld machen. Geld läßt sich teilen. Du verstehst?«

Robert fühlte sich von dem alten Mann angewidert. Er wußte längst, daß die Kiste mit den Fotoapparaten gestohlen worden war, jetzt sah er, daß der alte Fuhrmann Léon hinter der Sache steckte. »Du hast es mir also eingebrockt«, sagte Robert. Aber Léon unterbrach ihn. »Reden wir nicht vom Gewesenen, reden wir vom Zukünftigen. Bei jedem vergessenen Häkchen zwanzig Prozent für dich, na, wie ist es?« Während Robert sich noch die richtige Antwort überlegte, fuhr Léon fort: »Mehr kann ich dir nicht geben. Zwanzig Prozent ist aber bestimmt eine Menge. Der Kranführer muß auch etwas bekommen und der Arbeiter, der die Kolli abnimmt. Schließlich habe ich nachher die Hauptarbeit mit dem Einlagern, dem Rausschmuggeln, später mit dem Verkaufen.« – »Nein«, antwortete Robert, »das ist nichts für mich. So etwas habe ich noch nie gemacht.« – »Nein, ihr Deutschen habt so etwas nie gemacht«, erwiderte der Fuhrmann, »und kurz nach dem Kriege, was war da, was habt ihr da gemacht? Beaumont fuhr damals als Matrose. Er war alle drei Wochen in Bremen. Er hat mir erzählt, was damals los war. Ihr habt geklaut wie die Raben, ihr Schweine. Und du willst mir weismachen, daß du damals nicht dabei warst? Mir machst du nichts vor. Ich war schon im Hafen, da hast du noch in die Hosen gemacht.«

Robert fand es überflüssig, dem alten Mann jetzt auseinanderzusetzen, daß er, Robert, wirklich damals nach dem Krieg nicht im Hafen dabeigewesen war. Da kam ihm aber der Gedanke, daß er eigentlich gut hätte dabeigewesen sein können. Es war ja nur eine Dummheit von mir, daß ich dem Christiansen, diesem Idioten, seine Karre mit aus dem Dreck geholt habe, dachte er, sonst hätte ich damals auch geschmuggelt, geschoben und vielleicht auch geklaut, und er fand, daß er jetzt, nur weil er damals so dumm gewesen war, kein Recht hatte, sich gegen Léons Behauptung zu verteidigen. Er sagte noch einmal: »Léon, das ist nichts für mich. Da gibt es bestimmt andere.« Aber Léon hörte nicht auf Roberts Worte. Er bestellte den siebenten Pernod und setzte Robert seinen Plan ganz genau auseinander. »Du stehst oben an der Luke«, sagte er, »und jetzt kommt das Kollo, das wir haben wollen. Da hebst du nur den linken Arm. So ungefähr, guck mal her, so ungefähr. Der Kranführer sieht das. Er setzt das Kollo nicht auf die Rampe, sondern aufs Dach vom Schuppen. So ganz aus Versehen. Da steht Marius mit dem Sackkarren, nimmt das Kollo ab und schafft es rüber auf die andere Seite, wo ich mit dem Wagen warte. Alles klar?« Léon machte eine kleine Pause, dann fügte, er hinzu: »Morgen bist du auf M/S

›Bolivar‹. Da kannst du gleich anfangen. Marius mit dem Sackkarren und Gabriel, der Kranführer, kriegen heute noch Bescheid. Denk vor allem an die Partie optischer Geräte. Aber auch von den Armaturen können wir ein paar gebrauchen.«

Robert wiederholte, daß ihm so etwas nicht läge, aber Léon klopfte ihm nur auf die Schulter. »Keiner zwingt dich«, sagte er, »keiner zwingt dich. Überlege es dir nur gut. Es ist eine sichere Sache. Ich habe so was schon gemacht, da lagst du noch in den Windeln.«

Robert stand auf. Er merkte, daß er zuviel getrunken hatte. So früh am Vormittag, das bekam ihm nicht gut. Zu seinem Unwohlsein kam jetzt erneut die Unruhe um Ilse. Als Robert nach Hause kam, war es schon spät am Vormittag. Ilse war nicht da, Madame Jaillon schlief noch. Ilse kann ja noch nicht da sein, dachte Robert, heute ist ja Fischmarkt. Er zog sich um, er zog seinen guten Anzug an, setzte seinen Hut auf, dann ging er fort, um Ilse auf der Place Marceau am Fischstand von Monsieur Bonfils aufzusuchen und sie zu fragen, warum sie gestern nicht nach Hause gekommen sei.

Auf der Place Marceau waren mehrere Fischstände. Ilse fand er jedoch nicht. Einen der Händler fragte er nach Monsieur Bonfils. »Ach, Sie meinen Madame Bonfils«, antwortete der Händler, »die hat den fünften Stand von rechts. Sehen Sie, dort.« Dabei wies er mit dem Finger auf eine kleine dicke Frau, die ein geblümtes Kopftuch trug und mit ganz hoher schriller Stimme energisch die Reklamation einer Kundin zurückwies. Nachdem die Kundin eingesehen hatte, daß man mit Madame Bonfils nicht reden konnte, und unter dem Zurückrufen etlicher Schimpfworte fortgegangen war, trat Robert an den Stand. »Ah, Madame Bonfils, Sie heute am Stand?« fragte er. »Ich bin sonst immer von Ihrem Mann bedient worden. Ist er nicht da?« Die Fischhändlerin sah diesen fremden Mann verständnislos an. Sie war noch voller Wut über den eben gehabten Streit mit der Kundin, und sie wollte gerade etwas sehr Ordinäres sagen, da sah sie, daß der Mann, der sie angesprochen hatte, gut angezogen war. Er trug einen dunkelgrauen Anzug und einen schwarzen Hut. Er hatte eine seidene Krawatte um und ein sauberes Hemd an. Sie sah, daß sie einen richtigen Herrn vor sich hatte, und sie überlegte sich schnell ihre Worte. »Ich bin doch immer hier«, sagte sie, »jeden Tag. Nur vor einem halben Jahr mal eine Woche nicht. Da hatte ich dicke Füße. Das kam vom vielen Stehen.«

Robert wurde schwindlig. Die vielen Pernods vom Morgen machten ihn elend, dazu kam nun diese Auskunft. Er hielt sich am Fischstand von Madame Bonfils fest. »Ist er in Cassis?« fragte er, aber Madame Bonfils sah ihn nur mitleidig an. Entweder ist der nicht ganz richtig im Kopf, dachte sie, oder er verwechselt etwas. Laut sagte sie: »Was soll mein Mann in Cassis? Wir kaufen unsere Fische in Marseille am alten Hafen. Nach Cassis kommt mein Mann niemals. Was soll er da?«

Um Robert drehte sich der Platz. Das sind die Schnäpse von heute vormittag, sagte er sich, das sind die Schnäpse von heute vormittag. Das bekommt mir nicht, das bekommt mir nicht. Er versuchte sich einzureden, daß er sehr betrunken sei, zu Hause im Bett liege und etwas Unsinniges zusammenträume. Tatsächlich lag er im Bett und träumte und fühlte sich schlecht. Ich muß jetzt eine Tablette nehmen, dachte er, links auf dem Nachttisch steht das Glas mit dem Wasser. Ganz vorsichtig muß ich dorthin langen, weil es dunkel ist und ich das Glas nicht sehe. Ich darf das Wasser nicht umschütten. Er tastete sich mit der linken Hand vorsichtig vor. Er stieß an den Nachttisch. Noch etwas weiter, dort stand das Glas. Er ergriff das Glas. Er öffnete die Augen. Er hatte einen nassen, kalten, glitschigen Fisch in der Hand. Er lag nicht im Bett. Er stand vor Madame Bonfils und hatte einen Fisch in der linken Hand.

Madame Bonfils sah, wie dieser Mann an ihrem Stand weiß im Gesicht wurde, wie er sich krampfhaft mit der rechten Hand am Stand festhielt und wie seine andere Hand, in der er rätselhafterweise einen Fisch hielt, zitterte. Auf einmal kam ihr die Erleuchtung, und sie wußte, was mit diesem Mann los war. »Ach, ich kann es mir schon denken«, sagte sie, »Ihre Frau ist weg. Und Sie glauben, mein Mann ist mit ihr durchgebrannt. Ist es so?« Sie nahm Robert den Fisch ab. »Machen Sie sich nichts draus«, sagte sie. »Ich mach' mir auch schon lange nichts mehr draus. Das geht nun schon seit zwanzig Jahren so mit ihm. Manchmal war er wochenlang nicht zu Hause. Er bringt mir nur früh um sieben Uhr die Fische, dann flitscht er wieder los, dieses alte Schwein. Machen Sie sich nichts draus, Monsieur, machen Sie sich nichts draus.«

Robert drehte sich wortlos um und ging quer über den Platz davon, der ganz schief stand. Er ging an den Fischständen vorbei, die auf- und abwärts wippten, in weichem Gleichmaß, und auf deren Tresen die Fische auf zwei Beinen umherliefen und hohe schrille Töne ausstießen.

Zu Hause in der Wohnung saß Madame Jaillon am Küchentisch. Sie war gerade aufgestanden. Sie saß da mit aufgelöstem Haar und rührte in ihrer Schüssel mit Milchkaffee. »Ah, Monsieur«, sagte sie, als Robert eintrat, »Sie haben sich ja so feingemacht. Kommen Sie, lassen Sie sich anschauen. Gut sehen Sie aus mit diesem Anzug und mit dem schwarzen Hut. Wirklich, ein schöner junger Mann sind Sie, ein schöner junger Mann.« Robert überhörte die Worte seiner Wirtin, er trat an den Küchentisch, stützte beide Hände auf und sah Madame Jaillon an. »Sie haben davon gewußt«, sagte er, »Sie haben davon gewußt, warum haben Sie mir nichts gesagt?« Madame Jaillon ließ sich aber nicht aus der Ruhe bringen, sie rührte weiter in ihrem Milchkaffee. Sie versuchte nicht, sich zu verstellen. »Was hätte ich Ihnen sagen sollen?« entgegnete sie. »Das, was ganz Les Crottes weiß? Daß Monsieur Bonfils ein Windhund ist? Hätte ich Ihnen das von Madame Solaris erzählen sollen, die eines Tages alle ihre Koffer packte, als ihr Mann zur Arbeit war, und dann auf das Hupen des Lieferwagens wartete, inmitten ihrer Koffer? Hätte ich Ihnen erzählen sollen, wie sie mit Bonfils davonfuhr und wie sie zwei Wochen später allein zurückkam, sich in ihrer Wohnung einschloß und den Gashahn aufmachte? Hätte ich Ihnen von Madame Lévy erzählen sollen, die, als es passiert war, von ihrem Mann grün und blau geschlagen wurde, oder von Madame Sicard, die dreimal ins Wasser ging, aber jedesmal gerettet wurde? Hätte ich Ihnen das alles erzählen sollen? Nein, Sie hätten gesagt: Mit meiner Freundin passiert mir so was nicht. Ja, das hätten Sie gesagt. Sie sind ein Schaf, Robert, wissen Sie? Ein armes, deutsches Schaf.«

Madame Jaillon holte Brot aus dem Schrank. Sie brach das Brot und warf die Brocken in den Milchkaffee. Die vollgesogenen und aufgeschwemmten Stücke holte sie mit den Fingern wieder heraus und steckte sie in den Mund. Die Finger wischte sie an ihrem Morgenrock ab. Plötzlich entsann sie sich, daß sie hierfür auch einen Löffel besaß, und sie aß die restlichen Brokken mit dem Löffel. »Was hätte ich Ihnen sagen sollen«, fuhr sie fort. »Was hätte ich Ihnen sagen sollen? – Ja, ich hätte es Ihnen sagen sollen, gleich bei Ihrem Einzug in diese Wohnung damals hätte ich es Ihnen sagen sollen. Ich habe sofort gesehen, was los war. Ich sah Sie, wie Sie dastanden mit den Koffern in der Hand, und ich sah diese Frau, und ich sah ihren Blick. Ich sah, wie sie aus dem Fenster guckte auf die Straße und auf das Holzlager gegenüber, wo die Arbeiter Bretter stapelten. Ich wußte gleich, daß es so enden würde. Ich hätte es Ihnen sagen sollen, ja, das hätte ich.«

Die Brotbrocken hatten den Kaffee abgekühlt. Um ihn nicht ganz kalt trinken zu müssen, verzichtete Madame Jaillon auf das Einbrocken weiterer Brotstücke. Sie aß das Brot trocken aus der Hand. Sie biß große Stücke ab, und mit vollem Munde sagte sie: »Anderthalb Jahre wohnt ihr nun schon hier. Anderthalb Jahre hat sie nach Kerlen geguckt. Sie war eine hysterische Ziege. Anderthalb Jahre kenne ich sie. Immer hat sie nach den Kerlen geguckt.«

Plötzlich ließ Madame Jaillon Brot und Löffel fallen, sie sprang auf, sie packte Robert an den Jackenaufschlägen und schüttelte ihn. Sie schrie ihn an, immer noch mit vollem Munde: »Du hast sie nie geliebt! Du hast sie ja nie geliebt! Du hast sie herumgeschleppt wie einen Fetisch, wie ein billiges Stück Andenken aus der Heimat, du hast sie durch halb Europa geschleppt, du hast sie hinter dir hergeschleift, aber ihr habt nie zusammengepaßt. Für dich war sie nur ein Fetisch, am liebsten hättest du sie eingefaßt und an einer Kette um den Hals getragen gegen den bösen Blick. Deswegen mußte es so kommen! Verstehst du das?« Sie hatte Robert die ganze Zeit an den Jackenaufschlägen festgehalten und geschüttelt. Sie hatte ihre Worte geschrien und ihn immerzu geschüttelt.

Endlich ließ Madame Jaillon Robert los. Er sank auf einen Stuhl. »Du hast mit ihr im Bett gelegen«, fuhr Madame Jaillon fort, »aber du hast sie nicht ein einziges Mal richtig angesehen. Aber ich habe sie richtig angesehen. Immer wenn sie sich wusch, hier in der Küche, wenn sie nackt im Waschbottich stand, habe ich sie angesehen. Ihr Fleisch war schlaff. Sie hatte einen welken Hintern. Ihre Haut war rauh und abgegriffen. Sie war ein abgetakeltes Reff. Glaub mir das.« Sie holte den Waschbottich und stellte ihn zwischen Herd und Ausguß, um ihren Worten größere Bildhaftigkeit zu geben. Sie stellte sich mit dem Morgenrock in den leeren Bottich. »Hier hat sie gestanden«, sagte sie. »Ihre Haut war abgegriffen, und ihr Hinterteil war welk. Das hast du alles nicht gesehen. Und du könntest Frauen haben mit weicher, glatter Haut und langem, dichtem Haar; du könntest Frauen haben mit festem Fleisch, mit schönen breiten Hüften und mit solcher Brust.« Dabei riß sie ihren Morgenrock auseinander und zeigte ihre Brust. Das alles könntest du haben«, sagte sie und schloß ihren Morgenrock wieder, »das alles könntest du haben, aber du bist ein gefühlvolles Schaf.«

Langsam beruhigte sich Madame Jaillon. Sie stieg aus dem Bottich heraus und machte in der Küche etwas Ordnung. Die Krümel vom Tisch fegte sie mit der Hand auf den Boden. Dann ging sie ins Schlafzimmer, kam aber gleich wieder zurück. Robert saß auf dem Küchenstuhl, den Blick vor sich auf den Boden gerichtet. Seinen Hut hatte er aufgehoben und sich auf den Kopf gesetzt. Als Madame Jaillon ihren Busen dem Morgenrock hatte entrollen lassen, hatte er sich versucht gefühlt, den Hut abzunehmen, aber er hatte nicht die Kraft, auch nur den Arm zu heben. Er blickte vor sich hin. Der ganze Fußboden war voller Krümel. Die Brotkrümel mischten sich mit Gemüseresten, verstreutem Zucker und dem Waschpulver aus einer erbrochenen Packung. Madame Jaillon ging auf und ab, sie ging immerzu ins Schlafzimmer und kam zurück, ging wieder ins Schlafzimmer und kam wieder zurück. Bei jedem ihrer Wege nahm sie unter den Sohlen ihrer Pantoffeln eine Unzahl von Krümeln und Küchenresten mit. Der Schmutz nahm aber nicht ab, denn wenn sie zurückkam, hatte sie Bettfedern und Staubflocken unter den

Pantoffeln. Die Bettfedern und Staubflocken verteilten sich auf den Boden der Küche, wo sie sich mit Krümeln und Abfällen vermischten. Der Schmutz nahm nicht ab. Das ist das Ende, dachte Robert, das ist das Ende.

Plötzlich stand Madame Jaillon vor ihm. Sie hatte ein schwarzes Kleid an und eine schwarze wollene Stola um die Schultern. Ihr Haar hatte sie aufgesteckt. »Kommen Sie mit ins Kino?« fragte sie. »Im ›Majestic‹ gibt's heute den Film mit Fernandel. Er ist zu komisch. Sie kommen doch mit?« Sie wartete keine Antwort ab, sondern zog Robert vom Stuhl hoch, setzte ihm den Hut gerade auf und nahm ihn mit ins Kino.

Robert hatte Nachtschicht gehabt und nicht geschlafen. Er war übermüdet. Aber jedesmal, wenn er gerade einschlief, schreckte ihn eine Lachsalve des Publikums auf. »Habe ich nicht recht gehabt?« sagte Madame Jaillon nach dem Stück, »es war wieder mal zum Totlachen.« Dann ging sie mit Robert nach Hause.

An der Ecke der Rue de la Butineuse verabschiedete sich Madame Jaillon. Sie ging noch ins »Ma Banlieue«, um einen Likör zu trinken. Robert ging in die Wohnung, um sich für die Nachtschicht umzuziehen. Er zog den Pullover an, der noch von Ilse geflickt worden war, er zog die alte verbeulte Hose an, er setzte seine Mütze auf. Dann ging er in den Hafen. Aus seinem Aktendeckel nahm er das Manifest von M/S »Bolivar«. An Bord stellte er sich an die Luke und begann mit seiner Arbeit. Er kontrollierte jedes gelöschte Kollo sehr sorgfältig, er machte seine Haken mit größter Gewissenhaftigkeit, auf keinen Fall durfte er einen Fehler machen. Er sah, daß Gabriel den Kran bediente, und er sah Marius mit dem Sackkarren auf dem Dach des Schuppens. Eine halbe Stunde später hörte er, wie ein kleiner Lieferwagen um den Schuppen herumfuhr und dort mit abgestelltem Motor stehenblieb. Ich darf keinen Fehler machen, dachte Robert, ich darf keinen Fehler machen. Er war übermüdet, sein Körper war erschöpft. Auf seine Augen setzten sich Fliegen. Jetzt im Herbst, dachte er, und noch so viele Fliegen! Als die Partie mit den optischen Geräten an die Reihe kam, beobachtete er jede Kiste mit besonderer Sorgfalt. Aber das Schiff drehte sich um ihn. Bei der fünften Kiste hob er den linken Arm, den Haken vergaß er. Um ihn herum drehte sich das Schiff. Immerzu mußte er nach den Fliegen auf seinem Gesicht schlagen.

In dieser Nacht hob Robert noch mehrmals seinen linken Arm, noch mehrmals vergaß er die Haken auf dem Manifest. Als die Löscharbeit beendet war, ging er mit dem Manifest in die Kajüte des Ladeoffiziers. »Da fehlen ein paar Kolli«, sagte er, »sind wahrscheinlich in Antwerpen vergessen worden und stehen nur versehentlich im Manifest. Wollen Sie sich im Schuppen überzeugen, daß ich recht habe?« Der Ladeoffizier war ein Grieche. Er war zu dieser frühen Stunde noch unausgeschlafen und träge. Er war auch noch nicht angezogen, im Pyjama saß er auf seinem Bett. Deshalb verzichtete er auf die Kontrolle und sagte nur: »Wenn Sie es sagen, stimmt's wohl schon. In Antwerpen hat man nichts als Ärger.« – »Ja«, meinte Robert, »Antwerpen ist ein böses Pflaster, da rechnet man bei allen Ladungen mit zwanzig Prozent Verlust. Ich habe mal in Bremen gearbeitet, da hatten wir bloß zwei Prozent Verlust. Das ist ein Unterschied, nicht wahr?« Der Ladeoffizier gähnte und rieb sich die Augen. »Ja, das ist ein Unterschied«, meinte er schlaftrunken, dann unterschrieb er das Manifest und notierte sich die fehlenden Kolli, um sie in Antwerpen zu reklamieren.

Robert verließ den Dampfer und ging nach Hause. An der Zollsperre stand der Fuhrmann Léon. Er unterhielt sich mit einem Zollbeamten. Dazu lachte er, wobei das Gewirr seiner braunen Zahnstummel noch mehr durcheinandergeriet. Als Robert vorbeikam, rief Léon ihm zu: »Guten Morgen, Monsieur Mohwinkel, na, anstrengende Schicht gehabt, heute nacht?« Robert antwortete dem Fuhrmann nicht, er erwiderte auch seinen Gruß nicht. Wortlos ging er durch die Zollsperre, er ging wie in Trance, er fühlte, daß er sehr krank war. Zu Hause legte er sich gleich ins Bett. Dann nahm er vier Schlaftabletten und drehte sich auf die Seite.

In der folgenden Zeit versah Robert mit Gleichmut seine tägliche Arbeit. Mit Fleiß und Pünktlichkeit verrichtete er seine Kontrollen an den Ladeluken der Dampfer oder auf der Verladerampe der Kaischuppen. Seinen Vorgesetzten gab er keinen Grund zur Klage. Hin und wieder hob er, wenn er beim Löschen eines Schiffes tallierte, den linken Arm und vergaß gleichzeitig den Haken auf dem Manifest. Er machte die Bewegung wie in Trance, er sah nicht hin, ob der Kranführer verstanden hatte und ob Marius auf dem Dach des Schuppens bereit war. Er hob den Arm wie aus Versehen. Beim späteren Abstimmen des Manifestes in der Kajüte des Ladeoffiziers gelang es ihm jedesmal, den Offizier von der Richtigkeit seiner Kontrolle und von der Zuverlässigkeit seiner Person zu überzeugen. Auf den meisten Schiffen wurde ihm geglaubt, nur hin und wieder wurde ein Ladeoffizier mißtrauisch und ging hinunter in den Schuppen, um nach den fehlenden Kolli zu forschen. Nach einer halben Stunde kehrte er dann an Bord zurück und sah Robert, der immer noch wartete, nicht an. Er hatte im Schuppen und auch auf der Rampe nichts gefunden, und nun schämte er sich, den Tallymann verdächtigt zu haben. Wortlos unterschrieb er das Manifest. Manchmal kam es auch vor, daß ein Ladeoffizier sich für sein anfängliches Mißtrauen bei Robert entschuldigte. Robert, obgleich er selbst randvoll von Scham war, blieb nach außen hin steif, gleichgültig und selbstsicher.

Bei ausgehenden Ladungen hatte Robert es einfacher. Er brauchte dem Kranführer keine Zeichen zu geben, und er brauchte sich nach Beendigung der Arbeit nicht mit dem Ladeoffizier zu streiten. Er brauchte nur alle verladenen Kolli auf den Tallyscheinen abzustreichen, auch die fehlenden, so, als seien sie verladen. Von dem Fuhrmann Léon waren diese Kolli bereits am Vortage auf die Seite geschafft worden. Wenn nach Wochen dann die Reklamation aus dem Bestimmungshafen eintraf, war es niemandem mehr möglich, nach so langer Zeit die Angelegenheit noch einmal aufzurollen.

Robert dachte an Herrn Christiansen junior, er dachte: Vierzehn Jahre lang habe ich diesem Menschen gedient, der ein Laffe war und noch gemein dazu. Ich, ich habe die sauberste Weste in ganz Bremen gehabt, ich habe nicht geschoben und geklaut und geschmuggelt, wie es im Hafen damals alle getan haben. Ich habe nur diesem Menschen gedient. Für ein paar lumpige Reichsmarkscheine habe ich ihm gedient, mit der saubersten Weste von ganz Bremen. Jetzt bin ich besudelt.

Es kam ihm der Gedanke, daß er durch größere Geldsummen aufsteigen könnte, auf die Höhe eines Herrn Christiansen. Er könnte ihn dann auf eine raffinierte, eine ganz unbeabsichtigt wirkende Art und Weise wissen lassen, daß er, der verachtete, getretene junge Mohwinkel, es zu etwas gebracht habe. Sein Ende, fand Robert, war ohnehin da. Es mußte ja kein Ende im Schmutz sein, es konnte ein vornehmes, ganz oben gespieltes Ende sein. Er stellte sich eine Art Schwanengesang vor, einen kaufmännischen Schwanengesang, und er dachte heftig, mit Tränen in den Augen, an die Pläne Kleinschmitts.

Als Robert nach Hause kam, setzte sich Madame Jaillon zu ihm an den Küchentisch, sie schob ihm Brot und Käse zu und sah ihn immerzu an. Ihr Morgenrock klaffte weit auseinander, von ihrer Brust waren die Warzen zu sehen. Sie stellte zwei Kummen Milchkaffee auf den Tisch und brach das Brot. »Ihre Freundin war heute morgen hier«, sagte sie, »sie war nur eine halbe Stunde hier, dann ging sie wieder. Sie hat ihre Sachen geholt. Wäsche und Kleider, alles, was sie hier noch hatte. Ich soll Ihnen einen schönen Gruß bestellen. Sie hat eine neue Stellung in Cannes. Sie sagte, daß sie bald von sich hören läßt.« Bei diesen Worten merkte Robert, wie seine linke Gesichtshälfte zu zucken begann. Seine Hand, in der er das Brot hielt, begann zu zittern. Nur nicht jetzt das noch, dachte er, nur nicht jetzt noch das! Er stand auf, um in den Schränken seines Zimmers nachzusehen, wie leer sie nun waren und ob seine Sachen allein noch den Eindruck erweckten, daß ihr Besitzer genügend Leben hatte, um dieses Zimmer zu bewohnen. In den Schränken fehlte alles, was Ilse Meyerdierks persönlich gehörte: ihre Kleider, ihre Schuhe, ihre Wäsche. Auf dem Wandbord fehlten ihre Toilettesachen. In dem Karton, in dem die Sommerkleidung für beide gelegen hatte, fehlten Ilses Shorts und ihr Bikini. Von Roberts Sachen fehlte nichts. Außerdem hatte Ilse alle Gegenstände, die beiden gemeinsam gehörten, zurückgelassen: den Wecker, den sie in Bordeaux gekauft hatten, die Zahnpasta und die Seife, auch den Karton mit den Nähsachen. Der Karton lag ganz unten im Schrank, es war eine Konfektschachtel mit großen roten Blumen.

Robert hatte diese Schachtel noch nie leiden können, er nahm sie aus dem Schrank, um den Inhalt in eine Zigarrenkiste umzuschütten. Dabei fand er am Grund des Kartons einen an ihn adressierten Brief mit der Handschrift von Trude Hoyer. Robert betrachtete den Brief genau, er war dreieinhalb Jahre alt, es war der Brief, den er uneröffnet in Bordeaux hatte liegenlassen, damit Ilse ihn verbrennen sollte. Es war der letzte Brief Trudes. Ilse hatte ihn nicht verbrannt, sie hatte ihn zu den Nähsachen gelegt. Robert öffnete den Brief und las ihn. »Lieber Robert«, schrieb Trude, »es freut mich, daß du nächsten Sonntag die Kathedrale Saint-André ansehen willst. Vergiß nicht den Kirchenschatz, er ist sehr bedeutend.« Robert mußte lachen, als er diese Zeilen las. Sie ist immer noch dieselbe, dachte er, im Augenblick vergessend, daß der Brief über drei Jahre alt war. Er las vom letzten Theaterereignis in Bremen, von einer Barlachausstellung und von der neuen Lehrerin in der Maison de France. Er mußte immerzu lachen. Unter Lachen schüttete er die Nähsachen in die Zigarrenkiste, dann warf er den Pralinenkarton und den Brief in der Küche in den Abfalleimer. Danach zog er sich um und ging die Avenue Roger Salengro hinunter zur Place Marceau.

Auf der Place Marceau räumten die Fischhändler gerade ihre Stände auf. Ihre Frauen schrubbten die Kästen und die hölzernen Dielen, ihre Männer rollten die Planen zusammen. Am fünften Stand entdeckte Robert Madame Bonfils. Sie stand dort zusammen mit ihrem Mann, Monsieur Bonfils. Sie sah Robert kommen, sie stieß ihren Mann an und sagte: »Da kommt der Freund von der Deutschen. Siehst du, jetzt ist es passiert.« Monsieur Bonfils sah, wie der Deutsche geradezu auf ihn zukam, schnell wischte er seine Hände an der Schürze seiner Frau ab, dann lief er Robert entgegen. Er hielt den Kopf gesenkt und schräg, mit nach oben schielenden Augen blickte er Robert an, die Arme hielt er angewinkelt mit nach außen gekehrten Handflächen, seine Finger hatte er gespreizt. »Glauben Sie mir, Monsieur«, sagte er, »glauben Sie mir doch: Es ist nichts gewesen zwischen uns. Sie hat bei mir gearbeitet, und ich habe sie gut bezahlt. Hier am Stand hat sie gestanden, meine Frau hatte dicke Füße. Glauben Sie mir, es ist nichts gewesen.« Robert wollte nicht wissen, ob etwas zwischen ihm und Ilse gewesen war, er wollte wissen, wo Ilse jetzt war. »Sie ist plötzlich weg«, erzählte Monsieur Bonfils, »sie ist vertragsbrüchig geworden. Ich werde sie verklagen, wenn ich sie finde. Glauben Sie mir, sie ist einfach weg.«

Robert blickte um sich im Kreise: Der Marktplatz stand nicht schief, die Stände wippten nicht auf und ab wie beim letzten Mal, als er hier war. Alles blieb ruhig. Gelassen räumten die Händler ihre Stände auf, mit gleichmäßigen Bewegungen wuschen ihre Frauen die Bohlen ab. Keine lauten Schreie waren zu hören. Vielleicht ist es vorüber, dachte Robert, vielleicht ist es vorüber und nichts trifft mich mehr.

Madame Jaillon saß noch immer am Küchentisch. Sie saß dort mit halboffenem Morgenrock vor einer leeren Schüssel und einem Tisch voller Krümel. Das schwarze Haar fiel ihr strähnig auf Schulter und Nacken. Sie sah sich nicht um, als Robert in die Küche kam. Robert trat auf sie zu, er trat von hinten auf sie zu, er packte ihren Morgenrock mit beiden Händen am Kragen und zog ihn ihr langsam über die Schultern zurück. Er streifte den Morgenrock langsam herunter, immer mehr braune, weiche Haut wurde sichtbar. Der Morgenrock fiel auch unten auseinander, schließlich fiel er an beiden Seiten des Stuhls auf den Boden. Robert nahm Madame Jaillon bei den Schultern und bog ihren Körper nach hinten zurück. Er bog ihren Körper weit über die Stuhllehne zurück, bis ihre schweren Brüste ganz schmal wurden und bis sie wie kleine braune Kegel senkrecht standen. Sie standen da wie Negerhütten aus braunem Lehm. Robert küßte die Brust, er küßte die Brust, und er küßte Schultern und Hals, er küßte die weiche, dunkle Haut überall, während Madame Jaillon ihm immerzu mit der Hand durch das blonde Haar fuhr. Er ging mit ihr ins Schlafzimmer. Er legte sich mit ihr auf das noch nicht gemachte, ungelüftete Bett. Der Geruch süßen scharfen Parfüms mischte sich mit dem modrigen Geruch des niemals gelüfteten Zimmers. Der Geruch betäubte ihn, und er preßte seinen weißen Körper an den braunen Körper der Marokkanerin.

Den ganzen Nachmittag lag Robert mit Madame Jaillon im Bett. Immer wieder legte er seinen Kopf zwischen die lehmbraunen Kegel ihrer Brust und strich ihr mit der Hand über die weiche Haut ihrer Oberschenkel. Ab und zu zuckte es noch in seinem Gesicht. Erst gegen Abend hörte das Zucken auf. Madame Jaillon befreite sich aus Roberts Umarmung, sie stand auf und zog ihr schwarzes Kleid an. »Im ›Majestic‹ läuft heute der Film mit Gérard Philipe«, sagte sie, »den Jungen kann ich immerzu ansehen. Kommst du mit?« Sie veranlaßte Robert, sich anzuziehen, dann ging sie mit ihm ins »Majestic«. Nach dem Kino nahm sie ihn mit ins »Ma Banlieue«. In der Taverne hatte man Robert lange nicht gesehen. Jetzt wurde er laut von den Wachtmeistern der Gendarmeriekaserne begrüßt. »Ah, der Herr Reeder«, riefen die Wachtmeister, »der Herr Reeder ist aus Monte Carlo zurück.« Robert ging auf den Ulk der Wachtmeister nicht ein, er setzte sich mit Madame Jaillon an den Ecktisch, wo die Wirtin des Lokals und die Platzanweiserin aus dem Kino schon warteten.

Wenige Tage später wurde Robert von Léon am Quai Wilson erwartet. »Dir muß man vielleicht nachlaufen«, sagte Léon, »andere können es nicht erwarten, bis sie ihr Geld kriegen, aber dir muß man nachlaufen.« Er ging mit Robert ins »Joliette«, bevor er aber das Geld auf den Tisch legte, begann er eine umständliche Ansprache. »Daß du mich nicht gleich beschimpfst«, sagte er, »vielleicht hast du mehr erwartet, ich weiß es nicht. Die meisten rechnen eben nicht damit, daß alles nur den halben Preis bringt. Ich sage das, damit du mich nicht beschimpfst.« Robert interessierte sich nicht für die Vorrede des Fuhrmanns, er hatte nicht nachgerechnet, was er bekommen würde. Jetzt staunte er selbst, daß er darüber noch nicht nachgedacht und seinen Anteil noch nie überschlagen hatte. Er wehrte sich aber auch gegen eine so exakte Behandlung dieser Sache. So etwas müßte man ganz in Trance machen können, dachte er, buchführen dabei macht es ja erst richtig gemein. Er fand, als er den Fuhrmann ansah, wie dieser das Geld aus seiner inneren Jackettasche hervorzog, daß er wie eine Muschel war, eine Muschel mit geschlossenen Schalen, und Léon war ein Krebs, der gewaltsam ihre Schalen öffnete, mit beiden Zangen. Aber der Krebs wollte die Muschel nicht verschlingen, er wollte ihr nur Schmutzkörner dazwischenschieben. Robert merkte, wie seine Schalen sich öffneten und wie ihm die Schmutzkörner hereingeschoben wurden. Er hielt fest an diesem Bild, das seinen Empfindungen, man müsse dieser Sache eine Art eklig trauriger Gloriole umlegen, so entgegenkam. Er nahm zu diesem Bild noch die Vorstellung hinzu, er werde eine Perle um das Dreckkorn spinnen. Gleichzeitig dachte er an sein Ende, von dem er inbrünstig hoffte, daß es ihm noch Zeit ließe, die Perle zu fabrizieren und überall dort sehen zu lassen, wo sie gesehen werden sollte. Danach wollte er die niedrigste Arbeit in einem der schrecklichsten Häfen der Welt verrichten und bei dieser Arbeit verlöschen. Er hielt es gut für möglich, daß er sich eines Tages in irgendein dreckiges, ungelüftetes Bett legen könnte und sterben, wenn er den Willen hatte zu sterben.

Zu Léon sagte er kalt: »Ich weiß genau, was ich zu kriegen habe.« Darauf bestellte Léon einen Pernod. »Das ist es ja eben«, sagte er, »du weißt es genau. Aber glaube mir, ich bin unbedingt ehrlich. Mehr als fünfhunderttausend Francs sind es aber nicht.« Bevor Robert jedoch hierauf etwas erwidern konnte, setzte er schnell hinzu: »Das ist nur das Geld für das, was vor sechs Wochen unternommen worden ist, weißt du? Alles Spätere kommt ja noch nach. Mit ähnlichen Beträgen kannst du jede Woche rechnen. Glaube mir, es ist genau errechnet.« Robert erwiderte nichts. Wortlos steckte er das Geld ein, dann erhob er sich, bevor Léon einen zweiten Pernod bestellen konnte. »Ich wußte doch, mit dir kann man gut arbeiten«, sagte Léon, »du hast natürlich alles nachgerechnet. Du kennst dich mit allen Preisen genau aus. Darum meckerst du jetzt auch nicht. Marius hat nämlich gemeckert. Aber Marius ist ja auch dumm.« – »Ja«, sagte Robert, »Marius ist dumm.« Dann ging er nach Hause.

Zu Hause zog Robert sich gleich um. Er zog seinen guten Anzug an und setzte den schwarzen Hut auf. Er steckte sich das Geld ein und fuhr zur Société Lyonnaise. Der Bankbeamte hinterm Schalter sah ihn sofort, er winkte ihm schon zu, als er durch die Drehtür trat. »Ah, Monsieur Mohwinkel«, rief er, »ich habe Sie in der letzten Woche schon vermißt.« Robert trat an den Schalter. »Ja«, sagte er, »ich hatte fast jeden Tag Sonderschichten. Dafür habe ich auch jetzt ein schönes Sümmchen zusammen.« Er entnahm seiner Brieftasche fünfzehntausend Francs und zahlte sie auf sein Konto ein. Dann verabschiedete er sich, wandte sich zum Gehen, kehrte dann aber noch einmal um. »Ach«, sagte er, »ich hätte es beinahe vergessen: Ich schleppe immer so einen Haufen Papiere mit mir herum. Sie wissen schon: Geburtsurkunde, Aufenthaltserlaubnis, Testament und was man eben so hat. Ich möchte diese Dokumente nicht immer bei mir tragen, und im Kleiderschrank lasse ich so etwas nicht gern. Kann ich nicht bei Ihnen billig einen Safe mieten?«

Als Robert diesen Wunsch äußerte, lächelte der Beamte. Er drohte lächelnd mit dem Finger. »Da habe ich Sie also doch richtig eingeschätzt«, sagte er, »ich habe schon manchmal daran gedacht, Ihnen einen Safe zu empfehlen. Ich habe Sie gleich richtig eingeschätzt.« Er nahm ein Formular und füllte es für seinen Kunden aus. »Ich weiß nämlich, wozu Sie einen Safe haben wollen«, fuhr er fort, »aber keine Sorge, Ihre Bank schweigt wie ein Grab.« Der Beamte ließ Robert das Formular unterschreiben, dann holte er einen Safeschlüssel, schloß seinen Schalter und trat zu Robert vor den Tresen. Er ging mit ihm in die Kellerräume der Bank, wo die Safes lagen. »Viele junge Leute haben bei uns einen Safe«, sagte er, »auch sie haben nur ein paar Papiere drinliegen. Aber sie brauchen ihren Safe doch regelmäßig. Immer sonnabends kurz vor Bankschluß kommen sie mit einem Mädchen, sie gehen lässig durch die Halle, die Hand in der Hosentasche, sie erwidern herablassend meinen Gruß. Dann gehen sie mit dem Mädchen in den Keller, wo ihr Safe liegt. Sie kommen nach wenigen Minuten wieder heraus, noch lässiger, an ihrer Seite das Mädchen, das noch ganz unter dem Eindruck der vornehmen Lebensart ihres Freundes steht.«

Sie waren im Keller angekommen. Der Beamte zeigte Robert das vermietete Fach. Er probierte den Schlüssel, schloß einige Male auf – zu, auf – zu. Dann übergab er Robert den Schlüssel.

»Ich möchte jedem jungen Mann empfehlen, sich fünf Sachen anzuschaffen«, sagte er, »Scheckbuch, Reisepaß, Führerschein, Telefon und einen Banksafe.« Er wartete, bis Robert den Safeschlüssel an seinem Schlüsselbund befestigt hatte, dann ging er mit ihm wieder in die Halle zurück. »Als ich jung war, war ich auch so einer wie Sie«, sagte er, »aber damals war man noch nicht so klug. Wenn ich jetzt noch einmal jung wäre, würde ich mir diese fünf Dinge sofort als erstes anschaffen. Weiter brauchte ich dann nichts. Ich brauchte keinen Wagen und keine Auslandsreisen, ich brauchte auf dem Konto kein Geld und im Safe keine Reichtümer, nicht einmal Dokumente. Ich brauchte das alles nicht, und doch würde ich jedes Mädchen bekommen. Ich gehe mit einem Mädchen aus, aber im Café an der Canebière bestelle ich nur zwei Soda. Das Mädchen ist enttäuscht, hat auf Eis, Kuchen, Likör gewartet. Lässig rufe ich aber den Ober, entnehme meiner Brieftasche einen Tausend-Franc-Schein, dabei fällt mir das Scheckbuch heraus. Ich bücke mich nach dem Scheckbuch, die Brieftasche mit dem Führerschein und dem Reisepaß lasse ich offen auf dem Tisch liegen. Wenn ich bezahlt habe, sehe ich auf die Uhr. ›Oh‹, sage ich, ›gleich macht meine Bank dicht. Ich muß mich beeilen. Sind Sie so nett und begleiten mich?‹ Dann gehe ich lässig mit dem Mädchen zu meiner Bank. Der Beamte am Schalter grüßt mich ehrerbietig. Ich gehe in den Keller an meinen Safe. Gleichgültig wechsele ich ein paar Papiere aus. Das Mädchen ist ungeheuer beeindruckt. Abends gehe ich mit der Kleinen in den Park. Alles in allem hat es wenig gekostet, ein paar Soda. Ja, so ein Gang zum Safe, das macht ein Mädchen gefügig.«

Der Beamte war wieder an seinem Schalter angelangt. Er bückte sich und kroch unter dem Tresen durch, auf der anderen Seite tauchte er wieder auf, ein älterer, kleiner, dürrer Herr. Er streifte sich seine Ärmelschoner über und setzte sich seine Nikkelbrille auf. Dann öffnete er seinen Schalter. »Frauen«, sagte er, »verlangen gar nicht so viel. Denken Sie daran, Monsieur, die Société Lyonnaise steht Ihnen immer zu Diensten.«

Endlich kam Robert zu Wort. Er sagte: »Ich habe kein Mädchen. Ich habe Diamanten und Perlen und eine halbe Million. Die will ich im Safe verstecken. Was sagen Sie nun?«

Der Bankbeamte lachte. »Sie sind mir vielleicht ein Spaßvogel«, sagte er, »aber Sie täuschen mich nicht. Sie sind genauso einer, wie ich früher war.« Dann bediente er den nächsten Kunden am Schalter, während Robert in den Keller zurückging, seinen Safe öffnete und ein Kuvert mit vierhundertneunzigtausend Francs hineinlegte. Dann verließ er die Bank.

Von nun an besuchte Robert jede Woche regelmäßig seine Bank. Immer wenn er Geld von Léon bekommen hatte, ging er zur Bank. Eine kleine Summe zahlte er auf sein Konto ein, eine große Summe legte er in den Safe. Als im Januar die »Tyrrhenia« wieder im Hafen lag und er mit dem Zweiten Offizier Kleinschmitt im »Paradis« beim Pierrefeu saß, glaubte Robert, sich ein paar detaillierte Fragen erlauben zu können. »Sagen Sie mal, Kleinschmitt«, fragte er, »Sie reden immer so viel von Ihrem Kümo und daß wir das Geschäft zusammen machen wollen. Haben Sie denn wenigstens schon ein Schiff in Aussicht?« Kleinschmitt erschrak. Er hatte zwar immer gewußt, daß der junge Mohwinkel hier nicht aus purem Spaß aushielt. Aber auf eine so plötzliche Frage war er nicht gefaßt. »Vor einem halben Jahr sprach ich mit Ketelhodt. Er lag mit seinem Schiff in Hamburg, und ich besuchte ihn an Bord«, sagte er, »ich kannte Ketelhodt vom Kriege. Ich fuhr mal ein halbes Jahr zusammen mit ihm. Nach dem Krieg hatte er dann eine Glückshand, und vor zwei Jahren hat er das Motorschiff ›Lucina‹ gekauft, ganz neu, bei Lürssen in Vegesack gebaut, fünfhundertachtzig Tonnen, aber nun ist es ihm zu klein geworden. Er will sich ein größeres Schiff kaufen. Mir würde die ›Lucina‹ schon genügen, aber ich hatte kein Geld. Er wollte siebenhundertdreißigtausend Mark.« Kleinschmitt hielt plötzlich inne. Er sah Robert an. »Haben Sie denn Geld?« fragte er. »Nein«, sagte Robert, »so viel habe ich auch nicht. Aber ich spare fleißig, vielleicht habe ich zum Herbst eine kleine Anzahlung zusammen. Sie haben doch auch noch etwas, hoffe ich?«

Von dieser plötzlichen Wandlung des jungen Mohwinkel war Kleinschmitt sehr erschrocken. Über ein Jahr kam er nun alle acht Wochen mit diesem jungen Mann zusammen. Über ein Jahr sprach er bei jeder Zusammenkunft über dies Geschäft. Aber immer sagte der junge Mohwinkel, daß er keinen Franc besaß. Schließlich machten beide nur noch Witze darüber. Sie hatten so oft ihre Witze darüber gemacht, daß Kleinschmitt an das Projekt im Ernst nicht mehr glaubte. Er dachte, Mohwinkel mache sich über ihn lustig. Das fand er nicht schön, er sah verlegen vor sich auf den Tisch. Laut sagte er: »Das mit der ›Lucina‹ war nur so hingesprochen. Immerhin war es vor einem halben Jahr. Inzwischen hat Ketelhodt sein Schiff bestimmt verkauft.«

Robert wich aber von diesem Thema nicht ab. Er wollte mit Kleinschmitt alles ins reine bringen. »Ach was«, sagte er, »wenn der Mann bereits verkauft hat, kümmern Sie sich man um ein anderes Schiff. Das Technische ist Ihre Sache, damit kann ich mich nicht befassen.« Kleinschmitt erschrak über den veränderten Ton Roberts. Er sprach nicht wie ein Tallymann von der Ladeluke, er sprach schon wie ein Chef. Das Auftreten des jungen Mohwinkel beeindruckte ihn, deshalb sagte er: »Ja, wenn es so ist, dann will ich mich gleich nach meiner Ankunft in Deutschland drum kümmern.«

Robert bestellte eine zweite Flasche Pierrefeu. »Ich will es Ihnen erzählen«, sagte er, »meine Wirtin hier in Marseille ist gestorben. Sie hatte keine Erben. Deshalb habe ich jetzt drei Häuser. Eins davon habe ich gerade vorige Woche zu Geld gemacht. Aber was erzähle ich Ihnen da? So genau brauchen Sie es auch wieder nicht zu wissen.« Bei der dritten Flasche Pierrefeu erzählte Robert, daß er bei der Société Lyonnaise sechs Millionen Francs im Safe habe. »Das sind zweiundsiebzigtausend Mark«, sagte er, »die möchte ich auf einem Konto in Deutschland wissen, da bringen sie noch etwas Zinsen. Können Sie die Francs umwechseln und auf ein deutsches Konto einzahlen?« Er wartete eine Antwort jedoch nicht ab, sondern fuhr gleich fort: »Natürlich können Sie das. Aus der Zeit, als ich Handlungsbevollmächtigter beim Schiffsmakler war, weiß ich, daß das für einen Seeoffizier eine Kleinigkeit ist. Ich brauche es Ihnen wohl im einzelnen nicht zu erklären. Das Transferieren ist Ihre Sache.«

Er bestellte noch eine vierte Flasche Pierrefeu. Als sie ausgetrunken war, erhob sich Robert. »Morgen früh bitte ich Sie, um zehn Uhr in der Halle der Société Lyonnaise auf mich zu warten.

Ich gebe Ihnen dann die Summe. Ich will sie hier los sein. Wenn Sie in zwei Monaten wieder hier sind, können Sie weiteres Geld bekommen.«

Am nächsten Morgen war Kleinschmitt pünktlich um zehn Uhr in der Halle des Bankgebäudes. Er wartete schon, als Robert eintraf. Der Bankbeamte hinterm Schalter konnte beobachten, wie sich die beiden Männer herzlich begrüßten und wie dann Herr Mohwinkel mit dem Seeoffizier in den Safekeller ging. Der Beamte schüttelte den Kopf. Darauf wäre ich nie gekommen, dachte er, dieser junge Mann, der genauso ist, wie ich früher war, und er hat es mit Männern. Gespannt wartete er auf die Rückkehr der beiden Herren. Nach ein paar Minuten kamen sie: Herr Mohwinkel lässig, die Hand in der Hosentasche, und sein Begleiter, der offensichtlich stark beeindruckt war. Mein Gott, wie konnte ich mich so täuschen, dachte der Bankbeamte, und er sah den beiden nach, wie sie durch die Drehtür davongingen.

In einem Café an der Canebière sprachen Robert und Kleinschmitt die vordringlichen Einzelheiten durch. »Ich hoffe, Sie sind einverstanden, wenn wir als Sitz unserer Firma jeden anderen Hafen als Bremen nehmen«, sagte Robert, und Kleinschmitt beeilte sich zu erklären, daß für das schwedische Holzgeschäft, an das er vornehmlich dachte, Lübeck der geeignete Platz sei. »Gut«, sagte Robert, »mit Lübeck bin ich einverstanden. Da eröffnen Sie das Konto bei der Filiale der Norddeutschen Bank.

Kleinschmitt sah Robert noch lange nach. Einerseits war er beglückt über diese plötzliche Wendung und darüber, nun bald Kapitän auf einem Schiff zu sein, das ihm zu einem kleinen Teil mit gehörte; zum anderen aber war er etwas erschrocken über den energischen Ton seines künftigen Teilhabers. Und ich habe immer gedacht, er ist ein Heimchen, sagte er sich, wie Geld einen Menschen verändern kann. Dann ging er auf die Credit Commercial de France, eine Bank, wo er als Vertreter seiner Reederei bekannt war, und wechselte die Francs in Dollars um. Mit den Dollars ging er an Bord und versteckte sie in seiner Kajüte. Am Abend lag er noch lange wach, er konnte nicht einschlafen. Er mußte immerzu an die Ereignisse dieses Tages denken.

Währenddessen stand Robert an diesem Abend an der Ladeluke von Dampfer »Hirondelle«. Er hob etliche Male den Arm während seiner Schicht. Etliche Male vergaß er, auf den Tallyscheinen einen Haken zu machen.

In den Wochen darauf sammelten sich wieder ähnlich hohe Summen in Roberts Safe bei der Société Lyonnaise an. Es waren Anteile für Geschäfte mit Chemikalien, Fotoapparaten und Textilien, mit optischen Geräten, Spirituosen und Uhren, Elektromotoren, Tabakballen und Kaffee in Säcken. Léon zahlte regelmäßig, der Absatz der Ware machte ihm keine Schwierigkeiten. »In bin in Marseille geboren«, sagte er, »sechsundsechzig Jahre lebe ich in Maneille. Da sollte man seinen Kundenstamm haben.« Dazu lachte Léon mit seinen häßlichen braunen Zähnen. »Einen meiner Kunden habe ich schon seit 1906. Damals belieferte ich ihn regelmäßig mit Pelzen. Ich weiß es noch heute: Immer die Kisten mit den riesigen langen Boas, die waren damals modern. Der Mann ist reich geworden an mir, vier Jahre später konnte er einen Laden aufmachen an der Canebière. Heute gehört er zu den vornehmsten Pelzhändlern Südfrankreichs.« Auf Roberts Frage, ob er, Léon, denn nicht selbst zu Kapital und zu einem Geschäft gekommen sei, antwortete der Fuhrmann ausweichend. »Das verstehst du nicht, mein Junge, das verstehst du nicht«, sagte er. Als er aber sechs Pernods getrunken hatte, erzählte er, daß er deswegen nicht zu Kapital gekommen sei, weil er jede Ansammlung von Kapital hasse. »Ich war Radikaler«, sagte er, »schon 1906. Später ging ich mit Cachin zur Kommunistischen Partei. Ich habe mich auch bei Wahlen aufstellen lassen, aber ich wurde nie gewählt. Mein Geld habe ich immer wieder unter die Leute gebracht. Ich wollte kein Kapital anwachsen lassen, kein Geschäft gründen. Ich wollte nicht Unternehmer werden, dafür war ich mir immer zu gut. Ich habe mein Geld immer gleich auf den Kopf gehauen. Es ist immer schnell alle gewesen, das kannst du mir glauben.«

Dann rückte er ganz nahe an Robert heran. »Siehst du, mein Junge«, sagte er, »wenn du klaust und du hortest das Geld, dann ist es Diebstahl. Wenn du es aber gleich unter die Leute bringst, dann ist es kein Diebstahl, dann hast du deinen Idealismus hinter dir, und du freust dich, daß du das Weltkapital geschädigt hast. Als ich jung war, hatte ich einmal vor, hier im Hafen, an der Verladerampe, die ganze kapitalistische Weltwirtschaft durcheinanderzubringen. Verstehst du, so war ich mal. Ja, der junge Léon damals!«

Léon bestellte einen neuen Pernod. »Ja, der junge Léon damals«, sagte er noch einige Male. »Und wie denkst du heute darüber«, fragte Robert. »Bist du immer noch gegen gehortetes Geld und gegen Kapital? Wie denkst du über ein eigenes Geschäft, wie denkst du über ein kleines, eigenes Geschäft, wie denkst du darüber?« Léon antwortete nicht gleich. »Wenn man sechsundsechzig Jahre alt ist«, antwortete er schließlich, »denkt man darüber anders. Da sieht man, daß man die Welt nicht durcheinanderbringen kann. Da läuft alles auf festen Schienen. Auch wenn es nicht so aussieht, wenn gerade mal Krieg ist – es kommt immer alles in die alten Schienen. Du kannst die Finger nicht dazwischenhalten.« Er bestellte noch einen Pernod. »Ich habe im vorigen Sommer einen Hafenschlepper gekauft. ›Jeannette III‹, das ist meiner, weißt du. Aber sprich nicht darüber, es weiß natürlich niemand. Im Sommer kaufe ich mir noch eine Barkasse, mit der mache ich Hafenrundfahrten mit Touristen. Ich fahre mit den Touristen zum Château d'If hinüber oder an der Küste entlang bis zu den Calanques, den Schlupfhäfen bei Cassis. Ich stehe am Heck, im guten Anzug mit weißem Hemd und Krawatte, auf dem Kopf trage ich eine schwarze Melone. Ich stehe am Heck, und während ich dem Mann am Ruder meine Befehle gebe, erkläre ich den Touristen die Gegend. Ich sage: ›In diesen Mauern hat der Graf von Monte Christo geschmachtet‹ oder: ›Dies hier ist der alte Hafen, er wurde schon von den Phöniziern erbaut.‹«

Robert langweilten die Erzählungen des alten Fuhrmanns. Doch jedesmal, wenn sie sich bei Joliette trafen, hörte er seinem Gerede zu, weil er es nicht übers Herz brachte, den alten Mann gleich nach Empfang des Geldes wieder zu verlassen.

Wenn Robert Geld bekommen hatte, ging er von Joliette sogleich nach Hause, um sich umzuziehen. Danach ging er zur Bank, im guten Anzug und mit schwarzem Hut. An kalten Tagen trug er einen dunklen Ulster. Um den Hals hatte er einen

Schal aus weißer Seide. Seinen Schirm trug er eingerollt über dem Arm. Alle neuen Kleidungsstücke hatte er sich erst angeschafft, nachdem Ilse ihn verlassen hatte. Erst als sie fortgezogen war, die ihn jahrelang auf niedrigster Lebensstufe gehalten hatte, bildete sich jetzt langsam sein Geschmack. Er genoß es, in diesem Aufzug wöchentlich auf die Bank zu gehen. Trotzdem blieb sein Auftreten bescheiden. Mit dem Bankbeamten am Schalter unterhielt er sich über die neuen Unruhen in Marokko, über die Katastrophe beim Rennen in Le Mans und über den unheimlichen Wirtschaftsaufstieg in Deutschland. Er zahlte einen kleinen Betrag auf sein Konto ein, dann ging er in den Keller, wo er eine halbe Million Francs in seinen Safe legte.

Alle acht Wochen wurde aus Robert, der trotz seines Aufwandes in der übrigen Zeit ein Hafenarbeiter blieb, ein Chef. Er wurde ein Unternehmer, der ohne Hast bestimmte Pläne verwirklichte und dazu bestimmte Anordnungen weitergab. Das war an den Tagen, an denen die »Tyrrhenia« im Hafen lag. Dann saß er mit Kleinschmitt, dem Zweiten Offizier, in einem Café an der Canebière, oder er speiste mit ihm im »Florida« zu Abend. Das »Paradis« mied er, mit diesem Lokal verbanden sich zu viele Erinnerungen an Ilse Meyerdierks. Kurz bevor Kleinschmitt wieder abfuhr, ging Robert mit ihm zur Bank, um ihm im Safekeller das inzwischen wieder angesammelte Geld zu übergeben. In der Zwischenzeit waren die vorhergehenden Summen auf das Konto der Norddeutschen Bank in Lübeck eingezahlt worden. Da die Einzahlungen von einem beauftragten Schiffsoffizier in Dollars erfolgten, hielt man Robert in Lübeck für einen in Amerika reich gewordenen Deutschen, der nun – kurz vor seiner Rückkehr in die Heimat – noch ein Jahr zur Erholung in Südfrankreich weilte. Die Briefe, die die Bank in Lübeck an Herrn Mohwinkel nach Marseille schrieb, waren von außerordentlicher Höflichkeit. Sie waren unterzeichnet von zwei Prokuristen. Hier in Marseille, bei der Société Lyonnaise, wurde Robert von einem untergeordneten Beamten am Schalter bedient, in Lübeck bedienten ihn zwei Prokuristen. Die Prokuristen unterrichteten Robert über den Stand seines Kontos und über die wechselnden Zinssätze, sie machten Vorschläge für die Anlage des Geldes, sie boten ihm Pfandbriefe an und schickten ihm Prospekte, aus denen die Leistungsfähigkeit ihrer Bank ersichtlich war. Robert beantwortete alle Briefe gewissenhaft auf einer geliehenen Schreibmaschine. Er schrieb, daß er sich die Anlage des Geldes selbst vorbehalte und daß er die niedrigen Zinssätze bedauere. Die Korrespondenz heftete er in einem Ordner ab, auf dessen Rücken er »Bank« schrieb. Den Ordner stellte er in den Kleiderschrank. Einige Monate später stellte er neben den Ordner einen zweiten, auf dem »Notar« stand. In ihm befand sich die Korrespondenz mit Herrn Dr. Abendroth in Lübeck, der sich nach der Vermittlung durch Kleinschmitt angeboten hatte, den Firmenvertrag auszuarbeiten und beim späteren Kauf eines Küstenmotorschiffes notariell mitzuwirken. »Ich bin seit 1930 Notar«, schrieb Herr Dr. Abendroth, »nach dem Krieg habe ich mich besonders auf Schiffskäufe und Reedereiverträge spezialisiert. Ihre Angelegenheit, sehr geehrter Herr Mohwinkel, befindet sich bei mir in besten Händen.« Robert genoß es, in einer fremden Stadt, wo niemand ihn kannte, als ein so angesehener Mann zu gelten.

Trotz seiner Geltung in der fremden Stadt, trotz der Korrespondenz mit Bank und Notar, trotz seiner feinen Garderobe und seines vornehmen Auftretens an den Tagen mit Kleinschmitt, an denen er ein Chef war, blieb Robert sich bewußt, daß er ein unehrlicher Mensch war. Er war an einem unehrlichen Geschäft beteiligt, das zwar mit großer Sicherheit lief, aber trotzdem viele Aufregungen und seinem Gewissen große Not brachte. Es gab Streitigkeiten mit Ladeoffizieren und mit Schuppenvorstehern. Manchmal reklamierte ein Spediteur, und Robert mußte immer wieder seine Korrektheit vor seinem Chef, vor dem Chief-Tallymann und vor dem Kunden verteidigen. Diese Aufregungen sowie die Belastung seines Gewissens bekamen seinen Nerven nicht gut. Das Zucken in seiner linken Gesichtshälfte hörte nicht mehr auf, seine Bewegungen wurden fahrig, seine Hände zitterten, nachts träumte er schlecht. Ohne Tabletten fand er keinen Schlaf. Er aß ohne Appetit, er magerte ab. Er kam sich vor wie ein Wurm. Selbst an seinen vornehmen Tagen kam er sich vor wie ein Wurm, einer, der aufrecht ging, ein Wurm mit einem weißen Seidenschal, der in seiner komödiantenhaften Hülle langsam vertrocknete.

Während der ganzen Zeit schrieb Robert nicht an seine Eltern. Er las auch die Briefe nicht, die von seinen Eltern kamen. Er fürchtete sich vor seines Vaters Angeboten, zurückzukehren und in irgendeinem Kontor seiner Heimatstadt eine Bürostelle anzutreten. Die Rückkehr in das Gleichmaß eines Lebens, das wie ein Leben zu herabgesetzten Preisen war, gab es für ihn nicht mehr. An sein baldiges Ende glaubte er noch immer, zuweilen stärker, manchmal auch wieder schwächer. Davor, ehe das Ende käme, von dem er sich oft vorstellte, er werde aus einem Fenster ins Freie treten und allen Verfolgern entschweben, davor gab es entweder das Dreckigste oder das Feinste für ihn, dazwischen aber nichts. Dazu kam eine starke Abneigung gegen Verbundenheitsgefühle, gegen den Stolz, »der treue Sohn seiner Heimatstadt« zu sein. Er kannte diese Darstellung heimatstädtischer Gefühle aus vielen gespreizten Reden, welche von Männern mit roten Köpfen gehalten wurden, Reden, die nach Bratensoßen rochen, vor weißen Tischtüchern wurden sie gehalten, auf denen die Reste einer heimatstädtischen Festmahlzeit sich breitmachten mit Knochen und Brötchenkrümeln, und die Hand des Redners lag breit, mit gespreizten Fingern aufgestützt, auf der Tischkante, der Redner wippte auf den Fußspitzen dazu.

Robert wollte keine Verbindung mehr mit seiner Heimatstadt, er wollte nicht wissen, was es dort Neues gab, er wollte nichts von dem wirtschaftlichen Aufstieg und den günstigen Berufsaussichten wissen. Auch von seinen Eltern wollte er nichts hören oder lesen, weil ihre Verständnislosigkeit ihn entmutigte. Ihre Ahnungslosigkeit, gepaart mit der Härte einer begrenzten Lebenskenntnis machten es sogar möglich, daß ihre Güte ihn nicht beschämte. Er brachte es sehr gut fertig, ihre Briefe nicht zu lesen. Er brachte es noch besser fertig, ein Jahr lang nicht an seine Eltern zu schreiben. Er wollte nicht die kleinen, grauen Augen seiner Mutter spüren, er wollte ihrem Blick nicht begegnen, der ausdrückte, daß sie alles genauso hatte kommen sehen, wie es jetzt gekommen war. Was immer er seinen Eltern schriebe, seine Mutter würde sich über nichts wundern. Schriebe er, daß er als einfacher Mann im Hafen arbeitete, würde seine Mutter dies als den folgerichtigen Ablauf eines im vorhinein ungünstig angelegten Lebens ansehen. Schriebe er, daß er sehr viel Geld habe und bald ein eigenes Schiff und eine Firma haben werde, würde sie sagen: »Das geht nicht mit rechten Dingen zu. Bestimmt hat er gestohlen. Ich wußte doch immer, daß er haltlos ist.« Mit abschätzigem Pathos würde sie sagen, ihr Sohn sei immer ein Rohr im Wind gewesen; besser, dies Rohr im Wind wäre Schuster geworden, wie sie es damals beizeiten empfohlen hatte. Ihren Kränzchenschwestern aber würde sie sagen: »Danke, meinem Sohn geht es gut, er ist fleißig, und seine Vorgesetzten sind mit ihm zufrieden.«

Langsam ging der Sommer zu Ende. Es war der dritte Sommer in Marseille. Robert glaubte, daß es nicht gut wäre, noch einen weiteren Sommer in Marseille zu verbringen. Er sprach mit Fatima Jaillon darüber, vorsichtig zuerst und mit unbestimmten Andeutungen. Er fürchtete, seine Wirtin, mit der er nun schon fast ein Jahr lang zusammen schlief, zu erschrecken. Er sagte: »Fünf Jahre bin ich nun von zu Hause weg. Manchmal muß ich daran denken. Kannst du das verstehen?« Fatima verstand nicht nur dies, sie verstand auch die Andeutung. Sie hatte immer gewußt, daß sie den jungen Deutschen nicht für alle Zeit halten konnte, sie hatte nur nicht geglaubt, daß der Abschied schon so schnell kommen sollte. Sie erschrak, aber sie ließ es sich nicht merken. »Gewiß, Robert«, sagte sie, »man gehört in das Land, in dem man aufgewachsen ist, und du hast noch deine Eltern. Bei mir ist es eine andere Sache. Ich gehöre in das Land, in dem mein Mann gefallen ist. Diese Stadt, wo ich zwei Jahre lang mit meinem Mann glücklich war, will ich mein Leben lang nicht verlassen. Ich will in Marseille sterben.« Sie sprach absichtlich von sich und ihrem Wunsch, in Marseille zu bleiben, um einen etwaigen Gefühlsausbruch Roberts zu verhindern. Sie fürchtete, er könnte sie auffordern, mit ihm zu gehen. Sie kannte bei den Weißen solche Gefühlsausbrüche. Manchmal waren sie echt, manchmal nicht, aber oft glaubten die Weißen an die Echtheit ihrer Gefühlsausbrüche und ließen sich zu Handlungen hinreißen, die sie dann bereuten. Das machte viele Weiße so gefährlich. Sie sah schon Robert, wie er sie beschwor, mit ihm zu kommen, sie sah sich an der Seite dieses blonden Mannes, der schon nach einem halben Jahr seinen Entschluß bereuen würde. Darum sagte sie noch einmal: »In Marseille will ich einmal sterben, verstehst du das?«

Fatima Jaillon hatte einen wunderbaren Sommer verlebt. Es war seit fünfzehn Jahren der schönste Sommer für sie gewesen. Jeden Sonntag war sie mit Robert spazierengegangen, in den Zoologischen Garten und im Jardin du Pharo, an der Promenade de la Corniche und im Parc Borély. Mit dem Motorboot waren sie zum Château d'If hinübergefahren. Sie hatten die Mauern, das Schloß und das Gefängnis besichtigt, wo Mirabeau gesessen hatte, sie hatten alle Stätten besichtigt, wo Fatima Jaillon vor achtzehn Jahren mit dem Obermaat Vincent Jaillon gewesen war, und sie fand, daß sie Grund hatte, über das Jahr mit Robert sehr glücklich zu sein. Am letzten schönen Tag des Sommers fuhr sie mit Robert nach St. Pierre hinaus, um auf dem Friedhof von St. Pierre das Grab ihres Mannes zu besuchen. Sie war viele Jahre nicht dort gewesen, sie konnte sich ihrem Manne an seinem Grabe nicht nahefühlen. Eine halbe Stunde gingen sie durch die Gräberalleen, Fatima immer einen halben Schritt vor Robert, im schwarzen Kleid, die schwarze Stola halb über den Kopf gezogen. Sie ging auf hohen, spitzen Absätzen mit schnellen, festen Schritten, ihre kräftigen Hüften bewegten sich stark im engen Kleid. Sie sprach während des ganzes Weges kein Wort. Endlich hatte sie das Grab gefunden. Es war eine schlichte Stätte, efeubewachsen, mit einem verzierten schmiedeeisernen Kreuz. Als Fatima vor dem Grab stand, zog sie ihre Stola über ihren Kopf, bis nur noch ihr Gesicht hervorsah. Ratlos stand sie vor dem Grab. Sie wußte nicht, was sie am Grab ihres Mannes tun sollte. Sie hatte keine Beziehung zu diesem Grab auf dem christlichen Friedhof. Sie guckte nach links und rechts, um zu beobachten, was andere Frauen an den Gräbern ihrer Männer taten. Andere Frauen, so sah sie, bückten sich über die Gräber, um ein paar Blumen zu ordnen, sie knieten nieder, um Unkraut auszureißen oder um eine Blumenschale einzugraben. Manche Frauen beteten auch vor den Gräbern. Fatima fand, daß es auf dem Grab von

Vincent Jaillon nichts zu ordnen gab. Beten konnte sie auch nicht. Sie sagte deshalb nur: »Er liegt mit dem Kopf nach Osten, das ist gut. Es ist ein christlicher Friedhof, aber er liegt wenigstens mit dem Kopf nach Osten.« Dann trat sie mit Robert den Rückweg an.

Einige Tage später fand Robert bei seiner Post eine Karte von Ilse Meyerdierks vor. Die Karte kam aus Juan-les-Pins an der Côte d'Azur. Sie enthielt nur zwei Sätze: »Ich verlebe hier herrliche Tage. Hoffentlich geht es dir gut.« Darunter stand ein halbes Dutzend Unterschriften, die zum Teil unleserlich waren. Robert konnte nur die Unterschrift seiner einstigen Freundin und zwei englische Namen, die von Mr. Stanhope und Mr. Walpole erkennen. Offensichtlich hatte Ilse die Karte in größerer Gesellschaft und in angetrunkener Stimmung geschrieben. Die Gesellschaft hatte vielleicht über den Spaß gelacht, daß Ilse einmal im Hafenviertel von Marseille mit einem Hafenarbeiter zusammengelebt hatte. Robert ärgerte sich über diese Karte. Verärgert ging er in die Küche, um sie Fatima zu zeigen. Fatima Jaillon sah aber gar nicht auf die Rückseite, sie betrachtete nur die Ansicht. »In Juan-les-Pins war ich auch einmal mit Vincent«, sagte sie, »wir haben auf der Promenade du Soleil gegessen. Abends sind wir um das Cap d'Antibes herumgewandert. Das war im Herbst, in den ersten Monaten des Krieges.« Sie nahm die Karte, die zwischen hohen Agaven einen abendlichen Ausblick aufs Meer zeigte, und ging mit ihr ins Schlafzimmer. Dort heftete sie die Karte an die Wand neben andere Karten, die Ansichten von Tanger, Rabat und Toulon zeigten. Zur Befestigung nahm sie vier Reißzwekken. Dann trat sie einen Schritt zurück und betrachtete zufrieden ihre Erinnerungsecke, die nun um ein neues Bild bereichert war. »Um die Mademoiselle mach dir nur keine Sorge«, sagte sie zu Robert, »die wird immer durchkommen. Du siehst es ja, die geht nicht unter.«

Am Abend ging er mit Fatima ins Kino. Im »Majestic« lief der deutsche Film »Die Ratten«. Der Film war nicht synchronisiert, er lief in deutscher Sprache mit französischen Untertiteln. Fatima verstand die Untertitel nicht, und während des ganzen Films mußte Robert ihr die Handlung und die Dialoge erklären.

Robert war von dieser Anstrengung ganz erschöpft und wollte nicht mehr ausgehen. Aber Fatima mochte nicht nach Hause, ohne im »Ma Banlieue« wenigstens für ein Glas einzukehren.

Im Lokal merkten sie erstaunt, daß sie fast allein waren. Nur ein alter Stabswachtmeister stand an der Theke. Er trank gerade seinen Schnaps aus und bezahlte. Ängstlich sah er dabei auf die Uhr. »Was, das wissen Sie nicht?« antwortete er auf Madame Jaillons Frage, was denn heute abend los sei, »das wissen Sie nicht? Die ganze Kaserne hat Ausgangssperre. Morgen ist Großeinsatz. Wo, weiß ich nicht. Ich glaube aber, daß wieder mal im Hafen was los ist.« Damit verließ der Stabswachtmeister eilig das Lokal.

Bei dieser Auskunft zitterte Robert am ganzen Körper. Er mußte sich setzen. Mit schwacher Stimme verlangte er einen Pernod. Er trank ihn hastig aus, ohne auf Fatima zu hören, die gern noch mit ihm ein Glas Wein getrunken hätte. Er ging nach Hause und legte sich sofort ins Bett. Er nahm vier Schlaftabletten. Den Wecker stellte er ab.

Madame Jaillon blieb allein im »Ma Banlieue« zurück. Sie setzte sich in dem leeren Lokal zur Frau des Wirts an den Ecktisch. »Was ist denn mit dem Herrn Reeder?« fragte die Wirtin, »er ist so komisch, ist er krank?« – »Ja«, sagte Madame Jaillon, »Monsieur Robert ist krank. Der Kräftigste ist er ja nicht.« Als Fatima eine Stunde später nach Hause kam, schlief Robert schon fest.

Am anderen Morgen erwachte Robert um zehn Uhr. Vor drei Stunden hätte er an Bord von M/S »Paraná« anfangen müssen. Er erschrak, als er auf die Uhr sah, aber dann kamen ihm die Erinnerungen an den gestrigen Abend wieder. Er erhob sich, und mit weichen Knien wankte er aufs Klosett, wo er sich übergab. Er würgte viele Male, es kam aber nur Galle. Blaß, zittrig, mit keuchendem Atem und tränenden Augen ging er in sein Zimmer zurück. Auf dem Bettrand sitzend zog er sich an. Er zog seinen guten Anzug an und nahm ein sauberes Hemd. Als er auf die Straße trat, wurde ihm etwas besser. Mein Gott, sagte er laut vor sich hin, mein Gott, was hätte da alles passieren können.

Er ging zu einem Arzt und klagte ihm über häufiges Erbrechen und gelegentliches Fieber. »Als deutscher Kriegsgefangener war ich in Sibirien«, sagte er, dort habe ich im Kohlenbergwerk gearbeitet. Später hatte ich eine Rippenfellentzündung und Tuberkulose.« Der Arzt sah Robert aufmerksam an. »Da müssen wir röntgen«, sagte er, aber Robert bat, nicht ambulant behandelt zu werden. »Ich wohne nur behelfsmäßig«, sagte er, »wenn ich krank bin, muß ich ausziehen. Können Sie mich nicht in eine Klinik einliefern?« Der Arzt untersuchte Robert gründlich, er klopfte ihn ab, stellte eine verschwartete Lunge fest, hörte einen unregelmäßigen Puls und sah sich im ganzen die magere Gestalt an. Völlig heruntergewirtschaftet, dachte er, laut sagte er aber: »Das ist nicht so einfach, in ein Hospital zu kommen. Da muß erst ein Bett frei werden.« Robert beeilte sich zu erwidern, daß er Privatpatient sei und in der Klinik auch dementsprechend behandelt werden wollte. Da schrieb der Arzt ohne Zögern einen Überweisungsschein für das Hospital Sainte-Marguerite aus. Mit diesem Überweisungsschein meldete sich Robert im Hafen beim Chief-Tallymann. Der Chief las wortlos den Schein, wortlos gab er ihn Robert zurück. Ich habe ja gleich gewußt, dachte er, mit denen aus dem Büro ist nicht viel los. Er machte eine Eintragung in seine Personalliste, dann sagte er: »Den Ihnen noch zustehenden Lohn gibt Ihnen die Buchhaltung. Dort können Sie sich das Geld abholen.«

Als Robert die Bude des Chiefs verließ, traf er mit Victor zusammen, Victor hielt ihn fest und rief: »Mensch, Robert, du hast mir heute früh vielleicht einen Dampfer hinterlassen! Du, das vergesse ich dir nicht! Weil du nicht da warst, mußte ich zum M/S ›Paraná‹, aber fast ein Viertel aller zu verladenden Waren fehlte. Mensch, da hast du was versäumt, sage ich dir! Um neun Uhr kam der alte Fayolle in den Hafen, er brachte Gibert mit, und dann haben die beiden mich zusammengeschissen. So was habe ich in meinem Leben noch nicht erlebt! Dabei hatte ich doch keine Schuld, ich habe ganz richtig talliert. Die Kolli fehlten schon im Schuppen. Um zehn Uhr war dann die Polizei da, dreißig Mann vielleicht, und sie haben den ganzen Schuppen durchsucht und auch die ganze Gegend um den Schuppen. Ein Kommissar hat mich verhört, aber die Kisten fanden sich nicht an.«

Robert wurde bei diesen Worten schwindlig. Er ging ein paar Schritte weiter, um sich auf eine Partie Eisenrohre zu setzen. »Ich bin krank, Victor«, sagte er, »ich habe es mit der Lunge, ich kann kaum stehen. Heute noch komme ich ins Hospital.« – »Daß du krank bist, habe ich heute früh gemerkt«, antwortete Victor, »du, das vergesse ich dir nicht. Aber ich will dir noch zu Ende erzählen: Mitten in der schönsten Aufregung kommt Léon mit seinem Viertonner um die Ecke. Er fährt rückwärts an die Rampe ran, macht seinen Wagen auf und ruft: ›Na, will denn keiner abladen?‹ Er muß noch ein paarmal rufen, aber keiner von den Arbeitern kommt. Alle stehen im Halbkreis um ihn herum, die dreißig Polizisten sind auch dabei, auch der Kommissar und der alte Fayolle und Gibert stehen da. Schließlich sagt Léon: ›Was gafft ihr denn so, ich bringe die restlichen Kolli für M/S ›Paraná‹.‹ Da stürzen sich alle auf den Viertonner, der Kommissar voran, sie kontrollieren die Märks und Nummern, und sie müssen feststellen, daß alle Kolli, die sie in der Frühe vermißt hatten, jetzt da sind. Der alte Léon steht noch eine ganze Weile sprachlos, dann fängt er an zu lachen. Er lacht und lacht und will sich gar nicht wieder beruhigen. ›Seit wann holt man denn gleich die Polizei, wenn ein paar Kisten fehlen‹, sagt er, ›früher hat man immer erst mal auf den Fuhrmann gewartet.‹ Dabei zeigt Léon den Herren seine Papiere. Alle können es deutlich lesen: Auf den Fuhrscheinen sind sämtliche Kolli ganz genau aufgeführt, und ganz unten am Schluß steht. Anzuliefern Mittwoch 11.00 Uhr, Platz 40, M/S ›Paraná‹. ›Ich bin noch eine halbe Stunde zu früh‹, sagt Léon und fängt wieder an zu lachen.«

Während dieser Erzählung Victors sackte Robert in sich zusammen. Vor seinen Augen wurde alles rot und violett. Das ist das Fieber, dachte er, und er wartete darauf, daß jetzt die Übelkeit und das Erbrechen kämen. Es kam aber nichts. »Du, sag mal«, fragte Victor noch, »traust du dem alten Léon?« Robert sah gleichgültig zu Boden. »Ich habe nie darüber nachgedacht«, sagte er, »ich bin mit Léon immer gut ausgekommen.« Dann erhob er sich und ging davon. Er drehte sich noch einmal um und rief Victor zu: »Wenn du Léon siehst, sage ihm doch, daß ich im Hospital Sainte-Marguerite liege. Ich hatte ihm mal zweitausend

Francs geliehen. Die soll er mir gelegentlich mal bringen. Es eilt aber nicht.«

Zu Hause packte Robert seine Wäsche zusammen. Obenauf in den Koffer legte er die beiden Ordner »Bank« und »Notar«. Dann verabschiedete er sich von Fatima und fuhr ins Hospital. Er fuhr bei der Bank vorbei, wo er die beiden Ordner in seinen Safe legte. Bei dem Beamten am Schalter hinterließ er seine neue Adresse. Robert fuhr auch bei der Post vorbei, wo er einen Antrag stellte, daß alle für ihn bestimmten Postsendungen ins Hospital geleitet würden. Schließlich schrieb er eine Postkarte an Kleinschmitt: »Ich bin im Hospital Sainte-Marguerite, besuchen Sie mich bitte gleich nach Ankunft. Es ist alles in Ordnung.« Dann setzte er sich in ein Café und überdachte noch einmal, ob er alles richtig gemacht und nichts vergessen hatte. Er fühlte noch einmal seinen Puls in der Angst, er könnte sich in der Zwischenzeit normalisiert haben und ihm die Aufnahme ins Krankenhaus verderben. Er zählte seine Pulsschläge sehr sorgfältig, es waren hundertachtzehn in der Minute, und es schien ihm, daß sie sehr unregelmäßig waren. Da endlich war Robert beruhigt, er zahlte und rief ein Taxi, um ins Hospital zu fahren.

Im Hospital Sainte-Marguerite blieb Robert zehn Wochen. Er bewohnte ein Einzelzimmer mit Blick auf den Park. Neben seinem Bett stand ein weißes Telefon. Die Stationsschwester behandelte ihn mit feinster Höflichkeit, sie war eine ältliche Nonne, und sie erinnerte sich nicht, in ihrer langen Praxis einen so anspruchslosen Erster-Klasse-Patienten gehabt zu haben. Niemals äußerte Robert besondere Wünsche, niemals handelte er gegen die Anordnungen des Arztes, er mäkelte nicht über das Essen, rauchte nicht heimlich auf der Toilette und machte keine Unordnung in seinem Zimmer. Die Klingel neben seinem Bett benutzte er nie. Er lag nur den ganzen Tag in den Kissen, dankbar, daß er es so ruhig und so schön hatte. Seine Krankenhauskosten zahlte er wöchentlich im voraus.

Allerdings war die Stationsschwester bei der Einlieferung skeptisch gegen den neuen Patienten gewesen. Sie hatte ihn beim Ausfüllen des Anmeldeformulars beobachtet und bemerkt, wie er bei der Angabe seines Berufs zögerte, wie er erst einen falschen Anfangsbuchstaben hinschrieb, ihn dann wieder durchstrich und schließlich »Schiffsmakler« in die Rubrik setzte. Sie hatte auch beobachtet, wie er bei der Angabe des Wohnortes zögerte, wie er einige Zeit nachdachte und dann als Wohnort »Lübeck« niederschrieb, »Lübeck« und dahinter in Klammern »zur Zeit vorübergehend Marseille«. Dabei hatte die Stationsschwester auf die Hände des neuen Patienten gesehen. Die Hände waren grau, die Fingerkuppen waren rissig und die Nägel viel zu kurz. Überall, in den Rissen der Fingerkuppen, an den Nagelrändern und in den Fältchen an den Fingergelenken saß Schmutz. Es war der Schmutz, der sich bei Arbeitern trotz täglicher Pflege festsetzte. Die Hände des neuen Patienten waren die Hände eines Arbeiters.

Nach und nach verlor sich aber die Skepsis der Stationsschwester. Roberts Fingernägel wuchsen nach, der Schmutz in den Rissen der Hände verlor sich, die Krankenhauskosten wurden regelmäßig bezahlt. Man sieht, daß er aus bester Familie ist, dachte die Stationsschwester, und sie blickte oft aufmerksam in sein schmales weißes Gesicht, in dem sie besonders das unschuldige Blau seiner Augen rührte.

Der Oberarzt der Abteilung war ein jüngerer Mann. Er untersuchte Robert mehrere Tage gründlich, er ließ ihn röntgen und ein Elektrokardiogramm anfertigen, er ließ Sputum, Blut und Magensaft untersuchen, konnte aber keine ernstliche Erkrankung feststellen. Schließlich einigte er sich mit dem alle zwei Tage visitierenden Professor, Roberts Fall als Neuritis zu bezeichnen. »Bißchen überarbeitet, was?« meinte der Professor. »Auch wohl ein bißchen Ärger gehabt, was? Na, bleiben Sie ruhig ein paar Wochen bei uns. Das wird Ihnen guttun.« Er verordnete vitaminreiche Kost und viel Schlaf. Radiohören und Zeitunglesen verbot er dem Patienten.

Schon nach vierzehn Tagen machte sich bei Robert eine Besserung seines Zustandes bemerkbar. Das Zucken im Gesicht verlor sich, das Zittern der Hände hörte auf, sein Schlaf wurde ruhig. Seine Krankheit, die er in sich absichtlich hatte reifen lassen, hatte ihren Höhepunkt gehabt und wich allmählich. Seit Jahren hatte er diese Krankheit in sich wachsen lassen, er hatte sie gebraucht, sie war seine Zuflucht gewesen, wenn er ein anderer Mensch werden wollte und jener andere Mensch etwas Unrechtes tun sollte. Diese Krankheit hatte sich sehr bewährt; gerade am richtigen Tage hatte sie einen Ausbruch inszeniert. Jetzt, als er ihrer nicht mehr bedurfte, zog sie sich zurück. Die Ärzte nannten diese Krankheit Neuritis, sie wußten mit dem Patienten nicht viel anzufangen. Aber Robert sah, daß bei einem Patienten der ersten Klasse, der pünktlich seine hohen Krankenhauskosten bezahlte, eine solche hochgezüchtete Krankheit wie eine ehrliche Krankheit behandelt wurde.

Eines Tages verlangte Robert, ein Buch zu lesen. Die Stationsschwester brachte ihm mehrere Bücher der Hospitalbücherei zur Auswahl, vornehmlich Werke katholischer Dichter mit erbaulichem, frommem Inhalt. Robert wählte von Claudel »Der seidene Schuh«, ein Buch, von dem Trude früher oft mit Begeisterung gesprochen hatte. Robert hatte es nie lesen mögen, weil seine Braut ein so dummes Leuchten im Auge gehabt hatte, wenn sie von diesem Buch sprach. Doch jetzt fühlte er sich in der Lage, es zu lesen.

Robert las täglich nur einige Seiten, unterbrochen von Visiten, Essenszeiten, Mittagsschlaf und dem täglichen Spaziergang auf dem Gang des Hospitals. Manches Kapitel las er zweimal, zumal wenn er nach einer Unterbrechung nicht mehr wußte, wo er stehengeblieben war. Er kam nur sehr langsam voran, aber die Geschichte der armen Doña Proëza fesselte ihn sehr. Gerade als ihr Fehltritt von Don Pelayo entdeckt und sie nach Mogador verbannt wurde, auf das kleine Kastell zwischen den beiden Welten, wo sie verlorener sein würde als ein Taler Goldes in einer vergessenen Kassette, in eben diesem Augenblick kam Léon zu Robert zu Besuch.

Der Fuhrmann Léon hatte einen dunkelblauen Anzug an, er trug ein gestreiftes Hemd mit einem weißen Kragen. Um den Hals hatte er eine Krawatte, die nicht saß. Sie saß, als habe ihr Träger zum erstenmal versucht, eine Krawatte zu binden. Léon hatte sich rasiert, auf dem Kopf trug er eine schwarze Melone. Zögernd trat er ans Bett und reichte Robert die Hand. In der anderen Hand hielt er ein paar Blumen. Eingewickelt legte er sie auf das Fußende des Bettes, wo die Schwester sie entdeckte und sich ihrer annahm. »Na, du«, sagte Léon, und noch einmal: »Na, du«, dann setzte er sich auf einen angebotenen Stuhl. Die schwarze Melone behielt er auf dem Kopf. Er schob sie nur ein wenig in den Nacken. »Na, wie hat das wieder mal geklappt?« fragte der Fuhrmann. »Habe ich dir nicht gleich gesagt, mit dem alten Léon ist ein sicheres Arbeiten?« Robert hatte sein Buch beiseite gelegt, matt und erstaunt blickte er auf seinen Besuch. Der Mann dort mit dem wirren Schnurrbart und der Melone auf dem Kopf schien ihm wie aus einer fremden Welt zu kommen. Er dachte noch an den Auftritt Don Pelayos im Schloß von Doña Honoria, dann sah er wieder auf den Mann an seinem Bett. Gewiß, dachte er, den Mann kenne ich. Es ist der Fuhrmann Léon, ich habe einmal gute Geschäfte mit ihm gemacht. Nett, daß er noch an mich denkt. Laut sagte er: »Nett, daß du noch an mich denkst, Léon. War es schwer, mich zu finden?« Der Fuhrmann war erstaunt.

Wahrscheinlich ist der arme Robert ziemlich krank, dachte er, und er antwortete: »Wieso schwer zu finden. Du hast doch durch Victor bestellen lassen, wo du bist. Du bekommst doch noch eine Menge Geld, ich habe alles bei mir.« Dabei zog er ein Paket aus seiner Jackentasche, steckte es jedoch im selben Augenblick wieder zurück, da die Schwester das Zimmer betrat. Die Schwester brachte die Blumen, die Léon mitgebracht hatte, in einer Vase herein. Es waren sechs rosa Nelken. Sie stellte die Vase mit den Nelken auf den Nachttisch, dann trat sie auf den Besucher zu und nahm ihm die Melone vom Kopf. »Sie gestatten doch, daß ich Ihnen die Garderobe abnehme«, sagte sie und hängte den Hut an einen Haken an der Tür. Darauf verließ sie das Zimmer wieder. »Du liegst ja hier mächtig vornehm«, sagte Léon, als die Schwester gegangen war. »Junge, Junge, so möchte ich auch mal liegen.« Im selben Augenblick besann er sich, daß er sich dies ja auch leisten könnte. Da hörte er auf, das Zimmer und die Bedienung zu loben. Er zog wieder das Paket mit den Geldscheinen aus der Tasche und legte es blitzschnell in den Auszug von Roberts Nachttisch. »Du wirst dich wundern, daß es diesmal so viel ist«, sagte er, »viermal so viel wie sonst, aber ich muß dir erklären: das ist nun der ganze Rest für alles aus den letzten sechs Wochen.« Er machte eine Pause, um Robert Zeit zu einer Frage zu geben. Robert fragte aber nichts. Interessiert und aufmerksam sah er seinen Besucher an. Ja, war das eine Zeit, dachte er, ich weiß es noch, als wäre es gestern gewesen. Ich stand an der Luke und hob den Arm, Marius stand auf dem Dach, und dieser Léon stand mit seinem Wagen hinterm Schuppen. Junge, Junge, war das ein Ding, was wir da gedreht haben! Der Fuhrmann deutete Roberts Schweigen als Mißtrauen. Er wurde unruhig. »Verstehst du nicht«, sagte er, »ich habe alles auf einmal verkaufen müssen, weil Gefahr war. Weißt du, und eine solche Notlage nutzen die Händler aus. Sag schon, daß du das begreifst.« Robert sah ihn noch immer still an. Dann kam ich jede Woche einmal bei »Joliette« mit ihm zusammen, fuhr er zu denken fort, und dann bekam ich immer Geld. Junge, Junge, was für ein Ding. Was muß ich damals für einen Mut gehabt haben! Robert richtete sich in seinen Kissen auf. »Das war eine tolle Sache damals, was, Léon?«

sagte er. »Mehr als toll, das muß man sagen«, antwortete Léon, aber er dachte dabei an den Tag der Razzia. Von einem befreundeten Zollbeamten, erzählte er, hatte er alles rechtzeitig erfahren, so hatte er die Möglichkeit gehabt, in derselben Nacht das Versteck im Hafen, wo er die Waren immer sechs Wochen lang lagerte, zu räumen. »Marius und ich haben geschuftet wie noch nie«, erzählte er, drei Stunden lang in der Nacht. Dann endlich hatten wir alles in meinem Hafenschlepper verstaut. Und dann nichts wie raus auf See. Bis zum Cap Croisette bin ich gefahren. Da habe ich den Schlepper liegenlassen und bin mit dem Bus zurückgefahren. Ich kam gerade noch zurecht, um die paar Kolli von der ›Paraná‹ zurückzubringen, so als hätt' ich Auftrag gehabt, sie gerade jetzt anzuliefern. Niemand hat was gemerkt, glaube mir, niemand hat was gemerkt. Es war ein tolles Stück, ich habe ein ganz blödes Gesicht gemacht, und niemand hat was gemerkt.« In der Erinnerung an den tollen Streich fing der Fuhrmann an zu lachen. Er lachte laut und unaufhörlich, so daß Robert erschöpft vom Anhören dieses Lachens wieder in seine Kissen zurücksank. Léon hörte erst auf, als die Schwester ins Zimmer kam und den Besucher ermahnte, auf den angegriffenen Zustand des Patienten Rücksicht zu nehmen. Da erhob sich Léon und gab Robert die Hand. »Es ist ganz gut, daß wir nun erst mal eine Pause machen müssen«, sagte er, »das ist wirklich ganz gut.« Dann ging er zur Tür, wo die Schwester mit der Melone des Besuchers in der Hand schon wartete, daß er endlich ginge. »Schönen Dank für die Blumen«, rief Robert dem Fortgehenden noch nach, dann wurde Léon von der Schwester zur Tür hinausgeschoben. Als Robert allein war, nahm er wieder sein Buch zur Hand und las das Kapitel, in dem der König von Spanien Don Rodrigo nach Amerika entsandte und ihm als einzigen Lohn für alle Mühen und alle Leiden den Undank zuerkannte.

Abends, als sie ihm das Essen brachte, fragte die Schwester Robert, ob ihm dieser Besuch recht gewesen sei. »Ich wollte ihn erst gar nicht durchlassen«, sagte sie, »ich hielt seine Bekanntschaft mit Ihnen für einen Irrtum. Aber er sagte, es sei sehr wichtig. War es wirklich wichtig, Monsieur?« – »Nein«, sagte

Robert, »wichtig war der Besuch vielleicht nicht, aber der alte Mann ist eine so treue Seele. So einen darf man nicht von sich stoßen. Ich habe mich wirklich über seine Blumen sehr gefreut.« Da war die Schwester ganz beschämt. Ein so vornehmer Mann, dachte sie, und auch noch so christlich in seinem Denken. Da kann ich mir noch ein Beispiel nehmen, und sie bereute es, den Besucher am Nachmittag so unwirsch zum Fortgehen angehalten zu haben.

In den nächsten Tagen las Robert, wie Don Rodrigo, auf seine Geliebte verzichtend, Vizekönig in Amerika geworden war. In Panama saß er, in seinem Schloß, einen Sekretär zu seiner Seite, und zu seinen Füßen Doña Isabel, singend mit der Gitarre. Sie sang: »Auf der Ebene des Ozeans / Hin zu den achtzig Inseln / Gleiten meine Ruder / Tara tata, Tara tata.« Da klopfte es an der Tür, und Kleinschmitt trat ein, Kleinschmitt in seiner Seeoffiziersuniform, ehrfürchtig von der Schwester betrachtet, die ihm die Tür aufhielt. »Lieber Freund, was machen Sie für Sachen«, rief Kleinschmitt schon an der Tür Robert entgegen. »Ich war ganz erschrocken, als ich Ihre Karte bekam. Auf dem schnellsten Wege bin ich zu Ihnen geeilt.« Robert sah, daß Kleinschmitt aber doch nicht auf dem schnellsten Wege zu ihm geeilt war, denn er hatte unterwegs noch eine Menge eingekauft. Nun packte er das Paket aus: Zwei Flaschen Whisky kamen zum Vorschein, eine große Kiste Zigarren, Pralinen in grellbunten Schachteln und einige Taschenbücher mit amerikanischen Kriminalromanen. Die Schwester war dem Besuch unauffällig gefolgt. Sie stand hinter ihm und war nun dem Seeoffizier beim Auspacken der Geschenke behilflich. Sie nahm ihm nicht nur das Einwickelpapier ab, sondern auch den Whisky und die Zigarren. Von den Kriminalromanen betrachtete sie lange die grellbunten Einbände, dann nahm sie auch diese an sich. »Monsieur Mohwinkel braucht viel Ruhe«, sagte sie. Dann ging sie mit den Geschenken davon, nur die Pralinen ließ sie zurück.

»Mein Gott, wie man Sie hier gefangenhält«, sagte Kleinschmitt. »Sind Sie wirklich so krank?« – »Ja«, antwortete Robert, »ich war wirklich sehr krank. Aber jetzt, wo Sie hier sind, geht es mir schon wesentlich besser.« Er richtete sich in den Kissen auf und ließ sich von Kleinschmitt berichten, was es Neues gab. »Ich könnte jetzt kaufen«, sagte Kleinschmitt, »wenn Sie jetzt nicht krank geworden wären, könnte ich kaufen.« – »Was hindert Sie daran zu kaufen?« fragte Robert. »Etwa meine Krankheit? Lieber Kleinschmitt, das ist doch lächerlich.« Mit diesen Worten öffnete er seine Nachttischschublade und übergab dem Zweiten Offizier das Paket mit den Geldscheinen. »Das ist der Rest von dem einen Mietshaus meiner Wirtin«, sagte er, »ich glaube, es sind so um die zwei Millionen Francs, ich habe sie nicht nachgezählt.« Kleinschmitt wunderte sich über die Gleichgültigkeit, mit der Robert dieses Geld behandelte. Geld im Werte von vierundzwanzigtausend Mark lose im Nachttisch liegen zu haben, nur in einem Bogen Zeitungspapier eingeschlagen und mit einem Gummiband zusammengehalten, kam ihm ungewöhnlich vor. Er äußerte seine Bedenken, aber Robert meinte. »Wissen Sie, Kleinschmitt, wenn man plötzlich und unerwartet so viel Geld erbt, betrachtet man es gar nicht als richtiges Geld, sondern wie die kunstlos gedruckten Scheine eines Kinderspiels. Das ganze Geld, was ich habe, ist für mich Spielgeld, und ich glaube, daß unser Schiff für mich auch immer ein Spielschiff bleiben wird, und unser Büro in Lübeck ein Kinderkaufmannsladen. Ich glaube, lieber Kleinschmitt, daß es mir nie möglich sein wird, mehr zu empfinden, und ich bin Ihnen so dankbar, daß Sie dafür doppelt den mir fehlenden Ernst aufbringen.«

Robert merkte, daß Kleinschmitt seine Bemerkung über das Spielgeld ernst aufgefaßt hatte und daß er nun versuchte, an diesem Gedanken Roberts Krankheitsbild abzulesen. Kleinschmitt hat Angst, ich könnte für das Geschäft zu schwach sein, dachte er, er ist eben nur ein alter ehrlicher Seebär und hat keine Ahnung. Um ihn zu beruhigen, stand Robert auf, warf sich den Bademantel um und setzte sich an den Tisch in seinem Zimmer. Er schlug seine Schreibmappe auf und schrieb eine Vollmacht, wonach der Zweite Offizier Ludwig Kleinschmitt berechtigt war, in seinem Auftrag über den Kauf des Motorschiffes »Lucina« mit dem Eigner Ketelhodt zu verhandeln, er schrieb auch an die Norddeutsche Bank in Lübeck und bat, bei den Vorverhandlungen als Referenz zu dienen. Gleichzeitig kündigte er für Januar sein Erscheinen an und erteilte Auftrag, bis dahin eine Hypothek über vierzigtausend Mark bereitzustellen. Er schrieb auch an den Notar, Dr. Abendroth, und bat, mit den Vorverhandlungen zu beginnen und sich auch zwecks einer Hypothek mit der Norddeutschen Bank in Verbindung zu setzen. »Im Januar werde ich in Lübeck sein«, schrieb er, »dann machen wir den Firmen- und auch den Kaufvertrag. Bis dahin ist Herr Ludwig Kleinschmitt beauftragt, meine Interessen für mich wahrzunehmen.«

Robert kuvertierte seine Briefe, dann übergab er sie seinem Geschäftspartner. »Na, zufrieden, lieber Freund?« fragte er, und er fügte hinzu: »Wegen des Firmenvertrages machen Sie sich man keine Sorge, lieber Kleinschmitt. Wir werden uns schon einigen. Wenn Sie auch nur eine sehr kleine Einlage haben, werde ich Sie schon nicht an die Wand drücken. Allein schon Ihre gewissenhafte und aufopfernde Vorarbeit werde ich Ihnen nicht vergessen. Sie werden sehen: Diese Mühe wird im Vertrag ihren Niederschlag finden!« Ein wenig eingeschüchtert übernahm Kleinschmitt die Briefe. Das ist wieder der arrogante Mohwinkel, dachte er mit leisem Unbehagen, hoffentlich gleicht sich sein Wesen einmal aus, und er versprach seinem Partner, alles zu dessen Zufriedenheit zu erledigen.

Als Kleinschmitt gegangen war, legte Robert sich erschöpft ins Bett zurück. Die Szene hatte ihn angestrengt. Er entwich in die Welt, in der ihm nun schon so lange so wohl war. Er las, mit welchen Bosheiten Don Camillo, der Renegat, die arme Doña Proëza quälte, die ihm ausgeliefert war in Mogador, dem Flecken verbrannten Kalks, der gerade groß genug war, um Christen als Stätte des Fegefeuers zu dienen.

Weiteren Besuch bekam Robert im Hospital nicht. Hin und wieder erhielt er Post aus Lübeck. Die Bank schrieb ihm oder der Notar, manchmal war auch eine Abrechnung der Société Lyonnaise bei der Post. Von Fatima Jaillon hörte Robert nichts. Sie schrieb nicht, sie rief ihn nicht an, und sie besuchte ihn auch nicht. Für sie war ein Hospital ein Haus, das man meiden mußte. Man durfte keine Verbindung mit einem Hospital haben. Zumal in den Karten, die sie sich selbst vor einiger Zeit gelegt hatte, das Krankenhaus eine bedeutende Rolle gespielt hatte, war sie jetzt doppelt vorsichtig. Immer lag das Pik-As zwischen Robert und ihr.

Langsam ging es in den Dezember. Robert las, wie endlich nach Jahrzehnten die beiden Geliebten sich zum erstenmal treffen und gleichzeitig durch den Tod der armen Doña Proëza wieder getrennt werden. Gerade an dieser Stelle, die er zweimal las, weil er den Tod der armen Doña Proëza nicht glauben konnte, traf eine Karte von Ilse Meyerdierks ein. Sie war an seine alte Adresse gerichtet und von der Post ins Hospital umgeleitet worden. »Lieber Robert«, schrieb Ilse, »ich hoffe, daß Du mir nicht mehr böse bist. Aber es ging alles so schnell damals, da konnte ich Dir nicht alles erklären. Bald komme ich wieder nach Marseille zurück. Herzlichen Gruß, Deine Ilse.« Die Karte kam aus Nice. Robert drehte die Karte um und betrachtete sich die Ansicht. Sie stellte die Promenade des Anglais dar, links die Hotels, rechts der Badestrand, dazwischen die breite Uferstraße mit dem Mittelstreifen, auf dem die Palmen standen. Er fand, daß es sehr hübsch in Nice war, und er nahm sich vor, später – wenn das Geschäft in Lübeck gut laufen würde – auch einmal seinen Urlaub in Nice zu verleben. Der Text von Ilse auf der Rückseite ließ ihn kalt. Ihre Worte erreichten ihn nicht mehr. Es war ihm einerlei, ob sie in angetrunkenem Zustand mit vielen fremden Namen oder ob sie nüchtern an ihn schrieb. Er dachte an sie, als wäre sie nichts gewesen als eine Partnerin früherer Tanzstundenzeiten. Später haben wir eine Reise zusammen gemacht, dachte er, ja, ja, das war eine schöne Zeit, und er schlug wieder sein Buch auf, um vom weiteren Schicksal Don Rodrigos, des Vizekönigs, zu erfahren. Die Karte von Ilse Meyerdierks benutzte er als Lesezeichen.

Don Rodrigo wurde alt, er fiel in Ungnade. Nun stand er alt und einbeinig in der Kajüte eines alten Kahns und malte Kitschbilder von Heiligen. Heilige auf schmutzige Fetzen Papier, die Fischer und Schreiner an die Wand ihrer Hütten hefteten.

Am Abend schrieb Robert zum erstenmal nach langer Zeit wieder einen Brief an seine Eltern. Er schrieb eine ausführliche, lange Nachricht, in der er sich für sein langes Schweigen entschuldigte. »Ich habe sehr viel arbeiten müssen«, schrieb er, »deswegen hatte ich für Privates gar keine Zeit. Jetzt liege ich mit einer kleinen, ungefährlichen Erkältung im Krankenhaus. Ich habe eine ganze Menge Geld gespart die letzte Zeit, jetzt tue ich mich mit einem Kapitän zusammen und kaufe ein kleines Küstenmotorschiff. Ich werde wohl nach Lübeck ziehen. Das ist der beste Platz, denn wir wollen Holz aus Schweden fahren.«

Die alten Mohwinkels schüttelten über diese sonderbare Nachricht ihres Sohnes den Kopf. Herr Mohwinkel kannte die Preise für Küstenmotorschiffe, und er wußte auch, daß man sich auch nur einen Teil der Kaufsumme niemals in ein paar Jahren erarbeiten konnte. Er hielt das ganze Geschreibe seines Sohnes für ein Hirngespinst. Vielleicht hat ihm irgendein verkrachter Seemann einen Floh ins Ohr gesetzt, dachte er, und er beschloß, sich jetzt ernstlich nach einer Anstellung für seinen Sohn in Bremen umzusehen. Seiner Frau sagte er jedoch, um ihr keinen Grund zu Grübeleien zu geben: »Ja, ja, das ist ein schöner Gedanke von Robert. Küstenmotorschiffe bekommt man heute schon ganz billig.« Frau Mohwinkel hatte jedoch diesen Teil des Briefes gar nicht richtig begriffen. Sie las aus allem nur die Mitteilung, daß ihr Sohn im Krankenhaus lag, und den ganzen Tag, auch die Tage danach, sagte sie immer wieder dieselben Worte vor sich hin: »Mein Gott, der arme Junge, nun ist er krank in einem fremden Land, und so allein.« Während ihr Mann bei mehreren Firmen herumtelefonierte und nach einer Stellung für seinen Sohn fragte, buk sie einen Kuchen und packte ihn zusammen mit Süßigkeiten, Tabakwaren und Wäschestücken in ein Paket.

Herr Mohwinkel hatte indessen mit seinen Versuchen, seinen Sohn unterzubringen, nicht viel Glück. Die Erzählung des Kapitäns von M/S »Iberia« vor zwei Jahren hatte sich überall herumgesprochen, und niemand war bereit, einen jungen Mann im Kontor anzustellen, der ganz offensichtlich in den Hafen gehörte. Kein Chef brachte es jedoch übers Herz, dem alten Mohwinkel die Wahrheit zu sagen. Sie meinten ausweichend: »Nun, Herr Mohwinkel, vielleicht kann ich mal was für Ihren Sohn tun. Er kann sich ja mal bewerben.« Nach diesen Auskünften, die Herr Mohwinkel nach Tagen der Depression schließlich doch für positiv hielt, schrieb er einen langen Brief an Robert. Er fügte die

Listen der Firmen bei, die nach seinem Glauben an einer Bewerbung interessiert waren, und meinte dazu: »Vergiß nicht den handgeschriebenen Lebenslauf und ein neues Paßbild. Als Referenz mußt Du Herrn Christiansen angeben.« Diesen Brief legte er obenauf in das Paket.

Robert las die Worte seines Vaters gleichgültig. Er empfing auch die Liebesgaben seiner Mutter gleichgültig. Er kannte keine kleinlichen Sorgen, keine kleinlichen Gedanken mehr. Handgeschriebener Lebenslauf, Referenz von Herrn Christiansen, die Bewerbung eines jungen Mannes an ein Kontor – dies waren nun Begriffe für ihn, die zum Lachen reizten. Lieber wäre er Tallymann geblieben, als diesen Ratschlägen zu folgen. Er naschte von dem Kuchen, die Süßigkeiten verteilte er unter die Schwestern. Dann nahm er wieder sein Buch und las von der nutzlosen Unterredung des Königs von Spanien mit Don Rodrigo, die dann zur Verbannung des armen Rodrigo führte.

Als kurz darauf, in den ersten Tagen des Januar, der arme Rodrigo als Sklave verkauft und von einer alten Lumpenschwester auf dem Meere aufgelesen wurde, zusammen mit Gerümpel, zerbrochenen Töpfen und rostigen Pfannen, traf eine zweite Nachricht von Ilse Meyerdierks ein. Es war keine Karte, es war ein Brief, und sie kündigte in ihm ihre Ankunft in Marseille für Mitte Januar an. Da stand Robert auf, warf seinen Bademantel um, ging zum Arzt und bat um seine sofortige Entlassung. Der Arzt fand insgeheim, daß dieser Patient sich während der Zeit seines Aufenthaltes in diesem Hospital recht verändert hatte. Er hatte eine andere Körperhaltung, seine weichen Bewegungen fielen auf, sein helles Gesicht sah gepflegt und sehr verwöhnt aus, er erschien als ein eleganter Mann. Robert selbst fand, als er sich während des Kofferpackens ab und an im Spiegel betrachtete, daß sein äußeres Bild so sehr verändert war, wie man es einstmals beim Betrachten seines Gesichts und seiner Gestalt niemals hätte voraussagen können. Sein Haar war etwas dunkler geworden, es war auf französische Art geschnitten, leicht gewellt und voll lag es ihm am Kopf. Er merkte, daß er alle linkischen Bewegungen abgelegt hatte, seine Haltung war aufrecht, lässig dabei, ihm war auch, als habe alle seine Bemühung, ein guter

Tänzer zu sein, sich jetzt erst in seinem Wesen wirklich festsetzen können, habe nun aber mit aller Macht diesen Erfolg inne, so daß er sich bei jedem Schritt schwerelos und leicht wie ein Tänzer fühlte. Obgleich er schon lange nicht mehr getanzt hatte, fühlte er sich heute zum ersten Male wirklich wie ein Tänzer. Niemals früher hatte er es auch verstanden, in einem Bademantel elegant auszusehen. Vielleicht, so dachte er, war dies die Sicherheit, die man erreichte, wenn man erst einmal in einem zerrissenen Pullover ein heruntergekommener Mensch gewesen war. Kam man wieder herauf, so hatte man dort alles gelassen, auch die Hemmungen und Beschwernisse, die einem vorher hinderlich gewesen waren, einen feinen Menschen vorzustellen.

Roberts Vergnügen an seinem eigenen neuen Bild war so stark, daß die Stimme seines Gewissens völlig zum Schweigen gebracht wurde. Wäre er noch der alte Robert Mohwinkel gewesen, hätte er vor Freude und Eitelkeit geweint, bewegt von seinem neuen, schönen Spiegelbild. Doch als der neue Robert Mohwinkel nahm er diesen neuen Mann im Spiegel mit dem vollen, weichen Haar, den harten, scharfgeschnittenen blauen Augen und den übermäßig dicken, blaßrosa Lippen als selbstverständliches Ergebnis großer Mühe und Tapferkeit hin. Es schien ihm, als stünde er am Ende einer ausgebrannten Straße, hinter ihm lag sein Vorleben in Asche, ohne Relikt, ausgenommen ein einziges, ausgenommen sein Geld. Er empfand keine Reue in diesem Augenblick, in triumphaler Freude blickte er auf sein Spiegelbild. Er klappte seinen Koffer zu, verabschiedete sich von den Schwestern und zahlte einen ansehnlichen Betrag in die Kasse des Nonnenordens.

Es war ein kalter, regnerischer Januartag, als Robert vor dem Hospital Sainte-Marguerite stand und auf ein Taxi wartete. Das ist das richtige Wetter, um Abschied zu nehmen, dachte er, an so einem Tage gibt es nichts, was einen hier zurückhält. Er befahl dem Taxichauffeur, zunächst zur Société Lyonnaise zu fahren, wo er sein Konto kündigte und seinen Safe zurückgab. Die beiden Ordner »Bank« und »Notar« sowie die im Safe befindliche Restsumme nahm er an sich, das auf dem Konto befindliche Geld ließ er nach Lübeck überweisen. Danach fuhr er zur Firma

Fabre & Fayolle. Das Taxi ließ er vor der Tür des Kontorhauses warten. Nachdem er in der Buchhaltung seinen restlichen Lohn abgeholt hatte, ließ er sich bei Herrn Fayolle melden, um zu kündigen. »Ich bin leider sehr krank«, sagte er, »ich muß nach Deutschland zurück. Mit dem Arbeiten in Marseille ist es nichts mehr.« Er zeigte die Bescheinigung des Arztes, die ihm die Arbeitsunfähigkeit bestätigte. »Und ich habe gedacht, ich könnte Sie vierzig Jahre behalten«, sagte Herr Fayolle. »Lachen Sie nicht! Ich habe Leute, die sind schon vierzig Jahre bei mir. Es sind meine besten Leute. Ich bezahle sie gut, und so bleiben sie bei mir. Warum bleiben Sie nicht? Bezahle ich Sie nicht gut? – Ach, ich vergaß, Sie sind ja krank.« Dann klingelte Herr Fayolle nach seiner Sekretärin und diktierte ihr ein Zeugnis, bevor Robert noch sagen konnte, daß er kein Zeugnis mehr benötige. Herr Fayolle ließ schreiben, daß er Monsieur Mohwinkel als fleißigen, strebsamen und zuverlässigen jungen Mann kennengelernt habe, den er nur mit Bedauern von sich scheiden sehe. »Seine Umsichtigkeit, seine Unbestechlichkeit und seine Ehrlichkeit haben wir stets zu schätzen gewußt«, diktierte er. »Für seinen ferneren Lebensweg wünschen wir ihm alles Gute.«

Vom Kontor seiner früheren Firma fuhr Robert nicht zum Arzt, an den er vom Hospital überwiesen worden war, sondern zum Bahnhof. Den Überweisungsschein des Krankenhauses warf er fort. Am Bahnhof besorgte er sich eine Fahrkarte nach Lübeck nebst Schlafwagenplatz. In der Bahnhofspost verständigte er telegrafisch Kleinschmitt in Hamburg und den Notar in Lübeck von seinem baldigen Eintreffen. Im Hotel Jensen an der Obertrave bestellte er, ebenfalls telegrafisch, ein gutes Einzelzimmer mit Bad und Blick auf die Trave. Dann befahl er dem Chauffeur, in die Rue de la Butineuse zu fahren.

Madame Jaillon saß am Küchentisch vor einer Kumme mit Milchkaffee. Sie drehte sich nicht um, als Robert hereinkam, sie zog nur ihren Morgenrock fest über ihre Schultern zusammen, sie rührte unaufhörlich in ihrem Milchkaffee und sah sich nicht um. Robert trat an den Küchentisch. Er stützte die Hände auf den Küchentisch, der voller Krümel war, aber er kam nicht dazu, etwas zu sagen. »Das Zimmer ist schon wieder vermietet«, fing Madame Jaillon an, »eine Lehrerin wohnt da, sechs Wochen schon. Du brauchst mir nichts zu sagen.« Dabei rührte sie weiter in ihrem Kaffee und brach ein Stück Weißbrot ab, das sie hineintunkte. »Wenn du zu Hause bist«, sagte sie, »schreib mal eine Ansichtskarte. Ich möchte gern sehen, wie es da aussieht, wo du her bist.«

Nach diesen Worten brachte sie Robert zur Tür. Sie gab ihm die Hand, aber als Robert auf der Straße stand und zu dem Fenster hinaufsah, hinter dem er jahrelang gewohnt hatte, konnte er Madame Jaillon nicht entdecken. Fatima Jaillon sah ihm nicht nach, als er fortzog. Da ging Robert zur Hauptstraße vor, wo er ein Taxi herbeiwinkte, das ihn zum Bahnhof brachte.

Gegen Abend fuhr Robert von Lyon ab. Er belegte sein Bett im Schlafwagen, dann ging er in den Speisewagen, wo er sich ein halbes Hähnchen bestellte. Zum Hähnchen trank er eine Flasche Châteauneuf-du-Pape. Ihm gegenüber saß ein junger Jesuitenpater, er blickte Robert unablässig an. Der Pater wäre gern mit seinem Reisegefährten in ein Gespräch gekommen, aber Robert ließ sich beim Essen nicht stören. Er aß sein Hähnchen langsam und mit besonderem Genuß. Jeden Knochen nagte er sorgfältig ab. Als er mit dem Essen fertig war, lehnte er sich zurück und sah aus dem Fenster. In einer Viertelstunde würde der Zug an Valence vorbeikommen. Er lehnte sich behaglich zurück, der Pater ihm gegenüber bot ihm eine Zigarette an. Robert lehnte mit höflichem Dank ab. »Zigaretten habe ich früher geraucht«, sagte er, »von einem bestimmten Alter ab raucht man Zigarren.« Er winkte dem Speisewagenkellner und suchte sich von den angebotenen Zigarren eine lange helle Hollanders mit leicht gepudertem Deckblatt aus. Er rauchte die Zigarre und sah aus dem Fenster in die kalte, regnerische Nacht. Der junge Mohwinkel steht jetzt in Marseille an irgendeiner Ladeluke und hakt Kollo für Kollo ab, dachte er, aber für den älteren Mohwinkel ist das nicht mehr das Richtige, für den ist das vorbei. In der Ferne tauchten die Lichter von Valence auf. Da wandte Robert sich an sein Gegenüber, den Jesuitenpater. »In Valence habe ich mal auf der Verladerampe gearbeitet, ein Jahr lang, im Sommer bei jeder Hitze, im Winter bei jeder Kälte«, sagte er. »Jetzt sitze ich hier im Speisewagen und fahre dran vorbei. Ist das nicht komisch?« – »Nein«, sagte der Pater, »das ist nicht komisch. Man muß nur Gott vertrauen.« Robert warf das Ende seiner Zigarre fort. »Ja, Sie haben recht«, wiederholte er gelangweilt, »man muß nur Gott vertrauen.« Dann rief er nach dem Kellner und bestellte sich Käse zum Nachtisch.

Fräulein Therese Jurkoweit fand nicht gleich das Geschäftshaus der Firma an der Untertrave. Sie hatte lange in Holstein auf dem Lande gelebt und in einem Flüchtlingsbetrieb gearbeitet. Jahrelang hatte sie Perlmuttknöpfe auf Pappkarten genäht, nun hatte sie die Arbeit satt. Sie wollte wieder in einer Stadt im Haushalt arbeiten. An der Drehbrücke fragte Fräulein Jurkoweit einen Fuhrmann nach der Adresse der Firma Mohwinkel. »Ich habe leider die Hausnummer nicht notiert«, sagte sie, »es soll eine Reederei und Schiffsmaklerfirma sein.« Der Fuhrmann wußte gleich Bescheid, er schickte sie zum Hansahafen vor und wies auf ein zweistöckiges Giebelhaus, das schmalbrüstig zwischen zwei hohen Speichern stand. Fräulein Jurkoweit hatte kein gutes Gefühl, als sie das Haus betrat. Das kleine eingeklemmte Haus mit der ausgetretenen Stiege und den Fenstern, die aus vielen winzigen Scheiben bestanden, verband sich bei ihr mit der Vorstellung von kleinlichem Krämergeist. Sicher ist das einer von diesen alten geizigen Kaufleuten, die einem dreimal am Tag, für jede Mahlzeit einzeln, mit ihren dürren Fingern das Wirtschaftsgeld abzählen, dachte sie, und während sie das Büro betrat, wischte sie einmal schnell und unauffällig mit dem Finger über das Gesims der Tür. Der Finger blieb sauber. Eine Aufwartung ist wenigstens da, dachte sie. In der Bürohalle sah sie, daß die schmalbrüstige Fassade sie über die Größe des Hauses getäuscht hatte. Die Halle zog sich weit nach hinten durch, sie bot Platz für eine Reihe von Schreibtischen, und sie wurde am Ende von einer verzierten Eichentür begrenzt, hinter der sich offenbar noch ein weiterer Raum anschloß. Fräulein Therese Jurkoweit übersah alles mit einem Blick: Der Fußboden war geölt, auf dem Tresen lag kein Staub, das Messingschild mit dem Vermerk »Anmeldung hier« war geputzt, auf den Lampenschirmen war kein Fliegendreck. Die Angestellten sahen gut aus, keiner trug eine Kontorjacke oder Ärmelschoner.

»Mein Name ist Jurkoweit«, sagte Therese dem Lehrling, der

an den Tresen kam, »ich komme auf die Anzeige in der Zeitung, ich bin für zehn Uhr bestellt.« Der Lehrling bat sie zu warten, dann ging er durch die Halle, vorbei an den beiden Schreibtischen, an denen zwei junge Leute in großen Papiermengen wühlten, und vorbei an einem Buchhalter, der mit dem Zeigefinger der linken Hand eine Zahlenkolonne in einem Buch herunterraste, während er mit den fünf Fingern der rechten Hand eine Rechenmaschine bediente. Am Ende der Halle blieb der Lehrling vor einem größeren, verzierten Schreibtisch stehen, der schräg zum Raum stand und hinter dem ein älterer Herr im dunklen Anzug saß. Der Lehrling beugte sich zu diesem Herrn hinunter, fuhr aber gleich wieder zurück, als dieser ihn anschrie: »Was geht mich das an«, und ihn an eine junge Dame in grauem Kostüm verwies, die auf einer Schreibmaschine tippte. Hier endlich schien der Lehrling an die richtige Stelle gelangt zu sein, die junge Dame stand gleich auf, sie blinzelte Fräulein Jurkoweit zu und stelzte auf hohen Absätzen zur großen Eichentür im Hintergrund und klopfte leise an. Gleichzeitig, während sie klopfte, legte sie das Ohr an die Tür. Diese Geste beeindruckte Fräulein Jurkoweit. Sicher ein vornehmer Mann, dachte sie, einer, der so leise »Herein« sagt, daß man extra das Ohr an die Tür legen muß. Ihr Eindruck wurde noch verstärkt, als die Sekretärin, bevor sie nun in das Chefzimmer trat, sich auf die Zehenspitzen erhob, um so lautlos wie möglich zu gehen. Wie eine Tänzerin schwebte sie, mit einer Akte rudernd, zum Chef hinein. Bei diesem Anblick machte Therese Jurkoweit sich auf ein langes Warten gefaßt. Sie kannte diese Art von Herren, niemals empfingen sie vor einer Stunde Wartezeit. Sie ließ sich auf die Bank vor dem Tresen nieder, streckte die Beine von sich und legte ihren Kopf an die Holztäfelung der Wand.

Nach wenigen Sekunden jedoch wurde sie wieder aufgeschreckt. Die Sekretärin lächelte sie an und sagte: »Herr Mohwinkel läßt bitten.« Als sie beide an der Eichentür waren, erhob sich die Sekretärin wieder auf die Fußspitzen, und während sie eintraten, versuchte Therese Jurkoweit sie nachzuahmen. Sie erhob sich gleichfalls auf die Zehen, sank aber gleich wieder herunter, weil sie merkte, wie lächerlich sie mit diesem Gang wirkte.

Sie war zu schwer für solche Albernheit, sie mußte bleiben, wie sie war. Mit festen Schritten ging sie über den Teppich auf den Schreibtisch zu, hinter dem ein junger blonder Mann in einem schwarzseidenen Morgenrock saß und eine Zigarre rauchte.

Robert betrachtete Fräulein Jurkoweit aufmerksam. Er bemerkte ihre kräftige gute Figur, das schwere schwarze Haar, das sie straff in einen Nackenknoten gesteckt hatte, und ihren festen Gang. Er stand auf und ging ihr entgegen. Er gab ihr die Hand und bat sie, im Sessel Platz zu nehmen. Er zog an seiner Zigarre und setzte sich vor den Schreibtisch in einen zweiten Sessel. Er liebte es nicht, Besucher hinter dem Schreibtisch sitzend zu empfangen. »Sie müssen entschuldigen, daß ich Sie im Morgenrock empfange«, sagte er, »aber um zehn Uhr bin ich noch nie angezogen.« Er bot Fräulein Jurkoweit Zigaretten und Kognak an, sie lehnte aber beides ab. Robert erzählte ihr, daß er sein Geschäft erst vor einem Jahr gegründet habe. »Ich war früher lange im Ausland«, sagte er, »vor einem Jahr habe ich mich hier niedergelassen und dies Haus gemietet. Ich habe ein Schiff laufen, außerdem arbeite ich für eine Reihe anderer Schiffe als Vertragsmakler. Aber das interessiert Sie wohl weniger.« Fräulein Jurkoweit sagte nichts. Sie mußte immerzu diesen Mann betrachten, der so lässig im Sessel saß und dessen feines Aussehen sie beeindruckte. Jetzt stand er auf und holte sich vom Schreibtisch ein Tablett heran, auf dem sein Frühstück stand, Kaffee, Butter und Brötchen. »Sie müssen entschuldigen, wenn ich weiterfrühstücke«, sagte er, »aber ich komme ungern mit den Mahlzeiten durcheinander. Trinken Sie eine Tasse Kaffee mit?« Therese Jurkoweit dankte. Dieser Mann verwirrte sie. Die ganze Zeit plauderte er mit ihr, das machte sie unsicher, sie war nur darauf vorbereitet gewesen, Auskunft über ihre Person zu erteilen und von ihren Fähigkeiten zu berichten.

Robert strich sich dick die Butter aufs Brötchen. »Bis jetzt habe ich mich so beholfen«, sagte er, »die Aufwartung hat täglich alles in Ordnung gehalten. Gegessen habe ich im Restaurant. Aber auf die Dauer ist das nichts. Können Sie kochen?« Therese versicherte es, und er fuhr fort: »Können Sie Ordnung halten, können Sie Wäsche pflegen, können Sie Flecke aus Anzügen reiben?« Therese bejahte alle Fragen. »Ich fragte auch nur der Ordnung halber«, sagte Robert, »weil man das bei Vorstellungen so tut. Ich habe Sie gleich richtig erkannt, wissen Sie? Ich habe mit Menschen zusammengelebt, die Ordnung halten konnten, und mit solchen, die keine Ordnung halten konnten. Ich kenne mich da aus.« Er strich sich die zweite Hälfte seines Brötchens, dann forderte er die Bewerberin auf, von sich zu berichten. Fräulein Jurkoweit war Wolhyniendeutsche. Ihre Eltern hatten einen kleinen Hof bei Rowno gehabt. »1940 kamen wir dann in den Warthegau«, erzählte sie, »mit einem Umsiedlertransport.« – »Den Warthegau kenne ich auch«, sagte Robert, »ich war dort im Arbeitsdienst, 1941. Kennen Sie Kutno?« Therese Jurkoweit kannte Kutno nicht, aber sie kannte die blassen reichsdeutschen Arbeitsmänner, die damals überall in den Ostgebieten in den Baracken gelegen hatten. »Bei Turek war ein Lager«, sagte sie, »am Sonntag hatten die Jungen ein paar Stunden Ausgang. Sie saßen dann im Café Zawoja und tranken Bier. Wir Mädchen gingen auf den Straßen von Turek spazieren, wir warteten darauf, daß uns ein Arbeitsmann ansprechen würde, aber sie haben uns nicht beachtet. Für sie waren wir volksdeutsche Trampel.«

Robert hatte sein Frühstück beendet, und er stellte das Tablett auf einen Abstelltisch am Fenster. Während er dabei um den Stuhl der Besucherin herumging, betrachtete er sie von allen Seiten. Sie war eine schöne junge Frau, üppig und schön, mit schwerem schwarzem Haar. »Nach dem Krieg bin ich dann in den Westen gegangen. Ich war lange Zeit im Haushalt bei einem Lehrer«, sagte sie und entnahm ihrer Handtasche ein mehrfach geknicktes Stück Papier, das vom vielen Falten und vom Transport in der Handtasche schon recht unansehnlich war. »Hier ist das Zeugnis«, fuhr sie fort, »ich habe dort den ganzen Haushalt selbständig geführt.« Sie reichte Robert das Zeugnis. »Später bin ich dann in die Fabrik gegangen«, erzählte sie, »wir Mädchen gingen damals alle in die Fabrik. Wir wollten mehr verdienen, und wir wollten um vier Uhr unseren Feierabend haben. Zweieinhalb Jahre habe ich Perlmuttknöpfe auf Pappkarten genäht. Davon habe ich nun genug.« Robert stand auf und bat sie, ihm in den oberen Stock zu folgen, wo Wohnzimmer und Küche lagen.

Therese kannte die Wirkung, die sie auf Männer wie diesen Herrn Mohwinkel machte, und sie selbst hatte solche Männer gern. Mit ihnen verständigte man sich wortlos. Man sah sich nur scheinbar gleichgültig an und erkannte sich. Therese wußte schon jetzt bei der Vorstellung, wie alles kommen würde. Vielleicht ist die Stelle nicht das Richtige für mich, dachte sie, als Freundin eines solchen Mannes kann ich niemals weiterkommen. Aber während sie sich noch sorgte, ob sie richtig handelte, hörte sie sich schon sagen, daß sie die Stellung annehmen wolle. Robert ermahnte sie, ihre Kündigung in der Knopffabrik sofort zu betreiben. »Wenn Kapitän Kleinschmitt das nächste Mal nach Lübeck kommt, will ich ihm hier zu Hause mal eine richtige Kartoffelsuppe vorsetzen«, sagte er. »Herr Kleinschmitt ist auch Junggeselle, und er hat das Restaurantessen satt.« Robert erwähnte auch den Besuch seiner Eltern, der für das kommende Frühjahr vorgesehen war. »Eltern wollen immer sehen, daß man in geordneten häuslichen Verhältnissen lebt«, sagte er, »ich hoffe, daß Sie sich bis dahin gut eingearbeitet haben.« Robert verabschiedete sich von Fräulein Jurkoweit und ging in sein Schlafzimmer, um sich zum Mittag anzuziehen.

Zum Mittagessen ging Robert in die »Schiffergesellschaft«. Er aß Labskaus mit Gurke, und er trank dazu ein großes Glas Bier. Am Nachmittag widmete er sich seinem Geschäft. Er las die am Vormittag eingegangenen Telegramme, zumeist Positionsmeldungen der von ihm bearbeiteten Schiffe. Er rief Herrn Dietz, einen der jungen Leute, zu sich herein und bat ihn, alles für die morgige Ankunft von M/S »Augusta« vorzubereiten. »Die ›Augusta‹ kommt mit Stückgut aus Antwerpen«, sagte er, »benachrichtigen Sie das Hafenamt und sorgen Sie für einen Kaiplatz. Zum Tallieren nehmen wir wieder die Firma Ohrloff. Dann lassen Sie sich von Herrn Buttgereit das Manifest geben, damit Sie die großen Partien schon heute den Empfängern avisieren können. Wenn etwas unklar ist, fragen Sie mich nur.« Danach rief Robert den Lehrling herein und ließ sich von ihm eine Tasse Kaffee kochen. »Bald sind Sie von dieser Arbeit erlöst«, sagte er, »ab Ersten wird eine Wirtschafterin im Hause sein.« Während der Lehrling nach oben in die Küche ging, rief Robert den zweiten der jungen Leute zu sich. »Lesen Sie mal dieses Telegramm von Käpten Kleinschmitt«, sagte er. »Pech, was? Ausgerechnet der Koch muß krank werden. Mustern Sie einen neuen Koch an; Sie haben so was doch schon gemacht, nicht wahr? Schicken Sie ihn nach Odense, und zwar so rechtzeitig, daß er Montag dort ist. Ich kann das Schiff doch nicht ohne Koch lassen. Wenn etwas unklar ist, können Sie mich fragen.« Dann rief er Herrn Buttgereit, den Prokuristen, zu sich ins Zimmer.

Robert goß sich einen zweiten Sherry ein. Der Prokurist berichtete, daß Herr Jeckel, der Buchhalter, gestern auf dem Ball des Künstlervereins gewesen sei. »Den ganzen Tag frage ich mich, was er da wollte«, sagte Herr Buttgereit, »wenn es mich auch nichts angeht, aber nun hat er den ganzen Vormittag über seinen Büchern geschlafen. Manchmal hatte er sogar beide Augen zu. Sie müßten ihn einmal ermahnen.«

Wäre ich noch der junge Mohwinkel von früher, müßte ich mich nun ärgern, dachte Robert, aber mit dem jungen Mann, der ich damals war, so eifrig, so dumm, so kurzsichtig, habe ich nichts mehr gemein. Ich bin nur sein Nachfolger, eine Art Rechtsnachfolger in einer liquidierten Firma. Er sagte: »Ja, ja, Sie haben recht, das geht natürlich nicht.«

Kurz vor Büroschluß ließ Robert sich vom Buchhalter die Abrechnung des letzten Monats bringen. »Na, Herr Jeckel, wie war es denn gestern auf dem Künstlerball?« fragte er, »In was für einem Kostüm waren Sie denn dort?« Der Buchhalter wurde rot. »Ich ging als Sultan«, sagte er beschämt. Dabei schlug er die Augen zu Boden. Robert lachte. Dieser Mann war über vierzig Jahre alt, er war glatzköpfig und klein. Robert beschloß, über die Impulse, die diesen Mann in solchem Kostüm auf einen Künstlerball trieben, nicht weiter nachzudenken. Er dachte grundsätzlich nicht mehr gern über die Probleme anderer Menschen nach, aus Furcht, seine Gedanken könnten dann kein Ende mehr nehmen.

Als Robert nach Geschäftsschluß allein in seinem Büro war, setzte er sich an seinen Schreibtisch und prüfte die Abrechnung des letzten Monats. Er fand, daß die Ausgaben zu hoch und die Gewinne zu niedrig gewesen waren. Er ärgerte sich, daß es ihm nicht gelang, eine höhere Gewinnspanne herauszuholen, aber gleichzeitig empfand er eine große Freude, daß es ihm nun endlich, als einem selbständigen Kaufmann, gestattet war, geschäftliche Sorgen zu haben. Keinen Streit mit Untergebenen, Kollegen oder Vorgesetzten hatte er, sondern Sorgen um die Existenz seines Betriebes. Er genoß diesen Umstand sehr, er genoß es, statt des kleinlichen Ärgers von früher nun so gehobene Sorgen zu haben. Er überflog die Aufstellung des Buchhalters noch einige Male, er zog zum Vergleich frühere Monatsabrechnungen hinzu und prüfte seine Sorgen immer wieder, ob sie auch berechtigt waren. Schließlich stellte er mit Befriedigung fest, daß er sich mit gutem Grund ein mittleres Maß an Sorgen leisten konnte, das gerade reichte, sein Wohlbefinden zu stützen. Er machte ein ernstes Gesicht, zog sich zum Abendessen um und verließ das Büro.

Er ging die Untertrave bis zur Mengstraße hinunter. Er war sehr fröhlich. Den Schirm hatte er nicht über den Arm gehängt, sondern benutzte ihn als Spazierstock. Hin und wieder schwenkte er ihn im Kreis um seine Hand. An der Drehbrücke zum Holstenhafen grüßte ihn der Chief-Tallymann von der Firma Ohrloff. Robert winkte den Chief zu sich heran. »Morgen kommt die ›Augusta‹«, sagte er, »daß mir alles klargeht.« Der Chief zog seine Mütze. »Das Manifest habe ich schon bekommen«, sagte er, »es geht alles in Ordnung. Ich stelle Vogt an die vordere und Löffler an die hintere Luke. Ist was Besonderes zu beachten?« »Nein«, sagte Robert, »wenn das wäre, hätte mein Büro Ihnen schon Bescheid gegeben.« Dann ging er davon, den Regenschirm herumschwenkend.

Im »Schabbelhaus« traf Robert seinen Notar, Dr. Abendroth. Der Notar saß allein an einem Tisch in der Diele. Er war seit vielen Jahren Witwer, und man traf ihn jeden Abend um diese Zeit im »Schabbelhaus« beim Abendessen. »Ah, Herr Mohwinkel«, rief er, »setzen Sie sich zu mir und erzählen Sie mir, wie es Ihnen geht. Ich habe ja lange nichts von Ihnen gehört.« Robert nahm am Tisch des Notars Platz, er studierte die Speise- und die Weinkarte ausgiebig, während er gleichzeitig auf die Fragen seines Notars einging. »Der Gewinn ist zu gering«, sagte er, was macht man dagegen?« Der Notar mußte lachen, er verschluckte sich an seiner Suppe. »Sie machen mir Spaß«, sagte er, »Ihre Sorgen möchte ich haben. Machen Sie nur nicht den Fehler und verringern Sie Ihre Ausgaben. Damit kommt man nicht weit. Wenn Ihnen der Gewinn zu gering vorkommt, vergrößern Sie Ihr Geschäft. Was gibt es da zu überlegen?« Der Ober brachte das Essen, Huhn auf Reis für den Notar, die Vorspeise für Robert. »Aber was erzähle ich Ihnen da? Sicher wissen Sie das selbst am besten. Sie kommen doch aus einer Bremer Kaufmannsfamilie, nicht wahr? Und Sie waren lange im Ausland, nicht wahr? Ich weiß, wie schwer es ist, sich im Ausland zu halten. Wenn man nicht auf sich achtet, wenn man womöglich seine Lebensansprüche zurückschraubt, kann man im Ausland sogar leicht herunterkommen. Aber wie ich Sie kenne, sind Sie mit Ihren Lebensansprüchen und Ihrem Einkommen immer gut zurechtgekommen. So ist es doch, nicht wahr?« Der Notar lächelte Robert freundlich zu. Robert beugte sich schweigend über sein Essen. »Sie wissen vielleicht gar nicht, lieber Freund, ein wie angesehener Mann Sie hier sind«, fuhr der Notar fort. »Mehrmals schon bin ich gefragt worden, in welchem Tennisklub Sie sind und wo Sie reiten. Ich glaube, Herr Mohwinkel, man sucht Ihre Gesellschaft sehr. Sie sollten heiraten; schließlich sind Sie ja nun schon siebenunddreißig Jahre alt. Mit einer günstigen Ehe ist ja auch eine wesentliche Kapitalvermehrung, eine Geschäftserweiterung und eine weitere Erhöhung des Lebensstandards verbunden. Vergessen Sie das nur nicht.«

»Auf Geld«, sagte Robert, »muß man auch einmal verzichten können. Ich weiß, warum ich verzichte. Ich kann auch auf das höhere Leben verzichten, auf das Reiten, auf das Tennisspielen und auf die Bälle im Ruderklub.« – »Gewiß«, antwortete Dr. Abendroth, »aber seien Sie doch nicht so hochmütig. Sie gehören doch zu diesen Leuten. Sie gehören zu diesen Kreisen.« – »Die Mädchen dieser Kreise sind vielleicht sehr hübsch«, fuhr Robert fort, »ich weiß, daß sie auch elegant sind, es würde mir Vergnügen machen, mit ihnen zu schlafen. Aber was kommt dann? Dann kommt die Hochzeitstafel für fünfzig oder hundert Personen, langweilige Reden langweiliger Onkels, betuliche Umarmungen aufgetakelter Tanten, Duzen mit wildfremden Menschen und die Umstellung auf neues Hauspersonal. Später kommen dann die Kinder, niedlich-fein oder niedlich-frech geputzte Gören, zu denen man niemals im Leben Beziehung haben wird. Man muß sich anhören, wie die Mutter dieser Fremdlinge Heinerchen und Fannychen von Jahr zu Jahr süßer findet. Später muß man Zeugnisse unterschreiben und sich ärgern, man muß Ohrfeigen austeilen und auf Tischsitten achten. Eines Tages, zu meinem fünfzigsten Geburtstag, bekomme ich dann eine schweinslederne Dokumentenmappe geschenkt; in die muß ich mein Testament legen, dazu die Lebensversicherung, mit der Bedingung: ›Bei Unfalltod das Doppelte‹, die Sterbekassenpolice und den vorbereiteten Abschiedsbrief an die Ehefrau: ›Die Zeit mit Dir war meine glücklichste‹.«

Dr. Abendroth hörte sich den Ausbruch seines jungen Freundes schweigend an. Dann sagte er. »Ich weiß nicht, was Sie so verbittert, mein lieber Mohwinkel. Haben Sie vielleicht keine glückliche Kindheit gehabt?« – »Was ist eine glückliche Kindheit?« fragte Robert barsch. »Wenn Sie wollen, so habe ich eine glückliche Kindheit gehabt. Ich habe nie gehungert, meine Eltern haben mich geliebt, sie hatten ein Haus und einen kleinen Garten dahinter, ganz mit Kies zugeschüttet. In diesem Garten durfte ich manchmal spielen, wenn die Sonne schien und ich versprach, mich nicht schmutzig zu machen. Ich hatte auch einen Freund, den durfte ich jeden Donnerstag besuchen, von vier bis sieben Uhr. An den anderen Tagen bekam ich Kuchen und Kakao und durfte Cafémusik hören. Man erlaubte mir auch den Besuch eines Gymnasiums und den Beitritt zur Hitlerjugend. Dort durfte ich ein richtiger Junge unter anderen Jungen sein und sogar in einem Sommerlager in einem Zelt wohnen. Es war eine herrliche Jugend, lieber Herr Doktor Abendroth.«

Robert und der Notar blieben an diesem Abend noch lange beisammen. Sie tranken noch einige Flaschen Hermitage und sprachen von der guten alten, besonders aber von der schlechten alten Zeit, in der Dr. Abendroth ein rassisch Verfolgter und Robert ein Hitlerjunge gewesen waren. Dies Geständnis seinem jüdischen Anwalt abzulegen, hatte Robert schon öfter versucht. Heute, da er ein wenig angetrunken war, sagte er es ihm. »Ich war dabei, viele Jahre«, sagte er. »Ich wäre sogar gern ein Führer geworden. Aber dafür war ich nicht der Typ.« Dr. Abendroth sah den jungen Mohwinkel an. Er mußte lächeln. Robert fuhr fort: »Wie wir alle dazu gekommen sind, in solchen Massen sonntags zu marschieren und uns im Staub der Aufmarschplätze mit pathetischen Phrasen überschütten zu lassen, das werden wir vielleicht niemals begreifen. Ich denke ungern daran zurück, meine Gedanken beschäftigen sich nie damit, wie es dazu kommen konnte. Ich bin ein sehr gleichgültiger Mensch, mit mir ist nichts los. Aber daß ich damals sogar ein Führer werden wollte, das nehme ich mir noch heute übel.« Dr. Abendroth stellte sich diesen jungen Mann vor, wie er als Knabe in Reih und Glied mit anderen Knaben hinter einer Fahne hermarschierte und das blödsinnige Lied sang, in dem der Satz von den zitternden morschen Knochen vorkam. Er sah Robert wiederum an, und er mußte lachen. Den ganzen Abend mußte er immer wieder darüber lachen. Seine Meinung, daß achtzig von hundert singender deutscher Marschierer nicht gewußt hatten, wie sie zu diesen Märschen und zu diesen Liedern kamen, festigte sich immer mehr.

Robert ging am Kai der Untertrave entlang nach Hause. Drüben auf der anderen Seite lag die »Christina« mit Zellulose aus Finnland. Es war ein Schiff, für das die Firma Mohwinkel die Vertretung in Lübeck hatte. An der Drehbrücke stand ein Mann von der Bewachungsgesellschaft. Er erkannte Robert und kam auf ihn zu. »Die ›Christina‹ ist acht Uhr dreißig heute abend angekommen, Herr Mohwinkel«, meldete er. »Sonst gibt es nichts Neues.« Robert dankte dem Wachmann und gab ihm zwei Zigarren.

Im Frühjahr, zwischen Ostern und Pfingsten, besuchten die alten Mohwinkels ihren Sohn. Sie kamen zum erstenmal nach Lübeck. Robert hatte nach seiner Rückkehr aus Frankreich noch keine Zeit für eine Reise nach Bremen gefunden, so war dies nun das erste Wiedersehen mit seinen Eltern nach mehr als sechs Jahren.

Zu Hause hatte er seit Wochen den Besuch seiner Eltern vorbereitet. Fräulein Therese Jurkoweit hatte zusammen mit einer Putzfrau alle Zimmer des Hauses, auch die Büroräume im Erdgeschoß, gründlich gereinigt. Ein Fensterputzer hatte alle Scheiben geputzt, und für die Instandsetzung des kleinen Gartens, der hinter dem Haus unter dem Fenster des Chefzimmers lag, hatte Robert die Hilfe eines Gärtners in Anspruch genommen. Der Gärtner hatte in Eile einige Sträucher gesetzt und in der Mitte ein großes Beet mit Stiefmütterchen angelegt. Während Robert auf dem Bahnsteig stand und auf den Zug wartete, überlegte er noch einmal genau, ob er auch nichts vergessen hatte. Seine Eltern sollten überall Sauberkeit und Ordnung spüren, sie sollten auf den ersten Blick erkennen, in welch geordneten Verhältnissen ihr Sohn lebte. Später sollten sie in Bremen überall von dem Aufstieg des jungen Mohwinkel erzählen. Immer wieder stellte Robert sich Szenen vor, in denen die alten Mohwinkels die wunderbare Geschichte ihres Sohnes und seine gegenwärtige Stellung im hanseatischen Kaufmannsleben darstellten: Sein Vater saß bei Herrn Christiansen im Ledersessel, und er würde Herrn Christiansen empfehlen, sich doch einmal um die Interessenvertretung der Reederei seines Sohnes in Bremen zu bemühen; seine Mutter saß mit ihren Kränzchendamen bei Jacobs, und alle ärgerten sich, daß sie nicht die Mütter von Reedern waren; Albert Warncken, sein einstiger Freund, traf die alten Mohwinkels auf der Straße, er grüßte sie ehrerbietig, wagte aber nicht, Grüße an Robert bestellen zu lassen, weil dieser nun ein selbständiger Kaufmann, er, Albert, aber nur ein kleiner Angestellter geblieben war. Der Aufstieg des jungen Mohwinkel würde sich in Bremen überall herumsprechen. Trude Hoyer würde davon erfahren, sie würde sich ärgern, und von ihrer Mutter müßte sie sich sagen lassen: »Ich habe immer gewußt, daß in dem jungen Mann etwas steckt. Hättest du ihn nur freundlicher behandelt, dann hättest du jetzt einen passablen Mann!«

Während Robert sich diese und noch weitere Szenen vorstellte, lief der Zug in die Halle ein. Die alten Mohwinkels sahen ihren Sohn schon vom Abteilfenster aus, sie winkten ihm zu, dann stiegen sie aus. Frau Mohwinkel ließ ihren Mann mit den Koffern zurück, sie breitete beide Arme aus und ging mit ausgebreiteten Armen über den ganzen Bahnsteig auf ihren Sohn zu. Sie umarmte ihn und sagte: »Wie schön, wie schön, daß ich meinen Jungen noch einmal sehe! Ich habe immer geglaubt, ich würde sterben, ohne dich noch einmal zu sehen. Mir geht es nämlich gar nicht gut, weißt du, ich habe so schlechte Verdauung, die ganzen letzten Jahre schon, alle fünf Tage nur Stuhlgang. Was meinst du, wie der Arzt mich angesehen hat beim letzten Besuch. Ganz ernst hat er geguckt; ich glaube, für mein Leben gibt er nichts mehr. Gesagt hat er natürlich nichts, nur immerzu den Kopf geschüttelt hat er, nur immerzu den Kopf geschüttelt.«

Inzwischen war auch Herr Mohwinkel herangekommen. Seinen hellgrauen Übergangsmantel trug er geöffnet, man sah darunter einen maronenbraunen Anzug und eine moderne Streifenkrawatte. Den Hut aus hellgrauem Stroh hatte er in den Nacken geschoben. Robert sah, daß sein Vater mit den Tränen kämpfte. Darum sagte er schnell: »Na, ich warte schon eine ganze Weile. Euer Zug hatte Verspätung, glaube ich.« – »Ja, acht Minuten genau hatten wir Verspätung«, erwiderte sein Vater, »aber nun sind wir ja da. Hat Mutter dir schon von ihrer Krankheit erzählt?« Frau Mohwinkel sah ihren Mann böse an, aber Herr Mohwinkel ließ sich nicht beirren und fuhr fort: »Die ganze Zeit im Zug grübelte sie und grübelte sie, wie sie dir ihre schwere Krankheit schonend beibringen könnte.« Dazu lachte Herr Mohwinkel und sah seine Frau an. Frau Mohwinkel aber war beleidigt. Sie guckte auf die andere Seite des Bahnsteigs, wo ein Zug aus Travemünde einlief; sie ging mit flinken Schritten vor ihrem Mann und ihrem Sohn durch die Bahnsteigsperre und durch die Bahnhofshalle, ohne sich umzusehen. Sie sprach mit beiden kein Wort mehr. Auch im Taxi, das sie ins Hotel brachte, sprach Frau Mohwinkel kein Wort mit den beiden Männern. Sie setzte sich nach vorn zu dem Fahrer und sah aus dem Fenster. Sie fühlte sich beleidigt und beschloß, auch noch den ganzen Tag beleidigt zu bleiben.

Am Nachmittag führte Robert seine Eltern in sein Haus an der Untertrave. Die Angestellten wußten von der Ankunft der alten Mohwinkels, nahmen aber von dem Ereignis keine besondere Notiz. Nur die Sekretärin hatte sich extra eine neue weiße Spitzenbluse gekauft, sie wollte auf die Eltern ihres Chefs einen besonders adretten Eindruck machen. Als der Besuch in die Halle trat, sprang sie gleich auf und stelzte mit kleinen, schnellen Schritten zur Tür des Chefzimmers, um sie zu öffnen. Als die Eltern vorbeikamen, sagte sie: »Guten Tag, Frau Mohwinkel, eine gute Reise gehabt?« Und: »Guten Tag, Herr Mohwinkel, eine gute Reise gehabt?« Dann schloß sie hinter dem Besuch die Tür und setzte sich wieder an ihre Schreibmaschine.

Robert erwartete, daß seine Eltern sich nun im Chefzimmer umsehen und eine Menge bewundern würden. Er erwartete, daß sie ans Fenster treten und sich über die Stiefmütterchen freuen und daß sie vor dem Bild des M/S »Lucina« fragen würden: »Ist das dein Schiff, Robert? Donnerwetter, so ein schönes Schiff.« Die alten Mohwinkels sagten aber nichts, sie blickten sich auch nicht um, sondern setzten sich still auf die angebotenen Plätze. Einen Sherry zu trinken lehnte Frau Mohwinkel ab. Nur Herr Mohwinkel trank ein Glas. Herr Mohwinkel nahm auch eine von den angebotenen Zigarren, aber seine Frau sah ihn erschrokken an. »Wilhelm, du kannst doch hier nicht rauchen«, sagte sie. Und zu Robert gewandt meinte sie: »Dürft ihr denn überhaupt hier im Dienst rauchen?« Die Erklärung ihres Mannes, daß dies doch Roberts eigene Firma und daß Robert hier der Chef sei, der tun und lassen könne, was er wolle, schien sie zu überhören. Sie saß vorn auf der Kante des Sessels, den Blick starr auf die zweite Tür gerichtet, die in die oberen Wohnräume führte. Ihr war sehr unbehaglich zumute. Jeden Augenblick, so glaubte sie, würde durch diese Tür der eigentliche Chef treten und ihren Sohn zur Rechenschaft ziehen. Was sind das für Menschen, die Sie hier in Ihrer Dienstzeit empfangen, würde er sagen, und: Seit wann rauchen wir denn, Mohwinkel? Frau Mohwinkel war auf das Schlimmste gefaßt, sie saß auf der Kante des Sessels und starrte unentwegt auf die Tür. Vielleicht, dachte sie, ist der Chef nicht allzu streng, so daß dies keine schlimmen Folgen für Robert hat. Sie hörte nicht hin, was ihr Sohn sagte, sie sah immerzu auf die Tür und wartete, daß ein Chef hereinkäme, bis Therese anklopfte und in den oberen Wohnraum zum Essen bat.

Frau Mohwinkel erschrak, als sie hinter der geöffneten Tür kein weiteres Zimmer mehr sah und eine Haushälterin im schwarzen Kleid und mit weißer Schürze durch diese Tür eintrat. Es wirkte auf sie wie ein Trick, über den nachzudenken sie nicht vermochte. Deshalb folgte sie, ohne weitere Fragen zu stellen, ihrem Mann und ihrem Sohn in die oberen Wohnräume zum Essen. Therese servierte. Sie trat mit Würde und Zurückhaltung auf und ließ den Besuch nicht merken, in welcher nahen Verbindung sie mit Robert stand. Beim Servieren sah sie niemanden an. Diese Vorsicht war jedoch unnötig, denn Herr und Frau Mohwinkel wären nie auf den Gedanken gekommen, daß ihr Sohn mit einer Wirtschafterin ein Verhältnis haben könnte.

Plötzlich unterbrach Frau Mohwinkel das Schweigen bei Tisch. Sie sagte zu ihrem Sohn: »Hast du mal wieder was von deiner Verflossenen gehört, von der Trude? – Nein, nicht? – Ich hätte gern mal gewußt, was mit der nun los ist. Zweimal sah ich sie nämlich im Café Jacobs; sie saß da ganz allein bei Torte und Kakao. Sie war mächtig dick geworden, weißt du? Sie erkannte mich auch nicht, oder sie wollte mich nicht kennen. Als ich an ihrem Tisch vorbeiging, rührte sie immerzu in ihrer Kakaotasse herum. Ich nahm dann einen Tisch in ihrer Nähe und dachte, ob sie wohl mal guckt. Sie guckte aber nicht, sondern rührte immerzu in ihrem Kakao. Sie trug keinen Ehering am Finger. Ich glaube auch, sie hat keinen Freund, so dick wie die geworden ist und so häßlich. Sie hatte ein ungepflegtes Gesicht und scheußliche große Poren auf der Nase. Die habe ich genau gesehen, ich habe mir extra meine Brille aufgesetzt. Weißt du vielleicht was von ihr?« Robert erwiderte, daß er nie wieder etwas von Trude Hoyer erfahren habe. »Als ich so lange in Frankreich war, ist die Verbindung abgerissen«, sagte er. Darauf meinte Frau Mohwinkel: »Sicher tut ihr das jetzt leid, wenn sie erfährt, daß du jetzt eine so schöne Anstellung hast.« Herr Mohwinkel unterbrach sie mit der Bemerkung, daß Robert keine Anstellung habe, sondern ebenso wie der alte Hoyer, wie Herr Krume oder wie Herr Christiansen ein selbständiger Kaufmann sei. Zu Robert gewandt fuhr er fort: »Immer wieder versuche ich, Mutter das zu erklären. Aber sie begreift es nicht. Der Sprung ist für sie zu groß. Sie hat einen Untertanenhorizont.« Da schwieg Frau Mohwinkel beleidigt, sie sah stur auf ihren Teller, und während der Essenspausen preßte sie ihre Lippen aufeinander und blickte mit kreisrunden grauen Augen aus dem Fenster.

Endlich beim Nachtisch schien sie sich wieder zu fangen. An das alte Thema anschließend, sagte sie unverhofft: »Vater ist manchmal nicht ganz bei sich. Er redet immer von deiner guten Existenz. Nun, wo ist diese Existenz. Ich sehe nichts davon. Ich habe noch nichts von deinem Chef gesehen und auch noch nicht gehört, wieviel Gehalt du bekommst und ob du Aussicht hast, hier Prokurist zu werden. Ich sehe auch bei dir keine Frau und keine Kinder. Und wer keine Familie hat, das sage ich immer, der hat auch keine Existenz. Wenn man eine Existenz hat, hat man auch eine Familie. Wenn man eine Existenz hat, hat man es nicht nötig, in der Firma zu wohnen. Aber das begreift Vater nie.« Sie nahm sich noch eine zweite Portion Obstsalat, dann fuhr sie begütigend fort: »Deswegen habe ich Vater nicht weniger lieb. Er ist ja nun auch schon alt. Das Gehirn ist ja recht klapperig. Da kann man nichts machen.«

Am Abend saß die Familie im Wohnzimmer zusammen. Robert machte eine Flasche Wein auf und fragte, was es Neues in Bremen gäbe. »Was soll es schon geben«, sagte seine Mutter, »zu Hause ist alles beim alten. Nur Frau Schwartz nebenan haben sie vorige Woche überfahren. Sie war gleich tot. Du kennst doch noch Frau Schwartz? Bei den Nazis war sie mal eingesperrt, weil sie über die Fleischpreise schimpfte, dann hatte sie die schwere Gallenoperation und jetzt den Verkehrsunfall. Ich habe mich gar nicht gewundert. Die war so ein Pechvogel.« Frau Mohwinkel erzählte ausführlich von der Beerdigung und wer alles dabeigewesen war. »Auch Schlachter Ramdohr war da, du weißt, der Frau Schwartz damals ins KZ gebracht hatte. Alle auf der Beerdigung glaubten, daß der alte Ramdohr nun bereut, aber ich sage dir: der war nur aus Reklame da.«

Frau Mohwinkel erzählte an diesem Abend noch eine Menge Begebenheiten aus der näheren Umgebung ihres Hauses. Sie erzählte, daß Brendels Ratten im Garten hatten und der Sohn von Runges Unterschlagungen gemacht habe und jetzt im Gefängnis sitze. Sie erzählte von neuen unehelichen Kindern in der Umgebung und von Frau Schnakenberg, die einen neuen Freund habe. »Denke dir nur«, sagte Frau Mohwinkel, »mit fünfundfünfzig noch einen Freund, die sollte sich schämen. Der Freund hat einen Würstchenstand am Hohentor. Jeden Abend steht sie bei ihm am Stand und guckt ihn an wie ein Backfisch, mit fünfundfünfzig Jahren noch. Auch jetzt im Winter stand sie jeden Abend am Stand bei ihm, bis in die Nacht, und was ist die Folge? Sie hat ein Unterleibsleiden bekommen vom langen Stehen in der Kälte. Hat sich natürlich keine warmen Hosen angezogen, immer nur dies dünne Perlonzeug, als wenn es mit fünfundfünfzig noch auf so etwas ankommt.«

Bei dieser Gelegenheit vergaß Frau Mohwinkel auch nicht, ausführlich ihr eigenes Leiden zu schildern. »Alle fünf Tage nur Stuhlgang«, sagte sie. »Die Ärzte wissen genau, was das ist, aber sie sagen es mir nicht. Sie wollen mich schonen.« Als sie erwähnen wollte, daß sie so glücklich sei, ihren Sohn vor ihrem Tode noch einmal zu sehen, und daß dieses Wiedersehen gut das letzte sein könnte, unterbrach ihr Mann sie endlich. »Dich wird interessieren«, sagte Herr Mohwinkel zu Robert, »was in der Schifffahrt bei uns los ist. Du wirst staunen, es nimmt alles einen gewaltigen Aufstieg.« Er berichtete von den vielen Schiffsneubauten der Bremer Reedereien, und er erzählte ebenso ausführlich von der Firma Christiansen. »Ich habe immer gedacht, der junge Christiansen ist nicht so tüchtig wie der Vater«, meinte Herr Mohwinkel, »aber da hatte ich mich wirklich getäuscht. Die Levantefahrt hat er ganz groß aufgebaut. Die Abteilung leitet ein Prokurist Winterberg. Du wirst den Mann wohl nicht mehr kennen, ich glaube, er kam nach dir in die Firma. Er ist ein sehr tüchtiger Schiffsmakler, ich habe oft mit ihm zu tun.«

Herr Mohwinkel berichtete, daß die Firma Christiansen jetzt auch eine Reederei sei. »Christiansen hat drei eigene Küstenmotorschiffe«, erzählte er. »Das zeugt von seiner Tüchtigkeit. Ein viertes Schiff ist auf der Werft von Lürssen in Vegesack in Bau.« – »Ja«, sagte Robert. »Bei Lürssen ist auch meine ›Lucina‹ gebaut.« Aber sein Vater unterbrach ihn. »Das weiß ich doch«, sagte er, »und ich erzähle es überall in Bremen, daß du ein Schiff hast, und auch, daß du Schiffsmakler in Lübeck bist. Glaube mir, das macht überall großen Eindruck.« Bei diesen Worten lachte Frau Mohwinkel. Herr Mohwinkel schien sich davon nicht stören zu lassen. »Natürlich, überall macht das Eindruck«, sagte er. Neulich war ich gerade bei Christiansen. Ich saß bei ihm im Zimmer und handelte eine Frachtrate aus. Da erzählte er mir von seinem neuen Schiff auf der Lürssen-Werft. ›Bei Lürssen ist auch das Schiff meines Sohnes gebaut‹, sagte ich ihm, und da wurde er ganz still. Er schenkte mir noch einen Sherry ein und sah mich aufmerksam an. Er sagte keinen Ton mehr. Ich glaube, er ärgert sich schrecklich, daß er dich damals hat gehen lassen.«

Bei diesen Worten lachte Frau Mohwinkel wieder. Aber ihr Mann fuhr unbeirrt fort: »Auch als ich vor ein paar Wochen Direktor Hartwig von der Jason-Linie traf, habe ich ihm von deinem Aufstieg erzählt. ›Herr Hartwig‹, habe ich gesagt, ›das war sehr liebenswürdig von Ihnen, daß Sie damals die Bewerbung meines Sohnes berücksichtigen wollten, aber nun ist er doch einen anderen Weg gegangen. Er hat ein eigenes Schiff und eine eigene Firma in Lübeck.‹ Ich wollte ihm noch Einzelheiten erzählen, aber er klopfte mir auf die Schulter und meinte: ›Schön, schön, das freut mich für Sie.‹ Dann ging er schnell weg. Es war mir klar, daß der sich auch ärgert, dich damals nicht an sein Geschäft gebunden zu haben.«

Frau Mohwinkel lehnte sich im Sessel zurück und lachte. Dazu hielt sie sich mit einer Hand eine bestimmte Stelle ihres Bauches, wo sie ihr Leiden vermutete, und sagte zu ihrem Sohn:

»Du mußt Vater nicht zu ernst nehmen. Er ist wirklich schon recht klapperig.«

Am nächsten Tage suchte Frau Mohwinkel eine Gelegenheit, mit ihrem Sohn einmal allein zu sein. Sie sagte: »Ich möchte mal bei ›Niederegger‹ mit meinem Sohn Kaffee trinken und Torte essen. Für Vater ist das ja nichts. Der kann sich den Hafen angucken und mich gegen Abend abholen.«

Bei »Niederegger« sagte Frau Mohwinkel, als die Kellnerin ihr die Marzipantorte gebracht hatte, zu Robert: »Ich habe es extra so eingerichtet, daß ich mal mit dir allein bin. Mit Vater nämlich, das muß ich dir sagen, wird es immer schlimmer. Er ist verrückt, weißt du, er tut mir wirklich leid. Trotzdem muß ich manchmal sehr hart zu ihm sein, obgleich er mir doch so leid tut.« Sie steckte sich ein großes Stück Marzipantorte in den Mund, dann, als sie den Mund leer gegessen hatte, fuhr sie fort: »Ein Leben lang habt ihr mich für verrückt gehalten, nicht nur Vater, auch du; ihr habt mich beide für verrückt gehalten, das weiß ich wohl. Erst mit den Nazis; na, und? Habe ich nicht recht gehabt mit meiner Angst? Das waren doch ganz gefährliche Burschen. Aber niemand hat das gesehen, nur ich. Dann kam die Sache mit den Mietern und den Wanzen, niemand hat gesehen, was für ein Pack das war, und ihr habt mich für meschugge gehalten. Und jetzt glaubt ihr mir meine Krankheit nicht. Ich war immer für euch die Verrückte. Aber glaube mir, wenn hier einer verrückt ist, dann ist es Vater.«

Frau Mohwinkel bestellte sich noch ein zweites Stück Torte. Auch für ihren Sohn bestellte sie Kuchen nach. Dann fuhr sie in ihrem Bericht fort. »Ich denke nur daran«, sagte sie, »als du da unten in Frankreich im Hafen gearbeitet hast. Ich habe genau gewußt, daß es dir nicht gutging, aber Vater hat überall mit dir geprahlt. Er hat überall gesagt: ›Mein Sohn eignet sich sehr viel Auslandspraxis an‹ oder so ähnlich, und dann hat er immer nach einer Stellung für dich gefragt. Sie haben aber in Bremen alle, alle über ihn gelacht, und er hat es nicht gemerkt.« Frau Mohwinkel berichtete, daß sie aus ganz sicherer Quelle wisse, wie man überall über ihren Mann gelacht habe. »Frau Undütsch, mit der ich im Kränzchen bin, hat eine Untermieterin. Das ist Fräulein Renzel, und die ist Stenotypistin bei Christiansen. Nein, du kennst sie nicht mehr, sie fing dort an, als du schon weg warst. Siehst du, und über Fräulein Renzel erfahre ich alles.« Frau Mohwinkel erzählte, daß sie auch von einem Kapitän erfahren habe, dem Robert in Frankreich begegnet sei. »Der Kapitän hat alles, alles von dir erzählt, auch wie du da rumgelaufen bist in Arbeiterkleidung, alles hat er Christiansen erzählt. Und Christiansen hat es dann seinen Angestellten erzählt, auch Fräulein Renzel, und die hat es wieder Frau Undütsch erzählt, und Frau Undütsch hat mich dann beim nächsten Kränzchen beiseite genommen und mir alles haarklein berichtet. Sie hat mich extra beiseite genommen, nicht vor den anderen Damen hat sie es mir gesagt, das fand ich sehr anständig von ihr.«

Nach dieser ausführlichen Erzählung mußte Frau Mohwinkel sich erst einmal stärken. Sie bestellte für sich und ihren Sohn einen Kognak. »Das ist zwar Gift für meinen Magen«, sagte sie, »aber ich will es die letzte Zeit meines Lebens doch noch schön haben.« Dann berichtete sie weiter vom Klatsch aus Bremen. Sie erzählte von den nutzlosen Bemühungen ihres Mannes, für Robert eine Stellung zu bekommen, und von der Ungläubigkeit, mit der später die Bremer Kaufleute den Berichten ihres Mannes zuhörten, »Vater blamiert uns alle«, sagte sie. »Brühwarm habe ich vor kurzem von Frau Undütsch wieder zu hören gekriegt, wie Vater sich jetzt wieder bei Herrn Christiansen benommen hat. Er hat deinem früheren Chef erzählt, du hättest ein Schiff; und als Vater fort war, hat die ganze Firma sich amüsiert. Fräulein Renzel hat noch angeregt, das einmal nachzuprüfen, vielleicht in irgendeinem Verzeichnis oder einem Adreßbuch, aber Herr Christiansen hat gesagt: ›Was soll ich da nachprüfen? Morgen erzählt mir der alte Mohwinkel vielleicht, daß sein Sohn Staatspräsident von Frankreich ist, und dann verlangen Sie womöglich auch, daß ich das nachprüfe.‹ Siehst du, mein Junge, für die in Bremen bist du immer noch der Hafenarbeiter in Frankreich. Ich finde das ungerecht, wo du doch jetzt die schöne Stellung hier in Lübeck hast. Aber für die in Bremen bist du gestorben.«

Bei diesem Punkt unterbrach Robert seine Mutter. Er wiederholte, daß er keine Anstellung habe, sondern selbständiger Kaufmann sei. Frau Mohwinkel winkte aber nur müde ab. »Nun gut, mein Junge«, sagte sie, »ihr jungen Leute habt heutzutage gewiß ganz andere Ausdrücke im Geschäftsleben. Ich komme da nicht mit. Du mußt etwas Nachsicht mit deiner alten Mutter haben. Wer weiß, wie lange ich noch lebe.« Dabei faßte sie wiederum an die Stelle ihres Bauches, wo sie ihr Leiden vermutete. »So, nun spring aber schnell wieder ins Büro rüber«, meinte sie abschließend, »mich wundert schon, daß du überhaupt so lange während der Geschäftszeit weg kannst. Hoffentlich hast du nun keine Schwierigkeiten.«

In den beiden Wochen, die seine Eltern noch zu Besuch in Lübeck blieben, hatte Robert mit ihnen nur noch unverbindliche Unterhaltungen. Er war sehr viel mit ihnen zusammen. Er machte mit ihnen Ausflüge nach Travemünde und nach Schlutup. Er saß mit ihnen in der »Waldhalle« in Schwartau bei Kaffee und Kuchen und abends im »Schabbelhaus« oder in der »Schiffergesellschaft« beim Bier. Sie mieden alle Themen, über die sie sich an den ersten beiden Tagen erregt hatten. Herr Mohwinkel fürchtete die Blicke seiner Frau und das Tippen ihres Zeigefingers an ihrer Stirn. Alle beschränkten sich darauf, von der schönen Umgebung Lübecks zu sprechen und von den netten Lokalen in der Altstadt. »Das Klima hier bekommt bestimmt deinem Hals gut«, meinte Frau Mohwinkel zu ihrem Sohn, oder sie sagte: »Wenn du mal keinen Stuhlgang hast, mußt du sofort etwas dagegen tun. Sonst wird es einmal so schlimm wie mit mir. Du bist ja noch jung, willst ja noch ein bißchen leben, nicht wahr?«

Für den letzten Abend hatte Frau Mohwinkel sich jedoch etwas aufgespart, das ihr am Herzen lag. Es war die Heirat ihres Sohnes. Die ganze Zeit über hatte sie gehofft, daß Robert von selbst hierüber sprechen und Andeutungen machen würde, daß er seinen Eltern vielleicht sogar eine Braut vorstellen würde, aber nichts erfolgte. Da nahm Frau Mohwinkel sich vor, ernsthaft mit ihrem Sohn zu reden. Sie fing umständlich an. »Die ganze Zeit wollte ich es dir schon erzählen, aber ich habe es immer wieder vergessen«, sagte sie. »Weißt du, wer vier Straßen weiter von uns seit einem halben Jahr wohnt? Dein alter Freund Albert Warncken. Er ist schon vier Jahre verheiratet, und er hat zwei ganz reizende Kinder. Er hat auch eine ganz süße Frau. Sie war früher Bürohilfe beim Rechtsanwalt, ein gebildetes Mädchen also. Morgens beim Einkaufen sehe ich sie oft mit den beiden Kindern. Es sind zwei kleine Mädchen, beide ganz in Rosa gekleidet. Einfach goldig die beiden. Das Kleine wird noch im Wagen gefahren. Jedesmal beuge ich mich über den Kinderwagen und mache kicks – kicks – kicks – kicks. Ob ich das bei meinen Enkelkindern auch wohl mal machen kann?«

Robert hatte die letzte Frage seiner Mutter gar nicht verstanden. Er hatte auch die Erzählung von den beiden Kindern in Rosa nicht begriffen, er hatte nur vernommen, daß sein alter Freund Albert Warncken ganz in der Nähe seines Elternhauses wohnte und verheiratet war. »Mein Gott, wovon konnte der denn heiraten«, sagte er, »und noch zwei Kinder in die Welt setzen. Ist der verrückt geworden? Bei dem kleinen Gehalt, das er bei Christiansen verdient?« Frau Mohwinkel unterbrach jedoch ihren Sohn. »Wieso kleines Gehalt?« fragte sie, »er ist doch stellvertretender Abteilungsleiter.« – »Das war er schon vor sechseinhalb Jahren«, antwortete Robert. Wie ich Christiansen kenne, verdient er heute keinen Pfennig mehr als damals. Und davon Frau und Kinder ernähren, so ein Quatsch.« – »Das ist kein Quatsch«, fuhr Frau Mohwinkel fort. »Frau Warncken hat mir erzählt, ihr Mann hat Aussicht, in wenigen Jahren vielleicht schon Abteilungsleiter zu werden. Dann hat er hundert Mark im Monat mehr, und er hat eine hübsche kleine Frau und zwei süße goldige Kinder. Ob ich wohl noch einmal so ein süßes goldiges Enkelkind kriege?«

Frau Mohwinkel merkte, daß sie das Gespräch falsch begonnen hatte. Von der Erinnerung an seinen alten Freund Albert Warncken war ihr Sohn jetzt nicht mehr abzulenken. »Ach, der Albert«, sagte er, »das arme Schwein. Er war zwar ein dummer Mensch, aber das hat er nicht verdient: bei dem kleinen Gehalt eine Frau und zwei Kinder. Der arme Kerl.«

»So«, sagte Frau Mohwinkel gereizt, »dann werde ich wohl sterben müssen, ohne Schwiegermutter und Großmutter zu werden.« Robert dachte immer noch an seinen armen Freund. »Ja, das wirst du dann wohl«, sagte er gedankenlos, aber zum Erstaunen von Herrn Mohwinkel nahm seine Frau diese Worte nicht als Roberts Wunsch, ehe- und kinderlos zu bleiben, sondern als eine Bestätigung ihres nahen Todes. Wenigstens mein Sohn glaubt mir meine Krankheit, dachte sie gerührt, und sie ließ sich noch ein Glas Wein einschenken.

Nachdem sie dieses Glas ausgetrunken hatte, erhob sich Frau Mohwinkel plötzlich. »Wir haben morgen einen anstrengenden Reisetag vor uns«, sagte sie, »du weißt, Vater ist immer so klapperig. Er braucht viel Schlaf. Er muß nun ins Bett.« Sie ging mit ihrem Mann ins Hotel. Beim Abschied meinten die alten Mohwinkels, daß Robert sie am nächsten Morgen nicht zum Bahnhof zu begleiten brauche. Trotzdem ließ Robert es sich nicht nehmen, sie am nächsten Tag zum Zug zu bringen. Er reichte seinen Eltern die Koffer hinein und half ihnen, schöne Fensterplätze zu bekommen. Bei Abfahrt des Zuges winkte er ihnen mit dem Taschentuch nach. Die Ermahnung, in Zukunft recht oft zu schreiben, lag ihm noch lange in den Ohren.

Als Robert den Bahnsteig verließ und durch die Bahnhofshalle ging, empfand er eine große Traurigkeit. Seine Eltern hatten ihn beide, jeder auf seine Art, darüber belehrt, daß er keine Aussicht hatte, in Bremen als der erfolgreiche, der selbständige, der wohlrenommierte junge Mohwinkel angesehen zu werden. Auf gleicher Stufe stand er mit jedem anderen Chef, aber dies glorreiche Ende seines Werdegangs würde in seiner Vaterstadt ewig unbekannt bleiben. Niemand war dort mißtrauisch, niemand war aber auch daran interessiert, die Wahrheit über Robert Mohwinkel zu erfahren. Er hatte keine Chance, Rache am jungen Christiansen zu nehmen, der ihn auf jenen Weg gestoßen hatte, auf dem er beinahe in Unordnung und Elend geendet wäre. Er erinnerte sich der Zeit, in der er Christiansen geholfen hatte, seine Firma wieder aufzubauen. Wenn Christiansen heute drei Schiffe hatte, so hatte er, Robert Mohwinkel, den Grund für diese Blüte der Firma gelegt. Alle hatten vergessen, daß Robert Mohwinkel ein vorbildlicher Kommis besten alten Stils gewesen war. Ihnen nun das Bild Robert Mohwinkels, eines jungen Kaufmanns zu zeigen, der eigene, neue Ideen vom Leben und von den

Aufgaben eines Chefs hatte, war vergeblich. An der Geschichte seines Lebens, so wie sie in seiner Vaterstadt erst bewahrt worden war, sich nun aber schon verflüchtigte, war nichts mehr zu korrigieren. Seine Mutter schämte sich der unsicheren Existenz ihres Sohnes, der ihr nicht den Namen eines guten Brotherrn nennen konnte, dem er diente. Keinen Titel, keine Bezeichnung seiner Position hatte er ihr nennen können. Den Damen ihres Kränzchens konnte sie nicht sagen, bei wem ihr Sohn beschäftigt war. Er war bei niemandem, selbst ein Niemand. Sie schwieg über ihn und wurde nur ab und zu rot, wenn sie nach ihm gefragt wurde. Seinem Vater dagegen glaubte man in Bremen nicht, er war ein so sanfter, kindlicher Mensch, der im Alter offensichtlich allzu gutmütig und gutgläubig geworden war. Robert war sein einziger Sohn, die Leute verstanden, daß er die Wahrheit über ihn nicht sehen wollte. Man ließ ihn reden und tat ihm nicht durch unzarte Bemerkungen weh.

Roberts Geld ermöglichte ihm nun wohl ein angenehmes Leben, aber das Ziel, das ihm beim Erwerb des Geldes geleuchtet hatte, war unerreichbar. Zugleich aber kam auch nicht das dumpfe Ende, das er sich damals als Folge seiner leuchtenden Auferstehung vorgestellt hatte. Er hatte überhaupt kein Ende mehr zu fürchten, nur noch ein langes, angenehmes Leben mit einem Gewissen, dessen Stimme er pflichtgemäß immer wieder aufmerksam lauschte.

Bevor er an diesem Abend einschlief, lag Robert noch lange wach. Das Gefühl bemächtigte sich seiner, daß er nun schon lange in einem unwirklichen Leben einhergehe, daß aber womöglich der echte Robert Mohwinkel noch in Marseille als Tallymann lebte. Die Leute hatten recht, die nur dies glaubten. Der jetzige Robert Mohwinkel hatte eine neue, eine feinere Existenz, deren Ursprung kaum noch erkennbar war. Roberts Gedanken über sein Leben lösten sich in dieser Stunde von den Spekulationen, denen er bisher nachgehangen hatte. Es genügt, zufrieden zu leben, sagte er sich, man muß aber ein zufriedenes Leben nicht zur Schau tragen und andere damit in Erstaunen setzen wollen. Der letzte Rest seiner Rachegefühle fiel von ihm ab.

In den ersten Tagen des Juni kam nach längerer Zeit die »Lucina« mit Kapitän Kleinschmitt wieder nach Lübeck. Viele Reisen hintereinander hatte M/S »Lucina« Lübeck nicht angelaufen. Kleinschmitt hatte Holz von Schweden nach England gebracht und dort Kohlen für Dänemark mitgenommen. Von Dänemark war er dann gleich ohne Unterbrechung in Ballast wieder nach Schweden gefahren, um diese Route mehrmals hintereinander zu wiederholen. Nun endlich ergab sich, weil in Lübeck eine größere Partie Glaubersalz auf Verladung nach Südfinnland wartete, für Robert die Gelegenheit, sein eigenes Schiff wieder einmal nach Lübeck zu beordern.

Robert freute sich sehr auf das Wiedersehen mit Kleinschmitt, und als die »Lucina« in den Burgtorhafen einlief, winkte er seinem Geschäftspartner und Freund schon vom Land aus zu. Als erster ging Robert an Bord. Er wartete nicht einmal ab, bis die Gangway herangeschoben wurde, sondern benutzte das See-Fallreep, das ein Matrose eigens für ihn über die Reling werfen mußte. Er konnte es nicht abwarten, endlich wieder einmal an Bord seines Schiffes zu sein. »Diese elende Route machen Sie mir zukünftig aber nicht mehr achtmal hintereinander«, sagte er gleich zur Begrüßung zu Kapitän Kleinschmitt. »Was nutzt uns denn der ganze Verdienst, wenn wir uns nur alle halbe Jahre sehen?« – »Sie haben recht, mehr als satt essen kann man sich ja nicht«, antwortete Kleinschmitt. Dann übergab er dem Offizier die Papiere für den Zoll und ging mit Robert in das Bürohaus an der Untertrave. »Ach, die schönen Tulpen«, sagte Kleinschmitt, »ich kenne Tulpen nur noch von dem Wandkalender in meiner Kabine.« Robert berichtete, was es im Geschäft Neues gab. Er ließ sich von Herrn Jeckel die Abrechnungen bringen und legte alle Papiere, auch die Bücher, seinem Teilhaber vor. Aber Kleinschmitt winkte ab. »Ach, das ist viel zu kraus für mich«, sagte er. »Ich möchte Ihnen jetzt lieber erklären, warum ich Ihnen am Telefon gesagt habe, daß Sie die Gewinnverteilung für das letzte

Jahr nicht so voreilig vornehmen sollten. Ich trage nämlich einen Gedanken schon lange mit mir herum, bin allerdings immer in Sorge, ob er Ihre Billigung findet.«

Robert antwortete, daß alles, was von Kleinschmitt käme, seine Billigung fände. »Damals in Marseille haben Sie mir den richtigen Auftrieb gegeben«, antwortete Robert, »das vergesse ich Ihnen nie.« Kleinschmitt drehte sein Sherryglas in den Händen, immerfort streifte er die Asche von seiner Zigarre am Aschbecher ab, obgleich längst keine Asche mehr daran war. Endlich sagte er: »Ich wollte Ihnen vorschlagen, ein zweites Motorschiff zu kaufen. Etwas größer vielleicht und ein bißchen neuer in der Bauart. Die ›Lucina‹ wird ja nun bald zehn Jahre alt. Man merkt ihr manchmal doch an, daß sie gleich nach der Währungsreform in die Werft gegangen ist.« Robert hatte einen solchen Vorschlag erwartet, und er überlegte – da doch das Schiffsmaklergeschäft einen großen Teil seiner Einnahmen bestritt –, ob die Erweiterung des Reedereigeschäfts zweckmäßig wäre. Nachher kommt Kleinschmitt jedes Jahr mit einem neuen Pott, dachte er, und in zehn Jahren ist meine Ruhe vorbei. Dann sitze ich in einem mehrstöckigen Bürohaus und habe drei Telefone auf dem Tisch. Dann kann ich nicht mehr um zehn Uhr früh im Morgenrock ins Büro kommen und beim Lesen der ersten Post meine Brötchen essen. Er dachte, daß es ihm genügen würde, sein Leben lang sein Geschäft nur in dem bisherigen Umfang zu betreiben. Aber er dachte auch an seinen Freund Kleinschmitt, der gern ein größeres Schiff haben wollte. »Wer soll denn die ›Lucina‹ fahren, wenn Sie ein neues Schiff bekommen?« fragte Robert. Kleinschmitt beeilte sich zu erklären, daß die »Lucina« dann bei Apel, seinem Offizier, in besten Händen wäre. »Der Mann hat schon lange das Kapitänspatent«, sagte er, »es geht ihm genau wie damals mir. Wir sollten Apel die Chance geben.«

Inzwischen rief Therese zum Mittagessen. Sie hatte eine große Terrine Gemüsesuppe gekocht, aber Kleinschmitt hatte nicht den richtigen Genuß am Essen. Er schwebte in großer Angst, seinem Teilhaber könnte das vorgeschlagene Projekt nicht gefallen. Robert bemerkte die Angst seines Freundes, darum sagte er noch während des Essens: »Haben Sie denn schon ein Schiff in

Aussicht, lieber Kleinschmitt?« Darauf beeilte sich der Kapitän, schnell die Einzelheiten seines Projekts zu erzählen. »In Kopenhagen lag ich vor zwei Monaten genau neben dem alten Kjellgren im Vestbassin. Der ist sechsundsechzig Jahre alt und will sich zur Ruhe setzen. Einen ganzen Abend haben wir zusammen gesessen, der alte Kjellgren und ich, und haben geklönt. Sein Schiff ist tadellos in Schuß, ich habe mir jede Schraube genau angesehen. Es ist die ›Christina‹, kennen Sie die?« Robert erinnerte sich, daß er M/S »Christina« gerade vor einigen Wochen zum Löschen gehabt hatte. »Es lag drüben im Hansahafen«, erzählte er, »ich war noch an Bord und habe mit dem alten Kjellgren einen Schnaps getrunken. Sie haben recht, das Schiff ist recht gut in Ordnung. Dann will ich mich, wenn Sie wieder fort sind, gleich um die Hypothek kümmern.«

Kleinschmitt atmete erleichtert auf. Endlich schmeckte ihm auch das Essen. Den Nachmittag verbrachten die beiden Männer wieder im Büro. Sie sprachen über die technischen Daten des neuen Schiffes und über neue größere Abschlüsse von Holzpartien ab Schweden und Finnland. Später verließ Robert mit seinem Teilhaber das Kontor, um noch einmal im Hafen nach M/S »Lucina« zu sehen und den Stand der Löscharbeit zu kontrollieren. Alles war in Ordnung. Apel, der Offizier, überwachte die Arbeit gewissenhaft. »Na, Herr Apel«, sagte Robert zu ihm, »ein paar Monate noch, dann sind Sie Kapitän auf diesem Schiff.« Dann ging er mit Kleinschmitt wieder von Bord.

Robert und Kapitän Kleinschmitt wollten sich an diesem Abend ausgiebig amüsieren. Sie aßen im Kulmbacher, tranken Bier und Schnaps, sie gingen ins River-boat, in die Blaue Maus und in die Rote Katze. Immer wieder, wenn sie ein neues Lokal betraten, sagten sie: »Wissen Sie noch, damals in Marseille, als wir immer den Pierrefeu im Paradis tranken?« In jeder Gaststätte erinnerten sie sich neu der schönen Abende im Paradis oder an die späteren Abende im Florida. »Wissen Sie noch, wie wir vor dem Café in der Canebière saßen«, sagten sie, oder: »Erinnern Sie sich noch an die Regina-Bar? Die Maranhãos spielten da, ich weiß es noch wie heute.«

Als sie spät in der Nacht in der »Kajüte« an der Puppenbrücke einkehrten, überkam Robert ein rührseliges Gefühl. Er war betrunken. Plötzlich spürte er den Drang zu beichten. »Sehen Sie mich an, Kleinschmitt«, lallte er, »sehen Sie mich an. Sehe ich aus wie ein Schwein?« Kleinschmitt aber, der auch betrunken war, verstand Roberts Worte nur halb. Er antwortete lallend: »Ja, Sie sehen aus wie ein Schwein, wie ein ganz verschlagenes Schwein.« – »Sie nehmen mich nicht ernst«, fuhr Robert fort, weil er ernsthaft beichten wollte, »ich bin wirklich ein Schwein. In Marseille habe ich eine Menge getan, was nicht recht war. Jetzt habe ich ein schlechtes Gewissen, mein Leben lang habe ich ein schlechtes Gewissen, mein Leben lang werde ich mich anklagen.« – »Anklagen ist gut«, unterbrach Kleinschmitt seinen Freund, »anklagen ist sehr gut. Man muß sich so lange anklagen, bis man die richtige Übung darin hat. Dann macht es direkt Spaß.«

Kleinschmitt sah Robert an, wie er zusammengesunken dasaß. Sein Freund tat ihm leid. »Sie sind ein guter Mensch«, sagte er mit weicher Stimme, »ein guter Mensch, der andere Menschen glücklich macht. Sie haben mir zu meinem Glück verholfen, Apel werden Sie zum Kapitän machen. Sieben Menschen in Ihrem Büro bekommen pünktlich ihre Gehälter, und es sind anständige Gehälter. Acht Mann an Bord kriegen immer pünktlich ihre Heuer, bei vielen Firmen sind Sie Kunde und vermitteln ihnen angenehme Aufträge, nicht zu vergessen die Versicherungsgesellschaften ...« Kleinschmitt machte eine kleine Pause, »... nicht zu vergessen die Versicherungsgesellschaften, die an Ihnen verdienen, und nicht zu knapp.«

Robert saß immer noch in seinem Stuhl zusammengesunken. »Ja, jetzt verdienen sie an mir«, sagte er. »Na also«, sagte Kleinschmitt, »daran denken Sie nur immer, wenn Ihr Gewissen Sie drückt.«

Auf unsicheren Beinen gingen die beiden Freunde in dieser Nacht nach Hause. Untergehakt und torkelnd suchten sie ihren Weg am Rand der Kaimauer entlang.

Diesmal fiel Robert der Abschied von seinem Schiff und seinem Freund besonders schwer. »Ich fahre noch ein Stückchen mit«, sagte er plötzlich, »bis Travemünde, und dann kann mich der Lotsendampfer wieder an Land bringen.« Er forderte auch

Therese auf mitzukommen. »Fräulein Jurkoweit war noch nie auf einem Dampfer«, sagte er zu Kleinschmitt, »es wird ihr Spaß machen.«

Für Therese Jurkoweit war dies nicht nur ihre erste Dampferfahrt, sondern überhaupt ihr erster Ausgang mit Robert. Niemals zuvor war Robert mit ihr irgendwohin gegangen. Sie stand, während die »Lucina« die Trave hinunterfuhr, auf dem Vorderdeck im schwarzen Kleid, eine weiße wollene Stola halb über den Kopf gezogen. Mit zärtlichen Gefühlen betrachtete er diese schöne kräftige Frau im schwarzen Haar und schwarzen Kleid, die ihn so sehr an Fatima Jaillon erinnerte.

Therese zog ihre Stola fester um ihren Kopf und die Schultern zusammen, weil ein frischer Wind von See herüberkam. Sie ging hin und her und besah sich alles genau, sie ging nach Backbord, als ein einkommendes Schiff vorbeifuhr, sie ging nach Steuerbord, als Schlutup und die Zonengrenze zu sehen waren. Auf Hunderten solcher Schiffe, dachte Robert, habe ich nun jahrelang mit Mütze und geflicktem Pullover an der Luke gestanden, jetzt stehe ich hier oben im Ruderhaus und kann sagen, daß das Schiff mein eigenes ist.

Hinter Travemünde in der Lübecker Bucht verließ der Lotse das Schiff. Er kletterte übers Fallreep in den Lotsendampfer, der längsseits an die »Lucina« herankam. Auch Robert und Therese kletterten über das Fallreep in den Lotsendampfer. Sie kamen nicht dazu, Kleinschmitt oben an der Reling noch zuzuwinken, denn plötzlich kam von seewärts ein Wind auf, der den kleinen Lotsendampfer ins Schlingern brachte. Sie mußten sich ganz auf die Bewegungen des Dampfers konzentrieren und sich festhalten. Als sie in Travemünde an Land gingen und sich vom Steg aus noch einmal der See zuwandten, war die »Lucina« nur noch ein grauer Punkt, der dem Horizont zustrebte.

Therese ließ die Stola vom Kopf wieder auf die Schultern fallen. Sie brachte ihr Haar in Ordnung und folgte der Einladung Roberts, mit ihm im Hotel Augusta zu Mittag zu essen. Robert und Therese blieben auch am Nachmittag in Travemünde. Sie gingen die Strandpromenade hinunter bis zum Brodener Ufer und dann die Kaiserallee wieder zurück bis zum Kurpark. Sie tranken Kaffee beim Kurkonzert, und Robert merkte überall, wie die Leute ihnen nachsahen. Ja, Therese ist schon eine wunderbare Erscheinung, dachte er. Wenn ich mit Fatima hier spazierenginge, könnten die Leute sie nicht mehr bewundern als Therese. Er fand, daß er mit Therese öfter solche Ausflüge im Sommer unternehmen sollte. »Nächste Woche fahren wir einmal in die Waldhalle nach Schwartau«, sagte er zu Therese, »du mußt ja einmal die Umgebung ein bißchen kennenlernen.«

Zu Hause wollte Therese noch einen kleinen Imbiß bereiten. Robert wehrte aber ab. »Laß doch die Umstände«, sagte er und ging in die Küche. Er nahm sich aus dem Kühlschrank Schinken, Hackfleisch und Käse. Therese nahm mit am Küchentisch Platz, wollte aber nichts mehr essen. »Ich werde ja immer dicker«, sagte sie. Aber Robert ließ diese Ausrede nicht gelten. Er saß ihr gegenüber und sah ihr zu, wie sie aß. Er bewunderte ihre schönen gesunden Zähne, er sah den Ansatz ihrer Brust. Er liebte diese Abendbrote am Küchentisch, und er dachte daran, wie viele Jahre er so einfach gelebt hatte, erst mit Ilse, dann mit Madame Jaillon. Therese bot ihm eine schöne Fortsetzung dieser Lebensverhältnisse, ohne daß er Furcht haben mußte, in ein niedriges Leben zurückzufallen.

Als er in der Nacht neben ihr lag, empfand er, daß es nichts, überhaupt nichts mehr gäbe, worüber er unglücklich sein müßte. Er umarmte Therese, er streichelte sie, und immer wieder zog er ihr langes schwarzes Haar durch seine Hände.